Knaur.

Über den Autor:

Jens Johannes Kramer wurde 1957 in Cuxhaven geboren und studierte Ethnologie und Islamwissenschaften in Berlin. Neben historischen Romanen schreibt er für die »Cosmopolitan«. Jens Johannes Kramer ist verheiratet und lebt in Hamburg.

Jens J. Kramer

Das Delta

Ein Afrika-Roman

Knaur Taschenbuch Verlag

Besuchen Sie uns im Internet:
www.knaur.de

Vollständige Taschenbuchausgabe April 2010
Knaur Taschenbuch
Ein Unternehmen der Droemerschen Verlagsanstalt
Th. Knaur Nachf. GmbH & Co. KG, München

Umschlaggestaltung: ZERO Werbeagentur, München
Umschlagabbildungen: Ausschnitt aus einem Gemälde von William Clark
Wontner / Photo © Christie's Images / The Bridgeman
Art Library
Ausschnitt aus einem Gemälde von John Inesco Williams /
David Findlay Jr Fine Art, NYC, USA / The Bridgeman Art Library
Druck und Bindung: GGP Media GmbH, Pößneck
Printed in Germany
ISBN 978-3-426-50218-1

2 4 5 3 1

„There are many ways to take
Of the eagle and the snake,
And the way of a man with a maid;
But the sweetest way for me
Is a ship upon the sea
On the track of the North-East trade."

Rudyard Kipling

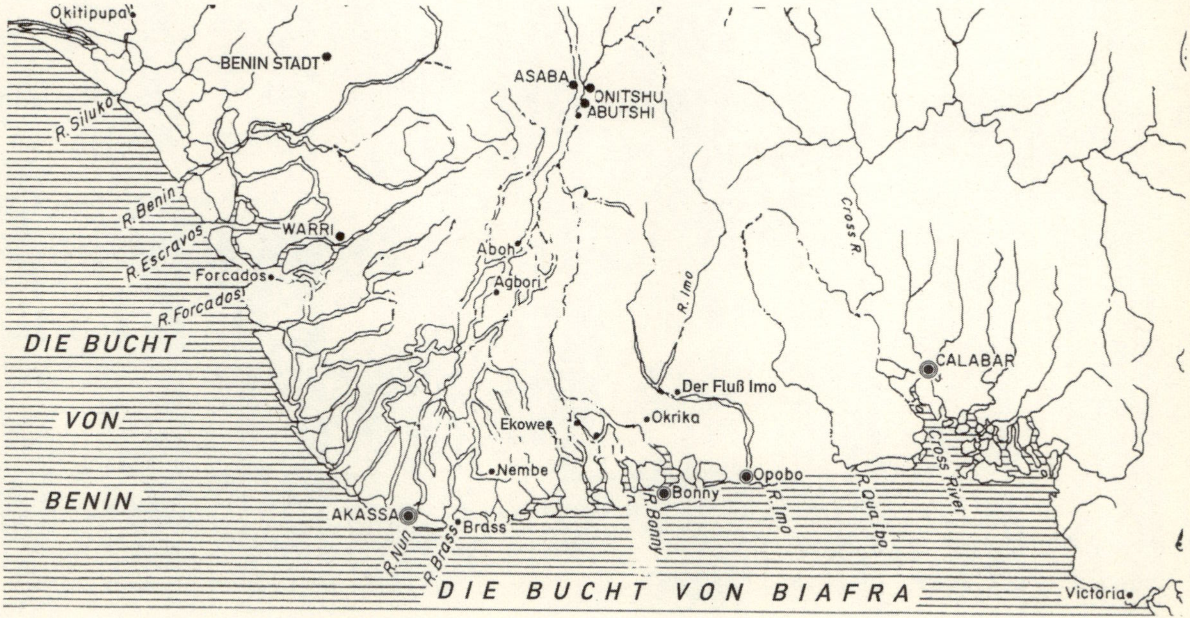
Okitipupa
BENIN STADT
ASABA
ONITSHU
ABUTSHI
R. Siluko
R. Benin
WARRI
R. Escravos
Forcados
R. Forcados
Aboh
Agbori
Cross R.
R. Imo
CALABAR
Der Fluß Imo
Okrika
Ekowe
Nembe
Opobo
Bonny
AKASSA
Brass
R. Nun
R. Brass
R. Bonny
R. Imo
R. Qua Ibo
Cross River
Victoria
DIE BUCHT
VON
BENIN
DIE BUCHT VON BIAFRA

Schmuggel

Die Nacht schien aus den Sümpfen emporzuwachsen. Oberhalb der niedrigen Wipfel der Mangrovenbäume sandte die untergehende Sonne ihr letztes Licht in die tiefhängenden Wolken. Darunter verdichtete sich die Dunkelheit. Und die Stille. Es war die Stunde der Dämmerung. Jene kurze Zeit, in der alles den Atem anzuhalten schien. Denn die Nacht würde keinen Frieden bringen. Es war die Stunde des Hungers, in der lautlose Jäger in ihren Verstecken erwachten und mit kalten, grausamen Augen nach Beute spähten. Und Beute war alles, was lebte.

Dem schwarzen Wasser des Bonny-Flusses war nicht anzusehen, wo es befahrbar war oder wo es nur noch handbreit den schlammigen Grund bedeckte. Aber die Männer, die reglos in ihrem schwer beladenen Boot auf die heraufziehende Nacht warteten, kannten alle tückischen Eigenarten des Flusses. Sie wussten, dass manche der Seitenarme als schmale Kanäle durch den Sumpf führten und andere in morastigen, stinkenden Löchern endeten. Sie erkannten die seichten Stellen, an denen die Krokodile lauerten, die in ihrer Gier nicht davor zurückschreckten, ein Boot anzugreifen. Sie wussten, dass ein einziger Fehler den Tod bedeuten konnte. Denn der Tod lauerte überall im Delta.

Aufmerksam spähten sie durch die Mangroven zu der Handelsstation hinüber, deren Lichter die Anlegestelle am gegenüberliegenden Ufer beleuchteten. Die Gefahr, die von diesen Lichtern für die sechs Ruderer und ihren Anführer ausging, war weitaus größer als alles, was sie im nächtlichen Sumpf zu fürchten hatten. Es waren die Lichter des Feindes.

Die Männer hatten mit ihrem hochwandigen Boot einen weiten Weg hinter sich gebracht. Von den Ölmärkten im Norden, wo sie ihre Fässer mit Palmöl, dem flüssigen Gold des Deltas, gefüllt hatten, bis hinunter ins Reich der Mangroven. Auf ihrer Fahrt nach Süden waren sie oft in die Seitenarme des Nigers oder später des Bonny-Flusses ausgewichen. Zudem hatten sie den größten Teil der Strecke nachts zurücklegen müssen, immer darauf bedacht, nicht von den Wachen der zahlreichen Stationen der Company entdeckt zu werden. Diese hier stellte das letzte Hindernis auf dem Weg zur Küste dar. Sobald sie die Fässer mit dem Öl an den Mann mit den Pockennarben abgeliefert hätten, könnten sie in ihr Dorf zurückkehren, und statt Fässern hätten sie Gewehre im Boot, und Rum. Noch aber war es nicht so weit.

Als der letzte Schimmer der Sonne über den Sümpfen des Deltas verblasst war, gab der Anführer das Zeichen. Mit lautlosen Schlägen ihrer langen Paddel steuerten die Schmuggler das Boot aus seinem Versteck in den Fluss, bis die sanfte Strömung es erfasste. Langsam näherten sie sich den Lichtern, die in der feuchten Luft zerfasert wirkten. Sie hielten größtmöglichen Abstand zu ihnen. Unter der dichten Wolkendecke, die jegliches Sternenlicht absorbierte, war das Boot nur ein weiterer Schatten in der Dunkelheit.

Der Anführer war sich bewusst, dass sie ein hohes Risiko eingingen, wenn sie um diese Zeit die Station passierten. Besser wäre es später in der Nacht, in der Stunde vor dem Morgengrauen, wenn den Wachen vor Müdigkeit die Augen zufielen. Aber seine Männer waren erschöpft. Zu viele Stunden hatten sie schon in irgendwelchen übelriechenden Tümpeln gewartet, weil die Boote der Company auf dem Fluss unterwegs waren, eingehüllt in Tüchern, um den blutgierigen Moskitos möglichst wenig freie Haut darzubieten. Noch mehr als das Rudern zehrte das untätige Warten ihre Kraft auf. Nein, es war besser, jetzt die Durchfahrt zu wagen. Niemand würde damit rechnen. Der Anführer beabsichtigte, die Sache schnell hinter sich zu bringen. Er wies seine Ruderer an, weiter in die Mitte des Stromes zu steuern. Dort war die Strömung kräftiger und würde sie in kürzester Zeit an der Station vorbeitragen.

Die Station! Der Anführer fühlte brennenden Hass in seiner Brust aufsteigen, als sich die niedrigen Gebäude aus der Dunkelheit herausschälten. Es hatte eine Zeit gegeben, in der sie nicht heimlich in der Nacht über die Flüsse hatten schleichen müssen; eine Zeit, in der die Brass die alleinigen Herren des Deltas gewesen waren und die Weißen auf ihren großen Schiffen vor den Lagunen darauf gewartet hatten, dass sie ihnen die begehrte Ware brachten: Sklaven. Die Weißen waren zu schwach für dieses Land. Sie wagten es nicht, in das Delta vorzudringen. Viele starben am Fieber, während sie warteten. Manchmal war sogar keiner mehr von ihnen am Leben, wenn die Brass ihnen schließlich die Ware brachten. Ihre Schiffe verfaulten und versanken im Schlamm. Aber es kamen genug andere nach.

Keiner hatte begriffen, warum die Weißen so viele Sklaven brauchten. Für die Arbeit, sagten sie, in der Neuen Welt. Irgendwann hatte die Neue Welt jedoch genug Sklaven, und die gleichen weißen Händler fragten nach Palmöl. Wieder waren es die Brass, die ihnen das Öl brachten, denn nur sie kannten den Weg durch das Delta hinauf in den Norden, wo die Ölpalmen wuchsen. Der Handel machte sie reich und es kamen immer mehr Weiße, die immer mehr Öl kauften. Aber dann war diese Company aufgetaucht und hatte binnen kurzem den gesamten Handel an sich gerissen. Mit ihren großen Booten aus Eisen beherrschte sie bald alle Flüsse, und von ihren Stationen aus überwachten sie jedes Boot, das von Norden kam. Sie hatten Kanonen, und mit diesen Kanonen diktierten sie den Brass ihr Gesetz. Dafür hasste der Anführer der Schmuggler die Company.

Das Boot war schon ein Stück an der Station vorbei, als sie entdeckt wurden. Laute Rufe. Männer rannten ans Ufer. Dann fiel ein Schuss. Jetzt gab es keinen Zweifel mehr. Mit scharfer Stimme feuerte der Anführer seine Männer an. Aber die wussten, welche Gefahr ihnen drohte. Mit aller Kraft zogen sie die Ruder durch. Ein zweiter Schuss fiel. Der Anführer hoffte, dass es wie der erste ein Warnschuss war. Aber dann vernahm er das helle Zischen, mit dem die Kugel nicht weit vom Boot ins Wasser fuhr. Jetzt brüllte er: schneller! Wie rasend holten die Männer aus. Kämpften mit jedem Ruderschlag um ihre Freiheit. Und um ihr Leben. Das schwere Boot nahm Fahrt auf. Pflügte sich durch das schäumende, schwarze Wasser. Da schlug die dritte Kugel mit dumpfem Knacken in ein Ölfass, fast gleichzeitig traf eine weitere den Ruderer im Heck in den Hals. Mit einem gurgelnden Laut fiel er zur Seite ins Boot, wo sich das Blut des Sterbenden mit dem auslaufenden Öl vermischte.

Ein anderer Ruderer wurde am Arm verletzt und verlor sein Paddel. Das Boot driftete ab. Sofort steuerten die Männer gegen. Die anderen Kugeln schlugen hinter ihnen ins Wasser. Da kamen sie endlich außer Schussweite. Damit war die Gefahr aber noch nicht vorbei. Der Anführer wusste, dass man sie verfolgen würde. Mit dem Gewicht ihrer Ladung wären sie den schnellen Patrouillenbooten der Company nicht gewachsen. Aber er wusste auch, dass sich eine Meile weiter der Fluss teilte. Von dem kleineren der beiden Seitenarme zweigte wiederum ein schmaler Wasserlauf ab. Der verlief sich zwar im Sumpf, war aber schwer zu erkennen und nur bei jetzigem Wasserstand befahrbar. Unwahrscheinlich, dass die Bootsführer der Company diesen Wasserlauf kannten. Wenn seine Männer es rechtzeitig dorthin schafften, ohne gesehen zu werden, konnten sie sich verbergen und einfach abwarten. Bis ihre Jäger die Suche aufgaben.

Ein Blick zurück zeigte ihm, dass die Verfolger bereits aufholten. Er konnte ihre Umrisse im Gegenlicht der Station gut erkennen. Sein Boot hingegen war kaum auszumachen vor der dunklen Masse der Mangroven. Der Anführer wusste, dass er diesen Vorteil ausnutzen musste. Mit leisen, scharfen Befehlen trieb er seine Männer an.

Er machte sich keine Illusionen darüber, dass man sie vielleicht im falschen Seitenarm vermuten würde. Ihre Route war vorgegeben. Sie waren das westliche Ufer entlanggekommen. Mit dem langsamen Boot in den östlichen Seitenarm zu wechseln war nicht mehr möglich. Zumindest nicht, ohne wieder in Schussweite zu kommen. Alles hing davon ab, dass sie den toten Wasserlauf erreichten, bevor ihre Verfolger wieder Sichtkontakt hatten.

Der Anführer spähte jetzt nur noch nach vorn. Zwar hatten sich seine Augen mittlerweile so weit an die Dunkelheit gewöhnt, dass er die schwächsten Schattenvariationen ausmachen konnte. Auch wusste er um die Distanzen, wusste, wann er den Seitenarm und wann den toten Wasserlauf zu erwarten hatte. Aber das war es nicht, wonach er sich orientierte. Er war ein Mann des Deltas. Er war hier aufgewachsen und hatte schon in einem Boot gesessen, bevor er laufen konnte. So wie es seinem Vater und dessen Vater ergangen war. Alle seine Vorfahren waren Männer des Deltas gewesen. Es war sein Blut, das ihn jetzt durch die Nacht trug. Und es war das Wissen seiner Ahnen, das ihn führte.

Als sie den Seitenarm erreichten, spürte er die Flussteilung mehr, als dass er sie sah. Das Wasser floss anders, es roch anders, es sprach anders zu ihm. Er sah nicht mehr zurück. Die Biegung des Stromes verdeckte das Licht der Station. Das Boot der Company war nun genauso unsichtbar wie sein eigenes. Alle seine Sinne waren auf das rechte Flussufer gerichtet. Ein Ufer, das keines war. Denn das Wasser des Flusses hatte den Sumpf weit überflutet. Nur die Mangroven markierten die unscharfe Grenze.

Er wusste es sofort. Die Dunkelheit war nicht dunkler dort, der Schatten nicht schwärzer, aber dennoch erkannte er den Eingang auf Anhieb. Ohne ein Wort wies er seinen Ruderern die Richtung. Die gehorchten sofort, so sehr vertrauten sie ihm und seinem Wissen. Das Gefühl des Triumphes stieg wie eine Welle in ihm hoch. Trotz aller Demütigungen durch die Weißen und die Company war er immer noch ein Brass, ein Mann des Deltas. Jetzt erkannten auch die anderen die schmale Öffnung, die sich im Mangrovenwald auftat. Mit verhaltenem Schwung, um sich nicht durch Geräusche zu verraten, steuerten sie darauf zu.

Doch als sie sich der Öffnung näherten, erfasste den Anführer ein Gefühl des Widerwillens. Irgendetwas stimmte nicht. Irgendeine Stimme in seinem Inneren warnte ihn vor diesem Versteck. Es war die gleiche Stimme, die ihn unbeirrbar durch das Labyrinth sich ständig verändernder Wasserläufe führte; die Stimme des Wassers, in dem die Geister seiner Ahnen hausten. Immer hatte er auf diese Stimme gehört. Aber was sollte er nun tun? Seinen Männern sagen, dass er sich getäuscht hatte? Dass sie kehrtmachen sollten? Um sich den Häschern der Company ausliefern? Nein! Niemals würde er sich den Gesetzen der Company beugen. Eher würde er sterben.

Aber was war mit seinen Männern? Er war ihr Anführer.

Sie vertrauten ihm. Vertrauten darauf, dass er sie durch alle Gefahren führte und heil nach Hause brachte, zurück zu ihren Familien. Hin- und hergerissen zwischen seinem Instinkt und seinem Hass auf die weißen Herren des Deltas entschied er, dass die größte Gefahr, die ihnen drohte, von den Booten der Company ausging. Dieser Wasserlauf war die einzige Möglichkeit, ihnen zu entkommen. Doch die warnende Stimme in seinem Herzen verstärkte sich mit jedem Ruderschlag. Mit vor Anstrengung brennenden Augen spähte er in die ölige Schwärze, in die sie hineinfuhren.

Es schien, als wollte der Sumpf sie schlucken. Stille umgab sie. Nur ein leises Glucksen war zu hören, wenn die Bugwelle ihres treibenden Bootes sich an den Wurzeln der Mangroven brach. Sie drangen nicht weiter als dreißig Meter vor und waren schon unsichtbar für jeden, der dort draußen auf dem Fluss entlangkam. Die Männer zogen ihre Paddel ein und schauten nach hinten. Keiner rührte sich mehr. Nur der Anführer spähte nach vorne, suchte nach einem Grund für seine Ahnung oder eine Bestätigung, dass sie ihn täuschte. Sachte trieb das Boot weiter.

Er sah es nicht. Aber er hörte, wie sich etwas aus dem Wasser hob. Eine Welle rollte gegen den Bug. Das Boot schaukelte. Jetzt merkten es auch die anderen und wandten sich erschreckt nach vorn. Dort wuchs etwas Breites, Schweres aus dem Wasser empor. Ein dumpfes Grollen erklang. Dann nochmal. Ein Stück weiter. Und nochmal. Es kam von vorne, von der Seite. Überall um sie herum wuchsen aus der Dunkelheit namenlose Ungeheuer heran. Erst als sich das nächste von ihnen umwandte und sein gigantisches Maul aufriss, erst da erkannten sie, was es war: Gewouw Roua. Wasserelefanten. Ein ganzes Rudel. Die Männer schrien auf. Hieben mit den Paddeln in das Wasser. Zurück. Nur fort.

Fassungslos starrte der Anführer auf die massigen Körper, die sich um sie herum aus dem Wasser wälzten. Die Wasserelefanten, die die Weißen Flusspferde nannten, waren die gefährlichsten Bewohner der Flüsse. Ihre Wut und Schnelligkeit machte sie unberechenbar. Aber was taten sie hier? Nie zuvor hatte der Anführer diese schrecklichen Tiere so weit südlich gesehen.

In heller Panik versuchten die Ruderer zu entkommen. Aber es war zu spät. Eine solche Begegnung mit Flusspferden überlebte niemand. Der Anführer begriff, dass er sich und seine Männer ins Verderben geführt hatte. Die Stimmen seiner Vorfahren hatten ihn gewarnt. Aber die Stimme seines Hasses war stärker gewesen.

In der Sekunde, in der der erste schwere Körper auf das Boot einschlug, begriff er, dass sein Leben in diesem Sumpf nun ein Ende fand. In seiner Brust sammelte sich alle Kraft und Wut. Und mit seinem letzten Schrei verfluchte er die Company.

Dann forderte das Delta seinen Tribut von ihm.

Mary

Die *Batanga* lag jetzt schon tief im Wasser, aber immer noch hievten die knarrenden Hebebäume weitere Netze mit Ladung an Bord. Die junge Frau, die etwas verloren mitten im lärmigen Getriebe der Docks stand, schaute mit zweifelndem Blick auf den alten Dampfer, dessen Name unter all dem Rost und Schmutz kaum lesbar war. Mary wusste nicht, ob sie lachen oder weinen sollte. Das Schiff machte auf sie den Eindruck, als wolle es im nächsten Augenblick mit einem letzten Rülpser im öligen Wasser des Hafen versinken. Die Vorstellung, dass es ihn je verlassen könnte, dass es sie über Tausende von Meilen an eine fremde Küste bringen sollte, brachte Mary die ganze Verwegenheit ihres Vorhabens zu Bewusstsein. Der Moment der Abreise, dieses unwirkliche Etwas, das sie über Monate der Planung und Vorbereitung weitergetragen hatte, diese Vision eines Aufbruchs, mit der sie alle Ermahnungen und besorgten Versuche, sie davon abzubringen, abgewehrt hatte, kristallisierte sich im Anblick dieses schäbigen, altersschwachen Dampfers heraus.

Ein wenig wunderte es sie, dass ein so großer und sehnlich erwarteter Moment vor solch einer unspektakulären Kulisse stattfand. Aber vielleicht, dachte sie sich, ist das immer so. Die entscheidenden Ereignisse kommen nicht mit dem Hall der Fanfaren daher. Die großen Ereignisse wählen ein bescheidenes Dekor. Denn sie sind ja schon groß.

Dieser Gedanke gefiel ihr, und in seinem Licht begann sie Zutrauen zu diesem alten Schlachtross zu fassen, dessen Narben von den vielen Reisen zeugten, die es hinter sich hatte. Sie schaute zu der Brücke hoch, hinter dessen verschlierten Fenstern sie zwei Männer ausmachte. Aus dem Schornstein stieg dunkler Rauch auf, der vom Wind über den Kai getrieben wurde, die Atemwege mit seinem feinen Ruß reizte und das bucklige Pflaster schwarz färbte

Die *Batanga* war nicht das einzige Schiff, das an diesem feucht-kalten, windigen Herbstmorgen 1894 im Hafen von Liverpool seinen Bauch füllte. Überall hetzten Packer und Matrosen die Docks entlang, schleppten Kisten und rollten Fässer über die hölzernen Laufstege, angetrieben von hektisch brüllenden Offizieren und Frachtaufsehern, die mit ihren schrillen Pfeifen immer mehr Ladung forderten, obwohl die Schiffe doch längst bis zum Bersten gefüllt schienen.

Kleine Jungs in schmutzigen Jacken, aus denen dünne Ärmchen ragten, huschten zwischen den Beinen der Erwachsenen hin und her. Mit hungrigen Augen lauerten sie auf Beute, sei es, dass durch Zufall eine Kiste fiel und seinen Inhalt preisgab, oder sei es, dass eine Tasche für einen winzigen Moment unbeobachtet blieb. Huren, übernächtigt und zerzaust, suchten einen warmen Platz zum Ausruhen. Krüppel und Blinde, die um Pennys bettelten, liefen vorbei. Betrunkene, die den Weg nach Hause vergessen hatten und den Teufel verfluchten. Dieses Gewühl schien einem babylonischen Tollhaus entsprungen; eine Melange aus Männern und Schmerz, Huren und Suff, Geschäft und Betrug. Aus Hoffnung, Verrat und all seinen Banalitäten.

Niemand in diesem Gewirr schien Mary Cooley zu beachten. Nur hier und da streifte sie ein neugieriger Blick, weil sie in ihrem schwarzen, hochgeschlosenen Kleid wie ein Fremdkörper wirkte, wie etwas, das man versehentlich dort abgestellt und dann vergessen hatte. Scheinbar ungerührt von dem Lärm und dem Gedränge, stand sie inmitten seltsamer Kisten und mit einer großen Tasche seitlich des Kais, der für sie zum letzten Haltepunkt ihres bisherigen Lebens geworden war.

Dass ihr das Herz heftig in der Brust schlug, merkte man Mary nicht an. Auch nicht, dass sie alles verloren hatte, was ihrem Leben bisher einen Sinn gegeben hatte. Dass sie nach dem Tod ihrer Eltern in dem Haus mit den vielen Büchern umhergeirrt war, verzweifelt auf der Suche nach einer Aufgabe, die ihr nun nutzloses Dasein in der Welt rechtfertigen konnte. Erst nach und nach, während sie die Aufzeichnungen ihres Vater sortierte und überarbeitete, war die Idee zu diesem Vorhaben entstanden. Es war, als hätte der unruhige väterliche Geist, der aus den Aufzeichnungen sprach, von ihr Besitz ergriffen und wolle sie nun drängen, das zu vollenden, was dem Verfasser verwehrt geblieben war. Dieser rastlose Mann, den sie so grenzenlos bewundert hatte, war sein Leben lang auf der Suche nach dem Unbekannten gewesen; nach Orten, Ideen und Lebensvorstellungen, die weder auf der reellen noch auf der geistigen Karte der Zivilisation verzeichnet waren.

Sie nahm diesen Ruf an, als wäre es das Natürlichste auf der Welt. Und so empfand sie es auch, nachdem die Entscheidung einmal getroffen war. Aber die Pragmatikerin in ihr wusste auch, dass ein solches Leben ihre finanziellen Möglichkeiten überschritt. Die bescheidene Erbschaft reichte dafür bei weitem nicht aus.

Die Lösung dieses Problems erschien eines Tages in Gestalt von Mr. Cecyl Howard, einem alten Freund ihres Vaters, den sie schon seit ihrer Kindheit kannte. Mr. Howard war Mitglied der Royal Geographic Society. Während sie zusammen Tee tranken und er Marys selbstgebackene Plätzchen aß, erzählte sie ihm von ihren Plänen und den damit verbundenen Schwierigkeiten. Mr. Howard hörte ihr schweigend zu. Nachdem er das letzte Plätzchen mit einem Schluck Tee heruntergespült hatte, sah er sie ruhig an und fragte: „Sagen Sie, Mary, verstehen Sie etwas von Fischen?"

Sechs Monate später stand sie am Kai von Liverpool. Keiner der Matrosen oder Tagelöhner, der Huren oder kleinen Diebe wäre wohl auf die Idee gekommen, dass die schlanke, blonde Frau mit den blauen Augen und einem nur auf den zweiten Blick erkennbaren Lächeln in den Mundwinkeln auf dem Weg in eine der gefährlichsten Regionen der Welt war.

Während Mary darauf wartete, dass man sie und ihr Gepäck an Bord holte, hakte sie in Gedanken noch einmal die einzelnen Teile ihrer Ausrüstung ab. Das Wichtigste waren die Kisten, in denen die mit Spiritus gefüllten Gläser gelagert waren. Sie würde sie nicht aus den Augen lassen, bis sie fest verzurrt ihren Platz im Lagerraum des Schiffes gefunden hatten. Ihr persönliches Gepäck war vergleichsweise spärlich. Die große, wasserdichte Tasche enthielt ein zweites Kleid in hellem Grau, das einzige Zugeständnis an die tropischen Bedingungen, die sie erwartete. Des Weiteren zwei Blusen, Wäsche, Stiefel, Bücher und Schreibzeug. Dazwischen der Revolver, den sie aus der Schreibtischschublade ihres Vaters genommen hatte. Er hätte es gutgeheißen, dessen war sie sicher. Die Waffe hatte ihn auf all seinen Reisen begleitet.

Als er Mary das schwere Eisen zum ersten Mal in die Hand gedrückt hatte, um ihr die Funktionsweise zu erklären, war sie ein mageres Mädchen von vierzehn Jahren gewesen. Dr. Cooley hatte eine sehr eigenwillige Auffassung von Erziehung gehabt. Für damenhafte Tugenden hatte der cholerische Doktor wenig Sinn entwickelt. Mary war nicht in einem Salon aufgewachsen, sondern unter Männern vom Schlage ihres Vaters.

Das bekam auch Captain Olsen von der *Batanga* zu spüren, der es offenbar unpassend fand, dass eine junge Dame alleine reiste. Zumindest gab er Mary dies in seiner knappen, mürrischen Begrüßung zu verstehen. Als er aber aus ihren Papieren das Ziel ihrer Reise ersah, entfuhr dem Mann mit dem rotblonden Vollbart ein erstaunter Grunzer: „Verzeihung, Miss, ich hatte angenommen, dass wir Sie auf den Kanarischen Inseln absetzen."

„Die Kanaren sollen sehr schön sein, und ich freue mich darauf, sie zu sehen. Aber leider werde ich dort nicht bleiben können.“ Mary genoss die Verwirrung des Captains sehr. Mit seiner kompakten, kräftigen Gestalt und dem vollen, roten Haar erinnerte er sie an einen Wikinger.

„Aber Westafrika ... ich meine ... eine junge Lady?“

„Da man mich beauftragt hat, die Fischarten in den westafrikanischen Flüssen zu untersuchen, werde ich kaum darum herumkommen, dort auch hinzufahren. Ich wüsste jedenfalls nicht, wie ich anders geeignete Exemplare nach London zurückbringen kann.“

Captain Olsen starrte sie an: „Fische? Sie fahren nach Afrika ... zum Angeln?“

Es dauerte noch eine ganze Weile, bis er begriff, dass Mary im Auftrag der hochehrenwerten Royal Geographic Society nach Afrika reiste. Das änderte zwar nichts daran, dass er sie für verrückt hielt oder zumindest für hoffnungslos überspannt, aber er sah ein, dass er nichts daran ändern konnte.

Mary wusste, wie sie mit bärbeißigen Männern wie ihm umzugehen hatte. Sie stellte sich vor ihn hin, sah ihm gerade in die Augen und erklärte in ruhigem Ton ihr Anliegen. Was sie nicht wusste, war, welche Wirkung der Blick aus ihren klaren, hellblauen Augen auf Männer gleich welchen Schlages ausüben konnte. Vielleicht war es die unverwandte Offenheit, mit der sie ihr Gegenüber ansah. Eine Offenheit, die nicht mit Koketterie einherging. Vielleicht war es aber auch ihr Wille, der in diesem Blick zu erkennen war. Ein Wille, vor dem Zorn oder Anmaßung kapitulieren mussten.

Das erfuhr auch der Missionar aus Kent, der ebenfalls eine Passage auf dem Schiff gebucht hatte. Reverend Jampole war ein rundlicher Mann mit lichtem Haupthaar und umso dichterem Backenbart. Der Captain, der wohl gehofft hatte, dass er Mary in die Obhut des Geistlichen geben konnte, machte sie miteinander bekannt. Leider hatte Mary von ihrem Vater nicht nur einen Revolver geerbt, sondern auch dessen herzliche Abneigung gegen jegliche Art von christlicher Mission. Außerdem blies ihr Reverend Jampole bei der Begrüßung, während er sich vertraulich zu ihr beugte, seinen übelriechenden Atem ins Gesicht. Mangelhafte Sauberkeit gehörte ebenfalls zu den Dingen, die Mary verabscheute.

Der Geistliche begann sogleich schwungvoll über die Freuden eines gottgefälligen Lebens zu dozieren. Damit verdarb er es sich restlos mit Mary. Sie sah ihn an. Er redete. Jegliches Bemühen seinerseits, sie zur Zustimmung oder doch wenigstens zu einem kleinen Nicken zu bewegen, blieb vergeblich. Sie sah ihn einfach nur an. Nach und nach verebbte der Eifer des Reverends. Er legte eine Pause ein, wartete. Sie sah ihn an. Er sagte: „Nun ... ääh."

Daraufhin bedankte Mary sich höflich für den erbaulichen Vortrag und ließ ihn stehen.

Ihm aus den Weg zu gehen war nicht schwer. Reverend Jampole blieb die meiste Zeit in seiner Kabine, während Mary keine Gelegenheit ausließ, sich im Freien, an Deck, aufzuhalten. Erst als sich die *Batanga* aus der Irischen See in den Atlantik hinauskämpfte, kam er aus der Luke geklettert.

Mary stand zu diesem Zeitpunkt an der Reling und beobachtete die sich kreuzenden und überlagernden Wellenberge.

„Mein Kind!", rief er mit vom Wind verwehter Stimme. Sie wandte sich um und sah ihn schwankend auf sich zukommen. Das Schlingern des Schiffes in der herbstlichen See machte ihm offenbar weitaus mehr zu schaffen als ihr.

„Mein Kind, was machen Sie denn hier draußen. Kommen Sie, ich bringe Sie in Ihre Kabine!"

Fasziniert musterte Mary das blasse Gesicht des Reverends, in dem bereits die ersten Symptome der Seekrankheit erkennbar waren. Er tat ihr ein wenig leid, aber sie hatte gerade über ein physikalisches Problem nachgedacht, und dabei hatte der Geistliche sie gestört. Außerdem gefiel es ihr nicht, dass er sie als sein „Kind" bezeichnete. Bevor Jampole vielleicht noch auf die Idee kam, sie am Arm zu nehmen und mit sich zu ziehen, entgegnete sie ihm: „Ich denke an die Seelen, Reverend."

„Nun das ist zweifellos sehr lobenswert. Aber ich bin sicher, dass Sie sich deswegen nicht in diesem scheußlichen Wetter ... ääh, von welchen Seelen sprechen Sie?"

„Wussten Sie, dass dieser Teil des Atlantiks mit seinen Strömungen eines der gefährlichsten Gewässer der Welt ist?"

„Nein, aber wenn wir auf Gott vertrauen ..."

„Und dass dort unten wahrscheinlich mehr Wracks liegen, als die Navy Schiffe zählt?"

„Aber liebe Miss, ich bin sicher ..."

„Stellen Sie sich das nur vor, all die Hunderte und Tausende, die ins kalte Wasser stürzen." Mary wies mit der Hand in die schäumenden Wellen. Unwillkürlich folgte der Blick des Reverends ihrer Geste. Seine Unterlippe zitterte ein wenig.

„Viele von ihnen waren sicherlich gläubige Menschen. Sie riefen Gott um Hilfe. Schwammen auf den Wellen und riefen um Hilfe."

Der Reverend schwankte, als ein Brecher das Schiff traf. Unbarmherzig fuhr sie fort: „Doch alles, was diese verlorenen Menschen sahen, war ihr Schiff, das in der Tiefe versank. Und sie wussten, dass sie ihm folgen würden."

Sie konnte in der Miene des Missionars regelrecht ablesen, wie das Bild des bodenlosen Meeres ihn überwältigte. Den Blick immer noch wie gebannt auf die See gerichtet, stieg dem frommen Mann von innen etwas die Kehle hinauf. Er presste die Hand auf den Mund, warf ihr einen entsetzten

Blick zu und wankte mit mühsam unterdrücktem Würgen davon.

Hochzufrieden widmete sich Mary wieder der Dünung. Dabei fragte sie sich, wieso Pfarrer und besonders Missionare ständig meinten, sie müssten sich um alle Welt kümmern. Auch wenn niemand sie um ihren Beistand gebeten hatte. Die Art, wie Reverend Jampole sich aufführte, erinnerte sie stark an einen Pfarrer, mit dem sie schon als Kind mehrfach aneinandergeraten war. Während sie das Tuch, das ihren Hut hielt, fester zog, weil der Wind daran zerrte, versuchte sie sich zu erinnern, wann ihr Reverend Tweedle das erste Mal aufgefallen war. War es nach der Explosion im Garten gewesen? Nein. Jetzt fiel es ihr wieder ein. Reverend Tweedle hatte bei ihrem Vater vorgesprochen, um eine Spende für die Missionsarbeit zu erbitten. Ein kleines, glucksendes Lachen entfuhr ihr, als sie an das Zusammentreffen dieser beiden ungleichen Männer dachte.

Es war kurz nach dem Einzug der Familie Cooley in das kleine Haus in Highgate gewesen. Direkt neben ihrem Grundstück befand sich eine Baptistenkirche mit dazugehörigem Pfarrhaus. Reverend Tweedle, der neue Schäflein für seine Gemeinde witterte, hatte angefangen, von der aufopfernden Arbeit der Missionare zu erzählen, als Dr. Cooley, dessen Laune an diesem Tag ohnehin nicht die beste war, ihn ruppig unterbrach. Mit wachsendem Entsetzen hatte der Pfarrer erleben müssen, wie sein offenkundig gebildeter und weitgereister Nachbar in eine Art Raserei verfiel, in deren Verlauf er die Tyrannei der Missionare auf den Inseln der Südsee anprangerte und beschrieb, wie diese aus freundlichen, sorglosen Eingeborenen düstere Puritaner geformt hatten. Wie die finsteren Gottesmänner diesen unschuldigen Menschen die Erbsünde eingebläut hätten. Ihnen unpraktische Kleidung aufzwangen. Ihre fröhliche Amoralität als schändlich geißelten. Ihnen ihre Traditionen raubten und aus ihnen seelenlose, aber folgsame Schafe machten.

Mary, die damals zwölf Jahre alt gewesen war, hatte diesen Zusammenprall der Weltanschauungen mit höchstem Interesse verfolgt. Seit diesem Tag war Reverend Tweedle ihrem Vater aus dem Weg gegangen, was immerhin den Vorteil hatte, dass er sich nicht zu beschweren wagte, als Mary eines Tages in ihrem Drang nach physikalischen Experimenten etwas über das Ziel hinausgeschossen war.

Die daraus folgende Explosion war zwar nicht so gewaltig gewesen, dass sie eine Panik ausgelöst hatte, aber für die kleine Ortschaft im Südwesten Englands doch das ungewöhnlichste Ereignis, seit Viktoria zur Königin ausgerufen worden war, und das war immerhin schon siebenunddreißig Jahre her. Glücklicherweise wurde niemand verletzt, auch größerer Sachschaden entstand nicht. Lediglich die Tischdecken, die an diesem Tag im Garten von Doktor Cooley zum Trocknen aufgehängt waren, wurden mit Jauche besprenkelt. Ein paar fette Spritzer trafen auch die Fenster der Baptistenkirche von Reverend Tweedle. Mary sah seine ängstlichen Augen durch die Hecke lugen, als ihr aufgebrachter Vater sie ins Haus zerrte. Zweifellos hatte der Pfarrer es als gerechte Strafe betrachtet, dass ein gottloser Mann wie Dr. Cooley eine so missratene Tochter hatte.

Auch wenn Dr. George Cooley, der neben seinem medizinischem Fachgebiet breitgefächerte wissenschaftliche Interessen verfolgte, es nie zugegeben hätte, so trug er doch eine gewisse Mitverantwortung an den übelriechenden Flecken auf den Tischdecken und den Fenstern der Baptistenkirche. Nicht etwa, weil das Schwarzpulver aus seinen eigenen Beständen stammte und seinen Worten nach „eine besonders kräftige Mischung“ darstellte. Auch nicht, weil er das Buch, in dem seine Tochter die Anleitung zum Bau von Minen fand, achtlos hatte herumliegen lassen. Nein, die Verantwortung, die einzugestehen er sich zeit seines Lebens weigerte, lag darin, dass seine Lebensführung nicht nur die Gesundheit seiner Frau ruinierte, sondern auch aus seiner Tochter eine Persönlichkeit werden ließ, die ohne überzeugende Gründe weder Gebote noch Autoritäten akzeptierte.

Dr. Cooley liebte das Abenteuer. Schon als Student hatte er den Kontinent bereist. Mit dem frischen Diplom als Mediziner in der Tasche zog es ihn nach Paris, wo er 1848 mit anderen Liberalen Barrikaden errichtete und sich prompt eine Kugel einfing. Kaum zurück in England, zog es ihn schon bald wieder in die Ferne. Die großen Reisen waren zwar ein Privileg der Oberschicht, junger Adliger, für die er aber als geschickter Arzt und durchtrainierter Mann ein willkommener Reisegenosse war. Doch bevor es losgehen sollte, heiratete er noch. Als er seinen ersten Brief nach Hause schickte, wusste er noch nicht, dass eine Schwangere ihn lesen würde. Und zu erzählen hatte er immer etwas. Mal rettete er sich von einem Schiff, das die Korallenriffe von Nukumbasanga gerammt hatte, mal durchstreifte er mit Buffalo Bill die Weiten der nordamerikanischen Prärie. Tornados, Kannibalen, Grizzlys. Sosehr seine Briefe und seine Erzählungen – wenn es ihn denn mal nach Hause verschlug – die Ängste seiner Frau zu einem Knäuel verknoteten, das sich bis an ihr frühes Lebensende nicht mehr lösen sollte, sosehr fieberte die heranwachsende Tochter jeder seiner Nachrichten entgegen. Doch viel zu kurz waren seine Briefe, viel zu selten seine Aufenthalte in dem kleinen Haus in Highgate, als dass ihre Begeisterung befriedigt oder ihr Wissensdurst hätte gestillt werden können.

Man musste dem Doktor zugutehalten, dass, wäre er ein

gewöhnlicher Vater gewesen, aus Mary wohl kaum mehr geworden wäre als eine leidlich gebildete Hausfrau mit einer Vorliebe zu strenger Kleidung. So aber waren es gerade seine Abwesenheit und die viel zu seltenen Briefe aus irgendeinem verlorenen Winkel der Welt, in denen er mit unbarmherziger Detailfreude von tödlichen Gefahren erzählte, denen der Verfasser nur mit knapper Not und größtem Glück entronnen war, die die Sehnsucht des Mädchens nach Abenteuern und Weite von klein auf entfachten.

Blieben die Briefe wieder einmal eine Zeit lang aus, kam Mary ihre Fantasie zu Hilfe. Doch auch das reichte irgendwann nicht mehr. So verfiel sie den Büchern, den Ersatzgefährten in Abwesenheit ihres Vaters. Ein naheliegender Schritt, denn das kleine Haus war praktisch bewohnt von Büchern. Unzählige Bücher: Romane, Reisebeschreibungen, wissenschaftliche Abhandlungen, Zeitschriften; Bücher über Sport, Medizin und Geschichte. Und all diese kleinen Tresore voller Wissen waren in einer Weise geordnet, wie sie der Seele eines Kindes am schönsten entgegenkommt, nämlich gar nicht. Man könnte sagen, die Bücher rangen in diesem Haus um Raum wie die Bäume im tropischen Regenwald um Licht. Doch damit nicht genug, dieser Dschungel besaß ein Unterholz von Kuriositäten aus den seltsamsten Winkeln der Erde. Wollte man beispielsweise einen Stuhl freiräumen, galt es zunächst, einen Platz zu finden für Darwins *The Expression of the Emotions*, die *Kabbala Denudata, Tristram Shandy* und – halt – die Zeremonienweste eines Sioux-Medizinmannes. Darunter Lotzes *Microcosmos*, Mr. Sponges *Sporting Tour* und Fitzgeralds *Omar Khayyam*. Schließlich steckte unter Mr. Philemon Hollands *Pliny* die Steinaxt vom Harauki Golf, die man schon seit Ewigkeiten suchte. Ah ja, und da waren ja auch die Pfeilspitzen und das indianische Eisenornament …

Mary hatte bei der Auswahl ihrer Lektüre kaum auf Anleitung hoffen können. Wäre sie ein Junge gewesen, ihr Vater hätte nicht gezögert, ihre Ausbildung in jeder Form zu unterstützen. Marys Drang nach Bildung jedoch rief bei ihm nur ein mildes Lächeln hervor. Das blasse, schmächtige Mädchen musste ihren eigenen Instinkten folgen. Und so las, wühlte und suchte sie sich durch dieses beinah organische Durcheinander, fand immer wieder Nahrung, ließ kaum etwas aus, nippte hier, schnupperte da, probierte alles und durfte ihren Interessen folgen.

Besonders angetan war sie von Reiseberichten, die ihr anfangs quasi als Ersatz für die ausbleibenden Briefe des reisenden Vaters dienten. So fuhr sie ihm nach durch Raum und Zeit, landete im Afrika des 17. und 18. Jahrhunderts, streifte durch die Paläste persischer Potentaten oder segelte mit den berühmtesten Freibeutern und Piraten durch die Karibik.

Neben solchen, die Fantasie anregenden Schriften waren es vor allem praktische Themen, die Mary interessierten. Sei es der menschliche Knochenbau, die Newtonsche Physik oder die *English Mechanic*, eine Zeitschrift, in der sie Anleitungen und Hinweise fand, die sie tagtäglich zur Anwendung bringen konnte: In einem alten Haus gab es immer etwas zu klempnern oder sonstwie zu reparieren. Wenn ihr auch nicht alles gelang, so bekam sie doch im Laufe der Zeit geschickte Hände.

Da ihre Mutter leidend war, musste Mary von früh an den Haushalt besorgen. Eine Sisyphosaufgabe, die sie mit nie ermüdendem Fleiß annahm. Zur Seite stand ihr dabei lediglich eine ältere Köchin mit einem Hang zu religiösen Hymnen, die zudem die Angewohnheit hatte, regelmäßig den Ruß in der kupfernen Küchenesse mit einer Ladung Schwarzpulver wegzublasen. Mit beidem, sowohl dem Singen als auch dem Rußentfernen, hielt sich die Köchin jedoch zurück, wenn Dr. Cooley im Hause war. Der Doktor reagierte empfindlich auf Geräusche. Lärm konnte bei ihm eine ähnliche Reaktion hervorrufen, wie die Erwähnung von Missionaren. Mary schaffte es häufig spielend, seinen Unmut auf sich zu ziehen. Dass sie eine Zeit lang Kampfhähne als Haustiere hielt, machte die Sache nicht gerade besser. Dr. Cooleys Wutausbrüche waren eruptiv: Meist warf er mit Büchern oder anderen Gegenständen nach der Quelle seines Ärgers. Auf diese Weise lernte Mary hervorragend, ihre Reflexe zu trainieren.

Es war denn auch in einer Zeit, in der Dr. Cooley sich ausnahmsweise in Highgate aufhielt, als es zu dem Vorfall mit den Tischdecken und Kirchenfenstern kam. Die Explosionen der Köchin hatten Mary immer mächtig beeindruckt. Als diese nun aus ängstlicher Rücksicht auf ihren Vater eine ganze Weile unterblieben, beschloss Mary, die Dinge selbst in die Hand zu nehmen. Nachdem sie in einem Buch über den französisch-preußischen Krieg von 1870 einige Hinweise zum Bau von Minen gefunden hatte, glaubte sie sich wohlgerüstet. Leider hatte die Köchin das Schwarzpulver unter Verschluss. Doch wurde Mary nach gar nicht langer Suche im Arbeitszimmer ihres Vaters fündig. Mit seiner „Spezialmischung“ gedachte sie im hinteren Teil des Gartens, verborgen hinter dem Jauchebottich, eine kleine Probezündung zu machen.

Das Experiment übertraf alle ihre Erwartungen. Die Explosion war so heftig, dass die Scheiben im Haus zitterten. Die Druckwelle warf Mary um. Benommen und mit weit aufgerissenen Augen beobachtete sie, wie der Jauchebottich barst. Die dunkle Brühe schoss in einer Fontäne in die Höhe und verteilte sich in einer einzigartigen Wolke aus Gestank.

Dass ein paar Spritzer auf Reverend Tweedles Kirchenfenstern landeten, entging ihr. Und auch dass ihr Kleid und ihr Gesicht tüchtig etwas abbekommen hatten, wurde sie erst nach Dr. Cooleys Züchtigung gewahr, die sie übrigens schweigend über sich ergehen ließ, ebenso wie die Prophezeiung, dass sie gewiss einmal ein schreckliches Ende nehmen würde.

Die kannte Mary nämlich schon.

Die Kiellinie, die die *Batanga* in den Nordatlantik pflügte, verlor sich schon nach einer Schiffslänge in den schäumenden Wogen. Mary hatte in den vergangenen Jahren einiges über Meeresströmungen gelesen, aber nie Gelegenheit gehabt, deren Auswirkungen direkt zu studieren. Und genau dabei hatte Reverend Jampole sie mit seiner unbeholfenen Fürsorge gestört. Sie konzentrierte sich wieder auf die Bewegungen des Wassers und des Schiffes darin. Nach einiger Zeit musste sie jedoch feststellen, dass ihre Untersuchung unbefriedigend verlief. In diesem Wellendurcheinander war nicht die geringste Richtung zu erkennen. Also stieg sie zur Brücke hoch, um sich von einem der Offiziere das Muster anhand der Seekarten erklären zu lassen. Leider zeigten weder der Steuermann noch der Erste Offizier, der die Wache hatte, irgendein Verständnis für ihre Fragen. Mary fand es ein wenig übertrieben, mit welcher Konzentration die Männer damit beschäftigt waren, ihren Kurs zu halten. Schließlich war weit und breit nichts zu sehen, womit das Schiff hätte kollidieren können. Aber alles Nachhaken half nichts, höflich, aber bestimmt verwies der Offizier sie der Brücke.

Ähnlich ging es ihr mit dem Matrosen, den sie nach der Beschaffenheit des Tauwerks befragen wollte. Mit einem „Verzeihung Ma'm“ schob er Mary beiseite. Verärgert stellte sie sich wieder an die Reling, als ein besonders heftiger Brecher das Schiff traf und sie von oben bis unten durchnässte.

Triefend und blinzelnd lief sie Captain Olsen in die Arme, der ihr kurzerhand befahl, sich unter Deck zu begeben. Sie ging in ihre Kabine, hängte das Kleid zum Trocknen über die Lüftungsrohre des Maschinenraumes, die so verlegt waren, dass sie etwas Wärme in die Kabinen leiteten, setzte sich auf ihr schmales Bett und wippte verärgert mit dem Fuß. Nach einer halben Stunde hielt sie es nicht mehr aus. Sie zog sich wieder an und machte sich auf den Weg zum Maschinenraum. Dort fand sie ein paar Stunden später der Dritte Offizier, wie sie sich mit verschwitzten Haaren und verrußten Händen von dem Maschinisten das faszinierende Zusammenwirken von Pleuel und Ventilen, Schwungrad und Kurbelwelle erklären ließ.

„Miss, der Captain wünscht Sie zu sehen."

Auf dem Weg zur Brücke erklärte ihr der junge Mann, dass man sie überall gesucht und schon gefürchtet habe, sie sei über Bord gegangen. Entsprechend finster war der Blick Captain Olsens, als sie vor ihn hintrat. „Was, zum Teufel, denken Sie, wo Sie hier sind?"

Diese Frage kam Mary doch etwas merkwürdig vor. Sie entschied, dass der Kapitän nicht wirklich eine Antwort erwartete.

„Was laufen Sie bei diesem Wetter an Deck herum? Glauben Sie etwa, wir würden Sie wiederfinden, wenn Sie über Bord gespült werden? Da draußen findet man nichts wieder! Und ich darf mich dann vor einem Seegericht verantworten!"

Der Captain schnaubte aufgebracht, wandte sich ab und schaute durch das Fenster, an dem draußen das Regenwasser hinunterlief. Schließlich wandte er sich ihr mit einer ruckartigen Bewegung wieder zu.

„Wir sind hier nicht auf einer Ruderparty in Cambridge. Das da draußen ist der Atlantik!" Er wies mit der Hand in

Richtung Bug. „Eine Mördersee! Ein Schiffsfresser! Wir haben alle Hände voll zu tun, das Schiff auf Kurs zu halten. Ich wäre Ihnen daher sehr …“, er beugte sich vor, sah sie durchdringend an und betonte jedes Wort, als wolle er es ihr eingravieren, „sehr dankbar, wenn ich nicht ständig auf Sie aufpassen müsste.“

Mary, die wusste, dass dies ein kritischer Moment war, zuckte mit keiner Wimper. Der Captain war noch nicht fertig.

„Und keiner der Passagiere, ich wiederhole: keiner … hat irgendetwas im Maschinenraum zu suchen!“

Sein Gesicht mit den buschigen, rot-blonden Augenbrauen war jetzt nur noch zwei Handbreit von ihrem entfernt. Ihr fiel auf, dass die Farbe seiner Augen vom Grünlichen ins Bräunliche gewechselt war. Sie vermutete, dass dieser Effekt immer dann auftrat, wenn das Temperament seiner Vorfahren mit ihm durchbrach.

„Sie haben“, fuhr Olsen fort, „die Freiheit, sich in Ihrer Kabine aufzuhalten. Oder in der Offiziersmesse. Die Brücke jedenfalls ist ausschließlich den wachhabenden Offizieren vorbehalten.“

Er musterte sie von oben bis unten. Dabei war ihm anzusehen, dass ihr Äußeres nicht dem entsprach, was er von einem weiblichen Passagier erwartete. Tatsächlich fühlte sich ihr Kleid noch ziemlich klamm an. Auch hingen ihr ein paar Haarsträhnen ins Gesicht. Sie unterdrückte den Impuls, sie wegzustreichen, weil ihre Hände schmutzig waren und sie nicht auch noch Ruß auf ihrer Stirn verteilen wollte.

„Ich beginne mich zu fragen“, sagte der Captain langsam, als er seine Inspektion beendet hatte, „ob man Sie vor Afrika oder Afrika vor Ihnen schützen muss.“

Mary gewann den Eindruck, dass Captain Olsen am Ende seiner Strafpredigt angekommen war. Sie hatte aus den Augenwinkeln gesehen, dass auf dem breiten Tisch neben dem Ruder mehrere Seekarten ausgebreitet lagen. Nun wies sie auf den Tisch und fragte in beiläufigem Ton: „Ist das dort eine Karte des Atlantiks?“

„In der Tat. Warum?“, fragte Olsen misstrauisch.

„Und die Linien darauf geben die Strömungen an, nicht wahr?“

„Jaah“, sagte der Captain langsam. „Und?“

„Deren Stärke und Richtung Sie natürlich kennen müssen, wenn Sie Ihren Kurs ermitteln wollen?“

„So ist es.“

Sie trat einen Schritt auf den Kartentisch zu. „Und diese kleinen Zahlen zwischen den Linien geben vermutlich die Stärke in Knoten an, nicht wahr?“

Captain Olsen starrte sie an. „In Knoten. Ganz recht.“

„Sehen Sie, Captain, ich habe mich schon immer für Navigation interessiert. Ein Schiff zu steuern heißt ja nicht, einfach nur geradeaus zu fahren. Es gilt nicht nur, den Wind zu beachten, sondern auch die Strömungen, ihre Stärke und Richtung zu ermitteln. Wenn Sie mir erlaubten, ein wenig über dieses faszinierende Handwerk zu erfahren, würden Sie mir einen großen Dienst erweisen. Natürlich nur, soweit es Sie nicht von Ihren Aufgaben abhält.“

Der Captain betrachtete sie nachdenklich, schließlich schüttelte er leicht den Kopf und wandte sich an den Dritten Offizier: „Mr. Wilkins!“

„Sir.“

„Übernehmen Sie das Kommando!“

„Ay, Sir.“

Einige Tage später, als sie die Biskaya längst hinter sich gelassen hatten, ließ Captain Olsen in einem beiläufigen Satz erkennen, was ihn bewogen hatte, ihrem Wunsch nachzukommen. „Sie hätten ja eh keine Ruhe gegeben. Und solange Sie mir zuhören, kann ich wenigstens sicher sein, dass Sie keinen Unsinn anstellen.“

Zu diesem Zeitpunkt hatte er sie in gewisser Weise bereits adoptiert. Mary lernte bei diesem erfahrenen Seefahrer nicht nur die Grundlagen der Navigation. Captain Olsen legte auch ein besonderes Augenmerk darauf, sie mit den Gefahren der westafrikanischen Küste vertraut zu machen. „Das Gefährlichste sind die Felsen und Riffe, die die Küste säumen. Sie liegen fast immer leicht unter der Wasseroberfläche, sodass man sie nicht sieht. Manchmal kann man sie daran erkennen, dass die Wellen sich brechen, aber nicht immer. Schlimm sind die Strudel, die sich dort bilden.“

Olsen schilderte ihr Westafrika in einer Weise, wie sie es in keinem Buch hätte lesen können. Er übertrieb die Gefahren nicht, aber er verharmloste sie auch nicht. In unzähligen Details zeichnete er ihr ein Bild dieser Region und zeigte ihr Möglichkeiten auf, damit umzugehen. Ihr Unternehmen hielt er zwar weiterhin für unverantwortlich, aber da er sie nicht davon abbringen konnte, machte er es sich zur Pflicht, sie so gut wie möglich darauf vorzubereiten. Damit aber nicht genug, er hatte bereits weitere Pläne, was ihre Sicherheit betraf: „Wir werden in Las Palmas weitere Passagiere an Bord nehmen. Sir Claude MacDonald hält sich ein paar Tage dort auf, um mit uns weiterzureisen. Er ist der Gouverneur des Niger-Coast-Protektorats und kann Ihnen bei Ihrer Arbeit sicher behilflich sein.“

Mary war natürlich klar, dass der Captain sie damit unter die Fittiche eines weiteren Mannes stellen wollte. Aber dagegen hatte sie nichts. Von Gouverneur MacDonald hatte sie schon gehört. Der ehemalige Offizier hatte einige Jahre zuvor für die britische Regierung eine Untersuchung im Nigerdelta durchgeführt, die durch zahlreiche Beschwerden über das Vorgehen der dort ansässigen Royal Niger Company ausgelöst worden war. Sein Bericht hatte dazu geführt, dass London eine Zivilverwaltung aufgebaut hatte, die den Rechtsfrieden dort unten wiederherstellen sollte. Die Leitung über dieses Protektorat, das sich von Benin im Westen bis nach Calabar im Osten erstreckte, übergab man dem Mann, der den Bericht erstellt hatte: Sir Claude MacDonald.

Nun überschnitt sich dieses Protektorat mit dem Einflussgebiet der Royal Niger Company, die durch eine königliche Charter ebenfalls Amtsgewalt ausübte, was immer wieder zu Konflikten führte. Mary hatte keine Ahnung, was die Bürokraten des Außenministeriums sich dabei gedacht hatten. Sie fand, dass die Regierung sich für das eine oder andere hätte entscheiden müssen. Entweder sie überließ die Ölflüsse den Händlern und vertraute auf deren gesunden Menschenverstand. Oder sie annektierte das gesamte Gebiet, so wie es die Franzosen im westlich angrenzenden Dahomey oder die Deutschen in Kamerun gemacht hatten.

In ihre Überzeugung spielte aber noch eine andere, persönliche Ansicht mit hinein: Sie traute den Männern vor Ort, die wie ihr Vater waren, eine größere Kompetenz zu als den Politikern. Nun war sie gespannt, zu welcher dieser beiden Gattungen Gouverneur MacDonald gehörte.

Die *Batanga* erreichte Mitte November Gran Canaria. Reverend Jampole, der seit der Begegnung in der Irischen See kein Wort mehr mit Mary gewechselt hatte, eilte als einer der Ersten von Bord. Er hatte praktisch die ganze Zeit in seiner Kabine verbracht. An seinen ausgezehrten Gesichtszügen erkannte Mary, dass ihn Probleme mit der Nahrungsaufnahme geplagt hatten. Kaum dass er den Kai betrat, kniete er tatsächlich nieder und faltete die Hände zum Gebet. Mary beobachtete diese Zeremonie von der Brücke aus, wo Captain Olsen mit seinen Offizieren gerade das Bunkern von Kohle, Wasser und Lebensmitteln besprach. Als er sich zu Mary stellte, war der Missionar immer noch beim Beten. Der Captain runzelte die Stirn bei diesem Anblick.

„Ich habe Gouverneur MacDonald von unserer Ankunft informiert. Er und seine Gattin, Lady Sarah, erwarten uns heute abend zum Diner“, erklärte er Mary, ohne die Szene am Kai aus den Augen zu lassen. Dort waren bereits die Hafenarbeiter auf den knienden Gottesmann aufmerksam geworden. Einige näherten sich der seltsamen Gestalt. Sie betrachteten ihn neugierig und unterhielten sich offenbar über dessen sonderbares Gebaren.

„Das ist sehr freundlich, Captain Olsen. Ich freue mich darauf, Sir Claude und seine Frau kennenzulernen.“

„Vielleicht möchten Sie bis dahin ein wenig die Stadt erkunden“, bot der Captain ihr an. „Ich könnte Ihnen Mr. Wilkins als Begleitung mitgeben.“

Mittlerweile hatte sich eine Menschentraube um den Missionar herum gebildet.

„Danke, das ist sehr aufmerksam. Aber ich denke, ich werde zurechtkommen. Außerdem wird hier ja jeder Mann gebraucht.“ Sie wies mit einer kleinen Geste nach unten: „Der Reverend scheint übrigens weitaus weniger Vertrauen in Ihr seemännisches Können zu haben als ich.“

„Ganz offensichtlich“, nahm er ihren ironischen Ton auf. „Es handelt sich anscheinend um ein sehr langes Gebet.“

„Wird er mit uns weiterreisen?“

„Ich fürchte, ja. Seine Gesellschaft hat ihn nach Accra entsandt.“

Der Reverend schien aus seiner Versunkenheit zu erwachen und sich der Menschenmenge um sich herum bewusst zu werden. Er richtete sich etwas mühsam auf und hob die Arme in die Höhe, als wolle er die Umstehenden segnen. Zwar konnten Mary und der Captain auf der Brücke nichts hören, aber an den feixenden Gesichtern der Menschen erkannten sie, dass der Missionar zu seinem Publikum sprach.

„Was er da wohl tut?", murmelte der Captain.

„Ich denke, er versucht ihnen das Wort Gottes nahezubringen", antwortete Mary vergnügt.

„Hmmh", der Captain sah sie von der Seite an, „wir befinden uns aber auf spanischem Territorium. Das Land ist, soviel ich weiß, weitgehend christianisiert."

Mary erwiderte den Blick. Ihre Mundwinkel zuckten ein wenig, als sie sagte: „Vielleicht weiß er das nicht. Haben Sie ihm gesagt, wo wir sind?"

„Nein, das muss ich wohl vergessen haben." Zum ersten Mal, seit Mary an Bord war, sah sie Captain Olsen schmunzeln. Sie fand, dass es ihm gut stand.

„Er wird doch keine Schwierigkeiten bekommen?", fragte sie mit betonter Besorgnis. „Ich meine, immerhin sind das alles Katholiken."

Jetzt zeigte der Kapitän ein breites Wikingergrinsen. „Ich glaube nicht. Man ist hier einiges gewohnt."

Tatsächlich begann das Interesse der Leute an dem Prediger abzuflauen. Die Menschen wandten sich einer nach dem anderen ab, um wieder ihrer unterbrochenen Beschäftigung nachzugehen. Der Reverend stand noch einen Moment unsicher da, dann trottete er ebenfalls langsam davon.

„Also, Miss Cooley, man erwartet uns um sieben Uhr", wandte sich der Captain wieder an Mary, der mit einem Mal bewusst wurde, welches Einverständnis mittlerweile zwischen ihnen herrschte. Ohne dass sie es verhindern konnte, löste dies in ihr eine Folge von Gedanken aus, die sich so ungewohnt anfühlten wie der Anblick der Insel, vor der die *Batanga* lag. Mit einem Mal sah sie in dem Captain nicht mehr nur den väterlichen Freund, sondern auch den Mann, der er war. Das führte sie schlagartig zu der irritierenden Vorstellung, dass er in ihr vielleicht auch die Frau sehen könnte, die sie war.

„Wir sollten um sechs Uhr dreißig aufbrechen“, fügte Olsen hinzu. „Seien Sie bitte rechtzeitig wieder hier.“

Was sie beinah noch mehr verstörte als die Wirkung ihrer Weiblichkeit, war die Unberechenbarkeit, mit der diese Assoziationen, kleinen Funken gleich, durch ihren Verstand schossen. Und die Geschwindigkeit, mit der sie wieder verschwanden, nichts weiter zurücklassend als die Erinnerung an ein irreales Bild. Doch all dies ließ sie sich nicht anmerken. Nur ihre Stimme fühlte sich weicher an, als sie ihm antwortete: „Natürlich, Kapitän Olsen. Bis heute Abend.“

„Bis heute Abend, Miss Cooley.“

In der Hölle

„There are many ways to take ...“

Der massige Mann setzte die Flasche an und nahm einen ordentlichen Schluck, bevor er weitergrölte:

„Of the eagle and the snake.“

Wieder trank er aus der Flasche, ein Rinnsal des goldgelben Getränkes lief ihm die stoppelige Wange herab. „Nattern“, flüsterte er heiser, als er durch das Fenster im ersten Stock des Hauses ins Dunkel hinaussah, wo er die Hütten der

Eingeborenen wusste. Sein Gesicht verzog sich vor Abscheu. „Dreckiges Pack“, stieß er hervor. Er wusste, dass sie ihn bestahlen, allen voran die kleine Hure, die er sich ins Haus geholt hatte. „Dreckspack“, wiederholte er, diesmal lauter. Dann stieß er das Fenster auf und brüllte in die Nacht hinaus: „Verdammtes Gesindel, ihr werdet mich nicht mehr betrügen!“

Er bemerkte eine Bewegung am Bootssteg. Näherten sich dort geduckte Schatten seinem Haus? War es so weit? Diesmal würden sie ihn vorbereitet finden. Mit einem Satz war er am Tisch, griff nach dem Revolver, drehte die Flamme der Petroleumlampe herunter und stellte sich neben das Fenster. Wo waren sie? Hatten sie das Haus bereits erreicht? Waren sie dabei, einzudringen?

Unten am Ufer. Da schlich etwas heran. „FAHRT ZUR HÖLLE“, brüllte er und schoss. Einmal, zweimal, dreimal. Erschreckte Schreie. Hatte er sie erwischt? Von den Mündungsfeuern geblendet, erkannte er nichts mehr in der tintigen Schwärze. Nur drüben, vor dem Wald, leuchteten die Lehmmauern des Dorfes im Schein der Kochfeuer.

Mit einem Mal erfasste den massigen Mann bleierne Müdigkeit. „Dreckspack“, murmelte er wieder. Er ging zurück zum Tisch, ließ sich auf den Stuhl sacken und tastete nach der Flasche. Die Hand mit dem Revolver lag auf der rissigen Tischplatte. Er hatte Hunger.

„There are many ways to take“, brummte er mit schleppender Zunge, *„Of the eagle and the snake ...“* Wo blieb die Hure mit dem Essen? Kleines, schwarzes Miststück. Sie hatte ihn reinlegen wollen, wie all die anderen. Aber er hatte es ihr gezeigt. Ihn würde niemand mehr reinlegen. Er war clever. Aber verdammt, es war nicht einfach. Auf der einen Seite die schwarzen Affen, denen nicht über den Weg zu trauen war. Auf der an-

deren Seite die verfluchte Company, die ihn um sein Geld betrog.

„And the way of a man with a maid.“ Er lachte laut auf. Wo blieb die Hure mit dem Essen? Er richtete sich auf, wankte, dann stieß er sich vom Tisch ab, in der einen Hand die Flasche, in der anderen den Revolver. Stapfte durch die Tür in den Flur, zur Treppe. Unten im Kontor brannte Licht.

„Hey, kleine Hexe“, rief er und zielte mit der Waffe nach unten, aber nichts rührte sich. Hatte sich wahrscheinlich wieder aus dem Staub gemacht. Aber sie würde zurückkommen. Wo sollte sie auch hin? Keiner wollte eine Hure in seinem Haus haben. Sie würde wiederkommen. Und dann? Eine Tracht Prügel, und sie würde wieder spuren.

Er torkelte zurück in sein Zimmer: *„... a man with a maid."* Er führte die Flasche an den Mund und trank, bis er keine Luft mehr bekam. Der letzte Schluck schwappte ihm über das Hemd.

„But the sweetest way for me
Is a ship upon the sea.“

Misstrauisch sah er sich um, die winzige Flamme in der Lampe beleuchtete nur noch die Tischplatte. In den Schatten um ihn herum waberte Leben. Seine schwitzigen Finger packten den Griff des Revolvers fester.

Verdammt! Es war ein gutes Land gewesen, als sich noch keiner darum scherte, was man machte. Von denen, die ihm jetzt Vorschriften machten, hätte keiner überlebt damals. Jetzt taten sie so, als wäre das alles ihr Werk. Die feinen Pinkel ahnten ja nicht, was ihnen blühte. Glaubten, sie hätten alles im Griff. Aber er wusste es besser.

Er wusste von den Waffen. Und was die Brass vorhatten. Er wusste auch von dem Pakt mit Calabar, und wer noch alles mit drinsteckte. Der massige Mann lachte auf, aber es wurde nur ein Husten. Warum sollte er die Company warnen? Wenn es losginge, würde er schon seinen Schnitt machen. Das hatte er immer geschafft. Er musste nur aufpassen, dass sie ihn nicht mit hochnahmen. Musste ihnen zeigen, dass sie mit ihm nicht so leicht umspringen konnten.

Er trat ans Fenster und spürte, wie die Galle in ihm hochstieg. Voller Wut schoss er hinaus, einmal, zweimal: „Feiges Pack", murmelte er, „werd's euch zeigen. *„But the sweetest way ...*", sang er, als er sich wieder setzte und die Lampe hochdrehte.

Während er in seiner Hosentasche nach Patronen suchte, schnaubte er verächtlich aus. Hatten alle Dreck am Stecken. Und wollten ihm erzählen, wie man mit dem schwarzen Pack umzugehen hatte.

Er fummelte an seinem Revolver herum, schaffte es aber irgendwie nicht, die Verriegelung der Trommel zu öffnen. „Mistding", murmelte er. Aber zuerst würde er es der Hure besorgen. Schon die Vorstellung machte ihm Spaß.

„But the sweetest way for me

Is a ship upon the sea"

Was war nur mit diesem blöden Ding los.

„On the track of the North-East trade."

Ein Hustenanfall ließ ihn vornüberkippen. Die Hand mit der Pistole schlug auf den Tisch. Der massige Mann vernahm noch das Klicken, mit dem der Hahn auf die letzte Patrone schlug. Den Schuss hörte er schon nicht mehr.

Die Kugel schlug unterhalb seines linken Auges ein. Das Loch, das sie beim Austritt aus seinem Hinterkopf verursachte, war beträchtlich größer. Als er mitsamt dem Stuhl hinten über kippte, war das Geräusch seines Aufpralls fast so laut wie zuvor der Schuss. Keiner im Dorf kümmerte sich darum, nur einige Köpfe wandten sich dem Haus des weißen Händlers zu. Sie würden sich hüten, dem Haus näher zukommen, wenn er in dieser Stimmung war. Die Frau allerdings, die bei ihm lebte, kauerte verängstigt in ihrem Verschlag hinter der Kochstelle. Sie hatte keine Wahl.

Erbsenpüree

„Kannten Sie John Bartholomew?"

„Hmmh, ziemlich gut sogar." Der Doktor legte seine wulstige Stirn in Falten und wiegte bedauernd den Kopf, ohne sich dabei allzu sehr von seiner Mahlzeit ablenken zu lassen.

„Tja, armer Kerl", schob Kapitän Olsen nach, während er sein Stück Braten in Angriff nahm. „Hat sich noch eine halbe Meile weit geschleppt, nachdem ihm ein Krokodil das halbe Bein weggefressen hatte."

„Wäre auch noch weiter gekommen", nuschelte der Doktor durch das Erbsenpüree, mit dem sein schadhaftes Gebiss besser zurechtkam als mit dem Fleisch, „wenn er nicht so dick gewesen wäre." Ein Glucksen stieg aus seinem behäbigen Leib empor und stieß in der Kehle auf das Püree, woraufhin es sich in ein heftiges Husten verwandelte. Schließlich löste sich das Problem mit einem explosionsartigen Knall.

„Na, na", murmelte Olsen, während er das hochrote Gesicht des Doktors musterte, „wir haben immerhin Damen mit am Tisch."

„Verzeihung, Ladys", röchelte der Doktor und tupfte sich den Mund mit der Serviette ab.

Tatsächlich machte Lady Sarah MacDonald einen etwas befremdeten Gesichtsausdruck. Aber als einziger englischer

Arzt auf der Insel genoss Doktor Tolman weit gehende Narrenfreiheit. Außerdem hatte er mehrere Jahre in Afrika zugebracht, was ihm in dieser Tischrunde eine gewisse Reputation verlieh.

Die Kanaren waren ein beliebter Erholungsort für all diejenigen, die dem mörderischen Klima Westafrikas für eine Weile oder sogar für immer entfliehen wollten. Sei es, um irgendwelche Tropenfieber auszukurieren, oder auch nur, um mal wieder den frischen Wind der nördlichen Hemisphäre zu spüren. Zwar träumten sie alle von den grünen englischen Gärten, doch die meisten vertrugen die Kälte Großbritanniens nach all den Jahren in der schwülen Hitze des Äquators nicht mehr. So hatte sich auf diesen Inseln eine kleine englische Kolonie gebildet, für die die Erinnerung an Afrika oder auch die Freude, es überlebt zu haben, das Hauptgesprächsthema war. Mary genoss die Geschichten, die sich diese „coaster“ erzählten. Außerdem war sie selbst Tochter eines Arztes und nicht so schnell zu schockieren, auch nicht von hungrigen Krokodilen.

„Es ist sicherlich nicht ratsam“, meinte Lady Sarah, indem sie sich zu Mary beugte, „sich einer solchen Gefahr auszusetzen.“

Mary nahm einen etwas süßlichen Parfümgeruch wahr, dessen pflanzliche Komponenten sie nicht recht ausmachen konnte. Er erinnerte sie an Veilchen. Belustigt stellte sie fest, dass sie selbst nicht einmal daran gedacht hatte, Parfüm mitzunehmen.

„Na, was denn, das Biest ist ihm ins Boot geklettert“, entkräftete Olsen Lady Sarahs Ermahnung.

„Das ist zweifellos sehr ungezogen und ein Grund mehr, Bootsausflüge zu meiden.“

„Nun, ohne Boot wird es bestimmt schwierig werden, Süßwasserfische zu fangen“, schlug sich Sir Claude auf Marys Seite, was ihm einen missbilligenden Blick seiner Gattin eintrug.

„Ich bin der Meinung, dass das Fangen von Fischen noch immer Sache der Fischer ist. Um Krokodile zu studieren, muss man sie ja auch nicht selber fangen.“ Lady Sarah begleitete ihren Mann das erste Mal nach Westafrika. Aus Rücksicht auf sie hatte Sir Claude diesen Zwischenaufenthalt auf Gran Canaria eingelegt, damit seine Frau sich langsam an das südliche Klima gewöhnen konnte.

„Ich fahre nun seit acht Jahren die Küste rauf und runter,“ meldete sich Jan Mattis, ein Holländer mit grauen Bartstoppeln, zu Wort, „und habe noch kein einziges, verdammtes Krokodil zu Gesicht bekommen.“

Mattis nahm anscheinend eine besondere Stellung in dieser Runde ein. Man behandelte ihn höflich, aber distanziert. Lady Sarah hatte Mary mit vielsagendem Blick zugeflüstert, dass der Holländer mit den Deutschen Geschäfte machte. Dass das eine anrüchige Tätigkeit sein könnte, war Mary bis zu diesem Moment nicht klar gewesen. Aber bevor sie nachfragen konnte, hatte Lady Sarah ihr schon einen weiteren Gast vorgestellt, Thaddeus Hollingworth, der ihr nun gegenübersaß und seit den Berichten über die Krokodile den Appetit verloren zu haben schien.

„Geht es Ihnen gut, Mr. Hollingworth?“, fragte Mary den schmächtigen, jungen Mann, der in seinem grauen Anzug und dem hohen Kragen etwas steif auf seinem Stuhl saß.

„Ja, danke, Miss.“ Hollingworth legte ein wenig zögernd, als wolle er nicht ertappt werden, sein Besteck beiseite und wandte sich mit einem unbestimmten Blick an die Tischrunde: „Ähem, sterben denn viele Menschen durch Krokodile?“

Eine Weile sagte niemand etwas, und Mary musterte amüsiert ihre Tischnachbarn. Sir Claude hatte die Stirn gerunzelt, als suche er nach einer Antwort. Der Doktor schien es vorzuziehen, nach seinem letzten, etwas missglückten Beitrag vorerst zu schweigen, und Lady Sarah machte ein Gesicht, als habe sie genug von diesem Thema. Schließlich war es der Captain, der auf die Frage einging.

„Haben Sie einen dunklen Anzug in Ihrem Gepäck?", wandte er sich schließlich an den Neuling.

„Ja, natürlich", antwortete der junge Engländer, erfreut, dass er sich offenbar mit der richtigen Ausrüstung auf den Weg gemacht hatte.

„Nun, den werden Sie brauchen", versetzte der Captain trocken, „für die zahlreichen Beerdigungsfeierlichkeiten."

Sir Claude räusperte sich und verbarg seinen Mund hinter der Serviette. Der Doktor kicherte ungeniert, was seine Schultern unter der straff gespannten Jacke hüpfen ließ.

„Kein verdammtes Krokodil", knurrte der Holländer, „meist Sumpffieber."

„Und kraw kraw."

„Portugiesenkrätze", bemerkte der Doktor mit erhobenem Zeigefinger.

„Guinea-Wurm."

„Abszesse."

„Geschwüre."

„Pocken."

„Hauptsächlich an der Südwestküste."

„Kannten Sie den armen Cavendish?"

„Gab keinen Besseren als ihn. Trank nicht, rauchte nicht, aß nicht mal Fleisch."

„Hat ihn innerlich und äußerlich zerfressen."

„Manche von diesen Parasiten sind mehrere Yard lang."

Mary betrachtete Mr. Hollingworth, dessen Lippen sich kaum noch vom blassen Teint seiner Haut abhoben. Ein wenig Mitleid hatte sie schon mit ihm, obwohl sie fand, dass er seine Unbeholfenheit ein wenig zu sehr vor sich hertrug. Sie fragte sich, was ihn wohl dazu bewogen haben mochte, sein Glück in Westafrika zu suchen. Abenteuerlust? Wohl kaum. Ihr war aufgefallen, dass er sehr vorsichtig und langsam sprach. Das ließ ihn schüchtern wirken. Ihren feinen Ohren war aber nicht entgangen, dass da ein kaum wahrnehmbarer Dialekt mitschwang, den sie nicht einzuordnen wusste. Ein Dialekt, den er zu verbergen suchte. Sie fragte sich, ob Mr. Hollingworth nicht vielleicht vor irgendetwas floh. Gut möglich, dachte sie dann, zum Teil traf das schließlich auch auf sie zu.

„Gibt es eigentlich noch andere Gesprächsthemen als Krokodile oder diese schrecklichen Krankheiten, von denen die Herren so fasziniert sind?“, fragte Lady Sarah mit ihrer Autorität als Gastgeberin.

Die Herren überlegten angestrengt. Schließlich verkündete der Captain: „Habe in der letzten Regenzeit ein paar Hosen gehabt, die nicht nass waren.“

„Hören Sie auf“, brummte Mattis. „Gibt keinen Fetzen Stoff, auf dem Sie nicht nach vierundzwanzig Stunden eine Kuh weiden lassen könnten.“

Lady Sarah warf Mary einen verzweifelten Blick zu, worauf diese ihr sofort zu Hilfe kam: „Der Braten ist vorzüglich gelungen, Lady Sarah. Ich habe so ein Fleisch noch nie gegessen. Was ist es?“

Dankbar griff Lady MacDonald das Thema auf: „Oh, das ist Wildschwein. Es ist kräftiger im Geschmack als unsere heimischen Tiere. Daher habe ich es in einer Minzsoße zubereiten lassen.“

„Es schmeckt hervorragend“, versicherte Captain Olsen, an Lady Sarah gewandt. Auch die anderen Herren beeilten sich, in das Loblied mit einzustimmen:

„Ganz ausgezeichnet“, nickte Sir Claude.

„Donnerwetter“, sagte der Holländer.

„Und dieses Erbsenpüree“, entfuhr es dem Doktor, der daraufhin aber sofort hastig einen Schluck Rotwein zu sich nahm, als wolle er damit verhindern, dass ihm erneut ein Missgeschick passierte.

Thaddeus Hollingworth fiel offenbar kein Kompliment mehr ein. Mary half ihm aus der Verlegenheit, indem sie ihn fragte: „Wohin werden Sie fahren, Mr. Hollingworth?“

Erleichtert nahm der die Gelegenheit wahr, von etwas anderem zu reden: „Nach Akassa, an der Nigermündung. Dort wird mein Vorgesetzter, ein Mr. Parkes, mich in meine Aufgaben einweisen. Soviel ich weiß, soll ich seinen Handelsposten übernehmen.“

„Parkes?“ Der Doktor runzelte die Stirn. „Joshua Parkes?“

„Genau, so heißt er.“

„Ist der nicht gestorben?“

Mr. Hollingworth war verwirrt: „Nicht dass ich wüsste.“

„Ich möchte nichts über die Umstände von Mr. Parkes möglichem Hinscheiden hören“, bemerkte Lady Sarah in deutlichem Ton.

„Fahren Sie auch nach Akassa?“, fragte Mary Sir Claude.

„Nein, nein. Wir müssen erst nach Lagos und dann nach Old Calabar.“ Da er annahm, dass sie mit dem Namen nichts anfangen konnte, fügte er hinzu: „Das liegt östlich des Deltas, am Cross River.“

„Am Cross River? Das ist einer der sogenannten Ölflüsse, nicht wahr?“

Sir Claude nickte: „Einer von vielen. Neben den Seitenarmen des Nigers, vom Forcados bis zum Bonny-Fluss, mündet noch eine Vielzahl von weiteren Flüssen in den Golf. Im Grunde ist das ganze Gebiet eine einzige Deltazone. Es gibt entschieden mehr Wasserarme als Land dazwischen. Sie denken wohl an ihre Fische?"

Mary bejahte, obwohl das nicht die ganze Wahrheit war. Sie hatte mittlerweile so viel von dieser seltsamen Welt des Deltas gehört, dass sie es kaum noch erwarten konnte, dort hinzukommen.

Ein frischer Luftzug wehte durch die geöffnete Verandatür herein und brachte den Geruch des nahen Meeres mit sich. Mary sah in die Nacht hinaus. Irgendwo dort draußen lag Afrika. Bald würde sie die Küste dieses gewaltigen Kontinents zum ersten Mal sehen. Guinea. Sierra Leone. Weiter nach Cape Coast und Lagos. Und schließlich das Delta, dieses Reich aus Mangroven, Licht und Stille. Calabar. Bonny. Rio del Rey. Sie kannte die Namen alle. Ein Jahr war es nun her, dass sie den Entschluss gefasst hatte, nach Westafrika zu fahren. Ein Jahr, in dem nicht ein Tag vergangen war, an dem sie nicht von den geheimnisvollen Orten dieser Küste geträumt hatte. Sie hatte alles gelesen, was sie über Westafrika in die Finger bekommen konnte. Von Mungo Park und den Gebrüdern Lander, die den Niger erkundet hatten, bis zu den Büchern von Heinrich Barth, der den Oberlauf des Nigers bereist hatte. Ja, es stimmte, sie fuhr ins Nigerdelta, um Süßwasserfische zu sammeln. Der Forschungsauftrag der Royal Geographic Society ermöglichte ihr diese Reise. Aber das war nicht alles. Mary hatte ein Vermächtnis zu erfüllen.

Die Stille um sie herum gewahrend, riss Mary sich aus ihren Gedanken. Offenbar hatte Lady Sarah sie gerade etwas gefragt, denn alle schauten sie nun erwartungsvoll an.

„Mary, Sie träumen ja. Ich fragte, ob Sie einen Kaffee

möchten. Das würde den Herren die Gelegenheit geben, sich eine Zigarre und einen Brandy zu gönnen. Ich kenne den Gesichtsausdruck der Männer, wenn es so weit ist, dass sie an nichts anderes mehr denken können."

Mary stimmte natürlich zu, worauf Lady Sarah die Tafel auflöste. Kurz darauf erfüllte der Rauch würzigen kubanischen Tabaks den etwas altmodisch eingerichteten Salon, und Mary begab sich zur Verandatür, um den dicksten Rauchschwaden zu entkommen.

Obwohl der Rauch ihr ein wenig den Atem nahm, mochte sie den Geruch des Tabaks. Er erinnerte sie an die Abende in Cambridge, wenn im Arbeitszimmer ihres Vaters geheimnisvolle Besucher ein und aus gegangen waren. Männer, in deren Kleidung noch der Staub der Wüste hing oder die den muffigen Geruch von Klosterbibliotheken verströmten, aus denen sie seltene Manuskripte mitgebracht hatten, um sie mit Dr. Cooley zu studieren. Sie nahmen gar nicht wahr, dass Mary, nachdem sie den Tee serviert hatte, den Raum nicht wieder verließ, sondern sich still in eine Ecke setzte, weil sie an dieser Welt aus Wissensdurst und Leidenschaft teilhaben wollte. Es dauerte lange, bis sie begriff, dass ein solches Leben für sie nicht vorgesehen war.

Als ihr Vater ihr mitteilte, dass sie in die berühmte Universitätsstadt Cambridge umziehen würden, hatte sie kaum noch schlafen können, so aufgeregt war sie gewesen. Bis zu diesem Zeitpunkt lebte sie in einem Haus voller Bücher, nun würde sie in eine ganze Stadt voller Bücher kommen. Doch George Cooley hatte keineswegs an Marys Bedürfnisse gedacht, als er sich zu diesem Umzug entschloss. Er hatte lediglich festgestellt, dass Abenteuer ein Privileg der Jugend waren, der er sich nicht mehr zugehörig wähnte. Irgendwo am Fuße der Rocky Mountains hatte er gemerkt, dass seinen

Gelenken die morgendliche Kühle nicht bekam. Das Reiten bereitete ihm ebenfalls immer mehr Mühe, und seine Augen wollten die Beute über Kimme und Korn der Jagdbüchse nicht mehr recht ausmachen. So war er endlich dauerhaft heimgekehrt. Und merkte schnell, dass ihm in Highgate die Weite fehlte, die sein rastloser Geist benötigte. Dass seine Tochter andere Wünsche haben könnte als den, seine Haushälterin zu sein, kam ihm gar nicht in den Sinn.

Doch Mary begehrte nicht auf. Dafür liebte und bewunderte sie ihn viel zu sehr. So nahm sie ihre Aufgabe klaglos an, machte den Hausputz, wusch die Wäsche und kümmerte sich um ihre Mutter, der das Leiden eines unerfüllten Frauenlebens längst zur Gewohnheit geworden war. Doch dabei beließ sie es natürlich nicht. Und sie fand einen Weg, ihrem Vater klarzumachen, was in ihr steckte.

Wann immer es ihr möglich war, suchte sie eine der zahlreichen Bibliotheken auf, um sich selber weiterzubilden. Sie wusste, dass ihr Vater über seine Erfahrungen bei den Naturvölkern schreiben wollte. Sie kannte ihn aber auch gut genug, um zu erkennen, dass er nicht im Stande sein würde, die Berge von Notizen und Materialien, die er im Laufe seines Lebens gesammelt hatte, auszuwerten. Mary beabsichtigte daher, zu seiner Assistentin zu werden.

Systematisch begann sie alles zu lesen, was mit den Vorstellungen und dem Leben der Naturvölker zu tun hatte. Bald wurde der Fetischglauben ihr Spezialgebiet. Dass sie, um mehr darüber zu erfahren, Deutsch lernen musste, störte sie nicht weiter. Im Gegenteil, ihr wurde klar, dass sie sich ihrem Vater damit unentbehrlich machen würde. Denn da er diese Sprache nicht beherrschte, konnte er auf viele Veröffentlichungen nicht zurückgreifen.

Als sie ihm schließlich ihr Vorhaben unterbreitete, entlockte ihm dies anfangs nur ein amüsiertes Lächeln. Aber er merkte bald, dass er sie unterschätzt hatte. Und sich überschätzt. Es dauerte nicht lange, und sie wurde ihm zu einer unentbehrlichen Mitarbeiterin. Das hieß selbstverständlich nicht, dass sie ihre anderen Aufgeben vernachlässigen durfte.

In diesem Gefüge aus Studium und Hausarbeit blieb keine Zeit mehr für etwas anderes. Es war auch nicht so, dass sie etwas anderes wollte oder suchte. Nur manchmal brach in ihrer Welt ein Spalt auf, der sie staunend in ein anderes Land schauen ließ. So wie an jenem Abend, als sie hastig durch die Straßen eilte, wie so oft verspätet, und sich mit einem Mal eine Szene voller Licht und Wärme vor ihren Augen auftat. Hinterher wusste sie nicht einmal mehr, warum ihr ausgerechnet dieser Anblick fast das Herz zerrissen hatte.

Sie hatte den Weg durch einen kleinen Park genommen, eine Abkürzung zwischen den gepflegten Rasenflächen des Universitätsgeländes, als sie an hell erleuchteten, hohen Fenstern vorbeikam. Erst war es nur ein Seitenblick, eine unachtsame Geste, während ihre Gedanken noch mit tausend anderen Dingen beschäftigt gewesen waren. Aber dann hielt sie inne, und je mehr das Bild hinter den Scheiben sie gefangen nahm, desto leiser wurde der innere Monolog, der alle ihre Handlungen ineinanderflocht, bis er schließlich ganz verstummte.

Es war eine Art Atelier, in dem sich ein Dutzend Studenten eingefunden hatte, um eine sinnenfrohe Bacchus-Skulptur zu zeichnen, die in der Mitte des Raumes stand. Die Zeichner hatten sich mit ihren Blöcken in einem lockeren Kreis um die Skulptur gruppiert, so dass jeder eine etwas andere Perspektive auf das Objekt hatte. Es war ein Kreis aus Konzentration und Bewegung. Einige waren ganz in ihre Arbeit vertieft, andere tauschten sich untereinander aus und machten offenbar

Scherze dabei, denn immer wieder ging ein kleines, zwangloses Lachen durch die Runde, das selbst die erfasste, die sich an der Unterhaltung nicht beteiligten.

War es die Unbeschwertheit des Umgangs miteinander, die dieses Gefühl des Mangels in Mary hervorrief? Dann wurde sie sich bewusst, dass sie selbst eine solche Vertrautheit tatsächlich noch nie erlebt hatte. Die Zeichner im Atelier, in der Mehrheit junge Männer, aber auch einige Frauen, mochten Anfang bis Mitte zwanzig sein. Ihre Haltung, ihr Lachen, jede ihrer Gesten kündete von Aufbruch, Verheißung und einem ungestümen Selbstvertrauen. Mary stand draußen, unsichtbar im Dunkeln. Sie war neunundzwanzig, und mit einem Mal wurde ihr klar, dass sie keine Freunde hatte.

Freundschaft. Das war nicht das Gleiche wie die flüchtigen Bekanntschaften, die sie dank ihres Humors und lebendigen Intellekts durchaus knüpfen konnte. Es war etwas, das ihr offenbar verwehrt blieb. Sie kam zu dem Schluss, dass es an ihr lag. Dass ihr etwas fehlte, eine bestimmte menschliche Qualität, die für die Zuneigung anderer Voraussetzung war. Mary erkannte sich als einen Menschen, der mit einem Makel behaftet war.

Dass es gar einmal einen Mann in ihrem Leben geben könnte, einen Mann, mit dem sie eine Familie gründen würde, kam ihr schon nicht mehr in den Sinn. Sie hätte auch nicht sagen können, wie denn so ein Mann beschaffen sein sollte. Im täglichen Leben nahm ihr Vater einen Raum ein, der nur wenig Platz für andere ließ.

Und im Traum?

Manchmal zog da noch eine Sehnsucht durch sie hindurch, an deren Ursprung sie die Helden ihrer Jugendzeit vermutete: jene Piraten und Freibeuter, von denen sie doch wusste, dass sie einer längst vergangenen Zeit entstammten.

Nein. Die Wirklichkeit, das waren ihr Vater, sie und die Bücher. Und wenn es nach ihr gegangen wäre, hätte es so bleiben können. Aber dann hörte das Herz des alternden Dr. Cooley auf zu schlagen.

Mary war dreißig, als ihre Eltern starben. Erst der Vater und sechs Wochen später ihre Mutter. Die Zeit danach war eine Menge zu tun, der Tod zweier Menschen macht viel Arbeit. Aber dann begriff sie es: Sie war allein. Zum ersten Mal in ihrem Leben. Und damit war sie nutzlos.

Nutzlos.

Während sie auf die Bucht von Las Palmas hinausschaute, schauderte Mary wieder angesichts dieser Zeit, in der es nichts mehr gegeben hatte, was sie tun konnte. Außer morgens aufzustehen, das Haus sauber zu halten, zu lesen und wieder schlafen zu gehen. Ein solches Leben war für sie schlimmer als der Tod. Darum hatte sie auch keine der zahlreichen Warnungen von ihrem einmal gefassten Plan abbringen können. Denn sie hatte nichts zu fürchten, außer dem, was sie hinter sich gelassen hatte.

Da das Haus, in dem Sir Claude und seine Gattin wohnten, etwas erhöht am Hang lag, konnte Mary über die Lichter der Stadt und die geschwungene Linie des Hafens bis auf das Meer hinausschauen, auf dem sich das Mondlicht spiegelte. Wenn sie nun darüber nachdachte, wunderte sie sich, welche Wendung ihr Leben genommen hatte. Was wohl ihr Vater dazu gesagt hätte? Sie liebte es, sich vorzustellen, wie er es mit einem anerkennenden Nicken kommentiert hätte.

„Nun, Mary, ich hoffe, Sie haben sich von diesen Geschichten über Krankheit und Tod nicht abschrecken lassen?" Sir Claude war unbemerkt neben sie getreten, in seiner Hand hielt er ein kindskopfgroßes Brandyglas.

„Keineswegs, Sir“, lächelte Mary ihn an. „Solche Geschichten habe ich schon viele gehört.“

„Von Ihrem Vater, nehme ich an?“

Sie sah ihn erstaunt an. Konnte er Gedanken lesen? „Kannten Sie ihn?“, fragte sie.

Sir Claude schüttelte den Kopf. „Nein. Aber ich habe von ihm gehört. Ein unerschrockener Mann, wie man mir berichtete.“

„Das stimmt“, sagte Mary leise.

„Dann scheint seine Tochter ja aus dem gleichen Holz geschnitzt zu sein.“

„Sie schmeicheln mir, Sir Claude.“

„Keineswegs, Mary, keineswegs.“ Als er sah, dass die Erwähnung ihres Vaters sie aufwühlte, wechselte er das Thema: „Meine Frau möchte Sie am liebsten mit nach Calabar nehmen. Aber ich nehme an, Sie wollen irgendwann auf eigene Faust reisen?“

„Das stimmt. Aber nicht, ohne Calabar kennenzulernen. Erzählen Sie mir von dieser Stadt?“

„Hmmh, eine alte Handelsstadt. Reich geworden durch den Sklavenhandel, wie so manch anderer Ort an der Küste. Calabar besaß jedoch den Vorteil, dass es mit dem Cross-River und dem Calabar-River einen Weg ins Hinterland besaß. Ebenso wie Bonny, das durch einen Seitenarm mit dem Niger verbunden ist. Bonny und Calabar sind dreihundert Jahre lang die mächtigsten Städte an der Küste gewesen. Die englischen Schiffe, die der Portugiesen, Franzosen oder Holländer ankerten in der Flussmündung und ließen sich die menschliche Ware bringen. Sie hatten wenig Interesse daran, in diesen Irrgarten aus Mangrovenwäldern und Wasserläufen vorzustoßen. Es wusste ja auch lange Zeit niemand, dass dort einer der größten Flüsse Afrikas ins Meer mündet. Außerdem passten die Eingeborenen gut auf, dass niemand in ihr Territorium eindrang. Sie waren gut bewaffnet. Aber sie mussten ihre Waffen selten einsetzen. Sie wissen schon ... Die Sümpfe, das Fieber", er beugte sich zu ihr, damit niemand sonst ihn hörte, „die Krokodile."

Mary lächelte und raunte zurück: „Der Guinea-Wurm."

Sir Claude lachte. Er nahm einen Schluck Brandy, bevor er weitersprach: „Dann war es irgendwann vorbei mit dem Sklavenhandel. Gleichzeitig wuchs die Nachfrage nach dem Palmöl. Also handelten dieselben Männer, schwarz wie weiß, die vorher Menschen verfrachtet hatten, nun mit Ölfässern. Damit sind die Männer von Calabar, Bonny und etlichen anderen kleineren Städten noch reicher geworden. Aber die Entdeckung der Nigermündung hat alles verändert. Nun ging es nicht mehr nur um das Öl. Es ging darum, das Innere des Kontinents zu erschließen. Und der Niger war der Weg dorthin. Ich nehme an, Sie wissen von den Expeditionen ins Hinterland?"

„Sicher. Auch dass sie sehr verlustreich waren."

„Die Deltabewohner haben sich natürlich gewehrt. Außerdem haben sie davon profitiert, dass die englischen Händler nicht an einem gemeinsamen Strang zogen. Erst als diese sich zusammentaten, gelang es ihnen, den Niger und damit den Weg ins Hinterland zu erobern."

„Die Geburt der Royal Niger Company?"

„Richtig. Im Nachhinein war es eine geniale Idee, alle Händler unter dem Dach einer Firma zusammenzufassen. Aber so einfach war der Weg dorthin natürlich nicht. Nicht nur die weißen Händler verfolgten ihre eigenen Interessen, auch die Afrikaner wussten, was sie zu verlieren hatten. In dieser Zeit hatte die Company einen Gegenspieler, oder besser zwei. Einer von ihnen war ein Schwarzer, ein verflucht cleverer Bursche. Der andere ein junger Weißer, ungefähr in seinem Alter.“ Er wandte sich halb um und wies auf Mr. Hollingworth, der sich gerade bemühte, Lady Sarah zu unterhalten. „Allerdings von etwas anderem Kaliber. Es ist eine Geschichte von Freundschaft und Verrat, und es ist die Geschichte eines ungeheuren Bluffs. Mit einem dieser beiden Männer werde ich Sie bekannt machen.“

„Warum nur mit einem?“

Sir Claude zuckte mit den Schultern: „Weil der andere es nicht überlebt hat.“

„Sie machen mich sehr neugierig, Sir Claude. Was ist das für eine Geschichte?“

„Ich denke, das sollte Charly ihnen selbst erzählen.“

„Charly? Ist das der Mann?“

MacDonald nickte. „Charles DeCardi. Man nennt ihn ‚The count‘, den Grafen. Ob er wirklich einer ist, weiß niemand. Aber eines ist sicher, wenn es außer den Brass jemanden gibt, der sich im Delta auskennt, dann ist es Charles DeCardi.“

Eine Weile schwiegen sie. Sir Claude nippte an seinem Brandy, während Mary versuchte, das, was sie gehört hatte zu einem Bild zusammenzufügen. Schließlich fragte sie: „Was ist die Aufgabe des Protektorats, das Sie verwalten?“

Sir Claude strich sich über das Kinn: „Zuerst einmal eine Verwaltung aufzubauen. Gerichtsbarkeit, Polizei, Zölle. Ordnung in das herrschende Chaos zu bringen. Aber das ist nur die einfache Antwort. Die Wirklichkeit ist komplexer. Es geht um einen ganzen Kontinent, den die europäischen Mächte unter sich aufteilen wollen. Wenn man es mit einem Schachspiel vergleichen will, dann ist meine Rolle die des Turmes. Ich verteidige die Grundlinie. Die britische, wohlgemerkt. Und die ist meiner Meinung nach gefährdet. Leider will das außer mir niemand einsehen.“

Er schüttelte etwas unwillig den Kopf: „Entschuldigen Sie,

ich will Sie nicht mit diesen Problemen langweilen. Es ist nur so, dass mich das Unvermögen der Londoner Bürokraten auf die Palme bringt."

Damit hatte er Mary auf seiner Seite. „Sie langweilen mich nicht im Geringsten", sagte sie. „Ganz im Gegenteil. Ich habe die Ereignisse in Westafrika natürlich in den Zeitungen verfolgt. Nur sind sie für jemanden wie mich, der die Verhältnisse vor Ort nicht kennt, oder jedenfalls", fügte sie mit einem kleinen Lächeln hinzu, „noch nicht kennt, sehr schwierig zu durchschauen. Es scheinen da sehr unterschiedliche Interessen aufeinanderzuprallen."

„Das ist richtig, und jeder nimmt für sich in Anspruch, auch die Interessen Großbritanniens zu verteidigen. Sehen Sie, auf der Konferenz in Berlin vor zehn Jahren wurden die Grenzen in Afrika abgesteckt. Die Franzosen in Dahomey, die Deutschen in Kamerun, und wir bekamen den Niger. Wenn sich alle daran hielten, gäbe es keine Probleme. Nur tun sie das nicht. Und überhaupt, wer sollte diese Grenzen überwachen?"

„Und da kommt die Royal Niger Company ins Spiel?"

„So ist es. Das Schatzamt weigerte sich, auch nur einen Penny für die Grenzsicherung auszugeben. Das war die Stunde von Sir George Goldie. Er bot der Regierung an, diesen Job zu übernehmen. Im Gegenzug forderte er die königliche Charter und das Monopol für den Handel. Die Charter brauchte er natürlich, um Gesetze erlassen zu können. Das Monopol, um seine Verwaltung zu finanzieren. Anfangs lief alles gut, aber dann tauchten Schwierigkeiten auf. Es kam zu Konflikten mit anderen Händlern und vor allem mit den Einheimischen, die stets im Sinne der Company entschieden wurden. Was nicht verwundert. Schließlich übt die Company auf ihrem Gebiet hoheitliche Gewalt aus. Somit ist sie Richter und Beteiligter in einem. In diese Entscheidungen kann ich nicht eingreifen. Ich kann nur darauf achten, dass die Gesetze eingehalten werden."

Mary sah ihn von der Seite an: „Das scheint mir eine sehr komplizierte Lösung."

„Das ist überhaupt keine Lösung", meinte der Gouverneur grimmig. „Das ist eine Absurdität. Geboren aus der Unfähigkeit, Verantwortung für dieses Territorium zu übernehmen. Ich kann nur hoffen, dass Sie keinen Onkel im Außenministerium haben, dem Sie den Inhalt dieses Gesprächs telegrafieren."

„Seien Sie unbesorgt", gab Mary mit todernstem Gesicht zurück, „mein Onkel macht seit zwei Jahren einer österreichischen Komtessa den Hof. Ich glaube nicht, dass er weiß, was ein Telegraf ist. Übrigens habe ich Sir George Goldie bei einem Vortrag in der Royal Geographie Society kennengelernt. Es war seltsam, aber dieser sehr mächtige Mann hat mein Mitleid erregt. Er hat etwas Trauriges an sich."

MacDonald dachte ein paar Sekunden über diese Bemerkung nach. Dann meinte er: „Da könnten Sie recht haben. Er muss schlimme Dinge gesehen haben. Aber das gibt niemandem das Recht, andere Menschen zu unterdrücken."

„Tut er das?"

„Er sieht das anders. Darin unterscheiden wir uns. Verstehen Sie mich nicht falsch. Ich denke, dass er Großartiges geleistet hat. Tatsächlich tut er alles, um die Interessen Großbritanniens zu verteidigen. Aber er macht dabei einen entscheidenden Fehler, und dieser Fehler kann uns einen hohen Preis kosten. Sehen Sie, er konzentriert sich ganz auf den Norden des Deltas, dort, wo die Franzosen und auch die Deutschen um Einfluss ringen. Um das zu erreichen, führt er im Delta ein rigoroses Regiment. Die Eingeborenen sind die

Leidtragenden, denn die Zollgrenze der Company verläuft quer durch ihr angestammtes Gebiet und schneidet sie von ihren Ölmärkten ab. Die Regeln der Company lassen ihnen keine Möglichkeit, sich legal ihren Lebensunterhalt zu verdienen. Der Kampf um das Hinterland wird auf ihrem Rücken ausgetragen. Ich fürchte, dass das irgendwann auf uns zurückschlagen wird. Daher versuche ich, diesen Fehler zu korrigieren. Und Sir George versucht, mich daran zu hindern."

„Dann sind Sie also Gegenspieler?"

„Wir sollten es nicht sein, aber es ist so. Sir George hat einflussreiche Freunde in London, und die Aktionäre der Royal Niger Company sitzen unter anderem auch im Parlament. Dabei will ich ihm keineswegs unredliche Absichten unterstellen. Es ist nur so, dass er die Company, von gelegentlichen Besuchen mal abgesehen, von London aus leitet. Aus dieser Perspektive sieht das Problem, das ich anspreche, sehr klein aus. Wenn man hingegen wie ich an der Küste lebt, wird deutlich, wie brisant es sein kann, wenn eine private Handelsfirma mit hoheitlichen Rechten ausgestattet wird. Die Männer vor Ort sind ein sehr eigener Menschenschlag. Vielleicht muss man so sein, um an diesem Ort zu überleben. Aber ihnen die Gerichtsbarkeit zu überlassen ist fatal."

„Sie meinen Männer wie den Doktor oder Mr. Mattis?", fragte Mary mit einem Blick in den Raum, wo die alten Hasen sich mittlerweile darin überboten, Mr. Hollingworth Schauergeschichten zu erzählen.

„Nein, ich meine Männer, die über Jahre unter den Eingeborenen leben. Das Delta ist ein verdammt gefährlicher Ort. Da muss man schon ein harter Hund sein, um zu überleben."

„Also Männer wie dieser Charly, den obskuren Grafen."

Er lachte: „Nein. Charly ist eine Klasse für sich. Dem

würde ich das Leben meiner Frau anvertrauen, aber niemals meine Geldbörse. Sehen Sie es so, Mary, die meisten Männer, die im Delta arbeiten, leben dort, weil sie in England nicht mehr zurechtkommen oder weil man sie dort ins Gefängnis stecken würde."

„Was höre ich da", sagte Lady Sarah, die zu ihnen gekommen war und die letzten Worte aufgeschnappt hatte. „Reicht es nicht schon, dass alle nur von diesen schrecklichen Krankheiten reden, musst du jetzt auch noch Räubergeschichten erzählen? Mary, hören Sie nicht auf diesen alten Mann, der viel zu lange in einer Soldatenuniform herumgelaufen ist. Kommen Sie lieber wieder zu Tisch. Das Dessert ist serviert."

„Gleich, Lady Sarah. Ich will nur noch ein wenig die frische Luft genießen."

„Das kann ich verstehen, wir werden ja regelrecht eingeräuchert. Die einzige Möglichkeit, die Männer vom Rauchen abzuhalten, besteht darin, ihnen etwas zu essen zu geben." Mit der Hand vor dem Gesicht fächelnd, zog Lady MacDonald davon, um den Rest der Gesellschaft wieder an den Tisch zu bringen.

Sir Claude und Mary schauten schweigend in die Nacht hinaus. „Es ist ein großartiges Land", sagte der Gouverneur schließlich mit leiser Stimme. „Es ist schrecklich, es ist grausam, aber es ist schön."

„Ja", sagte Mary ebenso leise und versuchte, sich das Land vorzustellen, dass dort hinter der nächtlichen See auf sie wartete. Sie dachte an unbekannte Berge und an weite Savannen. An hohes Gras und Raubtiere, die sich darin verbargen. Sie versuchte sich vorzustellen, dass sie wie ein Vogel darüber hinwegflog, über Wälder und Flüsse bis hinab in die dunkle, geheimnisvolle Welt des Deltas, wo sie das zu finden hoffte, was sie suchte.

„Es ist das Land, das mein Vater nie gesehen hat“, fügte sie hinzu und merkte, wie ihre Augen verschwammen, als die Trauer in einer großen Woge zurückkam.

„Kommen Sie“, forderte Sir Claude sie auf und legte ihr die Hand auf den Arm. „Es gibt Yorkshire-Pudding.“

Der Fluss

In den südlichen Bergen Guineas, dem Fouta-Djalon-Massiv nahe der Grenze zu Sierra Leone, entspringt der Niger. Das aber war auch schon alles, was man anfangs über diesen Fluss wusste. Sein weiterer Verlauf durch den Kontinent hingegen war jahrhundertelang eines der großen Rätsel Afrikas: Einer der Nilzuflüsse sei er, das mutmaßte der Grieche Herodot, der sich auf Berichte ägyptischer Händler stützte. In einer Art generationenübergreifendem Gelehrtendisput zweifelte der römische Gelehrte Mela dies fünfhundert Jahre später an. „... ein Fluss, der über Sand fließt?“, fragte er skeptisch – denn um den Nil zu speisen, hätte der Niger einmal die Sahara durchlaufen müssen.

Die Portugiesen, inspiriert von dem maurischen Gelehrten Leo Africanus, der wiederum arabische Quellen benutzte, nahmen an, dass der Niger nach einer 180-Grad-Wende wieder gen Westen fließe und die Niger-Mündung somit entweder mit der des Flusses Senegal oder des Gambia identisch sei. Als dann die französischen Kartografen De Lisle und D'Anville Anfang des 18. Jahrhunderts den Niger wahlweise beinah überallhin fließen ließen, nur nicht nach Süden, war die Verwirrung perfekt.

In London machte die African Association schließlich Ernst und finanzierte zahlreiche Expeditionen ins Innere Afrikas, um das vorerst letzte Rätsel um den großen Fluss zu klären. Doch erst der englische Entdecker Mungo Park, der über den Gambia und den Jarra-Fluss nach Nordosten vordrang, konnte nach einer Reise von über tausend Kilometern bei Bammakoo den Djoliba, den er als Niger identifizierte, „in der Sonne glitzern sehen". Dort war der Fluss bereits zu einem mächtigen Strom geworden, dem Park die dreihundert Kilometer bis Segu und Silla folgte, bevor er seine Reise erschöpft und von Krankheit geschwächt abbrechen musste. In London löste der Bericht von der Nord-Ost-Richtung des bisher unberechenbares Stromes Erstaunen aus.

Allen Zweiflern zum Trotz nähert sich der Niger auch hinter der von den Fulbe bewohnten Stadt Silla im heutigen Mali unbeirrt der großen Wüste, dem Reich der Wanderdünen. Und dort, zwischen Segu und Timbuktu, fließt er tatsächlich „über Sand", den Sand der Sahara. Während der trockenen Monate in einem schmalen Bett gefangen, schwillt er zur Regenzeit im Sommer zu einem gewaltigen Binnendelta an, das ein Gebiet von vierzigtausend Quadratkilometern überschwemmt. Hinter Timbuktu jedoch, jener sagenumwobenen Stadt am südlichen Rand der Sahara, von der selbst Herodot schon Legenden hörte, scheint das Wasser zur Besinnung zu kommen. Selbst ein machtvoller Strom wie der Niger vermag diese Wüste nicht zu bezwingen. Demütig, wie es scheint, neigt er sich nach Südosten, der aufgehenden Sonne entgegen.

Die Nachricht über diese Richtungsänderung konnte Mungo Park auf seiner zweiten Reise noch nach London schicken, bevor er starb. An der Themse schossen sofort neue Spekulationen wie Unkraut empor: Der Niger sei ein Zufluss des Kongos, hieß es nun. Nein, der Volta sei die Mündung. Nahe Lagos sei sie, meinten andere. Nur einige wenige Stimmen waren sich sicher, nannten das Gebiet zwischen dem Forcados und Old Calabar ...

Parks Expedition scheiterte in den Stromschnellen von Boussa, nachdem er diesmal dem Niger fast dreitausend Kilometer gefolgt war; doch fünfundzwanzig Jahre später nahmen die Gebrüder Lander seine Fährte wieder auf. Von der westafrikanischen Hafenstadt Badagry aus durchquerten die ungleichen Brüder in einer beschwerlichen mehrwöchigen Reise das Land und erreichten 1830 Boussa.

Mit aller Wut schäumt hier der Niger gegen die Felsen, die seinen Weg durch das ohnehin schon verengte Flussbett sperren. Nur bei hohem Wasserstand, während der Regenzeit, ist das Befahren dieser über viele Dutzend Meilen sich erstreckenden Stromschnelle möglich. Deshalb, und weil die beiden Engländer, anders als Park, den einheimischen Bootsführern vertrauen konnten, gelang ihnen die Durchfahrt. Die teilweise mannshohen schroffen Felsen waren die letzte große Hürde, die der Quorra, wie der Niger hier genannt wurde, den Entdeckern in den Weg stellte. In majestätischer Gelassenheit folgt der berüchtigte Strom von da an dem Bett, das er sich in Äonen gegraben hat. Nur selten noch zeigt er sein zorniges Temperament, etwa wenn er sich durch eine der von dichtem Grün bewachsenen Hügelketten zwängt. Meist zieht er jedoch träge dahin und umkost bewaldete, langgezogene Inseln mit der Umarmung seines lehmigen Wassers. Oder er lässt mit seinem Schwemmsand Ufersümpfe wachsen, in deren trügerisch-ruhigem Untergrund Flamingos tastend zwischen unsichtbar lauernden Krokodilen umherstaksen.

Auch die Menschen nutzten die fruchtbaren Uferregionen. Falatahs nannten die Gebrüder Lander die Bewohner mit den weiten, moslemischen Gewändern. Immer wieder durchbrachen ihre Ansiedlungen, Felder und Plantagen das dichte, niedrige Gebüsch, das die Ufer säumte. Weiß-braungescheckte Rinder grasten zwischen den Dörfern, deren Hütten auf Stelzen gebaut waren, um die Bewohner sowohl vor Überschwemmungen als auch vor umherstreifenden Krokodilen zu schützen. Frauen, in buntere Gewänder als die Männer gekleidet, wuschen ihre Wäsche im flachen Uferwasser und breiteten sie danach zum Trocknen aus. Neugierig folgten ihre Blicke dem Boot der Engländer.

Lange, flache Kanus, mit denen Schafe und Ziegen transportiert wurden, kreuzten langsam den Fluss. Die Ruderer standen aufrecht darin und trieben es mit bedächtigen Ruderschlägen voran.

Die Menschen lebten mit dem Fluss, mit seiner Fruchtbarkeit ebenso wie mit seiner Ruhe. Zeit schien eine andere Bedeutung zu haben in dieser Welt des gleichmäßigen Fließens. Mehr und mehr nahm der Zauber des Flusses die beiden britischen Forschungsreisenden gefangen. Wenn sie ein Dorf und seine Plantagen passiert hatten, folgten wieder weite Strecken stiller Einsamkeit. Aus dem verwilderten Uferbewuchs ragten nun mächtige, alte Bäume empor und neigten sich über das Wasser, als wollten sie sich vor dem Fluss verbeugen. Von ihren Wipfeln hingen Kletterpflanzen und Luftwurzeln herab und bildeten geheimnisvolle, grüne Grotten, in denen die Vorbeitreibenden Najaden und andere Wassergeister zu sehen glaubten.

Die verschwenderische Fülle der Grüntöne in der dicht geschlossenen Vegetationsdecke des Primärwaldes, die Spiele von Licht und Schatten, die beinahe abweisende Lautlosigkeit der Natur; all das bildete die Kulisse, vor der die staunenden Entdecker in das Herz Afrikas und in ihre eigenen Seelen schauten. Zutiefst berührt notierte Richard Lander in seinem Tagebuch: „Eine Einsamkeit, ein tiefer Ernst, eine totengleiche Stille prägt selbst die reichsten und wundervollsten Anblicke, dass es das Herz mit Trauer erfüllt."

Obwohl der Strom in großen, weiten Bögen die buckligen, wildüberwucherten Berge umschmeichelt und in majestätisch weiten Schwingungen die Ebenen teilt, behält er seine Süd-Ost-Richtung bei. Nachdem der Benue, von Osten kommend, bei Lokoja seine Wassermassen dem Niger bereitwillig schenkt, strebt der große Fluss geradewegs nach Süden und erreicht die Zone des tropischen Regenwaldes. Doch auch hier hat der Mensch bereits seinen Fußabdruck hinterlassen. Auf den gerodeten Flächen beiderseits des Flusses wachsen Ölpalmen in dichten Plantagen, aus deren Früchten Palmöl gewonnen wird. Hinter diesem Palmölgürtel wird das Land sumpfiger. Das Wasser dringt tief und unbarmherzig in den stummen Wald vor. In unzählige Seitenarme geteilt, bereitet der Strom sein Delta vor.

Einige der breitesten dieser Medusenarme erreichen schließlich den Mangrovengürtel, in dessen lebensfeindlichem Revier über Jahrhunderte allein die Einheimischen zu überleben wussten. Nur sie kannten die Wege durch das tückische Reich aus verschlungenem Wurzelgeflecht und schwarzem, schlammigem Wasser.

Sie waren es denn auch, die die Waren des Hinterlandes, hauptsächlich Sklaven und Elfenbein, zu den Mündungen des Forcados, des Nun oder des Bonny-Flusses am Golf von Guinea brachten. Dort ankerten die großen Schiffe der Weißen, die nicht ahnten, dass diese grüne Hölle von einem der größten Flüsse Afrikas gespeist wurde. Die noch keine Ahnung hatten, dass dies das Tor zum Inneren des afrikanischen Kontinents werden sollte.

Nachdem Richard und John Lander das Rätsel um die Nigermündung gelöst hatten, brach in London Begeisterung aus. Dies war der Weg zu den großen moslemischen Königreichen im Hinterland des unbekannten Kontinents, wo Ruhm und Reichtum auf unerschrockene Männer wartete.

Doch ganz so einfach war es nicht. Der Niger war nicht die Themse, und das Delta ein unberechenbares, sumpf- und mangrovendurchwuchertes Dreieck mit einer Ausdehnung von über zehntausend Quadratkilometern. Ein Labyrinth von ständig sich ändernden Wasserläufen, voller Untiefen, Krokodilen – und schlimmerer Gefahren. Dieses gewaltige, morastige Sumpfloch war nämlich auch noch bewohnt.

Ursprünglich waren die Nembe, die zum Volk der Ibo gehörten, Fischer gewesen. Eine andere Möglichkeit, um zu überleben, hatte es für sie lange nicht gegeben. Dafür kannten sie sich aus im Delta; so konnten sie den weißen Ankömmlingen das bieten, was diese suchten: Sklaven. Die Waffen, die die Nembe dafür erwarben, verstärkten ihren Einfluss bei den Stämmen im Hinterland. Bald beherrschten sie mit einer Flotte von Kriegsbooten das gesamte Gebiet und den Handel zwischen den äußeren Riffen des Deltas sowie dem Festland weit im Innern. Aus den armen Fischern waren mächtige Händler geworden. Auch bei den Weißen hatten sie sich Respekt verschafft. Schon als die Portugiesen im 16. Jahrhundert als erste Europäer auf der Suche nach Sklaven an dieser unwirtlichen Küste landeten, erwarben sie sich ihren Ruf. „*Ba-ra-sin*", wiederholten die Deltabewohner bei jeder Verhandlung hartnäckig, was ungefähr soviel heißt wie: „Der Preis ist zu niedrig." Die Rache der Weißen war subtil, sie kürzten die Phrase zum Namen: Brass.

Nach dem offiziellen Verbot des Sklavenhandels mussten sich die Brass-Leute und die weißen Händler umstellen. Neben den üblichen Artikeln wie Elfenbein, Holz und Edelmetallen hatte sich seit etwa der Mitte des 19. Jahrhunderts ein weiterer Rohstoff als wertvoll erwiesen: Palmöl.

Begonnen hatte es mit Seife. Die britischen Seifensieder hatten Palmöl als Zutat für ihre Waschmittel schätzen gelernt. Zunächst waren die benötigten Mengen noch recht bescheiden. Erst mit dem Aufschwung des Maschinenzeitalters, als findige Ingenieure merkten, dass sich Palmöl besser als jedes andere Öl zum Schmieren eignete, begann der Boom. Immer mehr Maschinen füllten die Fabrikhallen, und immer mehr Öl wurde benötigt. Die Flaute nach dem Bann des Sklavenhandels schien damit beendet. Die Handelsposten an den Flussmündungen des Nigerdeltas erwirtschafteten mit dem aus den Früchten Afrikas gepressten Saft neue Reichtümer.

Im Delta brach Goldgräberstimmung aus.

Bonny

Charly starrte durch die verdreckte Gittertür auf das im bleichen Mondlicht ölig glänzende Wasser hinaus. Die engen Maschen des Drahtgeflechtes schienen sich zu bewegen. Insekten in allen Größen und Formen krabbelten und flatterten daran herum, unwiderstehlich angezogen von dem Licht, das hinter ihm aus der Lampe blakte. Fette Beute für die Geckos, die in dem Gewusel mit ruckartig-schnellen Bewegungen ihre Abendmahlzeit fingen. Charly DeCardi sah halb nach oben, wo er den kleinen, dunklen Körper, der unter dem Dach der Veranda hing, nur undeutlich erkennen konnte. Wenn er, so wie jetzt, seine Augen auf einen Punkt außerhalb des Gitters fokussierte, schien es, als dränge ein formloses, gieriges Etwas an den Fremdkörper, den das Haus an der Bucht von Bonny darstellte; als seien die kriechenden Insekten und ihre Jäger nur die Vorhut dessen, was die Nacht, der Fluss und die Mangroven an Bösem ausbrüteten. Und als sei der kleine Bursche, der dort draußen hing und einfach nicht mehr fort wollte, ein Bote der Dunkelheit. So ganz falsch war das nicht, aber Charly wusste, dass diese Gedanken zu nichts führten. Dass sie empfindsame Gemüter sogar in den Wahnsinn treiben konnten. Und das hier war keine Gegend für empfindsame Gemüter.

Er dachte an Joshua Parkes, der ganz gewiss nicht zu den Empfindsamen gehört hatte. Als er Parkes das letzte Mal gesehen hatte, hatte der ein Loch im Kopf gehabt. Kein schöner Anblick, aber der stämmige Mann mit dem massigen Hals war auch vorher keine Augenweide gewesen.

Aber Joshua Parkes war nunmehr Geschichte.

Charly kehrte zu seinem Tisch zurück und nahm einen Schluck von dem raren Burgunder, um den faulig-süßen Geruch zu bannen, der vom Fluss herübergetrieben war. Es gelang ihm nur halb, dafür tat der Wein langsam seine Wirkung. Er beugte sich über das dünne Papier und las das Geschriebene.

Den höchsten Rang bei den Brass-Leuten nehmen natürlich die Könige ein. Als Nächstes kommen die „Chiefs“ sowie diejenigen ihrer Söhne, die bereits eigene Ölproduktion und Handel betreiben und sich somit – anfangs von ihren Eltern unterstützt – bereits eine Position erarbeitet haben. Danach folgen die „Winnabos“, ein Rang, der meistens von dem be-

vorzugten Sklaven eines Chiefs eingenommen wird und diesem schon seit Jahren gedient hat. Oft beginnt ein solcher Aufstieg als „Hosentasche“, d. h. damit, dass er seinem Herrn Schnupftabakdose und Taschentuch hinterherträgt.

Er überlegte, ob er das so stehen lassen konnte. Musste man einem normalen Menschen erst erklären, dass ...? Na ja, wahrscheinlich schon. Er tunkte die Feder ein und fügte hinzu:

(In der Eingeborenenkleidung haben sich Taschen bisher nicht durchsetzen können.)

Das sollte ja wohl reichen, wenn er jetzt noch anfinge zu erklären, wie das Hüfttuch gebunden wurde, käme er nie zum Ende. Aber wahrscheinlich wäre das auch egal. Wieder einmal fragte Charly sich, für wen er das alles eigentlich aufschrieb. Es interessierte sowieso niemanden. Im Grunde waren die Brass genauso Geschichte wie Joshua Parkes. Nur, wenn er diese Geschichte nicht festhielt, wer sollte es dann tun? Den Gedanken, dass er immer noch auf den einen Menschen hoffte, der die Ereignisse der Vergangenheit so verstehen würde, wie er sie erlebt hat, wehrte er unwillig ab.

„Dennis!“, rief er, weil er sah, dass die Weinkaraffe leer war. Aber im gleichen Moment fiel ihm ein, dass Dennis nicht da war. Mit einem unterdrückten Fluch griff er nach der Lampe und stapfte hinüber ins Lager. Ohne darüber nachzudenken, inspizierte er vor jedem Schritt den Boden vor seinen Füßen, um nicht auf eine umherstreunende Schlange zu treten. Aus einer geöffneten Kiste zog er eine neue Weinflasche hervor. Zurück in seinem Büro, öffnete er sie mit dem Korkenzieher, den er danach wieder in die Tasche seiner Weste schob. Ein Korkenzieher war ein seltenes und daher kostbares Werkzeug in diesen Breiten. Er füllte den Wein vorsichtig in die Karaffe um; dunkel, fast schwarz sickerte der Burgunder durch das Tuch, das als Filter diente. Tief sog Charly das schwere Aroma durch die Nase und gönnte sich für einen Moment, die Augen zu schließen. Dann betrachtete er einige Minuten lang versonnen das Spiel des Lichtes, das den Wein in ein geheimnisvolles Fluidum verwandelte.

„Also, gut", sagte er dann langsam zu der Karaffe, „Joshua Parkes wog falsch ab, und er deklarierte auch falsch. Aber ... jeder wusste es. Er machte das bei allen. Er benachteiligte niemanden. Und überhaupt: was heißt falsch abwiegen? Als wir die Preise noch selber aushandeln konnten, brauchte keiner falsch abzuwiegen. Erst seit dieser ...", er merkte, wie der Groll in ihm aufstieg, unterdrückte ihn aber sofort wieder. Es war der Sache sicher nicht dienlich, sich seinen Emotionen hinzugeben. Ein bisschen rutschte ihm aber doch durch. „... erst als dieser ehrenwerte Sir Hurensohn den Handel zu kontrollieren begann, fing der Betrug an. Und nun? Hat Goldie etwa auch noch im Himmel das letzte Wort?"

Der Wein zeigte sich vollkommen unbeeindruckt. Charly wurde sich bewusst, dass er auf diese Weise die Parkes-Affaire nicht würde verteidigen können. Da bedurfte es doch einer besseren Argumentation. Verärgert über das misslungene theologische Plädoyer, richtete er seine Aufmerksamkeit wieder auf seine Notizen.

Nachdem er sich einige Jahre lang als „Hosentasche" bewährt hat, wird er dazu befördert, die Auslieferung eines mit Öl beladenen Kanus an einen weißen Händler zu überwachen, d. h. das Prüfen der Waren, das Abwiegen etc. Ist diese Aufgabe fehlerfrei ausgeführt, wird er weiterhin damit betraut. Diese Arbeit erfordert ein gewisses Maß an Intelligenz oder savez, *wie die Eingeborenen es nennen. Schließlich geht es darum, die Interessen seines Herrn zu schützen, dass beispielsweise die Ruderer nicht die eine oder andere Gallone beiseiteschaffen. Oder dass der weiße Händler das Öl durch Nachlässigkeit – oder aus anderen Gründen – falsch auswiegt.*

Als ihm bewusst wurde, dass sich seine ethnografische Arbeit mit dem juristisch-theologischen Komplex überschnitt, verzog er das Gesicht und schenkte den Wein, der nun, durch den Kontakt mit der Luft, seinen vollen Geschmack entwickelt hatte, ins Glas nach. Himmel, Parkes war wirklich eine Plage gewesen, und er war es selbst jetzt noch, nach seinem Tod.

Wenn es ihm gelingt, diesen Teil seiner Aufgabe in diplomatischer Weise zu erledigen, id est, ohne dass der Aufkäufer verärgert ist, und er zudem einen gesunden Sinn für Sparsamkeit beweist, wird dieser Tag den Beginn seines steilen Aufstiegs markieren.

Parkes war ein Schweinehund gewesen, was das Abwiegen betraf. Andererseits, was war das schon gegen das, was Goldie, der alte Hühnerhabicht, auf dem Kerbholz hatte. Ohne sich auch nur einmal die feinen, überlangen Finger schmutzig zu machen, hatte er an jedem Tropfen Öl, der das Delta verließ, verdient. Und nicht selten hatte er Öl gegen Blut getauscht. Sir George Goldie hatte bestimmt längst sein Herrenhaus im Himmel.

Zwischen zwei Schlucken fragte sich Charly, ob er mit einer solchen Argumentation wirklich für Parkes' Seele ein Plätzchen im Ölhimmel erstreiten könnte. Er hatte da so seine Zweifel. Aber an diesen Burgunder könnte er sich gewöhnen, zweifellos. Verfluchter Dennis. Dann aber, plötzlich amüsiert, fiel Charly ein, dass Dennis auf einer Beerdigung war. Während er die Feder eintauchte, versuchte er sich vorzustellen, wie sein Diener den verstorbenen Vetter oder Schwager oder was auch immer dem afrikanischen Himmel empfahl. Der

Versuchung, über die Frage zu spekulieren, ob dieser sich so sehr vom europäischen unterschied, hatte er schon vor vielen Jahren entsagt.

Ist also das Geschäft für alle zufriedenstellend verlaufen, wird sein Herr ihm ein kleines Geschenk machen, entsprechend der Menge an Fässern, die er erfolgreich ausgeliefert hat, mindestens ein Stück Tuch oder, wenn es sich um eine größere Lieferung handelte, zwei Stücke und einen Haufen Glasperlen. Dieses Geschenk wird der aufstrebende Händler nach seiner Rückkehr seiner Mutter übergeben (id est der Frau, die sich um ihn gekümmert hat, seit er von seinem Brass-Herrn gekauft wurde). Sie wird es sorgfältig aufbewahren ebenso wie all die folgenden vielfältigen Teile seines wachsenden Besitzes, bis er genügend Vermögen hat, um ein angbar *Öl – ein Maß von dreißig Gallonen – davon zu kaufen. Dann wird er seinen Herrn, der von seinen Sklaven stets mit „Vater" angeredet wird, um die Erlaubnis bitten, seine wenigen Waren zu den Nigermärkten transportieren zu dürfen, sobald sein Herr das nächste Kanu schickt, was ihm in jedem Fall erlaubt werden wird.*

War eine gute Zeit gewesen damals, bevor Goldies Krake sich breitmachte. Die Brass waren schon immer gerissene Hunde gewesen, aber sein alter Freund Jubo, der dann später King JaJa wurde, hatte sie alle übertroffen. Wenn sie Jubo nicht reingelegt hätten, wäre die Company niemals zu dieser Macht gelangt, da war sich Charly sicher. Er hob das Glas.

„Auf dich, altes Schlitzohr, wo immer du steckst", rief er, wobei ihm prompt wieder Joshua Parkes einfiel und die Frage, ob der europäische und der afrikanische Himmel irgendeine Verbindung hatten. Weil dann – und das wäre wirklich komisch – Jubo und Joshua ...?

Guter Wein, dachte Charly, aber man wird ein wenig sentimental davon.

Als Nächstes muss er eine Abmachung mit dem Vormann der Bootsflotte seines Herrn treffen, wobei es um die Höhe der Kommission geht, die er zu zahlen hat, damit ihm seine Waren zu den fernen Märkten transportiert werden. In diesen Verhandlungen, die sich über viele Tage hinziehen können, bevor es zu einer endgültigen Regelung kommt, spielt die Pflegemutter eine wichtige Rolle, und es hängt in einem beträchtlichem Maße von ihrer Stellung im Haushalt des „Vaters" ab, welche Summe der Bootsführer von dem neuen Händler fordern wird. Sollte es sich bei der Pflegemutter um die Lieblingsfrau des Chiefs handeln, na gut, das vereinfacht die Verhandlungen. Der Bootsführer wird gutwillig auf ihre Vorschläge eingehen. Gehört sie aber zu den ärmeren Frauen im Haus, wird Mister Vormann damit beginnen, ein Viertel des Handelswertes zu fordern, und schließlich werden sie bei einem Achtel landen. Da der Winnabo ohne Weiteres sein Eigentum zweimal im Jahr verdoppeln kann – wobei er ja immer noch seinem Eigentum die Geschenke hinzufügen kann, die er von seinem „Vater" erhält, dessen Öl er auch weiterhin zu den Märkten bringt –, wird es nicht mehr als ein paar Jahre dauern, bis er ein gemachter Mann ist, mit eigenen Kanus und eigenen Sklaven.

„Joshua Parkes", rief Charly aus, während er die Feder in die Luft stieß. Aber dann war ihm die Fortsetzung entfallen. Er schnaubte unwillig und starrte wieder durch die Gittertür in die ölige Nacht. „Nein", wandte er sich dann entschieden an den obersten Chief im Himmel, „wir brauchen kein großes Theater um Joshua Parkes zu machen. Auf Auszeichnungen legt dieser ... ehrenwerte ... Herr sicher keinen Wert. Auf der anderen Seite lassen wir dann den Merchandise Marks Act bei seiner Beurteilung außer Acht."

Ein genialer Schachzug. Um dieses Gesetz, mit dem die Preise reguliert werden sollten, hatte sich ohnehin nie jemand gekümmert. Darauf sollte es einen guten Tropfen geben. Mit dem frisch gefüllten Glas prostete sich Charly triumphierend zu und stieß mit der Karaffe an. Ein solcher Kompromiss sollte den Casus Parkes eigentlich klären. Wurde ja auch Zeit.

Damit ist der Winnabo natürlich auch ein beachtlicher Aktivposten im Besitz seines Herrn. Um seinen Status zu behalten, wird er daher darauf achten, nicht verkauft zu werden. Ich habe mehrfach gesehen, dass Winnabos die Schulden ihres Herrn bezahlen. Formal gesehen hat der Herr das Recht, ihn zu verkaufen. Aber von so einem Fall habe ich nie gehört.

Charly hielt inne. Er hatte das Gefühl, dass er etwas vergessen hatte. Irgendetwas, das dringend zu erledigen war. Ihm fiel nur partout nicht mehr ein, was das sein könnte. Hatte es etwa mit dem kleinen Kerl zu tun, der sich da auf seiner Veranda eingenistet hatte? Nein. Mit einem Kopfschütteln lehnte Charly sich zurück und legte die Füße mit den halbhohen Stiefeln auf den Tisch. Verdammtes Delta. Da draußen braute sich etwas zusammen. Vielleicht sollte er besser verschwinden. Aber wohin? Als er das letzte Mal in England gewesen war, und das war schon einige Jahre her, wäre er beinah eingesperrt worden. Im Übrigen war es dort verflucht teuer. Andererseits würde er gerne mal wieder einen Winter erleben. Beißende Kälte. Häuser, in denen Öfen böllern. Rauch und Ruß. Schnee.

Schnee? Ach was, in England schneite es nicht, es matschte nur. Charly hob das Glas und ließ das Licht seinen langsamen, flackernden Weg durch den Burgunder suchen.

Er wusste, dass es Ärger geben würde. Irgendetwas kroch

aus den Tiefen der Mangrovensümpfe empor, etwas, das all die feinen Pläne seiner Landsleute zunichte machen konnte. Er wusste das, schließlich war er schon lange genug im Delta.

Er wusste nur nicht, wie es geschehen würde. Und das machte ihn unruhig.

Das Boot schien seinen Weg im Labyrinth der Kanäle und Lagunen von alleine zu finden. Das war natürlich Unsinn, und Pater Bubendorff schalt sich einen Narren ob dieser abwegigen Gedanken. Selbstverständlich waren es seine Bootsführer, die mit ihrem sicheren Instinkt und dem generationenalten Wissen in diesem Gewirr aus Wasser, Mangroven und Sumpf nicht nur alle tückischen Untiefen zu vermeiden wussten, sondern auch noch ihrer Richtung zu folgen vermochten. So wie er im Stande gewesen war, gedankenlos durch die Wälder seiner Heimat im Hessischen zu marschieren, ohne sich zu verlaufen. Ach, das war lange her. Süße Erinnerung. Wieder rief er sich zur Ordnung. Aber diese unheilvolle Umgebung trübte sein Gemüt. Der Gedanke, dass sie Tage, ja Wochen so weiterrudern könnten, ohne dass auch nur die geringste Abwechslung den Augen Erholung böte, ließ ihn schier verzweifeln.

Es war noch früher Morgen, Nebelschwaden hingen zwischen den Mangroven und verschleierten gespenstisch die schwarzen Stränge ihrer verzweigten Wurzeln. Die allumfassende Stille wurde allein durch das Eintauchen der schmalen Ruderblätter unterbrochen oder durch ein gelegentliches, nasses Glucksen in diesem unheimlichen Reich zwischen Wald und Wasser. Das Geräusch klang fast spöttisch, als wolle es sich über die Ängste des Reisenden belustigen.

Was Afrika anging, war der Pater ein alter Hase. Vom umtriebigen Sierra Leone bis ins katholische Luanda gab es kaum einen Ort, an dem er sich nicht auskannte, aber dass es ihn schließlich hierher ins Nigerdelta verschlagen musste und dass er dann auch noch am Hof eines Königs landete, der bestenfalls in den frühen Morgenstunden nüchtern zu sein pflegte, empfand er als zutiefst ungerecht. Nun, wenigstens war King Ebefa den Christen nicht feindlich gesinnt.

Andere waren dies sehr wohl, und bei dem Gedanken an seinen Intimfeind befielen den Pater außerordentlich unchristliche Wunschvorstellungen. Bevor er sich jedoch noch weiter in ihnen verlieren konnte, öffnete sich – mal wieder unvermutet – die schmutzig-graue Wand der Mangroven und gab den Blick auf die Bucht von Bonny frei.

Er gab seinen Ruderern ein Zeichen, die Lagerhäuser am gegenüberliegenden Ufer anzusteuern. Dabei mussten sie sich zwischen zwei britischen Schoonern durchlavieren, die hier vor Anker lagen und auf Ladung warteten. Von Deck riefen ihnen ein paar gelangweilte Matrosen etwas Unflätiges zu, und dicht neben dem Boot landete ein Spritzer schwarzem Tabakpfriems im Wasser. Der Pater beachtete sie nicht.

Als sie sich den Lagerhäusern näherten, erkannte der Gottesmann den Händler Archie McEachen, wie er mit seinen Gehilfen und Söhnen Fässer abwog. Eine steile Falte spaltete die Stirn des Paters. Er missbilligte zutiefst, dass Mr. McEachen mit einer Eingeborenen in unheiliger Gemeinschaft lebte und mit ihr ganze Scharen von Kindern in die Welt setzte. Aber ihm war auch klar, dass dieser gottlose Mensch einen Dreck darum gab, was andere von ihm dachten.

Als sie am Steg anlegten, bemerkte McEachen sie. „Reverend Bubendorff, so früh schon unterwegs? Sie müssen mit den Hühnern aufgestanden sein."

Der Pater ignorierte den süffisanten Ton in McEachens Stimme. „Ich", setzte er betont an, während er aus dem Boot kletterte, „ich stehe immer mit den Hühnern auf, Mr. McEachen. Ich gehe auch mit ihnen schlafen."

McEachen betrachtete ihn mit einem spöttischen Ausdruck in den Augen. Der Pater erkannte, dass sich seine eigenen Worte in diesem schadenfreudigen Blick wie in einem Vexierbild auf das Unangenehmste verkehrten. Dieser Mensch war wirklich grässlich. Mit glühendem Gesicht setzte Bubendorff zu einer Erwiderung an, als aus dem nahen Kontor ein anderer Weißer zu ihnen herüberkam. „Reverend, was für ein unerwartetes Vergnügen. Gerade gestern habe ich an Sie denken müssen! Ich habe die anregenden Gespräche mit Ihnen vermisst."

„Guten Morgen, Mr. DeCardi." Der Pater ergriff die dargebotene Hand, während er mit der anderen ein Taschentuch hervornestelte, um sich den Schweiß aus dem Nacken zu tupfen. Charlys Blick wanderte zwischen McEachen und dem Pater hin und zurück. „Archie", meinte er, „warum machst du nicht mit dem Abwiegen weiter?" McEachen murmelte etwas Unverständliches von Hühnern und wandte sich wieder seinen Ölfässern zu.

„Sie müssen Archie nicht so ernst nehmen", sagte Charly, als er den Pater ins Kontor führte, „er hat's mit den Gelenken. Die ewige Feuchtigkeit macht ihm zu schaffen."

„Dann hat er sich aber nicht gerade den besten Platz ausgesucht", erwiderte der Geistliche ungnädig, während er sich, umständlich die Gewänder ordnend, in einem knirschenden Korbstuhl niederließ. Im nächsten Moment taten ihm seine Worte schon wieder leid, freiwillig wäre auch er nicht in diese Gegend gekommen. Charly, der die widersprüchliche Natur des Paters kannte, beließ es dabei. Stattdessen studierte er das Papier, auf dem Bubendorff seinen Bedarf an Verpflegung aufgelistet hatte. Charly rief einen der Gehilfen herein und reichte ihm die Liste mit einer gemurmelten Anweisung.

„Was gibt es Neues in Nembe?“, fragte er dann, „es hat doch nicht wieder Ärger gegeben?“

Der Pater nahm dankend die Tasse mit dem dampfenden Kaffee an, den Charly ihm reichte. „Gottlob nicht von der Art wie letztes Mal.“ Im Sommer, während der tiefsten Regenzeit, war es zu einem unangenehmen Zwischenfall gekommen. Zwei weiße Händler hatten eine Brass-Frau entführt und sie stundenlang auf einem Schiff der Company festgehalten. Hinterher hatten sie kalt behauptet, die Frau hätte sich ihnen als Prostituierte angeboten. Um ein Haar wäre Blut vergossen worden.

„Es ist Chief Koko, der mir Sorgen bereitet. Ich bin sicher, dass er hinter den Überfällen auf die Lager und Boote der Company steckt, und König Ebefa hat nicht die Macht, ihn in seine Schranken zu verweisen. Wie kann er auch, wenn die Schmuggler ihn dauernd mit Gin versorgen.“

Charly schlürfte genussvoll seinen Kaffee. Schmuggel und Alkohol waren Reizworte für den Pater. Dass den Brass kaum etwas anderes zum Überleben blieb, seit die Company sie aus dem Ölhandel gedrängt hatte, änderte nichts an seiner Haltung. Und Charly würde sich hüten, sein Verständnis für die Brass allzu offen kundzutun.

„Wie kommen Sie darauf, dass Chief Koko hinter den Überfällen steckt?“, fragte er den Pater

Der strich sich mit seinem Tuch fest über das Gesicht, als ob er seinen Blick klären wollte. „Gesagt hat es mir keiner. Selbst die Mitglieder meiner Gemeinde schweigen, auch wenn sie Bescheid wissen. Es sind nur Beobachtungen. Verstehen Sie, es stimmt ja, dass es schlecht steht. Die Suppe in den Töpfen ist dünn geworden, wie man so sagt. Kaum einer kann sich die Lizenz und die von der Company erhobenen Zölle für den Ölhandel leisten. Doch Koko und seine Leute fahren trotzdem hinaus, obwohl auch sie nicht bei der Company bezahlen können, aber sie kommen mit Geld zurück. Manchmal auch mit Wunden. Aber ihre Familien haben wenigstens Fleisch in den Töpfen. So gewinnt er immer mehr Anhänger. Er nutzt das aus. Chief Koko hetzt die Leute auf. Nicht nur gegen die Company. Sein Hass gilt allen Europäern. Sogar den Mitgliedern meiner Gemeinde."

„Na", meinte Charly, „es war nie zu erwarten, dass Koko sich begeistert zum Christentum bekehren lassen würde."

Bubendorff verzog angesäuert das Gesicht. „Wenn es nur das wäre! Aber immer mehr Menschen lassen sich von seinem Juju-Meister, Black Foobra, verführen. Dieser Teufel weckt die schlimmsten Gelüste in den Menschen." Er beugte sich vor und flüsterte, als ob er fürchtete, jemand könne sie belauschen: „Ich kann sie jede Nacht hören bei ihren Versammlungen. Wie sie heulen, schreien und trommeln. Sie schlachten Hühner und Ziegen und reiben sich mit deren Blut ein." Der Pater redete sich in Rage. „Die Mitglieder meiner Gemeinde werden von ihnen beschimpft und bedroht. Überall legen sie ihre Juju-Zeichen aus, Affenschädel oder andere Tierknochen, manchmal nur Steine oder Stöckchen, aber allen jagen sie damit Angst ein. Und ich fürchte", bei diesen Worten hob er den Zeigefinger, „Koko will König Ebefa beerben. Dafür ist ihm jedes Mittel recht." Erschöpft lehnte sich Bubendorff zurück.

Charly schenkte sich langsam Kaffee nach, während er darüber nachsann, was der Pater ihm berichtet hatte. Der hatte es wahrlich nicht leicht in Nembe. Der Ort lag im Herzen des Brass-Gebietes. Seit die Company ihr Hauptquartier nach Akassa, unweit von Nembe, verlegt hatte und damit den Brass sozusagen direkt vor der Nase saß, hatte deren seit Jahren aufgestauter Groll endlich ein Ziel, auf das er sich richten konnte.

King Ebefa von Nembe war ein Trunkenbold, wenn auch ein gutherziger. Er verlor immer mehr Macht an den aggressiven Brass-Chief Koko und dessen Fetischmeister Black Foobra, die den Unmut der Eingeborenen zu schüren wussten.

Der ewige Kampf gegen Fetischleute war sozusagen des Paters Metier, aber Black Foobra war wirklich ein übles Kaliber. Chief Koko kannte Charly noch aus der Zeit, als die Brass den Ölhandel kontrolliert hatten, ein schwieriger Mann, der von seinem tiefsitzenden Hass auf die Weißen getrieben wurde. Charly begriff die Sorge des Paters. Die Gefahr, die von diesen beiden Männern ausging, durfte nicht unterschätzt werden. Aber er wusste auch, dass die Company genau das tat. Er konnte sich gut vorstellen, welche Reaktionen er in Akassa auslösen würde, wenn er berichtete, dass ein Dorfhäuptling und ein Fetischmann Tänze aufführten, Hühner schlachteten und damit vorhatten, die Massen gegen die Company aufzubringen. Höfliches Gelächter wäre das Mindeste.

„Es heißt, dass er Menschenopfer fordert.“ Diese Bemerkung riss Charly aus seinen Gedanken.

„Was? Wer?“, fragte er verwirrt.

„Black Foobra. Über den habe ich doch gerade gesprochen.“ Der Pater wirkte irritiert.

„Wozu?“

„Wozu?“ Die Frage schien dem Pater unangemessen. „Was weiß ich? Das spielt doch keine Rolle! Allein dass er diese abscheuliche Forderung überhaupt aussprechen kann, ist ungeheuerlich.“

Da hatte der Geistliche natürlich recht. Die alten religiösen Anschauungen der Brass hatten Charly nie sonderlich zugesagt. Mit der Kirche lag er zwar auch mehr oder weniger über Kreuz, aber die Riten der Brass oder anderer Stämme hatten ihn zunehmend abgestoßen. Meist hatten sie mit den Eingeweiden oder dem Blut von Tieren zu tun. Gerüchteweise hatte er aber auch schon von Menschenopfern gehört und sich nicht lange mit Zweifeln daran aufgehalten. Doch diesbezüglich eigene Erfahrungen waren ihm glücklicherweise bislang erspart geblieben. Seiner Auffassung nach war diese düstere Seite seiner afrikanischen Geschäftspartner etwas, das sich nie ganz zurückdrängen lassen würde. Es war Teil der Menschen hier, ebenso wie die Mangroven Teil des Deltas waren.

Sein alter Freund Jubo, der sich sein eigenes Königreich geschaffen hatte, hatte nur verächtlich geschnaubt, als Charly ihm einmal von seiner Abneigung gegen diese Sitten erzählt hatte. „Was seid ihr Weißen so empfindlich! In den Häusern der reichen Händler hängen auch Tierköpfe an der Wand. Ihr schießt Löwen und Leoparden, damit eure Frauen ihre zarten Füßchen auf die Felle setzen können. Ihr macht die Arbeit nur nicht selbst. Ihr bringt die toten Tiere in große Häuser, wo unwissende Sklaven sie ausweiden. Wenn Ihr Euch dann das Fell holt, ist schon wieder alles schön sauber. Ihr schert euch einen Dreck um die Tiere." Aber was denn mit den Menschen sei, die angeblich für religiöse Zwecke ihr Leben lassen müssten, fragte Charly. Jubo hatte in empörter Abwehr die Hände gehoben: „Aber niemals unsere eigenen Leute." War schon ein komischer Bursche gewesen, der gute Jubo.

„Das geht natürlich nicht", stimmte Charly dem Pater zu. „Ich habe in den nächsten Tagen in Calabar zu tun. Wie ich hörte, wird MacDonald dort in Kürze erwartet. Ich werde ihm davon berichten." Dass seine Befürchtungen direkt an das

Ohr des Gouverneurs getragen werden sollten, schien Pater Bubendorff etwas zu beruhigen. Mehr konnte Charly nicht für ihn tun. Er fragte sich kurz, ob er den Pater zur Vorsicht ermahnen sollte. Aber dann unterließ er es, der Mann hatte schließlich einen Gott auf seiner Seite.

Der Sänger

Mary folgte einem Impuls. Die Gasse, die sich weiter ins Araberviertel hineinwand, zwischen Sandsteinmauern auf der einen und hohen Holzzäunen auf der anderen Seite, würde sie noch weiter vom Hafen fortbringen. Aber das schreckte sie nicht. Irgendwo hinter sich, im Labyrinth der Straßen von Lagos, hörte sie Thomas nach ihr rufen. Der Diener, den ihr Lady Sarah als Begleitung mitgegeben hatte, tat ihr ein wenig leid. Aber sie hatte genug davon, von einer Kirche zur nächsten geschleppt zu werden. Darum war sie ihm bei der erstbesten Gelegenheit entwischt und hatte sich unvermittelt im moslemischen Viertel wiedergefunden. Hier trugen die Männer kleine, krempenlose Hüte und lange, helle Gewänder. Ihre Blicke waren freundlich, ohne aufdringlich zu sein. Mit verhaltener Neugier betrachteten sie die weiße Frau, die allein zwischen den Behausungen spazieren ging.

Vielleicht war es das Licht der späten Nachmittagssonne, die dem buckligen Sandweg und den Mauern einen so satten Ton verlieh, vielleicht waren es die Geräusche, ein leises Stimmengewirr und eine ganz aus der Ferne kommende, undefinierbare Musik. Vielleicht auch der Geruch von gebackenem Brot und geröstetem Fisch. Nach dem Trubel auf der Marina, der breiten Küstenstraße mit ihren Marktständen, den auf sie einredenden Menschen und dem stets besorgten Thomas verführte sie diese friedliche Szenerie durch ihre Unaufdringlichkeit. So ging sie einfach weiter.

Als sie mit einem Mal ein „Misses“ hinter sich hörte, dachte sie im ersten Moment, Thomas hätte sie doch noch gefunden. Aber noch bevor sie sich umwandte, wusste sie, dass es nicht seine Stimme war. Der Junge, der ihr auf alten, klappenden Sandalen hinterherlief, war vielleicht zwölf, dreizehn Jahre alt, sein Burnus reichte bis auf halbe Wadenlänge. „Misses“, sagte er wieder und ergriff sogleich ihre Hand, während er in holprigem, aber gut verständlichem Englisch auf sie einsprach, „kommen Sie. Der Sänger ist da.“

„Der Sänger?“ Mary war so verdutzt von seiner Vertraulichkeit, dass sie sich ein paar Schritte mitziehen ließ. „Was für ein Sänger? Warte doch mal.“

„Der Sänger“, beharrte der Junge und zog wieder an ihrer Hand. „Er war lange fort, im Norden. Man sagt, er war am Benue und noch weiter, beim König von Bornu.“

Mary fragte sich, ob der Kleine sie vielleicht verwechselte. Sie selbst hatte große Schwierigkeiten, die schwarzen Gesichter auseinanderzuhalten, vielleicht ging es den Menschen hier ähnlich, wenn sie Weißen gegenüberstanden. Dabei betrachtete sie die Gesichtszüge des Jungen genauer und stellte fest, dass seine Haut eine Spur heller war als die der anderen Schwarzen. Auch seine Nase war schmaler, die Augen mandelförmig. Dieser Junge hatte unverkennbar arabisches Blut in den Adern.

„Kommen Sie“, forderte er jetzt wieder ungeduldig. Noch immer verwundert, aber auch amüsiert ließ Mary sich von ihm mitziehen. Sie war sich zwar sicher, dass es sich um eine

Verwechslung handeln musste, aber die Aussicht auf einen geheimnisvollen Sänger machte sie neugierig.

Der Junge führte sie zu einer eisernen Pforte in der Mauer, öffnete sie und zog sie mit ins Innere. Überrascht von dem Anblick, der sich ihr bot, blieb Mary stehen. Der Innenhof, den sie betrat, war voller Menschen, die in einem lockeren Kreis um einen Mangobaum in der Mitte auf dem Boden saßen. Auf den zweiten Blick bemerkte sie, dass die Frauen zu ihrer Rechten von den Männern getrennt saßen. Die meisten Frauen trugen rote und schwarze Gewänder, bei den Männern dominierte Weiß und Blau. Alle saßen sie auf kleinen Teppichen oder Bastmatten. Und alle sahen sie jetzt an.

Ehe Mary ihrem Impuls nachgeben konnte, diesen Hof schnellsten wieder zu verlassen, stand einer der älteren Männer auf und kam auf sie zu. Er verbeugte sich leicht vor ihr, berührte dabei seine Stirn, den Mund und die Brust mit den Fingern und sprach dabei mit einer tiefen Stimme ein paar Worte zu ihr.

„Er sagt Ihnen Willkommen und Allah schütze sie", übersetzte der Junge.

„Sag ihm meinen Dank", erwiderte Mary, „und dass es mir leidtut, wenn ich seine Versammlung gestört habe."

Der Mann schüttelte lächelnd den Kopf, als der Junge die Worte weitergab. Er wies mit einer einladenden Geste zu den Frauen, die bereits einen Platz zwischen sich freimachten. „Sie nicht stören, Misses, bitte setzen", dolmetschte der Junge wieder.

Nun gut, dachte Mary unternehmungslustig, falls die richtige „Misses" noch auftauchte, konnte sie sich immer noch Gedanken machen, wie der Irrtum aufzuklären war. Während sie noch überlegte, wie sie sich auf den Boden setzen sollte, ohne sich lächerlich zu machen, brachte der Junge einen kleinen Hocker. Dankbar nahm sie das Angebot an und setzte sich zwischen die Frauen, die lachend ihr langes, schwarzes Kleid und die Stiefel bestaunten. Einige redeten auf sie ein, aber da sie kein Wort verstand, konnte sie nur mit den Achseln zucken. Der Junge, der sie hergebracht hatte, stellte sich neben sie. Offenbar galt für ihn die Geschlechteraufteilung nicht, wie auch für die Kinder, die zwischen den Frauen saßen oder, wenn ihnen der Sinn danach stand, zu den Männern wechselten. Gerade wollte sie ihren Übersetzer fragen, was denn nun geschehen würde, als er zu der Veranda im hinteren Teil des Hofes zeigte, aus deren Schatten jetzt ein Mann in einem hellblauen Burnus heraustrat.

In den Händen trug er etwas, das sie zwar als Saiteninstrument identifizierte, das aber in nichts dem ähnelte, was sie bisher kannte oder gesehen hatte. Der rundliche Klangkörper sah aus wie eine große, umgedrehte Kalebasse. An seiner geschlossenen Seite steckte ein Stock, der direkt am Klangkörper von einem langen Querstock gekreuzt wurde. Von dem Längsstock gingen in beide Richtungen je fünf unterschiedlich lange Saiten zu dem Querstück. Während Mary noch interessiert dieses seltsame Instrument inspizierte, setzte sich der Musiker unter den Baum in der Mitte der Zuhörerschaft. Gespannt auf das, was nun folgen würde, suchte sie eine etwas bequemere Sitzposition, als sie bemerkte, dass der Sänger sie ansah. Nun stach sie als einzige Weiße in ihrer europäischen Kleidung natürlich aus dieser bunten Schar Frauen hervor, dennoch empfand sie den Blick aus den dunklen, sanften Augen auf schon beunruhigende Weise intensiv. Es war, als ob er sie kennen würde, und Mary spürte, wie sich etwas Angespanntes in ihr löste unter diesem Blick.

Der Sänger nickte ihr zu und nahm sein Instrument unter den Arm. Als er zur Probe an den Saiten zupfte, verstummten die Gespräche um sie herum. Alle Augen richteten sich erwartungsvoll auf den Mann in dem hellblauen Burnus. Der Junge beugte sich zu ihr: „Er hat auf Sie gewartet."

Mary sah ihn erstaunt an: „Auf mich? Wie meinst du das?", flüsterte sie.

„Er hat gesagt, wir müssten auf die weiße Frau warten", gab der Junge zurück.

„Aber ...", begann Mary verwirrt, doch der Junge legte den Finger auf die Lippen. Sie fragte sich noch kurz, wie man wohl auf ihre Hochstapelei reagieren würde, aber dann begann der Musiker sein Lied. Sie versuchte, auf dem Schemel, den man ihr angeboten hatte, eine etwas bequemere Position zu finden, zog eine Falte an ihrem Kleid glatt und richtete ihre Aufmerksamkeit auf die geschickten Finger, die den Saiten erste Akkorde entlockten. Zuerst war sie etwas enttäuscht von der Schlichtheit des Motivs. Dann, da es in stetem Rhythmus wiederholt wurde, fiel ihr die Fremdartigkeit der Klangfolge auf. Sie verstand natürlich etwas von Musik, und nach dem Klavier waren es vor allem Saiteninstrumente, auf denen sie geübt hatte. Sie meinte also schon mit dem Repertoire dessen, was ein solches Instrument an Tönen hergab, vertraut zu sein. Dieses aber klang anders.

Als nun die weiche, dunkle Stimme des Sängers mit dem Gesang einsetzte, beugte sich der Junge wieder zu ihr herab um zu übersetzen. Sie winkte unwillig ab, die Geschichte, die da erzählt wurde, interessierte sie nicht weiter, und sie wollte nicht abgelenkt werden.

Konzentriert folgte sie weiterhin dem Spiel der Finger und versuchte, das System in den immer wiederkehrenden Tonfolgen zu erkennen. Dass der Gesang, so melodisch er auch war, nicht immer zum Rhythmus des Saiteninstrumentes zu passen schien, empfand sie schon beinah als ungehörig. Hatte der Sänger denn gar kein Taktgefühl. Mal schien er dem Rhythmus davonzulaufen, mal hinkte er ihm geradezu verträumt hinterher. Eine solche Disziplinlosigkeit hätten ihre Musiklehrer ihr niemals durchgehen lassen. Um zumindest das Instrument zu begreifen, blendete sie den Gesang so weit wie möglich aus ihrer Wahrnehmung aus. Bald stand ohne jeden Zweifel fest, dass der Rhythmus keinem der ihr bekannten Gesetze folgte. Das versetzte sie in Aufregung. Sie war im Begriff, etwas über Musik zu erfahren, was noch in keinem Notenbuch verzeichnet, in keinem europäischen Konzertsaal gespielt worden war. Und wie sie sich auf diese Tonfolgen konzentrierte, wie sie dem flinken Spiel der Finger folgte, da geschah es mit einem Mal, dass sie der anderen Menschen in dem kleinen Hof gewahr wurde. Dass sie die Wärme spürte, die sich zwischen den Mauern staute und den eigentümlichen Geruch wahrnahm, der entsteht, wenn viele Menschen in dieser Hitze beieinandersitzen. Sie rührte sich nicht, schaute nicht auf und wagte kaum noch zu atmen; denn eigentümlicherweise lenkten diese Sinneseindrücke sie nicht im Mindesten von der Musik ab. Im Gegenteil: Ihr war, als hätte jemand dem Bisherigen etwas hinzugefügt, ohne das es singulär und unverständlich geblieben wäre. Aber das war noch nicht alles, ganz deutlich spürte sie, dass da noch Weiteres darauf wartete, von ihr verstanden zu werden. Denn auch mit diesem neuen Element war die Musik noch nicht vollständig, und sie wusste plötzlich mit erschauernder Klarheit, dass es ihr nur gelingen würde, sie zu verstehen, wenn sie alles zusammenfügte.

Sie schloss die Augen, auch wenn ihr dies den Blick auf die bewegenden Finger verwehrte. Aber das machte nichts, hinter ihren Lidern spielten sie sichtbar weiter. Und gleichzeitig waren da die anderen Menschen, und das Licht, und die Wärme. Dann, obwohl sie wusste, dass hinter den Mauern die labyrinthische, umtriebige Stadt lag, sah sie stattdessen die Weite des Landes, das sich hinter den Lagunen und Wäldern erstreckte. In ihrem Inneren tauchte eine graswogende Savanne auf und Menschen, die darin ihren Weg suchten. Aber dies waren doch nur Bilder, dachte sie mit zaghaftem Zweifel. Woher kamen die? Es musste die Stimme sein. Jetzt erst ließ sie zu, dass auch die Stimme wieder zu ihr drang. Und nun begriff sie das Asymmetrische zwischen dem Instrument und der Stimme: es war Lockung und Flucht, Sehnsucht und eine andere namenlose Kraft, die das Zusammenspiel bestimmte. Jetzt erkannte sie, dass das Instrument und die Stimme einen Abstand hielten, dass sie sich niemals berührten, sondern einander umspielten. Sie waren wie bewegte Komplementärfarben, die sich in einem Kreis umtanzten und so einander erklärten. Der Geruch und die Weite, das Licht und das Rauschen des Grases waren nichts weiter als die anderen Farben dieses Kreises. Und dieser Farbkreis tanzte, war Bewegung, war Musik.

Als der Sänger sein Lied beendet hatte, war sie noch einige Atemzüge lang unfähig, die Augen zu öffnen und sich zu rühren. Erst als sie die Blicke der anderen fast körperlich zu spüren meinte, schaute sie auf und klatschte verzückt in die Hände. Der Sänger lächelte zufrieden und begann von Neuem die Saiten zum Klingen zu bringen.

Vielleicht war es eine Stunde, in der sie und die anderen Zuhörern den Liedern lauschten. Mary wusste es nicht zu sagen, denn sie hatte jedes Zeitgefühl verloren. Jedes Lied schickte sie von Neuem auf die Reise, und wenn es endete, blieb eine fast schmerzhafte Sehnsucht nach mehr zurück. Schließlich aber verklangen die letzten Akkorde. Ein paar der

Männer erhoben sich, streckten ihre Glieder, und die Frauen begannen sich zu unterhalten. Mary, die noch ein wenig benommen war, sah sich um und fragte sich gerade, was sie nun tun sollte, als der Junge sie am Arm zupfte. Er zeigte zu dem Sänger, der sie zu sich winkte. Neugierig folgte sie seiner Geste.

„Er freut sich, dass Sie doch noch gekommen sind“, übersetzte der Junge die Begrüßung des Sängers.

Mary fand, es wäre an der Zeit, das Missverständnis aufzuklären: „Es handelt sich um eine Verwechslung. Tut mir leid, ich hätte es gleich sagen sollen, aber ich bin heute das erste Mal in der Stadt. Ja, ich bin sogar das erste Mal in Afrika. Er kann mich nicht kennen.“

Das schien den Mann nicht im Geringsten zu beeindrucken. „Er sagt, er hat von Ihnen geträumt“, übertrug der Junge seine Worte.

Mary sah ihn zweifelnd an: „Geträumt? Aber wie kann er ...?“

„Ja, er hat von einer weißen Frau geträumt, die in unser Land kommt. Sie hat helles Haar und ein schwarzes Kleid, genau wie Sie. Und sie hat das Herz einer Löwin.“

„Das Herz einer Löwin?“ Mary betrachtete den Mann mit dem freundlichen Gesicht und diesem warmherzigen Blick mit einem leichten Schmunzeln. So ganz nahm sie ihm die Geschichte nicht ab. Sie war sicher, dass, wenn sie rote Haare gehabt hätte, er seinen Traum entsprechend angepasst hätte. Die nächsten Worte aber, die der Sänger dem Jungen zum Dolmetschen sagte, ließen ihr Lächeln erlöschen und stattdessen einen kleinen Schauer über ihren Rücken laufen: „Er sagt, Sie haben ihre Heimat verlassen, weil Sie den Tod fürchteten und weil der Geist Ihres Vaters Ihnen den Weg gewiesen hat.“

Mary versuchte zu schlucken, aber ihr Mund war auf einmal trocken. Kürzer und treffender hätte man den Grund ihrer Reise nicht beschreiben können. Das aber konnte dem Sänger niemand erzählt haben, denn bis zu diesem Augenblick war es ihr selber nicht klar gewesen.

Der Sänger, dem nicht entgangen war, wie seine Worte sie getroffen hatten, sprach nun mit einer Stimme, die noch weicher klang als zuvor.

„Er sagt, Sie bräuchten keine Angst haben, denn Sie haben das Richtige getan. Ihr Weg wird wie ein Fluss sein. Denn Ihre Seele ist wie das Wasser. Sie werden viele seltsame Dinge sehen, mehr als je ein Weißer zuvor. Sie werden einen Mann sehen, der ein Geist ist, und einen Toten, der nicht tot ist. Und Sie werden an einem heiligen Ort über den Wolken stehen. Böse Menschen können Ihnen nichts tun, denn Sie tragen einen starken Schutz mit sich. Und Sie werden jemanden treffen, der sie schon lange erwartet."

Mary sah auf den Jungen und wieder auf den Sänger, ihr Zweifel musste ihr im Gesicht stehen, denn der Junge beeilte sich zu sagen: „Der Sänger hat schon oft Träume gehabt, die dann wahr geworden sind."

Mary wusste nicht recht, was sie darauf sagen sollte. Einerseits hätte sie ihn gerne nach mehr Details gefragt, andererseits gelang es ihr nicht, ihre Skepsis zu beseitigen. Jemand, der sie erwartete? In ihrer Verwirrung zeigte sie auf das Instrument, das der Sänger neben sich abgestellt hatte, und fragte: „Wie spielt man das?"

Der Sänger lachte, als er die Frage vernahm. Er bedeutete ihr, sich neben ihn zu setzen, woraufhin der Junge lossprintete und den Hocker holte. Etwas aufgeregt ließ Mary sich nieder, der Sänger gab ihr das Instrument in den Arm, und sie versuchte es so unter dem linken Arm zu halten, wie sie es bei ihm gesehen hatte. Das Publikum, das ihrer Unterhaltung bisher wenig Aufmerksamkeit geschenkt hatte, witterte ein neues Spektakel und wandte sich ihnen wieder zu. Als der Sänger Marys Handhaltung etwas korrigierte, versuchte sie die Zuschauer zu vergessen. Ermutigt von einem auffordernden Nicken des Musikers, fuhr sie mit den Fingern der rechten Hand über die Saiten. Das Ergebnis war grauenvoll. Der Sänger beugte sich zu ihr und zeigte ihr, wie sie mit der Linken die Spannung der Saiten verändern konnte. Mit geschicktem Griff spielte er ihr einige Akkorde vor. Sie versuchte es erneut, und wieder protestierte das Instrument jaulend unter ihren Händen. Das Publikum allerdings war begeistert, etwas säuerlich gewahrte sie, dass die Zuhörer sich bereits vor Lachen die Seiten hielten. Aber sie ließ sich nicht beirren, probierte wieder und wieder, mit dem störrischen Ding zurechtzukommen. Der Sänger hockte nun vor ihr und sagte etwas zu ihr. Als sie ihn nur verständnislos ansah, wiederholte er seinen Satz.

„Was will er?“, fragte sie den Jungen. Sie solle das – sie glaubte „Muett“ zu verstehen – sie solle es wie den Geliebten behandeln, der sie erwartet. Sie sah auf das hölzerne Instrument hinab und auf ihre schlanken, hellen Finger. Dann hörte sie, wie der Sänger seine Botschaft wiederholte. Verwirrt und ratlos sah sie wieder auf. Wenn das stimmte, was er sagte, hatte sie ein Problem. Denn von Musik verstand sie zwar eine Menge, aber davon, wie man einen Geliebten behandelt, hatte sie nicht die geringste Ahnung.

Auf dem Nun

„Ebefa ist ein alter Narr."

Chief Koko stieß die Worte mit einer Heftigkeit aus dem Mund, als müsste er sich von einem üblen Geschmack befreien. Der Mann, der ihm im Halbdunkel der Lagerhalle gegenübersaß, zog mit den Zähnen den Korken aus einer Ginflasche, blies Staub und Spinnenweben aus den dickwandigen Gläsern und schenkte ihnen ein. Den ersten Schluck spien beide auf den Boden. Dann tranken sie, Chief Koko in einem Zug, sein Gegenüber mit bedächtigem Schluck. Dabei beobachtete er den Jüngeren unter schläfrigen Lidern. Koko war ein kräftiger Mann, seine ganze Gestalt, vor allem aber sein wildes Gesicht, strahlte Machtwillen und Entschlossenheit aus. Der Mann mit den schläfrigen Lidern und den Narben im Gesicht wusste, dass er behutsam vorgehen musste.

„Ein Narr?", wiederholte er langsam. „Vielleicht. Aber er ist der König."

Die beiden Männer saßen an einem aus groben Brettern gezimmerten Tisch. Von dort, wo unter dem Dach breite Lüftungsschlitze freigelassen waren, fiel diffuses Licht auf die Fässer und Säcke, die sich zu beiden Seiten der Wände auftürmten. Es roch nach muffigem Öl und dem Schweiß der Männer, die die Schmuggelware hereingetragen hatten und nun draußen im Schatten der Bäume ihr Essen zubereiteten.

„Was ist mit den Christen?", fragte der Ältere und schenkte Koko nach.

Der schnaubte nur verächtlich aus. „Eine kleine verängstigte Horde. Sie hocken um ihren weißen Priester. Aber der hat nur Worte."

„Worte, auf die Ebefa hört.“ Jetzt klang die Stimme hart. Und befehlend. Koko richtete einen wachsamen Blick auf den Mann, der ihm sein Öl abnahm. Und der die Schwächen der Company kannte wie kein anderer.

„Ich wusste immer“, fuhr der nun in ruhigerem Ton fort, „dass es ein Fehler war, die weißen Priester ihre Geschichten erzählen zu lassen. Die Narren hören ihnen zu und vergessen, was sie sind. Du kannst einem Mann sein Hab und Gut rauben, und du wirst einen Feind haben. Raubst du ihm aber seinen Glauben, wird er dir die Füße lecken. Darum ist nicht Ebefa das Hindernis. Auch nicht die Company. Die Company ist ein Feind, den man bekämpfen kann. Oder mit dem man Geschäfte macht. Doch die Worte der Christenpriester lullen die Menschen ein. Sie versprechen ihnen das Paradies. Aber erst, wenn sie tot sind.“ Der Mann lachte heiser, bevor er fortfuhr. „Nein, Koko, vertreibe den Priester, und Ebefa wird wieder auf deine Worte hören.“

Chief Koko schüttelte den Kopf: „Der Priester lässt sich nicht vertreiben. Er sagt, sein Gott hätte ihn geschickt. Nur der König kann ihm sagen, dass er gehen soll. Aber solange der König Ebefa heißt, wird das nicht geschehen.“

Der Mann im Halbdunkel schürzte die Lippen und lehnte sich zurück. Während er langsam aus dem Glas trank, betrachtete er nachdenklich den Chief, der ihm mit zorniger Miene gegenübersaß. Schließlich wiegte er den Kopf: „Ich halte nichts davon, wenn wir unsere eigenen Leute umbringen. Jedenfalls nicht, wenn es nicht sein muss. Außerdem werden dir die anderen Könige nicht vertrauen, wenn du Ebefa beseitigst. Und wenn wir die Company besiegen wollen, brauchen wir die anderen.“

Er machte eine Pause, um seine Worte wirken zu lassen. „Aber du kannst etwas anderes tun“, fuhr er dann fort.

„Ebefa ist alt. Er wird nicht mehr lange leben, vor allem wenn du ihn weiter mit Gin versorgst. Lass deinen Fetischmann, Black Foobra, erzählen, dass Ebefa unter dem Schutz des weißen Priesters steht. Dass der ihm einen mächtigen Juju gegeben hat. Wenn Ebefa stirbt, wird der Zorn sich gegen den Weißen richten. Du wirst ihn nicht einmal selbst wegjagen müssen."

„Und wenn er nicht stirbt?" Das Abwarten war Kokos Sache nicht.

„Selbst starke Armeen haben schon Schlachten verloren, weil sie den falschen Moment zum Kämpfen gewählt haben. Die Soldaten der Company sind gut bewaffnet. Und sie haben ihre Kriegsschiffe."

„Wir werden sie versenken." Koko schien den Kampf bereits vor Augen zu haben.

Der Ältere lachte wieder heiser. „Womit denn?" Er lehnte sich zurück, schloss die Augen und wiegte seinen Oberkörper leicht vor und zurück. Als er die Augen wieder öffnete, schien er einen Entschluss gefasst zu haben: „Hör zu, Koko, ich erwarte ein Schiff. Es wird uns neue Waffen bringen. Aber das ist es nicht allein, was uns den Sieg bringt. Waffen sind wichtig. Aber sie entscheiden nicht den Kampf. Furcht entscheidet den Kampf. Und wir werden der Company das Fürchten beibringen. Denn wir werden sie mit einem Schlag ins Herz treffen."

Koko erwiderte schweigend den Blick des Mannes, der eines Tages wie aus dem Nichts aufgetaucht war und bald darauf begonnen hatte, ihre Geschicke zu lenken. Auf seine dumpfe Art begriff Koko, dass dieser Mann ihm überlegen war. Mit wütender Verzweiflung hatte er einsehen müssen, dass er den Kampf gegen die Company nie alleine gewinnen würde. All seine Überfälle auf die Boote und Lager der weißen

Eindringlinge waren nichts als Hornissenstiche in der Haut eines Flusspferdes gewesen. Und obwohl sein ganzes Wesen sich dagegen wehrte, sich einem anderen zu unterwerfen, war ihm klar, dass er nur mit Hilfe dieses Mannes das Ziel erreichen konnte, dem sich sein brennendes Herz unterworfen hatte: die Weißen vernichtend zu schlagen. Und das Delta wieder der Herrschaft der Brass zu übergeben. Denn dies war ihr Reich. Und so fügte er sich dem Willen des anderen.

Dennoch war ihm sein Unwillen deutlich anzusehen. „Wie willst du die anderen dazu bringen, dass sie uns folgen?“, fragte er in forderndem Ton.

„Uns folgen?“ Der Mann mit dem schläfrigen Blick und dem vernarbten Gesicht schien amüsiert. Er nahm einen winzigen Schluck aus seinem Glas, bevor er antwortete:

„Sie werden nicht uns folgen, Koko. Sie werden dem Leoparden folgen. Denn es wird der Leopard sein, der sie ruft.“

Es dauerte genau drei Herzschläge, bis Koko begriff. Mit einem grimmigen Lächeln hob er sein Glas: „Auf die Leopardenmänner.“

Der Mann stieß mit ihm an. „Auf die Leopardenmänner.“

Von der Last der Schmuggelware befreit, steuerten Koko und seine Männer ihre Boote durch die schmalen Kanäle dem Nun entgegen. Erst dort, auf dem Hauptarm des Nigers, würden sie wieder auf die Posten und Kontrollboote der Company stoßen. Aber sie hatten nichts zu befürchten. Bis auf ein paar Kalebassen Palmwein, Yams und Früchte waren ihre Boote leer. Selbst ihre Waffen hatten sie in dem alten Lagerhaus zurückgelassen. Sie würden Nembe erst nach Einbruch der Dunkelheit erreichen. Aber Koko wusste, dass sein Fetischmann ihn erwarten würde. Black Foobra war ihm treu ergeben.

Der Brass-Chief hatte kein Auge für die Schönheit der Flüsse, durch die er steuerte. Der Regen hatte aufgehört. Doch vom dichten Ufergrün perlten noch verspätete Tropfen herab. Ihr kaum wahrnehmbarer Aufschlag auf dem Wasser drang wie ein geheimes Signal durch die Nebelschwaden, die sich unter den überhängenden Zweigen hielten und von unsichtbaren Kräften gedehnt und zerzaust wurden. Eine schmale, grüne Schlange glitt lautlos durch das Wasser. Die Stille hing über dem Fluss wie Watte. Doch weiter oben war der Wald zum Leben erwacht. In den Wipfeln der Bäume stritten Affen kreischend um Nahrung. Vielleicht waren sie auch empört über die Menschen in den Booten, von denen sie wussten, dass sie ihnen als Nahrung dienten. Papageienvögel wechselten mit flappenden Flügelschlägen auf der Suche nach paarungswilligen Weibchen ihre Standorte. Kein anderes Tier brauchte sie zu fürchten, denn sie lebten von den Früchten, wenn diese faulig weich und kurz vor dem Herabfallen waren. Blaue Schmetterlinge tanzten vorsichtig um tückische Spinnennetze herum. Und irgendwo stieß ein Reiher senkrecht ins Wasser, um kurz darauf mit einem silbrig-schimmernden Fischleib im Schnabel wieder aufzutauchen.

All dies nahm Chief Koko nicht wahr. Sein Blick war auf das Wasser vor dem Boot gerichtet, das allmählich klarer wurde, je mehr sie sich dem Hauptarm näherten. Obwohl ein Teil von ihm wachsam blieb und jedes mögliche Anzeichen von Gefahr registrierte, hingen sein Gedanken noch bei der Begegnung mit dem Mann im Lagerhaus. Vor etwas über einem Jahr hatten sie ihn in einem Boot liegend gefunden, erschöpft und von einer schweren Krankheit ausgezehrt. Warum er den Fremden nicht seinem Schicksal überlassen hatte, wusste Koko nicht zu sagen. Seine Männer waren erschrocken zurückgewichen, als sie die Zeichen der Blattern in dem verwüsteten Gesicht erkannt hatten. Aber Koko sah, dass der Höhepunkt der Krankheit bereits überstanden war, der Mann würde am Leben bleiben, wenn auch schwer gezeichnet. Wer diese Krankheit überlebte, der musste einen mächtigen Schutzgeist haben. Koko handelte aus einem Instinkt heraus. Erst später wurde ihm klar, dass die Geister seiner Ahnen ihm diesen Mann geschickt hatten. Aber es dauerte, bis er das erkannte. Denn lange sprach der Mann kein Wort. Er hörte zu, während er sich erholte. Und er sah mehr als alle anderen. Als er zum ersten Mal den Mund öffnete, war seine Stimme so rau wie der Nordwind, der aus der großen Wüste kam. Woher er sei, hatte Koko den Fremden gefragt. „Aus Amaighbo", hatte der heiser geantwortet, und Koko war ein Schaudern über den Rücken gelaufen. Denn Amaighbo war die Stadt, in der niemand mehr lebte. In Amaighbo gab es nur noch Geister.

Von diesem Tag an wusste Koko die Macht der Ahnen an seiner Seite, denn aus dem Fremdling sprach die Klugheit generationenalten Wissens. Und mehr als das. Der Mann aus Amaighbo wusste alles über die Weißen. Sowohl über ihre Macht, als auch über ihre Schwächen. Koko begann, seinen Ratschlägen zu folgen. Auf diese Weise gelang es ihm, vor den Augen der Company Öl aufzukaufen und die Fässer sicher nach Süden zu transportieren. An wen der Fremde das Öl weiterverkaufte, wusste Koko nicht, aber es war ihm auch gleich. Das Geschäft war wieder in der Hand der Brass. Darauf kam es an. Mit dem erworbenen Geld kauften sie Waffen und machten sich bereit für den Tag der Rache.

Es entsprach nicht Kokos Natur, lange über diese Dinge nachzudenken. Er war ein Mann, der die Tat liebte. Doch eines gab es, das seinen Gedanken immer wieder Nahrung gab: die Weißen, die sich mit ihrer Company zu den Herrschern des Deltas aufgeschwungen hatten. Er verstand nicht, wie diese Männer mit der Haut von Fischbäuchen eine solche Macht ausüben konnten. Es musste ein mächtiger Juju sein, über den sie verfügten. Der Christengott konnte das nicht sein, da war sich Chief Koko sicher. Was war das schon für ein Gott, der sich von seinen Feinden umbringen ließ?

Nein. Es war die Macht, die aus ihren Waffen sprach und sich in ihren Booten aus Eisen und der kalten Intelligenz ausdrückte, mit der sie ihre Pläne verfolgten. Nichts schürte Kokos Hass mehr als die Ahnung, dass diese Intelligenz der seinen überlegen sein könnte. Deswegen unterwarf er sich dem Mann im alten Lagerhaus. Denn der verfügte offenbar nicht nur über die Fähigkeit, die Pläne der Weißen zu durchschauen. Er wusste auch, wie man ihre Macht brechen konnte. Zumindest war es das, worauf Koko setzte.

Ein seltsames Geräusch riss den Chief aus seinen Gedanken. Sie waren kurz davor, in den Hauptarm einzubiegen. Von dort, flussabwärts, drang ihnen ein Heulen entgegen, wie sie es noch nie vernommen hatten. Seine Männer stießen erschrockene Rufe aus. Die Sümpfe waren voller Geister. Drohte ihnen nun etwa ein grauenvolles Ende?

Koko rief sie scharf zur Ordnung. Er befahl ihnen, weiterzurudern. Hoch aufgerichtet im Bug des Bootes, spähte er wachsam in den Fluss, der sich vor ihnen öffnete. Von der leichten Strömung getragen, umrundeten sie die Einbiegung. Das gestammelte Heulen wurde lauter. Was erwartete sie auf dem Nun?

Es war ein Boot.

Ein Boot der Brass, mit acht Ruderern und einem Sonnendach aus Palmenblättern. Aber warum benahmen sich die Männer, die es fuhren, so seltsam? Und was war mit dem

Weißen? Mit seinem Hut, von dem am Hinterkopf ein Tuch herabhing, um den Nacken zu schützen, stand er über die Ruderer gebeugt. Schrie mit jaulender Stimme auf sie ein. Die antworteten ihm mit stammelnden Lauten. Hieben ihre Ruder ins Wasser, als wollten sie es schlagen, lachten, schrien. Das Boot kreuzte in wildem Zickzack über das Wasser.

In wachsendem Entsetzen trieben Koko und seine Leute auf das Boot der Wahnsinnigen zu. Fassungslos starrten alle auf den Weißen, der von einem Dämon besessenen schien. Da wandte er ihnen sein verzerrtes Gesicht zu. Erst jetzt merkten sie, dass sie viel zu nah waren. Der Dämon würde auch sie verhexen. Koko schrie auf seine Männer ein: steuert gegen! Rudert!

Um Haaresbreite entgingen sie dem Untergang. Nur um eine Ruderlänge trieb das Boot der Besessenen an ihnen vorbei. Kokos Männer hieben wie verrückt ihre Paddel in das Wasser. Obwohl die Gefahr vorbei war, trieb sie alle nur der eine Gedanke an: fort! Nichts wie fort.

Koko schaute dem entschwindenden Boot nach. Der Weiße kreuzte seinen Blick. Koko erkannte schaudernd die dämonische Gewalt darin. Er fasste einen Entschluss. Er musste handeln. Wenn die Weißen anfingen, die Brass zu verhexen, galt es, keine Zeit mehr zu verlieren. Er wusste nun, was er seinem Fetischmann auftragen würde: König Ebefa musste sterben.

Thaddeus Hollingworth, der nicht wissen konnte, dass er soeben dazu beigetragen hatte, das Leben eines Königs entscheidend zu verkürzen, fühlte sich unendlich frei. Dabei waren die letzten Tage eine Tortur gewesen. Es fing damit an, dass ihn niemand in Empfang nahm, als er in Akassa ankam. In strömendem Regen stand er am Kai und suchte verzweifelt nach einem Gesicht, das sich ihm zuwandte und ihm zu verstehen gab, dass man ihn erwartete. Aber das Einzige, was er erkennen konnte, waren Eingeborene, die mit verdrießlichen Mienen Schutz vor dem Wasser suchten, und sei es nur unter einem dieser großen Blätter, die sie sich von einem Baum geschnitten hatten. Niemand beachtete ihn, niemand schenkte ihm auch nur die geringste Aufmerksamkeit. Ihm fiel nichts Besseres ein, als mit seinen Taschen unter das nächste Verandadach zu flüchten.

Es dauerte eine Ewigkeit, ehe er das Büro von Joseph Flint, dem hiesigen Leiter der Royal Niger Company, ausfindig gemacht hatte. In dieser Zeit war er nicht nur diversen unwissenden oder unwilligen Schwarzen begegnet, sondern auch fünf Schlangen. Mit wachsendem Entsetzen hatte er feststellen müssen, dass diese Tiere hier offenbar allgegenwärtig waren. Die letzte hätte er beinah übersehen. Als er erkannte, worauf er seinen Stiefel zu setzen im Begriff war, machte er einen erschreckten Satz zur Seite. Die Taschen, die er immer noch trug, behinderten den Schwung, und so landete er in einer Pfütze, deren Größe in England bereits Scharen von Anglern angelockt hätte. Als er mit vor Nässe quietschenden Stiefeln die Stufen zum Verwaltungsgebäude der Company hinaufstieg und seine durchweichten Taschen abstellte, hatte er diesen Ort bereits von ganzem Herzen hassen gelernt.

Es hob seine Laune auch nicht gerade, als man ihm mitteilte, dass Mr. Flint nicht vor Ort sei. Aber Mr. Wallace, sein Stellvertreter, sei da, allerdings zu Tisch. Im „Club“. Wo der denn sei, fragte er den hageren Angestellten, der seine ganze Konzentration darauf verwandte, Zahlen in ein tischgroßes Buch einzutragen. Was zugegebenermaßen ein Problem war, da die hohe Luftfeuchtigkeit bereits das Papier aufgeweicht hatte und jeder Tintenstrich breitfaserig zerlief, sodass eine

Drei fatal einer Neun ähnelte. Oder einer Acht. Oder einfach nur einem schwarzen Fleck.

Als Hollingworth endlich den Club erreichte und einem schwarzen Boy mit weißer Jacke und eiserner Miene sein Anliegen erklärte, verwünschte er sich bereits dafür, dass er nicht Miss Elizabeth Bowen von der Bäckerei geheiratet hatte, über der er in Glasgow ein unbeheiztes Zimmer bewohnt hatte, um zwischen trockenem Mehl und einer ebenso trockenen Ehefrau das beschauliche Leben eines kleinen, aber angesehenen Geschäftsmannes zu führen.

Mr. Wallace machte einen etwas weniger angetrunkenen Eindruck als seine Tischgenossen. „Bollingworth? Was, zum Teufel, ist das für ein Name?"

„Hollingworth, Sir. Thaddeus Hollingworth. Ich arbeite für Miller Brothers. Man sagte mir, dass Sie mich in meine Aufgabe einweisen würden."

Wallace starrte ihn geschlagene zehn Sekunden an. Dann wandte er den Kopf und brüllte: „Jackson!"

Unwillkürlich zusammenzuckend, gewahrte Hollingworth, wie sich ein kleiner, dicker Mann mit rötlichen Flecken am Hals und an den Händen von der Bar löste und eilig auf sie zugewatschelt kam.

„Jackson, besorgen Sie dem Mann eine Unterkunft", wies Wallace ihn an. Dann warf er einen abschätzigen Blick auf Hollingworth' triefenden Anzug: „Sagen Sie mal, wie sind Sie hierher gekommen? Sind Sie geschwommen?"

Das johlende Gelächter von Wallace' Tischgenossen verfolgte Hollingworth, während er mit hochrotem Kopf Jackson nach draußen folgte. „Machen Sie sich nichts draus", bemerkte der nur trocken, als sie in den Regen hinaustraten. „Kleiner Einstandsscherz. Sie werden es lieben lernen."

Jackson stellte sich als zweiter Sekretär des Geschäftsleiters vor, wobei Hollingworth sich fragte, wie viele Sekretäre es denn wohl gäbe. Diese Frage schien ihm aber unpassend, außerdem hatte er Mühe, dem trotz seines behäbigen Äußeren wieselflinken Jackson bei seinem Parcours zwischen den anschwellenden Pfützen zu folgen.

Seine Erleichterung, endlich ein Dach über den Kopf zu bekommen, wich Ernüchterung, ja beinah Entsetzen, als sie das Gästehaus erreichten. Im Inneren roch es so modrig, dass Hollingworth unwillkürlich die Luft anhielt. Die Decke seines Zimmers hatte braune Flecken, von den Wänden blätterte Farbe undefinierbarer Tönung, und die Matratze auf dem alten Holzbett näherte sich dem Zustand der Verwesung.

„Na ja“, meinte Jackson flott, „nicht gerade das Grandhotel, aber immerhin ein Dach über dem Kopf.“

Hollingworth setzte sich vorsichtig auf das Bett und versuchte, seine Verzweiflung niederzukämpfen. Die vier Bettpfosten ragten gute zwei Meter in die Höhe und waren oben durch schmale Latten verbunden. Darüber hingen die Reste eines Moskitonetzes. Einer der vorderen Pfosten hatte einen merkwürdigen Auswuchs. Er schaute genauer hin und entdeckte mit einigem Grausen, dass es sich bei diesem Auswuchs um etwas Lebendiges handeln musste. Jackson, der seinem Blick gefolgt war, schürzte die Lippen und konstatierte: „Hmmh, eine Gottesanbeterin.“

Gottesanbeterin? Der Name versöhnte Hollingworth. Fasziniert betrachtete er das filigrane Insekt von der Länge einer Menschenhand. Es schien tatsächlich, als verharre es in andächtigem Gebet. „Ist es gefährlich?“, fragte er mit leiser Stimme.

„Nein“, gab Jackson zurück. Hollingworth konnte seinen Blick nicht abwenden. Aus dem anfänglichen Grauen dem Fremdartigen gegenüber wurde Bewunderung angesichts dieses stillen und doch lebendigen Kunstwerks. Ja, es schien ihm, als verdichtete sich in all der Hässlichkeit seiner neuen Umgebung das Schöne in diesem hauchzarten, elfenhaften Wesen.

„Jedenfalls nicht für Sie", unterbrach Jackson seine Betrachtung.

„Wie?", bemerkte der etwas fahrig.

„Ihre Männchen leben gefährlich", erklärte Jackson, während er sich eine wunde Stelle an seinem Hals kratzte. „Nach der Paarung trennt das Weibchen ihnen den Kopf ab und frisst sie auf. Reizend, nicht?"

Hollingworth verbrachte eine unruhige Nacht, in der er mehrfach davon träumte, wie bedrohliche Ungeheuer es auf seinen Kopf abgesehen hatten. Als er am nächsten Morgen mit verquollenen Augen im Verwaltungsgebäude der Royal Niger Company auftauchte, begrüßte ihn sein Vorgesetzter, Mr. Wallace, mit munterer Jovialität: „Hollyshort, da sind Sie ja."

„Hollingworth, Sir, Thaddeus Hollingworth."

"Ja ja." Wallace wedelte mit der Hand. „Wissen Sie, was Sie brauchen?"

„Ähämh", räusperte sich Hollingworth ratlos. „Sir?"

„Sie brauchen einen alten Hasen, der Sie einweist. So einen richtig ausgefuchsten Burschen, der Ihnen alles beibringen kann, was Sie wissen müssen."

„Ich verstehe, Sir, das wäre gewiss sehr nützlich."

Wallace bedachte ihn mit einem Blick, in dem Hollingworth eine Spur Verzweiflung zu erkennen glaubte. Dann raffte der stellvertretende Verwaltungschef sich zusammen, wandte sich um und rief: „Jackson!"

Hollingworth hatte noch gar nicht wahrgenommen, dass der zweite Sekretär in einer Ecke des Raumes über seinen kleinen Schreibtisch gebeugt dasaß. „Ja", antwortete Jackson, während er sich umwandte und Hollingworth feststellen konnte, dass dessen Hautrötungen schorfige Stellen aufwiesen. „Ein alter Hase, meinten Sie?"

„Genau. Wo treibt sich Parkes rum?"

„Parkes?" Jackson runzelte die Stirn und kratzte an seinem Hals. Er inspizierte die Karte, die über seinem Schreibtisch an der Wand hing.

„Joshua Parkes?", warf Hollingworth eifrig ein. „Genau das ist der Mann, den man mir in Glasgow genannt hat. Er sollte mich hier in Akassa abholen."

„Parkes ist nach Ekowe gefahren", bemerkte Jackson schließlich.

„Ekowe?" Wallace runzelte die Stirn. „Was hat er da verloren?"

„Keine Ahnung. Hier steht nur, dass er nach Ekowe gefahren ist. Irgendein Problem, nehme ich an."

„Hmmh, nehmen Sie an", Wallace war sichtlich unzufrieden mit dieser Aussage. „Wie auch immer. Hollygorth, Sie müssen nach Ekowe. Dummerweise haben wir gerade ein paar Probleme. Die Franzosen machen mal wieder Ärger. Wie es aussieht, ist Toutée mit einer ganzen Armee von Dahomey aus nach Jebba unterwegs, Decœur stößt von Norden dazu. Anscheinend wollen die Froschfresser uns den halben Norden wegschnappen. Glücklicherweise hält Lugard dort oben die Stellung, und Flint ist schon auf dem Weg."

Hollingworth starrte Wallace mit offenem Mund an: „Äh, Sir?"

Wallace warf Jackson einen Blick zu, bevor er sich wieder an den Ankömmling wandte und ihm langsam und in deutlichem Ton erklärte: „Das heißt, dass ich im Moment keinen Mann frei habe, der Sie nach Ekowe bringt. Also, nehmen Sie sich ein Boot, ein paar Leute und machen Sie sich auf den Weg."

Eine Stunde später stand Thaddeus Hollingworth mit seinem Gepäck am Kai von Akassa und starrte auf das braune Wasser des Flusses. Tiefhängende Wolken drohten bereits den nächsten Regen an. Ein Boot und ein paar Leute nehmen?

Thaddeus hatte keine Ahnung, wie man sich ein paar Leute nahm.

Der stellvertretende Leiter der Royal Niger Company in Akassa zog die unterste Schublade seines Schreibtisches auf und holte eine Flasche Gin hervor. Während er sich ein Glas halb voll schenkte, schnaubte er unwillig aus. „Unglaublich", murmelte er.

„Sir?", wandte sich sein zweiter Sekretär ihm zu.

Wallace nahm einen Schluck und starrte auf die Tür, durch die Hollingworth verschwunden war. „Unglaublich, was die einem hier runterschicken."

Jackson verzog das Gesicht. Es sollte ein Grinsen werden, das ihm aber misslang, weil das Jucken seiner wunden Haut mittlerweile zu einer beständigen Qual geworden war. „Nicht gerade ein großer Held", bemerkte er, während er in den Papieren herumwühlte, die sich auf seinem Tisch zu umsturzgefährdeten Haufen türmten. „Vielleicht läuft er vor irgendetwas davon."

„Wahrscheinlich hat er die Bäckerin geschwängert", meinte Wallace amüsiert. „Aber das kann uns ja egal sein. Tragen Sie seinen Namen ein und schicken Sie einen Bericht an Miller Brothers in Glasgow. Dass ihr Mann angekommen ist und, na ja, Sie wissen schon ..."

Leider wusste Jackson herzlich wenig. Dass Parkes nach Ekowe gefahren war, lag bereits einige Wochen zurück. Der zweite Sekretär konnte sich nicht erinnern, den Händler seitdem gesehen zu haben. Wenn er das aber seinem Vorgesetzten nun mitteilte, würde der ihm diese Nachlässigkeit sicher zur Last legen. Und da Jackson durchaus Ambitionen hatte, zum ersten Sekretär befördert zu werden, hielt er den Mund. Dass sein beruflicher Fortgang das geringste seiner Probleme war, wusste er zu diesem Zeitpunkt noch nicht.

Jackson hielt es nicht mehr aus und kratzte an seinem Hals. Tauschte die Lust des Schmerzes gegen das unerträgliche Jucken seines entzündeten Fleisches. Was die Milben, die sich unter seiner Haut ihre Gänge gruben, nicht im mindesten störte. Jedenfalls nicht in ihrer Gesamtheit. Dem zweiten Sekretär war nicht bewusst gewesen, dass er bei dem Besuch einer Prostituierten drei Wochen zuvor mehr für sein Geld bekommen hatte, als ihm lieb war. Nun ist die Krätze zwar eine lästige Krankheit, aber sie führt nicht zum Tode. Unglücklicherweise hatten sich in den aufgescheuerten Stellen Bakterien angesiedelt, die die Entzündungen verschlimmerten. Das wiederum lockte die Moskitos unwiderstehlich an. Jackson trug bereits seit einiger Zeit Malariaerreger in seinem Blut. Und in seiner Leber. Dort hatten sie sich ungestört vermehrt und standen kurz davor, seinen Körper zu überschwemmen und einen heftigen Fieberschub auszulösen.

Es war nicht die gefährlichste Form der Malaria, und auch sie hätte ihm nicht den Garaus gemacht. Schon gar nicht war sie für das merkwürdige Völlegefühl verantwortlich, das er wegen der Hautreizungen nur am Rande wahrgenommen hatte. Die Leber des armen Jackson beherbergte nämlich noch einen weiteren Parasiten, der das Organ mittlerweile auf fast die doppelte Größe hatte anwachsen lassen. Dabei handelte es sich um die winzigen Larven eines Egels, die zwei Wochen vor seinem Besuch bei der Hure in seine Wadenhaut eingedrungen waren, als er beim Aussteigen aus einem Boot ausgeglitten war und in dem brackigen Wasser nicht nur seine Hose ruiniert hatte. Diesem geballten Angriff hielt sein Körper nicht stand. Seine Leber kollabierte während des ersten Fieberanfalls, der ihn in der folgenden Nacht erfasste.

Der Mann, der den Bericht an Miller Brothers abfasste, aber nicht mehr abschicken konnte, der Mann, der auf einem Zettel den Namen Hollingworth neben den Worten Ekowe und Parkes eintrug, war vierundzwanzig Stunden später tot. Der Zettel mit den drei Namen war nur einer von vielen, die der dritte Sekretär des Stationsvorsteher vorfand. Nun war aber dieser Sekretär, der sich große Hoffnungen darauf machte, zum zweiten Sekretär befördert zu werden, ein Ga-Mann aus Accra, der in der dortigen Missionsschule ausgebildet worden war. Da der Name Hollingworth auf Grund der Luftfeuchtigkeit mittlerweile etwas zerflossen war, hatte der neue Mann Schwierigkeiten, dieses Wort zu entziffern. Schließlich kam er zu dem Schluss, dass es nur „Holy word" heißen konnte. Diesen Begriff übertrug er in die Buchführung. Es schien ihm zwar seltsam, dass das Heilige Wort auf diese Weise Einzug in die Bilanz der Company hielt, aber als aufrechter Christ nahm er an, dass der religiöse Bezug die Gläubigkeit seiner neuen Herren widerspiegelte. Das beeindruckte ihn sehr.

Thaddeus Hollingworth hingegen, der nicht wusste, dass sein Name schon bald in der Buchhaltung der Company zu einer sinnlosen religiösen Wendung verformt werden würde, befand sich auf den Weg zu den Lagerhäusern der Company. Dort hatte er Glück. Der stellvertretende Verwalter, ein Kru-Mann aus Liberia, der fehlerfreies Englisch sprach, erwies sich als ein sehr hilfreicher Mann. Er beschaffte Thaddeus nicht nur ein Boot mit den dazugehörigen Ruderern, er stellte ihm auch eine Kiste mit Werkzeug und Ausrüstung zusammen. Zum Schluss nahm er noch eine Flasche Whisky aus dem Regal und packte sie in die Kiste. „Zum Desinfizieren, falls Sie sich verletzen“, erklärte er grinsend.

Thaddeus hatte es das Buschmesser angetan. Er schwang es prüfend durch die Luft. Fast ein Säbel, befand er und steckte es in seinen Gürtel. Dabei kam er sich sehr verwegen vor. Während der Verwalter mit den Ruderern die Kiste ins Boot schaffte, schritt Thaddeus mit neu erwachtem Selbstvertrauen langsam unter dem Dach der Veranda auf und ab. Da ein Teil von ihm mittlerweile begriffen hatte, dass die Gefahr durchaus vor den Füßen lauern konnte, zuckte er instinktiv zurück, als er eine Bewegung vor sich auf den Holzdielen wahrnahm. Es war tatsächlich wieder eine Schlange. Diese aber war wesentlich größer als alle Exemplare, die ihm bisher begegnet waren. Ihr Körper war dick wie der Oberarm eines Mannes, und sie war mindestens drei Yard lang. Sein Abscheu vor dem Reptil vermischte sich mit dem Drang, dieser Bedrohung nicht immer ausweichen zu wollen. In einer Aufwallung von Gewalttätigkeit zog er sein Buschmesser aus dem Gürtel und hieb dem Tier mit einem Schlag den Kopf ab.

Befriedigt, aber auch abgestoßen von dem sinnlosen Tötungsakt, wandte er sich ab und lief rasch den Bootssteg hinunter. Er dankte dem Lagerverwalter überschwänglich für dessen Hilfe und verabschiedete sich. Vom Ahnenglauben der Brass, die ihre Vorfahren in bestimmten Pflanzen oder Tieren verehrten, hatte er noch nie gehört.

Als das Boot den Fluss hinaufsteuerte, begann der junge Mann, der Afrika bisher nur aus Büchern und Erzählungen kannte, sich als das zu sehen, was zu sein er immer gehofft hatte: der Entdecker einer unbekannten Welt. Die Ambitionen, die in ihm wühlten, waren viel zu groß gewesen für das kleine Dorf Pont-y-Pant im Norden von Wales, wo sein Vater Schafe züchtete und mit dem Verkauf der Wolle die neunköpfige Familie über die Runden zu bringen versuchte. Es war ihm nur mäßig gelungen. Der Hunger war stets gegenwärtig in der kleinen Kate zwischen den Hügeln gewesen. Thaddeus war das jüngste und das schwächlichste der sieben Kinder. Seine älteren Brüder verprügelten ihn, wann immer ihnen der Sinn danach stand. Und wann sie ihn zu fassen kriegten. Der Junge begriff nämlich bald, dass schnelle Beine eine gute Antwort auf harte Fäuste waren. Bei einer solchen Verfolgungsjagd verschlug es ihn eines Tages auf den Kirchhof. Dort erwischte ihn der Pfarrer der anglikanischen Gemeinde. Reverend Abercrombie hatte keinen leichten Stand in dem kleinen Ort. Die Waliser hatten den Engländern nie verziehen, dass diese sie ein paar Jahrhunderte zuvor unterworfen hatten. Leider gab es nur wenig Möglichkeiten, diesem Groll Ausdruck zu verleihen. Der Boykott der anglikanischen, also englischen Kirche war so ein Ausdruck. Reverend Abercrombie hätte natürlich den Behörden anzeigen können, dass die meisten Einwohner von Pont-y-Pant die verbotene calvinistisch-methodistische Kirche besuchten, aber Denunziantentum war nicht seine Art. Er hatte sich in den Kopf gesetzt, die Seelen zu gewinnen, und das mit der Macht der Worte. Als der junge Hollingworth ihm in den beachtlichen Bauch rannte, interpretierte er dies als Zeichen des Herrn. Er nahm sich des Jungen an, brachte ihm lesen und schreiben bei. Vor allem aber brachte er ihm die englische Sprache bei, denn wie die meisten Waliser sprach der junge Hollingworth nur den örtlichen Dialekt. Der Achtjährige lernte schnell. Was ihm an Muskelmasse verwehrt worden war, machte er mit seinem wachen Verstand wieder wett. Thaddeus lernte nicht nur Vokabeln, er begriff auch, dass das

Englische die Sprache der oberen Klasse war, die Sprache jener Gebildeten, die er in eigenen Kutschen manchmal über die schlammige Straße fahren sah. Das Walisische hingegen war die Sprache der Bauern, wie sein Vater und seine Brüder. Je mehr Bildung er durch den Reverend erfuhr, desto mehr begann er die Sprache seiner Brüder zu verachten. Was diese ihm wiederum tätlich heimzahlten, denn Klugscheißer waren nicht gerne gesehen in Pont-y-Pant.

Der anglikanische Pfarrer, der irgendwann einsehen musste, dass seine Überzeugungsarbeit bei den walisischen Dickschädeln wenig fruchtete, setzte seine ganze Hoffnung in den Jungen, der begierig alles an Wissen aufsaugte, was man ihm vorsetzte. Als er dem Vater vorschlug, den Jüngsten auf eine kirchliche Schule zu schicken, meinte der nur: „Wenn's nichts kostet." So tat Thaddeus seinen ersten Schritt in die Welt hinaus.

Seine Lehrer in Glasgow setzten darauf, dass der gelehrige Junge einst als Missionar Gottes Wort verkünden sollte. Sie fütterten ihn mit Berichten aus Afrika, wo noch reichlich Acker zu bestellen war. Thaddeus spürte den Sog des Schwarzen Kontinents und erwog ernsthaft, diesem Pfad zu folgen. Aber so recht konnte er sich das nicht vorstellen. Den ganzen Tag von Jesus reden? Außerdem prahlten die Missionare geradezu mit dem Leid, das sie zu erdulden hatten, und mit den kargen Lebensumständen, unter denen sie ihre Aufgabe erfüllten. Das war nicht unbedingt das, was Thaddeus anstrebte.

Eines Tages stieß er auf die Memoiren von Richard Burton, der nicht nur die Nil-Quellen erforscht, sondern auch mehrere Jahren als Gouverneur in Westafrika gewirkt hatte. In Burtons ironischem Ton, in dem dieser seine Abenteuer schilderte, erkannte der junge Hollingworth sich wieder. Er beeilte sich, seine Bildung zu vervollständigen, und bewarb sich bei der Firma von Alexander Miller, die vom Afrika-Handel lebte. Ein Jahr lang arbeitete er sich in Glasgow ein. Dann bat er um die Versetzung nach Akassa. Und hier war er nun.

Während das Boot mit dem ehemaligen Missionsschüler an Bord das Getriebe von Akassa hinter sich ließ und flussaufwärts steuerte, zog eine Befriedigung in Thaddeus' Herz ein, die er nie zuvor empfunden hatte. Das dichte, geheimnisvolle Grün zu beiden Seiten der gewundenen Wasserstraße ließ ihn wohlig erschauern. Es war ein weiter Weg gewesen von der kleinen, schäbigen Farm in Pont-y-Pant, den prügelnden Brüdern, der Armut und der erdrückenden Begrenztheit dieses Ortes. Aber er hatte es geschafft. Nun drang er ins Innere des Schwarzen Kontinents vor. So musste es gewesen sein, als die waghalsigen Vorboten des englischen Empires ihren Fuß in diesen unbekannten Teil der Welt gesetzt hatten.

Nicht einmal der einsetzende Regen machte Thaddeus etwas aus. Außerdem bewahrte ihn das Dach aus Palmwedeln über seinem Kopf davor, erneut völlig durchnässt zu werden. Während um ihn herum der Regen auf die Wasseroberfläche prasselte und alle Konturen verschwimmen ließ, beeilten sich die Ruderer, das Boot unter den Schutz einiger über das Ufer ragenden Äste zu bringen, um es nicht volllaufen zu lassen. Dort warteten sie ab, bis der Regen wieder etwas nachließ. Ergriffen stand Thaddeus aufrecht im Boot und schaute auf den aufgewühlten Fluss. Der rauschende Schauer spülte alle unliebsamen und peinlichen Erinnerungen mit fort. In diesem Universum aus Wasser und Wüten gab es nur noch ihn selbst im Angesicht einer unverdorbenen Natur.

Als eine halbe Stunde später der Schauer ebenso plötzlich aufhörte, wie er begonnen hatte, und Hollingworth noch staunend der den Fluss aufwärts ziehenden Regenwand nachschaute, geschah es, dass die Wolkendecke genau dort aufbrach, wo die ferne Sonne am Firmament glühte. Ihr gleißender Strahl schoss hinab ins Delta und traf den Mündungsarm des Nigers an ebenjener Stelle, wo das Boot des Thaddeus Hollingworth unter überhängenden Zweigen Schutz gefunden hatte. Augenblicklich verwandelte sich das trübe Wasser in ein glitzerndes Mysterium. Funkelnd perlten die Tropfen von den Palmwedeln des Daches herab. In heiligem Schaudern kniff der junge Mann die Augen zusammen. Dies war die Welt, von der er geträumt hatte. Thaddeus spürte den Finger des Schicksals.

Die Ruderer spürten nichts dergleichen. Sie waren froh, dass sie weiterfahren konnten. Mit zügigen Schlägen trieben sie das Boot voran. In der wieder einsetzenden Hitze bildeten sich Dampfschwaden über dem Wasser, die sich, wenn das Boot sie durchstieß, teilten und am Heck kräuselnd wieder zusammenflossen. Thaddeus, immer noch gefangen von dem Zauber, den er um sich herum wahrnahm, spürte, wie die Kruste, die seine Seele so lange geschützt hatte, aufbrach und von ihm abfiel. Das befreite Etwas entfaltete sich in seiner Brust und drohte sie schier zu zersprengen. Erst war es nur ein Seufzer, der seiner Kehle entstieg. Dann, als immer mehr nachdrängte, erkannte er die Melodie in seinem Inneren. Eine Musik, wie er sie seit seiner Kindheit nicht mehr vernommen hatte. Er meinte, den Klang der Harfe zu hören, als er begann, sie leise nachzusummen. Worte tauchten auf, er sang sie nach. „Llwyn Onn ...“ Erst noch verhalten, weil er seiner Stimme nicht traute, aber bald schmetterte er aus voller Brust die alte Weise von Cambria, seinen sanften Hügeln und lieblichen Bächen: „Gogoniant i Gymru, Anwylwlad fy nhadau.“

Als der Weiße zu singen begann, stutzten die Ruderer. Da sie die kymrische Sprache noch nie vernommen hatten und auch die Melodie ihren Ohren nichts Vertrautes bot, fürchteten sie zuerst, der Mann riefe einen Dämon herbei. Sie tauschten ratlose Blicke, zuckten mit den Schultern und warteten, ob etwas Merkwürdiges geschehen würde. Aber obwohl der Gesang furchtbar klang, machte der Weiße einen fröhlichen Eindruck. Also beschlossen sie, das Beste daraus zu machen. Erst war es einer, der ein paar dieser seltsamen Laute aufnahm und sie nachsang, aber so, dass ein anderer Rhythmus dazukam. Sofort begriffen die anderen, sangen mit und schwangen in dem neuen Takt ihre Paddel. Der Weiße wandte sich ihnen zu, sichtlich erstaunt, dass sie mit einstimmten. Aber offenbar glaubte er seine Worte falsch verstanden. Er beugte sich über sie und sang ihnen das Lied deutlicher vor. Die Ruderer hielten unbeirrt an ihrer Variante fest, und da sie mittlerweile Spaß an der Sache bekamen, vertraten sie sie genauso lautstark. Das wiederum spornte den Weißen an. Mit den Händen fuchtelnd, quäkte er ihnen seinen Singsang entgegen. Die Männer brachen in Lachen aus, kamen aus dem Takt, die Ruder verhedderten sich. Das Boot brach nach links aus. Lachend und singend steuerten sie es wieder in die Mitte des Flusses. Drifteten nach rechts und konnten kaum noch an sich halten, weil ihr weißer Passagier immer verrücktere Grimassen zog und immer verrücktere Töne von sich gab.

Erst im letzten Moment merkten sie, dass ein anderes Boot auf sie zutrieb. Deren Insassen starrten sie aus aufgerissenen Augen an. Als der Weiße sich auch ihnen fuchtelnd zuwandte, hieben die Fremden erschreckt die Paddel ins Wasser und vermieden so im letzten Moment einen Zusammenstoß. Auch das Boot aus Akassa kam mühsam wieder auf Kurs. Ohne mit ihrem Singsang aufzuhören, steuerten die Männer den Fluss weiter aufwärts.

Thaddeus Hollingworth, der sich schließlich damit zufriedengab, dass sein walisisches Lied in der Urwaldsprache nun mal etwas anders klang, sah neugierig dem anderen Boot nach, dessen Bootsführer, ebenso wie er, aufrecht im Bug stand und wiederum ihm hinterherschaute. Was für ein stolzer Krieger das wohl war, fragte Thaddeus sich. Er nahm sich vor, dass so ein Mann eines Tages sein Freund sein sollte.

Die Station von Ekowe lag an der Biegung eines schmalen, aber gut befahrbaren Seitenarms des Nun. Das gegenüberliegende Ufer bildete eine weitläufige Sandbank, auf der Thaddeus Hollingworth die ersten Krokodile seines Lebens entdeckte. Fasziniert von diesen bewegungslosen Urzeittieren, bemerkte er nicht, wie seine Ruderer sich beunruhigte Blicke zuwarfen. Die galten aber nicht den Tieren, sondern der Station. Tuschelnd tauschten sie sich aus, ob sie den Weißen auf die merkwürdige Stille hinweisen sollten, die über der kleinen Ansiedlung lag. Sie beschlossen kurzerhand, dass sie das nichts anging, da sie nur für den Transport hierher bezahlt worden waren. Und nun hatten sie es eilig, wieder nach Hause zu kommen. Sie machten an dem kleinen Anleger fest, luden das Gepäck ihres Fahrgastes aus und verabschiedeten sich.

Hollingworth, der seine Reisebegleiter längst ins Herz geschlossen hatte, schüttelte jedem einzeln die Hand und bedankte sich. Winkend stand er auf dem Anleger und sah den Männern nach, bis das Boot hinter der nächsten Biegung verschwand. Erst dann wandte er sich um und betrachtete eingehend sein neues Zuhause.

Direkt neben dem Anleger, auf dem er stand, erhob sich ein zweigeschossiges Gebäude, unverkennbar europäischen Bedürfnissen angepasst. Das musste die Handelsstation sein.

Aber wieso hatte keiner sein Ankommen bemerkt? Zumindest sah er niemanden. Erst als sein Blick über die Rundhütten hinausschweifte, die vor dem Wald am Ufer entlang erbaut waren, fiel ihm auf, dass auch dort niemand zu sehen war. Keine Menschenseele. Kein Hund. Keine Ziege. Nicht mal ein Huhn.

Keine Kochfeuer glühten. Kein Rauch stieg auf.

In kaltem Entsetzen stieg die Möglichkeit des Undenkbaren in ihm auf. Die ersten Schritte noch zögerlich, hastete er schließlich den Anleger zum Haus hinauf. Vor der Tür verhielt er, rief: „Hallo, ist da jemand?“

Keine Antwort. Er zog die Fliegengittertür auf, rief wieder: „Hallo!“ Nichts. Ein langgestreckter Tresen zu seiner Linken. Regale. Alle leer. Auf dem Boden ein zerbrochenes Fass. Drumherum war das Holz dunkel gefärbt. Er lief wieder nach draußen, zu den Hütten. Sah in jede hinein. Sie waren alle leer. Und allen haftete der Geruch der Verlassenheit an. Keine Vorräte, kein Geschirr. Selbst die Pferche, in denen Tiere untergebracht sein sollten, waren leer. Thaddeus drehte sich langsam um seine eigene Achse. Die einzigen Lebewesen, die er sah, waren die Krokodile auf der Sandbank am gegenüberliegenden Ufer.

Das Ufer? Der Fluss? Ein Boot! Er rannte zum Fluss hinunter. Aber da waren keine Boote. Nur auf der anderen Seite des Anlegers lag eines, mehr ein Wrack, halb voll mit Wasser. Doch was war mit den Leuten, die ihn hergebracht hatten? Sie konnten noch nicht weit sein. Er lief auf den Anleger, laut rufend: „Hey! Hallo!“ Aber seine Stimme hallte wirkungslos über das Wasser, nur ein großer Vogel flog erschreckt aus einem Baum hoch. Thaddeus fiel der Revolver ein, den der stellvertretende Lagerverwalter ihm in die Kiste gelegt hatte. Einen Schuss würden seine Ruderer hören und sicherlich zurückkommen. Er riss die Kiste mit seinen Ausrüstungsgegenständen auf, kramte drin herum, bis er die Waffe fand. Er spannte den Hahn, hielt sie hoch in die Luft und drückte ab. Es klickte trocken. Er spannte erneut, drückte ab: „Klick!" Ratlos sah er auf die Waffe, öffnete die Trommel und fand sie – leer. Thaddeus stöhnte gequält auf. Man hatte ihm eine Waffe ohne Patronen mitgegeben.

Eine Stunde später saß er wieder auf dem Anleger, seine Beine hingen über dem Wasser. Im Westen, dort, wo er hergekommen war, sank eine verschlierte Sonne dem Wald entgegen. Neben ihm stand die geöffnete Whiskyflasche, die er zur Desinfektion mitbekommen hatte. Thaddeus, der seit dem Morgen nichts mehr gegessen hatte, hatte bereits beim ersten Schluck aus der Flasche gespürt, wie ihn ein wohltuender Fatalismus überkam. Er betrachtete die Krokodile, die auf der Sandbank die letzte im Sand gespeicherte Wärme aufnahmen. Ab und zu erklang aus den Bäumen hinter der Station ein aufgeregtes Schnattern oder Krächzen oder was auch immer. Es kümmerte ihn nicht. Da saß er also, der Junge aus Pont-y-Pant, war Tausende von Meilen gereist, nur um hierher zu kommen. An einen Fluss mit ein paar leeren Hütten. Thaddeus machte sich klar, dass er der einsamste Mensch auf der Welt war.

Bevor ihn dieser Gedanke völlig überwältigen konnte, nahm er einen weiteren tüchtigen Schluck aus der Flasche. Mit einem Seitenblick auf sein Gepäck und die Kiste aus Akassa dachte er daran, dass er wenigstens seine Sachen ins Haus schaffen sollte, bevor er ganz und gar betrunken war, als er mit einem Mal ein Geräusch wahrnahm, das sich von allen anderen unterschied. Ein leises Tappen, wie Schritte. Oder ... Sein Kopf ruckte herum. Gerade noch sah er etwas Dunkles hinter dem Haus verschwinden. Augenblicklich stellten sich seine Nackenhaare auf. Welche Gefahren barg der Wald? Mit hartem Pochen pumpte sein Herz das Blut durch den Körper. Er griff nach der Waffe und wurde sich im selben Moment ihrer Nutzlosigkeit bewusst.

Langsam erhob er sich, überlegte. Hier auf dem Anleger war er allen Angriffen hilflos ausgesetzt. Ein Blick auf die Sandbank überzeugte ihn davon, dass die Flucht ins Wasser ebenfalls keine gute Idee war. Er hatte keine Wahl, er musste sich dem stellen, was dort hinter dem Haus lauerte. Er zog das Buschmesser aus dem Gürtel, in der Linken immer noch den Revolver. Langsam bewegte er sich in Richtung Haus.

Sollte er versuchen, ins Innere zu fliehen? Für den Moment wäre er vielleicht sicher. Aber was, wenn es kein Raubtier war, das ihn bedrohte, sondern ein Mensch? Ein Wilder, für den eine Tür kein Hindernis wäre? Den jungen Mann, der so oft davongelaufen war in seinem Leben, durchschoss eine Gewissheit, die alle Bedenken fortwischte. Nein, er würde nicht mehr fliehen. Er würde sein Leben so teuer wie möglich verkaufen. Thaddeus Hollingworth hatte weit reisen müssen, um zu erkennen, dass in ihm die Kraft wohnte, sich dem Schicksal mit erhobenem Haupt zu stellen.

Vorsichtig umrundete er das Haus, das Buschmesser zum Schlag erhoben. Als er um die hintere Ecke spähte, sah er die kauernde Gestalt, keine drei Schritt entfernt.

„Wer bist du?“, brüllte er, selbst erstaunt über die Wucht seiner Stimme. Ein erschreckter Aufschrei, die Gestalt sprang auf und floh. Da erkannte er, was es war. Eine Frau. Eine junge Schwarze, die in panischer Angst vor ihm weglief. Augenblicklich ließ er das Buschmesser sinken, steckte den Revolver in den Hosenbund. „Warte!“, rief er. „So warte doch. Ich will dir nichts tun.“

In sicherer Entfernung blieb die Frau stehen und starrte ihn mit weit aufgerissenen Augen an.

„Ich will dir nichts tun“, suchte Thaddeus sie nun zu beruhigen. Seine Anspannung war unendlicher Erleichterung gewichen. Es gab ein lebendes Wesen hier. Einen Menschen. „Ich wusste doch nicht ...“, stammelte er. „Ich hatte doch selber Angst.“

Ihm war nicht klar, ob die Frau ihn verstand, aber die Art, wie er zu ihr sprach, schien Wirkung zu zeigen. Mehr vorsichtig als ängstlich achtete sie darauf, in sicherer Entfernung von ihm zu bleiben. Thaddeus legte das Buschmesser auf den Boden und zeigte ihr seine offenen Hände. „Ich komme aus Akassa. Ich soll hier Mr. Parkes treffen. Aber niemand ist da. Weißt du ...?“

„Sie sind alle fort“, unterbrach sie ihn in deutlichem Englisch. „Und Master Parkes ist tot.“

„Parkes tot? Aber wieso ...?“ Thaddeus fuhr mit der Hand in einer ratlosen Geste durch sein Haar. Wieso wusste niemand in Akassa davon, hatte er fragen wollen. Aber diese Frage würde ihm die Frau vor ihm wohl kaum beantworten können.

Es war eher der Anblick seiner Hilflosigkeit als seine Worte, die die Frau davon überzeugten, dass er ungefährlich war. Sie kam näher und betrachtete ihn neugierig. Thaddeus erwiderte ihren Blick. Ihre dunklen Augen unter dem kurz geschorenen Haar waren ohne jede Arglist. Sie konnte nicht älter als achtzehn sein. Ihr Körper, der von einem braunen Tuch umwickelt war, schien ihm ein wenig dünn, so als ob sie schon lange keine anständige Mahlzeit mehr bekommen hatte.

„Und wer bist du?“, fragte er schließlich.

„Ich bin Eve“, antwortete sie.

Eve. Es musste die Erleichterung sein, die ihn zum Lachen

brachte. Die Frau sah ihn bestürzt an. „Ist das ein dummer Name?“ fragte sie.

„Nein, keineswegs“, beeilte er sich, sie zu beruhigen. „Es ist nur so, dass ich dachte, ich wäre am Ende. Aber Eve ist ein Name des Anfangs.“

Er sah sich um, sah das dunkle Grün des Waldes, das leere Dorf, die verlassene Handelsstation. Mit einem Mal war das alles nicht mehr bedrohlich. Er hatte einen Menschen gefunden.

„So muss sich Adam gefühlt haben“, sagte er leise.

Das Annie-Peppel-Haus

Die Ölpalmen, aus deren roten, wallnussgroßen Früchten das Palmöl gewonnen wurde, wuchsen weit hinter den Mangrovensümpfen und den Flutzonen des Nigers. Von dort holten die Brass das Öl, um es an die Küste zu transportieren. Dabei wurde jeder Versuch der Europäer, mit den Produzenten in direkten Kontakt zu treten, von den wachsamen Zwischenhändlern rigoros unterbunden. Schließlich war es allein der Handel, der die Brass reich gemacht hatte. Dieser Reichtum schlug sich in der Bildung mächtiger Stadtstaaten nieder, wie Bonny oder Calabar. Diese wiederum wurden von den einflussreichsten Handelsfamilien regiert, den „Häusern“. Nicht nur die jeweiligen Stadtstaaten, auch jedes „Haus“ hatte Zugriff auf ein bestimmtes Produktionsgebiet. Wegerechte und Warenmengen gewannen bei ihnen die Bedeutung wie bei den Fulbe Weiden und Rinderherden. Ein energischer und cleverer Führer konnte mit Geschick und sicherlich auch mit brutaler Rücksichtslosigkeit größeren Einfluss und damit größeren Reichtum für seine Leute erobern.

Auch ihre weißen Geschäftspartner waren längst keine homogene Gruppe. Jeder europäische Händler hatte seine speziellen Zulieferer und durchaus ein Interesse, wenn diese sich gegenüber ihren Rivalen durchsetzen konnten. So fand der Konkurrenzkampf auf mehreren Ebenen statt. Die Zwischenhändler konkurrierten untereinander genauso wie die Europäer. Gleichzeitig versuchten die Weißen aber auch, die Auseinandersetzungen zwischen den Stadtstaaten zu manipulieren. Doch deren Oberhäupter merkten schnell, dass man das Spiel auch in der anderen Richtung spielen konnte.

Diese weißen Händler waren ein eigener Schlag Mensch. Der Job war nicht einfach. Um im Delta zu überleben, musste man schon ein zäher Bursche sein. Und hatte man ein paar Jahre dort zugebracht, taugte man für das viktorianische England nicht mehr. Aber die meisten kamen erst gar nicht dazu, diese Erfahrung zu machen. Das Delta war ein lebensgefährlicher Ort. Am Bonny-River, einem der Wichtigsten der „Öl-Flüsse“, hatte jemand ein Schild aufgestellt. Darauf stand: „Viele sind hineingegangen, wenige zurückgekehrt.“

Charly war fünfundzwanzig, als er in das Delta hineingegangen war. Zu diesem Zeitpunkt hatte er es sich nicht nur bereits gründlich mit seiner Familie verdorben, sondern auch mit dem Kapitän des Schiffes, das ihn hergebracht hatte.

„Das ist Mr. DeCardi“, stellte dieser ihn dem hiesigen Vertreter von Miller Brothers vor, der an Bord gekommen war, um Charly abzuholen. „Count DeCardi“, fügte der Kapitän dann in ätzendem Tonfall hinzu, wobei er Charly mit einem letzten, gehässigen Blick bedachte, bevor er sich wieder dem Entladen des Schiffes widmete.

„Idiot“, murmelte Charly vor sich hin und wandte sich seinem neuen Vorgesetzten zu, dessen verwirrter Blick zwischen ihm und dem entschwindenden Kapitän hin- und herwanderte.

„Was hat er denn?“

„Pech im Spiel“, antwortete Charly, während er seine Segeltuchtasche schulterte. Er wollte so schnell wie möglich von diesem Schiff runter. Sein Gegenüber schien zu ahnen, was vorgefallen war. Breit grinsend stellte er sich vor: „Archie McEachen, willkommen in der Vorhölle.“

Charly ergriff die dargebotene Hand. Er hatte so eine Ahnung, was mit der Bezeichnung gemeint war. Schon auf See, bevor sie am späten Nachmittag mit der Flut in die Bucht einfahren konnten, war ihm der Geruch in die Nase gedrungen. Was da draußen noch recht unaufdringlich gewesen war, nahm ihm nun fast den Atem. Diesem Modergeruch nach zu urteilen, war die Stadt auf Schlamm errichtet, auf sehr altem Schlamm. Und auch die Luft bewegte sich nicht unter den tiefhängenden Wolken, sie schien regelrecht auf dem grauen, unbewegten Wasser zu kleben.

Die Stadt Bonny erstreckte sich auf der östlichen Seite der Bucht. Direkt am Ufer reihten sich die weißgekalkten Faktoreien, durchsetzt von großen Lagerhäusern, in denen Charly das Öl vermutete. Alle Gebäude waren auf Pfosten errichtet, deren vorderste aus dem schlickigen Ufer ragten. Davor erkannte er große Kanus, aus denen Fässer entladen wurden.

Charly reichte McEachen seine Tasche ins Boot, bevor er selber die Strickleiter hinunterkletterte. Irgendetwas sagte ihm, dass er von einem Schlamassel in den nächsten geraten war.

„Wie läuft es denn so?“, fragte er McEachen, worauf der ihn befremdet ansah: „Was, zum Teufel, meinen Sie?“

Charly wies mit einer etwas unbestimmten Geste auf die Faktoreien.

„Na, was schon? Das Geschäft." Immerhin war er hierhergekommen, um ein Vermögen zu machen.

McEachen sah ihn ungläubig an, schüttelte den Kopf und rief: „Hah." Dann wandte er sich an denjenigen der vier Ruderer, der ihm direkt gegenübersaß: „Hast du das gehört, Chamberlain? Das Geschäft."

Der Namensvetter des wortgewaltigen englischen Politikers grinste nur und ruderte unverdrossen weiter. Charly begann sich zu fragen, ob es wirklich eine gute Idee gewesen war, hierherzukommen. Der Kapitän schien nicht der einzige Verrückte in dieser Gegend zu sein.

„Das Geschäft", gab McEachen nun zurück, „läuft miserabel. Sie haben doch nicht etwa geglaubt, Sie könnten hier ein Vermögen machen?"

Langsam bekam Charly richtig schlechte Laune. Er sah zur Sandbank hinüber, über der die Gischt im späten Tageslicht funkelnd zerstäubte. Alte Schiffsrümpfe ragten wie schwarze Skelette aus dem seichten Küstenwasser.

„Count?", fragte McEachen ihn. „Sind Sie wirklich Graf?" Charly verzog das Gesicht, er hätte dem Kapitän nicht erzählen sollen, dass sein Bruder, dieser bigotte Wichtigtuer, den Titel geerbt hatte. „Vergessen Sie es", sagte er nur. Doch es war zu spät, der Name „The Count" blieb an ihm hängen.

„Bonny?" McEachen schnaubte aus. „Bonny ist ein Zwitter."

Charly musterte seinen Vorgesetzten, der neben ihm, auf einen Besen gestützt, unter der Veranda seines Hauses stand und auf die Bucht hinausschaute. Seine schwarzen Haare standen über dem speckig aussehenden Hemdkragen, auch sein Spitzbart war lange nicht mehr gestutzt worden.

Überhaupt schien McEachen sich wenig Gedanken um sein Äußeres zu machen. Die Jacke hatte er abgelegt, unter seinen Achseln waren dunkle Schweißflecken auf dem Hemd sichtbar. Charly, der noch zögerte, seine Jacke ebenfalls auszuziehen, warf einen verstohlenen Blick auf die Ärmelenden seines Batisthemdes, die bereits vom Schweiß eingefärbt waren. Er machte sich klar, dass es in dieser Gegend nicht einfach sein würde, seine Kleidung in einem gepflegten Zustand zu halten.

Charly hatte vorerst ein Zimmer in dem Haus bezogen, in dem McEachen zusammen mit einer jungen Schwarzen lebte, von der Charly nicht sagen konnte, ob sie Haushälterin war oder mehr. Nicht dass es ihn etwas anginge, aber das hier war nun mal der Ort, an dem er sich würde behaupten müssen. Jedes noch so kleine Detail konnte ihm dabei nützlich sein. Ganz zu schweigen von den Regeln, die hier herrschten. So hatte er McEachen gefragt, was denn Bonny für eine Stadt sei. Doch dessen Antwort war bisher noch nicht besonders aufschlussreich ausgefallen.

„Es ist, wenn man so will, ein Kind der Afrikaner und der Europäer", präzisierte McEachen jetzt seine etwas kryptische Aussage. „Bevor die Europäer kamen, gab es hier nichts als Mangroven und vielleicht ein paar Hütten. Nicht mal ein Dorf."

Die junge Schwarze brachte ein Tablett mit Gläsern und einer Flasche, das sie auf dem kleinen Tisch abstellte, der zwischen einigen Korbstühlen unter der Veranda stand. McEachen murmelte ein „Danke, Vikki". Die Frau antwortete nicht, musterte Charly mit einem kurzen, durchdringen Blick und verschwand wieder im Haus.

„Dann kamen die Portugiesen auf der Suche nach Sklaven", fuhr McEachen fort, während er sich hinunterbeugte und mit dem Besen unter den Stühlen herumstocherte. Charly hatte sich etwas gewundert, dass sein Vorgesetzter sich einen Besen griff, bevor er die Veranda betrat. Dann hatte er die Schlange entdeckt, die auf den Holzdielen offenbar ihr Mittagsschläfchen machte. „Mistviecher", hatte MacEachen gemurmelt und sie mit dem Besen in den Garten befördert. Charly prägte sich ein, dass ein Besen zur Grundausstattung eines Haushalts gehörte.

Sein Gastgeber stellte den Besen wieder beiseite und holte eine Korkenzieher aus der Hosentasche hervor.

„Wie es genau anfing, weiß natürlich keiner mehr, aber wahrscheinlich hat irgend so ein armer Fischer zu ihnen gesagt, o. k., ich bringe euch Sklaven. Vielleicht wollten die Weißen zuerst ja auch ihn mitnehmen, weshalb er ihnen ein Geschäft vorgeschlagen hat."

Mit einem leisen Plopp löste sich der Korken der Flasche.

„Und wahrscheinlich hieß dieser Fischer Peppel."

„Peppel?", wiederholte Charly. „Hört sich an wie ein Gewürz."

„Peppel!", konstatierte McEachen nachdrücklich. „Und das ist auch die Antwort auf die Frage, was uns zur Zeit am meisten Sorgen bereitet: Peppel!"

Er schenkte den Wein ein und reichte Charly ein Glas, wobei der sich langsam fragte, ob dies die erste Flasche war, die der Mann heute öffnete.

„Bonny wird seit dreihundert Jahren von den Peppels regiert. Der jetzige König heißt George Peppel, Spitzname Boy George. Hat acht Jahre in England gelebt. Ein gebildeter und umgänglicher Mann. Leider hört keiner auf ihn. Cheers und willkommen in Bonny."

Charly fand, dass der Port etwas seltsam schmeckte, aber das mochte an der schwül-feuchten Luft liegen. McEachen hatte sich in einem der Korbsessel niedergelassen und legte seine Füße in den abgetragenen, schwarzen Stiefeln auf die Verandabrüstung.

„Also gut“, meinte Charly, als auch er sich setzte, „ein König ohne Macht. Wer also hat das Sagen, hier?“

„Da wird es kompliziert.“ McEachen kratzte sich am Hals, wo ein rötlicher Moskitostich über dem Hemdkragen sichtbar war. „Da drüben“, er wies über die Bucht auf einen breiten Durchbruch in der grau-braunen Wand der Mangroven, „mündet der Bonny. Dort kommt das Öl her. Die Händler holen es von den Märkten im Norden, Essene, Urata, Ndele und etlichen anderen. Nun darf man sich das aber nicht so vorstellen, dass irgendein Bursche sich mit einem Boot auf den Weg machen könnte, um ein paar Fässer einzukaufen.“ Er nahm ein Schluck aus seinem Glas und wippte langsam auf den Hinterbeinen seines Stuhls.

„Und was würde einem solchen Burschen passieren?“, fragte Charly, weil er befürchtete, dass McEachen drauf und dran war, den Faden zu verlieren.

„Nun, wenn er Glück hat, stopft man ihm nur roten Pfeffer in die Nasenlöcher. Kann aber auch sein, dass sie ihn auf ein paar Stangen kreuzigen und ihn so in den Sümpfen liegen lassen. Dauert nicht lange. Die Krokodile kennen das Spiel.“

„Na gut, ich bin gebührend schockiert, Sie können fortfahren.“

McEachen lachte leise. „Was ich sagen will, ist, dass der ganze Handel streng organisiert ist. Und das ist auch schon die Antwort auf Ihre Frage nach der Macht. Die Stadt wird von Handelshäusern regiert, die man sich ein bisschen wie eine Firma vorstellen muss. Aber sie sind mehr als das. Ein solches Haus ist wie ein Clan, in dem alle zusammenhalten, vom obersten Chief bis zum einfachen Sklaven.“ Er wiegte den Kopf, als würde ihm das beim Nachdenken helfen. „Wobei Sklave vielleicht nicht das richtige Wort ist. Es ist eher die unterste Rangstufe. So ein Sklave kann sich nämlich hocharbeiten. Sehr hoch sogar. Aber darauf komme ich noch. Jedenfalls kämpfen diese Häuser wie normale Firmen um Güter und Handelsrechte. Jedes Haus versucht natürlich, sich möglichst früh einen möglichst großen Teil der Ölernte zu sichern. Also kaufen sie im Norden für Monate im Voraus die Ernte auf. Jetzt verstehen Sie vielleicht, weshalb da nicht einfach jemand dazwischenkommen darf. Das wäre Diebstahl, und abgesehen davon, dass niemand sich gerne bestehlen lässt, wäre so eine Nachsichtigkeit auch ein Zeichen der Schwäche. Die anderen Häuser würden nicht zögern, einem solchen Dummkopf alles abzujagen.“

„Harte Sitten also.“

„Hmmh.“

„Und hartgesottene Geschäftsleute.“

„Kann man sagen.“

„Wo haben die das gelernt?“

„Naturtalent. Plus dreihundert Jahre Sklavenhandel.“

„Verstehe.“

Charly bekam langsam ein Bild von der Situation. Er wusste, dass in Bonny neben Miller Brother auch andere englische Firmen vertreten waren. Eine Konkurrenz unter den Weißen, der, wie er nun erfuhr, eine ähnliche Konkurrenz unter den Afrikanern gegenüberstand. Wie er fand, eine Situation, die man durchaus zu seinem Vorteil nutzen konnte.

„Ich dachte, dass Miller die erste Firma am Platz ist. Wo also liegt das Problem?“, fragte er schließlich.

MacEachen seufzte: „Es stimmt, Millers haben hier einen guten Stand. Oder besser: hatten“, korrigierte er sich. „Sehen

Sie, die beiden mächtigsten Häuser in Bonny sind das Manilla-Peppel-Haus und das Annie-Peppel-Haus."

„Noch mehr Peppels?", fragte Charly entgeistert.

„Na ja, ursprünglich waren es wohl Ableger der Königsfamilie. Aber in den Häusern gibt es keine Erbfolge. Nur der Härteste und der Cleverste kann Chief eines Hauses werden. Im Manilla-Haus ist das Oko Jumbo, übrigens ein ehemaliger Sklave, der es bis an die Spitze geschafft hat."

„Und bei dem anderen Haus, dem Annie-Peppel-Haus?"

„Genau das ist das Punkt. Der Chief des Annie-Peppel-Hauses ist vor über einem Jahr gestorben. Seitdem haben sie es nicht geschafft, einen neuen Chief zu wählen. Darum verlieren sie auch an Einfluss. Das Manilla-Haus nutzt diese Schwäche natürlich aus, um Ernteanteile zu gewinnen, Wasserwege zu besetzen und so viel Öl wie möglich über ihre Boote zu lenken."

„Kann uns das nicht egal sein?"

„Schön wär's", gab McEachen säuerlich zurück. „Das Dumme ist nur, dass Miller Brothers der Haupthandelspartner des Annie-Peppel-Hauses ist."

Charly nahm einen Schluck Port und sah in die Bucht hinaus. Ein zwanzig Fuß langes Boot kam schwer beladen mit Fässern und Säcken den Bonny herunter. Acht Ruderer trieben es voran. Im Bug stand ein Mann, dessen Bekleidung ihn von den anderen abhob. Das Tuch, das er um seine Hüften und seine linke Schulter geschlagen hatte, wirkte auf die Entfernung kariert. Charly nahm an, dass es sich um eine einheimische Webart handelte, die diesen Effekt hervorrief. Die Haltung des Mannes drückte seinen Stolz aus, offensichtlich war er der Anführer der Gruppe. Dort also kam die Ware, wegen der sie alle hier waren: das Palmöl. Es würde gewogen werden, gelagert und schließlich auf die Schiffe verladen. Es würde Tausende von Meilen auf dem Meer zurücklegen, in Liverpool, Glasgow oder irgendeinem anderen Hafen gelöscht und dann in großen Chargen versteigert werden. Oder es ging direkt an die Käufer, die es geordert hatten. Fünftausend Tonnen Öl hatte England im letzten Jahr eingeführt, mit einem Wert von zweihunderttausend Pfund. Irgendwo auf diesem weiten Weg, den das Öl zurücklegte, war eine Menge Geld zu verdienen. Darauf hatte Charly gesetzt. Nun stellte sich heraus, dass Miller Brothers ein ziemlich müdes Blatt in der Hand hielten. Aber das schreckte ihn nicht sonderlich. Charly hatte Erfahrung mit schlechten Karten.

„Ich denke“, sagte er langsam, „ich sollte mir unsere Geschäftspartner vom Annie-Peppel-Haus mal anschauen.“

McEachen sah ihn scheel von der Seite an. „Das können Sie haben, DeCardi. Wir werden sie morgen aufsuchen. Ich bin bald jeden dritten Tag im Annie-Peppel-Haus. Seit über einem Jahr. Die schulden uns nämlich mittlerweile mehr als tausend Fass Öl. Und wissen Sie was? Genau das ist das Problem.“

Tausend Fass Öl.

Ein Fass, ein *puncheon*, zählte dreihundertvierundzwanzig Liter.

Nicht einer der Männer, die in dem abgedunkelten Versammlungsraum des Annie-Peppel-Hauses beieinandersaßen, erwähnte diese ungeheure Menge Öl. Aber Charly hatte mittlerweile begriffen, dass die ungeklärte Schuld der Wahl des nächsten Chiefs im Wege stand.

Er hatte mit McEachen noch die halbe Nacht geredet. Chief Allali, der vor einem Jahr verstorben war, hatte Miller Brothers diese Ware nicht mehr liefern können. Der nächste Chief würde die Schuld übernehmen müssen. Dazu war keiner bereit. Nicht einmal der Favorit unter den Nachfolgern, Urata, der Archie McEachen jetzt gegenübersaß.

„Das Manilla-Haus kauft unsere Lieferanten“, sagte der Mann mit dem massigen Schädel jetzt. „Wir können nicht mehr Öl liefern.“

„Warum lasst ihr zu, dass Oko Jumbo euch aus dem Markt drängt?“

Charly hörte kaum zu. Er konzentrierte sich nur darauf, ihre Geschäftspartner zu studieren. Fast zwei Dutzend Männer hatten sich eingefunden. Die Ranghöheren saßen auf mit kunstvollen Schnitzereien verzierten Hockern, die anderen auf Stühlen oder gepolsterten Bänken. Die Einrichtung war von alptraumhaftem Prunk, silberne Kerzenständer auf Ebenholzkommoden, gläserne Lüster hingen von der Decke, die Wände waren mit Teppichen behangen. Auf einem niedrigen Tisch in der Mitte türmten sich Früchte in hölzernen Schalen. Es fehlte nur noch eine Kiste voller Golddukaten, und Charly hätte sich in einem Seeräuberversteck gewähnt.

McEachen hatte in der vergangenen Nacht immer wieder davon geredet, dass sie ihre Sachen packen und aus dem Delta verschwinden sollten. Der Vertreter von Miller Brothers hatte die Nase voll von der Gegend, aber vor allem von den sturen und uneinsichtigen Brass. Charly hatte ihn reden lassen. Ihm war klar geworden, dass McEachen zwar ein guter Händler war, aber keine Kämpfernatur. Ihm war auch klar geworden, dass seine Eingewöhnungszeit sehr kurz sein würde. Wenn sie die Situation hier retten wollten, würde das bald geschehen müssen. Und darum studierte er jetzt ihre Geschäftspartner.

Offenbar gab es neben Urata, der immer noch mit Archie McEachen redete, drei Männer, die zum engsten Kreis der Macht gehörten. Zum einen war da Madu, ein weißhaariger, gemächlich wirkender Alter, der oft zu dem, was Urata sagte, nickte und sich dabei über seine spärlichen, ebenfalls weißen Barthaare strich. Auf den ersten Blick schien er der Großvater zu sein, den alle mochten, den aber keiner richtig ernst nahm. Bis man auf seine Augen achtete. Die nämlich waren so kalt wie die eines Reptils.

Der Zweite hieß Annie Stuart. Er war deutlich jünger als Madu oder auch Urata. Sein Leibesumfang hatte auch noch nicht die Fülle erreicht, die den beiden Älteren ihre behäbige Autorität verlieh. Und der Dritte war Warrosoo, ein hagerer, griesgrämig dreinblickender Mann, dem der Zeigefinger der rechten Hand fehlte. Alle anderen, die Charly wortreich vorgestellt worden waren, schienen Parteigänger oder Untergebene des einen oder anderen dieser vier Chiefs zu sein. Jedenfalls benahmen sie sich so und meldeten sich auch nicht einmal zu Wort. Charly wusste, dass er in diesem stickigen Raum zwei Dinge brauchte: eine Idee und den dazugehörigen Mann.

Ihn hingegen schien niemand groß zu beachten. Nachdem McEachen ihn als seinen neuen Mitarbeiter vorgestellt hatte, war er, wenn auch nicht herzlich, so doch höflich begrüßt worden. Damit hatte es sich aber auch schon. Alle Aufmerksamkeit konzentrierte sich seither auf McEachen. Der Einzige, der Charly ab und zu einen eher gleichgültigen Blick widmete, war der Mann, der neben Madu saß. Ein noch jüngerer Händler von gedrungener Gestalt. Seine groben Gesichtszüge wirkten nicht gerade vertrauenerweckend. Er war Charly, wie alle anderen auch, vorgestellt worden, aber der hatte sich gerade mal die vier wichtigsten Namen merken können.

„Warum bittet ihr nicht den König um Hilfe?“, fragte McEachen. „Es ist seine Aufgabe, für Gerechtigkeit unter den Händlern zu sorgen.“

Zuerst sagte keiner der vier Chiefs etwas. Schließlich wandte sich Urata an Madu und nickte ihm zu. Der Alte mit den weißen Haaren beugte sich vor, als er zu sprechen begann: „King George hört nur auf Oko Jumbo." Mit einer Spur von Verachtung fügte er hinzu: „Oder auf die Weißen, bei denen er lebte. Ihr habt ihn eure Gebräuche gelehrt. Vielleicht hört er ja auf euch."

McEachen wirkte verärgert: „Ich habe natürlich mit King George gesprochen. Aber er sagt, es ist eure Angelegenheit, für die Nachfolge von Chief Allali zu sorgen. Der König sagt, er weiß nicht, mit wem er im Annie-Peppel-Haus verhandeln soll."

Charly blinzelte, als ihm ein Schweißtropfen ins Auge rann. Er war mittlerweile überzeugt, dass dieses Treffen zu absolut nichts führen würde. Sie saßen hier seit über zwei Stunden zusammen, und alles, was gesagt wurde, hörte sich so an, als wäre es schon hundertmal zuvor besprochen worden. Charly schaute durch die geöffnete Doppeltür des Hauses auf den Platz hinaus, der von etlichen anderen Gebäuden umrahmt war. Das Annie-Peppel-Haus war eine großräumige Anlage, eine Stadt für sich in Bonny. Es gab Lagerhäuser, Wohnhäuser und in undurchschaubarer Weise verteilt Kochstellen, um die herum Männer, Frauen oder Kinder hockten. McEachen hatte ihm nichts Genaues über das System sagen können, nach dem dieses Haus oder diese Firma oder was auch immer organisiert war. Offenbar kümmerten sich die weißen Händler nicht allzu sehr um diese inneren Zusammenhänge. Ihnen reichte es, mit den Chiefs zu verhandeln. Charly hingegen war bereits zu dem Schluss gekommen, dass es von entscheidendem Vorteil sein konnte, dieses Machtsystem genau zu kennen. Ein solches Dilemma, wie das, in dem sie steckten, wäre dadurch rechtzeitig zu verhindern gewesen. Dessen war er sich sicher. Außerdem war es gewiß nicht gleichgültig, wer von den hier Anwesenden das Haus leiten würde. Dummerweise hätte Charly nicht sagen können, wer von den vier Wortführern des Hauses zu favorisieren war. Wenn sich bisher keiner von ihnen durchsetzen konnte, wieso sollte es dann in Zukunft anders sein.

Gerade erzählte Urata wieder von den Schwierigkeiten, die sie mit den Ölproduzenten hatten, als Charly den Blick bemerkte, mit dem der junge Händler, der ihm schon aufgefallen war, den Chief betrachtete. Es war nur ein kurzer Blick, den er Urata zuwarf, und Charly war sich gleich darauf nicht mehr sicher, ob er ihn richtig wahrgenommen hatte. Aber für einen Augenblick war da etwas gewesen, das ihn ansprang wie die Karte, die das Blatt zum Straight machte. Es war ein forschender, abschätzender Blick. Es war der Blick eines Mannes, der auf den richtigen Zeitpunkt wartete. Charly schoss mit einem Mal das Blut schneller durch die Adern. Sein Instinkt sagte ihm, dass sich da vielleicht eine Chance auftat.

Er tat so, als würde er aufmerksam den Worten des Älteren lauschen. Aber in seiner Wahrnehmung konzentrierte er sich jetzt nur noch auf den Mann an dessen Seite. Der saß nun wieder da wie zuvor, mit hochgezogenen Schultern, den Mund etwas trotzig gewölbt, den Blick mit den halbgeschlossenen Lidern ins Leere gerichtet. Trotzdem spürte Charly eine Spannung, die er vorher nicht wahrgenommen hatte. Ohne es an irgendetwas festmachen zu können, wusste er, dass der Mann ihn auf die gleiche Weise beobachtete wie er ihn. Er wusste immer noch nicht, was er davon halten sollte. Täuschte er sich, oder saß hier in dieser Runde noch ein Spieler, der auf den höchsten Einsatz wartete.

Es geschah, als das Palaver seinem Ende zuging. McEachen und Urata versicherten sich wortreich ihrer gegenseitigen Unterstützung und betonten, wie sehr ihnen daran gelegen war, dass die Geschäfte bald wieder ihren gewohnten Gang nahmen. In dem Moment, bevor sie sich verabschieden wollten, hoben sich die schläfrigen Lider des jungen Händlers, und seine Augen richteten sich direkt auf Charly. Der nahm die Herausforderung an. Einen Herzschlag lang kreuzten sich die Blicke des Schwarzen und des Weißen. Und erkannten den Gleichgesinnten.

Später, als er mit McEachen längst wieder in dessen Haus war, fragte Charly seinen Vorgesetzten nach dem Namen des jungen Händlers.

„Sie meinen den neben Chief Madu. Das ist ein ehemaliger Sklave, der sich hochgearbeitet hat. Wir kommen gut mit ihm aus, weil er immer sein Wort hält. Sein eigentlicher Name ist Jubo ... warten Sie, Jubo Jubogha. Aber alle nannten ihn JoJo. Im Laufe der Zeit hat sich das etwas im Klang gewandelt. Jetzt heißt er JaJa." McEachen schmunzelte. „Komischer Name, nicht. Hört sich an wie die afrikanische Form von Porridge."

Charly, der an der geöffneten Tür zur Veranda stand, sah auf die Bucht von Bonny hinaus. „Tja", sagte er langsam, „ist schon komisch. Ein Mann namens JaJa."

Calabar

„Da ist die Zweite."

Captain Murray hielt das Messer an der Spitze und ließ es zwischen seinen Fingern wippen. Die schwere Klinge aus

Sheffieldstahl wirkte in seiner Pranke wie ein zierlicher Brieföffner. Charly nahm noch einen Schluck Whisky aus dem schweren Glas und visierte dann das Ziel. Auch er hielt sein Messer an der Spitze. „Auf drei?“, sagte er. Der Captain nickte. Wenige Sekunden später flogen beide Messer durch die verrauchte Luft. Eine der Klingen nagelte die daumenlange Kakerlake an die Mahagoniverschalung der geräumigen Kajüte. Die andere traf eine Hand breit daneben. Blitzartig verschwand das zweite schwarzglänzende Insekt wieder hinter dem Seekartenschrank.

„Das geht an mich“, meinte der Captain zufrieden.

Charly legte eine Fünfpfundnote auf den massiven, festgeschraubten Tisch. „Das Schiff hat geschaukelt.“

„Klar“, murmelte Murray und strich seinen Gewinn ein. Er nahm die Zigarre wieder auf, die er im Aschenbecher abgelegt hatte, bevor er das Messer warf. Charly schenkte sich und dem Captain von dem Whisky nach, bester Glenlivet, von dem Murray immer ein paar Flaschen auf Lager hatte. Rauchend und trinkend beobachteten beide Männer die aufgespießte Kakerlake, deren Beine und Fühler sich im Todesreflex immer noch bewegten. Sie hatten Zeit. Es würde mindestens noch eine Stunde dauern, ehe das Wasser hoch genug stand und das Schiff in die Bucht von Calabar einfahren konnte.

Schließlich stemmte sich der Captain aus dem Stuhl hoch. „Haben Sie von dem Ärger in Akassa gehört?“

„Was meinen Sie? Dass Flint mit Lugard in den Norden ist, weil die Franzosen dort eine wildgewordene Armee rumlaufen haben?“

Charly betrachtete das breite Rückgrat Murrays, als der sich zu der Wand mit den Messern bewegte. Die Gestalt des Captains wirkte eindeutig zu breit für die beengten Verhältnisse an Bord eines Schiffes. Aber Charly wusste, dass der behäbige Eindruck täuschte. Er hatte selbst erlebt, wie einmal im Hafen von Lagos drei betrunkene portugiesische Matrosen auf Murray losgegangen waren. Ehe sie begriffen, wie ihnen geschah, hatte einer von ihnen einen ausgerenkten Arm und der Zweite einen gebrochenen Kiefer gehabt. Der Dritte machte keine Schwierigkeiten mehr.

„Die Franzosen“, meinte Murray, „haben immer irgendwo eine wildgewordene Armee rumlaufen. Nein, ich spreche von der Schlägerei am Lagerhaus. Um ein Haar wäre das Depot abgebrannt.“

Der Captain zog sein Messer mit einem Ruck aus dem Holz und betrachtete das Insekt, das immer noch auf der Klinge steckte. „Und wie konnte es wohl dazu kommen?“, fragte er, wobei Charly sich einen Moment über den Gedanken amüsierte, dass diese Frage womöglich an die Kakerlake gerichtet war.

„Weil irgendein Schwachkopf einen Python getötet hat“, beantwortete der Captain seine Frage selbst.

Charly verzog das Gesicht. „Keine gute Idee. Haben sie den Burschen erwischt?“

Murray hielt das Messer hoch, um das tote Tier besser untersuchen zu können. „Das ist der Punkt. Keiner will es gewesen sein. Eine Gruppe Brass-Leute wollte mit der Company über die Zölle verhandeln. Aber Sie kennen ja Wallace. Er hat sie weggeschickt. Die Brass waren natürlich sauer. Da kam ihnen das mit dem Python gerade recht. Sie haben die Kru-Leute vom Depot beschuldigt. Die können sie ja sowieso nicht leiden. Die haben aber alles abgestritten. Hätten die Brass Waffen dabeigehabt, wäre es zu einer Schießerei gekommen. So konnten die Constabler der Company noch dazwischengehen.“

Charly leerte sein Glas in einem Zug und fragte den Captain, der immer noch die Kakerlake begutachtete: „Was ist los? Wollen Sie sie aufessen?“

Der Captain streckte ihm das Messer mit dem Tier entgegen. „Wussten Sie, dass diese kleinen Viecher Überlebenskünstler sind?“

Charly warf einen zweifelnden Blick auf das Insekt: „Meinen Sie, es kommt durch?“

„Na, die wahrscheinlich nicht mehr“, antwortete Murray trocken. „Die Geschichte mit den Brass gefällt mir nicht“, sinnierte er dann und schaute sich um, weil er offenbar endlich gedachte, sich der Kakerlake zu entledigen. „Warum lässt die Company den Leuten nicht den Ölhandel? Dann wäre Ruhe.“

Charly atmete einmal laut aus und kratzte sich am Kinn, wo bereits wieder Bartstoppeln wuchsen. Er sollte sich vielleicht noch rasieren, bevor er in Calabar mit Sir Claude MacDonald zusammentraf. Der alte Haudegen sah immer aus, als käme er gerade frisch vom Barbier. Außerdem hatte der Gouverneur diesmal seine Frau dabei. Und auch wenn Charly längst nicht mehr so eitel war wie früher, hielt er es dennoch für unangemessen, einer Lady unrasiert gegenüberzutreten.

„Es geht gar nicht mehr um den Ölhandel“, meinte er. „Es geht ums Prinzip. Und um die Macht in Afrika. Die Company hat ihr Handelsmonopol bekommen, um die Deutschen und die Franzosen aus dem Nigerdelta rauszuhalten. Was die Herren Bürokraten in London übersehen haben, war, dass durch die Grenzziehung die Brass ebenfalls zu Ausländern wurden. Ihre Ölmärkte liegen aber innerhalb des Territoriums der Company. Es ist ein Witz, aber die Brass wurden zu Fremden im eigenen Land.“

„Vielleicht sollte man London mal auf diesen Punkt hinweisen", meinte Murray.

„Genau das wollte MacDonald tun. Zehn zu eins, dass er nicht das Geringste erreicht hat."

„Vernünftiger Mann, dieser MacDonald." Murray schnalzte mit den Lippen. „Sollte mehr von seiner Sorte geben."

„Ein wahres Wort. Genau deshalb kann es eigentlich nicht mehr lange dauern, bis sie ihn abberufen, um ihn zum Gouverneur irgendeines gottverdammten Felsens irgendwo im Pazifik zu machen."

„Sie halten wohl nicht viel von der Weisheit unserer Politiker?"

„Ach, merkt man das?"

„Nur, wenn man genau hinhört." Murray bedachte Charly mit einem Seitenblick. „Also haben wir einen guten Mann, auf den die Regierung nicht hört."

„Und der, auf den sie hört, gehört in eine andere Kategorie."

Murray nickte grimmig. „Sie sprechen von Goldie, nicht wahr?"

„Der saubere Sir George, ganz recht."

„Sagen Sie, Sie kennen einander doch, oder?"

Charly zuckte mit den Schultern. „Flüchtig." Er beugte sich über den Tisch und begann, den Inhalt der Zigarrenkiste zu inspizieren.

„Flüchtig, ja? Komisch, ich habe da eine andere Geschichte gehört." Der Captain wandte sich zum Bullauge, um die erlegte Kakerlake nach draußen zu befördern. „Irgendjemand erzählte mir mal von einem ziemlich hitzigen Zusammentreffen ... Nanu, was ist das denn?"

Charly, der gerade an einer Zigarre schnupperte, sah auf.

Der Captain stand am Bullauge und spähte mit zusammengekniffenem Auge auf die See hinaus.

„Was ist was?"

„Ein Boot."

„Na, hören Sie", meinte Charly schmunzelnd, „schließlich ankern wir vor Calabar, einem der wichtigsten Häfen an der Küste. Da kann schon mal ein Boot vorbeikommen ..."

In diesem Moment klopfte es, der Maat trat ein, zeigte mit dem Daumen über die Schulter und sagte: „Captain, da ist ein Boot, und ich glaube ..."

„... ja, ja, ich hab's gesehen, ich komme." Als er an Charly vorbeistapfte, schlug er ihm auf die Schulter und meinte: „Na los, Charly, da ist ein Boot."

„Das habe ich ja nun langsam kapiert. Was für eine Sensation." Aber Charlys letzte Worte blieben ungehört, denn der Captain hatte sich bereits hinter seinem Maat durch die enge Tür gezwängt. Jetzt waren nur noch seine schweren Schritte auf den Holzstufen des Dampfers zu vernehmen.

Charly roch nochmal an der Zigarre, rollte sie zwischen den Fingern und griff in seine Jackentasche, um das Messer hervorzuholen. Dann fiel ihm ein, dass es ja immer noch in der Wand steckte.

Die schlanke spanische Klinge mit silberverziertem Griff war wesentlich leichter als das massive Sheffieldmesser des Captains. Charly betrachtete beinah andächtig, wie ein schräg durch das Bullauge einfallender Sonnenstrahl auf dem silberverzierten Griff spielte. Er hatte das Messer beim Kartenspiel gewonnen, von so einem eitlen Pfau, der es ohnehin nicht zu schätzen gewusst hatte. Es lag wunderbar in der Hand und hatte ihn noch nie in Stich gelassen. Na ja, bis heute jedenfalls.

Er zog es aus dem Holz und schnitt die Zigarre an. Während er es zusammenklappte, beugte er sich vor, um aus dem Bullauge zu lugen. Da sah auch er das Boot, das vielleicht zwanzig Fuß lang und mit einem einfachen Segel ausgestattet war. Eines jener Boote, mit denen die Fischer hinauszufahren pflegten. Er fragte sich gerade, was denn daran so aufregend sein sollte, als er entdeckte, was den Captain und seinen Maat so aus der Fassung gebracht hatte.

„Na, da soll mich doch der Teufel holen“, murmelte er.

Charly vergaß seinen Whisky und eilte nach oben.

An Deck angekommen, sah er, dass sich die ganze Mannschaft an der leeseitigen Reling versammelt hatte. Der Captain winkte ihn neben sich.

Das Boot segelte, vorangetrieben durch den Südwestwind, auf die Bucht von Calabar zu, ungeachtet der Gefahren unter den wogenden Wellen. Den Flüssen an diesem Teil der Küste, so auch dem Calabar-River, waren nämlich Sandbänke und Riffe vorgelagert. Teilweise lagen diese natürlichen Barrieren knapp unter der Wasseroberfläche und waren nur an der Gischt der brechenden Wogen zu erkennen. In die Bucht gelangten die Schiffe durch eine schmale Furt, allerdings nur bei Flut. So war es unumgänglich, vor der Einfahrt auf den hohen Wasserstand zu warten. Genau das tat die *Lagos* von Captain Murray, mit der Charly von Bonny angereist war und auf der er sich die Zeit bis zum Tidehub mit Wetten und Messerwerfen vertrieben hatte.

Für ein so leichtes Boot wie das, das jetzt auf die Bucht zusteuerte, war es zwar kein Problem, die Furt auch bei Niedrigwasser zu passieren, dafür hatte es aber mit anderen Widrigkeiten zu kämpfen. Der Druck des steigenden Meeresspiegels presste das Wasser in die Furt, unberechenbare Strudel und harter Seitenwind machten es selbst erfahrenen Bootsführern schwer, die Furt in genau dem richtigen Winkel anzusteuern.

Um dieses Kunststück zu vollbringen, bedurfte es genauer Kenntnisse der Strömungs- und Windverhältnisse. Allein die Fischer von Calabar besaßen diese Kenntnisse.

Nur war die Person, die das Boot steuerte, kein Fischer.

Es war eine Frau.

Eine Frau in einem schwarzen, hochgeschnürten Kleid. Eine weiße Frau.

„Wo, um alles in der Welt, kommt die denn her?“, brach es aus dem Maat hervor.

„Interessante Frage“, bemerkte der Captain. „Noch interessanter allerdings wäre es, zu wissen, wo sie hinwill.“

Die Frau, die das Boot allein steuerte, schien ihrem fassungslosen Publikum keine Beachtung zu schenken. Genau ließ sich das jedoch nicht erkennen. Ihr Gesicht war halb von einem Hut verdeckt, den sie mit einem Tuch unter dem Kinn fixiert hatte. Nur ein paar helle, blonde Haarsträhnen hatten sich gelöst und flatterten im Wind.

„Sollten wir nicht etwas unternehmen?“, fragte der Maat, ohne den Blick von dem Boot zu lösen, das mit strammer Geschwindigkeit parallel zur Sandbank auf die Furt zusegelte.

„Allerdings“, erwiderte der Captain, „holen Sie das Rohr, Mr. Fleming, und lassen Sie ein Boot klar zum Ausholen machen.“

Während der Maat zwei sichtlich unwillige Männer für diese Aufgabe aborderte, räusperte sich der Captain und meinte: „Können die Lady ja schlecht absaufen lassen.“

Der Maat reichte dem Captain das Sprachrohr. Der hielt es sich an den Mund und rief: „Hey, Miss!“ Als sie nicht reagierte, nochmal: „Hallo, Lady!“

Diesmal hatte sie ihn offenbar gehört, jedenfalls winkte sie fröhlich herüber, wenn auch etwas hektisch, weil sie offenbar beide Hände für das Boot brauchte.

„Miss, brauchen Sie Hilfe?"

Ihre Stimme verwehte zwischen den Wellen. Der Captain wandte sich an den Maat: „Habe ich richtig gehört? Sie hat jetzt keine Zeit?"

„Habe ich auch so verstanden, Sir."

Murray setzte wieder das Rohr an den Mund. „Miss, kommen Sie bitte hier rüber. Wir bringen Sie in die Bucht."

Wieder verstanden die Männer nur die Hälfte der Antwort, aber das Wort „... Unsinn" kam sehr deutlich an.

„Hat jemand einen Vorschlag?", fragte der Captain unbestimmt, ohne das Boot aus den Augen zu lassen.

Einer der Matrosen kratzte sich am Kinn und sagte: „Ich setzte meine Rumration, dass sie es schafft. Auf die Lady."

„Halte dagegen", kam es prompt von dem Mann neben ihm. „Auf die Sandbank."

Der Captain bedachte die beiden mit einem strafenden Blick. Aber bevor er etwas sagen konnte, stiegen die anderen Matrosen ebenfalls in die Wetten mit ein. Da aber die meisten auf die Sandbank setzten, kam nicht viel dabei raus.

Charly drehte die unangezündete Zigarre nachdenklich in den Fingern und beobachtete aufmerksam, wie die Frau das Boot steuerte. Gar nicht mal ungeschickt. Trotz ihrer unpraktischen Kleidung schien sie es durchaus zu beherrschen. Dennoch, mit so einem Boot und ohne gründliche Kenntnis der Gewässer würde sie mit ziemlicher Sicherheit hängen bleiben. Wenn dann noch das Boot kenterte, wäre sie verloren. Die Frau ging ein verdammt hohes Risiko ein.

Andererseits gefiel Charly, dass sie es einfach drauf ankommen ließ.

„Fünfzig Pfund auf die Lady", sagte er. Murray sah ihn von der Seite an.

„Halte zwanzig", kam es ohne Verzögerung vom Maat, und die Matrosen beeilten sich einzusteigen.

Gespannt beobachteten die Männer jetzt die Frau in dem Boot, das immer noch stramm am Wind fuhr. Wenn sie nicht bald wendete, würde sie mit voller Wucht in den Brechern landen. Allen war klar, dass niemand sie dort herausholen könnte.

„Zieh rum, Mädchen", brüllte der Matrose, der als einer der Wenigen auf sie gesetzt hatte.

Die Frau hielt das Segel mit der Linken, mit der Rechten das Steuer und lehnte sich gegen die starke Krängung des Bootes. Charly fiel auf, dass sie die Furt nicht einen Moment aus den Augen ließ. Sie wirkte hochkonzentriert.

Er konnte nicht sagen, woher er es wusste. Aber er war sich sicher, dass sie es schaffen würde. Es war etwas in ihrer Haltung, das es ihm verriet. Wie sie die Füße ins Holz stemmte, um sich abzustützen und gleichzeitig die Stärke der Strömung zu erspüren. Wie sie mit der Hand, in der sie das Segel hielt, den Druck des Windes erfasste. Und beides, Strömung und Wind, genau aufeinander abstimmte.

Mit einem Mal, unmittelbar bevor sie an der Furt vorbei war, schlug sie mit einem entschlossenen Ruck das Ruder ein. Gleichzeitig ließ sie Seil für das Segel, das sofort überholte und mit einem trockenen Knallen den Wind wieder einfing.

Das Boot hob fast von den Wellen ab. Dann legte es sich in den Wind und schoss mit elegantem Schwung in die Furt. Wenige Augenblicke später hatte das Boot die Sandbank hinter sich gelassen und segelte in aller Ruhe in die Bucht von Calabar.

Erst als Charly die Luft ausstieß, merkte er, dass er den Atem angehalten hatte. Die Männer stießen Pfiffe aus, selbst die, die verloren hatten. Der Captain schnalzte mit der Zunge.

„Na“, meinte er nur. Aber es lag eine gehörige Portion Anerkennung darin – und auch Erleichterung.

Die Begeisterung der Matrosen und des Maats war deutlich gedämpfter, als sie Charly seinen Gewinn ausbezahlen mussten. Während sie murrend wieder ihren Beschäftigungen nachgingen, schaute der nachdenklich dem entschwindenden Segel nach.

„Lady“, sagte er leise in den Wind, „ich kenne Sie nicht. Aber Sie haben mir soeben fünfzig Pfund eingebracht.“

Er riss ein Zündholz an und hielt es an seine Zigarre. Als er den Rauch ausstieß, ertappte er sich bei dem Gedanken, dass er ihr das gerne persönlich erzählen würde. Mit einem Zungenschnalzer fügte er hinzu: „Und diese fünfzig Pfund setze ich darauf, dass wir uns wiedersehen.“

Archibong

Calabar, an der Mündung des Cross-River und des Calabar-River gelegen, bestand ursprünglich aus mehreren voneinander unabhängigen Siedlungen, die miteinander im Sklavenhandel konkurrierten. Oft wurden deren Rivalitäten untereinander kriegerisch ausgetragen, wobei sich im Laufe der Zeit zwei mächtige Fraktionen herausbildeten, die Bewohner von Old Town und die von Duke Town. Schließlich wurde den Engländern diese ewige Streiterei zu bunt, sie intervenierten zu Gunsten von Duke Town und entschieden damit die Machtfrage. Der König von Duke Town wurde zum Oberhaupt von ganz Calabar. Mit der nun vereinigten Macht wuchs Calabar zum größten Konkurrenten von Bonny heran.

Der Stadtstaat am Cross-River unterschied sich allerdings in einem wesentlichen Punkt von seinem Rivalen am Bonny-River. In Calabar stellte der König das Zentrum der Macht dar. Und der hatte die Lektion, dass man durch Einigkeit Macht erlangen kann, sehr gut begriffen. Als die *Lagos* endlich in die Bucht einfahren konnte, um am Anleger von Duke Town festzumachen, ging die Regentschaft von Archibong III. ins zwanzigste Jahr. Fast genauso lange kannte Charly den Monarchen.

Das zweigeschossige Haus von Archibong, oder eher sein Palast, zeichnete auf seine Art die Geschichte von Calabar nach. Auf Pfeilern errichtet, war es mit dem wachsenden Wohlstand der Stadt, erst durch den Verkauf von Sklaven, dann durch den Ölhandel, nach und nach erweitert worden, so dass jeder Anbau die Handschrift und die Insignien des jeweiligen Amtsinhabers trugen. Und vor allem seinen Reichtum darstellte, der sich auch immer darin ausdrückte, dass der europäische Baustil imitiert wurde. Archibong III. hatte einen Anbau am westlichen Ende des langgestreckten Gebäudes mit einer überdachten Veranda am Obergeschoss versehen. Auf diese Weise befanden sich die Außenwände im Schatten und speicherten weniger Hitze. Charly wusste von seinen früheren Besuchen, dass der König dort im ersten Stock nicht nur seine Privaträume, sondern auch den Audienzsaal hatte. In Anlehnung an die Bauweise der europäischen Schiffe wurde dieses Geschoss *dek* genannt. Das Untergeschoss diente ausschließlich den geschäftlichen Zwecken.

Charly brauchte nicht lange zu warten. Der König empfing ihn sofort, obwohl ihr Verhältnis längst nicht mehr so eng war wie noch vor einigen Jahren. Nach dem Fall von King

JaJa hatte sich Archibong lange geweigert, Charly zu empfangen, offenbar, so hatte der gemutmaßt, weil der Monarch glaubte, der Weiße hätte seine Finger dabei im Spiel gehabt. Diesen Verdacht hatte Charly nie ganz ausräumen können, aber letztlich siegte die geschäftliche Vernunft. Zumal Charly als Berater des neuen Gouverneurs einen Machtfaktor darstellte.

„Count Charly", begrüßte Archibong ihn mit würdiger Miene. „Es erfreut mein altes Herz, dich wiederzusehen."

Der König saß, flankiert von zwei Dienern, in einem gepolsterten Stuhl vor einer Wand, an der zwischen zwei Pendeluhren das Gemälde eines französischen Barockmalers hing. Leider waren die Farben in der feuchten, warmen Luft schon ziemlich nachgedunkelt, so dass von der dargestellten Flusslandschaft mit mittelalterlicher Burg kaum noch etwas zu erkennen war. Das schien jedoch niemanden zu stören, ebenso wenig wie der Umstand, dass die Uhren verschiedene Zeiten zeigten. Charly fand es erstaunlich, dass sie überhaupt noch funktionierten.

Einer Geste Archibongs folgend, nahm er auf einem Stuhl seitlich von ihm Platz, der nur halb so groß wie der des Königs war.

„Auch ich freue mich, dich wiederzusehen, Duke. Möge manch ein junges Herz so kräftig schlagen wie das deine."

Ihre Form der Anrede war ein altes Spiel. Archibong hatte einst von Charlys Titel erfahren und ihn seither in freundschaftlichem Spott benutzt. Der hatte sich damit revanchiert, dass er Archibong mit dessen alten Titel als Händlerchief anredete.

Archibong war ein König, den Europäer beim ersten Anblick zu unterschätzen pflegten. Zwar war er von kräftiger Gestalt und auch sein Bauch hatte den Umfang, der bei afrikanischen Herrschern mit Machtfülle gleichgesetzt wurde. Was aber das ungeübte Auge verwirren konnte, war der eigenwillige Modegeschmack des Monarchen. So, wie sein Haus eine wilde Anordnung europäischer Stile darstellte, so wählte Archibong auch seine Kleidung aus. An diesem Morgen trug er einen braunen Mantel, der ihm bis über die Knie fiel. Auf der Brust waren rotgoldene Streifen einheimischer Webart aufgenäht. Von der Schulter bis über die Hüfte fiel eine Schärpe aus violetter Seide. Damit der Farben nicht genug, bedeckte ein mit einer mächtigen Goldtresse besetzter Hut seinen Kopf. Charly hatte sich manches Mal gefragt, ob der König sich vielleicht absichtlich als Clown verkleidete, um seine Gegner zu täuschen. Denn dass der Eindruck der Lächerlichkeit eine gefährliche Täuschung war, hatte der Monarch bereits mehrfach bewiesen.

„Wie geht es dem Gouverneur? Er hat seine Reise doch gut überstanden?“

Charly hörte den Vorwurf aus dieser Frage heraus. Anscheinend fühlte der König sich gekränkt, dass MacDonald ihn noch nicht aufgesucht hatte. „Ich weiß es nicht, Duke, ich war noch nicht bei ihm. Ich wollte zuerst dir einen Besuch abstatten.“

Der König nahm diese Vorzugsbehandlung mit einem wohlwollenden Nicken entgegen.

„Wie ich aber hörte“, fuhr Charly fort, „hat er seine Frau dabei.“ Er hob die Hände in einer Geste, die das heimliche Einverständnis aller Männer angesichts der unberechenbaren Launen der Frauen signalisierte.

Der König verstand natürlich. „Wir sollten ein Fest zusammen feiern“, erklärte er. „Ich werde den Gouverneur und seine Frau zum Essen einladen. Es wird Fisch und Reis geben. Rinderbraten und Yams. Früchte, Hirse und eine Menge roten

Pfeffer, der den Frauen das Blut erhitzt. Du wirst auch kommen, Count Charly, und wenn dir daran liegt, dich mit einer weißen Frau zu schmücken, so bringe die junge Engländerin mit, die im Hause des Gouverneurs wohnt."

Charly ließ sich Zeit mit seiner Antwort. Er wusste natürlich, dass es für Archibong sowie für die meisten Afrikaner absolut unverständlich war, dass er ohne Frau lebte. Die Sticheleien zu diesem Thema hatte er zu ignorieren gelernt. Allerdings hatte der König ihm nun auch zu verstehen gegeben, dass er sehr wohl wusste, was im Gouverneurspalast vor sich ging. Archibong war derartig vernarrt in solche taktischen Spielchen, dass Charly sich schon gefragt hatte, ob der König auch eine falsche Fährte legte, wenn er zum Klo ging.

Charly entschied sich für ein Ausweichmanöver: „Ich habe dir Zigarren mitgebracht", sagte er, „und feinsten schottischen Whisky."

Er wusste, dass er damit die volle Aufmerksamkeit des Königs besaß. Die Lieferung von Whisky und kubanischen Zigarren war ein Ritual zwischen ihnen. Allerdings auch die Verkostung von beidem. Während einer der Diener auf einen Wink des Königs hinauseilte, um die Kisten zu holen, die Charly mitgebracht hatte, bereitete der sich innerlich auf das Kommende vor. Ihm war klar, dass Archibong versuchen würde, ihn unter den Tisch zu trinken. Was ihm vermutlich gelingen würde. Auf dem Weg dorthin würde der König versuchen, ihn über die Pläne der Engländer auszuhorchen. Zwar gab es da keine großen Geheimnisse, aber das war etwas, was Archibong nicht akzeptieren würde. Der König von Calabar war ein durch und durch intriganter Machthaber. Als solcher konnte er einfach nicht glauben, dass eine Macht wie England ohne Finten und Täuschungen vorging. Charly hingegen erhoffte sich durchaus Informationen von dem Mann, der einen Floh schon husten hörte, bevor man den Hund sah, in dessen Fell er hockte.

Eine Stunde später hatten sie bereits die erste Flasche geleert. Charly saß mit ausgestreckten Beinen in seinem Stuhl und rauchte eine Zigarre. Den Gedanken, dass er irgendwann den Tabak von Archibongs eigener Plantage würde kosten müssen, verdrängte er vorerst. Bisher hatten sie sich über die Situation in Bonny unterhalten und den Niedergang der dortigen Handelshäuser bedauert. Eine Heuchelei, die sie beide genossen, schließlich hatten sie selbst nicht unerheblich zu diesem Niedergang beigetragen. Aber Charly war nicht entgangen, dass die Stimme des Dukes langsam diesen schnurrenden Unterton bekam, der den nächsten Akt ihres Zeremoniells einläutete.

Wozu sie denn den König von Calabar bräuchten, hatte er seinen alten Freund Jubo gefragt, als sie ihr großes Spiel inszenierten. „Der beste Platz, um einen Löwen zu erlegen, ist auf dem Rücken eines Elefanten“, hatte der nur geantwortet.

„Also, Charly“, begann der Monarch, indem er sich vertraulich vorbeugte, „erzähl mir von den schönen Frauen im Delta.“

Na klar, dachte Charly, kleines Gespräch unter Männern.

„Ach, Duke“, antwortete er langsam, „die Frauen der Brass verstecken sich.“ Betrübt schüttelte er den Kopf. „Sie singen traurige Lieder davon, dass ihre Väter und Brüder hinausfahren und mit Wunden zurückkommen. Wer kann ihr Leid lindern?“

Archibong blinzelte irritiert unter seinem goldtressenbesetzten Hut. „Es gibt Zeiten des Leidens und Zeiten der Freude. Die weinenden Frauen werden sicher bald wieder Grund haben, frohe Lieder anzustimmen ...“

So, so, dachte Charly und fragte mit gerunzelter Stirn: „Was könnte das sein, was den Brass ihren Stolz wiedergibt? Was sagen sie ihren Söhnen, damit diese den Traditionen gehorchen?“

Das Gespräch verlief offensichtlich nicht so, wie Archibong sich das vorgestellt hatte. „Die Traditionen sind heilig“, sah er sich in die Verteidigung genötigt. „Wir müssen sie gemeinsam bewahren. Dann werden wir über unsere Feinde siegen.“

Also doch, dachte Charly, er hatte Recht gehabt mit seinem Gefühl. Irgendetwas planten die Brass. Und der alte Intrigant aus Calabar wusste darüber Bescheid. Gerade öffnete Charly den Mund, um nachzuhaken, als Archibong ihn mit der nächsten Frage überraschte: „Wie geht es dem Jungen, Count Charly? Dem Jungen, der bei dir lebt?“

In den Augen des Augen des Königs glitzerte es listig, als er nachhakte: „Dennis heißt er, nicht wahr?“

Charly nahm einen Schluck aus dem Glas. Dann stellte er es beiseite. Er hatte genug getrunken. „Ihm geht es gut. Er hat ein Gespür für das Geschäft.“

„Aah“, machte der König zufrieden. „Das will ich wohl glauben.“ Er lehnte sich zurück und nickte bedächtig. „Bei dem Vater.“

Er gab dem Diener einen Wink, woraufhin der die nächste Flasche entkorkte. Dann fasste er Charly scharf ins Auge: „Er weiß doch, wer sein Vater ist, oder?“

„Natürlich“, sagte Charly gelassen. „Ich habe es ihm gesagt.“ Es war verdammt nochmal Zeit, das Ende dieses Zusammentreffens einzuläuten.

Archibong beugte sich vor: „Das ist gut. Wir alle sollten wissen, woher wir kommen.“

„Und wohin wir gehen, Duke.“

„Weiß der Junge auch, was damals in Opobo mit seinem Vater geschah, Count Charly? Hast du ihm das auch gesagt?"

Jetzt reicht es, dachte Charly. „Klar doch", verkündete er mit schleppender Stimme, richtete sich auf und verkündete: „Jetzt singen wir."

„Warte, Charly", der König hatte offenbar keine Lust zu singen, „erzähl mir erst noch, wie das war, auf dem Schiff des Konsuls ..."

„There are many ways to take
Of the eagle and the snake,
And the way of a man with a maid",

sang Charly mit erhobenen Armen die Hymne aller Westcoaster

„Charly, alter Junge", versuchte Archibong ihn zu unterbrechen. Die beiden Diener waren vorgetreten, weil sie Charlys Benehmen anscheinend für unbotmäßig ansahen. Jetzt geht's erst richtig los, dachte der.

„But the sweetest way for me
Is a ship upon the sea
On the track of the North-East trade."

„Lass uns über Opobo reden, Count Charly."

Ich hasse diesen Namen, dachte Charly und deklamierte mit erhobenem Zeigefinger:

„Look in thy glass, and tell the face thou viewest
Now is the time that face should form another."

„Charly, lass den Quatsch."

Ausgeschnurrt, dachte Charly nur, ohne sich bremsen zu lassen:

„For where is she so fair whose unear'd womb
Disdains the tillage of thy husbandry."

Charly wusste, dass der König Shakespeare hasste. Mit angenervtem Gesichtsausdruck ließ Archibong sich in seinem

Stuhl zurücksinken und winkte ihn mit einer Hand fort. Charly verstand das als Entlassung. Er stemmte sich aus seinem Stuhl hoch und murmelte etwas von seinem Dank für die Gastfreundschaft und das interessante Gespräch. Dann verließ er wankenden Schrittes den Saal.

Draußen im Hof holte er tief Luft. Er beschloss, dass es besser war, erst morgen den Gouverneur aufzusuchen. Er überlegte kurz, was er mit dem angebrochenen Tag anfangen sollte, dann schlug er den Weg nach Old Town ein. Dort gab es ein Haus, das er schon lange nicht mehr besucht hatte.

Die Frau im Sumpf

Die Steine des Gouverneurspalastes stammten aus England. Jedes Teil des prachtvollen Gebäudes am Hang oberhalb der „Big Landing", wie der mit einer breiten Straße gesäumte Hafen genannt wurde, war auf Schiffen transportiert worden, um hier zusammengebaut zu werden. Charly, der sich noch gut erinnern konnte, in was für einer Hütte MacDonald am Anfang seiner Amtszeit gehaust hatte, staunte nicht zum ersten Mal über den Aufwand, den die Regierung für einen Gouverneurssitz betrieben hatte. Sir Claude hatte ihm damals erklärt, dass es einfacher wäre, das Baumaterial aus England kommen zu lassen, als es hier in irgendwelchen weit entfernten Steinbrüchen zu hauen. Dass es für seine Autorität von entscheidender Bedeutung war, in einem imposanten Gebäude zu residieren, hatte MacDonald schnell begriffen.

Ein Diener führte Charly auf die Veranda, wo Sir Claude mit seiner Frau beim Tee den Ausblick auf die Bucht genoss.

„Charly", begrüßte der Gouverneur ihn, „was für ein unerwarteter Besuch. Sarah, darf ich dir Mr. DeCardi vorstellen?" wandte er sich an seine Frau, die an einem zierlichen Tisch saß und sich mit einem Fächer gegen die Hitze wehrte.

„Ich habe schon von Ihnen gehört", sagte sie lächelnd, während sie ihm die Hand reichte. „Charly the Count, ein Gentleman in Afrika. Wie schön, Sie zu sehen."

Charly entsann sich seiner als Gentleman, ergriff ihre Hand und verbeugte sich leicht. Lady Sarah ließ den jungen Schwarzen, der Charly hergeführt hatte, eine weitere Teetasse bringen und schenkte dem Gast dann selbst ein. „Frisch aus England", meinte sie mit einem Lächeln. Charly nahm einen höflichen Schluck und nickte anerkennend.

„Was tut sich Neues in Bonny?", fragte Sir Claude.

„Es wird nicht schöner", antwortete Charly, der wusste, dass sie die schwierigeren Themen später besprechen würden. „Ich hoffe, Sie hatten eine gute Überfahrt?"

„Diesmal war sie tatsächlich sehr anregend. Wir reisten in Gesellschaft einer reizenden jungen Dame, Mary Cooley, die für die Royal Geographic nach Westafrika fährt. Eine überaus interessante Person."

„Was hat die Royal Geographic denn mit ihr im Sinn?", fragte Charly, der daran dachte, das König Archibong tatsächlich gut informiert war.

„Es geht um Süßwasserfische", antwortete MacDonald.

Charly starrte ihn etwas ratlos an. „Süßwasserfische?"

„Süßwasserfische", wiederholte Sir Claude trocken. „Wenn ich sie richtig verstanden habe, will sie die Fische fangen und dann in Spiritus einlegen."

Charly verzog das Gesicht: „Und das soll schmecken?"

Lady Sarah räusperte sich und schlug ihm leicht mit dem Fächer auf den Arm. „Mr. DeCardi!“, ermahnte sie ihn in amüsiert tadelndem Ton.

„Verzeihen Sie, Madam“, lenkte Charly ein, „ich nehme an, sie will die ... ähm ... Exponate mit nach London nehmen.“

„So ist es“, fuhr Sir Claude fort. „Zu diesem Zweck wird sie wohl den einen oder anderen Fluss hinauffahren müssen. Ich könnte mir vorstellen, dass Sie ihr da so manchen Hinweis geben könnten. Schließlich kennt sich keiner besser im Delta aus als Sie.“

O doch, einige tausend Eingeborene, hätte Charly beinah gesagt, aber er begriff, dass Sir Claude genau dies nicht meinte. „Wo ist sie denn, unsere Forscherin?“, wollte er stattdessen wissen.

Lady Sarah antwortete ihm: „Sie ist heute Morgen mit dem Boot aufgebrochen. Aus irgendeinem Grunde haben es ihr die Mangrovensümpfe angetan.“ Es war ihr deutlich anzumerken, dass dies ihrer Meinung nach nichts war, womit sich eine junge Dame abgeben sollte. „Dabei hätte sie längst zurück sein sollen. Immerhin hat sie sich heute ein paar Ruderer genommen. Gestern war sie ganz alleine mit dem Boot unterwegs.“

Charly musste an die waghalsige Seglerin denken und fragte sich, wie hoch die Wahrscheinlichkeit war, dass zur selben Zeit zwei junge Engländerinnen in der Bucht von Calabar mit einem Boot unterwegs waren.

„Ich bin ein wenig beunruhigt. Sie wollte zum Tee wieder hier sein“, sagte Lady Sarah mit gefurchter Stirn.

„Nun ja“, meinte Charly, „hier in der Bucht kann ihr ja nicht viel passieren.“ Jedenfalls nicht, wenn sie in der Bucht bleibt, fügte er in Gedanken hinzu.

Lady Sarah legte den Fächer beiseite und füllte die Tassen

auf. „Das weiß ich natürlich. Es ist nur so …“, sie suchte nach Worten, „sie ist so impulsiv.“

Sir Claude lachte kurz auf. „Erinnerst du dich an Lagos?“, fragte er seine Frau. Lady Sarah verdrehte die Augen. Sie tippte wieder mit dem Fächer auf Charlys Unterarm, als dieser gerade seine Teetasse zum Mund führen wollte. Gehorsam stellte er sie wieder ab.

„Das Schiff hatte kaum angelegt, da war sie auch schon verschwunden. Sie kennen doch Lagos?“ Charly nickte. „Wir waren natürlich entsetzlich beunruhigt und haben alle Hebel in Bewegung gesetzt, um sie zu finden.“

„Gut zwei Dutzend Leute haben sich auf die Suche nach ihr gemacht“, berichtete Sir Claude schmunzelnd. „Gegen Abend hat man sie dann gefunden. Sie war musizieren.“

Charly konnte sich beim besten Willen nicht vorstellen, wo man in Lagos zum Musizieren hingehen konnte.

„Die Schiffsleute fanden sie“, ergriff Lady Sarah wieder das Wort, „in einer Hütte im Araberviertel, wo sie unter großem Gelächter der Einheimischen versuchte, irgendein absurdes Instrumente zu spielen.“

„Die Matrosen feixten von einem Ohr bis zum anderen, als sie erzählten, dass es sich angehört hätte wie eine Katze, die auf einem Ofenblech tanzt.“

„Sie sah völlig zerzaust aus, aber glauben Sie nicht, dass sie auch nur einen Funken Reue zeigte. Sie verkündete seelenruhig, dass sie dieses Instrument mit dem unaussprechlichen Namen in die englischen Konzertsäle einzuführen gedächte.“

„Tja, es steht zu befürchten, dass sie ihren Vorsatz ausführen wird.“ Sir Claude schien die Zukunft der jungen Forscherin wesentlich optimistischer zu sehen.

„Ich wünschte, du würdest sie deutlicher auf die Gefahren

hinweisen, die das Leben in Afrika birgt", wies seine Frau ihn prompt zurecht.

„Ach, Sarah, ich mache mir weniger Sorgen um Mary als um ihre Umgebung." Bevor seine Frau Einwände erheben konnte, stellte er die Teetasse ab, erhob sich und verkündete in sachlichem Ton: „Und nun entschuldige uns bitte, Mr. DeCardi und ich haben noch Geschäftliches zu besprechen."

Charly verabschiedete sich von Lady Sarah und folgte dem Gouverneur in die angrenzende Bibliothek.

„So", sagte Sir Claude, nachdem er die Tür geschlossen hatte, „und jetzt erzählen Sie mal, was da draußen los ist."

Als eine Stunde später eine sichtlich beunruhigte Lady Sarah in die Bibliothek kam, fand sie die beiden Männer über eine Karte gebeugt, die Sir Claude auf dem Schreibtisch ausgebreitet hatte. In einem Aschenbecher aus Kristallglas, der oberhalb des deutschen Mandatsgebietes die Karte fixierte, qualmten zwei zur Hälfte aufgerauchte Zigarren. Das von Frankreich annektierte Dahomey auf der anderen Seite wurde von einer Kognakflasche beschwert. Sir Claude und Charly stellten ihre Gläser ab und wandten sich der Hausherrin zu.

„Major MacDonald", verkündete die in entschiedenem Ton, „ich wünsche, dass wir etwas wegen Mary unternehmen. Sie hätte längst zurück sein sollen."

Sir Claude wusste, das jeglicher Widerspruch sinnlos war, wenn seine Frau ihn mit seinem früheren Rang ansprach. „Natürlich, Liebes, ich werde einen Suchtrupp losschicken." Er wandte sich Charly zu und blickte ihn stumm an. Der erwiderte seinen Blick etwas ratlos, bemerkte aber, dass auch Lady Sarah ihn ansah, und fragte sich, was die beiden denn nun von ihm erwarteten. Schließlich begann er etwas zögernd: „Ähm, möchten Sie vielleicht, dass ich ..."

„Bravo, Charly“, sagte der Gouverneur und legte ihm seine Hand auf die Schulter. Seiner Frau verkündete er sodann: „Sarah, sie ist schon so gut wie gefunden. Wir haben einen Ritter, der sich um deinen Schützling kümmern wird.“

Ehe Charly protestieren konnte, ergriff eine unendlich dankbare Lady MacDonald seinen Arm und geleitete ihn zur Tür, wobei sie ihn mit zahlreichen Informationen über die Verschollene fütterte. Während er zum Hafen hinunterstieg, wo die Barkasse des Gouverneurs lag, sah Charly zum Himmel auf, über den ein paar harmlose Wolken dahinzogen. Vermutlich aber waren sie gar nicht harmlos, vermutlich hatten sie es faustdick hinter den watteweichen Ohren. Genauso wie diese Lady Sarah und ihr Ehemann.

Einen Ritter, der sich um ihren Schützling kümmert!

Charly hatte keine Ahnung, womit er sich das eingebrockt hatte. Aber es sah so aus, als hätte der Gouverneur ihn gerade zum Kindermädchen erklärt. „Wann lerne ich endlich, die Klappe zu halten“, murmelte er vor sich hin.

MacDonalds Boot war ein kleiner Raddampfer mit niedrigem Tiefgang, der auch flachere Gewässer befahren konnte. Für die schmaleren Kanäle war er zwar nicht geeignet, aber die abzusuchen hatte Charly auch gar nicht vor. Sie hatten noch gut zwei Stunden Tageslicht. Nach dem, was Lady Sarah erzählt hatte, hatte Miss Cooley die Mangrovensümpfe gegenüber von Parrots Island erkunden wollen. Charly setzte darauf, dass irgendjemand, der in der Bucht unterwegs war, sie gesehen hatte. Ein Boot mit einer Weißen an Bord erregte immer noch genügend Aufmerksamkeit.

Sie passierten die schmalen Inseln, die die Mündungsströmung des Cross-River teilten, unter ihnen Tobacco Island, auf der König Archibong seine Tabakplantage betrieb. Er hatte Charly einmal eine Kiste mit dem Kraut angeboten, weil er meinte, dass der afrikanische Tabak vielleicht zum schottischen Whisky passen könnte. Nachdem Charly sich von seinem Hustenanfall erholt hatte, verfluchte er zuerst den König, um ihm dann später vorzuschlagen, das Zeug den Franzosen in Badagry anzubieten. Es wurde kein richtig gutes Geschäft daraus.

Der Mangrovensumpf vor Parrots Island bildete eine Art Mini-Delta des Qua-River, der ebenfalls in die Bucht von Calabar mündete. Während sie den Sumpf umrundeten und in die Flussmündung einfuhren, fragten sie immer wieder an den Anlegern der kleinen Siedlungen nach einem Boot mit einer weißen Frau. Doch sie ernteten nur Kopfschütteln und ratloses Schulterzucken.

Charly wusste, dass sie nicht den ganzen Sumpf absuchen konnten. Ohne einen Hinweis, wo sie steckte, würden sie die Engländerin nicht finden. Als sie an einem gerade noch befahrbaren Wasserlauf vorbeikamen, der in den Sumpf hineinführte, folgte er einem vagen Gefühl: „Da rein!“, befahl er dem Steuermann.

Langsam tastete das Boot sich in den Wasserlauf vor. Charly, der mit den Bootsleuten im Bug des kleinen Dampfers stand und Ausschau hielt, hatte Mühe, sich gegen die Moskitoschwärme zur Wehr zu setzen, die aus dem brackigen Wasser aufstiegen.

„Verdammt“, schimpfte er leise vor sich hin, „was mache ich hier eigentlich?“

Ein gefährlicher Gedanke, er wusste es. Wie an einem klebrigen Faden hingen andere Gedanken daran, die er schon seit langem mied.

‚Warum bist du hierhergekommen, Charly? Was suchst du hier?‘

In seinem Nacken kribbelte es, als er die Stimme aus der

Vergangenheit zu vernehmen glaubte. Er spähte angestrengt in den zunehmenden Schatten der Mangroven, an denen sie vorbeifuhren.

„Ich suche eine verrückte Engländerin“, antwortete er der Stimme und hoffte sie damit zum Schweigen zu bringen. Der Steuermann an seiner Seite fragte: „Wie meinen, Sir?“

„Nichts.“ Aber die Fragen ließen ihn nicht los. Was war aus ihm geworden? Er trank Tee aus hauchdünnen, englischen Tassen, mischte mit in dieser Clique von blasierten Sirs und Ladys.

„Warum bist du hierhergekommen, Charly?“, kehrte die eindringliche Stimme zurück. „Was suchst du hier?“

Mit der Stimme kam die Erinnerung an die Zeit vor zwanzig Jahren. Der Mann mit den groben Gesichtszügen, Jubo Jubogha, der von seinen Leuten Chief JoJo genannt wurde, hatte mit ihm alleine sprechen wollen. Nun saß er Charly gegenüber in seinem Haus und säbelte mit seinem Messer die Schale von einer Orange. Es war nicht das erste Mal gewesen, dass sie sich trafen, seit ihm der Chief das erste Mal im Annie-Peppel-Haus aufgefallen war.

„Was soll die Frage? Ich will viel Geld verdienen.“

„Das ist nicht schwer. Und dann? Wenn du viel Geld verdient hast? Was machst du dann? Gehst du zurück nach England, nimmst dir ein paar Frauen und lässt dich von ihnen bedienen?“ Chief JoJo biss in die Orange und lutschte geräuschvoll den Saft heraus.

„Nur eine Frau, Jubo, in England darf man nur eine Frau haben.“

„Nur eine Frau? Lächerlich. Warum?“

„So ist das Gesetz, JoJo, man nennt das Zi-vi-li-sa-tion.“

Jubo schnaubte verächtlich aus. „Was für ein Unsinn. Wer soll denn die ganze Arbeit machen?“ Er legte die Reste der

Frucht auf dem Tisch ab, säuberte die Hände in einer Wasserschale und nahm von der Frau, die sie bediente, ein Tuch entgegen. „Du solltest hier bleiben, Charly, hier kannst du dir so viele Frauen nehmen, wie du willst.“

„Können wir nochmal auf den Punkt vorher zurückkommen, den mit dem vielen Geld.“

Jubo sah ihn schweigend an und begann nachdenklich an seinen Zähnen zu saugen. Er stülpte die Lippen vor, schmatzte und fixierte ihn schließlich mit zusammengekniffenen Augen. „Was ist mit deiner Familie, Charly, mit deinem Vater, deiner Mutter. Hast du Brüder?“

„Ja, verdammt, ich habe einen Bruder. Mein Vater hat sich das Genick gebrochen, weil er betrunken auf Fuchsjagd gegangen und vom Pferd gefallen ist. Meine Mutter sollte heilfroh, dass sie ihn los ist. Aber sie sitzt den ganzen Tag rum und jammert. Mein Bruder hat alles geerbt. Er hat nur eine Frau, aber die ist schlimmer als zehn. Sie haben mich aus dem Haus geworfen.“

„Sie haben dich nur rausgeworfen? Da hast du aber Glück. Mich haben sie verkauft.“

„Verkauft? Du machst Witze.“

„Witze! Das ist auch so etwas typisch Englisches. Wir Afrikaner machen keine Witze. Jedenfalls nicht, wenn es um das Geschäft geht.“

„Ich bin froh, dass wir wieder bei der Sache sind. Wie kriegen wir das Annie-Peppel-Haus wieder ins Geschäft?“

Jubo Jubogha hob in einer verzweifelten Geste die Arme. „Hey, Charly, das ist doch ganz einfach. Ich werde Chief des Hauses, dann nehmen wir Oko Jumbo und den anderen Häusern die Märkte und werden die reichsten Männer des Deltas.“

Charly brauchte ein paar Sekunden, um das zu verdauen. „O. k., der Plan gefällt mir.“

„Das dachte ich mir. Deswegen will ich wissen, was du tun wirst, wenn es so weit ist."

„Können wir nicht erst einmal diese kleine, unbedeutende Angelegenheit erledigen? Was wir danach machen, können wir doch immer noch sehen."

Jubo schüttelte den Kopf. „Charly, du denkst immer noch wie der Junge, den sein älterer Bruder aus dem Haus geworfen hat. Was stellst du dir vor? Dass du mit einem großen Schiff zurückkehrst und er vor dir in die Knie sinkt?"

Charly musste sich eingestehen, dass er sich irgendetwas in dieser Art vorgestellt hatte. „Nehmen wir mal an, ich vergesse die Sache mit dem Schiff und dem In-die-Knie-Sinken. Was gäbe es denn als Alternative?"

Jubo beugte sich vor und packte Charly am Arm. „Wir werden ein Königreich gründen."

Ein Königreich gründen!

Eines musste man Jubo lassen, er hat es bekommen, sein Königreich.

„Sir, da scheint etwas zu sein."

Charly riss sich aus seinen Erinnerungen. Einer der Bootsleute rief ihnen etwas zu und zeigte aufgeregt in den Mangrovenwald. Eine kleine Schneise verriet, dass es dort normalerweise einen Wasserlauf gab. Doch da das Wasser seinen Höchststand noch nicht wieder erreicht hatte, war es momentan einfach nur eine Morastbahn. Etwa fünfzig Yard tief im Wald entdeckte Charly jetzt eine merkwürdige Silhouette.

„Stoppen Sie", befahl er dem Steuermann, „und fahren Sie etwas zurück."

„Ohne Maschine müssen wir Anker werfen, sonst treiben wir quer."

„Tun Sie das", gab Charly zurück, der jetzt etwas besser

sehen konnte, um was es sich handelte. Der bei hohem Wasser befahrbare Kanal erweiterte sich nach einem Stück zu einem Teich, in dem noch Wasser stand. Mittendrin lag ein Boot, darin, aufrecht sitzend, eine schwarz gekleidete Gestalt. Zwar konnte man das Gesicht nicht erkennen, weil es mit einem Schleier bedeckt war, aber Charly hatte so eine Ahnung, um wen es sich handelte. Nur, wo waren die Ruderer?

„Hallo, Miss Cooley", rief er.

„Guten Abend."

Wenn es noch Zweifel gegeben hätte, waren sie nun beseitigt, die Stimme erkannte Charly sofort. „Was, um alles in der Welt, tun Sie da?"

„Oh, wir warten auf die Flut. Jedenfalls haben meine Ruderer das so beschlossen."

„Wo sind denn ...?"

In diesem Moment sah Charly, wie sich etwas im Boot hochwölbte, offenbar eine Decke, unter der ein paar Gesichter hervorlugten.

„Es gibt entsetzlich viele Moskitos hier", gab die Frau gleich die passende Erklärung, „und die Männer haben nicht den Vorzug einer geschlossenen Kleidung."

„Warum ziehen oder schieben ihre Leute das Boot nicht heraus?"

„Das hatte ich auch schon vorgeschlagen. Aber sie weigern sich. Sie behaupten, dass hier Krokodile im Wasser sind."

„Haben Sie denn welche gesehen?"

„Ich fürchte, ja. Eines. Es ist nicht sehr groß, aber ziemlich beeindruckend."

Charly rieb sich über die Stirn und murmelte: „Das darf doch nicht wahr sein." Dann wieder lauter zu Mary Cooley: „Seit wann sitzen Sie da schon?"

„Seit ein paar Stunden. Das ist sehr bedauerlich, ich wollte eigentlich zum Tee bei Gouverneur MacDonald sein. Darf ich erfahren, wer Sie sind?"

„Mein Name ist DeCardi, der Gouverneur hat mich beauftragt, Sie zu suchen."

„Das ist aber sehr freundlich. Ich habe schon von Ihnen gehört, Mr. DeCardi, wie geht es Ihnen?"

Charly wandte sich etwas ratlos an den Steuermann. „Sie will wissen, wie es mir geht?" Der Mann zuckte nur mit den Schultern. „Warten Sie bitte einen Moment", rief Charly wieder in den Sumpf. „Wir überlegen uns etwas."

„Oh, ich habe nicht die Absicht fortzugehen, Mr. DeCardi."

Sehr witzig, dachte Charly, musste sich aber eingestehen, dass diese Frau, die seit fünf Stunden in einem stinkenden Morastloch voller Stechmücken, Krokodilen und weiß der Teufel, was noch alles, feststeckte, Nerven besaß. Er wandte sich an den Steuermann: „Es dauert noch zwei Stunden, ehe das Wasser wieder gestiegen ist."

Der Steuermann wiegte den Kopf und nickte: „Mindestens."

„Ich denke, wir sollten etwas unternehmen. Haben wir genug Seil an Bord?"

„Schon, aber wie kriegen wir es zum Boot? Unser Beiboot kommt auch nicht durch den Sumpf."

„Doch. Wenn wir uns mit Bootshaken durchziehen."

„Wir?"

„Wenn Sie mir zwei Männer mitgeben, sollte es reichen."

Während das Boot zu Wasser gelassen wurde, legte Charly seine Jacke ab und rieb sein Gesicht und seine Hände mit Rasierwasser ein. Zu dieser Tageszeit waren die Moskitos am aktivsten, das scharfe, alkoholhaltige Wasser würde ihm die kleinen Quälgeister hoffentlich ausreichend lange vom Hals halten.

Der Steuermann ließ ein leichtes Seil auf die Winde ziehen, dessen Ende sie am Beiboot befestigten. Mit dem letzten Tageslicht stießen sich Charly und seine beiden Helfer vom Raddampfer ab. Das Beiboot war kleiner und leichter als das hochwandige Boot, in dem Mary Cooley festsaß. Allerdings bot es auch weniger Schutz gegen die Krokodile, darum hatte Charly ein Gewehr dabei. Das Boot über den Morast zu ziehen erwies sich als schwieriger, als sie dachten. Zwar gelang es ihnen immer wieder, mit den Bootshaken Halt im seitlichen Wurzelwerk der Mangroven zu finden, aber voran kamen sie nur, wenn sie auf beiden Seiten gleichzeitig einhaken konnten. Nach einer schweißtreibenden Viertelstunde hatten sie den kleinen Teich erreicht, in dem das Wasser allerdings so flach war, dass der Kiel des Bootes noch aufsaß. Da es nichts mehr gab, an dem sie sich weiterziehen konnten, stießen sie nun die Stangen in den Grund und schoben sich so mühsam die letzten Meter bis zu dem anderen Boot.

„Miss Cooley", sagte Charly nur mit einem leichten Nicken, als sie längsseits lagen. Hellblaue Augen betrachteten ihn aufmerksam, als Mary ihren Schleier vom Gesicht hob.

„Es freut mich, Ihre Bekanntschaft zu machen, Mr. DeCardi. Ich muss gestehen, dass sich noch niemand so viel Mühe gemacht hat, mir aus einem Boot zu helfen."

„Ich war Ihnen noch etwas schuldig." Auf Marys fragenden Blick winkte er ab. „Das erkläre ich Ihnen später. Wollen Sie nicht lieber umsteigen? Zwei Boote kriegen wir hier nicht herausgezogen." Seine angebotene Hand haltend, stieg Mary in das kleinere Boot um. Als sie einander gegenüberstanden, stellte Charly fest, dass sie nur wenig kleiner war als er. Sie lächelte leicht, schien etwas sagen zu wollen, als sich mit einem Mal ihre Stirn kräuselte. Sie sog schnuppernd die Luft ein und meinte: „Jetzt bin ich aber richtig beeindruckt. Sie haben sich sogar noch rasiert."

„Hilft gegen Moskitos", meinte Charly knapp.

„Vielleicht ja auch gegen Krokodile."

„Darauf sollten Sie sich besser nicht verlassen." Charly wies mit einer einladenden Geste auf die Ruderbank: „Setzen Sie sich doch, Miss Cooley."

„Warten Sie", Mary machte Anstalten, in das größere Boot zurückzusteigen. Dabei geriet das Beiboot gefährlich ins Schwanken. „Was denn?", rief Charly erschrocken und hielt sie am Arm fest, um sie daran zu hindern, das Boot zum Kippen zu bringen.

„Ich brauche meinen Eimer", sagte Mary verärgert und versuchte, ihren Arm aus seiner Hand zu befreien.

„Ihren Eimer? Was für einen Eimer?"

„Na, meine Fische. Ich habe ein paar sehr interessante Exemplare *Clarias laviaps* gefunden. Könnten Sie meinen Arm loslassen?"

„Ich weiß zwar nicht, worum es sich dabei handelt, aber es ist besser, wenn ich den Eimer mit diesen Was-auch-immer hole und Sie sich setzen."

Ganz kurz blitzte etwas Hartes in ihren Augen auf, der Arm in seiner Hand zuckte, als wolle sie sich widersetzen. Dann entspannte sie sich wieder.

„Na gut", sagte sie und ließ sich auf die Sitzbank fallen. Das geht ja gut los, dachte er.

„*Clarias laviaps*", murmelte sie.

„Wie bitte?"

„Sie heißen *Clarias laviaps*. Es handelt sich um Fische.

Charly ließ sich von ihren Leuten einen kleinen Eimer herüberreichen. Er war halbvoll mit brackigem Wasser. Irgendetwas bewegte sich darin. „Hübsch", meinte er.

„Nicht wahr", sagte Mary und zog dabei den Schleier wieder über das Gesicht. „Es ist auch eine Wasserschlange dazwischen."

„Eine Schlange?", fragte Charly entgeistert.

„Sie ist noch ein Baby", beruhigte Mary ihn.

„Wollen Sie sie großziehen?"

„Was für ein Unsinn, Mr. DeCardi. Ich werde sie natürlich konservieren." Sie nahm Charly den Eimer ab, stellte ihn zu ihren Füßen und zog ihren Rock zurecht. „Ich bin so weit", sagte sie.

„Was ist mit Ihren Ruderern?"

Marys vier Ruderer weigerten sich, ihr Boot zurückzulassen. Sie wollten auf das Hochwasser warten. Es war Charly recht, da es sehr viel schwieriger gewesen wäre, mit mehr als der doppelten Personenzahl aus dem Sumpf wieder herauszukommen. Er rief der Besatzung des Dampfbootes ein „Holt an!" hinüber, und das Seil begann sich zu spannen. Zwischen den Bäumen versickerte mittlerweile das letzte Licht im nachtschwarzen Sumpf. Allein die Scheinwerfer des Dampfers boten ihnen Orientierung. Von der Winde gezogen, rutschten sie diesem Licht entgegen.

Die beiden Decksleute knieten im Bug und sorgten mit ihren Stangen dafür, dass das Boot in dem engen Tunnel nicht hängen blieb oder sich verkantete. Charly stand mit dem Gewehr im Heck. Er hatte nicht viel zu tun, außer auf Krokodile zu achten und die dunkle Silhouette der Frau zu betrachten, die ihm gegenübersaß. Er wurde nicht ganz schlau aus ihr. In einem Sumpf festzusitzen schien ihr nicht das Geringste auszumachen. Kannte sie keine Angst?

Nach Charlys Erfahrungen waren Menschen ohne Angst oft auch dumm. Das aber traf auf diese Frau sicher nicht zu. Hinter dem Schleier konnte er ihr Gesicht nicht erkennen, nur manchmal, wenn sie den Kopf zur Seite wandte, zeichnete sich vor dem Licht der Scheinwerfer ihr Profil ab. So wusste er nicht, ob sie seinen Blick erwiderte. Die Bewegungen ihre Kopfes verrieten ihm, dass sie die Umgebung sehr genau musterte. Doch zwischendurch verhielt sie, das Gesicht in seine Richtung gewandt. Dann hatte er das Gefühl eines sehr intensiven Blickes. Aber sie wechselten kein Wort in diesen Minuten, in denen die Winde sie durch den Sumpf zog.

Nachdem das Beiboot wieder verstaut war, schob sich der Raddampfer im Rückwärtsgang wieder aus dem Seitenarm heraus. Charly zog seine Jacke über und trat zu Mary, die an der Reling stand und die dunkle Mauer des Mangrovenwaldes betrachtete. „Fast könnte man meinen, Sie bedauerten es, dass wir Sie dort abgeholt haben."

„Das sicherlich nicht", antwortete Mary, indem sie sich ihm zuwandte. „Es war sehr unangenehm, dort festzusitzen und nichts tun zu können, außer zu warten und die Absichten eines Krokodil zu erraten."

„Seien Sie froh, dass es nicht besonders hungrig war. Es wäre nicht das erste Mal, dass ein Boot von einem Krokodil zum Kentern gebracht wurde."

„Sie glauben gar nicht, wie gut ich mittlerweile über die Verhaltensweisen von Krokodilen informiert bin", erwiderte sie mit einem kleinen Lächeln. „Darum", sie griff in eine Tasche an der Seite ihres Rockes und zog einen Revolver hervor, „habe ich auch immer dies dabei."

„Heiliger Strohsack!" Charly hob die Hände.

„Keine Angst, ich werde Ihnen nichts tun." Mary verstaute die Waffe wieder in ihrer Rocktasche. „Ich muss gestehen, dass ich ihn lange nicht mehr benutzt habe. Ich hoffe, er funktioniert noch."

„Wie sind Sie eigentlich in diese Situation geraten? Haben

ihre Männer Sie nicht davor gewarnt, dass der Wasserstand sinken würde?"

„Das hätten sie vielleicht, wenn sie nicht eingeschlafen wären."

„Eingeschlafen? Wieso ...?"

„Es war überhaupt recht anstrengend, sie dazu zu bewegen, in den Sumpf zu fahren." Mary runzelte verärgert die Stirn. „Sie haben nicht verstanden, was ich dort zu tun hatte. Man könnte woanders viel schönere Fische fangen. Ich musste ihnen erst mehr Geld versprechen, damit sie sich überhaupt dazu bereit erklärten. Als wir in dem Winkel, wo sie mich gefunden haben, angekommen waren, fanden sie meine Versuche, Fische zu fangen, anscheinend langweilig. Binnen zehn Minuten waren sie alle eingeschlafen. Als sie aufwachten, haben sie mir die Schuld an allem gegeben."

Charly verkniff sich ein Grinsen. „War wohl keine gute Stimmung an Bord?"

„Das kann man wohl sagen. Erst haben sie ein fürchterliches Theater veranstaltet und dann nur noch beleidigt geschwiegen. Sie waren der erste Mensch, der seit drei Stunden mit mir geredet hat."

„Was haben Sie denn die ganze Zeit gemacht?"

„Ich habe mich zum Beispiel gefragt, was, um alles in der Welt, ich in Afrika verloren habe. Ich hätte ja auch nach Schottland fahren können, wo es, soviel ich weiß, keine Mangrovensümpfe gibt."

„Das habe ich mich auch schon gefragt."

„Was? Warum Sie nicht nach Schottland gefahren sind?"

„Nein, was Sie hier verloren haben."

Mary bedachte ihn mit einem dieser intensiven Blicke, die er bereits an ihr festgestellt hatte. Diesmal aber war es kein Ärger, sondern ein Lachen, das er darin tanzen sah.

„Ich glaube, Sie nehmen mich nicht ernst, Mr. DeCardi."

„Sagen Sie Charly zu mir. Das tun alle."

„Charly? Hmmh." Sie betrachtete ihn nachdenklich. „Ich hatte einmal einen Kampfhahn, der so hieß."

„Ich hoffe, es war ein guter Hahn."

„Leider nein, aber die Suppe war sehr schmackhaft."

„Touché. Also, was suchen Sie in Afrika?"

„Fische fangen, das wissen Sie doch."

„Jaah, schon gut." Er sah an ihr vorbei in die dunkle Masse der vorbeiziehenden Mangroven. Mit einem Mal ermüdete es ihn. Er hatte Lust auf einen Drink.

„Ich scheine Sie verärgert zu haben." Er spürte ihren Blick von der Seite.

„Ach, wissen Sie", er atmete einmal tief ein und überlegte, ob es sich lohnte, das Geplänkel fortzusetzen. Dann merkte er, dass er keine Lust auf diese Art von Spielchen hatte. Ehe er es sich anders überlegen konnte, redete er einfach weiter: „Es ist schon komisch mit Afrika. Jede Menge Leute kommen hierher, und alle haben sie hehre Gründe dafür. Die einen wollen die Heiden bekehren, andere die Zivilisation verbreiten. Einige suchen einfach nur Reichtümer oder Abenteuer. Dann gibt es noch die Forscher, Mungo Park, die Landers, Heinrich Barth, Livingstone. Es ist ein verdammtes Gedrängel von Spinnern hier unterwegs. Und wissen Sie, was sie alle gemeinsam haben? Sie lügen!"

Er sah sie wieder an. Ihre Augen waren wie Partikel eines zerbrochenen Himmels: „Genau wie Sie, Miss Cooley. Wissen Sie, Sie haben mich an einem schlechten Tag erwischt. Normalerweise mache ich den Zirkus mit. Ich lächle, nicke mit dem Kopf und schüttle jedem die Hand. Aber gerade jetzt bin ich es leid. Und darum sage ich Ihnen, dass ich Ihnen Ihre Geschichte nicht abnehme. Alle, die in dieser stinkenden

Achselhöhle Afrikas herumlaufen, laufen vor irgendetwas davon. Wovor Sie davon laufen, geht mich nichts an. Aber verkaufen Sie mich nicht für dumm."

Kaum dass er die letzten Worte ausgesprochen hatte, bereute er schon, was er gesagt hatte. Er zog ein Etui aus der Innentasche seines Jacketts, entnahm eine Zigarre, sah Mary an und sagte: „Tut mir leid, ich wollte Ihnen nicht zu nahe treten. Sie erlauben doch?" Er hielt die Zigarre hoch.

„Natürlich." Ihre Stimme klang ein wenig dünn. Während er sein Zigarre anzündete, sagte sie in dem gleichen unsicheren Ton: „Fisch und Fetisch."

Er stutzte, nahm einen Zug, beugte sich zu ihr und fragte leise: „Wie bitte?"

„Ich fange Fische, weil ich einen Auftrag von der Royal Geographic Society habe. Aber in Wirklichkeit bin ich hier, um den Fetischglauben der Afrikaner zu studieren."

Das war, so befand er, gar nicht mal so eine schlechte Idee. Schließlich war er selber auch darauf gekommen, dass das ein ziemlich interessantes Thema sein konnte. Ein wenig beiläufig fragte er: „Was denn so im ...?"

„Wieso waren Sie mir noch etwas schuldig?", unterbrach sie ihn.

Die Gegenfrage überraschte ihn. „Nun ja", sagte er, „ich war auf dem Schiff, an dem Sie gestern vorbeigesegelt sind."

„Ich erinnere mich. Aber ich verstehe nicht ..."

„Ähm, ich habe eine Wette gewonnen."

„Und worauf haben Sie gewettet?"

„Dass Sie sich nicht den Hals brechen."

„Wie schön. War noch jemand Ihrer Auffassung?"

Er zuckte mit den Achseln. „Nur einer."

„Wie viel haben Sie gesetzt?"

„Fünfzig Pfund."

„Fünfzig Pfund. Hmmh. Sie hätten höher gehen sollen."

„Das sagt man sich immer, wenn man gewonnen hat. Was hat es denn nun mit den Fetischstudien auf sich?"

Sie betrachtete ihn noch immer unverwandt. Seine Erfahrung mit englischen Damen war zwar in letzter Zeit etwas dürftig gewesen, aber soweit er sich erinnern konnte, neigten diese dazu, irgendwann die Augen niederzuschlagen. Er fragte sich, ob das vielleicht Marys Art war, ihr Gegenüber einzuschüchtern.

Ein kleines Lächeln spielte um ihre Lippen, als er ihren Blick aufmerksam erwiderte: „Sind Sie religiös, Mr. De-Cardi?"

„Charly", insistierte er. „Nicht besonders, warum?"

„Nun, ich bin es auch nicht. Ich fand Religion, besonders die christliche, immer sehr anstrengend und ...", sie zögerte ein wenig, bevor sie entschieden fortfuhr: „... dem Denken hinderlich. An den Naturreligionen gefiel mir, dass sie so pragmatisch sind. Es geht da nicht um ein Jenseits, in dem alle Rechnungen beglichen werden. Nein, der Fetischglauben erfüllt hier und jetzt seinen Sinn."

„Das ist schön gesagt", meinte Charly. „Aber Sie haben nicht Unrecht. Ich glaube, das ist es auch, was die Missionare zur Verzweiflung treibt. Was genau möchten Sie denn herausfinden?"

Wie auf Verabredung lehnten sie sich beide an die Reling und schauten auf den Fluss hinaus. Charly hatte registriert, dass sie ihm seinen kleinen Ausbruch nicht übel nahm. Aus den Augenwinkeln bemerkte er, wie sie sich eine Haarsträhne aus der Stirn strich: „Ach, ich habe bisher nur das, was ich gelesen habe. Ich weiß von dem Ahnenkult und den Objekten, die wir Fetisch nennen. Ich weiß, dass oft Tiere oder Bäume als Wohnort von Geistern vermutet werden. Aber all das ist durch die Augen derer gesehen, deren Bücher ich gelesen habe."

Ein Stück voraus sahen sie jetzt, wie sich der Seitenarm in die Bucht öffnete.

„Hier sind es eher Tiere", sagte er

„Wie meinen Sie?"

„Die Buschseele. Jeder Mensch hat eine Seele im Busch. Sie läuft da rum, ist ein Affe oder eine Schlange. Das hängt von der Person ab, zu der sie gehört. Ob es ein einfacher Bursche ist oder ein mächtiger Mann. Und umgekehrt, je seltener die Tierart, desto bedeutender der Mann. Jeder muss sich um seine Buschseele kümmern. Vielleicht sind Ihnen schon die kleinen Gaben am Waldrand aufgefallen?"

Mary nickte: „Jujus?"

„Ja, denn wenn die Buschseele krank wird, geht es dem Menschen schlecht. Es gibt Geschichten, dass große Zauberer sich nachts in das Tier verwandeln, das ihre zweite Natur ist. Dann können sie ihre Feinde aufsuchen. Ich hörte von einem Mann, einem Hexer, der von seinen Leuten verstoßen wurde und sie dann jahrelang als Krokodil heimsuchte."

„Das ist mal eine ganz neue Geschichte über Krokodile."

Charly wies in Richtung Calabar: „Hier gibt es einen Fetischkult, der seinen eigenen Buschgeist hat, *egba*. Zu bestimmten Zeiten ziehen die Mitglieder dieses Kultes in den Busch, um ihren Geist zu befragen. Dessen Ratschluss gilt als unumstößlich. Es ist ein sehr elitärer Bund mit viel Geheimniskrämerei. Um dazuzugehören, muss der Neuling eine Menge Geld zahlen. Es versteht sich daher von selbst, dass nur die Wohlhabenden Mitglied werden können. Und umgekehrt: Nur wer Mitglied ist, wird zur Klasse der Besitzenden gehören. Es ist so eine Art Freimaurerkult. Im *egba*-Rat werden Streitigkeiten geklärt und Pfründen verteilt. *Egba* verleiht Autorität und *egba* straft. Der Fehler, den viele Weiße gemacht haben, war, dass sie sich nicht um diesen Hintergrund gekümmert haben. Doch im Kreis der *egba* werden die Entscheidungen getroffen. Dies zu vernachlässigen kann sträflich sein."

„Offenbar haben Sie diesen Fehler nicht gemacht."

„Es ist mir ein Rätsel, wie jemand das übersehen kann. Vor allem wenn es ein Engländer ist. Sie wissen doch, wie bei uns zu Hause die Absprachen getroffen werden. Man sitzt im Club zusammen, Sir Sowieso spricht mit Lord Sowieso, und am nächsten Tag wird ein Vertrag unterschrieben." Er zuckte mit den Achseln. „Hier läuft es nicht anders. Nur ist der Club hier der Versammlungsraum der *egba*. Obwohl, jetzt vereinfache ich. Es kommt schon hinzu, dass die *egba* Angst verbreiten. Schließlich müssen sie auf irgendetwas ihre Autorität gründen."

„Ich glaube, da wird es interessant. Wie geschieht das?"

„Mit viel Tamtam. Und viel Geheimniskrämerei. Wenn der Buschgeist *egba* in die Stadt getragen wird, hat keiner, der nicht zum Kult gehört, etwas auf der Straße zu suchen. Schon gar keine Frau. Das ist nämlich ein Männerbund. Was dann genau geschieht, weiß ich nicht. Ich war nie dabei. Kein Außenstehender hat es je gesehen."

„Sie scheinen nicht viel von diesen Kulten zu halten?"

Charly zuckte mit den Schultern. „Ach, das erfüllt schon seinen Zweck. Früher haben sich die einzelnen Dörfer ständig bekriegt. Mittlerweile regeln sie ihre Angelegenheiten im *egba*-Rat. Schade nur, dass ab und zu ein Sklave dabei geopfert wird."

„Es ist also mehr eine politische Organisation als eine Religion?"

„So sehe ich das."

Mary kaute nachdenklich an ihrer Unterlippe. „Meinen Sie, dass man sich so eine Buschzeremonie einmal anschauen könnte?“

„Ganz bestimmt nicht. Ich sagte doch, dass kein Außenstehender dabei sein darf.“

Charly konnte geradezu sehen, wie es hinter ihrer Stirn arbeitete. „Um Himmels willen, Miss Cooley, denken Sie nicht einmal daran. Es wäre Ihr sicherer Tod.“

„Woher wollen Sie das wissen, wenn es noch niemand versucht hat?“

Charly schüttelte in leichter Verzweiflung den Kopf. „So langsam begreife ich Lady Sarahs Besorgnis“, meinte er.

„Ja, aber sehen Sie, wenn ich Fische fangen will, muss ich schon in ein Boot steigen. Und wenn ich etwas über den Fetischglauben erfahren will, muss ich dorthin gehen, wo der Fetisch angebetet wird.“

Er sah sie eindringlich an: „Das ist ...“, dann aber verstummte er. Verdammt, er hatte es selbst schon gemacht, damals in Bonny. Aber er hatte gute Gründe gehabt, schließlich ging es um das Geschäft. Außerdem war sie eine Frau. Er suchte angestrengt nach Argumenten, die nicht ganz so dämlich klangen wie: Das ist zu gefährlich.

Während sie sich gegenüberstanden und einander mit den Blicken maßen, hatte der Raddampfer das tiefere Wasser der Bucht erreicht und nahm volle Fahrt Richtung Duke Town auf. Der Fahrtwind spielte mit der Haarsträhne, die ihr immer noch unter dem Hut hervorhing. Charly erkannte einen stählernen Willen in ihren Augen.

„Ich bin nicht hier“, sagte sie bestimmt, „um auf einer bequemen Veranda mit anderen Engländern Tee zu trinken.“

Bei dieser Formulierung, die ihm vor kurzem fast wortgleich durch den Kopf gegangen war, verzog Charly das Gesicht. Ihm fiel wirklich nichts ein, was er darauf erwidern sollte.

„Ich habe“, fuhr Mary fort, „mein bisheriges Leben wohlbehütet in einem Haus voller Bücher verbracht. Habe von Ländern gelesen, die andere besucht haben, von Abenteuern, die andere erlebt haben.“ Unverwandt hielten sie ihre Blicke gekreuzt. Charly entdeckte jetzt den Schmerz, den sie in sich trug. Nein, diese Frau log nicht. Jetzt schüttelte sie langsam den Kopf. „Ich werde kein Leben mehr aus zweiter Hand führen, Mr. DeCardi.“

Die Haarsträhne auf ihrer Stirn schien ein eigenes Leben zu führen, während sie weitersprach. „Ich werde Flüsse hinauffahren und Berge besteigen. Ich werde dorthin gehen, wo die Menschen noch nicht die Lieder der Missionare nachsingen und sich vor einem weißen Christus bekreuzigen.

Jetzt schüttelte sie leicht den Kopf. „Es geht mir nicht um irgendeinen korrupten Kult, der darauf abzielt, möglichst großen Nutzen aus dem Handel mit den Weißen zu ziehen. Ich suche den Glauben, der den Menschen noch ihren Stolz lässt. Den Glauben, der aus diesem Land und den Generationen, die darin gelebt haben, gewachsen ist. Genaugenommen suche ich den Afrikaner, dessen Herz mit diesem Land schlägt. Ich suche den ungebrochenen, den wahren Afrikaner.“

Charly, der diesen leidenschaftlichen Ausbruch mit wachsendem Erstaunen verfolgt hatte, nickte nachdenklich. Während sie den Hafen von Calabar ansteuerten, zog er ein letztes Mal an seiner Zigarre, bevor er sie ins Wasser schnippte.

„Den wahren Afrikaner“, sagte er schließlich, als die Seile flogen und der Dampfer festgemacht wurde. „Ich fürchte, wenn Sie so weitermachen, werden Sie ihn finden.“

Mary war ein wenig verwundert über sich selbst. Sie hatte mehr über sich offenbart, als sie es je getan hatte. Während sie mit Charly den Hang zum Gouverneurspalast hinaufstieg, betrachtete sie ihren Begleiter verstohlen von der Seite. Zweifellos war er ein gut aussehender Mann, mit den dunklen, vollen Haaren, der scharf geschnittenen Nase und dem energischen Mund. Aber das war es nicht, was ihn ihr so vertraut machte. Attraktive Männer waren ihr schon oft begegnet. Meist waren sie in ihrer Eitelkeit so leicht zu durchschauen wie ein Glas Wasser. Dieser Fremde, der sie aus dem Sumpf geholt hatte, war nicht im Mindesten eitel. Er behandelte sie mit einer schon altertümlichen Höflichkeit und Ehrerbietung, ohne ihr dabei zu schmeicheln. Das kleine Duell der Worte an Bord des Dampfers hatte ihr gut gefallen. Sein Blick war offen, wenn er sie ansah, und doch meinte sie darin ein unbekanntes Land zu sehen. Da war etwas an ihm, das sich ihrem Begreifen entzog, etwas das ihn schweigen ließ wie jetzt, als sie den Weg hinaufschritten und er nicht die geringsten Anstalten machte, Konversation mit ihr zu betreiben. Im Gegensatz zu den meisten anderen Menschen, die sich ihr mit ihren Meinungen und vermeintlichen Klugheiten aufdrängten, schien dieser Graf, oder was immer er war, seltsam abgewandt.

Hatte sie sich ihm deshalb anvertraut? Weil er sich nicht aufgedrängt hatte?

Sie spürte, dass da noch etwas anderes war. Und weil sie es gewohnt war, jede Situation und auch ihre eigenen Gefühle wie unter einer Lupe zu untersuchen, forschte sie ihren Regungen nach, um das Rätsel zu lösen. Als sie die Antwort gefunden zu haben glaubte, stieg ihr die Hitze in die Wangen, und sie war froh, dass es dunkel war. Er war der Pirat!

Es war ihr Lieblingsbuch als junges Mädchen gewesen: „Die Geschichte der berühmtesten Piraten und Bukaniere". Mit glühenden Wangen hatte sie vom Leben und Sterben jener Helden der Karibik gelesen, und sie erinnerte sich, dass sich in ihr ein Bild geformt hatte von einem geheimnisvollen Fremden, der aus tausend Abenteuern auftauchte und ihr nur durch einen Blick aus seinen melancholischen Augen zu verstehen gab, dass er in ihr Herz schaute. Und sie verstand.

Schon wieder belustigt über diesen Mädchentraum, der so lange in ihr geschlummert hatte, schielte sie wieder zu dem Mann an ihrer Seite hinüber. Er ähnelte wirklich ihrem Piraten. Es fehlten nur noch ein breitkrempiger Federhut, ein Säbel an der Seite und die Stulpenstiefel. Sie überlegte, ob sie es ihm erzählen sollte, entschied sich aber sofort dagegen. Dieses kleine Geheimnis hätte, einmal ausgesprochen, ziemlich albern geklungen. Solange sie darüber schwieg, konnte sie es noch ein wenig genießen. Ein geheimnisvoller Graf. Ein Pirat. Oh ja, diese Variante gefiel ihr sehr. Es war nicht nötig, dass er davon wusste.

Aus den Hinterhöfen der Häuser, an denen sie vorbeikamen, wehten ihnen Kochgerüche entgegen, Yams und Maniok, Fisch und die scharfe Soße der Palmnüsse. Der gedämpfte Schein der Kochfeuer beleuchtete nur schwach ihren Weg. Männer saßen an den Eingangsstufen ihrer Häuser und rauchten. Ab und zu lief ein Kind über die Straße, eine Schale mit Gemüse auf dem Kopf, oder eine Ziege zog meckernd an ihrem Seil. Unwillkürlich verlangsamten sich Marys Schritte. Tief sog sie die Luft in ihre Lungen. Sie sah hinauf zum Sternenhimmel, unter dem wie Luftgeister ein paar kleine Wolken entlangzogen. Die Nacht, die Sterne, die Gerüche, die fremden kehligen Stimmen um sie herum, all das nahm sie mit einer Intensität wahr, wie sie es vielleicht seit den Tagen ihrer Kindheit nicht mehr gekannt hatte. Ein Schauer lief Mary den Rücken hinab, als sie spürte, wie sich etwas in ihr öffnete.

„Was ist mit Ihnen?“, fragte Charly, weil sie stehen geblieben war und sich mit großen Augen langsam umsah.

„Könnten wir uns einen Augenblick setzen?“, fragte sie, nicht weil sie sich schwach fühlte, sondern weil sie es begreifen wollte. Weil sie einen Moment der Stille brauchte, um sich darüber klar werden zu können, dass beides nebeneinander bestehen konnte: die Traurigkeit, in der sie schon so lange wohnte, und dieses andere Gefühl, das sie durchflutete und von dem sie noch nicht wusste, ob es ihr gehörte. Sie wollte jetzt noch keine Lady Sarah um sich haben. Nur sie, der Abend und ihr Pirat.

„Natürlich“, sagte Charly und führte sie zu einer Hütte, vor der auf einer Bank zwei ältere Männer saßen. Er fragte, ob sie sich ein wenig ausruhen könnten, woraufhin sich beide erhoben, um ihnen Platz zu machen. Es dauerte eine Weile, bis sie sich in einem Austausch von Höflichkeiten darauf geeinigt hatten, dass Mary und Charly neben einem der beiden auf der Bank Platz nahmen und der andere, offenbar der Hausbesitzer, sich einen Hocker aus dem Inneren holte. Sie saßen eng nebeneinander. Mary spürte Charlys Arm an ihrem, und als ihre Beine sich berührten, wäre sie beinah zurückgezuckt. Aber sie rührte sich nicht, auch wenn sie sich ein wenig befangen fühlte, als wäre dieser Körperkontakt mit etwas aufgeladen, was über eine zufällige Berührung hinausging. Außerdem hätte sie sich in eine unbequeme Stellung begeben müssen, was der Situation mit Sicherheit ihre Harmlosigkeit genommen hätte. Als sie merkte, dass Charly diesen Körperkontakt als etwas Selbstverständliches hinnahm, ja, es schien ihm nicht einmal bewusst zu sein, entspannte sie sich langsam wieder. Und obwohl ein Teil von ihr sehr wohl den Druck seines Beines deutlich wahrnahm, begann sie dem leichten Wortwechsel der Männer zu lauschen. Die beiden Alten schienen Charly zu kennen. Sie nannten ihn „cap'n" und behandelten ihn mit einem Respekt, der über bloße Gastfreundschaft hinausging. Mary beteiligte sich nicht an dem Gespräch, dessen Laute weich und warm wie der Abend waren. Eine Frau kam aus dem Haus und brachte einen Krug und vier Schalen.

„*Mimbo*", erklärte Charly. „Eine Art Palmwein. Sie müssen ihn nicht trinken."

„Ich würde aber sehr gerne einen *mimbo* trinken", sagte Mary und nahm die Schale mit der milchigen Flüssigkeit entgegen. Unter den erwartungsvollen Blicken der beiden Männer und der Dame des Hauses nahm sie einen Schluck. Ein etwas säuerlicher, aber erfrischender Geschmack. „Sehr gut", kommentierte sie, woraufhin die Frau befriedigt den Krug abstellte und ins Haus zurückkehrte.

Während sie in kleinen Schlucken von ihrem *mimbo* trank und alles um sie herum so nah war, als sei es ein Teil von ihr, da wuchs in ihr die Gewissheit, dass etwas mit ihr geschah. Nicht erst seit heute Abend, es hatte früher begonnen. Ohne es genau benennen zu können, versuchte sie dem Gefühl nachzuspüren. War es schon auf Gran Canaria da gewesen? Oder auf dem Schiff? Als sie zum ersten Mal den süßlichen Geruch Afrikas wahrnahm? Lagos?

Lagos!

Wie zur Bestätigung begann ihre Haut zu kribbeln. Es hatte in Lagos begonnen. Und sie wusste auch genau, wo: in jenem Hinterhof, als sie dem Gesang des fremden Musikers lauschte, der in einer fremden Sprache Geschichten erzählte. Mit dieser Erkenntnis tauchte auch die Musik wieder in ihrer

Erinnerung auf, diese merkwürdigen Rythmen, die sie anfangs nicht verstanden hatte und die ihr dennoch Bilder von diesem Land und seiner Weite geschenkt hatten. Sie begriff, dass sie sich, ohne sich dessen gewahr zu sein, auf diese Musik zubewegt hatte. Denn jetzt, an diesem Abend in Calabar, schien sie so vertraut, als käme sie aus den Hütten, dem Lehm und dem Wasser. Sie begann zu ahnen, dass die Reise, die sie angetreten hatte, mehr war als eine Bewegung zwischen Orten. Wie hatte es der Sänger in seiner Prophezeiung gesagt? Sie würde weiter gehen, als alle anderen vor ihr.

Von ihrem Platz aus konnte Mary die Straße hinunter bis auf das tiefschwarze Wasser sehen. Vom unsichtbaren gegenüberliegenden Ufer zog in hellen Schleiern der Nebel über die Bucht. Sie wusste, dass es lediglich die Luftfeuchtigkeit war, die über dem aufgeheizten Wasser kondensierte, ein natürlicher physikalischer Effekt. Dennoch minderte dies nicht die beinahe magische Anziehung, die der Anblick auf sie ausübte. Es war wahrscheinlich im Angesicht solcher Phänomene gewesen, dass Menschen an das Übernatürliche zu glauben begonnen hatten. Und war das wirklich so schlimm, fragte sie sich. Natürlich war es Physik, aber davon wollte sie jetzt nichts wissen. Jetzt wollte sie nur den Zauber des Augenblicks genießen. Sie fragte sich, ob nicht die Wissenschaft, diese Herrin über ihr Zeitalter, auch eine Zerstörerin war. Ob das Bewiesene der Wahrheit näher kam oder das Anschauliche, das immer einen Teil seiner Rätselhaftigkeit bewahrte.

„Als Kind dachte ich, im Nebel würden Geister wohnen“, sagte Charly, als ob er ihre Gedanken erraten hätte. Mary sah ihn überrascht an, woraufhin er sich räusperte. „Manchmal kommen einem schon komische Gedanken“, murmelte er etwas verlegen.

„Ich finde gar nicht, dass das komische Gedanken sind, Mr. DeCardi.“

“Charly“, erinnerte er sie.

Sie lächelte: „Warum nennen die Leute Sie Captain? Waren Sie mal Seemann?“

„Nein, das ist so ein alter Ausdruck. Früher waren es die Kapitäne der Schiffe, die das Öl oder die Shea-Butter aufkauften und ihre Waren anboten. Ihr Schiff wurde während dieser Zeit des Handels, die sich über Monate hinziehen konnte, zu einem Wohnhaus mit angeschlossenem Warenhaus, zu einem Hulk. Es gab regelrechte Öffnungszeiten, von frühmorgens bis mittags und dann, nach einer Pause bis abends. Manche Händler machen das heute noch so, einfach weil es für sie praktischer ist. Die Chefs dieser Hulks wurden Cap'n genannt. Irgendwie hat sich der Titel bis heute gehalten.“

„Cap'n Charly“, ließ Mary den Namen langsam nachklingen. „Ich finde, dieser Titel steht Ihnen sehr gut“, entschied sie dann.

Die beiden Alten neben ihr, die das Gespräch betont unauffällig verfolgt hatten, wandten sich ihr zu: „Cap'n Charly“, bestätigten sie nickend.

„Sehen Sie?“, sagte Mary.

Cap'n Charly schien nicht besonders zufrieden damit, dass auch sie ihn nun so nannte. Er leerte sein Schale und meinte mit einem kleinen, schadenfrohen Lächeln: „Ich denke, wir sollten weiter, Miss Cooley. Lady Sarah wird sich freuen, Sie endlich wieder unter ihre Fittiche nehmen zu können.“

„Sagen Sie doch Mary zu mir“, strahlte sie ihn an.

Der Geist von Ekowe

Eve hatte Probleme damit, den Namen Thaddeus auszusprechen. Sie versuchte es mehrfach, es schien ihr fast die Zunge zu brechen. Schließlich schüttelte sie den Kopf, sah ihn fragend an und meinte: „Adam?“

„Nein, nein“, wehrte Thaddeus ab, „das war ein Scherz.“

Eve schnalzte mit den Lippen, überlegte und entschied: „Cap’n.“

„Cap’n?“ Das gefiel ihm nicht schlecht. Als Junge hatte er davon geträumt, Kapitän eines Piratenschiffs zu sein, wobei ihm natürlich reihenweise Jungfrauen in die Arme gefallen waren. Die waren zwar nicht schwarz gewesen, aber er beschloss, es in diesem Detail nicht zu genau zu nehmen. „Cap’n ist gut“, bestätigte er ihren Vorschlag. Zufrieden, dieses Problem gelöst zu haben, richteten die beiden einzigen Bewohner der Station Ekowe ihren Blick wieder auf den Topf, der zwischen ihnen auf einem kleinen Feuer stand und in dem eine dicke, rötliche Suppe blubberte.

Eve hatte sich in einem kleinen, umzäunten Hof hinter dem Haus versteckt, als Thaddeus angekommen war. Dieser Hof diente ihr als Kochstelle und wohl auch als Unterkunft, obwohl Thaddeus fand, dass die überdachte Schlafstelle kaum mehr als eine Hundehütte war. Sie habe für Master Parkes gekocht und den Haushalt geführt, hatte sie erklärt. Auf die Frage, warum sie denn nicht im Haus gewohnt habe, hatte Eve sich, ohne zu antworten, abgewandt und eine unterarmlange Knolle aus einem Korb genommen, um sie zu putzen. Thaddeus hatte den Eindruck gehabt, einen delikaten

Punkt berührt zu haben, und da er sie nicht verärgern wollte, beließ er es dabei.

„Was ist mit Parkes passiert?“, fragte er nun.

Genau wusste Eve das auch nicht, sie war im Hof gewesen, als es geschehen war. „Master Parkes hat immer viel Schnaps getrunken“, erzählte sie, während sie die Knolle klein schnitt und in den Topf gab. „Dann wurde er manchmal ganz wild.“

Sie erwähnte es nicht ausdrücklich, aber ihrem Bericht entnahm Thaddeus, dass Parkes sie geschlagen hat. Und offenbar nicht nur sie. Auch die anderen Bewohner des Dorfes hatten unter seinem Jähzorn zu leiden gehabt. „War wohl nicht beliebt, der Master Parkes, was?“, fiel Thaddeus dazu ein. Eve schüttelte deutlich den Kopf. „Dann kam Abend, wo Schuss fiel“, fuhr sie fort.

„Ein Schuss? Wer hat geschossen?“

„Master Parkes. Hat sich totgeschossen. Cap'n Charly hat gesagt, es war Unfall.“

„Wer ist denn Cap'n Charly?“

Eve sah ihn mit gerunzelter Stirn an: „Du kennst nicht Cap'n Charly?“

„Nein.“

„Cap'n Charly hat gesagt, es war Unfall“, wiederholte sie nur.

Thaddeus beschloss, später auf diesen Cap'n Charly zurückzukommen. „Aber warum sind alle fort?“, fragte er stattdessen.

Es war nicht ganz einfach, ihrem Bericht zu folgen, weil sie ständig Personen erwähnte, die Thaddeus nicht kannte, und auch den Ablauf der Ereignisse ein wenig durcheinanderbrachte. Nach dem Schuss waren die Dorfbewohner aufgeschreckt. Es dauerte eine Weile, ehe sie wagten, sich dem Haus zu nähern, weil sie befürchteten, der betrunkene Parkes würde vielleicht auf sie schießen. Schließlich hatten sie all ihren Mut zusammengenommen und Eve nach oben ins Haus geschickt. Dort hatte sie Parkes mit durchschossenem Schädel gefunden.

Dass die Weißen jetzt schon anfingen, sich selbst zu erschießen, stürzte die Dorfbewohner in tiefe Ratlosigkeit. Würde man am Ende vielleicht nicht sogar sie beschuldigen, den Händler getötet zu haben? In solchen Fällen pflegte die Company ein Kanonenboot zu schicken und das Dorf in Schutt und Asche zu legen. Irgendeiner kam auf die Idee, Cap'n Charly um Rat zu fragen. Also schickten sie einen Boten nach Bonny, der am nächsten Tag mit diesem zurückkam.

„Und Cap'n Charly sagt, es war Unfall", sagte Eve wieder.

„Ja, ja, das weiß ich nun. Aber dann?", drängelte Thaddeus. „Was geschah dann?"

Sie begruben Parkes. Dabei wies sie mit dem Daumen über die Schulter, um ihm zu zeigen, in welcher Richtung er das Grab finden könnte. Cap'n Charly sang ein Lied und sie sangen alle mit. Dann tranken sie Gin.

„Nur die Männer", fügte Eve hinzu.

Bevor Cap'n Charly wieder abfuhr, versicherte er den Dorfbewohnern, dass er mit dem Chief der Company reden werde und dass sie nichts zu befürchten hätten. Aber sie wussten nicht, ob sie ihm glauben sollten. Denn er war so betrunken, dass er beinah aus dem Boot gefallen sei. Also beschlossen sie, die ganze Sache aus sicherer Entfernung zu verfolgen. Sie packten alles zusammen und zogen an einen anderen Ort.

„Einen anderen Ort?", fragte Thaddeus verwundert. „Wo denn?"

Eve zuckte mit den Schultern.

„Und warum bist du hier geblieben?"

Eve rührte in der Suppe, in der nun die hellen Klumpen

der Knolle schwammen. Thaddeus lief das Wasser im Munde zusammen. Er hatte seit dem Morgen nichts mehr gegessen.

„Ist fertig", sagte Eve, schöpfte mit einer Schale Suppe aus dem Topf und reichte sie ihm zusammen mit einem angelaufenen Blechlöffel. Thaddeus verbrannte sich die Zunge, so hungrig war er. Als aber der erste Bissen in seinem Magen landete, grunzte er vor lauter Zufriedenheit.

„Also?", fragte er dann nochmal. „Was war mit dir?"

Eve, die mit ihrem Löffel direkt aus dem Topf aß, richtete sich auf. „Sie sagten, ich wäre die Frau von Master Parkes und soll der Company alles erklären. Aber ich war nicht seine Frau", rief sie empört. „Sie lügen. Sie hassen mich."

Betroffen sah Thaddeus die junge Frau an, der Tränen in den Augen standen. Er konnte es nicht fassen. Nicht genug, dass sie von diesem unerträglichen Parkes geschlagen worden war, ihre eigenen Leute hatten sie deswegen auch noch verstoßen.

Es war dieser Moment, da das Leben des Thaddeus Hollingworth seine eigentliche Wendung nahm.

Es war ihm nicht bewusst. Alles, woran er denken konnte, war die Ungerechtigkeit, die dieser jungen Frau widerfahren war. Dabei vergaß er das Verfahrene seiner eigenen Situation. Und mehr noch, für eine kleine Zeitspanne vergaß er sich selbst; vergaß, dass er immer fürchtete, von anderen ausgelacht zu werden; vergaß seine Ungeschicklichkeit und dass seine Brüder ihn verprügelt hatten; er vergaß auch die ständig lauernde Vergegenwärtigung seiner Schwäche. Und als ob der Kämpfer in ihm nur darauf gewartet hätte, stieß er in die Lücke des Vergessens und erhob sein Manneshaupt.

Bisher hatte Thaddeus immer darauf gesetzt, dass andere ihm irgendwie weiterhelfen würden, bis hin zu dieser verlassenen Station Ekowe, wo ihm die junge Frau, die nun seinen

Beschützerinstinkt weckte, zunächst als seine Retterin erschienen war. Doch jetzt hatten sich ihre Positionen verkehrt und er war derjenige, der sich um sie kümmern musste. Sie war die Hilflosere von ihnen beiden – das zumindest sagte ihm sein lange verborgener ritterlicher Sinn, schließlich war sie eine Frau – und an ihm lag es nun, die Dinge in die Hand zu nehmen.

Dies alles geschah natürlich nicht im Handumdrehen. Es dauerte noch ein Weilchen, ehe er die ganze Tragweite dieser Begegnung wahrhaft an sich erfuhr. Zumal ihn, nachdem er seinen Bauch gefüllt hatte, ein viel drängenderes Problem beschäftigte: Wo sollte er schlafen?

Eve schlug ganz selbstverständlich das Schlafzimmer des Hauses vor. Aber dagegen sträubte er sich. Dort zu nächtigen, wo Parkes sich erschossen hatte, verursachte ihm starkes Unbehagen. Noch ehe Eve andeuten konnte, dass er in ihrer Hütte übernachten könnte, stand er auf und sagte: „Ich suche mir einen Platz."

Seine Kiste und seine Tasche hatte er bereits in das Kontor geschafft. Weil ihm nichts Besseres einfiel, beschloss er einfach, auf dem Boden dieses Raumes zu schlafen. Aus seiner Kleidung stopfte er sich ein Kopfkissen zurecht, deckte sich mit seiner Jacke zu und schloss die Augen. Aber so leicht machte es ihm die afrikanische Nacht nicht.

Es knarzte, schnalzte, hustete, kreischte und zirpte draußen so sehr, dass es ihm unmöglich war, Ruhe zu finden. Bald lag er mit geöffneten Augen da, was keinen Unterschied machte, da die Dunkelheit zu tief und satt war, als dass er auch nur eine Kontur darin hätte unterscheiden können. Dafür war sie auch im Inneren des Hauses mit Geräuschen angefüllt. War da nicht ein Rascheln unweit seiner Füße? Ein Flattern und Summen über seinem Kopf? Ein zischendes Geräusch? Ein Kribbeln lief seine Beine herab, als ihm die allgegenwärtigen Schlangen einfielen. Er kramte in seiner Kiste, bis er Streichhölzer fand und eine Kerze. Deren flackernder Schein machte es nicht besser, im Gegenteil, die Schatten ballten sich zu umso bedrohlicheren Gefahren zusammen.

Ob Schlangen auch Treppen steigen können, fragte Thaddeus sich, und entschied, dass es im Obergeschoss doch sicherer war. Einen Moment zögerte er noch in der offenen Tür zu Parkes' Schlafzimmer, dann aber trat er ein, verriegelte die Tür, legte sich aufs Bett und schlief augenblicklich ein.

Als er morgens die Tür wieder öffnete, jagte ihm das Bündel auf dem Fußboden im Korridor einen solchen Schreck ein, dass er mit einem Aufschrei zurücksprang. Das Bündel schrie ebenfalls und sprang beiseite. Es dauerte einen Herzschlag, bis er Eve erkannte, die zusammengerollt vor seiner Tür geschlafen hatte. Schuldbewusst ging ihm auf, dass er wie selbstverständlich davon ausgegangen war, dass sie in ihrer schäbigen Hütte gut untergebracht war. Der neue Thaddeus, der in keinem Fall in die Fußstapfen des schrecklichen Parkes treten wollte, entschied sogleich, dass er ihr ein Zimmer im Haus herrichten würde. Das nahm den halben Tag in Anspruch. Die restliche Zeit bemühte er sich, das marode Boot zu heben und in Stand zu setzen. Denn eines war ihm klar, was immer sie tun würden, als Erstes brauchten sie ein Boot.

Während er die verrotteten Planken austauschte, überlegte er, wie es weitergehen sollte. Das einfachste wäre es natürlich, nach Akassa zurückzukehren und dort um weitere Direktiven zu ersuchen. Noch vierundzwanzig Stunden zuvor hätte Thaddeus Hollingworth nicht gezögert, genau dies zu tun. Aber der Mann, der er im Begriff war zu werden, sträubte sich dagegen, in den Schoß der Company zurückzukehren. Der neue Thaddeus bestand darauf, diese Situation zu meistern. Als ihm bewusst wurde, was er da noch vage plante, durchlief ihn ein Schauer. Er sah zum Haus hinüber, auf dessen Veranda eine besenschwingende Eve seinen Blick lächelnd erwiderte. Ja, er würde diese Station wieder aufbauen, zusammen mit ihr. Die Dorfbewohner würden zurückkehren, und befreit von dem Fluch des Joshua Parkes, würden sie ein neues Leben beginnen.

Nach dem Abendessen, das sich nicht groß von dem des Vortages unterschied, zogen sich der Cap'n und Eve in ihre jeweiligen Zimmer zurück. Sie tauschten einen letzten Blick auf dem Korridor, und das Lächeln des einen wärmte das Herz des anderen. Vor dem Einschlafen ertappte Thaddeus sich dabei, dass er an ihre kleinen Brüste dachte, die sich unter dem Kleid abgezeichnet hatten, und an ihren herben, verführerischen Duft, wenn sie ihm nahe kam. Er konnte nicht ahnen, dass auch sie sich auf ihrem Lager unruhig hin- und herwälzte.

Sie kam nicht in der ersten Nacht zu ihm, auch nicht in der zweiten und dritten. Aber in der vierten, als er gerade am Einschlafen war, öffnete sich seine Tür. Er entfachte ein Streichholz, hielt es an die Kerze neben seinem Bett und sah, wie sie in sein Zimmer trat. Ihre Augen waren groß und dunkel, als sie ihr Kleid abstreifte und zu ihm ins Bett kam. Verwirrt und verzückt nahm er sie in den Arm.

Anders als Eve war Thaddeus noch Jungfrau. Grundsätzlich wusste er zwar, was zusammenpassen musste, aber für den Moment war er nur fasziniert von diesem Körper, der sich da an ihn schmiegte. Ehrfürchtig berührte er ihre Haut, ihre Brüste, ihren Rücken. Kleine Laute des Entzückens stiegen ihm in der Kehle hoch. Eve wiederum, die bisher nur den derben Griff harter Männerhände kennen gelernt hatte, erwärmte sich schnell unter den zarten Berührungen seiner Hände. Tastend überprüfte sie seine Bereitschaft und befand, dass es keinen Grund gab, länger zu warten. Kurz entschlossen schwang sie sich über seinen Schoß und schob sich auf ihn.

Thaddeus sog scharf die Luft ein. „O Gott“, stöhnte er dann. Obwohl er bereits mit der Hand den einen oder anderen verschämten Selbstversuch gemacht hatte, hatte er doch nie geahnt, welche Wonnen ihn da erwarteten. Der warme, weiche Frauenkörper umschloss ihn in einer Art und Weise, wie er es sich nie erträumt hatte. Er konnte und wollte nicht verhindern, dass ihm Worte über die Lippen flossen, Worte von Liebe und Ewigkeit und tausend andere. Sie trafen auf ein Frauenherz, das gar nicht gewusst hatte, wie sehr es diese Dinge vermisst hatte. Mit jedem seiner stammelnden Laute ritt sie ihn schärfer, spürte ihn so intensiv in sich und um sich, wie es ihr zuvor nie geschehen war. Im Licht der Kerze zuckte ihr Schatten über die Wand.

Als Thaddeus sich aufbäumte, als er seinen Samen in sie vergoss, da schrie er und stöhnte und wimmerte. Die Frau auf ihm feuerte ihn an und glühte selber innerlich vor Leidenschaft.

Derweil Thaddeus und Eve ihr eigenes Paradies eroberten, tastete sich, von behutsamen Ruderschlägen angetrieben, ein Boot an die Station Ekowe heran. Die ehemaligen Bewohner des Dorfes, die gute zehn Meilen weiter flussaufwärts ihr provisorisches Refugium gefunden hatten, waren in einem mehrstündigen Palaver übereingekommen, dass es ratsam wäre, die Situation in ihrer alten Heimat zu erkunden, bevor sie weitere Entscheidungen trafen. Ein Spähtrupp von mehr oder weniger Freiwilligen wurde ausgewählt, der sich nun vorsichtig dem verlassenen Dorf näherte. Da sie immer noch die Rache der Company fürchteten, hatten sie den Schutz der Dunkelheit für ihre Erkundung abgewartet. Als die Männer feststellten, dass kein Kanonenboot im Fluss ankerte und alles friedlich schien, steuerten sie erleichtert den Bootssteg an. Sie waren nur noch wenige Meter entfernt, als der Vordermann erschreckt innehielt und auf das Handelshaus wies, wo nun auch die anderen das Licht wahrnahmen, das aus einem der oberen Fenster fiel. Ein Licht wie aus einer anderen Welt, vor dem ein überlebensgroßer Schatten zu tanzen schien. Die Männer erstarrten. Langsam trieb das Boot weiter. Jetzt vernahmen sie wimmernde Geräusche, helle Schmerzenslaute. Was ging da vor?

Fast stieß das Boot schon gegen den Anleger, als ein Schrei durch die Nacht drang, gefolgte von einem langgezogenen Stöhnen. Eine helle Stimme, irr in ihrer Tonlage, trieb den Männern das Entsetzen unter die Haut. Es war der tote Weiße, dessen Geist zurückgekehrt war, um sich die Frau zu holen. In wilder Panik hieben die Kundschafter die Ruder in das Wasser. Verfolgt von den Lauten heulender Verzweiflung, suchten sie ihr Heil in der Flucht. Nur fort von diesem verdorbenen Ort, wo die Geister der Toten Rache an den Lebenden übten.

Sie ruderten, dass ihnen der Schweiß in Strömen von der Haut lief. Denn sie mussten den Ihren berichten, dass im Obergeschoss der Station der Schrecken wohnte.

Das Gespenst von Ekowe war geboren.

Die Leopardenmänner

Mary wusste, dass sie spät dran war. Wie üblich, dachte sie und beschleunigte ihre Schritte. Aber ihr war klar, dass sie unmöglich vor dem Dunkelwerden zurück sein konnte. Sie ärgerte sich immer noch über ihre Ruderer, die sich schlicht geweigert hatten, sie wieder nach Hause zu bringen. Es sei alles ihr Fehler, hatten die Männer ihr vorgeworfen. Was einfach nicht stimmte. Es empörte sie maßlos, dass die Eingeborenen, mit denen sie nun schon seit etlichen Tagen unterwegs war, es der Vorsehung oder ihrer eigenen Geschicklichkeit zuschrieben, wenn die Dinge gut liefen. Dass sie aber sofort ihr die Schuld gaben, wenn etwas schief ging.

Gut, es war ihr Vorschlag gewesen, auf dem Qua-River zu fischen. Aber das war ja nun wirklich keine lebensgefährdende Tätigkeit. Eine Weile war es ja auch gut gelaufen. Sie hatten alle vier ihre Leinen ausgeworfen und den im Sonnenlicht umherschwirrenden Libellen zugeschaut. Bis sich bei dem Mann neben ihr die Leine straffte.

An den folgenden Ereignissen traf sie keinerlei Schuld. Dass es sich um einen Wels von kapitaler Größe handelte, hätte der Mann auch am Zug seiner Leine erraten können. Aber er musste das drei Fuß lange Monster natürlich an Bord des kleinen Kanus hieven. Der Fisch, dessen Leib so dick war wie der Oberschenkel eines kräftigen Mannes, wehrte sich natürlich heftig. Trotzdem war es nicht nötig gewesen, dass alle vier Männer wild herumschrien und mit dem Paddel nach ihm schlugen, wobei sie sich natürlich in die Quere kamen. Sie selbst versuchte lediglich, das Buch über tropische Fische in Sicherheit zu bringen, und war gewiss nicht der Grund dafür, dass das Kanu gekentert war.

Auch dass der unvernünftige Angler sich in den Leinen verhedderte und nur gerettet werden konnte, weil sein auf dem Wasser schwimmender Hut die Stelle anzeigte, an der er um sein Leben kämpfte, war ihr nicht anzulasten. Immerhin war sie selbst auch untergetaucht. Ein Kanu, das kieloben im Wasser liegt, ist nun einmal schwer zu wenden, zumal wenn man selber im Wasser schwimmt. Noch schwieriger allerdings ist es, wieder in das Kanu hineinzukommen, vor allem wenn man etwas mehr Kleidung am Leib hat als eine kurze, dünne Hose. Trotzdem war sie sicher, dass sie es alleine geschafft hätte. Dass alle vier unvernünftigerweise an ihr herumgezogen hatten, hatte das Kanu nur ein weiteres Mal zum Kentern gebracht.

Als sie schließlich alle wieder im Boot saßen, war die Stimmung jedenfalls dahin. Ohne sie auch nur nach ihrer Meinung zu fragen, paddelten die Männer zum nächsten Dorf, stiegen aus und kauften von dem Geld, das Mary ihnen leichtsinnigerweise bereits gegeben hatte, eine Flasche Gin. Nie zuvor wären ihnen derartige Dinge widerfahren, beteuerten sie nach jedem Schluck aus der Flasche. Bisher hätte ihr Kanuzauber, der *mami wota* davon abhielt, ihr Boot zum Kentern zu bringen, immer funktioniert. Erst seit sie mit ihr, Mary, unterwegs waren, würden die Flussgeister sie immer wieder in die Irre führen und ihre bösen Scherze mit ihnen treiben. Doch damit wäre es nun vorbei. Nie wieder würden sie mit ihr irgendwohin fahren.

Mami wota? Mary hatte keine Ahnung, wovon die Männer redeten. Bis auf die Haut durchnässt von dem modrigen Wasser des Qua, mit quietschenden Stiefeln und dem aufgeweichten Buch über tropische Fische unter dem Arm, blieb ihr nichts anderes, als den Heimweg zu Fuß anzutreten. Sie schätzte, dass sie fast zehn Meilen von Calabar entfernt war. Zumindest wenn sie den direkten Weg quer über Land einschlug. Das wären selbst auf einem geraden, ebenen Weg drei Stunden strammen Fußmarsches. Der Pfad aber, dem sie nun folgte, war ganz und gar nicht eben. Tiefe Furchen im lehmigen Grund zwangen sie, unablässig darauf zu achten, wohin sie ihre Füße setzte. So konnte sie nur ab und zu am Stand der sinkenden Sonne ihre Richtung bestimmen. Das wurde schwieriger, als die kurze tropische Dämmerung in tiefe Dunkelheit überging. Nun hatte sie nur noch das schwache Licht der Sterne, um ihren Weg nicht zu verlieren. Nach einer Weile, als sich ihre Augen an den silbrigen Schein gewöhnt hatten, stellte sie aber fest, dass dies gar nicht so schwierig war. Auch fiel ihr das Laufen in der kühleren Nachluft leichter als in der drückenden Schwüle des Tages. Ihre Beine schienen mit jedem Schritt sicherer zu werden, so dass sie den nächtlichen Spaziergang zu genießen begann.

Wieder einmal staunte sie über die Metamorphose, welche die Welt durchlief, wenn sie vom Tag in die Nacht überging. Eine Verwandlung, die sich nicht nur optisch bemerkbar machte, sondern auch alle anderen Sinne mit einbezog. So wie im fahler werdenden Licht ihre Umgebung an Tiefe und Raum gewann, so erstarben die Geräusche des Tages, als ahnten sie, dass ihre Zeit vorbei war und nun neue Lieder angestimmt werden würden. Während der halben Stunde Dämmerung schien alles Leben die Luft anzuhalten. Bis auf die Grillen. Ihnen war es offenbar egal, ob Tag oder Nacht war, denn an ihrem kratzenden Gesang änderte sich rein gar nichts. Auf diesem Klangteppich eröffnete das gedämpfte Flappen der Fledermäuse das Konzert der nächtlichen Laute. Tiere wagten sich hervor, die sich nur durch ein Rascheln im

Gras verrieten. Sie ängstigten Mary nicht, denn das Rascheln floh vor ihren Schritten.

Da es überall kleine Wasserläufe und Sumpflöcher gab, setzten die Frösche den nächsten Akzent. Zunächst die kleineren, von denen Mary wusste, dass sie grasgrün waren. Aber dann kamen vereinzelt auch größere hinzu, deren Stimme tief und voll klang. Es dauerte nicht lange, bis die ersten Affen schrien. Die Affen von Calabar waren berühmt für ihre Schreie. Mary vermutete, dass sie aus Empörung schrien, denn leider waren die Affen von Calabar auch für ihr wohlschmeckendes Fleisch berühmt.

Über den Baumwipfeln im Osten erhob sich langsam eine halbrunde Mondscheibe und zauberte feenhaftes Licht in die Landschaft. Mary achtete kaum noch auf den Weg zu ihren Füßen, so sehr war sie gefangen von der unwirklichen Szenerie, in der sie sich bewegte. Dennoch kam sie nicht einmal mehr ins Stolpern. Ihr war, als könne sie jede Unebenheit erspüren, bevor sie ihren Fuß darauf setzte. Ihr Gang hatte eine Sicherheit gewonnen, wie man sie sonst schlafwandelnden Menschen nachsagte. Ganz so ungewöhnlich schien ihr dieser Gedanke nicht. Allein durch eine afrikanische Nacht zu laufen war ein Erlebnis, das dem Träumen nicht allzu fern lag. Sie lief an Waldstücken vorbei, überquerte kleine Erhebungen, nicht mal Hügel zu nennen, die ihr trotzdem immer wieder weite Ausblicke in die Bucht von Calabar erlaubten. Sie lief, wie ein Kind läuft, gedankenlos und grenzenlos staunend.

Jedenfalls, bis die Schreie durch die Nacht drangen.

Sie wusste sofort, dass es diesmal keine Affen waren. Es waren Menschen. Und zwar eine ganze Menge. Eine Wolke aus Lärm, aus Schreien und Trommeln. Ein Tumult, der aus dem dichten Wald zu kommen schien, in den ihr Weg nach einer Lichtung einmündete. Ein Tumult, der sich ihr näherte.

Sie überlegte nicht lange. Menschen, die solche Geräusche von sich gaben, waren in der Regel nicht von der Sorte, dass man ihnen alleine in einer Nacht gegenüberstehen wollte. Zurückzulaufen kam für sie nicht in Frage, also musste sie sich verstecken. Außerdem war sie neugierig, was da durch den Wald gepoltert kam. Sie eilte über die freie Fläche, dorthin, wo dichtes Buschwerk ihr Deckung geben konnte. Kurz entschlossen teilte sie die Zweige mit den großen, länglichen Blättern und verbarg sich darunter.

Nicht zu früh, denn kaum, dass sie von der Lichtung verschwunden war, tauchten auf der anderen Seite die Urheber des Spektakels auf. Nacheinander sprangen vier Gestalten in Masken und weiten Umhängen aus dem Wald und tanzten in wildem Kreisen zu der Musik der Trommler, die ihnen folgten. Dann erschienen die Träger.

Mary erkannte zwei Gruppen von jeweils vier Männern. Die erste trug auf zwei Stangen eine längliche Kiste, die zweite hatte schwerer zu tragen. In einer Art Sänfte saß ein offenbar ziemlich korpulenter Mann. Aber vielleicht war es auch nur sein Umhang, der ihn so breit erscheinen ließ, ein blau-weißes Gewand mit Fellbesatz auf den Schultern. Seinen Kopf verhüllte eine mächtige, hölzerne Maske. Die Sänfte wurde von bewaffneten Männer eskortiert, ihnen folgten weitere Männer in langen Umhängen und kleineren Masken. Alles in allem mochten es drei bis vier Dutzend Menschen sein, die sich über die Lichtung bewegten. Genau konnte Mary das aber bei all den hin- und herspringenden Tänzern und den Trommlern, die einmal ein paar Schritte vor dann wieder zurück oder gar zur Seite machten, nicht unterscheiden. Selbst die Träger der Kiste und der Sänfte beteiligten sich an den Bewegungen.

Mary schlug das Herz vor Aufregung hart in der Brust. Es konnte keinen Zweifel geben. Was sich dort abspielte, war eine Fetischzeremonie. Vielleicht fand sie ja hier auf der Lichtung statt. Dann würde sie von ihrem Beobachtungsposten aus alles direkt beobachten können. Falls die Tänzer mit ihrer Entourage aber weiterzögen, nahm sie sich vor, ihnen unbemerkt zu folgen. Diese Gelegenheit wollte sie sich auf keinen Fall entgehen lassen.

Dann allerdings ging ihr auf, dass diese Gelegenheit ihr keineswegs entgehen würde. Denn die merkwürdige Gruppe bewegte sich trotz aller Hüpfereien und Seitensprünge genau auf das Gebüsch zu, in dem sie sich versteckt hatte. Mit einem mulmigen Gefühl fragte sie sich, ob sie vielleicht aus Versehen in einen heiligen Busch gesprungen war, aber an dem Gestrüpp, das sie dicht umgab, konnte sie nichts Heiliges feststellen. Dennoch war es ganz offensichtlich das Ziel der nächtlichen Tänzer. Ihr fiel die Warnung von Cap'n Charly wieder ein. Dass es Rituale gab, die nur den Eingeweihten vorbehalten waren, und dass ungebetene Zeugen selten eine Gelegenheit hatten, von ihren Erfahrungen zu berichten. Mary beschlich langsam das Gefühl, dass sie sich in eine äußerst unangenehme Lage gebracht hatte.

Während die Tänzer weiterhin unerbittlich auf sie zuhielten, versuchte Mary, sich weiter in das Unterholz zurückzuziehen. Wobei sie sorgfältig darauf achtete, die Zweige nicht zu heftig zu bewegen. Gleichzeitig fielen ihr noch jede Menge anderer unerfreulicher Möglichkeiten ein. Ihr war bewusst, dass es in dieser Gegend eine äußerst reichhaltige Schlangenpopulation gab. Sie wusste auch, dass die meisten davon giftig waren. Und nur für den Fall, dass die sie umgebenden Quadratmeter frei von Schlangen waren, konnte das durchaus daran liegen, dass ein Zug von Treiberameisen im Gelände war. Diese kleinen Tiere waren zwar nicht giftig, dafür aber sehr aggressiv und ihre Bisse schmerzhaft. Ihre zoologischen Kenntnisse lieferten ihr noch einige weitere Beispiele für unerfreuliche Begegnungen, die hiesigen Raupen beispielsweise konnten sehr ätzende Hautverletzungen verursachen. Und erst die diversen Käfer ...

In dem Moment, als sie rückwärts robbend gegen einen toten Baumstamm stieß, vernahm sie hinter sich ein Geräusch.

Es war nicht das Geräusch von einem Käfer oder einer Schlange.

Es war das Geräusch von etwas Großem.

Vor ihr der Lärm der Trommler, ohrenbetäubend mittlerweile. Ihr vor Schrecken keuchender Atem. Und dicht hinter ihr das Knacken eines Zweiges, den ein schwerer Körper beiseitedrängt.

Als sie sich umwandte, weil sie einen Schatten über sich aufragen sah und vor Entsetzen schreien wollte, ergriff sie etwas. Eine harte Hand presste sich auf ihren Mund. Ein Körper, der sie niederdrückte. Ihr Herzschlag stockte. Sollte es hier enden? In diesem Strauch an einer Küste Afrikas? Nein! Noch gab sie nicht auf. Mit aller Kraft biss sie in die Hand, die ihren Mund verschloss. Schmeckte Blut auf der Zunge.

Und vernahm das gequälte Stöhnen hinter sich.

Geschmeidig wie ein Raubtier erhob sich die Frau von ihrem Lager, die Schritte ihrer nackten Füße auf den Holzdielen fast lautlos. Dennoch nahm Charly sie wahr, spürte sie wie eine Verdichtung von Kraft. Er wandte nur leicht den Kopf, als sie sich an seinen Rücken schmiegte. Ihre Haut strahlte noch die Hitze der vergangenen Stunde ab. Eine Hand schob sich unter seiner Achsel hindurch, Finger fuhren durch die Haare auf seiner Brust, wanderten abwärts und spielten an seinem Hosenbund. Sie legte ihre Lippen auf seine Schulter, dann hob sie den Kopf und flüsterte in sein Ohr: „Du denkst an die weiße Frau, ist es nicht so?“

Er machte sich behutsam los, trat zurück vom Fenster, durch das er in die Nacht geschaut hatte. Neben der blakenden Petroleumlampe auf dem Tisch stand noch die halbvolle Flasche. Er schenkte sich sein Glas ein und nahm einen kräftigen Zug von dem scharfen Alkohol.

„Hast du auch an sie gedacht, während wir miteinander schliefen?“

Charly antwortete nicht. Er griff nach seinem Hemd und streifte es über. Dann ließ er sich auf den Stuhl nieder und bückte sich nach den Stiefeln. Aus den Augenwinkeln sah er das zerwühlte Bett. Hatte er an sie gedacht? Er wusste es nicht mehr.

„Du willst sie zu deiner Frau machen, nicht wahr?“

Charly sah auf. Sie lehnte neben dem Fenster an der Wand, die Arme vor der Brust verschränkt. Um ihre Lippen spielte ein kleines Lächeln. Dort, wo das Licht sie traf, an ihrem Bein, der Hüfte und dem Arm, schimmerte die dunkle Haut. Er wusste, wie sie sich anfühlte. Und hatte es immer genossen. Aber nicht heute Abend.

„Glaubst du wirklich, du weißt noch, wie man eine weiße Frau anfasst?“, fragte sie spöttisch. „Sie sind empfindlicher als wir. Du wirst ihr wehtun.“

Er stand auf, stopfte sich das Hemd in die Hose und zog seine Jacke darüber. Dann leerte er das Glas, legte ein paar Geldscheine auf den Tisch, nahm seinen Hut und wandte sich zum Gehen.

„Soll ich dir etwas geben, damit du sie bekommst?“

Er erstarrte in seiner Bewegung. Sie trat näher an ihn heran, suchte seinen Blick, raunte: „Du weißt, dass ich das kann. Ich kann dafür sorgen, dass du sie bekommst.“

Er wandte ihr sein Gesicht zu, sah sie an. Vor dem Abscheu darin prallte sie zurück.

„Du wirst wiederkommen, Cap'n Charly", zischte sie voller Wut. „Du wirst immer wiederkommen. Du bist längst einer von uns, auch wenn du eine weiße Haut hast."

Als die Tür hinter ihm zuklappte, atmete er tief die Nachtluft ein. Zwischen treibenden Wolken kroch im Osten ein halbvoller Mond den Himmel empor. Die Hütte, die er gerade hinter sich ließ, stand am Rande von Old Town, an der Mündung des Calabar. Sie lag ein wenig abseits, denn die anderen Bewohner des Ortes scheuten die Nähe der Frau, auch wenn sie sich immer wieder ihrer vielfältigen Dienste versicherten. Sei es, dass sie ihr kleine Amulette abkauften, die sie vor Unheil bewahren sollten, oder heimlich irgendwelche Tränke und Pulver erstanden, gegen die kein Amulett mehr half. Charly war es immer egal gewesen, womit sie ihr Geld verdiente. Und ihre Hexenküche hatte er nie wirklich ernst nehmen können. Aber dass sie seine Begegnung mit Mary Cooley erwähnt hatte, stimmte ihn nachdenklich. Nicht dass es ihn wunderte, wie schnell solche Begebenheiten sich verbreiteten, Tratsch war überall auf der Welt eine beliebte Ware. Nein, was ihn erstaunte, war, dass die Frau, die er nun schon seit etlichen Jahren besuchte, der Engländerin eine solche Bedeutung beimaß.

Es war schon fast eine Woche vergangen, seitdem er Mary aus dem Mangrovensumpf in der Bucht herausgeholt hatte. Seither hatte er sie nicht mehr gesehen. Und auch nicht mehr an sie gedacht. Jedenfalls nicht oft. Nur manchmal. Und das auch nur, weil sie so komische Dinge tat und sagte. Und weil er an jenem Abend durch den Stoff des Kleides ihre Wärme gespürt hatte. Weil die Stelle an seinem Bein sich noch Stunden später an die Berührung zu erinnern schien. Aber an jenem Tag war er nicht ganz er selbst gewesen. Es gab keinen Grund, irgendetwas in diese Begegnung hineinzudichten. Schon gar nicht das, was die kleine Giftmischerin vermutete. Trotzdem entschied er, dass es besser war, für eine Weile nicht mehr hierherzukommen.

Er überlegte, ob er gleich zum Hafen von Duke Town hinuntergehen sollte. Im dortigen Casino, wo er auch sein Zimmer hatte, würde er sicher ein paar Bekannte antreffen. Aber ihm war nicht nach dem Gerede der anderen Händler. Eigentlich war ihm überhaupt nicht nach Reden. Also lief er ein wenig ziellos durch Old Town, wechselte hier und da ein paar Worte, wenn er jemanden traf, den er kannte, schlug aber jede Einladung auf einen *mimbo* aus. Sein Weg führte ihn weg vom Hafen und dem Getriebe dort. So stieß er nach einiger Zeit auf die Straße, die landeinwärts, nach Big Qua Town führte. Ohne darüber nachzudenken, folgte er ihr, obwohl er auf diese Weise einen ziemlich Umweg würde gehen müssen, um wieder nach Duke Town zu kommen. Aber es tat ihm gut, ein wenig durch die Nacht zu laufen.

Sein Weg führte ihn an Maniokplantagen vorbei, deren Blätter silbrig glänzten im Mondlicht. Kleine Gehöfte lagen versteckt hinter Odeaka-Bäumen oder wilden Mangos, erkennbar nur durch den rötlichen Schimmer der Kochfeuer. Aus der Distanz des nächtlichen Wanderers stellte Charly sich das Leben um diese Kochfeuer voller familiärer Herzlichkeit und Wärme vor. Doch das leichte Ziehen der Sehnsucht, das ihn dabei ergriff, war nur ein Spiel. Denn natürlich wusste er, dass es eine Illusion war. Die Plantagenarbeiter waren nichts weiter als die Sklaven der reichen Chiefs von Calabar. Ihnen gehörten nicht einmal die Töpfe, aus denen sie aßen. Ihnen gehörte nicht einmal ihr Leben.

Ganz zu Anfang war es genau das gewesen, was seinen Freund Jubo Jubogha von den anderen unterschieden hatte. Der Brass-Chief, der selbst als Sklave nach Bonny gekommen war, hatte seine loyalsten Verbündeten unter den Besitzlosen gehabt. Er gab jedem eine Chance, und wer für ihn arbeitete, für den stand er ein. Bedingungslos. Auf diese Weise schaffte er es, das Annie-Peppel-Haus in wenigen Jahren zum mächtigsten Handelshaus des Deltas zu machen. Es war nur eine Frage der Zeit gewesen, bis die anderen Häuser sich gegen den Aufsteiger wehren würden. Es fing mit kleineren Scharmützeln an, Überfälle auf Boote und Depots. Auf den Ölmärkten im Norden kam es zu Zusammenstößen. Jubo setzte sich nicht zur Wehr, ließ sich alles gefallen. Die anderen Häuser, die ihn schwach glaubten, drohten mit Krieg, Jubo blieb ruhig. Und dann?

Unwillkürlich musste Charly grinsen, als er an den Tag dachte, da die Krieger der vereinten Handelshäuser von Bonny das Annie-Peppel-Haus überfielen.

Und es leer fanden.

Ein Geräusch ließ ihn aufhorchen. Noch fern, aber es war ein Geräusch, das die friedliche Stille der Nacht durchbrach. Charly lauschte aufmerksam. Trommeln. Dazwischen vereinzelte Schreie. Es hörte sich nach einem Fest an. Er stellte fest, dass es nicht aus der Richtung von Big Qua Town, sondern von irgendwoher hinter den Plantagen kam. Das gefiel ihm nicht. Wenn es ein Fest war, das abseits der Ortschaft gefeiert wurde, würde es mit großer Wahrscheinlichkeit ein Fest sein, das auf Publikum keinen Wert legte. Charly tat das, was er immer tat, wenn er irgendeine Fetischzeremonie witterte, er hielt sich da raus. Eines hatte er schon vor langer Zeit begriffen. Wenn es um den Glauben seiner afrikanischen Geschäftspartner ging, konnten selbst die besten Kumpel zu Feinden werden.

Wahrscheinlich waren es *egba*-Leute, dachte er, während er langsam weiter in Richtung Big Qua Town ging. Dabei fiel ihm ein, dass Mary Cooley genau solch eine Zeremonie auskundschaften wollte. Er schüttelte ungläubig den Kopf bei diesem Gedanken. Was für eine Schnapsidee. Dann dachte er daran, wie er sie bisher erlebt hatte. Das Segelmanöver vor der Bucht. Der Ausflug in den Mangrovensumpf. Dieses stählerne Etwas in ihrer Stimme, als sie ihm sagte: „Ich werde Flüsse hinauffahren und Berge besteigen." Nein, diese Frau würde sich von nichts abhalten lassen. Er blieb stehen, unschlüssig, rieb sich den Nacken und murmelte: „Das ist doch Unsinn. Geh schön weiter, nimm irgendwo einen Drink und vergiss das alles." Aber ihm war schon klar, dass es so nicht funktionierte. Mary Cooley wollte wissen, wie eine solche Zeremonie ablief. Und da war es allemal besser, er kümmerte sich darum, als dass diese blauäugige Engländerin sich in Teufels Küche brachte.

Er erinnerte sich, dass er einige Minuten zuvor einen Weg passiert hatte, der direkt in die Plantagen führte. Mit einigem Glück würde er auf diese Weise dorthin kommen, wo die Zeremonie stattfand. Wenn er sich das alles genau anschaute und Mary davon berichtete, würde sie vielleicht zufrieden sein und von ihrem waghalsigen Plan absehen. Immerhin hatte sie ja auch noch jede Menge Fische zu fangen. Oder Babyschlangen. Oder was auch immer an seltsamen Getier.

Auf dem Feldweg kam er nur langsam voran. Der Boden war uneben und zwischen den Pflanzen schlecht einzusehen. Einige Male stolperte er und wäre beinah gefallen. Er war sich nicht mehr sicher, ob dieses Unternehmen so eine gute Idee gewesen war. Aber es widerstrebte ihm, zurückzugehen.

Der Weg wurde nicht besser, als er in den Wald einmündete. Dafür schien Charly der Quelle der Musik immer näher zu kommen. Langsam tastete er sich vorwärts. Als er einmal verhielt, um sich seinen Weg zu suchen, stellte er fest, dass die Musik trotzdem lauter wurde. Wenn er sich also nicht der Musik näherte und diese trotzdem an Lautstärke zunahm, konnte dies nur heißen, dass die Musik sich ihm näherte. Das war kein gutes Zeichen.

Charly mühte sich ab, in dem Dickicht irgendetwas zu erkennen. Aber alles, was er ausmachen konnte, war Buschwerk und Unterholz. Allerdings tat sich anscheinend einige Meter weiter vorne eine Lichtung auf. Zumindest glaubte er, eine mondbeschienene Fläche zu erkennen. Unglücklicherweise kam genau von dort der Lärm. Es half nichts, er musste sich verbergen. Aber vielleicht gelang es ihm ja, sich so weit an die Lichtung heranzuschleichen, dass er etwas erkennen konnte. Dann wäre diese Mühsal wenigstens nicht umsonst gewesen. Da er wusste, was alles an unangenehmen Getier in einem solchen Gehölz zu Hause sein konnte, bewegte er sich sehr vorsichtig.

Als er ein paar Zweige beiseiteschob und über einen toten Baumstamm stieg, bemerkte er zwei Dinge gleichzeitig. Sie waren von gänzlich unterschiedlicher Art, aber beide änderten sie seine Situation schlagartig. Das Erste war, dass er die Fetischtänzer sah. Sie tanzten über die Lichtung auf ihn zu und waren nur noch wenige Meter entfernt. Das Zweite, was er bemerkte, war, dass er nicht allein in diesem Gehölz saß. Die Gestalt vor ihm drehte sich zu ihm um, er sah aufgerissene Augen und einen Mund, der sich zu einem Schrei öffnete. Im gleichen Moment, in dem er Mary erkannte, hatte er sie schon gepackt und seine Hand auf ihren Mund gepresst.

Für eine halbe Sekunde erstarrte sie. Dann biss sie in seine Hand.

Er unterdrückte einen Aufschrei, als der Schmerz durch seinen Arm raste. „Verdammt“, raunte er gequält, „lassen Sie das!“

Sofort ließ der Schmerz in seiner Hand nach. Er spürte, wie sie zu ihm heraufschielte.

„Ich nehme jetzt die Hand weg“, flüsterte er in ihr Ohr und spürte ihr Nicken.

Mit einem leisen Fluch zog er ein Tuch aus seiner Tasche und wickelte es um seine blutende Hand. Dabei schaute er immer wieder durch die Zweige auf die Lichtung, wo die Tänzer mittlerweile auf wenige Schritte heran waren. An seinem Arm spürte er Marys Körper, so wie er ihren Blick spürte. Ihre Gesichter war nur zwei Handbreit voneinander entfernt. Er sah ihr grenzenloses Erstaunen. Als sie den Mund zu einer Frage öffnete, schüttelte er leicht den Kopf und deutete dann mit dem Kinn nach vorne. Also beugte sie sich zu ihm und flüsterte in sein Ohr: „Was machen wir jetzt?“

Ihr Atem kitzelte ihn. Als er seinerseits seinen Mund an ihr Ohr führte, nahm er zum ersten Mal ihren Duft wahr. Ein Duft, der ihm gefiel. „Nichts“, antwortete er nur.

Sie gab ihm mit hektischen Gesten zu verstehen, dass sie dann wohl entdeckt werden würden. Er schüttelte den Kopf und beugte sich wieder zu ihr: „Was immer die suchen, hier ist es nicht. Oder?“

Das Offensichtliche in seinen Worten schien ihr sofort einzuleuchten.

„Wenn Sie nicht wieder zubeißen“, raunte er in ihr Ohr, „sind wir hier ziemlich sicher.“

Mary war sichtlich hin- und hergerissen zwischen dem Drang, ihm eine geschliffene Antwort zu geben, und der Neugier, die ihre Aufmerksamkeit auf das Spektakel vor dem

Busch lenkte. Aber dort tat sich jetzt etwas, das sie beide in seinen Bann zog.

Die Träger der Sänfte und der Kiste trabten in einem leichten Wiegegang auf der Stelle. Die Tänzer hingegen sprangen vor dem Unterholz ein paar Meter entfernt auf und ab, als suchten sie einen Durchgang. Mary konnte nun aus der Nähe erkennen, dass deren Umhänge aus Grasfasern zusammengebunden und direkt an der Holzmaske befestigt waren. Aus diesem Umhang schob sich immer wieder ein Stock hervor, von einer unsichtbaren Hand gehalten, an dessen Ende ein langes Büschel befestigt war, mit dem der jeweilige Tänzer wedelnd auf verschiedene Stellen des Gebüschs wies. Dann aber fuhr der Stock senkrecht nieder, woraufhin eine neue Stelle in Angriff genommen wurde, um sie mit dem Stock abzuwedeln. Die Trommler und Träger folgten den Tänzern mit kleinen Seitwärtsbewegungen.

Mary hatte keine Ahnung, wodurch die Ablehnung einer bestimmten Stelle entschieden wurde, aber sie war froh, dass der Busch, in dem sie mit Charly saß, ebenfalls durchfiel. Tänzer und Kistenträger bewegten sich im Krebsgang weiter nach rechts, um dort die Lage zu prüfen. Das ging noch ein paar Mal hin und her, wobei sich zu Marys großer Erleichterung die schlechte Qualität ihres Verstecks mehrfach bestätigte. Allerdings machte sie bei der zweiten Passage der Fetischleute eine Beobachtung, die sich kurz darauf bestätigte: In der Kiste, deren zu ihnen weisendes Kopfende offen war, lag ein Mensch.

Sie griff nach Charlys Arm, um ihn darauf aufmerksam zu machen, aber der hatte den versteckten Mitspieler anscheinend auch bemerkt. Als die Prozession sich gerade ein paar Meter nach rechts bewegte, um das dortige Gebüsch zu überprüfen, raunte er in ihr Ohr: „Ich hoffe, der Bursche übersteht das Gerüttel, ohne seekrank zu werden."

Mary kniff ihre Lippen zusammen, weil sie sonst losgeprustet hätte. Im gleichen Moment fragte sie sich, ob sie noch ganz bei Trost war. Sie saß mitten in der Nacht im afrikanischen Busch, möglicherweise umgeben von Giftschlangen, beobachtete die geheime Zeremonie eines Kults, der ungebetene Zeugen umzubringen pflegte, und ihr größtes Problem war, wie sie ihren Lachimpuls unterdrücken sollte. Sie schielte zu Charlys Gesicht hinüber, das ganz dicht neben dem ihren durch die Blätter spähte. Sie war wirklich froh, dass er hier war, auch wenn sie sich überhaupt nicht erklären konnte, wie er sie hatte finden können.

Jetzt ergriff er ihre Hand, wies nach vorne, wo die Tänzer, Trommler und Träger immer noch das Dickicht erforschten. Anscheinend hatten sie etwas gefunden, das ihren Ansprüchen genügte. Es handelte sich um einen großen Strauch, gute zehn Meter entfernt. Die Tänzer sprangen aufgeregt vor und zurück. Diesmal wiesen alle vier Stöcke auf das Gebüsch. Die Sänfte wurde abgestellt. Der massige Mann richtete sich auf und hob die Arme. Mary erkannte jetzt, dass sein Gewand sowie das einiger anderer, die ihn umstanden, aus etwas mehr als handbreit gewebten Streifen zusammengesetzt war, auf dem sich blaue und weiße Dreiecke abwechselten. In diesen Dreiecken schienen noch andere Muster eingewebt, doch die konnte Mary aus der Entfernung nicht erkennen. Offensichtlich aber markierten diese Gewänder die höheren Ränge des Fetischkults.

Der Mann auf der Sänfte hielt ebenfalls einen Stock in der Hand, aber größer, eher einen Knüppel mit einem verdickten Ende wie eine Keule. Auf sein Zeichen näherten sich nun mit lauten Rufen die Kistenträger dem Gebüsch. Dann stürmten sie vor, stellten die Kiste direkt vor dem Strauch ab und wichen sofort wieder zurück. Die Trommler bauten sich in einem Halbkreis auf, in deren Mitte die Tänzer nun wie rasend umhertobten. Ihre Umhänge standen fast waagerecht in der Luft, so schnell drehten sie sich um sich selbst.

Charly und Mary beugten sich so weit vor, wie es ging, um zu sehen, was dort geschah. Viel konnten sie nicht erkennen. Die Kiste stand auf dem Boden, mit der Öffnung direkt in das Buschwerk weisend. Die Tänzer und Trommler steigerten sich in einen immer wilderen Rhythmus hinein. Bis mit einem Mal etwas die Kiste rüttelte. Die Fetischleute wichen zurück, schlugen die Büschelstöcke in Richtung Busch. Die Trommeln erstarben. Alles erstarrte.

In der plötzlichen Stille fühlte sich Mary beinah taub. Das Dröhnen der Trommeln klang in ihr nach. Ehe das Konzert der Grillen wieder zu ihr dringen konnte, vernahm sie ihren Herzschlag. Und darin ein tiefes Grollen. Sie zuckte zusammen. Aber dann gewahrte sie, dass das Grollen von dort kam, wo die Kiste stand. Verwirrt sah sie Charly an. Der schüttelte den Kopf, wies nach vorne. Sie sollte schauen.

Wieder und diesmal noch lauter hörte sie das Grollen. Jetzt war sie sicher, dass es aus der Kiste kam. Nun reagierten auch die Fetischleute. Die Tänzer wiesen mit triumphierenden Schreien auf die Kiste, riefen laut etwas aus, was Mary erst nach einiger Zeit als „*Egba, Egba*“ erkannte.

Erneut erklang das Grollen, das dann in ein Fauchen überging. Wieder riefen alle laut auf. Jetzt trat der Oberpriester vor. Zum ersten Mal hörte Mary seine Stimme, die dumpf unter der Maske erklang. Zwar verstand sie kein Wort, zumal der Mann ihr nicht den Gefallen tat, Englisch zu sprechen, aber der Klang hatte etwas Beschwörendes. Offenbar rief er das an, was in der Kiste saß.

Mary wusste nicht, was sie von der ganzen Vorstellung halten sollte. Anscheinend ging es darum, einen Buschgeist einzufangen, ein Raubtier, vermutlich einen Leoparden. Dieser Geist saß aber längst in Gestalt eines Menschen in der Kiste. Sie nahm an, dass er das Grollen und Fauchen mit Hilfe irgendeines Instrumentes erzeugte. Nur, für wen war das alles inszeniert? Bestimmt wussten die Träger der Kiste Bescheid, vielleicht auch die Tänzer, die vor der Kiste herumgesprungen waren. Und der Anführer, der immer noch seine Beschwörungen verlauten ließ? Unwahrscheinlich, dass der nichts von der Täuschung wusste. Ratlos wandte sie sich an Charly. Der aber lauschte hochkonzentriert der Stimme. Er verstand offenbar, was da gesagt wurde. Sie traute sich aber nicht, ihn zu fragen, da sie fürchtete, sich in der Stille zu verraten. Als sie eine zweite Stimme vernahm, wandte sie sich wieder dem Geschehen auf der Lichtung zu. Es war eine dumpfe Stimme, in der immer noch etwas von dem Grollen mitschwang. Sie kam aus der Kiste. Ein Raunen der Erleichterung ging durch die Gruppe. Zwischen dem Anführer und dem Geist in der Kiste entspann sich ein Dialog, bei dem Mary zu verstehen meinte, dass die Stimme aus der Kiste die höhere Autorität hatte. Als Resultat dieses Dialogs schlug der Fetischmann jetzt leicht mit seinem Knüppel auf die Kiste. Das Mondlicht traf das verdickte Ende des Stocks und entsandte einen gelben Reflex. Es musste sich um Gold oder Messing handeln.

Als der Anführer sich umwandte, sprang ein junger Mann aus der Gruppe der Wartenden hervor und sank vor dem Maskierten auf die Knie. Zwei Männer in Blau-Weiß traten an seine Seite und streiften ihm einen ebensolchen Unhang über. Der Anführer hielt dem offenbar neu Geweihten den Stock hin und sprach ihn mit feierlicher Stimme an. In diesem Moment erkannte Mary, was den Stock krönte: Es war der aus Gold geformte Kopf eines Leoparden. Der junge

Mann nahm in devoter Haltung den Stock entgegen, neigte noch einmal den Kopf, dann sprang er auf und lief mit weiten Sätzen über die Lichtung davon.

Die anderen Fetischleute sahen ihm nach. Dann begab sich der Oberpriester gemessenen Schrittes wieder zu seiner Sänfte und ließ sich nieder. Seine Träger wuchteten ihn hoch, auch die Kiste wurde aufgenommen. Die Trommler begannen einen sich langsam steigernden Rhythmus zu schlagen, und die ganze Gruppe setzte sich wieder in Bewegung. Fort von dem Busch, fort von Mary und Charly, die ihnen erleichtert nachsahen.

Sie beugte sich zu Charly: „Dürfen wir wieder reden?", fragte sie flüsternd.

„Was?", fragte sie Charly in normaler Lautstärke, so dass sie unwillkürlich zusammenzuckte. Dann wurde sein Gesicht mit einem Mal finster: „Was, zur Hölle, haben Sie hier eigentlich verloren?"

„Fremde Männer beißen", rutschte es ihr heraus.

Er sah sie einen Moment stumm an, dann schüttelte er den Kopf: „Oh, verdammt", murmelte er.

„Es tut mir leid", sagte sie besänftigend, „ich wollte Sie nicht beißen. Sie haben mich erschreckt."

„Ich wusste nicht, dass man Sie erschrecken kann."

„Zeigen Sie mal." Sie griff nach seiner Hand.

„Was haben Sie vor", fragte Charly misstrauisch.

„Ich habe als Krankenschwester gearbeitet."

„Wie viele Patienten haben das überlebt?"

„Mr. DeCardi", hob Mary entrüstet an, „Sie haben kein Recht ..."

„Schon gut, das war eine dumme Bemerkung. Sagen Sie, sitzen wir beide tatsächlich mitten in der Nacht in einem Busch und streiten uns?"

„Gar nicht", erwiderte sie vergnügt, während sie das Taschentuch von seiner Hand wickelte. „Autsch, das sollten wir desinfizieren."

„Sie haben nicht zufällig etwas Spiritus dabei?"

„Gerade nicht", meinte sie bedauernd, „der ist mir leider verloren gegangen, als das Boot …", sie zögerte, „ist nicht so wichtig. Sagen Sie, was schleichen Sie eigentlich mitten in der Nacht hier herum?"

„Gute Frage." Charly spähte über die Lichtung, wo die Fetischleute gerade hinter einer Wegbiegung verschwanden. Er registrierte, dass sie in Richtung Duke Town weiterzogen. „Ich denke, wir können jetzt hier raus."

Erleichtert krochen sie aus dem Gebüsch hervor und klopften sich ab. Dann standen sie sich im Mondlicht gegenüber. Charly fand, dass Mary etwas zerzaust aussah. Er fand aber auch, dass ihr das gut stand.

„Ich glaube, ich sehe etwas zerzaust aus", sagte sie.

„Ach", meinte er, „irgendwie passt das zu Ihnen." Als ihm bewusst wurde, dass das vermutlich nicht sehr charmant war, verzog er das Gesicht. „Ich meine", versuchte er, seine Worte freundlicher klingen zu lassen, „also, es steht Ihnen irgendwie." Dabei ging ihm durch den Kopf, dass das jetzt nicht gerade seine Glanzleistung als Gentleman gewesen war.

Mary hatte den Kopf etwas schief gelegt, in ihren hellen Augen tanzte der Spott, als sie sagte: „Cap'n Charly, wie haben Sie mich eigentlich gefunden?"

„Tja, wissen Sie", erwiderte er. „Das ist gar nicht so schwer. Man muss nur dorthin gehen, wo der größte Ärger zu erwarten ist. Ja, ja, schon gut", wehrte er mit erhobener Hand ab, als sie entrüstet Luft holte. Er sah zur anderen Seite der Lichtung hinüber. „Ich denke, wir sollten lieber zusehen, dass wir hier wegkommen. Allerdings brauchen wir uns nicht zu beeilen. Die *egba* gehen nämlich auch nach Duke Town. Und ich möchte ihnen nicht nochmal begegnen."

„Gut, dagegen habe ich nichts. Ich gestehe, dass ich mich sehr freue, diesen Spaziergang in Ihrer Begleitung fortzusetzen. Der Tag hatte so seine Tücken."

„Solche Tage gibt es." Charly sah sie von der Seite an, während sie zum Weg zurückstapften. „Kann es sein, dass Ihr Kleid nass ist?"

„Oh ja, ich bin in den Fluss gefallen. Aber das war wirklich nicht meine Schuld. Das war *mami wota*. Wissen Sie, wer das ist?"

„Sicher, ein weiblicher Flussgeist, nicht wirklich bösartig, aber ziemlich unberechenbar. *Mami wota* ist dafür verantwortlich, wenn ein Boot kentert. Alles, was nicht geborgen werden kann, hat sich *mami wota* geholt."

„Da bin ich aber froh, dass *mami wota* nicht mein Buch ... Oje!"

„Was ist denn?" Charly wandte sich nach Mary um, die stehen geblieben war und ihn mit großen Augen ansah: „Mein Buch."

„Ihr Buch? Was meinen Sie damit?"

Aber Mary lief schon über die Lichtung zurück zu dem Busch, in dem sie sich versteckt hatten.

Er sah ihr nach, wie sie in dem Unterholz verschwand. Die Zweige bewegten sich hektisch, als sie darin herumwühlte. Charly versuchte, die Ereignisse des Abends auf die Reihe zu bekommen. Dass er in einem Gebüsch über Mary gestolpert war, ließ den Agnostiker in ihm kurz mit dem Prinzip der Vorsehung kokettieren. Aber dann kehrten seine Gedanken zu dem Geschehen auf der Lichtung zurück. Er wusste noch nicht recht, was er davon halten sollte. Zwar beherrschte er den hier gesprochenen Dialekt der Ibo-Sprache nur ungenügend, aber das, was er verstanden hatte, reichte aus, um ihn einige Dinge in einem anderen Licht sehen zu lassen.

Bisher war er davon ausgegangen, dass der *egba*-Fetisch eine regionale Besonderheit von Calabar war. Ein Kult, mittels dessen das politische Leben der Stadt dirigiert wurde. Dazu gehörte auch, dass ein Bote, ein *egba-Läufer*, ausgesandt wurde, um Entscheidungen zu verkünden. Nur war dieser Bote nicht nach Calabar geschickt worden. Charly hatte auf einmal das kaum zu bändigende Bedürfnis nach einem Drink.

Mary war anscheinend endlich fündig geworden. Mit dem gesuchten Buch unter dem Arm kam sie aus dem Gebüsch hervor: „Es wäre wirklich zu dumm gewesen, wenn ich es hier vergessen hätte“, meinte sie, „wo es schon so viel mitgemacht hat. Außerdem ist es mir mittlerweile unentbehrlich geworden.“

Charly warf einen Blick auf das recht mitgenommen aussehende Buch. „Es muss Ihnen wirklich am Herzen liegen“, meinte er nur.

„Mein Bestimmungsbuch über Fische“, gab sie zurück. „Es ist leider nass geworden.“

„Das kann einem Buch über Fische ja unmöglich schaden“, erklärte Charly, während sie sich wieder auf den Weg machten.

Mary blätterte in den aufgeweichten Seiten: „Da haben Sie Recht“, sagte sie vergnügt. „Aber was war das eigentlich, was wir da gerade beobachtet haben? Aus meiner Sicht haben ein paar tanzende, verkleidete Männer mit viel Tamtam eine Kiste mit einem Mann darin auf den Boden gestellt. Dann hat der Mann in seiner Kiste gegrummelt, alle fanden das fürchterlich aufregend und sind wieder weitergezogen. Können Sie mir erklären, was das sollte?“

„Sie haben ihren Fetisch abgeholt. *Egba*. Ich erzählte Ihnen ja schon davon. Der Kult besagt, dass *egba* im Busch lebt. Die Fetischmänner ziehen also aus, um ihn einzufangen. Oder besser zu beschwören. Dann springt er in die Kiste und geht mit ihnen. Alles, was sie dann tun, geschieht im Namen von *egba*. Wenn sie also eine Streitigkeit entscheiden, ist es *egba*, der entscheidet. Wenn sie jemanden beschuldigen, ist es die Weisheit *egbas*, die ihre Worte lenkt. Wenn man so will, wird durch die Gegenwart *egbas* alles, was die Priester tun, zu einer heiligen Sache."

„Das ist ja schön und gut. Aber *egba* ist nicht aus dem Busch gesprungen, sondern saß schon in der Kiste drin. Zumindest saß da jemand drin. Ob er *egba* hieß, konnte ich nicht erkennen."

„Sie glauben wahrscheinlich auch nicht, dass die Hostie beim Abendmahl zum Leib Christi wird?"

„Ganz und gar nicht."

„Tja", meinte Charly lakonisch, „da unterscheiden wir uns von den Gläubigen."

Nach einigen schweigenden Schritten erwiderte Mary: „Das passt nicht. Beim Abendmahl sitzt kein Betrüger unter dem Altar."

Charly machte „Hmmh".

„Warum habe ich nur das Gefühl, mit jemandem zu reden, den es nicht im Mindesten interessiert, was ich sage?"

„Verzeihen Sie." Der Rüffel holte Charly aus den Gedanken, in denen er sich verloren hatte. „Dieses ganze Theater muss Ihnen natürlich sehr seltsam vorkommen. Mich verwundert es nicht. Obwohl ich bisher keiner *egba*-Zeremonie beigewohnt habe, weiß ich genug vom Fetischglauben, um zu erraten, was dahintersteckt: Ein Gauklerspiel mit der Leichtgläubigkeit der Menschen. Das war also nichts Neues.

Allerdings gab es bei dieser Zeremonie etwas, das durchaus neu für mich war."

„Und das war nicht der Mann in der Kiste?"

„Nein!" Charly war stehen geblieben und sah sie mit festem Blick an. „Das war nicht der Mann in der Kiste. Das war der Umstand, dass *egba* nicht nur ein einfacher Fetischkult ist. *Egba* ist auch eine Organisation von Mördern."

Mary spürte ein Kribbeln in ihrem Nacken. Charlys Gesicht war nur eine unbestimmte Kontur im seitlich einfallenden Mondlicht. Seine Stimme klang hart, als er weitersprach:

„Die *egba* sind Leopardenmänner."

Mary kam sich fürchterlich verrucht vor. Sie saß in einem Casino, einem Club, in dem Männer nicht nur tranken, sondern auch andere unaussprechliche Dinge taten. Das zumindest hatte sie sich bisher darunter vorgestellt. Jetzt war sie allerdings ein wenig enttäuscht. In diesem Club geschah rein gar nichts, weder Unaussprechliches noch Gewöhnliches. Genau genommen waren sie und Charly die einzigen Gäste, wenn man mal von dem Mann absah, der einige Tische weiter in seinem Stuhl zusammengesackt war und schlief. Eine Batterie von Gläsern auf seinem Tisch lieferte die Erklärung dafür, wie es dazu gekommen war. Auch seine Schlafhaltung erzählte eine Geschichte. Offenbar war er irgendwann einfach vornüber gesackt und mit der Stirn auf der Tischplatte gelandet. Damit hatte sein Körper neben der Sitzfläche eine zweite Auflagefläche gefunden. Die Arme hingen wie bei einem Urang-Utan einfach herab. Seine Nase war auf dem Tisch platt gedrückt, so dass er durch den Mund atmen musste. Da der aber direkt auf der feuchten Tischplatte auflag, saugten seine Lungen den Atem gurgelnd ein und stießen ihn blubbernd wieder aus. Mary konnte nicht umhin, zwischendurch immer wieder einen Blick auf dieses faszinierende Beispiel menschlicher Anpassungsfähigkeit zu werfen.

„Also dann“, sagte Charly und hob sein Glas, „auf dass Lady Sarah mich vierteilen wird.“

„Sie übertreiben. Ich werde ihr einfach erzählen, dass ich mich in Ihrer Obhut befand.“

Charly verdrehte die Augen: „Genau das hatte ich befürchtet.“ Er nahm einen Schluck Whisky aus seinem großzügig eingeschenkten Glas und stieß ein zufriedenes Brummen aus. Mary nippte an ihrem Tee, den ihr Joseph, der Barkeeper, nur mit viel gutem Zureden aufgegossen hatte. Interessiert beobachtete sie nun ihren Begleiter und fragte sich, welche Stationen wohl zwischen seinem Zustand und dem ihres Tischnachbarn liegen würden. Vorerst aber schien dieser erste Schluck Charly deutlich zu entspannen. Es hatte einen längeren Disput zwischen ihnen gegeben, bevor er sie schließlich in den Club mitgenommen hatte, anstatt sie im Gouverneurspalast abzuliefern. Aber Mary hatte sich nicht abliefern lassen wollen. Außerdem waren für ihren Geschmack noch viel zu viele Fragen offen, und Charly war der Einzige, der sie ihr beantworten konnte.

„Also“, drängelte sie ungeduldig, „was war da draußen los? Wer oder was sind die Leopardenmänner?“

„Hmmh“, machte Charly langsam, nippte wieder an seinem Drink und sah sich um. Dabei fiel sein Blick auf den Schläfer, der mit leisem Röcheln seinen Tisch voll sabberte.

„Sind Sie eine Anhängerin Darwins?“, fragte er Mary, ohne den Blick von dem anderen Gast zu wenden.

„Natürlich“, antwortete sie prompt, „aber was hat das …?“

„Ich habe da so meine Zweifel“, bemerkte er, während er sein Zigarrenetui hervorzog.

Mary, die seine Bemerkung auf ihr Gespräch über die Glaubwürdigkeit von religiösen Riten bezog, wappnete sich, die Evolutionstheorie zu verteidigen: „Sie werden mir doch jetzt nicht mit der Schöpfungsgeschichte daherkommen?“

„Gott bewahre“, wehrte Charly ab, hielt inne, wurde sich des Paradoxen seiner Bemerkung bewusst und grinste Mary an. Die konnte sich ein Lachen nicht verkneifen.

„Nein“, fuhr er schließlich fort. „Es geht um das Prinzip der Evolution. Da ist etwas faul.“

„Jetzt bin ich aber mal gespannt.“

„Dieses Prinzip geht davon aus, dass sich das Leben von niederen Formen zu höheren entwickelt. Sie erlauben doch, dass ich rauche? Zigarren und Whisky sind Brüder im Sinne Darwins.“

„Ich werde mich diesem Familientreffen nicht in den Weg stellen.“

Charly inhalierte langsam den Rauch. Sein Blick hatte durch den Alkohol nicht im Mindesten an Wachheit verloren. Eher schienen Bereiche in seinem Hirn geweckt worden zu sein, die sich bisher bescheiden zurückgehalten hatten.

„Vom Niederen zum Höheren“, wiederholte er. „Und nun schauen Sie sich mal unseren Artgenossen Tom Avazian von der Firma John Holt an.“ Er wies auf den sabbernden Schnarcher. „Würden Sie weiterhin reinen Gewissens behaupten, dass wir es hier mit einer Weiterentwicklung der menschlichen Art zu tun haben?“

Mary betrachtete eingehend den gemeinten Artgenossen am Nachbartisch. „Nun ja“, meinte sie etwas zögernd, „sicherlich gibt es Rückfälle.“

„Genau.“ Charly winkte Joseph mit dem Glas zu. Der kam sofort mit einer Flasche und schenkte nach.

„Rückfälle“, fuhr Charly fort. „Tom Avazian stellt vermutlich einen Rückschritt dar. Dabei ist er kein schlechter Kerl. Ich kenne ihn seit fast zehn Jahren, er hat nur betrogen, wenn es wirklich nicht mehr anders ging. Wissen Sie, Sie können Darwins Theorie hier an den Ölflüssen ausgezeichnet studieren. Hier gibt es nur wenige Dinge, die das Walten der Natur stören. Schauen wir uns also mal die Gewinner im Daseinskampf an. Was zeichnet sie aus? Stärke? Höhere Intelligenz? Menschliche Tugenden? Wohl kaum. Die Gewinner hier in Afrika erkennt man daran, dass sie weiß sind."

„Ich weiß nicht, ob wir noch über Darwin sprechen."

„Eigentlich nicht, Sie haben Recht. Aber es führt uns zu einem interessanten Gedanken. Die Europäer sind den Afrikanern offenkundig überlegen. Nicht der Einzelne, wie wir an unserem Freund Tom Avazian feststellen können – der mütterlicherseits übrigens spanischer Herkunft ist, was für seinen evolutionären Stellenwert aber ohne Belang ist –, sondern in ihrer Gesamtheit, in ihrer Organisiertheit, wenn man so will. Und da sind wir auch schon bei den Leopardenmännern."

„Hoppla. Die Kurve habe ich nicht ganz mitbekommen."

„Es ist ganz einfach. Die Leopardenmänner sind Afrikas Antwort auf den Sieg der Europäer."

„Haben Sie nicht gesagt, die Leopardenmänner seien Mörder?"

„Das ist zwar richtig, aber leider völlig irrelevant. Mord ist eine moralische Kategorie, die erst dann eine Rolle spielt, wenn der Daseinskampf entschieden ist."

„Wieso erwarte ich eigentlich eine einfache Antwort auf eine einfache Frage?"

„Keine Ahnung. Ihre Erwartungen sind mir ein Rätsel. Überhaupt sind Sie mir ein Rätsel. Ich meine ..."

Charly stockte. In ihren Augen stand Erstaunen und noch

etwas anderes, Unbenennbares, das ihn einen Herzschlag lang bannte und ihn vergessen ließ, was er hatte sagen wollen. Er erschrak über den Impuls, den dieser Blick in ihm auslöste, und merkte im selben Moment, wie auch sie davor zurückschreckte.

„Ich meine", setzte er neu an, räusperte sich und griff nach seinem Glas. „Also, bei den Leopardenmännern handelt es sich um einen Geheimbund, der hier in der Gegend sein Unwesen treibt. Er ist noch geheimer als *egba*, weshalb niemand so recht weiß, was es damit auf sich hat. Es heißt, dass die Angehörigen dieses Bundes sich nachts in Leoparden verwandeln, um dann ihre Opfer aufzusuchen und zu töten. Wenn also jemand von einem Leoparden angefallen wird, schießen sofort die Gerüchte ins Kraut. Ehrlich gesagt, habe ich die ganzen Geschichten über diesen Bund nie so recht ernst genommen. Jedenfalls nicht bis heute Abend."

„Also war das da draußen eine Zeremonie des Leopardenbundes?" Marys Stimme klang ruhig. Er wusste nicht mehr, was er da gerade zuvor noch glaubte wahrgenommen zu haben. Verdammt, das war nicht der Zeitpunkt, um Dummheiten zu machen. Ohne sie direkt anzusehen, fuhr er fort: „Ja und nein. Es war *egba*. Und es war der Leopardenbund. Diese beiden sind ein und dasselbe. Oder sie haben sich vereint. Himmel, ich verstehe es auch noch nicht so ganz. Die Priester waren *egba*, aber was sie da vermeintlich aus dem Busch geholt haben, war der Leopard."

„Der aber in Wirklichkeit schon in der Kiste saß und ziemlich menschlich aussah."

„Ja, aber das spielt keine Rolle. Solange die Menschen daran glauben, können die Priester ihre Macht ausüben. Das alles würde mir immer noch keine Kopfschmerzen bereiten. *Egba* ist ein lokaler Bund der reichen Händler von Calabar.

Und – Sie verzeihen meinen Zynismus – bisher ist noch kein Weißer von den Leopardenmännern getötet worden. Selbst dass diese beiden Kulte jetzt zusammenarbeiten, muss mir keine Sorgen bereiten. Was mich allerdings aufhorchen ließ, war die Unterhaltung, die der Priester mit dem Mann aus der Kiste hatte."

Ein lautes Schnorcheln unterbrach Charly. Tom Avazians Kopf war zur Seite gesackt, so dass sie nun direkt in seinen geöffneten Mund sahen, vor dem sich beim Ausatmen Blasen bildeten.

„Das geht jetzt wirklich zu weit", meinte Charly genervt und rief: „Joseph!"

Gemeinsam mit dem Barmann weckten sie Tom Avazian auf. „Mensch, Charly", lallte der, „lass uns was trinken."

„Vergiss es, Tom. Es ist Zeit für eine Siesta."

Joseph rief noch einen Gehilfen aus der Küche, mit dem er Avazian auf sein Zimmer schleppte. Mit der Zigarre in der Hand lief Charly zwischen den Tischen auf und ab: „Ich habe nicht alles verstanden, aber es ging um jemanden aus Bonny, *na Ubani*, aus Bonny. Jemand, der die Leopardenmänner um Hilfe gebeten hat. Und der sie auch bekommt. Haben Sie den Stock des Priesters gesehen?"

„Der mit dem vergoldeten Tierkopf?"

„Genau der. Es dürfte sich dabei um so etwas wie ein Zepter handeln, ein Symbol der Macht. Der Bote, ein so genannter *egba*-Läufer, soll es dem Mann aus Bonny bringen."

„Und das ist ungewöhnlich?"

„Sehr sogar. Sehen Sie, Bonny und Calabar waren immer konkurrierende Städte im Handel mit den Europäern. Ich würde sogar sagen, dass eine herzliche Feindschaft zwischen ihnen besteht. Entweder soll diese Intrige Bonny schaden, was mir nicht besonders gefällt. Ich lebe nämlich dort. Oder die beiden Städte verbünden sich. Dann frage ich mich nur, gegen wen?"

„Dass es eine harmlose Erklärung gibt, glauben Sie nicht?"

Charly schüttelte den Kopf: „Nicht, wenn die Leopardenmänner dabei eine Rolle spielen. Ich fürchte, dann geht es um Blut."

Charly war vor ihrem Tisch stehen geblieben und sah nachdenklich auf sie herab: „Ich habe ehrlich gesagt keine Ahnung, was das alles soll. Aber es gefällt mir nicht. Es laufen eine Menge wütender Leute im Delta herum. Da kann schon ein Funke genügen, um einen kleinen Krieg zu entzünden. Irgendjemand kocht hier etwas aus. Jemand, der sich davon einen Vorteil erhofft."

„Das klingt nach sehr finsteren Machenschaften", sagte Mary begeistert. „Was sollen wir tun?"

„Wir?" Charly sah sie irritiert an. „Sie werden gar nichts tun. Sie werden weiterhin Fische fangen, ins Wasser fallen und Ihr Buch Seite für Seite bügeln."

Mary richtete sich empört auf: „Sie glauben doch nicht, dass Sie mich jetzt so einfach abservieren können. Wir waren beide da draußen", sie wies mit dem Arm in etwa in die Richtung, aus der sie in die Stadt gekommen waren. „Und ich weiß auch, was wir tun können. Wir erzählen Sir Claude MacDonald von der ganzen Geschichte. Er wird wissen, was zu tun ist."

Charly sah sie nachdenklich an. „So, so, Sir Claude", meinte er dann.

„Genau."

Charly ließ sich wieder am Tisch nieder, bevor er ruhig fortfuhr: „Ich schätze Gouverneur MacDonald sehr, aber er hat hier eine Menge Probleme, und – lassen Sie es mich einmal so sagen – er wandelt auf einem schmalen Grat. Was er ganz bestimmt nicht gebrauchen kann, sind Schwierigkeiten mit dem König von Calabar."

„Was hat denn der König von Calabar damit zu tun?"

„Nur so viel, als dass er der Mann unter der Maske war. Archibong ist der *Nyampa*, der oberste Priester des *egba*-Kultes."

„Das ist ... Sie meinen, Archibong III., den Sir Claude nur in den höchsten Tönen lobt, ist Anführer eines Kultes von Mördern?"

„Eines Kultes, der möglicherweise den Krieg mit Bonny sucht. Warum, wissen wir nicht. Aber wir wissen, dass es so ist, weil wir zu zweit in einem Busch gehockt haben und ein paar Spinner mit einer Kiste gesehen haben. Erzählen Sie das mal Sir Claude."

Mary trank von ihrem Tee, aber der war kalt geworden. Sie stellte das Glas wieder ab, sah verstohlen zu Charly hinüber und sagte: „Könnten Sie mir auch so etwas bestellen?"

„Was bestellen?"

„Was Sie da trinken."

„Damit Sie Lady Sarah mit einer Fahne gegenübertreten? Niemals."

„Lady Sarah ist längst im Bett, außerdem möchte ich Sie daran erinnern, dass ich beinah nach Schottland gefahren wäre. Was glauben Sie, was man mir da serviert hätte? Kokosnussmilch?"

„Ist ja gut." Charly bestellte bei Joseph zwei weitere Whisky. Aus den Augenwinkeln beobachtete er Mary, wie sie aus dem Glas trank, den Geschmack wirken ließ und dann scharf die Luft einsog.

„Donnerwetter", sagte sie.

„Nicht wahr", schmunzelte Charly.

Der Alkohol schoss Mary sofort zu Kopf. Sie sah sich um

und stellte fest, dass der düstere, schäbige Raum mit seinen Petroleumlampen und ausgefransten Korbsesseln doch ganz gemütlich aussah.

„Also gut", meinte sie, „aber irgendetwas muss doch geschehen."

„Da haben Sie Recht", erwiderte Charly nachdenklich.

„Aber zuerst muss ich mehr über diese ganze Geschichte in Erfahrung bringen. Ich habe hier noch ein paar Dinge zu erledigen, aber dann werde ich nach Bonny zurückfahren."

Mary spürte einen kleinen Stich. „Nach Bonny?", fragte sie und räusperte sich, weil ihre Stimme etwas unsicher klang. „Was wollen Sie denn dort tun?"

„Ich muss ohnehin zurück. Schließlich habe ich in Bonny mein Geschäft. Außerdem erfahre ich es dort am ehesten", Charly verzog den Mund, „wenn etwas im Busch ist."

Mary trank aus ihrem Glas und musste prompt husten, weil sie einen zu großen Schluck genommen hatte. Warum verursachte Charlys Ankündigung ihr nur so ein unangenehmes Ziehen im Bauch?

„Das ist nicht fair. Erst erzählen Sie mir diese Geschichte von Mörderbanden und Königen, und dann bin ich auf einmal außen vor."

Charly hob abwehrend die Hände: „Ich verspreche, dass ich Sie auf dem Laufenden halte. Im Übrigen hält niemand Sie in Calabar fest. Sobald Sie hier alles leergefischt haben, müssen Sie sich sowieso einen neuen Fluss suchen. Und man kann auch in Bonny sehr schön ins Wasser fallen."

„Das war wirklich eine der charmantesten Einladungen, die ich je bekommen habe."

„Nicht wahr", Charly erhob sich von seinem Stuhl, „außerdem gewöhne ich mich langsam daran, Sie aus irgendwelchen Sümpfen oder einem Gestrüpp zu ziehen. Jetzt sollten wir aber wirklich gehen, englische Ladies müssten um diese Zeit längst zu Hause sein.“

Vom Casino zum Gouverneurspalast waren es nur ein paar hundert Schritte den Hang hinauf. Mary atmete tief die Nachtluft ein. Auf der Straße waren kaum noch Menschen unterwegs. Vielleicht fiel ihr deshalb die Frau auf, die ihnen auf dem Weg entgegenkam. Als die junge Schwarze nur noch wenige Schritte entfernt war, ließ sie etwas Kleines auf den Weg fallen, das Mary in der Dunkelheit nicht erkennen konnte. Sie war sich sicher, dass sie die Frau noch nie gesehen hatte, daher fand sie es merkwürdig, dass diese sie mit einem so wütenden Blick bedachte. Sie wollte Charly darauf aufmerksam machen, aber der machte im gleichen Moment einen Schritt beiseite, als wiche er einem Hindernis aus. Unwillkürlich tat sie das Gleiche in der anderen Richtung. Ohne diesem Vorfall große Beachtung zu schenken, fragte sie sich, ob es sein könnte, dass sie in einer anderen Frau das Gefühl der Eifersucht auslöste? Ein Gedanke, der sie verwirrte. Sie betrachtete Charly unauffällig von der Seite und bemerkte den finsteren Ausdruck in seinem Gesicht. Mit einem Mal war sie sich sicher, dass er die Frau kannte. Vielleicht besser, als sie sich vorstellen mochte. Unwillig wehrte sie diesen Gedanken ab. Es ging sie doch wirklich nichts an, wie er sein Leben lebte. Was wusste sie schon von ihm? Offensichtlich lebte er allein. Da war es vermutlich ganz natürlich, dass er Frauenbekanntschaften pflegte. Dennoch bereitete ihr der Gedanke ein verstörendes Unbehagen. Als sie kurz darauf am Palast ankamen, fühlte sie sich befangen und wusste nicht, wie sie sich von ihm verabschieden sollte.

„Wann werden Sie fahren?“, fragte sie.

„Ich weiß noch nicht“, sagte er langsam. In seinen Augen stand etwas Fremdes. „In ein paar Tagen.“

Mary zögerte kurz, dann gab sie sich innerlich einen Schubs: „Werden Sie sich verabschieden?“

Sie spürte die Wärme in ihre Wangen steigen und war froh, dass es dunkel war. Er sah sie lange an, und nun suchte sie den Blick, der sie kurz zuvor im Casino so beunruhigt hatte.

„Nein“, sagte er leise.

„Oh.“ Jetzt waren ihre Wangen heiß.

„Ich werde auf Wiedersehen sagen.“

Was war nur mit ihr los? Jetzt bekam sie gar kein Wort mehr heraus.

„Also dann ...“, sagte Charly und gab ihr die Hand.

„Also dann ...“, wiederholte sie leise.

Sie sah ihm nach, wie er den Weg wieder hinabstieg, und dachte daran, dass Calabar ihr ein wenig reizloser vorkommen würde, wenn ihr Pirat nicht mehr da wäre. „Mary“, sagte sie leise zu sich selbst, „du solltest wirklich aufhören, dich wie ein kleines Mädchen zu benehmen.“

JoJo na Ubani

Zwei Jahre, nachdem Jubo Jobogha als Chief JaJa das Annie-Peppel-Haus übernommen hatte, begann der Ölkrieg von Bonny. In diesen zwei Jahren war JaJa zum größten Händler des Deltas aufgestiegen. Dass er damit den Neid der anderen Häuser erregen würde, war ihm von Anfang an klar gewesen. Aber er hatte genug Zeit gehabt, die Situation zu analysieren und sich auf alle Eventualitäten vorzubereiten.

Er verbuchte es als Vorteil, dass die anderen Chiefs ihn unterschätzten. In ihren Augen galt er als Parvenü. Nicht so sehr, weil er ein ehemaliger Sklave war, sondern weil er nicht aus Bonny stammte. Er kam aus einem kleinen Dorf irgendwo im Delta, er war ein Mann „aus dem Busch". Das bedeutete, dass er niemals richtig dazugehören würde. Diesen Nachteil wusste er zu seinem Vorteil umzumünzen. Er betrachtete Bonny durch die kritischen Augen des Außenseiters und erkannte die lähmenden Mechanismen des politischen Systems. Für die schäbigen Intrigen, mit denen es arbeitete, hatte er nur Verachtung übrig. Schon bald konnte er jeden, der in Bonny Macht besaß, genau einschätzen, kannte seine Schwächen und seine Stärken. Ihn hingegen wusste niemand richtig einzuschätzen. JaJa war neu im politischen System Bonnys, aber das System war nicht neu für ihn.

Im Kern seiner Überlegungen stand die Erkenntnis, dass Macht und Reichtum im Delta von den Ölmärkten abhing. Also freundete er sich mit den Chiefs des Hinterlandes an, den Ölproduzenten. Statt wie die anderen Bonny-Chiefs in der künstlichen Gesellschaft des Stadtstaates zu residieren, verbrachte er einen Großteil seiner Zeit bei den Produzenten des Palmöls. Er ließ sich von ihnen ihre Arbeit erklären, hörte sich ihre Probleme an. Dabei erfuhr er, dass in den Plantagen des Palmölgürtels bereits seit langem ein Groll gegen die Überheblichkeit der Zwischenhändler gärte.

Gleichzeitig pflegte JaJa den Kontakt mit den europäischen Händlern, die am anderen Ende der Handelskette die Fracht abnahmen. Auch hier vermied er jede Art von Arroganz oder übertriebene Forderungen. Damit – und natürlich mit den Informationen, die Charles DeCardi, der Mann von Miller Brothers, ihm lieferte – gewann er ihr Vertrauen. Die beiden ungleichen Männer kamen zu dem Schluss, dass die

Europäer über kurz oder lang das Hinterland erobern würden. Dies würde das Monopol der Zwischenhändler brechen. Es gab nur einen Weg, den Brass einen Platz in der Zukunft des Deltas zu sichern. Doch dieser Weg würde unvermeidlich zum Konflikt mit den anderen Häusern führen. Der schwarze Emporkömmling, Jubo Jubogha, und der weiße Renegat, Charles „The Count" DeCardi, entwickelten einen ebenso riskanten wie genialen Plan.

Als Erstes brachte JaJa sein eigenes Haus in Ordnung. Er wählte unter den Sklaven, die ihm dienten, zwanzig junge Männer aus, von deren Fähigkeiten er überzeugt war, rüstete sie mit Booten aus und führte sie bei den europäischen Händlern ein, bei denen er für sie bürgte. Auf diese Weise erhob er sie in Positionen, von denen sie bei keinem anderen Chief auch nur zu träumen gewagt hätten. Dieses Vorgehen löste Unruhe in der Hierarchie von Bonny aus. Die jungen Händler in den anderen Häusern begriffen die Botschaft: Wer für JaJa war, für den stand er ein. Innerhalb kürzester Zeit war er der beliebteste Chief in Bonny und konnte sich die fähigsten Leute aussuchen. Die anderen Chiefs waren alarmiert.

Dabei spielte die leidvolle Erfahrung der Vergangenheit eine wichtige Rolle. Im Bürgerkrieg von 1855 hatte der damalige Regent des Annie-Peppel-Hauses, Chief Allali, nach und nach die kleineren unabhängigen Häuser unter seine Kontrolle gebracht und auf diese Weise die Autorität des Königs untergraben, bis er ihn offen angreifen konnte. JaJa schien den gleichen Weg zu gehen. Er absorbierte regelrecht die Macht der kleineren Häuser.

„Wenn wir zulassen, dass das so weitergeht, wird bald ganz Bonny zum Annie-Peppel-Haus gehören." Dies war die einhellige Meinung der Gegner JaJas. Und die scharten sich um Oko Jumbo, den Anführer des Manilla-Hauses. In Oko

Jumbos Rat wurde beschlossen, dass JaJa gestürzt werde müsse. Und der einzige Weg dorthin war ein Bürgerkrieg.

Beide Seiten rüsteten unverhohlen auf, wobei JaJas Gegner einen deutlichen Vorsprung hatten. Sie wussten aber auch, dass er sie mit seinem Reichtum durchaus überholen konnte. Die Zeit drängte.

Ein erstes zweitägiges Scharmützel schuf zwar keine neuen Fakten, klärte aber die Fronten. Bonny war praktisch in zwei Lager geteilt, dessen einem JaJa vorstand, während das andere Oko Jumbos Befehl folgte. Dass der König, der eigentlich den unabhängigen Schiedsrichter abgeben sollte, eine Marionette Oko Jumbos war, galt allgemein als offenes Geheimnis. Dennoch machte King George Peppel einen Versuch: Er wandte sich an Konsul Charles Livingstone und forderte gar ein Kriegsschiff, um weitere Unruhen zu verhindern. Obwohl er Livingstone deutlich machte, dass ein offener Ausbruch der Feindseligkeiten den Ölhandel auf Jahre hin beeinträchtigen würde, weigerte sich dieser, einzugreifen. Livingstone, ein studierter Theologe, hatte, anders als sein berühmter Bruder, der Urwalddoktor, weder ein Gespür für Diplomatie noch für afrikanische Befindlichkeiten. Er brüskierte den König in herrischer Manier, so dass dieser nun in den Augen seiner Untertanen vollends das Gesicht verlor. Der Krieg schien unausweichlich und damit der sichere Untergang des Annie-Peppel-Hauses.

Ob die Feuersbrunst, die einen Großteil von Bonny verwüstete, auf Brandstiftung oder einen unglücklichen Zufall zurückging, blieb ungeklärt. Und was schließlich den Bürgerkrieg auslöste, war ebenso schwer zu bestimmen. In Bonny hieß es, der Streit zweier Händler auf dem Ölmarkt von Essene, im Hinterland, wäre der Anlass gewesen. Tatsächlich aber hatte schon lange eine permanente Kriegssituation geherrscht. Immer wieder gerieten Bootsführer aneinander, Kanus wurden versenkt, Lager zerstört, Händler überfallen.

Unzweifelhaft aber stellte die Nachricht, die Oko Jumbo unmittelbar nach dem Feuer an JaJa richtete, den *point of no return* dar. In höchst beleidigender Weise forderte der Anführer des Manilla-Hauses seinen Gegner zum Kampf auf. Kein Chief durfte sich dies gefallen lassen. Dennoch war JaJas Antwort von aufreizender Liebenswürdigkeit. Er erinnerte seine Gegner daran, dass er den Kampf keinesfalls wünsche, dass er auch nicht darauf vorbereitet sei, aber „... dass sie alle besser daran täten, ihre Schulden bei den Europäern zu bezahlen, statt sich gegenseitig in ihren Geschäften zu behindern".

Damit brachte er in aller Höflichkeit das Fass zum Überlaufen. Denn seine Gegner waren ja davon überzeugt, dass es gerade JaJas rücksichtsloses Geschäftsgebaren war, das die ganzen Schwierigkeiten verursacht hatte. Ihnen entging, dass diese Botschaft einen ganz anderen Zweck verfolgte. Zum einen stellte sie natürlich eine Provokation dar, doch ihr eigentlicher Sinn war ein anderer. Sie war nämlich an die Europäer gerichtet und sollte ihm für seine weiteren Pläne den Weg bereiten.

In gewisser Weise glich JaJas Strategie einem Stierkampf, auch wenn er sicher nichts von dieser spanischen Tradition wusste. Aber wie in einer *corrida* hielt er seinem Gegner ein rotes Tuch hin, reizte ihn bis aufs Blut. Als der dann losstürmte, zog JaJa das Tuch weg, und dahinter war: nichts.

Unter dem Kommando von Jack Wilson Peppel, einem alten Haudegen und furchtlosen Krieger, stürmten die Truppen von Oko Jumbo die Bastionen des Annie-Peppel-Hauses. Widerstand gab es nicht, es war nämlich niemand mehr da. JaJa hatte mitsamt seinen Kriegern und allen Mitgliedern seines Hauses Bonny verlassen.

Den Angreifern fiel sogar ein Munitionslager in die Hände, das sie in ihrem Übermut aber in die Luft jagten. Während die Gegner JaJas noch den Sieg feierten, hatte der sich in einem Schreiben an die britische Verwaltung unter den Schutz „Seiner Majestät der Königin von England" gestellt, und zwar sowohl sich und seine Anhänger als auch den abgelegenen Ort im Andoni-Gebiet, zwischen Bonny und Calabar gelegen, in dem sie Zuflucht gesucht hatten. In aller Demut stellte er klar, dass er kampfunfähig sei, da er weder Haus noch Transportmittel und schon gar keine Waffen mehr besäße. Alles sei ihm genommen, und selbst das kleine Stück Land, das er und seine Krieger besetzt hielten, wäre Eigentum der englischen Königin.

Der Sieg von Oko Jumbo und dem Manilla-Haus schien absolut, mehr noch, er war überwältigend. Keiner hatte einen solch leichten Sieg erwartet. Der englische Konsul war irritiert und drückte sein Bedauern über den Verlust eines so fähigen Geschäftspartner aus.

Derweil zeigten sich die Sieger großzügig. Selbstverständlich könne JaJa nach Bonny zurückkehren. „Er ist einer von uns", erklärte Oko Jumbo dem Gouverneur. „Wir wollen ihn doch nicht vernichten." Natürlich waren an den Beginn der Friedensgespräche ein paar kleine Bedingungen geknüpft. Von tausend Fass Öl war die Rede. Das Geschacher ging los. Unzählige Treffen und Palaver fanden statt, an denen natürlich auch die europäischen Händler teilnahmen, schließlich standen deren Interessen mit auf dem Spiel. Nur verstand von denen keiner so recht, welche Mechanismen dabei im Gange waren. Die Politik im Delta hatte nämlich auch eine okkulte Seite, die sich darin ausdrückte, dass die Zugehörigkeit zu einem Geheimorden Vorraussetzung für den Aufstieg zur Macht war. Darum hatten sich die Weißen nie groß geschert, Hauptsache das Öl floss. Dass es einen unter ihnen gab, der diese Mechanismen nicht nur durchschaut hatte, sondern sie auch gemeinsam mit seinem afrikanischen Geschäftspartner zum gemeinsamen Vorteil zu nutzen verstand, wussten die Weißen nicht.

Noch nicht.

Die Niederlage des Annie-Peppel-Hauses traf natürlich in besonderem Maße die Firma Miller Brothers, für die Charly arbeitete. Aber „The Count" hatte seinen Teil des Plans ebenso akribisch vorbereitet wie sein Verbündeter. Als Erstes musste Archie McEachen überzeugt werden, was sich als das kleinste Problem herausstellte. Der Vertreter von Miller Brothers sah Charly nur mit offenem Mund an, als der ihm sein Vorhaben erklärte. „Heilige Scheiße. Und Sie glauben, das funktioniert?", war sein einziger Einwand gewesen. Sie kamen schnell überein, dass es nicht sinnvoll war, die Firmenleitung in Glasgow einzuweihen. Nicht weil sie befürchteten, dort auf moralische Bedenken zu stoßen, sondern einfach weil der Kommunikationsweg nach England zu lang war. In dieser Situation aber galt es, schnell und unmittelbar zu reagieren. Außerdem offerierte Charly seinem Kompagnon Archie einen Ausweichplan, falls die Leitung in Glasgow ihnen Schwierigkeiten machen würde. Dass dieser Ausweichplan der Hauptplan war, erzählte Charly ihm allerdings nicht.

Mit der heimlichen Unterstützung von Miller Brothers, oder besser dessen örtlichen Vertretern, schuf der Anführer des Annie-Peppel-Hauses Fakten. Schon bevor der Krieg ausbrach, hatten JaJa und Charly Kontakt zu den Chiefs von Calabar aufgenommen. Diese Stadt am hundertsechzig Kilometer östlich gelegenen Cross-River war seit dreihundert Jahren mit Bonny in herzlicher Feindschaft verbunden. Als König Archibong von Calabar von dem Plan erfuhr, zumindest von dem Teil, den JaJa und Charly ihm zu offenbaren für sinnvoll hielten, breitete sich ein triumphierendes Grinsen auf dem runden Gesicht des Monarchen aus. Was Bonny schädigte, konnte nur gut für ihn sein. Er gewährte JaJa das, was dieser begehrte: Die Mitgliedschaft in der erlauchten Geheimgesellschaft der *egba*, was dem Emporkömmling JaJa bei den Völkern des Deltas genau die Autorität verlieh, die er benötigte.

Während die Chiefs noch in endlosen Palavern mit seinen Unterhändlern um Fässer stritten, besetzte er die Routen zu den wichtigsten Ibo- und Qua-Märkten. Mit einer Handvoll befestigter Stützpunkte hatte er die Wasserwege im Griff. Den wichtigsten Fluss, den zum Bonny-Territorium gehörenden Ikomtoro, okkupierte er kurzerhand. Mit den Ölproduzenten, die schon lange unter der Arroganz der Bonny-Chiefs litten, hatte er feste Liefervereinbarungen. Drei Monate nach seiner „Niederlage" floss das gesamte Öl aus dem Hinterland an Bonny vorbei. Als den Bonny-Chiefs schließlich aufging, dass sie die ganze Zeit nichts weiter als Figuren in JaJas Spiel gewesen waren, war es zu spät. Der Anführer des Annie-Peppel-Hauses hatte nie vorgehabt, gegen die anderen Chiefs Krieg zu führen. Ersten betrachtete er das als Vergeudung von Kraft und Kapital, zweitens war er sich seiner schwachen militärischen Position durchaus bewusst. Sein Plan war von Anfang an nichts anderes gewesen als die Gründung eines eigenen Stadtstaates.

Oko Jumbo und seine Verbündeten tobten vor Wut und veranlassten die an sie gebundenen Europäer zum Boykott. Und wieder spielten sie JaJa damit in die Hände. Denn nun rollten alle Ölfässer auf die Schiffe von Miller Brothers, JaJas Verbündeten, die natürlich nicht im Traum daran dachten, sich von dem Boykottaufruf beeindrucken zu lassen. Nach und nach lösten sich andere englische Händler von den Bonny-Chiefs und verlegten ihre Handelsstationen in JaJas neue Stadt. Wutschäumend mussten seine Gegner mit ansehen, wie die europäische Schiffe in JaJas Hafen anlegten.

Die Bonny-Chiefs schworen Rache. Als Verbündete gewannen sie die weißen Händler aus Liverpool, die durch JaJas Übermacht leer ausgingen. So zogen sie die Europäer in den Ölkrieg mit hinein. Die Händler aus Liverpool hielten zu ihren Bonny-Chiefs, die Glasgower standen auf der Seite JaJas. Oko Jumbo stand vor dem Problem, dass er zwar militärisch immer noch im Vorteil war, dass er aber nicht wagen konnte zuzuschlagen, weil nun auch die Europäer mit beteiligt waren. Und mit der englischen Krone wollte er sich auf gar keinen Fall anlegen.

Dann aber passierte es doch, ein Kriegskanu beschoss ein britisches Schiff. Die Lage wurde immer unüberschaubarer. Konsul Livingstone schickte ein Kriegsschiff nach Andony, das wiederum andere Schiffe beschoss. Die Glasgower rüsteten JaJa auf, die Liverpooler Bonny. JaJa baute eine Blokkade zwischen Bonny und dem Ölmarkt, die Liverpooler ließen ein Kriegsschiff aus England heranfahren. Nach zwei Jahren hauchte Livingstone völlig entnervt in Bonny seine Seele aus.

Inzwischen hatte JaJa sich zum König ausrufen lassen, sein Königreich nannte er Opobo, und er schwor, dass er Bonny niemals nachgeben würde. Schließlich wurde unter massivem Druck des Foreign Office ein Friedensvertrag abgeschlossen, der fast vollständig König JaJas Positionen festschrieb. Bonny verlor seine Vormachtstellung, die es fast drei Jahrhunderte innegehabt hatte. JaJas Stellung im Delta war bald unangefochten. Man nannte ihn „JoJo na Ubani“, JoJo aus Bonny. Für die Ibo war er der Mann, der allen die Stirn geboten hatte. Er war der wahre König des Deltas. Und damit war er seinem Ziel einen entscheidenden Schritt näher gekommen; denn das war es, was er anstrebte, ein Königreich, das sich über das gesamte Delta erstreckte.

König JaJa wusste nicht, dass Tausende von Meilen entfernt, in der Nubischen Wüste, ein Mann an einem Grab stand und zum letzten Mal in seinem Leben Tränen vergoss. Der Chief des Annie-Peppel-Hauses und König von Opobo konnte nicht ahnen, dass dieser hagere Mann mit dem gebrochenen Herzen sein gefährlichster Gegenspieler werden würde. Dass er der Mann war, der King JaJa besiegen sollte.

Nembe

Chief Kokos Haus in Neube, im Herzen des Brassgebietes, war voller Spiegel. Spiegel in allen Größen, rund, oval und eckig, in mit Schnitzereien verzierten Holzrahmen, Silber- und sogar Goldrahmen. Bei vielen war das Glas schon fleckig geworden oder hatte sich gewölbt, so dass der Körper des Betrachters grotesk verformt wiedergegeben wurde. Koko störte das nicht. Er liebte alle seine Spiegel. Sie waren das Zeichen seines Reichtum, den er sich in den fetten Jahren des Ölhandels erworben hatte. Zwar war sein Handelshaus nicht so groß gewesen wie die in Bonny oder jene in Calabar, aber nur wenige Jahre mehr im Ölhandel, und sein Haus wäre zum größten des Deltas angewachsen. Als König der Brass und größter Händler im Delta wäre er den Peppels in Bonny oder Archibong in Calabar ebenbürtig gewesen. Doch das Haus mit den vielen Spiegeln war zur Tatenlosigkeit verdammt, seit die Company im Delta herrschte. Und König war er auch noch nicht. Zumindest das sollte sich nun ändern.

Schon dass in Akassa ein Python getötet worden war, sorgte für Unruhe unter den Brass. In diesem Fall verdächtigte man die Kru-Leute aus Liberia, die im Sold der Weißen standen. Ihnen, die offensichtlich alles verraten hatten, was den Brass heilig war, misstraute man fast noch mehr als den Weißen. Letztlich bildeten die Kru auch die Polizeitruppe der Royal Niger Company. Während die Weißen Feinde waren, waren die Kru die abtrünnigen Brüder, die den Weißen dienten.

Als dann das Gerücht, dass auf einer der Stationen im Delta der Geist eines weißen Händlers sein Unwesen trieb, die Runde machte, waren die Brass schockiert. Die Welt der Geister und Ahnen, das war ihre Welt. Nicht einmal die Kru hatten dort etwas zu suchen. Dass die Weißen, die den Brass erst ihr Territorium und dann den Handel genommen hatten, nun auch noch in diesen, ihren ureigensten Bereich eindrangen, stellte gerade für die Fetischleute einen Affront dar. Die kleine christliche Gemeinde in Nembe hatte es nicht leichter dadurch. Pater Bubendorff musste feststellen, dass ihm etliche seiner Schäflein den Rücken kehrten und stattdessen wieder auf den Fetischpriester Black Foobra hörten. Leider konnte der Pater seine Sorgen König Ebefa nicht vortragen, denn der kämpfte seit einigen Tagen mit einer von starkem Fieber begleiteten Diarrhö. Für die Frauen des Kranken war die Pflege eine Zumutung, da der Monarch sich buchstäblich die Seele aus dem Leib schiss.

Die Beerdigungsfeierlichkeiten waren pompös, fanden aber in einer aufgeladenen Atmosphäre statt. Ein diffuses Gefühl, dass es mit der Geisterwelt der Ahnen und somit auch mit ihrem dahingeschiedenen Königs nicht zum Besten stehen konnte, seit sich Weiße dort herumtrieben, steigerte das Unbehagen der Brass. Hing der Tod Ebefas, der bis zu diesem Zeitpunkt nicht ein einziges Mal krank, sondern höchstens betrunken gewesen war, etwa mit den verhängnisvollen Ereignissen in Akassa und Ekowe zusammen? Waren die Weißen auch im Jenseits mächtiger? Mussten die Brass jetzt nicht all ihre Kraft und all ihren Glauben darauf verwenden, ihre Vorfahren von dieser Gefahr zu schützen?

Dies klang jedenfalls im Ältestenrat an, den Koko in seiner Spiegelmenagerie empfing und in dem er schon einmal Stimmung für die neue Ära, nämlich seine, machte. Zum ersten Mal durfte auch der Christenpater, Reverend Bubendorff, nicht an diesem Rat teilnehmen, was dessen Wut und Ohnmacht noch verstärkte. Black Foobra hingegen war äußerst zufrieden mit dieser Entwicklung. Er hatte auf Kokos kaum zu missverstehende Anregung hin alle seine schwarzen Künste auf den willensschwachen König Ebefa gerichtet. Um ganz sicherzugehen, hatte er ihm dann auch noch Gift ins Essen gemischt. Das allerdings behielt er für sich. Es wäre seiner Position nicht förderlich gewesen, wenn Koko annehmen müsste, dass sein Fetischmann sich seiner Macht über die dunklen Kräfte nicht sicher war.

Chief Koko brauchte keinerlei Überzeugungsarbeit zu leisten, um den Rat dazu zu bringen, dass er der geeignete Nachfolger für den Königsthron wäre. Sein Instinkt sagte ihm, dass er auf einer Welle ritt, die ihn geradewegs auf die begehrte Position befördern würde. Tatsächlich hatten die Brass genug von einem Anführer, der sich bei den Weißen eher Liebkind machte, als dass er ihnen die Stirn bot. Es war die Stimmung der Entehrten, die die Wucht einer starken Persönlichkeit geradezu herbeisehnte. Die Brass, die über Generationen hinweg die Herren des Deltas gewesen waren, hatten alles verloren. Sie, die einst reiche Geschenke erwarten durften, bevor sie sich auch nur herabließen, die Weißen zu empfangen, mussten nun um eine Erlaubnis betteln, ehe sie auch nur ein einziges Fass Öl auf ihren Flüssen transportieren durften. Und schlimmer, sie mussten auch noch dafür bezahlen. Verstießen sie gegen eine der Regeln der Company, wurden ihre Boote in den Grund geschossen. Die Brass waren ein gedemütigtes Volk. Jede Tat, die die Company schädigte, wäre ihnen ein reines Vergnügen, und selbst wenn sie in den Abgrund führen würde.

Chief Koko wusste um diese Stimmung. Er wusste auch, was von ihm erwartet wurde. Er sollte den Brass ihren Stolz wiedergeben. Und als er sich zum ersten Mal in dem prachtvollen Ornat seines neuen Amtes in einem Spiegel bewunderte, von dem er nicht wusste, dass es sich um eine venezianische Kostbarkeit handelte, erfüllte ein wildes Triumphgefühl seine Brust. Zwar war er noch immer nicht am Ziel seiner Wünsche, denn er war sozusagen ein König ohne Land, aber er war fest davon überzeugt, dass es an ihm sein würde, das Delta seinem Volk zurückzugeben. Der einzige Haken an der Sache, der kleine Wurm, der an seiner Seele nagte, war die Tatsache, dass er dem Ratschlag seines heimlichen Mentors komplett zuwidergehandelt hatte.

Koko wusste, dass niemand die wahren Umstände von Ebefas Tod erriet; niemand, bis auf den Mann im Busch. Ihm konnte er nichts vormachen. Er war sich nicht sicher, wie der Mann, den er damals entkräftet in einem Boot vorgefunden hatte, auf seine Eigenmächtigkeit reagieren würde, aber der neue König, der ihm da im fleckigen Glas entgegenblickte und dessen Gewand sich teils in Stücken, teils in Gänze in den anderen Spiegeln vervielfältigte; dieser neue König, der jetzt schon von seinen Leuten bewundert und verehrt wurde und auf dessen Schultern alle ihre Hoffnungen ruhten, dieser König hatte jedes Recht auf Eigenmächtigkeit. Denn er war eine eigene Macht. Koko entschied, dass es an der Zeit war, dies auch deutlich zu machen.

Er schickte ein Boot, um den Mann aus Amaighbo nach Nembe zu holen. Dort sollte sein Platz an der Seite des Königs sein. Um ihm aber seine Ehre zu erweisen, schickte Koko nicht ein einfaches Kanu, sondern ein Kriegsboot von über dreißig Fuß Länge. Zwanzig Ruderer trieben es voran. Mittschiffs, unter einem überdachten Aufbau, saß Kokos Gesandter. Begleitet wurde das Boot von einem halben Dutzend kleinerer Begleitkanus.

Als der Konvoi sich der versteckten Lagerhalle näherte, befahl der Gesandte seinen Trommlern, ihr Kommen anzukündigen. Die beiden Musiker saßen rittlings auf dem Dach des Aufbaus. Von dort hatten sie auch den besten Blick, deshalb fragten sie sich als Erste, für wen denn dieser ganze Aufwand betrieben wurde. Denn zu sehen war niemand.

Das war es auch, was der Gesandte feststellen musste. Nicht nur, dass der künftige Ratgeber des Königs verschwunden war, der Platz, der bisher allen Schmugglern als Anlaufpunkt gedient hatte, machte einen völlig verlassen Eindruck. Nicht ein Fass Öl, nicht ein Sack Kerne waren in dem Lagerhaus zu sehen. Nur der Geruch von den Reichtümern des Nordens hing noch in der staubigen Luft. Den Gesandten erfasste ein beklommenes Gefühl. Er hatte sehr wohl begriffen, welchen Wert sein herrischer König darauf legte, dass der geheimnisvolle Fremde an seiner Seite stünde. Der Gesandte fürchtete die Wut des Königs, wenn er, der Bote, mit schlechter Botschaft heimkehren würde. So entschied er sich für den Weg, der ihm am wenigsten unheilvoll erschien. Er richtete sich mit seinen Männern in der Lagerhalle ein, um die Rückkehr des weisen Alten zu erwarten, der sich zweifellos in die Einsamkeit der Sümpfe zurückgezogen hatte, um den Ratschluss der Ahnen zu empfangen. So zumindest formulierte er es in der Botschaft, die er König Koko überbringen ließ. Dann taten der Gesandte und seine Männer das, was sie schon seit langer Zeit taten: Sie warteten darauf, dass das Schicksal ihnen weiterhalf.

Der Obong

„Müssen wir wirklich zu diesem Diner gehen?"

Lady Sarah schien nicht gerade begeistert von der Aussicht auf ein afrikanisches Festmahl. Sir Claude, der gerade vor dem Spiegel seine rote Uniformjacke zurechtrückte, ließ sich davon jedoch nicht beeindrucken.

„Dieser Besuch war überfällig. Schließlich ist Archibong der König von Calabar. Es ist ein Gebot der Höflichkeit, dass wir seine Einladung annehmen."

„Aber wo es doch Weihnachten ist. Ich hatte gehofft, dass wir heute unter uns feiern würden", sie warf einen Blick auf Mary, die vor dem Fenster in einem Sessel saß und ein Buch las, „sozusagen im Kreise der Familie."

Der Gouverneur wandte sich mit einem nachsichtigen Lächeln an seine Frau. „Genau deswegen hat er uns eingeladen, Sarah, weil heute Weihnachten ist. Es ist eine Geste der Hochachtung und des Respekts vor unserer Religion." Er ergriff ihre beiden Hände: „Sei unbesorgt, ich bin sicher, dass es ein wundervolles Weihnachtsfest sein wird."

Lady Sarah machte noch immer keinen sehr überzeugten Eindruck: „Wir werden doch nicht so etwas Schreckliches wie gebratenen Affen oder geröstete Schlangen essen müssen?“

Mary, die der Unterhaltung mit einem Ohr lauschte, hatte Mühe, sich ein Lachen zu verkneifen. Sie setzte ein nachdenkliches Gesicht auf und fragte: „Ist es nicht üblich, an Festtagen gekochtes Krokodil zu servieren?“

„Mary!“, rief Lady Sarah empört. “Fangen Sie jetzt auch schon so an.” Dann musterte sie Mary eingehend und fragte: „Wie schaffen Sie es eigentlich, dass ihre Haare immer so tadellos sitzen?“

Mary ging mit Lady Sarah in deren Ankleidezimmer und half ihr, die Haare zusammenzustecken. Dabei dachte sie an das Buch, in dem sie gerade gelesen hatte. Es war lange Zeit ihr Lieblingsbuch gewesen, Burtons *Anatomie der Melancholie.* Unzählige Stunden hatte sie in der Zeit nach dem Tod ihrer Eltern damit verbracht. Es war die Mischung aus Würde und Klarheit gewesen, die der Arzt aus dem siebzehnten Jahrhundert in seinen Schriften erkennen ließ, die ihr damals Trost gespendet hatten. Nun aber kamen ihr die Gedanken, die dort ausgeführt waren, seltsam fern vor. Sie wusste nicht recht, ob sie es bedauern oder darüber froh sein sollte.

„Ich hoffe doch, dass Mr. DeCardi rechtzeitig hier sein wird“, sagte Lady Sarah gerade.

Mary steckte eine letzte Nadel in das von grauen Strähnen durchzogene Haar ihrer Mentorin.

„Seien Sie unbesorgt, Lady Sarah“, erwiderte sie leichthin, „Mr. DeCardi hat geradezu ein Talent dafür, rechtzeitig zu erscheinen.“

Mary hatte auf eine, wie sie sich eingestehen musste, etwas hinterlistige Weise dafür gesorgt, dass Charly an dem Diner teilnahm. In der Einladung an den Gouverneur hatte der König ausdrücklich betont, dass er auch die junge, weiße Lady an seiner Tafel zu sehen wünschte. Daraufhin hatte Mary die Befürchtung geäußert, dass sie sich mit einem einheimischen Chief als Tischnachbarn womöglich über die Vor- und Nachteile der Vielehe würde unterhalten müssen, und Sir Claude gefragt, ob nicht einer seiner Offiziere sie als ihr Tischherr begleiten könnte. Während der Gouverneur noch über diesen Vorschlag nachdachte, war seine Frau auf die Idee gekommen, auf die Mary insgeheim gesetzt hatte.

„Eine Uniform am Tisch reicht mir", hatte sie resolut verkündet. „Wir werden Mr. DeCardi bitten, uns zu begleiten."

Für eine kurze Zeit verursachte Mary die Art, wie sie Charly mit eingesponnen hatte, ein schlechtes Gewissen. Sie wusste nicht, welche Motive sie zu diesem Vorgehen veranlasst hatten, und das verwirrte sie. Sie konnte lediglich feststellen, dass sie sich in Charlys Gegenwart wohl fühlte. Dass er ihr das Gefühl gab, sich nicht verstellen zu müssen. Schließlich schob sie ihre Bedenken beiseite und sagte sich, dass sie ja beide letztlich nur den Hintergründen jener Intrige nachspüren wollten, von der sie in der Nacht im Busch erfahren hatten. Was konnte sich besser dafür eignen als ein gemeinsamer Besuch bei dem Mann, von dem sie nun wussten, dass er eine zentrale Rolle in diesem Komplott spielte? Dennoch war sie ein wenig nervös, als der Hausdiener Charly in den Salon führte.

„Lady MacDonald", begrüßte er die Hausherrin und überreichte ihr ein kleines Päckchen. „Frohe Weihnachten."

„Vielen Dank, Mr. DeCardi", erwiderte Lady Sarah voller Wohlwollen. „Wir sind unendlich erleichtert, dass Sie es übernommen haben, das zivile England zu vertreten."

Das zivile England überreichte Mary ein etwas größeres Päckchen.

„Frohe Weihnachten, Mary“, meinte er mit einem kleinen Lächeln. Dennoch glaubte sie, in seinen Augen Zurückhaltung zu erkennen.

„Frohe Weihnachten, Charly.“

Lady Sarah packte ihr Geschenk aus und stieß einen Laut des Entzückens aus. Mit einem leichten Klacken entfaltete sie einen Fächer aus chinesischer Seide. Das hauchfeine, dunkelblaue Tuch war mit filigranen Stickereien versehen.

„Mr. DeCardi, das ist ja wundervoll. Wo haben Sie den nur her?“

„Von einem belgischen Kapitän“, antwortete Charly und fügte an Mary gewandt leise hinzu: „Der ein lausiges Blatt hatte.“

Mary warf ihm einen amüsierten Seitenblick zu, während sie das Papier ihres Geschenkes aufriss. Zu ihrem Erstaunen befand sich darunter eine zweite Verpackung aus Ölpapier. Sie öffnete sie und fand darin ein Buch, das in feinstem Leder gebunden war, aber keinen Titel trug. Das Rätsel löste sich, als sie es aufschlug, es war ein Notizbuch.

„Ein Molesquin“, sagte Charly, „wie ich hörte, hat schon van Gogh ein solches Buch für seine Skizzen benutzt.“

„Und das Ölpapier ist ...“

„... für alle Fälle“, vervollständigte Charly den Satz mit unschuldigem Gesichtsausdruck.

„Und Sie haben es natürlich von einem ...“

„Holländischen Händler“, half er nach.

„Der ein schlechtes Blatt hatte.“

„Diesmal nicht. Ihm war der Schnaps ausgegangen.“

„Ich habe gar nichts für Sie.“

„Sie könnten eine Fischart nach mir benennen.“

„Charly laviaps?“

„Hört sich großartig an.“

Der Hausdiener unterbrach ihr Gespräch, als er verkündete, dass die Kutsche vorgefahren war.

Obwohl es in den letzten Tagen wenig geregnet hatte, war die Straße noch zerfurcht von den Regenfällen der vergangenen Wochen. Im Westen, jenseits der Bucht von Calabar, näherte sich die Sonne in einem diesig verschleierten Himmel dem Horizont. Mary, die neben Lady Sarah saß, wurde einigermaßen durchgeschüttelt, wenn die Räder durch die Furchen rumpelten. Charly saß ihr gegenüber und wechselte einige Worte mit Sir Claude. Ohne dass sie es an etwas Bestimmtem festmachen konnte, spürte sie wieder seine Reserviertheit. Zwar war er freundlich und höflich wie immer, scherzte auch mit ihr, dennoch hatte sie das Gefühl, dass etwas Ungreifbares zwischen ihnen stand. Etwas, das die Worte zwar durch-, die Gesten jedoch an sich abprallen ließ. Manchmal stießen im Schaukeln der Kutsche ihre Knie aneinander, es fühlte sich fremd an.

Dann fuhren sie durch das Tor in den Palasthof hinein, und Marys Aufmerksamkeit wurde von dem aus tausend Baustilen zusammengesetzten Hauptgebäude gefesselt. Lady Sarah ließ ein leises „O Gott“ hören. Während Charly sie über die Geschichte des Palastes aufklärte, bemerkte Mary die Häuser, die sich entlang der Lehmmauer erstreckten.

„Das sind die Unterkünfte für die Sklaven und die loyalsten Diener“, erklärte Charly, der ihrem Blick gefolgt war. „Ihre Häuser sind so gebaut, dass sie einen zweiten Verteidigungsring bilden. So müssen eventuelle Angreifer zuerst dieses Hindernis überwinden, um zum Palast zu gelangen.“

„Wie erfreulich, dass uns dieser Umweg erspart bleibt“, bemerkte Lady Sarah, deren Vorbehalte gegen dieses Diner nicht eben geringer geworden waren.

Archibong III. empfing seine Gäste in dem gleichen Saal, in dem Charly ihn das letzte Mal getroffen hatte. Diesmal aber beherrschte ein langer Tisch den Raum, der bereits komplett eingedeckt war. Weißes Geschirr und Silberbesteck funkelten im Schein der Kerzenleuchter. Eine Gruppe behäbiger Männer, offenbar Honoratioren der Stadt, wandte sich ihnen zu, als sie den Raum betraten. Dann erhob sich der König aus seinem Stuhl. Lady Sarah stieß einen kleinen Laut des Erschreckens aus.

Archibong trug einen Hut, von dem ein Kranz Federn herabhing, um die Hüften hatte er ein dunkelblaues, seidig glänzendes Tuch, in das glitzernde Glasperlen eingestickt waren. Seine Füße waren nackt, sein Oberkörper ebenfalls. Mary vermutete, dass dies den erstickten Laut von Lady Sarah verursacht hatte. Aber vielleicht, so sagte sie sich amüsiert, waren es auch die Federn. Mit ausgebreiteten Armen kam der König auf sie zu.

„Gouverneur MacDonald", dröhnte seine Basstimme ihnen entgegen. „Welche Ehre, Sie in meinem Haus zu begrüßen."

Für einen Moment befürchtete Mary, dass Archibong den Gouverneur umarmen würde. Was möglicherweise eine weitere Folge von Umarmungen nach sich gezogen hätte. Aber er ergriff MacDonalds Hand und schüttelte sie, dass Mary glaubte, die Gelenke knacken zu hören.

„Haben Sie Königin Viktoria meine Grüße ausgerichtet?"

„Sie fühlt sich außerordentlich geehrt", antwortete Sir Claude höflich, „und wünscht dem König Gesundheit und ein langes Leben. Darf ich Ihnen meine Frau, Lady Sarah MacDonald, vorstellen." An seine Frau gewandt, verkündete er: „Archibong III., der König von Calabar, oder in seiner Sprache, der *obong*."

Lady Sarah reichte dem König ihre weit ausgestreckte Hand: „Was für ein reizender Empfang, Mr. *obong*."

Mary legte unauffällig die Finger auf ihren Mund und schielte zu Charly hinüber, der sich ebenfalls ein Lachen verkniff.

„Lady Sarah“, schnurrte der König und presste ihre schmale Hand zwischen seinen Pranken zusammen. „England kann stolz auf Ihren Gatten sein. Und Ihr Gatte kann stolz auf Sie sein.“ Dann, noch immer Lady Sarahs Hand haltend, richtete er seinen Blick auf Mary.

„Und Sie“, sagte er langsam, „müssen die Frau sein, von der mittlerweile ganz Calabar spricht.“ Er gab Lady MacDonalds Hand frei, die sichtlich erleichtert schien, als sie dem Fokus seiner Aufmerksamkeit entkam.

„Miss Mary Cooley“, übernahm Sir Claude wieder die Vorstellung.

Mary stellte fest, dass der Monarch ohne Hut etwas kleiner war als sie, dafür aber doppelt so breit. Anders als Lady Sarah hatte sie keine Scheu, ihm ihre Hand zu reichen. Sein Griff war fest und doch behutsam, so als hielte er ein kleines Tier in der Hand, das er nicht zerquetschen wollte. Aber sie sah in seinen Augen, dass es nur einen Impuls brauchte, um genau das zu tun. Das also war der Oberpriester eines mörderischen Kultes.

„Sir“, sagte sie nur und deutete eine Verbeugung an. Dann sah sie ihm wieder gerade in die Augen.

Archibong wendete leicht den Kopf in Charlys Richtung, ohne den Blick von ihr abzuwenden.

„Hast du es schon gesehen, Count Charly?“

Charly machte ein ratloses Gesicht: „Ich weiß nicht, was du meinst, Duke.“

„Sie hat einen mächtigen Schutzgeist“, verkündete der König in einem Ton, in dem Mary einen Hauch Erstaunen zu vernehmen glaubte. „Du wirst es nicht leicht haben.“

Der Chief, der Mary gegenübersaß, war ihnen als John Otto Ephraim vorgestellt worden. Er trug eine Brille, die viel zu klein für sein pausbäckiges Gesicht war. Mary war sich nicht sicher, ob die Gläser die richtige Stärke hatten, denn immer wenn er zu ihnen über den Tisch schaute, beugte er sich leicht vor und blinzelte, so als ob er sie nicht recht erkennen könnte.

„Unsere Söhne und Töchter", verkündete er nun feierlich, „sind das kostbarste Geschenk, das wir vom Leben empfangen haben. Ein Haus, in dem die Frauen fruchtbar sind, ist ein gesegnetes Haus."

Mary saß mit den MacDonalds und Charly auf einer Seite des Tisches, zur Rechten des Königs, der an der Stirnseite der Tafel thronte. Gerade hatte Archibong sich nach MacDonalds Söhnen erkundigt, die, wie Mary wusste, beide auf der Militärakademie waren. Chief John Ottos Bemerkung, die er mit einem wohlwollenden Lächeln an Lady Sarah richtete, sollte diesem Umstand zweifellos gerecht werden. Mary, die sicher war, dass ihre Mentorin sich nur ungern als fruchtbare Frau bezeichnen ließ, fürchtete schon eine spitze Erwiderung, als glücklicherweise in diesem Moment der erste Gang aufgetragen wurde.

Mary fragte sich unwillkürlich, ob die jungen Frauen, die nun in einer Reihe in den Saal marschiert kamen, wohl alle Töchter des Königs waren. Zumindest aber trugen sie die großen, dampfenden Schalen auf dem Kopf mit einer Grazie, um die Mary sie beneidete. Beim König beginnend, wurde nun reihum aufgetragen. Gleichzeitig schenkten die Frauen jedem Gast eine Schale *mimbo* ein. Mary bediente sich reichlich von dem Fisch und den Yams, die in einer rötlichen Palmölsoße schwammen. Lady Sarah pickte nur misstrauisch einige Stücke heraus.

Als alle sich bedient hatten, wobei die Teller der afrikanischen Gäste deutlich üppiger beladen waren als die der Europäer, griff der Mann, der direkt zur Linken des Königs saß und den stolzen Namen Eyo Willy Honesty trug, das Thema wieder auf.

„Englands Reichtum", verkündete Chief Willy, während er mit den Fingern ein Stück Yams in die Soße tunkte, „gründet sich auf seine starken Söhnen. Und darum auch auf seine Frauen."

Mary, die sich langsam fragte, ob in Afrika die weibliche Fruchtbarkeit vielleicht das obligatorische Gesprächsthema beim Essen war, bemerkte, wie sich Lady Sarahs Gesicht rötete. Sie nahm nicht an, dass das an der Soße lag.

„Ich bin sicher", meldete Lady MacDonald sich jetzt zu Wort, „dass Englands Größe unter anderem darauf beruht, dass seine Söhne gelernt haben, sich für eine Frau zu entscheiden."

Wobei wir beim Thema der Vielehe wären, dachte Mary mit einem inneren Seufzer. Die Afrikaner betrachteten neugierig und mit leichtem Erstaunen die Frau des Gouverneurs, Chief Willy, neben ihm Young Coffiong, der trotz seines Namens der Älteste in der Runde war, Chief John Otto, William Agbisherea aus Creek Town, der nach Charlys Aussage noch vor zehn Jahren gegen Chief Willy Krieg geführt hatte, bevor dieser Konflikt im *egba*-Rat gelöst worden war, und schließlich Tom Robin Eyamba. Chief William flüsterte Chief John Otto etwas zu, woraufhin der ratlos die Schultern hob. Dann blinzelte er Lady Sarah an und sagte: „Aber mehr Frauen heißt doch auch mehr Söhne."

Bevor Lady Sarah in Rage geraten konnte, griff Sir Claude ein: „Ich bin zuversichtlich, dass wir uns um die Frauen von Calabar keine Sorgen zu machen brauchen."

„Ist es richtig“, fragte Chief Coffiong mit vollem Munde, „dass es den Engländern verboten ist, mehr als eine Frau zu haben?“

„Das ist korrekt“, antwortete Sir Claude, bevor seine Frau etwas sagen konnte.

„Aber ich hörte“, fiel Chief John Otto ein, wobei er sich zwischendurch immer wieder unterbrach, um die Soße von seinen Fingern zu lutschen, „dass sich auch in England die reichen Händler Nebenfrauen halten.“

„Das ist ...“, setzte Lady Sarah an.

„... sehr unüblich“, fiel ihr Gatte ihr ins Wort.

Chief John Otto tauschte einen wissenden Blick mit Chief William. Mary hatte den Eindruck, dass Sir Claude sich bei den Chiefs gerade sehr verdächtig gemacht hatte.

Die jungen Frauen kamen wieder herein und räumten die geleerten Schalen ab. Zwei von ihnen gingen mit einer Schüssel und einem Krug Wasser um den Tisch, damit die Speisenden sich die Hände spülen konnten. Gerade wurde der zweite Gang aufgetragen, Ziegenfleisch in Pfeffersoße mit Fufu, als Mary langsam auffiel, dass der Mann neben ihr, dessen Pflicht es eigentlich war, sie zu unterhalten, auffallend schweigsam blieb.

„Ich hoffe, Ihnen schmeckt das Essen“, wandte sie sich daher an Charly und konnte nicht verhindern, dass ein leicht gereizter Ton in ihren Worten mitschwang. Was war nur los mit ihrem Piraten?

Charly legte sein Besteck beiseite und sah sie nachdenklich an. Sie hatte nicht die leiseste Ahnung, was in ihm vorging.

„Charly!“, rief der König jetzt quer über den Tisch, „du bist schon ein halbes Menschenleben im Delta. Warum teilst du uns nicht deine Meinung über die afrikanischen Frauen mit?“

Mary bemerkte den wachsamen Ausdruck in Charlys Gesicht. Schon bei der Begrüßung hatte sie den Eindruck gehabt, dass zwischen diesen beiden Männern ein angespanntes Verhältnis herrschte, und das nicht erst seit ihren Erkenntnissen über Archibongs okkulte Seite.

„Die Frauen von Calabar sind zweifellos unvergleichlich", antwortete Charly diplomatisch. Doch wenn er gehofft hatte, damit der Aufmerksamkeit des Königs zu entkommen, hatte er sich getäuscht.

Der wandte sich nun an Sir Claude: „In all den Jahren, die Count Charly bereits bei uns ist, hat keine unserer Töchter sein Herz gewinnen können. Obwohl viele davon geträumt haben. Wir haben uns bereits große Sorgen um unseren guten Freund gemacht. Ein Mann ohne Frau ist nur ein halber Mann. Nun sehen wir mit großer Freude, dass einer der schönsten Töchter Englands das gelungen ist, worauf die unvergleichlichen Frauen von Calabar vergeblich gehofft haben."

Die Köpfe von Sir Claude und Lady Sarah wendeten sich wie an der Schnur gezogen Mary zu. Als der die Bedeutung dieser Worte nach und nach zu Bewusstsein kamen, schien für einen Moment die Zeit stillzustehen. Sie sah die erstaunten Gesichter ihrer Freunde, bemerkte, wie die vergnügten Blicke der Chiefs auf ihr ruhten, sah, wie sie Klumpen von dem Fufu abrissen, es zwischen den Fingern rollten, in die Soße tunkten und schmatzend verschlangen. Sie bemerkte zu ihrer Linken Charly, der sich nicht rührte, glaubte, seinen Atem zu hören und seinen Unwillen zu spüren. Sag etwas, Charly, dachte sie. Tu etwas.

Als schließlich die Stille nach diesen Worten unerträglich zu werden schien, als sie schon nicht mehr wusste, wo sie hinschauen sollte, wandte Charly sich dem König zu. Sein Blick glitt an ihr vorbei, als wäre sie nicht da.

„Deine Weitsicht, Duke“, sagte er mit beherrschter Stimme, „ist wie immer der eines Königs würdig.“

Er machte eine Pause, in der die Tafel gespalten war, reglose Europäer auf der einen Seite, genüsslich speisende Afrikaner auf der anderen.

„Aber Englands Größe besteht nicht nur in der Stärke seiner Söhne, sondern auch in der Klugheit seiner Töchter.“

Die Chiefs reagierten mit einem beifälligen Raunen auf diese Antwort, nickten sich zu und widmeten sich wieder dem Essen. Auch Sir Claude und Lady Sarah entspannten sich. Nur Mary war verwirrt. Die Art, wie Charly sich aus der Affäre gezogen hatte, war meisterhaft. Warum nur fühlte es sich so merkwürdig an? Vielleicht weil er sich aus der Affäre gezogen hatte?

Was hatte sie denn erwartet? Was, um Himmels willen, ging in ihr vor? Alles in ihr lehnte sich auf gegen die Vorstellung, dass sie etwas anderes hatte hören wollen als das, was Charly gesagt hatte. Nein, das wollte sie nicht denken. Sie war als Forscherin im Auftrag der Royal Geographic Society hier. Die Studien über den Fetischglauben der Afrikaner. Forscherin. Royal Geographic. Studien. Immer wieder formulierte sie in Gedanken diese Vokabeln wie magische Worte, um sich ihrer selbst wieder gewiss zu werden.

„Wie gerne“, vernahm sie nun wie aus weiter Ferne die Stimme des Königs, „würden wir jetzt die Meinung einer klugen Engländerin hören.“

Mary brauchte einen Moment, um sich zu fassen.

„Aber gerne, Sir“, begann sie und wunderte sich kurz, wie ruhig ihre Stimme klang. „Leider weiß ich im Moment nicht, zu welchem Thema Sie mich befragen möchten.“

Sie zupfte sich mit den Fingern ein hühnereigroßes Stück von der weichen Teigmasse ab. Anders als Lady Sarah hatte sie bereits ihre Erfahrungen mit Fufu gemacht.

„Über Mr. DeCardis Sicht auf die Frauen“, fuhr sie langsam fort und rollte dabei das Fufu in ihrer Hand zu einer Kugel, „seien sie aus England oder aus Calabar, kann ich mich kaum äußern. Das ist nicht Gegenstand meiner Forschungsarbeit.“

Obwohl sie zum König sprach, nahm sie deutlich wahr, wie Charly neben ihr erstarrte. Ihr wurde bewusst, dass sie ihn mit ihren Worten verletzte. Ihn zurückstieß aus der Vertrautheit, die sie miteinander verband. Aber sie konnte nicht anders. Irgend etwas in ihr fühlte sich verraten; ein Etwas, das sie kaum kannte, weil es neu war und noch schmerzte in der beißenden Luft der Wirklichkeit. Es zog sich in ihr zurück wie die empfindlichen Fühler einer Schnecke, sobald sie berührt werden. Was sie weitertrug, war der harte Panzer ihres Verstandes.

„Ich habe von meinem Vater gelernt“, erklärte sie, spießte dabei die Fufukugel auf ihren rechten Zeigefinger und hielt sie vor sich in der Luft, als wollte sie sie untersuchen wie ein fremdartiges Insekt, „dass jede Lebensweise ihre Berechtigung hat.“ Langsam kam sie in sicheres Fahrwasser. Oh ja, sie würde ihm beweisen, dass sie eine kluge Frau war.

„Doch ich glaube, im Kern unseres Gesprächs steht die Frage, ob es für eine Gesellschaft von größerem Vorteil ist, wenn jeweils nur ein Mann und eine Frau eine Familie bilden, oder ob der Polygamie der Vorzug zu geben sei. Ich persönlich bin der Auffassung, dass letzteres Modell durchaus Vorteile hat.“

Lady Sarah starrte sie mit offenem Mund an, aber Mary ließ sich nicht mehr bremsen.

„Rein biologisch spricht nichts dagegen, wenn ein Mann mit mehreren Frauen Kinder zeugt“, formulierte sie ihren Gedanken weiter, tunkte dabei den Fufuballen an ihrem Finger in die Pfeffersoße und lutschte mit der Soße einen Teil davon ab. Dabei stellte sie fest, dass nicht nur Archibong ihr aufmerksam zuhörte.

„Dies gilt natürlich nur, wenn die Gesellschaft sowohl den Frauen als auch den daraus entstehenden Abkömmlingen einen gleichberechtigten Rang gewährleistet. Dies ist in England und in den meisten anderen europäischen Ländern nicht der Fall. Von daher lässt sich das Modell bei uns kaum durchsetzen. Im Übrigen sprechen auch religiöse Vorbehalte dagegen. Soweit ich aber feststellen konnte, haben wir in Afrika, wie in vielen weiteren Regionen der Welt, eine gänzlich andere Situation. Eine zweite, dritte oder vierte Frau ist nicht wesentlich schlechter gestellt als die erste."

Sie hatte mit einem Mal einen trockenen Mund und griff zu ihrer Schale mit dem *mimbo.*

„Das Essen ist wirklich ...", begann Sir Claude, aber Mary hatte nicht die Absicht, sich unterbrechen zu lassen.

„Eine polygame Situation, in der eine Frau mit mehreren Männern zusammenlebt, ist natürlich ungleich komplizierter", setzte sie forsch ihren Vortrag fort. „Hauptsächlich wegen der männlichen Bedenken in Bezug auf die Abstammungslinie der Nachkommen. Das ist zwar albern, aber leider ein Fakt. Das heißt, angesichts der Tatsache, dass ein Mann zwar mehrere Frauen befruchten kann, umgekehrt aber eine Frau nicht mehrere Männer benötigt, um ein Kind zu gebären, ist jener Form der Polygamie, in der ein Mann mit mehr als einer Frau einen Haushalt bildet, den Vorzug zu geben. Habe ich Ihre Frage damit hinreichend beantwortet, Sir?"

Der Mann mit dem Federhut lehnte bequem zurückgelehnt in seinem Sessel. Die afrikanischen Chiefs kauten zwar immer noch, konnten aber den Blick nicht von ihr wenden.

Lady Sarah hatte die Hände im Schoß zusammengekrampft, und Sir Claude kaute auf seiner Unterlippe. Nur was der Mann neben ihr dachte, konnte sie nicht wissen. Dabei war es das Einzige, was sie wirklich interessierte.

„Nicht ganz, Miss Cooley", sagte König Archibong, „nicht ganz. Da Sie es also gutheißen, wenn ein Mann mehrere Frauen hat, stellt sich doch die Frage, ob Sie selbst sich vorstellen könnten, für einen Mann nicht die einzige Frau zu sein."

Mary spürte, wie ihr das Blut im Hals pochte. Warum hörte es denn nicht auf? Warum griff Charly nicht ein? Sie ahnte, dass ihre nächsten Worte etwas zerstören würden. Etwas, das sie ersehnte, aber noch viel mehr fürchtete. Schließlich hob sie den Kopf und sah Archibong direkt ins Gesicht.

„Ich weiß nicht, ob Sie es sich vorstellen können", hörte sie sich sagen, „aber ich gehöre keinem Mann. Sei es als eine von vielen oder als Einzige."

„Und was ist mit diesem Ding, von dem die Weißen so viel Aufhebens machen?" Der König schnippte mit den Fingern. „Was ist mit diesem Ding namens Liebe?"

„Oh", sagte Mary, „natürlich. Die Liebe. Wie konnte ich das vergessen?" Sie wusste mittlerweile nicht mehr, was da aus ihr sprach. „Liebe ist ein tragisches Phänomen. Die Essenz, aus der die Kunst geboren wird. Die Malerei, die Literatur, die Musik, das alles wäre farblos ohne die Regungen des Herzens. Leider trübt sie den Verstand, und für den Fortbestand einer Gesellschaft, Sir, ist die Liebe ohne Belang."

Der König wiegte bedächtig sein federgeschmücktes Haupt. Dann ging ein Ruckeln durch seinen Körper, das sich schließlich in einem Lachen entlud.

„Count Charly", rief er, immer noch von Lachen geschüttelt. „Du wirst es wirklich nicht einfach haben."

Auf dem Rückweg herrschte betretenes Schweigen in der offenen Kutsche. Jeder von ihnen schaute zur Seite in die dunklen Straßen und Gassen von Calabar. Mary fühlte sich grässlich. Sie wusste, dass irgendetwas ganz fürchterlich falsch gelaufen war, aber sie konnte es nicht mehr ändern. Sie fühlte sich allein gelassen und wollte gleichzeitig nichts anderes als das: allein gelassen werden.

„Was für ein interessantes Weihnachtsfest", bemerkte Lady Sarah schließlich mit etwas dünner Stimme. Aber niemand reagierte. Mit einem unglücklichen Gesichtsausdruck sah auch sie wieder zur Seite, in die dunkle Stadt.

Vor dem Gouverneurspalast verabschiedete sich Charly von Sir Claude und seiner Frau. Dann trat er zu Mary, sein Gesicht eine Skulptur aus Schatten und Licht, so fremd wie ein Bauwerk aus einem fernen Land.

„Was werden Sie nun tun?", fragte er in einem Ton, der wie aus weiter Ferne kam.

Sie sah ihn an und suchte verzweifelt das Gesicht ihres Piraten. Aber sie fand es nicht.

Auch ihre Stimme klang fremd in ihren eigenen Ohren, als sie ihm antwortete: „Was schon, ich werde fischen gehen."

Am Forcados

Der Mann aus Amaighbo stand auf der Brücke des holländischen Dampfers und beobachtete, wie der Ladekran die länglichen Kisten über die Reling in die Frachtboote hinabließ. Er hatte sie vorher alle selber geöffnet und den

Inhalt überprüft. Die eingeölten Gewehre waren zwar von etwas anderer Bauart, als er sie kannte, aber in tadellosem Zustand. Er hatte die Bootsführer angewiesen, je Boot nur eine Lage Kisten zu verstauen und sie dann mit Bananen, Netzen mit Kokosnüssen und Salzsäcken abzudecken. Was sie keinesfalls gebrauchen konnten, war unerwünschte Aufmerksamkeit. Woran es ihnen hingegen nicht mangelte, waren Boote.

Das Schiff des Holländers ankerte in der Mündung des Forcados. Dieser Ort, hundertzwanzig Meilen südöstlich von Lagos, war mit Bedacht gewählt. Zum einen war er eine Art Verladestation für Lagos. Die großen Überseeschiffe hatten zu viel Tiefgang, um ungefährdet die dortige Sandbank zu passieren. Am Forcados übernahmen die leichteren Küstendampfer die Ladung. Dass ein Schiff hier Ware verlud, war nichts Ungewöhnliches. Für den Mann aus Amaighbo war außerdem von Vorteil, dass die in der Region ansässigen Itsekiri im vergangenen Jahr massiv unter dem Druck der Company hatte leiden müssen. Der letzte Beschuss durch ein Kanonenboot lag noch keine zwei Monate zurück. Für einen Schmuggler war es daher nicht schwer, Verbündete am Forcados zu finden.

Der holländische Kapitän, der bisher die Verladung überwacht hatte, kam auf die Brücke. „Die Gewehre sind raus“, sagte er. „Dazu die Hunderttausend Schuss Munition und die Kisten aus der Hamburger Fabrik.“ Der Kapitän schnalzte mit der Zunge und verzog den Mund. „Reicht für eine große Feier.“

Der Mann aus Amaighbo wandte sich an den Holländer: „Ich danke Ihnen, Captain Mattis. Sie sind ein Mann, der sein Wort zu halten pflegt. Ich nehme an, dass Sie mit der Bezahlung zufrieden sind.“

„Kann nicht klagen“, meinte Mattis, der darauf achtete, nicht zu dicht neben dem Schwarzen zu stehen. Er machte keinen Hehl daraus, dass ihm ein Afrikaner auf der Brücke nicht passte. Dass er dem Mann mit den Pockennarben im Gesicht in den vergangenen drei Tagen eine Kabine hatte zur Verfügung stellen müssen, war ihm entschieden gegen den Strich gegangen. „Wann soll es denn losgehen?“, fragte er.

Sein Gegenüber bedachte ihn mit diesem schläfrigen Blick, von dem Mattis anfangs angenommen hatte, dass er von Dummheit zeugte. Mittlerweile wusste er, dass das ein Irrtum war. Er entschied, dass es besser war, nicht allzu neugierig zu sein.

Statt eines Abschieds nickte der Schwarze ihm nur stumm zu. Dann verließ er die Brücke und kletterte über die Reling in das letzte der Lastkanus. Jan Mattis sah den Booten hinterher, die in einer langgezogenen Kette den Forcados hinauffuhren. Er zog seinen Kautabak hervor, schnitt ein Stück ab und schob es sich in den Mund. Wenn ihn nicht alles täuschte, würden die Karten im Delta bald neu gemischt werden. Er glaubte zwar nicht, dass der verdammte Kaffer, der ihm in den letzten Tagen die Luft an Bord verpestet hatte, dann noch eine Rolle dabei spielen würde. Aber im Moment galt es noch, den Kerl bei Laune zu halten. Er schüttelte ungläubig den Kopf, als er an die Begegnung des Schwarzen mit dem deutschen Junker zurückdachte. In gewisser Weise waren da zwei Halunken aufeinandergetroffen. Nur dass der Eine von den beiden eine Zukunft hatte. Und der andere nicht.

Mattis gab den Befehl, den Anker einzuholen. Ihm konnte es egal sein, was der Kaffer mit den Engländern anstellte. Wenn der Pulverdampf sich verzogen hatte, würde der Kapitän Jan Mattis einer der Ersten sein, die den Niger hinauffuhren.

Der Mann aus Amaighbo atmete mit jeder Kanulänge, die er sich vom Schiff des Holländers entfernte, befreiter. Er verachtete den Weißen wegen seiner Gier, von der er sich antreiben ließ. Ebenso verachtete er die Männer aus Viktoria, die hinter dem Holländer standen. Auch sie wühlten nur im Dreck. Keinem von ihnen wäre es gelungen, ihn, einen Brass, einen Mann des Deltas, zur Zusammenarbeit zu gewinnen. Und keinem hätte er zugetraut, in einem so großen Spiel mithalten zu können. Aber dann war er ihrem Anführer begegnet, einem Mann von vollendeter Skrupellosigkeit.

Der auf einem Schiff lebte.

Drei Tage zuvor hatten sie dem Holländer an ebendieser Stelle das Öl und Palmkerne geliefert. Jan Mattis hatte eine Antwort auf die Botschaft, die der Mann aus Amaighbo ihm mitgegeben hatte. Die Käufer des geschmuggelten Öls waren an seinem Vorschlag interessiert und wollten sich mit ihm treffen.

Der Holländer hatte ihm angeboten, sich für die Reise einen Platz an Deck zu suchen. Aber das hatte der Mann aus dem Delta abgelehnt. Ihm war bewusst, dass bei dieser Begegnung jede Kleinigkeit von entscheidender Bedeutung war. Hätte er wie ein Kru-Mann an Deck übernachtet, wäre er nicht mehr gewesen als genau das: ein Schwarzer, der an Deck übernachtet.

Der Unwille des holländischen Kapitäns, als er eine Kabine forderte, hatte ihn amüsiert. Er wusste, dass sein Wunsch ihm nicht verwehrt werden würde. Von der Mündung des Forcados waren sie südwärts gefahren, hatten Akassa an der Nigermündung passiert. Dem Verlauf der Küste weiter westwärts folgend, hatte der Mann aus Amaighbo die Bucht von Bonny in der Ferne gesehen.

Opobo konnte er nur erahnen, da sie sich mehr und mehr von der Küste entfernten. Dann war im Süden die gebirgige Insel aufgetaucht und im Osten ihr Gegenstück, der mächtige Mungo ma Lobé. An seinem Fuße lag Viktoria, die Stadt der deutschen Händler.

Das Geschäft mit dem Öl abzuwickeln überließ der Mann aus Amaighbo dem Holländer. Ihn interessierte viel mehr das Schiff, das in der Bucht vor Anker lag. Als das Boot ihn übersetzte, las er den Namen, der in schwarzen, geschwungenen Lettern am Bug stand: *Herzogin Elisabeth.* Der Mann, der es kommandierte, hatte das Auftreten eines Königs. Und einen grenzenlosen Ehrgeiz. Er war ein Mann, der vor nichts zurückschreckte.

Auch nicht vor Verrat, wie dem Mann aus Amaighbo sehr wohl klar war. Aber davor würde er sich zu schützen wissen. Er würde dem Deutschen das geben, was dieser begehrte: den Zugang zum Hinterland. Das Delta aber würde wieder den Brass gehören.

Während die Boote aus der Bucht der Forcados-Mündung den Strom hinaufsteuerten, plante der Anführer der kleinen Flotte den weiteren Verlauf ihrer Route durch. Sie würden über die kleinen Seitenkanäle fahren, so umgingen sie die Wachen der Company. Erst wenn sie sich dem Nun näherten, würden sie wieder achtsam sein müssen. Der Mann aus Amaighbo beabsichtigte, die Waffen an verschiedenen Orten zu deponieren, die aber nicht mehr als eine halbe Tagesfahrt auseinanderlagen. Diesen letzten Teil ihrer Fahrt würden sie nachts durchführen müssen. Der Alte wusste, dass er sich auf seine Männer verlassen konnte, sie würden ihren Weg mit verbundenen Augen finden. Er rechnete nicht mit Schwierigkeiten.

Was ihn viel mehr beschäftigte, waren die jüngsten Ereignisse in Nembe. Er würde sich um Koko kümmern müssen. Der neue König der Brass war ein schwer zu beherrschender Faktor geworden. Sein Zorn und seine Ungeduld drängten ihn zum Handeln. Aber dafür war es noch zu früh. Koko musste gebändigt werden.

Da der Alte im letzten der Boote saß, bemerkte er das Schiff erst, als ihn seine Männer darauf aufmerksam machten. Es ankerte im ruhigen Wasser einer Flussbiegung. Das war ungewöhnlich. Die Schiffe mit Fracht für Lagos ankerten in der Mündung, wo sie nicht riskierten, auf eine Sandbank zu laufen. Und die, die über den Forcados den Nun erreichen wollten, hatten keinen Grund, sich lange hier aufzuhalten. Während die Boote in respektvollem Abstand an dem stählernen Riesen vorbeifuhren, fielen dem Mann aus Amaighbo noch andere Merkwürdigkeiten auf. Die Männer, die an Bord des Schiffes herumlungerten, waren keine Seeleute, sondern Offiziere. Allerdings keine englischen, wie er an den Uniformen ersehen konnte. Es war auch keine englische Flagge am Schornstein, und der Name *Ardent* klang auch nicht englisch.

Nachdenklich ließ sich der Alte wieder in seinen Sitz zurücksinken. Er fragte sich, ob er das, was er gerade gesehen hatte, zu seinem Vorteil nutzen konnte. Dafür aber musste er wissen, was ein französisches Kriegsschiff im Forcados zu suchen hatte.

Der große Mungo

Sie watete durch einen Sumpf. Um sie herum erstreckte sich bis an den Horizont ein Feld schwarzer, skelettierter Mangroven. Es gab keine Sonne, nur einen bleigrauen Himmel, der so tief hing, dass sie glaubte, ihn mit der ausgestreckten Hand berühren zu können. Es war eine Landschaft des Todes. Seltsamerweise verspürte sie nicht die geringste Furcht.

„Mary?"

Sie wusste, sie bräuchte nur das Lied zu finden und seinem Klang zu folgen. Das Lied würde sie sicher aus diesem Ort der Verdammnis hinausführen. Das Lied. Wo war nur das Lied?

„Mary!"

Da! Da war es. Aber es kam aus den Wolken. Verwirrt blieb sie stehen. Jetzt vernahm sie es ganz deutlich. Es war der Sänger. Unverkennbar der weiche Klang seiner Stimme, die von Dingen erzählte, die weit hinter dem Horizont lagen. Aber wieso kam seine Stimme aus den Wolken?

„Also, Mary!"

Aber dann sah sie, dass hinter den Wolken etwas war. Dass die grauen Schwaden einen Schatten verbargen, etwas Mächtiges, das sich weit in den Himmel erhob. Von dort kam das Lied. Und sie begriff: Dorthin musste sie gehen.

„Mary, wachen Sie auf, es ist neun Uhr. Und Sie haben bereits Besuch."

Mary stöhnte auf, als die Melodie, die sie so sehr gesucht hatte, in der Innenwelt ihres Traumes verklang. Sie wollte sie weiter hören, wollte wissen, was es mit dem Schatten hinter den Wolken auf sich hatte. Aber Lady Sarahs Stimme war unerbittlich.

„Es ist zwar nur ein deutscher Offizier, aber die Höflichkeit verlangt es, dass Sie sich wenigstens anhören, was er zu sagen hat."

Ein deutscher Offizier? Mary schlug die Augen auf. Durch die Ritzen der Fensterpaneele drang in haarfeinen Linien das Sonnenlicht in ihr Zimmer. Lady Sarah hatte ihr Kleid vom Stuhl gehoben, hielt es an die Nase und zuckte sogleich wieder zurück. Sie hielt es mit ausgestrecktem Arm in der Luft, als sie fragte: „Mary, ich finde, Sie übertreiben. Sie müssen doch nicht nach den Fischen tauchen. Ist da noch einer drin, oder kann ich es in die Wäsche geben?"

Mary schloss wieder die Augen. Sie wusste auf einmal mit eindeutiger Gewissheit, dass sie sich nun lange genug in Calabar aufgehalten hatte. Schon seit Tagen hatte sie die Unruhe gespürt, seit jenem Abend beim König, an dem sie etwas verloren hatte, dessen Namen sie nicht einmal kannte. Das aber nun, da sie es nicht mehr zu fürchten brauchte, unschätzbar wertvoll erschien.

Verloren.

Das Wort klang in ihr nach wie in einem großen, leeren Saal. Bevor sie diesem Gefühl aber noch länger nachhängen konnte, kam ihr auf einmal zu Bewusstsein, was ihre Gastgeberin gerade gesagt hatte.

„Ein deutscher Offizier?", fragte sie, sich im Bett aufrichtend. „Was will denn ein deutscher Offizier von mir?"

„Das habe ich ihn auch gefragt. Wie es aussieht, hat er eine Botschaft des Vize-Gouverneurs von Kamerun für Sie."

„Des Vize-Gouverneurs? Aber ich verstehe nicht ..."

„Ich verstehe es auch nicht, Mary, und wir werden beide nicht klüger werden, wenn Sie nicht aufstehen und den Mann selber danach fragen."

Nachdem Lady Sarah sie wieder allein gelassen hatte, beeilte Mary sich mit ihrer Morgentoilette. Eine halbe Stunde später trat sie in den Salon, wo der junge Mann in Uniform, der Lady Sarah in offensichtlich unbehaglichem Schweigen gegenübersaß, sogleich aufsprang.

„Leutnant von Stetten", stellte sich er vor, nachdem er sich leicht über ihre dargebotene Hand verbeugt hatte. „Miss Cooley", fuhr er in fehlerfreiem Englisch fort, „ich habe die Ehre, Ihnen eine Einladung des Vice-Gouverneurs von Deutsch-Kamerun zu überbringen." Er reichte ihr ein Couvert, auf dem in einer schwungvollen Schrift ihr Name stand. „Er würde es als außerordentliche Ehre betrachten, wenn Sie ihm das Vergnügen bereiteten, ihn in Viktoria zu besuchen."

„Wirklich?", erwiderte Mary verwirrt. „Woher weiß denn der Vize-Gouverneur von mir? Ich meine ... was verschafft mir die Ehre?"

„Herr von Lucke fördert in jeder Hinsicht die Wissenschaften. Er steht in engem Kontakt zur Royal Geographic Society, die ihn über Ihre Arbeit informierte."

Mary wurde sich bewusst, dass sie beide immer noch standen, und lud den Leutnant mit einer Geste ein, wieder Platz zu nehmen. Der junge Mann wartete, bis sie sich setzte, und ließ sich dann auf die vorderen zehn Zentimeter seines Stuhls nieder.

Mary öffnete das Couvert und las die in gestochen scharfer Schrift verfassten Zeilen:

Sehr geehrte Miss Cooley,

lassen Sie mich bitte als Erstes mein unendliches Bedauern über das Hinscheiden Ihres Vaters ausdrücken. Ich war ein Bewunderer und – ich erlaube mir in aller Demut diese Bezeichnung – Freund dieses großartigen Mannes und außergewöhnlichen Wissenschaftlers ...

Mary spürte, wie ihr Herz einen Sprung machte. Sie sah

den Leutnant an, der sie aus seinen blauen Augen interessiert beobachtete. Aufgewühlt las sie weiter. Demnach war dieser Herr von Lucke ihrem Vater vor zwanzig Jahren in China begegnet.

George Cooley war, ebenso wie ich, ein entschiedener Gegner des Opiumhandels. Und gleichfalls ein großer Bewunderer der chinesischen Kultur.

Offenbar waren die beiden Männer dann, als sich ihre Wege trennten, in Briefkontakt geblieben. Als der Deutsche nun hörte, dass George Cooleys Tochter Forschungen in Afrika betrieb und das auch noch direkt in der Nachbarschaft seines derzeitigen Wirkungskreises, beschloss er, sich mit ihr in Verbindung zu setzen.

Es wäre mir undenkbar gewesen, die Gelegenheit zu einem Treffen verstreichen zu lassen. Daher würden Sie mir und meiner Frau eine große Ehre erweisen, wenn es Ihnen möglich wäre, uns in Viktoria zu besuchen.

Mary versuchte, ihre Gefühle zu ordnen. Seit Beginn dieser Reise, ja seit dem Moment, da sie den englischen Boden verlassen hatte, war der Schmerz über den Verlust ihres Vaters immer mehr in den Hintergrund getreten. Sicher, er war noch da. Er würde immer da sein. Doch hatten sich andere Bilder und Eindrücke in hauchfeinen Schichten darübergelegt und seine Intensität auf diese Weise gemildert. Nun aber, mit einem Schlag, trat er wieder in ihr Bewusstsein. Sie wollte nicht zurück, in diesen Sog aus Schwärze. Gleichzeitig aber spürte sie die verzweifelte Sehnsucht, einen Menschen zu treffen, der ihren Vater gekannt hatte. Ihn auf diese Weise wieder zum Leben zu erwecken. Und wenn auch nur für kurze Zeit, und wenn auch nur in Gedanken.

Der Brief zitterte ein wenig in ihrer Hand, als sie wieder aufsah und dem fragenden Blick des Leutnants begegnete.

Sie sammelte sich und fragte: „Möchten Sie vielleicht etwas Tee, Leutnant?“

Die Mundwinkel des Offiziers zuckten, als er antwortete: „Danke, Miss Cooley, aber ich habe bereits drei Tassen ihres vorzüglichen Darjeeling gekostet.“

Mary fasste ihn genauer ins Auge. Trotz seines korrekten Äußeren und seines tadellosen Benehmens hatte er nichts Devotes an sich. Den deutschen Offizieren mangelte es offenbar nicht an Selbstbewusstsein. Mit einer leichten Verbeugung in Richtung Lady Sarah, die etwas steif auf ihrem Stuhl saß, bemerkte er: „Der Vize-Gouverneur hat mich beauftragt, Ihnen eine Probe von unseren eigenen Teeplantagen zu überreichen.“ Dabei wies er auf eine Kiste, die einsam neben dem Tisch stand. „Herr von Lucke äußerte die Überzeugung, dass nur die englische Zunge im Stande wäre, die Qualität dieser ersten Ernte zu beurteilen.“

Mary stellte fest, dass Lady Sarahs englische Zunge sich weigerte, diesem geschliffenen Kompliment zu antworten.

„Ich bin sicher, er ist vorzüglich“, antwortete Mary statt ihrer auf Deutsch, woraufhin Leutnant von Stetten überrascht die Augen aufriss.

„Vielen Dank“, antwortete er in seiner Sprache, nahm dann aber Rücksicht auf Lady Sarah und fragte auf Englisch: „Was darf ich Herrn von Lucke ausrichten?“

Mary brauchte nicht lange zu überlegen. „Oh, ich nehme die Einladung an. Wann geht’s los?“, fragte sie munter.

„Mary, ich weiß nicht ...“, warf Lady Sarah erschrocken ein.

„Ich habe den Befehl, mich ihren Wünschen in jeder Hinsicht zu fügen“, unterbrach der Offizier mit leuchtenden Augen.

„Geben Sie mir eine Stunde.“

„Selbstverständlich, Miss“, rief der Leutnant mit einem breiten Grinsen und sprang auf, als sie sich erhob.

Mary konnte sich ein Lachen nicht verkneifen, als sie aus den Salon eilte, verfolgt von einer besorgten Lady MacDonald. „Mary“, rief diese, kaum dass sie außer Hörweite des Leutnants waren, „Sie können doch nicht so einfach der Einladung eines wildfremden Mannes folgen. Schon gar nicht, wenn er ein Deutscher ist.“

„Ach, Lady Sarah“, sie wandte sich um und ergriff die Hände ihrer mütterlichen Freundin, „ich weiß ja, dass Sie sich um meine Sicherheit sorgen, aber ich bin eine erwachsene Frau. Und die Deutschen sind keine Kannibalen.“

„Vielleicht nicht gerade Kannibalen“, wand sich Lady Sarah, „aber sie pflegen äußerst barbarische Rituale. Man kann diesen Leuten vom Festland nicht trauen.“

„Heinrich Barth war auch ein Deutscher“, entgegnete Mary, während sie ihre Sachen in eine Tasche warf. Ihre persönliche Habe war schnell gepackt. Für ihre Ausrüstung würde sie dagegen wesentlich mehr Platz brauchen. Aber sie beschloss, die Kisten mit den bereits gesammelten Exponaten in Calabar zu lassen. Die könnte sie irgendwann abholen.

„Ich werde Ihnen gleich nach meiner Ankunft schreiben“, beruhigte sie Lady Sarah, die sich immer noch nicht damit abfinden konnte, sie aus ihrer Obhut zu entlassen.

„Andernfalls werde ich den Major veranlassen, ein Kriegsschiff zu schicken.“

Schicken Sie doch einfach Cap’n Charly, wollte sie gerade sagen. Aber dann fiel ihr ein, dass ihr Pirat nicht mehr da war. Ohne einen Abschiedsgruß hatte er Calabar am Tag nach dem Weihnachtsdiner verlassen. Sie zwang sich zu einem kleinen Lächeln.

„Ich denke, das wird nicht nötig sein“, sagte sie.

Söhne in Bonny

„Du siehst Gespenster, Charly."

Archie McEachen zeichnete das Kassenbuch ab, das Sam, sein sechzehnjähriger Sohn, ihm vorgelegt hatte.

„Danke, Samuel", sagte er zu dem jungen Mann und sah ihm mit einem wohlwollenden Blick nach, als dieser im Lager verschwand. „Prächtiger Junge", meinte er.

„Keine Frage", erwiderte Charly, der McEachens Sohn für einen Langweiler hielt. „Hat immer den Überblick."

„Zahlen sind seine Leidenschaft. Vikki regt sich immer auf, wenn er auch in ihrem Haushalt die Buchführung übernehmen will."

Charly verzog das Gesicht. Archies Frau hatte sich zu einem ziemlichen Drachen entwickelt. Deswegen, aber auch, weil sie nicht besonders gut auf ihn zu sprechen war, hatte er seinen Kompagnon schon seit Jahren nicht mehr zu Hause besucht.

„Gerade gestern hat sie wieder nach dir gefragt", bemerkte McEachen prompt, „und sich beschwert, dass du uns gar nicht mehr besuchst."

„Archie, du weißt doch, dass ich immer melancholisch werde, wenn ich glückliche Familien sehe. Ich stelle dann fest, wie nutzlos und vergeudet mein Junggesellenleben ist. Im Gegensatz zu dir werde ich im Alter niemanden haben, der mir sabbernde Enkelkinder in die tattrigen Hände legt. Keine fürsorgliche Schwiegertochter, die mich mit Brei füttert oder meine Bettwäsche wechselt. Als ich das letzte Mal bei euch war, wollte ich mir hinterher die Kugel geben. Leider war das Pulver nass."

McEachen grinste: „Ich kann dir ja nächstes Mal mit einer meiner Waffen aushelfen."

Charly sah durch die verschlierten Fenster des Kontors nach draußen. Archie war alt geworden. Und träge. Aber auch er selbst hatte die Begeisterung für das Geschäft verloren. Ihre gemeinsame Handelsfirma hielt sich so gerade über Wasser. Sie kauften viele kleine Posten auf, die für die Company oder die Firmen aus Liverpool uninteressant waren. Zusätzliches Geld verdienten sie mit Schmuggelware. Seit die Company in ihrem Territorium den Alkoholhandel verboten hatte, kamen sie auf ein paar zusätzliche Einnahmen. Gin ging immer.

„Nun erzähl schon, Charly. Was ist mit dieser Engländerin?"

„Verdammt", Charly wandte sich um, „du willst mir erzählen, dass du mitbekommst, wenn ich in Calabar eine Frau aus dem Sumpf ziehe? Aber dass hier Leopardenmänner im Busch rumkriechen, ist dir entgangen?"

„Herrje, du mit deinen Leopardenmännern. Was soll uns das interessieren, wenn da irgendwelche Spinner mit einem Katzenfell um die Schultern ihren Hokuspokus abziehen?"

„Es ist die Idee, kapierst du das nicht? Dass die Brass wütend sind, ist nichts Besonderes, die sind schon wütend auf die Welt gekommen. Auch wenn fünfzig von ihnen ein Lager überfallen oder einen Fluss sperren, ist das nichts Neues. Aber was, wenn es eine Idee gibt, unter der sie alle zusammenkommen?"

Charly lief vor dem Schreibtisch seines Kompagnons auf und ab. Bei jedem Schritt stiegen kleine Staubwölkchen von den knarrenden Dielen hoch.

„Archie, es war immer eine Idee, die einen Bürgerkrieg entfacht hat. Eine Idee, ein Geheimbund und ein Mann, der das zu benutzen weiß."

„Die hat dir ganz schön den Kopf verdreht, was?"

Charly blieb stehen, sah auf McEachen hinab und atmete tief durch. Dann ließ er sich wieder in den Sessel fallen.

„Hast du schon mal daran gedacht, von hier abzuhauen?", fragte er.

McEachen beugte sich vor: „Machst du Witze? Ich glaube, das war damals der erste Satz, den ich zu dir gesagt habe, als du hier ankamst."

„Ja, ich weiß. Du sagst das einmal im Monat. Aber ich meine es ernst. Du hast wie viele Kinder? Sieben?"

„Acht. Sag mal, was ist los mit dir, Charly? Ich fange an, mir Sorgen zu machen."

Was mit ihm los war? Charly wusste es auch nicht. Die Sache mit Mary machte ihm mehr zu schaffen, als er geglaubt hatte. Was war nur los gewesen mit ihr? Er hatte das Gefühl gehabt, neben einer Raubkatze zu sitzen, die ihm mit ihren Krallen das Gesicht zerfetzen wollte.

Mit einem unguten Gefühl dachte er an die kleine Hexe in Old Town zurück. Es war kein Zufall gewesen, dass sie ihr an dem Abend nach dem Besuch im Casino auf der Straße begegnet waren. Da war er sicher. Aber er weigerte sich zu akzeptieren, dass sie für Marys veränderte Stimmung verantwortlich war. Von ihren schwarzmagischen Künsten hielt er nicht viel. Aber dass sie eine Giftmischerin war, hatte ihm Sorgen bereitet. Sorgen um Mary.

„Ach, verdammt", sagte er, „ich habe ein ganz komisches Gefühl."

McEachen wippte langsam in seinem Stuhl vor und zurück. „Wenn das ein anderer sagen würde, ich hätte keinen Penny darauf gegeben. Aber mit deinen komischen Gefühlen sind wir bisher ganz gut gefahren, was?"

Charly zuckte nur mit den Schultern. „Wenn du damals bei

Millers geblieben wärst, ginge es dir heute wahrscheinlich besser."

„Um als Gehilfe der Company dazustehen? Nein, danke. Wir leben zwar nicht in Palästen, aber wir sind unsere eigenen Herren. Was willst du unternehmen?"

„Ich fahre morgen nach Akassa. MacDonald hat mich gebeten, mit Flint noch einmal über die Zölle für die Brass zu reden."

„Dann hat unser Gouverneur wohl in London nichts erreicht?"

Charly schüttelte denn Kopf. „Alle reden von den Franzosen und dass sie versuchen werden, über Dahomey an den Niger zu kommen."

„Die verdammten Froschfresser geben wohl nie Ruhe."

Charly bedachte seinen Kompagnon mit einem schrägen Blick.

„Tut mir leid", beeilte sich McEachen zu versichern, „ich weiß, mütterlicherseits, Gascogne, Revolution. Aber immerhin war deine Urgroßmutter schlau genug, einen Engländer zu heiraten. Hast du eigentlich jemals versucht herauszubekommen, ob du noch Verwandte in Frankreich hast?"

„Rede keinen Blödsinn, Archie, ich bin bis nach Afrika gefahren, weil das der Ort ist, wo ich mit Sicherheit niemandem aus meiner Familie begegnen werde."

„Charly, ich weiß nicht, ob du einen guten Einfluss auf meine Kinder hast, aber ich werde dich trotzdem heute zum Essen mitnehmen. Hör auf", wehrte McEachen ab, als Charly protestieren wollte, „ich kümmere mich um diese Leopardenspinner. Aber du solltest jetzt auf andere Gedanken kommen. Wir gehen zu mir und lassen uns von Vikki so richtig verwöhnen."

„Archie, ich habe eigentlich gar keinen Hunger und ..."

McEachen erhob sich. „Widersprich mir nicht. Du bist zwar ein Genie, aber im Moment nicht zurechnungsfähig. Wahrscheinlich wegen dieser Engländerin. Was du brauchst, ist ein richtig gut gewürztes Fufu. Sam …", brüllte er.

Der Junge stürzte herein, bevor das Echo verklungen war.

„Lauf nach Hause und sag deiner Mutter, dass euer Onkel Charly mit zum Essen kommt."

Er hatte gleich gewusst, dass es keine gute Idee gewesen war. Obwohl er Pfeffersoße liebte und die hier tatsächlich so scharf war, dass Charly der Schweiß ausbrach. Während er wartete, dass der erste Hitzeschub nachließ, ließ er seinen Blick durch den üppig eingerichteten Raum schweifen. Vikki liebte alles, was plüschig war und Troddeln hatte. Die Sessel, in denen sie saßen, die Tischdecke, auf der die fünf Söhne und drei Töchter des Hause ungeniert Pfeffersoße verteilten, selbst die Kerzenleuchter hatten Troddeln. Weitere kleinere Deckchen lagen auf den halbhohen Schränken, wobei die Troddeln unpraktisch über die Kante hingen, und sogar einen Wandteppich mit Troddeln gab es. Charly nahm einen kräftigen Schluck von dem Bier, das McEachen aus einem Fass gezapft hatte. Er musste das jetzt durchstehen.

„Was ist mit deinem Haus, Charly?", fragte ihn Vikki quer über den Tisch. „Es sieht aus, als wenn es von Schweinen bewohnt wird. Warum lässt du nicht meine Schwester nach dem Rechten sehen, während du dich in den Bordellen von Calabar rumtreibst?"

„Vikki, dir entgeht nichts", stellte er trocken fest. „Aber morgen müsste Dennis wieder da sein. Er wird alle Schweine rausschmeißen. Aber du weißt, dass er schlecht sieht. Stell dir nur vor, er erkennt deine Schwester nicht rechtzeitig."

McEachens Frau bedachte ihn mit einem bösen Blick.

Charly seufzte lautlos, einst war sie eine schöne, lebenslustige Frau gewesen. Mittlerweile aber wog sie zwei Zentner und verbrachte ihre Tage damit, andere herumzukommandieren.

„Dennis“, schnaubte sie verächtlich, „taugt genauso wenig wie sein Vater.“

Charly merkte, wie ihm die Hitze zu Kopf stieg. Aber diesmal nicht von der Pfeffersoße.

„Stell dir nur vor“, mischte McEachen sich hastig ein, „unser Gouverneur hat eine junge Engländerin mitgebracht. Charly und diese Miss Cooley scheinen sich bestens zu verstehen.“

Charly stützte den Kopf in die Hand und murmelte nur: „Oh, Archie.“

„Eine Engländerin?“ Obwohl Charly sie nicht ansah, glaubte er, das triumphierende Leuchten in ihren Augen zu sehen. „Warum sollte eine feine Engländerin in so eine Baracke einziehen wollen?“

„Was ist eine Baracke?“, fragte Marie-Anne, die sechsjährige Jüngste in Vikkis Wurf.

„Ein Haus für arme Leute“, beschied ihr Vikki.

„Aber Onkel Charly ist doch nicht arm“, wandte Samuel ein, der natürlich die Umsätze der Firma kannte.

„Ein Mann ohne Frau ist ein armer Mann“, wies ihn seine Mutter zurecht.

Charly tupfte sich mit der Serviette die Stirn, weil die Soße ihm immer noch den Schweiß aus den Poren trieb. Was war nur in letzter Zeit los, dass die Frauen alle auf ihm herumhackten.

Während er überlegte, wie er sich möglichst bald aus dem Staub machen konnte, betrachtete er Mathilde, die dreizehnjährige Tochter, und John, ihren um ein Jahr älteren Bruder.

Von der ganzen Horde waren das die beiden Pfiffigsten. Na ja, dachte er, kein Wunder.

Kurz darauf zogen er und Archie sich mit einem Glas Bier auf die Veranda zurück.

„Bist du den Gin losgeworden?“, fragte Charly seinen Kompagnon, kaum dass sie alleine waren.

„Und ob“, meinte McEachen. „War eine große Beerdigungsfeier in Nembe. Leider war es auch der beste Abnehmer, der da zu Grabe getragen wurde. Sind nicht gut gelaunt, die Brass. Und mit Koko als König wird das nicht besser werden. Ich glaube, es wäre wirklich gut, wenn du etwas erreichen könntest in Akassa. Schätze, auf dich hören sie eher als auf MacDonald.“

Charly stieß ein bitteres Lachen aus. „Das war einmal. Keiner hört auf Verlierer.“

McEachen sah ihn von der Seite an und schüttelte nachdenklich den Kopf. „Mensch, Charly, du solltest diese Geschichte endlich vergessen. Du hast alles getan, was du konntest. Aber Goldie hat uns genauso reingelegt wie JaJa.“ Er zuckte mit den Schultern. „So ist das nun mal. Der Teufel scheißt auf die größten Haufen. Immerhin hast du für seine Familie gesorgt, hast sogar Dennis aufgenommen. Seinen Vater, den alten Halunken, hätte es gefreut.“

„Was erzählt man sich denn so in Nembe?“, fragte Charly, weil er das Thema wechseln wollte.

„Stimmt, das habe ich dir noch gar nicht erzählt. Wir haben einen Geist in Ekowe.“

Charly hätte sich beinah verschluckt. „Wie bitte?“

McEachen lachte: „Ich weiß ja auch nicht, was Parkes jetzt wieder angestellt hat, aber die Brass erzählen, dass er als Geist herumspukt.“

„Verdammt, Parkes ist tot“, stieß Charly hervor.

„Wirklich? Na, das erklärt einiges." McEachen schien das Ableben des Händlers nicht sonderlich zu bedauern.

Charly schlug sich mit der Hand vor die Stirn: „Himmel, das hatte ich völlig vergessen."

McEachen sah ihn verständnislos an: „Erkläre dich, alter Mitstreiter."

„Ach, ich hatte dem Chief von Ekowe versprochen, den Leuten in Akassa die Sache mit Parkes zu erzählen. Der hat sich nämlich selber eine Kugel durch den Kopf geschossen."

„Vielleicht in einem Moment der Einsicht?"

„Wir haben ihn beerdigt. Ich erinnere mich aber nicht so genau an die Einzelheiten."

McEachen nickte bedächtig: „Verstehe, ist aber auch eine Unsitte, diese Sauferei bei den Beerdigungen."

In diesem Moment kam Samuel auf die Veranda: „Vater, ich glaube, es ist Zeit, dass wir ins Büro gehen."

„Sicher, Sam", McEachen trank sein Glas aus und meinte zu Charly: „Das mit Parkes kannst du ja morgen in Akassa klären. Ich muss los, wir erwarten Ware aus Ndele. Nimmst du die *Princess*?"

Charly nickte. Ihr firmeneigenes Dampfboot war für die Flüsse gut geeignet. Für das offene Meer hatte sie zu wenig Tiefgang. „Ich bleibe dicht an der Küste", sagte er.

Archie winkte ab: „Grüß Anthony, wenn du ihn siehst."

„Mach ich", erwiderte Charly etwas geistesabwesend, weil er sich immer noch fragte, was es mit Parkes' Geist auf sich hatte. Dann aber fiel ihm noch etwas ein: „Archie, ihr kümmert euch doch um Louis, solange Dennis noch unterwegs ist?"

McEachen wandte sich um: „Ist das verrückte Viech immer noch bei dir?"

Charly hob nur ratlos die Schultern: „Weiß auch nicht, was er hat. Will einfach nicht mehr fliegen."

„Du solltest ihn in die Suppe tun."

„Zu spät, er hat einen Namen."

McEachen schüttelte nur den Kopf: „Na ja, mach dir keine Sorgen, die Mädchen sind ganz verrückt nach dem kleinen Vampir."

Charly warf einen Blick unter den Stuhl neben der Tür, um sicherzugehen, dass sich dort keine Schlange niedergelassen hatte, und setzte sich, um das etwas sperrige Essen zu verdauen. Als ihm einfiel, dass Vikki die Gelegenheit nutzen könnte, um ihm wieder auf die Nerven zu gehen, war es bereits zu spät. Die Gittertür öffnete sich und sie kam heraus.

„Nun, Charly, hast du es herausgefunden?", fragte sie mit einem bösen Lächeln.

„Ach, Vikki", seufzte er, „lass doch dieses Spiel."

„Ein Spiel nennst du das", sie ließ sich in einem mit Kissen ausgepolsterten Sessel nieder. „Du tust mir leid, Charly."

Er trank sein Glas aus und erhob sich. „Tja, ich muss dann mal gehen." Als er die Stufen hinunter in den Garten ging, fragte sie mit gedämpfter Stimme nach: „Wer ist es, Charly? Welches ist von dir? Mathilde oder John?"

„Es sind beide", antwortete er. Allerdings erst, als er außer Hörweite war.

Akassa

Das Gelände der Royal Niger Company in Akassa erstreckte sich über mehrere Hektar. Es umfasste Zollämter und Bürogebäude, Werften und Werkstätten, Lagerhallen und

Häuser für die Angestellten. Und natürlich Schiffsanleger. Akassa hatte sich zu einem der größten Häfen des Deltas entwickelt.

Ursprünglich war die Stadt von den Portugiesen gegründet worden, die an dieser Flussmündung einen günstigen Ankerplatz vorfanden. Wann genau das gewesen war, wusste jedoch niemand zu sagen. Der einzige Hinweis war ein Grabstein mit dem verwitterten Vermerk: „A. D. 1635 ...“ Auch für das, was die europäischen Seefahrer zu dieser Zeit gesucht hatten, gab es noch steinerne Zeugnisse. Obwohl die weißen Händler oft über Monate auf ihren Schiffen geblieben sind, hatten sie die menschliche Ware, die ihnen nach und nach von den Deltabewohnern geliefert wurde, irgendwie zwischenlagern müssen. Daher hatten sie einfache, flache Häuser gebaut, in denen sie die Sklaven einsperren konnten, sogenannte *barrikos*. Noch zu dem Zeitpunkt, da Charly mit der *Princess* in Akassa angekommen war, standen die eingefallenen Mauerreste einer solchen Baracke noch gut sichtbar auf der Akassa gegenüberliegenden Landzunge.

Die Stadt lag mitten im Brass-Gebiet, genau genommen auf einer Insel, Brass Island. Aber das war nichts Ungewöhnliches, da praktisch die gesamte Küste auf Grund der vielen Wasserläufe und Seitenarme des Nigers aus einer Kette von Inseln bestand. Diese Inseln waren nichts weiter als die Zwischenräume der unzähligen Wasseradern. Keine dieser Inseln erhob sich mehr als zwanzig Meter über dem Wasserspiegel. Der Boden war nicht sonderlich fruchtbar, weshalb es auch kaum Landwirtschaft gab. Was die Brass brauchten, holten sie sich auf dem Wasserweg. Und so taten es auch die neuen Herren des Deltas.

Nun hatten die großen Stahlschiffe der Europäer aber mit anderen Schwierigkeiten zu kämpfen als die leichten Boote der Brass. Sie waren weitaus anfälliger für die Launen des Flusses. Selbst während der Regenzeit, wenn der Wasserstand hoch war, konnte kein Schiff vor Untiefen sicher sein. Noch mehr traf das auf die winterliche Trockenzeit zu, wenn die Fahrrinne nicht nur schmaler wurde, sondern oft auch so flach, dass die Schiffe entladen werden mussten, bevor sie die kritische Stelle passieren konnten. Als Charly in Akassa eintraf, erfuhr er, dass Joseph Flint, der Generalsekretär der Company, bei Abutshi, hundertdreißig Meilen flussaufwärts, mit seinem Schiff festsaß. Charly fand Wallace am Anleger, wo der sich gerade mit einer elegant gekleideten Dame unterhielt. Der Stellvertreter von Flint legte sich sichtlich ins Zeug, um der Lady gefällig zu sein. Hinter ihnen, am Kai, ragte die stählerne Bordwand der *Nupe* empor, die Charly bereits aufgefallen war, als er mit seinem Boot in die Flussmündung eingefahren war. Als Wallace ihn erblickte, winkte er ihn mit etwas übertrieben wirkender Wiedersehensfreude zu sich: „DeCardi, Sie kommen wie gerufen."

Charly trat neugierig näher. Die Frau, die bei Wallace stand, mochte vierzig Jahre alt sein. Ihr heller Teint verriet, dass sie noch nicht lange in Afrika war. Ihr ovales, ebenmäßiges Gesicht wurde von großen, braunen Augen dominiert. Mit einem warmen Lächeln nahm sie Charlys Gruß entgegen.

„Darf ich Ihnen Mr. DeCardi vorstellen", sagte Wallace zu ihr. „Mr. DeCardi, Lady Goldie."

Charly, der sich leicht über ihre Hand verbeugt hatte, sah sie überrascht an. „Lady Goldie? Was ..."

... zur Hölle sie hier tat, wollte er fragen. Stattdessen aber rang er sich ein „Was ... für ein Vergnügen" ab.

„Ich freue mich, Sie kennen zu lernen, Mr. DeCardi. George hat stets mit großem Respekt von Ihnen gesprochen."

Charly nickte nur. Er kannte ihre Geschichte, und sie gehörte zu den wenigen Dingen, die ihm George Goldie sympathisch gemacht hatten. Lady Mathilda, oder Mathilda Catherine Elliot, wie sie vor ihrer Heirat hieß, war Gouvernante im Hause der Taubmanns gewesen. Es war ein Skandal gewesen, als George mit ihr nach Paris durchbrannte. Aber die Familie hatte erkennen müssen, dass der Mann, der drei Jahre in der Wüste verbracht hatte, einen Dreck auf Konventionen gab. Er heiratete seine Mathilda, und die Taubmanns übertrugen dem schwarzen Schaf der Familie, quasi als Hochzeitsgeschenk, die Leitung eines kleinen Unternehmens, das praktisch kurz vor dem Konkurs stand. Keiner aus der Familie rechnete damit, dass George im Ölhandel erfolgreich sein würde. Fünfzehn Jahre später revanchierte er sich. Als die Queen ihn zum Ritter schlug, tilgte er den Namen Taubmann und nannte sich Sir George Goldie. Charly fand, dass er damit einen gewissen Stil bewiesen hatte.

„Und ich freue mich, die Frau kennen zu lernen, die das Herz eines Vagabunden erobern konnte."

Das Lächeln der Frau verbreiterte sich. Charly erkannte die Sinnlichkeit, mit der Lady Mathilda dem Leben begegnete.

„Ich war nicht darauf gefasst, in Afrika dem Charme eines französischen Grafen ausgesetzt zu werden. Aber ich muss gestehen, es gefällt mir."

Charly wandte sich an den Agenten der Royal Niger Company: „Wallace, warum lassen Sie Lady Goldie hier in der Sonne herumstehen? Es gibt doch sicherlich bessere Örtlichkeiten als einen schmutzigen Kai."

Wallace zog ein Tuch aus der Tasche und wischte sich über das Gesicht. „Hören Sie schon auf, DeCardi, wir warten auf Sir George."

Charly spürte, wie eine Eissäule durch sein Inneres fuhr. Natürlich. Was hatte er denn gedacht? Dass die Frau von George Goldie allein nach Afrika fuhr, um sich ein wenig zu vergnügen? Hatte er sein Hirn in Vikkis Garten liegengelassen?

Wie als Antwort auf seine unausgesprochenen Fragen, hörte er hinter sich eine Tür, die sich öffnete und wieder zufiel. Langsam wandte er sich um. Unter dem vorstehenden Dach des Zollgebäudes erkannte er eine hochgewachsene Gestalt, die nun bedächtig die Stufen herabschritt. Der Mann trug schwarze Stiefel und Tropenkleidung aus Leinen. Der Hut auf seinem Kopf saß ebenso perfekt wie jede einzelne Falte seines Anzugs. Noch während er auf sie zukam, fiel der Blick seiner eisblauen Augen auf Charly. Er trat neben seine Frau, die in vertrautem Einverständnis nach seinem Arm griff. „Ich habe die Bekanntschaft von Mr. DeCardi gemacht", sagte sie zu ihm. „Er ist wirklich ein Gentleman."

Der Mann im Leinenanzug nickte leicht. Seine Augen hatten Charly nicht einen Moment losgelassen. „Schön, Sie zu sehen, Mr. DeCardi. Hat das Delta Sie noch immer nicht geschafft?"

Charly antwortete seinem Gegenüber mit dem gleichen angedeuteten Nicken: „Nicht in diesem Leben, Sir George. Nicht in diesem Leben."

Der Adler

Nach der Entdeckung der Nigermündung gab es kein Halten mehr. Diese Pforte ins Innere des Schwarzen Kontinents bot alles, um Abenteurer anzulocken: einen schwer zu bezwingenden Zugang, feindselige Eingeborene und – auf der anderen Seite – märchenhafte Reichtümer. Die Engländer rüsteten zahlreiche Expeditionen ins Landesinnere aus. Doch obwohl sie mit der modernsten Technik ihrer Zeit ausgerüstet waren, verliefen diese Abenteuer fast durchwegs desaströs. Denn keine noch so ausgefeilte Technik half gegen die schleichende Pest der Tropenfieber. Erst mit dem Aufkommen des Chinins verbesserten sich die Überlebenschancen der europäischen Entdecker. Die Königreiche von Nupe und Bornu warteten auf ihre Erschließung – und auf Waffen, mit denen sie sich gegen die marodierenden Haussa und Fulani wehren konnten.

Den ersten durchschlagenden Erfolg hatte der umtriebige Schiffsbauer MacGregor Laird, der mit einem komplett aus Stahl gebauten Schiff den Niger eroberte. Quasi nebenbei und um seine Unternehmung zu finanzieren, schloss er auch Verträge mit den Produzenten des Palmölgürtels. Diese Männer, die bisher unter dem Diktat ihrer Zwischenhändler, den Brass, gestanden hatten, waren nur zu gerne bereit, unter neuen Konditionen zu arbeiten. Damit legte Laird die Grundlage für jenen Konflikt, der Jahre später zu dem grausamen Vorfall von Akassa führen sollte.

Die Brass, die von Anfang an die Aktivitäten der Neuankömmlinge argwöhnisch beobachteten, rüsteten einige Vasallenstämme mit Waffen aus. Schon der erste Öltransport in den Süden wurde angegriffen. Laird holte sich militärischen Schutz, die Brass brachten Kanonen an die Flüsse. Bald musste jedes Schiff eskortiert werden. Daraufhin wurde die Station in Abo geplündert. Ein aus vielen kleinen Scharmützeln bestehender Krieg um das Öl begann.

Es war nicht unbedingt ein Krieg zwischen Schwarz und Weiß. Die Liverpooler Händler, die hinter den Brass standen, hielten sich im Delta zurück. Sie machten mit ihrer Lobbyarbeit in London den Unterstützern von Laird das Leben schwer. Die britische Regierung blieb distanziert, ihre Haltung zu Afrika folgte zwei Prämissen: zum einen dem Kampf gegen den Sklavenhandel, zum anderen der Unterstützung des legitimen Handels. Letzteren unterstützte sie finanziell, und geriet ein Händler in Schwierigkeiten, schickte die Regierung ein Kriegsschiff. Territorien zu gewinnen oder Kolonien zu etablieren, gehörte ausdrücklich nicht zur englischen Afrikapolitik.

Die Nachfrage nach Elfenbein, Shea-Butter und vor allem Palmöl nahm rasant zu. Trotz – oder vielleicht wegen – der Konflikte im Delta stiegen auch die Preise, was wiederum dazu führte, dass immer mehr Firmen sich an dem lukrativen Geschäft beteiligen wollten. In den siebziger Jahren war eine Situation eingetreten, in der praktisch jeder mit jedem konkurrierte. Sobald irgendeine Firma eine neue Station eröffnete, zogen die anderen nach, so dass fast überall mehrere Handelsposten nebeneinander existierten. In diesem Interessengemenge war jeder Trick erlaubt, es gab keinen Richter, kein Recht und keine Regeln. Das Delta glich einem Haifischbecken. Einer der kleinsten Fische darin war die Firma Holland Jacques and Company. 1875 bekam sie einen neuen Besitzer, sein Name war George Dashwood Goldie Taubmann.

Der Mann, der auf der Brücke der *S. S. Alburkah* die Karten studierte, erinnerte den Steuermann an ein Raubtier. Nicht an ein zähnefletschendes, blutgieriges Monster, auch nicht an die kaltherzige Fressgier eines Krokodils. Nein, es war etwas Lauerndes in ihm. So wie bei einem Raubvogel, der in scheinbarem Gleichmut seine Kreise in der Luft zieht, bis – ja, bis er seine Beute erspäht.

Und zuschlägt.

Der Steuermann hatte schon viele, meist selbsternannte Eroberer den Niger hinaufgefahren. Er konnte auf den ersten Blick den aufgeblasenen Bluffer erkennen. Er wusste auch, ob der jeweilige Expeditionsleiter seiner Aufgabe gewachsen war oder nicht. Er konnte einschätzen, ob einer überleben würde oder nicht. Der da würde überleben. Daran hatte der Steuermann keinen Zweifel.

Das Einzige, was er nicht einschätzen konnte, war, über wie viele Leichen der hagere Mann mit dem traurigen, blonden Schnauzbart dabei gehen würde, um sein Ziel zu erreichen. Aber eines war dem Steuermann klar, an der Zahl würde es nicht scheitern.

George Taubmann, der keine Ahnung von den Überlegungen des Steuermanns hatte – und der sich auch nicht im Mindesten dafür interessiert hätte –, machte in seinem Notizbuch ein paar Anmerkungen zu der Situation in Degema. Er konnte es einfach nicht fassen. Auch an diesem Ort, der nicht einmal am Hauptarm des Nigers lag, konkurrierten fünf verschiedene englische Firmen um das Palmöl der Eingeborenen.

Während die *Alburkah* den Strom hinaufpflügte und der zweiunddreißigjährige George Taubmann, der bereits hundert Jahre in der Wüste hinter sich hatte, über das lehmigbraune Wasser des Flusses starrte, geschah etwas, das nicht nur sein Leben von nun an bestimmen sollte, sondern das vieler anderer Menschen auch: George hatte eine Vision.

So eine Vision widerfährt natürlich nicht jedem beliebigen Menschen. Bei den meisten ist der Geist viel zu klein, um etwas so Großes zu empfangen. Es hatte viel passieren müssen, damit der Geist des jungen Taubmann keinen Einschränkungen mehr unterlag, so dass er die Vision nun nicht nur empfangen und begreifen konnte, sondern auch seine Schlüsse aus ihr zu ziehen wusste.

Irgendwo auf der Strecke zwischen Akassa und Lokoja, auf der das Schiff dem gewundenen Verlauf des Flusses folgte, hob sein Blick sich von dem grau-braunen Wasser, das ihn und das Schiff umgab. Er sah über die das Ufer säumenden Bäume hinauf in den von einem frischen Blau gefärbten Morgenhimmel, und gleich einem Vogel, der sich beim ersten Sonnenstrahl von seinem Ast federt, schwang sich sein Geist weiter empor in die Luft. Er sah den Fluss, das dunkle Grün des Deltas. Er sah den Wald im Norden und die endlosen Weiden der nördlichen Königreiche, und er begriff: Es war wie ein Baum.

Der Fluss bis Lokoja war der Stamm, sein Wurzelwerk glich jenen der Mangroven. So wie diese sich schon über der Wasseroberfläche teilten, um spinnenbeinig gespreizt ins Wasser zu ragen, so teilten sich die Seitenarme des Nigers, bevor sie den Baum im Meer verankern. Seine wirkliche Ausdehnung aber hatte er hoch im Norden, bei Lokoja, wo der Benue sich mit dem Niger vereinigt. Diese beiden waren die Hauptäste, von denen wiederum viele kleine Zweige ins Land ragten.

Nur dort waren die Früchte zu ernten. Aber die Macht über dieses gewaltige Gebiet, das über Boussa und Sokoto im Nordwesten und bis nach Kano und Yola im Norden und Osten reichte, ruhte auf dem Wasserweg des Nigers. Nur auf ihm war das Hinterland schnell zu erreichen. Nur auf ihm konnten die Waren transportiert werden, und wenn nötig die Waffen, um das Territorium zu verteidigen. Dieser Wasserweg musste unter allen Umständen gesichert werden. George Goldie Taubmann begriff, nur wer den Stamm und die Wurzel beherrschte, beherrschte den

Baum. Und damit das Herz des afrikanischen Kontinents. Wozu?

Wozu?

Um ein Imperium zu gründen.

George spürte einen Schauer durch seinen Körper rieseln. Er schloss für einen Moment die Augen, denn es war das erste Mal, dass er wieder etwas fühlte. Das erste Mal seit jener kalten, erbarmungslosen Nacht in *ash-Shurayk*, in der seine Liebe starb. Und mit ihr das Glück.

Er konnte und wollte nicht verhindern, dass sein befreiter Geist den Weg zurücksuchte zu jenem Ort in der Nubischen Wüste, wo alles begann. Und alles endete.

Er war ihr in Kairo begegnet. Augen voller Leidenschaft und ein Körper, der den Neid der Götter hervorgerufen hätte. Vielleicht war er deswegen mit ihr in die Einsamkeit der Wüste gegangen, in jenen Garten Allahs, wo nur die Sterne ihrer Liebe Grenzen setzten. Sie lehrte ihn ihre Sprache und die Poesie des Ortients. Sie erzählte ihm die Geschichte ihres Volkes, das einst zu den Größten gehört hatte. In ihrem Gesang erwachte er zu dem Mann, der er war. Drei Jahre dauerte ihr Glück. Dann fanden die Götter sie. Und entrissen sie ihm.

Als die Lider sich wieder hoben vor den Fenstern seiner Seele, war der Schauder vergangen, und mit ihm die Erinnerung. Während die *Alburkah* bis nach Lokoja hinauffuhr, wo der Benue in den Niger einmündete, entwickelte George bereits seinen Plan.

Das Erste, was es zu ändern galt, war das Geschäftsverständnis der englischen Händler. Es machte ihn geradezu fassungslos, dass die Firmen, die das Delta erschlossen hatten, nun nicht ihre Kräfte bündelten, um zum Wohle aller die Schätze zu heben, die dieses Land barg. Stattdessen balgten sie sich untereinander wie die Hafendiebe um jedes lächerliche Ölfass. Es war nur eine Frage der Zeit, bis eine andere europäische Macht diesen uneinigen Haufen beiseiteschieben würde, um sich das zu nehmen, was diese Dummköpfe im Delta nicht zu halten wussten. George war entschlossen, dies zu verhindern.

Das Problem hieß Konkurrenz. Und die Lösung lautete: Monopol.

George verlor keine Zeit. Zurück in London, setzte er alle Hebel in Bewegung, um sein Vorhaben zu verwirklichen. Der Zeitpunkt war günstig. Großbritannien stand im Zenit seiner Macht, wurde aber von einer zögerlichen politischen Klasse regiert. Dem intelligenten und entschlossenen Visionär gelang es, alle Widerstände zu überwinden. Dabei entwickelte er ein beachtliches strategisches Geschick. Oft genug verzichtete er auf einen vordergründigen Vorteil, wenn es dem Projekt weiterhalf. Ihm ging es nicht um Reichtum. Ihm ging es um die Vollendung seines Werkes. Ihm ging es darum, etwas zu schaffen, was die ungeheure Leere von *ash-Shurayk* aufwiegen konnte. Zwei Jahre später hatte er drei der vier größten britischen Firmen im Delta überzeugt, eine gemeinsame Handelsgesellschaft zu bilden. Die vierte aber, die wichtigste, fehlte ihm noch. Miller Brothers hielt im Delta alle Trümpfe in der Hand. Die Firma aus Glasgow hatte während des Ölkriegs von Bonny äußerst geschickt agiert und verfügte nun durch ihren afrikanischen Verbündeten über den Löwenanteil der Ölernte. George Goldie Taubmann musste feststellen, dass die Firmeninhaber auf keine seiner Avancen reagierten. Aber George wäre nicht der Mann, der er war, wenn ihn das entmutigt hätte. Er ließ sich alles zusammenstellen, was seine Londoner Kontaktleute sowie seine Informanten im Delta wussten. In diesem Dossier fand er den Schlüssel sowohl für Millers Widerstand als auch für ihre Macht an den Ölflüssen.

Als er an einem nebligen Herbstabend in seinem Büro im Surrey-Haus an der Viktoria Embankment den Namen des Mannes las, der Miller Brothers im Delta vertrat, verzog sein Mund sich zu einem grimmigen Lächeln.

Seine Frau Mathilda war gar nicht begeistert, als er ihr verkündete, dass er auf eine zweite Reise ins Nigerdelta aufzubrechen gedachte.

Nicht in diesem Leben.

Charly saß im Casino allein an einem Tisch und bemühte sich, nicht zu schnell betrunken zu werden. Die meisten Offiziellen der Company nahmen an dem Diner teil, das Sir George im großen Salon hatte ausrichten lassen. Wahrscheinlich war Charly der einzige Mensch in Akassa, der nicht seinen rechten Arm dafür gegeben hätte, um an diesem Ereignis teilzuhaben. Tatsächlich hatte Sir George ihn sogar eingeladen. „Sie werden doch heute Abend dabei sein, De-Cardi?“, hatte er gefragt und dabei eine winzige Pause gemacht, bevor er seinen Namen aussprach.

Nein, er würde nicht dabei sein. Es wäre der allerletzte und allergrößte Verrat gewesen, dieser verlogenen Bande beim Feiern zuzusehen. Genauso gut könnten sie auf Jubos Grab tanzen.

„Nicht in diesem Leben.“

Das war es, was er Goldie geantwortet hatte, als der ihn damals für seinen Plan zu gewinnen versuchte. Charly konnte sich noch gut an den Tag erinnern. Es war in Bonny gewesen. George Goldie Taubmann hatte ihn in seinem Kontor aufgesucht. Draußen goss es in Sturzbächen. Drinnen tropfte das Wasser aus Goldies Tropenkleidung. Trotzdem sah der Mann aus, als käme er direkt aus einem gepflegten Club in London.

„Ich kann nicht glauben, dass einem Mann wie Ihnen die verrückten Ideen eines größenwahnsinnigen Afrikaners wichtiger sind als das Wohl des Empire."

Charly sah ihn ungläubig an: „Das Wohl des Empire? Taubmann, was erzählen Sie mir da? Ich kann mich nicht erinnern, Sie damals in London auch nur ein einziges Mal nüchtern erlebt zu haben. Seit wann interessiert Sie das Wohl des Empire?"

George Taubmann bedachte Charly mit einem kühlen Blick. Dann stellte er sich an das Fenster und sah in den Regen hinaus: „Mein Gott", sagte er nach einer Weile, „und ich dachte immer, dass England ein verregnetes Land sei. Ist es hier eigentlich irgendwann mal trocken?"

„Hmmh, so hin und wieder zwischen Weihnachten und Neujahr", gab Charly zurück.

„Was finden Sie bloß an diesem stinkenden Wasserloch, dass sie es mit Händen und Füßen verteidigen?"

„Ach, wissen Sie, nach einer gewissen Zeit entdeckt man seinen Charme."

Taubmann wandte sich ihm wieder zu: „DeCardi, heben Sie doch mal Ihren Blick von dieser Pfütze und betrachten Sie das große Ganze."

Charly lehnte sich in seinem Stuhl zurück und verschränkte die Arme vor der Brust. Er hatte das Gefühl, dass er jetzt einen Vortrag zu hören bekommen würde.

„Nun bin ich aber gespannt", sagte er mit leisem Spott.

Taubmann bedachte ihn mit einem eindringlichen Blick: „Was glauben Sie denn, was hier in den nächsten Jahren passieren wird? Die Zeit der Abenteurer ist vorbei. Die europäischen Regierungen haben Afrika unter sich aufgeteilt. Das Filetstück, den Niger, haben wir auf der Berlin-Konferenz für Großbritannien sichern können. Aber da werden die anderen sich nicht dran halten. Die Franzosen waren so klug, sich Dahomey einzuverleiben. Und der deutsche Kanzler hat seinen Hunger in Kamerun noch lange nicht gestillt. Nur unsere Regierung schreckt davor zurück, die Ölflüsse samt Hinterland in Besitz zu nehmen. Wenn wir jetzt nicht handeln, verlieren wir das Delta. Und damit den Niger. Wollen Sie hier alleine gegen die Deutschen oder die Franzosen kämpfen? Das schaffen Sie nicht. Es geht nur, wenn wir uns zusammentun. Das Delta muss unter britische Hoheit gestellt werden."

Charly nickte bedächtig. „Verstehe", sagte er langsam. „Nur eines frage ich mich: Haben Sie in ihrem Plan nicht die Afrikaner vergessen? Immerhin leben die hier."

„Die Afrikaner spielen keine Rolle", sagte George nur.

„Sie spielen keine Rolle? Verdammt, was sind Sie für ein kalter Hund, Taubmann?"

„Ach, kommen Sie, erzählen Sie mir nicht, dass Sie jetzt zu den Humanitariern gehören. Sie verdanken Ihre Position der Tatsache, dass Sie die Eingeborenen-Chiefs gegeneinander ausgespielt haben. Meine Hochachtung übrigens, ein ausgesprochen geschicktes Manöver. Darum hatte ich eigentlich auch erwartet, dass Sie verstehen würden, was ich Ihnen anzubieten habe."

„Warum kommen Sie damit zu mir? Soviel ich weiß, ist immer noch Alexander Miller der Geschäftsführer der Firma."

„Aber Sie sind es, der King JaJa für Miller unter Vertrag hat. Wenn Alexander über Ihren Kopf entscheidet, könnte es ja sein, dass Sie und JaJa eigene Wege gingen." Taubmann sah ihn etwas schräg an und fügte mit leiser Stimme hinzu: „Oder ist Ihnen dieser Gedanke etwa noch gar nicht gekommen?"

Charly legte die Fingerspitzen zusammen und betrachtete nachdenklich sein Gegenüber. „Nehmen wir mal an", sagte er dann, „Miller Brothers geht auf Ihren Vorschlag ein, was für einen Vorteil hätten wir davon?"

Taubmann setzte sich ihm gegenüber an den Tisch. Charlys Frage verstand er offenbar als Einleitung der Verhandlungen.

„Wenn Miller mit dabei ist, haben wir die vier größten Firmen vereinigt. All die kleineren werden mitziehen müssen. Wir bewirtschaften den Niger gemeinsam. Der Ölhandel bleibt natürlich wie bisher aufgeteilt. Allerdings nutzen wir den Gewinn, der durch den Wegfall der Zwischenhändler entsteht, um die Unternehmungen im Norden zu finanzieren. Ich halte es nur für angemessen, wenn Miller als größter Anteilseigner auch den Leiter des hiesigen Hauptquartiers stellt."

Aha, dachte Charly, da ist der Knochen, nach dem ich schnappen soll.

„Und wie wollen Sie die Zwischenhändler da raushalten. Und die ausländischen Händler. Schließlich ist das Delta keine Kolonie. Jeder kann hier Geschäfte machen."

„Nicht wenn wir eine königliche Charter bekommen."

Charly starrte ihn verdutzt an: „Eine Charter? Darauf lässt sich Salisbury niemals ein."

„Ich denke schon. Immerhin nehmen wir ihm eine Sorge. Wir halten die Franzosen und Deutschen raus, ohne dass es ihn etwas kostet. Außerdem habe ich seinen alten Freund Lord Aberdare als Chairman für unsere Gesellschaft gewinnen können."

Charly musterte schweigend sein Gegenüber. Ihm wurde klar, dass er den Mann unterschätzt hatte. Indem Taubmann nicht sich selbst, sondern einen allseits geachteten Politiker an die Spitze der Gesellschaft stellte, würde er jegliches Misstrauen ihm gegenüber zerstreuen. Dass es dennoch er sein würde, der bestimmte, wo es langging, daran hatte Charly keinen Zweifel. In diesen wenigen Sekunden, in denen die beiden Männer einander über den Tisch hinweg musterten und abschätzten, begleitet von dem Rauschen des Regens in der Bucht von Bonny, wurde dem Vertreter von Miller Brothers aber auch klar, welche Gefahr Taubmann für seine und JaJas Pläne darstellte. Wenn sein Besucher erfuhr, dass King JaJa bereits seit Monaten mit den anderen Chiefs im Delta verhandelte, um als ein geeinigtes Königreich dazustehen, würde es für den ehemaligen Sklaven und selbsternannten König gefährlich werden. Es konnte nun mal keine zwei Herrscher im Delta geben.

„Das sind großartige Pläne, die Sie da haben, Taubmann", sagte er schließlich. „Und ich bin sicher, dass die Zukunft des Empire bei Ihnen in guten Händen ist, aber wissen Sie was: Ich scheiße auf Sie und Ihr Empire."

Ein zynisches Lächeln kräuselte George Taubmanns Lippen. Aber bevor er etwas erwidern konnte, hob Charly die Hand: „Ich werde Ihnen auch erklären warum. Sehen Sie, Sie haben mich gefragt, warum ich dieses stinkende Loch verteidige. Die Antwort lautet: Weil es ein verdammt guter Platz ist für einen Mann, der keinen Herrn über sich gebrauchen kann. Ich habe England verlassen, weil es mich angeödet hat, mit all seinem großen Gerede und seinen kleinen Geistern. Ich dachte, Ihnen ginge es genauso, oder was haben Sie in der Wüste gesucht?"

Bei diesen Worten gefror das Lächeln im Gesicht des Mannes. „Seien Sie vorsichtig, DeCardi", zischte er. „Ich habe mich anscheinend in Ihnen getäuscht. Sie sind nichts weiter als ein kleiner Gauner. Wenn Sie sich mir in den Weg stellen, werden Sie verlieren. Wer nicht für mich ist, ist gegen mich."

George Goldie Taubmann atmete tief ein. Er schien es zu bedauern, dass er sich hatte provozieren lassen. „Sie sollten noch einmal in Ruhe nachdenken“, sagte er dann, „bevor Sie eine Entscheidung treffen, die Sie mit Sicherheit bedauern werden.“

Charly ließ sich Zeit, bevor er ihm seine Antwort gab: „Nicht in diesem Leben.“

Das Siegel des Leoparden

Während Charly im Casino von Akassa seinen trüben Gedanken nachhing, machte sich ein Ruderboot auf den Weg nach Nembe. Darin saß ein junger Händler aus King Kokos Handelshaus. Der junge *winnabo*, der sich ebenso wie alle anderen Brass-Händler um seine Zukunftspläne gebracht sah, seit die Company am Fluss herrschte, hatte es eilig, seinem König die Neuigkeit zu berichten: Der oberste Chief der Company war in Akassa eingetroffen. Der *winnabo* war sicher, dass er als Überbringer dieser Nachricht in der Gunst seines Königs steigen würde. Dass er die ohnehin schlechte Laune des neuen Monarchen damit nicht verbessern würde, konnte der junge Mann nicht wissen. Denn Koko wartete immer noch darauf, dass sein Gesandter den Mann aus Amaighbo, seinen Ratgeber, nach Nembe brachte. Sein Gesandter wiederum, der sich mit seinen Männern in dem alten Lagerhaus leidlich eingerichtet hatte, wartete weiterhin auf die Rückkehr des geheimnisvollen Alten. Als einfacher Gesandter war er es nicht gewohnt, Entscheidungen zu treffen. Meist saß er nur am

Ufer des ruhig dahinfließenden Flusses, auf dem rein gar nichts geschah. Nur einmal durchbrach ein merkwürdiges Ereignis die Langeweile des Wartens. Am dritten Tag tauchte ein Boot auf. Sofort erhob sich der Gesandte erwartungsvoll, weil er glaubte, endlich seinen Schützling empfangen zu dürfen. Aber dann fiel ihm auf, dass das Boot ziemlich klein war für einen weisen Ratgeber. Während es näher kam, erkannte er, dass nur zwei Menschen darin saßen, und keiner von ihnen konnte der sein, den er erwartete. Im Bug saß eine junge Frau, im Heck steuerte ein Weißer mit einem merkwürdigen Hut das Boot. Das freute den Gesandten, denn er hatte eine Schwäche für ausgefallene Hüte. Zur Zeit trug er selbst einen alten Bowler, den er aus dem Nachlass des verstorbenen Zweiten Sekretärs der Royal Niger Company in Akassa erworben hatte. Leider war seine anfängliche Freude über den Kauf mittlerweile etwas gedämpft, da er seither unter einem unangenehmen Jucken der Kopfhaut litt. Deswegen hatte er bereits den Fetischmeister von Nembe konsultiert, da er befürchtete, dass der Geist des Weißen dem neuen Hutträger möglicherweise grollte. Aber der Fetischmann hatte seine Befürchtungen beiseitegewischt, die Geister der Weißen würden schnurstracks in ihre Heimat zurückkehren, um dort andere, weiße Hutträger zu quälen. Zwar war der Gesandte nicht ganz überzeugt, zumal es neuerdings Gerüchte über weiße Geister gab, die es vorzogen, im Delta zu bleiben, aber Black Foobra hatte ihm noch einen Juju verkauft, den der Gesandte für alle Fälle an den Bowler geheftet hatte. Er ging vertrauensvoll davon aus, dass die Wirkung des Jujus letztlich das Jucken besiegen würde.

Während der Gesandte also, erfreut über die Abwechslung, das näher kommende Boot beobachtete und sich dabei vor Aufregung den Kopf unter seiner Hutkrempe kratzte, wunderte er sich, dass das merkwürdige Paar gar keine Anstalten machte, zu ihm an den Anleger zu kommen. Sie schienen im Gegenteil bewusst einen Bogen um ihn zu machen. Verwundert rief er ihnen zu: Wer sie seien? Wohin sie fuhren? Aber sie schienen ihn gar nicht zu bemerken. Ruderten mit auffälliger Hast weiter, als würden sie verfolgt. Erst als sie auf seiner Höhe waren, wandte der Weiße im Heck sich ihm zu und machte abwehrende Gebärden mit der Hand. Dann waren sie auch schon vorbei. Ratlos sah der Gesandte dem entschwindenden Boot nach. Was hatte das zu bedeuten? Wovor flohen sie? Ihm kamen wieder die Geschichten vom Geist des weißen Händlers in den Sinn, der irgendwo im Delta sein unheilvolles Wesen trieb. Waren die beiden im Boot vielleicht vor diesem Geist auf der Flucht? Mit einem mulmigen Gefühl sah der Gesandte in die Richtung, aus der die Fliehenden gekommen waren. Was würde als Nächstes um diese Flussbiegung kommen? Der Gesandte war sich nicht mehr sicher, ob der Juju, den er am Hut trug, auch gegen andere weiße Geister helfen würde. Sofort rief er seine Männer zusammen und befahl ihnen, alle Sachen wieder einzupacken. Sollte doch ein anderer auf den weisen Ratgeber des Königs warten. Sie jedenfalls würden ins sichere Nembe zurückkehren.

Der Mann, auf den der Gesandte gewartet hatte, der Mann aus Amaighbo, war dabei, seine Waffen in mehreren Depots unweit von Akassa unterzubringen. Denn dort sollten sie zum Einsatz kommen: im Hauptquartier der Royal Niger Company. Der Alte wusste nicht, dass in seinem Lagerhaus jemand auf ihn wartete. Er hatte ohnehin nicht die Absicht, dorthin zurückzukehren. Sein Instinkt sagte ihm, dass die Zeit des Wartens vorbei war. Er war klug genug, um zu wissen, dass er nicht alles steuern konnte. Das war auch gar nicht nötig, man brauchte nicht Herr des Flusses sein, um sich von der Kraft der Strömung tragen zu lassen.

Es war das Schiff am Forcados gewesen, das ihn zum Nachdenken gebracht hatte. Der Alte wusste, dass die Engländer und die Franzosen verfeindet waren. Wenn ein französischer Transporter in das Territorium der Company einfuhr, bedeutete das Ärger für die Engländer. Und das konnte für seine Pläne nur von Vorteil sein.

Tatsächlich lagen die Gründe für das Auftauchen der *Ardent* sehr weit oben im Norden. Dort war der französische Capitain Toutée mit seiner Truppe, von Badagry kommend, am Niger eingetroffen und lieferte sich mit Frederic Lugard von der Company ein Katz-und-Maus-Spiel. Wo immer Lugard mit den einheimischen Königen ein Handelsabkommen schloss, kam kurz darauf Toutée und überredete die Potentaten, die Verträge mit den Engländern zu widerrufen und sich stattdessen den Franzosen zu verpflichten. Dass er bei den Verhandlungen mit einer voll bewaffneten Kompanie Soldaten erschien, beschleunigte den Entscheidungsprozess der einheimischen Würdenträgern. Mittlerweile hatte Toutée an einer strategisch günstigen Position am Niger eine, wenn auch etwas rustikale Festung erbaut. Was der Franzose jetzt vor allem brauchte, war Verstärkung und Munition. Beides befand sich an Bord der *Ardent*. Leider vereinigten sich bei dessen Kommandant, Monsieur d'Agoult, zwei ungünstige Eigenschaften: Er war unendlich arrogant, und er hatte keine Ahnung von den Tücken des Flusses. Seine Arroganz hatte zu der Weigerung geführt, einen einheimischen Lotsen zu engagieren, Seine Unkenntnis wiederum hatte das Schiff bereits drei Meilen flussaufwärts auf eine Sandbank fahren lassen. Zufällig war ein britisches Kanonenboot des Weges gekommen. Als deren Kommandant die Malaise erkannte, hielt er sich nicht lange mit Wieso und Warum auf, sondern schoss mit einigen sauber platzierten Kanonenkugeln die Sandbank beiseite. Als höflicher Mensch erwartete der Engländer, dass der fremde Kapitän ihm nicht nur seinen Dank bekunden würde, sondern auch in einem ausführlichen Palaver unter Gentlemen erläuterte, was der Grund und Zweck seines Besuches war, möglicherweise begleitet von einem feinen Tropfen aus der für seinen Cognac berühmten Region Charente. Da hatte er sich allerdings in Monsieur d'Agoult getäuscht. Der Franzose dampfte in voller Fahrt an dem kleineren Kanonenboot vorbei, so dass dieses in heftigste Turbulenzen geriet. Als die Offiziere auf der Brücke alles wieder eingesammelt hatte, was umhergepoltert war, verschwand die *Ardent* bereits hinter der nächsten Biegung. Nur der grauschwarze Rauch aus ihren Schornsteinen zeigte noch ihren Weg. Die Engländer, die nicht im Mindesten argwöhnten, dass es sich um einen Truppentransport handeln könnte, sahen keinen Grund, ein Schiff aufzuhalten, das in das Delta hineinfuhr. Erst wenn es wieder herauskam, würde es für die Zollbeamten interessant sein. Also schimpften sie noch herzlich auf die schlechten Manieren der Froschfresser und setzten ihren Weg fort. Es hätte ihre Stimmung deutlich gehoben, wenn sie mitbekommen hätten, dass Monsieur d'Agoult bereits zehn Meilen weiter zielsicher die nächste Sandbank erwischte.

Während also Capitain Toutée sorgenvoll in seinem frisch getauften Fort d'Arenberg nach der Verstärkung Ausschau hielt und sein Landsmann eine Sandbank nach der anderen rammte, spekulierte der Mann aus Amaighbo darauf, dass die Querelen zwischen den Franzosen und Engländern die Kräfte der Company in den Norden lenken würden. Wenn aber der Adler seinen Horst verließ, war das Gelege ungeschützt. Der Alte entschied, dass er sich, sobald die Waffen sicher verstaut waren, auf den Weg zum Ikomtoro machen würde, jenem Fluss, der Bonny – und auch Opobo – mit dem Niger verband. Dort würde er die Abgesandten aus Calabar treffen und das Siegel des Leoparden empfangen. Von dort aus würde er auch den Angriff leiten. Und dort wäre er nahe dem Ort, wo er seine eigene, persönliche Rechnung würde begleichen können.

An dem Mann, der ihn verraten hatte.

Der Zorn des Thaddeus

Es war fast zu viel für den Jungen aus Pont-y-Pant. Binnen weniger Tage war aus dem angehenden und aufstrebenden Buchhalter der Royal Niger Company ein Pionier des schwarzen Afrika geworden. Aber nicht genug, dass er ein neues Land, ja eine neue Welt entdeckte; nicht genug, dass er Wesensseiten an sich kennen lernte, von deren Existenz er zuvor nicht die geringste Ahnung gehabt hatte; nein, er erfuhr auch jene Macht, die vielleicht keine Berge versetzt, aber dennoch so gewaltig war, dass sie seit jeher den Neid der Götter erregt hatte: In der Tiefe des Deltas, verlassen von allem, was ihm vertraut war, beinah nackt im Angesicht einer überwältigenden Natur, nur mit einem Buschmesser und einem findigen Geist bewaffnet, hatte Thaddeus Hollingworth die Liebe gefunden.

In den ersten Tagen, die keiner von beiden zählte, entstand

die Welt um sie herum neu. Oder sie schufen sie neu. Denn das ist es ja, was Liebende tun, sie entfalten eine neue Welt. Wenn Thaddeus morgens erwachte, weil der erste Sonnenstrahl, der durch das schiefe Fenster fiel, seine Nase kitzelte, dann war das mehr als ein Tag, in den er sich freudig erhob. Es war der Beginn eines neuen Lebens. Es war Anfang. Es war Aufbruch.

Wenn er dann ihren hellen Gesang durch das Haus hallen hörte – Eve sang neuerdings gerne bei der Arbeit –, dann war ihm, als würde das Glück überall unter seiner Haut kribbeln. Jeder Blick, jede Geste, jede Berührung war etwas, was nie zuvor geschehen war, und brannte in ihrer beider Sinne nach. Sie brauchten sich nie zu suchen, sie wussten immer, wo der andere war. Ihre Tage waren voller Musik, ihre Nächte voller Leidenschaft. Sie lebten in ihrem eigenen Paradies. Aber natürlich hatte auch ihr Paradies seine Schlange.

Sie erhob ihr Haupt an einem Abend, als sie sich nach der Arbeit gemeinsam im Fluss wuschen. Und offenbarte sich durch den Mund der Frau.

Eve hockte auf einem Stein am Ufer, ihre Füße bis auf halbe Wadenlänge im Wasser. Zwischen ihren Knien, mit dem Rücken zu ihr, saß Thaddeus und ließ sich von ihr die Haare waschen. Er hatte die Augen geschlossen und gab sich ganz dem wundervollen Gefühl ihrer massierenden Finger hin. Um die Seife von seinem Kopf zu spülen, ließ sie ihn einfach nach unten gleiten, bis sein Körper ausgestreckt im Wasser lag. Mit der Linken hielt sie seinen Kopf im Nacken, mit der Rechten schöpfte sie Wasser über sein Haar.

Für eine Weile hielt Thaddeus die Augen geschlossen und gab sich dem Genuss hin, von der Hand seiner Geliebten gehalten, im weichen Wasser des Flusses zu schweben. Als er schließlich aufschaute, sah er in ihr Gesicht mit den kurzen, gekräuselten Haaren vor dem verblassenden Blau des Himmels. Sein Blick folgte der geschwungenen Linie ihrer Schultern, ruhte auf ihren Brüsten, die er so gerne in der Hand hielt. Er sah, wie ihr Bauch zwei süße Falten warf, weil sie sich vorbeugte, und zwischen dem glatten, schimmernden Winkel, den ihre Schenkel bildeten, sah er die dunkle Verheißung ihres Deltas mit der leuchtend roten Spalte darin. Unverzüglich meldete sich sein südlicher positioniertes zweites Ich zu Wort und erhob zu diesem Zwecke sein Haupt aus dem Wasser. Thaddeus griff in aufkeimendem Begehren nach ihren Waden. Seine Finger streichelten durch die Kniekehlen aufwärts über die zarte Haut. Voller Freude bemerkte er den Schleier der Lust in ihren Augen. Schon wollte er sich aufrichten, um diesen Körper, diese Frau, dieses Leben zu umarmen.

Da sah er die Narbe.

Sie zog sich auf der Unterseite ihres rechten Schenkels entlang. Gerade war noch die Länge eines kleinen Fingers sichtbar, der Rest wurde von dem Stein, auf dem sie saß, verdeckt. Er strich mit dem Finger darüber und fragte mit der unschuldigen Stimme eines kleinen Jungen: „Was ist das?“

Eve erstarrte. Er sah in ihr Gesicht und bemerkte das Flackern in ihren Augen.

„Was ist denn?“, fragte er verwundert und richtete sich auf. Sie wich seinem Blick aus.

„Eve, um Himmels willen, es ist doch nur eine Narbe. Du glaubst doch nicht, dass ich dich deswegen hässlich finde?“

Sie stand auf, wandte sich ab. Thaddeus war völlig ratlos. „Eve, was ist denn?“, fragte er hilflos.

Sie sah ihn an, mit einem Blick voller Verzweiflung. „Du wirst mich verstoßen“, brach es aus ihr hervor. „So wie all die anderen aus dem Dorf.“

In einer jähen Aufwallung packte er sie an den Armen. „Ich werde dich niemals verstoßen“, pressten sich seine Gefühle aus ihm heraus. Aber da sah er auch schon, wie sich die Angst in ihr ausbreitete. Ihre ganze Körperhaltung verkrampfte sich in Furcht, und er begriff, dass es seine Heftigkeit war, die sie erschreckte. Dass ihre Arme in seinen Händen bebten, so als ob sie sich an schlimmere Griffe erinnerten.

Erschrocken über die Reaktion, die er in ihr ausgelöst hatte, ließ Thaddeus sie los. Es zerriss ihm fast das Herz, als er sah, wie sie die Arme um den Oberkörper schlang und ihn aus dem Gefängnis ihrer Erinnerung furchtsam ansah. „Eve“, sagte er mit belegter Stimme, „ich schwöre dir, dass nichts meine Liebe zu dir erschüttern kann. Aber du musst mir jetzt alles erzählen.“

Es musste erst dunkel werden, ehe Eve den Mut fand, ihm von der Herkunft ihrer Narbe am Bein und manch anderer Narbe zu berichten. Sie saßen eng umschlungen im Haus auf dem Fußboden, Eve zwischen Thaddeus’ Knien, so wie er vorher zwischen den ihren gesessen hatte. Sie mied seinen Blick, während sie mit stockender, leiser Stimme erzählte. Von dem Hulk, der im Fluss ankerte, und den beiden weißen Händlern. Es waren Händler, die sie noch nicht kannten, sie kämen aus Liverpool, hieß es. Manchmal benutzten die Händler aus Liverpool die abgelegene Station. Oft zogen sie es aber vor, auf dem Hulk zu bleiben. Sie tauschten ihre Waren gegen Öl und zogen weiter. Diesmal aber blieben sie länger, obwohl es längst nichts mehr zu tauschen gab. Doch da sie für ihr Essen bezahlten, war es den Leuten von Ekowe gleich. Eines Abends brachte Eve ihnen ihr Essen. Sie fand die Männer betrunken vor. Sie ließen sie nicht mehr gehen.

Die ganze Nacht hindurch fielen sie immer wieder abwechselnd über sie her. Wenn sie sich wehrte, schlugen sie sie mit einem nassen Tau oder ritzten ihr die Haut mit einer Glasscherbe auf. Erst am nächsten Morgen gelang ihr die Flucht. Ihre Familie trug die Sache dem Dorfchief vor, der stellte die beiden Händler zur Rede. Sie lachten ihn aus. Als die Dorfbewohner sich zusammentaten, holten die Weißen den Anker ein, um fortzufahren. Die Leute von Ekowe sperrten den Fluss. Der Chief schickte ein Boot nach Akassa. Am nächsten Tag traf Joshua Parkes ein.

Als er die beiden weißen Händler befragte, behaupteten die, dass die Frau freiwillig auf ihr Boot gekommen sei. Dass sie sich als Prostituierte angeboten hätte. Eve befragte der Mann aus Akassa nicht.

Was Parkes genau mit den beiden Händler besprochen hat, haben die Leute aus Ekowe nie erfahren. Aber noch am gleichen Tag luden die Männer aus Liverpool einen Teil ihrer Ware vor der Station ab, fuhren fort, und Parkes zog in das Haus ein. Sie war nun als Hure abgestempelt, und niemand, nicht einmal ihre Familie, wollte mehr mit ihr zu tun haben. Alles, was ihr blieb, war, den Haushalt des neuen Stationschefs zu besorgen. Und seinen Nachstellungen auszuweichen. Thaddeus merkte ihr an, dass ihr das keineswegs immer gelungen war.

Während sie mit leiser und brüchiger Stimme von den Ereignissen des vergangenen Sommers berichtete, durchwanderte die Seele des jungen Mannes die sieben Kreise der Hölle. In jedem tankte sie Hass und Wut. Aber noch hatte er nichts, wogegen er diese Kraft richten konnte. Stumm, wie gelähmt saß er da. Seine Augen folgten Eves Schatten, als sie sich erhob und eine Lampe anzündete. Sie stellte sie in der Mitte des Lagerraums auf den Boden, wo ihr Schein auf den mittlerweile glattgewischten Holzdielen schimmerte. Konturen traten aus dem Dunkel hervor wie auf einem alten Gemälde, der Tresen, nur eine Holzplatte auf zwei Fässern, etwas seitlich davon ein Pfeiler, an dem ein Besen lehnte. Die Fenster, hinter denen die Nachtschwärze stand. Direkt vor ihm aber die schlanke Gestalt jener Frau, die er liebte und die Unbeschreibliches durchlitten hatte.

Das, was er vor sich sah, war sein Leben. In Wärme und Schönheit getaucht. Aber das, was in ihm tobte, war Hass. Thaddeus' Paradies war aufgebrochen. Und damit zerstört. In schmerzhaftem Sehnen begriff er, dass es nie mehr so sein würde, wie es noch an diesem Morgen gewesen war. Wie ein Flammenschwert verwehrte sein Hass ihm die Rückkehr.

„Aber warum", begann er, als er seiner Stimme wieder traute, „warum haben deine Leute dich verstoßen? Du hattest doch keine Schuld."

Sie sah ihn mit einem Blick an, in dem Erstaunen und Unverständnis standen: „Dass die Männer mich gequält haben", sagte sie ruhig, „ist nicht meine Schuld. Aber dass es gerade mir geschah, war kein Zufall. Der Priester sagte, der Fetisch hätte mich gestraft, weil ich gegen sein Gesetz verstoßen habe."

„Aber welches Gesetz?", fragte er.

„Ich weiß es nicht", antwortete sie leise.

Es war die erste Nacht, in der sie sich nicht liebten. Eve schlief zusammengerollt in seinem Arm, während Thaddeus mit brennenden Augen in die Dunkelheit starrte. Am nächsten Tag trübte grauer Dunst das Sonnenlicht.

Er löste sich behutsam von seiner Geliebten und erhob sich von ihrem gemeinsamen Lager. Als er am Fenster stand, dem gleichen Fenster, durch das Parkes in eine von Dämonen bevölkerte Nacht geschossen hatte, fragte er leise: „Was ist das für ein Land?"

Der Morgen antwortete nicht, und dem Land war es gleich, was ein Junge aus Pont-y-Pant von ihm dachte. Aber Thaddeus fühlte den Zorn des Gerechten, und er war bereit, den Kampf aufzunehmen.

Dass Parkes seine Schande auf grauenhafte Weise selbst getilgt hatte, verschaffte dem jungen Mann zwar Genugtuung, nahm seinem Zorn jedoch auch sein primäres Ziel. Die beiden weißen Händler natürlich. Er hatte sie in der Nacht unzählige Male gevierteilt. Doch er wusste nicht, wer sie waren noch wo sie waren. Sie zu finden hätte nicht nur langwierige detektivische Arbeit bedeutet – wogegen sein heißes Blut sich sträubte –, er hätte auch auf den Verwaltungsapparat der Company zurückgreifen müssen. Dieser Gedanke widerstrebte ihm. Hatte er sich nicht gerade von der väterlichen Dirigentschaft dieser Gesellschaft gelöst? War nicht sein beginnendes Mannsein das von den Vorgesetzten unabhängige Handeln? War nicht die Company ...?

Hier schlugen seine Gedanken mit einem Mal eine völlig neue Richtung ein: War nicht die Company die Ursache dessen, was an dieser verlorenen Handelsstation vorgefallen war? Wie ein alles durchtränkendes Gift breitete sich diese Erkenntnis in ihm aus. Das Delta mit all seinen Bewohnern unterstand der Jurisdiktion der Company. Wie konnten ihre Vertreter zulassen, dass derartige Scheußlichkeiten unter ihren Augen geschahen? Er weckte Eve. Warum sie nicht Gerechtigkeit bei den Constablern der Company gesucht hatte?

Eve sah ihn mit ihren verquollenen Augen mitleidig an. Es dauerte weniger als zwanzig Minuten, um ihn über das Gerechtigkeitsverständnis der Royal Niger Company ins Bild zu setzen. Sie erzählte von Patrouillenbooten, denen keiner entkommen konnte. Von den Zöllen und den Abgaben, die nichts mehr in den Töpfen ließen. Sie erzählte von den Kanonen, die ganze Dörfer zusammenschossen. Und sie sprach von den Gerichten, vor denen Weiße immer Recht bekamen. Mit jedem ihrer Worte setzte sie vor den fassungslosen Augen des jungen Mannes die Welt, die ihm im Laufe der Nacht zersplittert war, wieder zusammen. Aber diesmal war es die wirkliche Welt, nicht die des verblendeten weißen Eroberers, sondern die Welt der Eroberten. Die Welt derer, die tagtäglich darin gedemütigt wurden, die Welt der Schwarzen. Die Welt der Brass.

Thaddeus schlug die Hände vors Gesicht. Das, wogegen er seinen Zorn richten wollte, wurde immer größer und immer weniger fassbar. Sollte er denn gegen seine eigene Gesellschaft kämpfen? War nicht auch er selbst ein Teil dieses Systems, das Männern erlaubte, solche Untaten zu begehen? In seinem Kopf kollabierten die Überlegungen. Er hielt es nicht mehr aus. Er musste etwas unternehmen.

Er trug Eve auf, ein paar Sachen für sich und ihn zusammenzupacken, Wasser, Yams und Maniok, und alles zum Boot hinunterzuschaffen, das er mittlerweile wieder in Stand gesetzt hatte. Nicht dass er einen genauen Plan hatte, aber es zog ihn nach Akassa. Vage Vorstellungen von Anklage, Strafe und Gerechtigkeit waberten durch seinen Kopf. Eves zweifelndem Blick war anzumerken, dass sie nichts von dieser Idee hielt, aber sie spürte die Wut in ihm und begriff, dass es besser war, ihn jetzt nicht aufzuhalten. Bis nach Akassa war es ein weiter Weg, bis dahin würde er sich wieder beruhigt haben. Zumal sie keineswegs gedachte, ihn auf direktem Weg dorthin zu lotsen.

Eve, die unendlich pragmatischer veranlagt war als ihr neuer Gefährte, hatte sich bereits seit einiger Zeit Gedanken darüber gemacht, wie sie denn nun ihr gemeinsames Leben gestalten sollten. Die schwärmerische Verliebtheit, die ihn erfüllte, war ihr fremd. Sie war dankbar, dass er sie nicht schlug sondern ihr von Herzen zugetan war. Auch war sie entschlossen, ihm eine gute Frau zu sein. Nur fand sie es in keinster Weise anrüchig, die Vorteile, die ein weißer Liebhaber mit sich brachte, in Betracht zu ziehen. Eve gedachte, in einem anständigen Haus zu wohnen, und zwar bevor das erste Kind zur Welt kam. Denn dass es bei ihren fleißigen nächtlichen Aktivitäten bald dazu kommen würde, daran hatte sie keinen Zweifel. Wenn es so weit war, wollte sie in einer Situation leben, in der sie niemand mehr verstoßen konnte. Im Gegensatz zu Thaddeus hatte sie bereits einen Plan.

Es war ihr nicht entgangen, dass Parkes Geschäfte mit Schmugglern gemacht hatte. Dabei hatte er eine schöne Stange Geld verdient. Natürlich hatten die Bewohner von Ekowe nach Parkes' Tod das Haus auf den Kopf gestellt, um seine Reichtümer zu finden. Als sie nichts fanden, kamen sie auf die Idee, dass Eve sich vielleicht bereits vor ihnen darüber hergemacht hatte. Sie bedrängten sie hart, konnten aber nichts erreichen. Dass ihre Frustration mit ein Grund war, weshalb sie sie in der Station zurückließen, hatte sie Thaddeus nicht erzählt. Ebenso wenig hielt sie es für nötig, ihm jetzt schon zu sagen, dass sie selbstverständlich von dem Versteck des Geldes gewusst hatte und klug genug gewesen war, alles beiseitezuschaffen, bevor die Dorfbewohner sich aus ihren Hütten getraut hatten.

Eve wusste, dass sie als Ausgestoßene keinerlei Rechte besaß. Jeder, der stärker war als sie, und das waren fast alle, konnte ihr alles wegnehmen, ohne dafür belangt zu werden. Was sie zuallererst brauchte, war ein Beschützer. Dieser Teil ihres Plans war bereits umgesetzt. Und zwar in einer Weise, die ihr außerordentlich gut gefiel. Denn sie mochte Thaddeus.

Als Nächstes ging es nun darum, ein Geschäft aufzubauen, das vielversprechend genug war, um ihre Barschaft gewinnbringend einzusetzen. Sie wusste nicht genau, mit wem Parkes seine Schmuggelgeschäfte abgewickelt hatte, aber sie hatte ihn von einem alten Spinner in einem verlassenen Lagerhaus reden hören. Und sie hatte eine Vorstellung, in welcher Richtung dieses Lagerhaus liegen musste. Dorthin dirigierte sie jetzt das Boot.

Es war schließlich der Fluss, der Thaddeus' Seele Heilung brachte. Im sanften Fließen des Wassers ebbten die extremen Ausschläge seiner inneren Qualen langsam ab und wichen für eine Weile in dunklere Bereiche zurück, während seine Sinne sich am Lichtspiel der Wellen erfreuten. Oder den flirrenden Insekten folgten und den Vögeln, die mit kleinen, spitzen Schreien wie leuchtende Funken durch die Luft sausten. Es war das satte Grün der wuchernden Pflanzen, der rötliche Lehm an den Bruchstellen des Ufers, es war die ganze fruchtbare Symphonie der Natur, die ihn wieder in Einklang mit sich selbst brachte. Auf diesen Flüssen hatte er zu leben begonnen. Vor drei Tagen? Drei Wochen? Drei Jahrhunderten? Er wusste es nicht mehr. Alles, was hinter ihm lag, verschwamm in einer unwirklichen, nebulösen Vorwelt, der er längst entwachsen war. Alles, was geschah, war vor ihm, so wie der gerade Rücken der Frau, die vor ihm im Bug des Bootes saß und ihre Richtung dirigierte. Thaddeus begriff, dass auch Akassa, das er mit ihr ansteuerte, nicht mehr zum Reich des Wirklichen gehörte. Ihn erfasste eine wohltuende Gelassenheit, eine Ruhe, in der sein Geist Erholung finden konnte, bevor seine innere Lava von Neuem hervorbrechen würde. Aus dieser Haltung heraus registrierte er mit nur mäßigem Interesse die Boote, die ein Stück voraus am Ufer auflagen.

Eve hatte die vier Boote natürlich schon vor ihm bemerkt. Sie reagierte keineswegs so gelassen wie Thaddeus auf diesen Anblick. Es waren sehr auffällige Boote. Vor allem eines, das mehr als zwanzig Fuß lang war. Es hatte ein Sonnendach, über das zudem Tücher herabhingen. Die hochgezogene Bugspitze trug einen goldenen Krokodilskopf. Sie sah die Menschen, die oben auf der Böschung um Kochfeuer herum saßen. Im Hintergrund, halb verdeckt vom Wald, erkannte sie ein Lagerhaus und war sich sicher, dass es sich um den Schmugglertreff handeln musste. Aber wieso die reich geschmückten Boote, die ganz gewiss nicht zum heimlichen Transport von unverzolltem Gut gedacht waren? Dann sah sie den Mann am Ufer.

Er hatte sich aus seiner lauernden Stellung erhoben, als sie sich näherten. Mit einem Blick erfasste Eve seine zeremonielle Kleidung und den Hut, an dem etwas Merkwürdiges befestigt war. Nur wenige Ruderschläge später erkannte sie, um was es sich dabei handelte: Es waren Tierknochen. Heiß durchfuhr sie der Schreck, als sie realisierte, dass der Mann, der dort stand, der oberste Fetischmann der Brass sein musste.

Wie kleine Blitze funkten die Gedanken durch ihr Hirn und fügten die Informationen zu einem Bild zusammen. Der tote Parkes; die Dorfbewohner, die sie verstoßen hatten, weil sie das Geld nicht fanden; der Fetischpriester, der sie beschuldigte, dass sie Unheil über das Dorf gebracht hatte; und nun der oberste Fetischmann der Brass auf der Suche nach der Urheberin dieses Unheils.

Er konnte nicht wissen, wer sie war. Oder? Hatte er etwa den durchdringenden Blick, dem nichts entging? Nein. Doch nicht auf diese Entfernung. Jetzt rief er, winkte sie zu sich, heiser seine Stimme. Sie zwang sich, nicht zu ihm hinüberzuschauen, steuerte in größtmöglicher Distanz an ihm vorbei.

Thaddeus sah nur einen Mann mit einem lustigen Hut am Ufer. Der hüpfte herum, kratzte sich am Kopf und winkte. Ein unbestimmtes Gefühl der Verbundenheit mit diesem armen, verrückten Kerl ließ Thaddeus mitleidig zurückwinken. Er hätte ihm gerne gesagt, dass er nicht mehr zu den Unterdrückern gehörte. Dass er, im Gegenteil, ein Freund der Brass sein wollte. Aber Eve schien es eilig zu haben. Mit raschen Ruderschlägen trieb sie das Boot voran, dem Wasser folgend. Dem Nun entgegen.

Dem sich von der anderen Seite mehrere mit Waffen und Munition beladene Boote näherten.

Der Junker

Wie gut, dass sie ihr zweites Kleid dabeihatte. Das andere hatte doch etwas gelitten auf ihrem Ausflug. Frau von Lucke hatte die Hände über dem Kopf zusammengeschlagen, als Mary völlig zerzaust und verschmutzt zurückgekehrt war. „So wollen Sie doch nicht etwa dem Gouverneur von Deutsch-Kamerun gegenübertreten“, hatte die kleine, agile Frau ausgerufen. Mary, die noch gar nichts davon wusste, dass sie den deutschen Gouverneur treffen sollte, war noch ganz erfüllt von ihrem Erlebnis: Sie war über den Wolken gewesen.

Dabei fühlte sie sich nicht im Mindesten erschöpft. Im Gegenteil, während sie ihr Kleid über den Kopf streifte, glaubte sie zu bersten vor Energie. Rasch wusch sie sich am Waschtisch in ihrem Zimmer. Dabei sah sie durch die Lamellen des Fensters nach draußen, wo vor der schattigen Veranda Hibiskusbüsche blühten. Herr und Frau von Lucke hatten sie in ihrem gepflegten Haus nur zweihundert Schritt vom steinigen Strand entfernt mit offenen Armen empfangen.

Dem Strand von Viktoria, der Stadt am Fuße des Donnerberges.

Mary zog ihr Ersatzkleid über und versuchte dann ihre Haare zu bändigen. Diesmal machte ihre Ungeduld die vertrauten Handgriffe schwierig. Schließlich aber war sie wieder so weit hergerichtet, dass sie sich zu ihrer Verabredung wagen konnte. Sie hoffte, dass es etwas Anständiges zu essen geben würde. Für ein Frühstück war keine Zeit mehr gewesen. Sie eilte aus ihrem Zimmer, verabschiedete sich mit einer kurzen, aber herzlichen Umarmung von Elsa von Lucke, und war auch schon durch die Tür. Kaum aber, dass die warme, von Blütenduft erfüllte Luft sie umfing, blieb sie so abrupt stehen, als hätte eine Stimme es ihr befohlen. Hinter ihr fiel mit einem Klacken die Gittertür wieder ins Schloss. Vor ihr lag die Bucht mit den kleinen, bewaldeten Inseln glitzernd im Sonnenschein. Sie vernahm das leise Rauschen der Wellen, schmeckte das Salz in der Luft. Ein leichter Windstoß wehte vom Meer herüber, drang durch den Stoff ihres Kleides bis auf die Haut. Manchmal kam es ihr so vor, als wäre diese Haut empfindsamer geworden. Als hätten ihre Poren sich geöffnet und ließen den frischen Luftzug nun auch durch ihr Inneres wehen.

Mit jedem Tag, so schien es ihr, wurden ihre Sinne wacher. Mit jedem Tag nahm sie die Welt um sich herum deutlicher wahr, nicht die große, sondern die kleine, die sie unmittelbar umgab: Das Geländer der Veranda, rissig das Holz; die Dielen unter ihren Füßen, die ihrem Gewicht um eine Winzigkeit nachgaben; die blaue Farbe an der Außenwand des Hauses, die an einigen Stellen bereits aufgeplatzt war; das ganze Haus, das im Wind und unter der Hitze leise knarzte. Vor der Fülle der Eindrücke geschah es immer wieder, dass ihr Verstand, dieses vertraute Instrument, schwieg. Aber das ängstigte sie nicht mehr. In den vergangenen Tagen hatte er oft geschwiegen. So auch in jenem Zauberwald, wo die Nebelschleier zwischen urzeitlichen Baumriesen dahinzogen, als wären sie die Geister des Waldes, die ihr Reich inspizierten. Wenn sie und ihre beiden Bergführer diese Schleier durchschritten, fühlte es sich an wie kalte Finger auf der Haut. Vielleicht, so hatte sie mit wohligem Schauder gedacht, um das Fleisch darunter für den späteren Verzehr zu prüfen.

Aber der Berg war nicht ihr Feind, und seine Geister hatten ihr viele, kleine Geschichten eingeflüstert, oben in der Savanne. Dort war sie bereits über den Wolken gewesen. Es war der einsamste Ort, den sie je gesehen hatte. Dennoch war er voller Leben und Gesang. Weiter waren sie gegangen, bis in jene Region, wo zwischen grauem Fels die Krater qualmten. Sie hatte die ganze Zeit den Stimmen des Berges gelauscht. Dem Wind, der mit leisem Rauschen über das wogende Gras strich, den Grillen, den hellen Stimmen der Vögel, die in der Luft ihre Kapriolen schlugen, dem Wispern des Waldes. Auf eine unbestimmte Weise begriff sie, dass ihr ein Geheimnis offenbart worden war. Sie nahm es mit auf ihrem Abstieg, aber sie konnte es noch nicht entschlüsseln. Sie trug es mit sich wie einen Stein, dessen Adern nur in einem bestimmten Licht sichtbar wurden.

Der große Mungo ma Lobé war kein kegelförmiger Vulkan. Seine weit gezogene Bergkuppe war an immer neuen Stellen aufgebrochen. Die Bakweri, die hier lebten, vernahmen oft nur das Grollen seiner höllischen Wut, da der Berg fast immer in den Wolken verborgen lag. So war er zu seinem Namen gekommen: Donnerberg.

Langsam und ein wenig ehrfürchtig wandte sie sich um und schaute den bewaldeten Hang hinauf. Zwischen ihr und dem Berg bestand nun ein Einverständnis. Sie schickte ihm in Gedanken einen Gruß, und ihren Dank. „Ich muss weiter, alter Freund", raunte sie. „Ich bin zum Essen eingeladen." Ein Reflex ließ sie zu ihren Haaren greifen, um zu prüfen, ob die Nadeln noch saßen. Dann sprang sie, den Rock gerafft, die Stufen hinab, über den Rasen hinunter zum Anleger, wo Leutnant von Stetten sie mit der Barkasse erwartete.

Der junge Offizier half ihr galant über den Laufsteg in das kleine, aber schnittige Boot. Als es mit leisem Stampfen in die Bucht hinaussteuerte und Mary die Wohnhäuser, Lager und Verwaltungsgebäude vom Meer aus sah, staunte sie wieder, was die Deutschen in den zehn Jahren, seit sie die Kolonie Kamerun erworben hatten, alles geschaffen hatten. Um die Kirche herum, die noch von englischen Methodisten errichtet worden war, erstreckte sich eine breite Uferstraße, an der die Häuser und Faktoreien lagen. Der Anleger, von Stahlträgern gestützt, ragte fast hundert Meter ins Meer hinaus. Zur Zeit wiegte sich nur die *Prinz Eugen*, auf der sie nach Viktoria gereist war, sanft in den Wellen und zog dabei mit leisem Knarren an den Seilen. Mary schätzte, dass vier Schiffe dort festmachen konnten.

Je weiter sie sich vom Ufer entfernten, desto mehr konnte sie vom Berg erkennen, dessen Hang sich in Stufen über der Stadt erhob. Sie hatte sich an der Reling der *Prinz Eugen* festhalten müssen, als sie ihn das erste Mal aus den Wolken auftauchen sah. Es war der Berg aus ihrem Traum. Wie war das möglich? Sie hatte ihn nie zuvor gesehen. Der Berg, der Traum, der Sänger! Was geschah nur mit ihr? Sie war weit davon entfernt, das alles zu begreifen. Aber eines war ihr vom ersten Moment an klar gewesen. Sie würde diesen Berg besteigen.

„Ist es nicht ein schönes Schiff?“, lenkte der Leutnant ihre Aufmerksamkeit auf die Jacht des Gouverneurs, die in der Bucht vor Anker lag. Mary bedachte von Stetten mit einem amüsierten Blick. Der begeisterungsfähige, junge Mann war ganz hingerissen von der schlanken, weiß leuchtenden *Herzogin Elisabeth.*

„Sie ist erst vor zwei Jahren in Lübeck vom Stapel gelaufen“, berichtete er. „Eines der modernsten Schiffe der deutschen Flotte.“

„Für Herrn von Puttkamer sicherlich eine Ehre“, bemerkte sie, nicht ohne den Hintergedanken, ein paar zusätzliche Informationen über ihren Gastgeber zu bekommen. Der Leutnant reagierte prompt:

„Gouverneur von Puttkamer ist zwar mit dem ehemaligen Reichskanzler verwandt, aber Sie können sicher sein, dass er diesen Posten nicht durch Protektion erhalten hat. Ihm ist es zu verdanken, dass die Kolonie prosperiert. Das Deutsche Reich braucht Männer wie ihn. Sie sind die Garanten für unsere Zukunft.“

Der Garant für die Zukunft des Deutschen Reiches empfing Mary mit einem vollendeten Handkuss. „Miss Cooley“, sagte er mit leiser Vibrato-Stimme, „ich freue mich, Sie an Bord meines Schiffes begrüßen zu dürfen.“

Jesco von Puttkamer, jüngster Spross einer alten, deutschen Adelsfamilie, war eine beeindruckende Erscheinung. Unter der tressenbesetzten Jacke wölbten sich breite Schultern. Die weiße Hose hatte eine Bügelfalte, die mit einem Lineal gezeichnet schien, die schwarzen Stiefel glänzten im Sonnenlicht.

„Möchten Sie ein Glas Champagner?", fragte er auf Englisch, während sich seine Lippen unter dem sorgfältig gestutzten, pechschwarzen Schnurrbart kräuselten. Mit einer über Generationen erworbenen Nonchalance wies er auf den Stewart, der mit einem Tablett zu ihnen getreten war. Mary, die durchaus Lust auf Champagner hatte, streckte die Hand aus, um sich ein Glas zu nehmen, als ihr Blick in das Gesicht des Stewarts fiel. Verblüfft verharrte sie in ihrer Bewegung. Auch der Stewart war perfekt gekleidet, die Uniform saß wie angegossen. Unter dem kecken, schrägen Käppi blitzten sie verschmitzte Augen an. Allerdings waren es nicht die Augen eines Mannes. Der Stewart war eine Frau.

Eine Überraschungssekunde lang schwebte Marys Hand wie vergessen zwischen ihr und der Frau mit den mutwilligen Augen. Dann griff sie nach dem Glas. Ihr Blick senkte sich dabei und fiel auf die Beine der Frau, die in weißen, ebenfalls gebügelten Hosen steckten. Es war das erste Mal, dass Mary in der Öffentlichkeit die Beine einer Frau derartig zur Schau gestellt sah. Es kam ihr maßlos ungehörig, ja geradezu verrucht vor. Gleichzeitig aber spürte sie einen leichten Neid. Diese Art von Leichtfertigkeit war ihr selbst unmöglich. Als sie sich wieder dem Gouverneur zuwandte, bemerkte sie, dass dieser mit einem breiten Raubtiergrinsen ihre Reaktion beobachtet hatte. Sie begriff, dass sie auf diesem Schiff mit Überraschungen rechnen musste.

„Vielen Dank für die Einladung", sagte sie auf Deutsch und fügte nach einer kleinen Pause hinzu: „Und den stilvollen Empfang."

Die linke Augbraue des Junkers lüpfte sich: „Herr von Lucke berichtete mir bereits, dass Sie sehr gut Deutsch sprechen. Er hat nicht übertrieben. Trinken wir auf das neue Jahr", sprach er seinen Toast.

Mary fiel erst jetzt wieder ein, dass heute ja Neujahrstag war. „Auf das neue Jahr“, erwiderte sie.

„Und auf diesen Tag“, fügte der Gouverneur dann hinzu, wobei er sie mit einem intensiven Blick aus seinen dunklen Augen bedachte.

Mary, deren Verstand mittlerweile auf Hochtouren arbeitete, um der Situation Herr zu werden, hielt diesem Blick mühelos stand. Mit etwas schräg gelegtem Kopf dachte sie kurz nach, bevor sie antwortete: „Jaah, das gefällt mir: Auf diesen Tag.“

Von Puttkamer ergriff ihren Arm oberhalb des Ellbogens und führte sie zum Vorderschiff, wo im Schatten einer aufgespannten Persenning ein mit einem weißen Tuch bedeckter Tisch aufgestellt war. „Ich habe eine leichte Mahlzeit vorbereiten lassen“, meinte der deutsche Gouverneur und wies auf einen Andecktisch, auf dem eine Platte rötlich glänzender Langusten bereitstand. „Dazu einen Welschriesling aus Ungarn. Der bereits seit heute Morgen in fünf Meter Tiefe gekühlt wird.“

„Ebenso wie der Champagner, nehme ich an“, gab Mary zurück, während sie mit dem Impuls kämpfte, sich seinem herrischen Griff zu entziehen. Gleichzeitig spürte sie, wie ihr Magen sich beim Anblick der Langusten zusammenkrampfte. Heiliger Strohsack, was hatte sie für einen Hunger.

„Er ist vorzüglich“, betrieb ihr Mundwerk weiter Konversation, „und hat genau die richtige Temperatur.“

„Was in der Tat nicht so einfach ist, in diesen Breiten.“ Ihr Gastgeber zog ihr den Stuhl zurück, bevor er sich ihr gegenüber niederließ. Er nickte dem Stewart oder besser der Stewardess zu, woraufhin diese die Champagnergläser wieder auffüllte. Mary, die aufgrund ihres nüchternen Magens bereits die Wirkung des ersten Glases spürte, beobachtete die junge Frau, die nun dem Gouverneur nachschenkte. Dabei beugte die sich ein wenig vor, wobei ihr zu einem Zopf zusammengebundenes, schwarzes Haar über die Schulter nach vorne fiel. Von Puttkamer wandte sich der Frau in einer winzigen Geste zu, die diese kaum merklich erwiderte. Es war offensichtlich, dass diese Stewardess weitreichende Aufgaben erledigte.

Mary nahm einen vorsichtigen Schluck von ihrem Champagner, spürte das Perlen der kühlen, schaumigen Flüssigkeit auf ihrer Zunge und fragte sich, was sie bei diesem Lunch wohl als Nächstes erwarten würde. Wie als Antwort auf diese unausgesprochene Frage tauchte aus dem Niedergang zum Inneren des Schiffes eine weitere uniformierte Gestalt auf, in jeder Hand einen Teller. Mary erriet es, noch bevor sie den blonden Zopf wahrnahm. Auch der zweite Stewart war eine Frau. Als ihr die unerhörten Konstellationen, die dieses Ensemble ergeben mochte, durch den Kopf schossen, hatte sie Mühe, ihre Fassung zu bewahren. Sie hatte auf einmal einen trockenen Mund und nahm schnell noch einen Schluck von ihrem Champagner. Sie wusste nicht zu entscheiden, ob diese amoralische Situation sie eher abstieß oder faszinierte. Schließlich siegte das, was meistens siegt: der Hunger. Als sie dann aber auf dem Teller, den die zweite Stewardess vor ihr abstellte, nur ein daumengroßes Stück Fleisch in einem Pfützchen Soße vorfand, hätte sie beinah laut aufgelacht. Die deutsche Küche hatte sie sich anders vorgestellt.

„Leber“, bemerkte ihr Gastgeber schlicht.

„Wie bitte?“

Ein manikürter Finger wies auf ihren Teller: „Die Leber eines Nashornvogels, kurz angebraten, dann mit Champagner abgelöscht. Der Rest des Tieres wird uns beim Hauptgang wieder begegnen, zusammen mit einem Gemüse, dessen

Namen ich bis heute nicht aussprechen kann, das aber so ähnlich wie Spinat schmeckt."

„Ndole?", fragte Mary, ohne nachzudenken. Vorsichtig spießte sie die Nashornvogelleber auf ihre Gabel.

Wiederum zuckte die linke Augbraue nach oben: „Genau. Sie haben einen Sinn für Sprachen, Miss Cooley."

„Und Sie haben ganz offensichtlich einen Sinn für die Annehmlichkeiten des Lebens, Herr von Puttkamer."

Mary fragte sich kurz, ob er das wohl als anzüglich empfinden würde, aber im gleichen Moment schob sie diesen Gedanken beiseite. Ein Mann, der auf seiner Jacht vor der afrikanischen Küste herumfuhr, seine Gespielinnen in Uniformen steckte, seinen Wein in fünf Meter Tiefe kühlte und darauf wartete, dass der Koch Nashornvogelleber zubereitete, war sicherlich niemand, der sich von einer doppeldeutigen Bemerkung aus der Fassung bringen ließ. Sie schickte in Gedanken einen Dank an den Gott der Vögel, bevor sie sich das winzige Stück Leber in den Mund schob.

Es war eine Offenbarung. In winzigen Explosionen entfaltete sich auf ihrer Zunge die Geschmackskomposition eines Meisters. Das mild-herbe Fleisch, getragen in einer Soße, in der fremde Kräuter und wilder Pfeffer mitsangen. Sie schmeckte Land und Wasser und Leben. Mit geschlossenen Augen kostete sie den Moment aus. Er war viel zu schnell vorbei. „Köstlich", kommentierte sie inbrünstig und war drauf und dran zu fragen, ob als Nächstes wohl eine Nashornleber auf den Tisch käme.

Der Gouverneur nahm das Kompliment mit einem Nicken zur Kenntnis. „Was haben Sie bisher in Viktoria unternommen?", wollte er wissen.

„Oh, ich habe den Kamerunberg bestiegen", sagte sie.

Diesmal war es die Hand ihres Gastgebers, die auf dem

Weg zu seinem Glas eine Sekunde in der Luft verharrte. „Sie meinen, Sie sind am Berg spazieren gegangen."

„Natürlich", gab sie zurück, woraufhin er zufrieden seinen Champagner leerte.

„Bis zum Gipfel", fügte sie hinzu und schielte dabei zu den Langusten hinüber..

„Der Gipfel ist über viertausend Meter hoch", bemerkte er in ungläubigem Ton.

„Wirklich? Darauf habe ich nicht geachtet. Aber der Ausblick ist fantastisch. Ich habe von dort gestern Morgen Ihr Schiff eintreffen sehen." Bei diesen ihren eigenen Worten streifte eine Erinnerung durch ihr Gedächtnis. Eine Erinnerung an ein Gefühl? Oder an etwas anderes? Mit einem abwesenden Stirnrunzeln fügte sie hinzu: „Allerdings wusste ich da noch nicht, dass es Ihr Schiff war."

Von Puttkamer schien etwas aus der Fassung. Seine Augenbrauen hoben sich synchron, als er nachfragte: „Gestern?"

„Ja, gestern." Sie sah ihm in die Augen, suchte aber in ihrem Inneren noch nach der Ursache der befremdlichen Empfindung, die sie gerade gestreift hatte. Sie, die dem Himmel so nah war, und die weiße Jacht auf dem glitzernden Meer. Aber da war noch etwas gewesen.

„Ich habe es leider nicht mehr bis nach Viktoria zurückgeschafft", erzählte sie dann weiter. „Dafür habe ich diesen wunderbaren Ort oben am Hang entdeckt, wo Pater Meinhold eine Kirche baut. Engelsburg hat er den Platz genannt. Eine Burg voller Bougainvilleen und Ziegen. Zumindest nach der Fülle ihrer Hinterlassenschaft zu schließen. Heute Morgen bin ich dann das letzte Stück zurückmarschiert. Für ein Frühstück war leider keine Zeit mehr. Vielleicht verzeihen Sie mir daher meine Offenheit, aber glauben Sie", Mary wies mit dem

Finger dezent in Richtung Andecktisch, „dass ich einmal von den Langusten kosten könnte? Ich habe wirklich einen Bärenhunger."

Von Puttkamer sah sie mit offenem Mund an. Dann lehnte er sich zurück, breitete die Arme aus und sagte einfach: „Miss Cooley. Die Vorräte dieses Schiffes stehen Ihnen zur Verfügung."

Und Mary aß. Sie verputzte drei Langusten von der Länge einer Männerhand. Während sie das weiße Fleisch aus den Schalen zog, erzählte sie von der Weite des Blickes, den sie dort oben genossen hatte. Und dass der Vulkan von Fernando Po, jener Insel vor der Küste, die sie auch vom Schiff aus gut erkennen konnten, wie ein kleiner Bruder des großen Mungo wirkte. Sie wischte mit dem frischgebackenem Weißbrot das Öl vom Teller und spekulierte darüber, welche geologischen Vorgänge wohl vor Äonen diese Landschaft erschaffen haben mochten. Sie benannte die Blumen, die sie in der Savanne gefunden hatte, mit ihren lateinischen Namen und demonstrierte mit den Fingern ihrer Hand, wie die Käfer ihre Klauen aufrichteten, wenn sie sie mit einem Grashalm neckte. Das tat sie mit den Fingern der linken Hand, mit der rechten aß sie weiter. Der Gouverneur ließ sich von der dunkelhaarigen Stewardess, die er Elisa nannte, eine Zigarette anzünden, während Mary noch die letzten Fleischstückchen aus den Schalen herauszupfte und dabei von den Schmetterlingen sprach, die sie entdeckt hatte. Zwischendurch nahm sie immer wieder einen Schluck von dem nach Heublumen und frischen Nelken duftenden Wein, den Hanna, die Stewardess mit dem blonden Zopf, ihr jedes Mal nachschenkte, noch bevor das Glas leer war. Alle drei, der Gouverneur sowie seine seltsamen Stewardessen Hanna und Elisa, lauschten staunend jedem ihrer Worte, während sie aß, als hätte sie seit

Jahren nichts mehr gegessen. So wie die Nahrung in sie hineinfiel, so sprudelten die Worte aus ihrem Mund hervor. Sie konnte nichts dagegen tun. Ebenso wenig wie sie ihren Hunger hätte unterdrücken können. Sie redete und aß. Und aß und redete. Aber mit keinem Wort erwähnte sie, was wirklich dort oben geschehen war. Mit keinem Wort verriet sie etwas von dem uralten Geist, der ihr dort oben begegnet war. „Sagen Sie, Herr Gouverneur", schloss sie ihre Ausführungen ab und tauchte ihre Finger in die Schale mit Zitronenwasser, die Elisa ihr mit einem Lächeln hinhielt, „erwähnten Sie nicht irgendeinen Vogel, der uns als Hauptgang wieder begegnen würde?"

Von Puttkamer stieß den Rauch seiner Zigarette zwischen den Zähnen seines kräftigen Gebisses hervor und entgegnete mit einem entwaffnenden Lachen: „Miss Cooley, ich beginne gerade zu begreifen, wie England zu einer Weltmacht werden konnte." Ein Wink seiner Hand bewirkte, dass die beiden Stewardessen den Tisch abräumten.

Mary lehnte sich zurück. Erst jetzt ging ihr auf, dass sie die letzte halbe Stunde das Tischgespräch beherrscht hatte. Dabei hatte sie offenbar nicht nur ihren Gastgeber gefesselt, sondern auch die Bedienung, die beiden Frauen in ihren Männeruniformen. Was waren das für seltsame Geschöpfe, die sie nun in einer Art umwarben, die sonst den Männern vorbehalten war. Mary fühlte sich einerseits gerührt, aber auch befremdet von diesem Bemühen um ihre Aufmerksamkeit. Was sahen diese Frauen in ihr? Vielleicht lag es ja am Wein, dem Champagner und der seltsamen Stimmung, in der sie sich befand, seit sie vom Berg zurückgekehrt war, aber zum ersten Mal kam Mary der Gedanke, dass sie Anerkennung erfuhr für das, was sie war. Und nicht für den Nutzen, den sie in den Augen anderer darstellte.

Während sie diesen abenteuerlichen Gedanken durch ihren Geist wandern ließ, glitt ihr Blick wieder zu der Küste hinüber, den kleinen Pirateninseln und den Häusern von Viktoria, wanderte den grün bewaldeten Hang und die unteren Buckel des Berges hinauf. Darüber sah sie die Zone der Wolken. Die untere Grenze des Reiches. Eine obere gab es nicht. Aber das konnte nur wissen, wer dort gewesen war. Der Gouverneur, der glaubte, dass der Berg ihm gehörte, wusste es nicht. Auch seine beiden Dienerinnen nicht. Oder was immer sie waren.

Während das Schiff sich leicht im Wellengang wiegte, kam es Mary so vor, als existierte sie doppelt. Ein Teil von ihr saß auf dem Schiff, im Schatten der Persenning, und ließ sich Wein servieren und edle Speisen vorlegen. Der andere Teil war immer noch hoch oben, im Reich über den Wolken. Ihr war mit einem Mal, als würde die Stimme, die dort nur ein leises Raunen gewesen war, nun laut und deutlich in ihr wiederhallen. Sie spürte den Klang wie ein Vibrieren in ihrem Fleisch und wie ein Summen in ihren Knochen. Diese Stimme, sie war mit der des Sängers verwandt. Aber sie war gleichzeitig viel stärker. Viel mächtiger.

Während in jenem Hinterhof in Lagos die Geschichten durch die Musik in ihrem Kopf entstanden waren, hatte sie nun einen der Orte besucht, von denen der Sänger erzählt hatte. Mary schloss die Augen und fand sich auf dem Berg wieder. Sie lauschte der Stille im Wind und fand Klänge im Licht. Sie erfuhr, dass sie auf diesem Weg das Land begreifen würde. Seine unglaublichen Dissonanzen, seine fremdartigen Rhythmen, seine Widersprüche und seine unerhörten Farben.

All das war ihr noch nicht klar gewesen, als sie dort oben gewesen war. Zu viele Eindrücke hatten sie durchflutet, als dass sie ihrer Herr hätte werden können. Erst jetzt, da sie zurück war, begriff sie, dass der Berg ihr das größte Geschenk gemacht hatte, das er zu vergeben hatte: Er gab ihr neue Augen. Und ein neues Gehör. Er gab ihr das Gespür für ihre Beine wieder, die den langen, steilen Weg bewältigt hatten, und für ihre Lungen, die die reine Luft der Höhe atmen durften. Er schenkte ihr die Weite, über die er herrschte, und zeigte ihr die Fülle in seinem Reich. Für einen Tag hatte der Berg Mary zu seiner Königin gemacht.

„Miss Cooley? Geht es Ihnen gut?“

Es geschah, als sie die Stimme des Gouverneurs vernahm. Sie hatte die Augen immer noch geschlossen. So war es nicht das blendende Äußere des Deutschen, das ihre Aufmerksamkeit in Beschlag nahm. Auch nicht die luxuriöse Umgebung oder gar die extravagante Gesellschaft. Es war seine Stimme, nur die Stimme. Und die stand in schärfstem Kontrast zu den beinah überirdischen Klängen, die noch in ihr summten. Denn es war eine Stimme voller Falschheit.

Mary öffnete die Augen. Von Puttkamer hatte sich vorgebeugt und betrachtete sie mit besorgtem Blick. Auch seine beiden Elfen schauten neugierig von der Anrichte herüber.

„Es geht mir gut“, antwortete sie mit einem kleinen Lächeln, „sehr gut sogar.“ In dem Bemühen, ihre Eindrücke zu sortieren, griff sie zu einer kleinen Notlüge: „Ich habe versucht, mich an das Lied zu erinnern, das meine beiden Bergführer gesungen haben, als wir den Gipfel erreichten. Ich glaube, sie haben irgendwelche Geister angerufen.“

Der Gouverneur lehnte sich wieder in seinem Stuhl zurück und strich über seinen Schnurrbart: „Das wundert mich nicht. Die Neger sind sehr abergläubisch und das Singen und Tanzen liegt ihnen im Blut. Jedenfalls mehr als das Arbeiten.“

Es war nicht die Arroganz des deutschen Adligen, die

Mary erschauern ließ. Es war die Klarheit, mit der ihre Erinnerung sie einholte. Ja, sie hatte in atemlosem Staunen auf das Meer hinausgeschaut und die smaragdene Schönheit von Fernando Po bewundert. Der Wind bewegte das hohe Gras. Um sie herum sang die Natur. Unter diesem Gesang lag ein tiefer, kaum wahrnehmbarer Grundton. Wenn sie sich darauf konzentrierte, verschwand er. Erst als sie losließ, als ihre Gedanken verwehten, da hörte sie es. Das dunkle Raunen des Berges in seinen feinen Variationen. Und nun erinnerte sie sich auch, welche Form dieser Ton angenommen hatte, als die weiße Jacht zwischen den kleinen Pirateninseln in der Bucht auftauchte. Noch jetzt spürte sie das warnende Beben. Dies ist der Feind, hatte die Stimme gesungen.

Sie betrachtete von Puttkamer, der ihr in einem langen Monolog von den Schwierigkeiten berichtete, die seine Verwaltung und die Plantagenbesitzer mit den störrischen Eingeborenen hatten. Sie hörte weniger auf seine Worte als mehr auf die Art, in der er sie setzte. Sie erkannte jetzt die Eitelkeit in seinem Gebaren und die Blasiertheit, hinter der ein brennender Ehrgeiz loderte. Sie spürte aber auch noch etwas anderes, etwas Lauerndes, Gefährliches. Eine Kraft, die ihn antrieb und alle anderen Menschen seinem Ziel unterwerfen wollte.

„Wie ich hörte“, wandte er sich nun mit einer Frage an sie, „sind Sie mit Gouverneur MacDonald befreundet?“

„Nun ja, ich habe Sir Claude und Lady Sarah auf dem Schiff kennen gelernt. Sie waren so freundlich, mich in ihrem Haus aufzunehmen.“

„Ein bemerkenswerter Mann, Gouverneur MacDonald. Ein Offizier und Gentleman. Und es ist keine leichte Aufgabe, dieses Territorium zu verwalten. Zumal ihm seine Regierung offenbar nur wenig Spielraum lässt.“

Wieder glaubte Mary den warnenden Ton in ihrem Inneren zu vernehmen. Doch wovor genau er sie warnte, wusste sie nicht. „Wie meinen Sie das?", fragte sie.

„Nun, ich bemerke mit einigem Erstaunen, wie zögerlich die britische Regierung vorgeht. Immerhin schlägt sie sich schon seit Jahren mit den störrischen Eingeborenen herum."

Was nicht ganz falsch war, immerhin hatte auch Mary schon die Inkonsequenz der englischen Politik beklagt. Die Worte aus dem Munde des deutschen Gouverneurs hatten allerdings einen etwas seltsamen Beigeschmack.

„Was würden Sie vorschlagen?", fragte sie.

„Nun, sehen Sie", von Puttkamer legte die Fingerspitzen aneinander. „Wir hatten ja auch unsere Schwierigkeiten in Kamerun. Nachdem Gustav Nachtigal seinerzeit die Verträge mit König Bell von Duala geschlossen hatte, wollten einige benachbarte Stämme seine Autorität in Frage stellen. Wir haben dieses Problem binnem Kurzem gelöst."

Mary brauchte nicht lange nachzudenken: „Auf militärische Weise, nehme ich an?"

„Sehr richtig", bestätigte der Gouverneur mit seinem Raubtiergrinsen. „Eine sehr effektive Methode, sich Respekt zu verschaffen."

Mary ließ ihre Eindrücke aus Calabar vor ihrem inneren Auge Revue passieren. Dann stellte sie sich vor, wie eine Armee um sich schießender Teutonen in die Stadt einrückte.

„Also", sagte sie betont ernsthaft, „ich hatte in Calabar einige Probleme mit meinen Ruderern, aber ich glaube nicht, dass deswegen ein solches Vorgehen nötig wäre."

Von Puttkamer betrachtete sie mit einem trägen Blick. „Eine sehr nachsichtige Haltung. Ich nehme an, Gouverneur MacDonald sieht das ähnlich?"

Mary ließ sich Zeit mit ihrer Antwort. Wollte von Puttkamer sie aushorchen? Was versprach er sich davon?

„Ich weiß nicht“, antwortete sie dann, „nach welchen Grundsätzen Sir Claude seine Arbeit verrichtet. Aber ich habe den Eindruck, dass er sie gut macht.“

„Zweifellos. Ich frage mich nur, wie er es schafft, die verschiedenen Interessen unter einen Hut zu bekommen. Zum einen ist da die Royal Niger Company, die über das Nigerdelta herrscht. Nicht unumstritten, wenn ich das mal so sagen darf. Der Verwaltungssitz des Gouverneurs ist Calabar, dessen König zusammen mit einigen britischen Händlern verhindert hat, dass die Company ihr Territorium bis über den Cross-River ausdehnt. Calabar ist gewissermaßen die Opposition der Royal Niger Company. Sitzt MacDonald nicht irgendwie zwischen allen Stühlen?“

Calabar als Gegner der Company? Eine interessante Sicht, wie sie fand. Allerdings war ihr, die sie gerade dabei war, ihre Sinne neu zu entdecken, diese Betrachtung für den Moment zu politisch. Aber bevor sie antworten musste, kamen glücklicherweise die beiden dienstbaren Geister des Gouverneurs mit dem Hauptgang. Obwohl Marys drängendster Hunger gestillt war, hatte sie immer noch das Gefühl, einen Bären verschlingen zu können. Natürlich war es kein Bär, der auf ihrem Teller lag, sondern ein Stück Fleisch von ansprechender Größe, das vermutlich aus der Brust dieses Vogels stammte, den sie noch nie gesehen hatte. Darum herum war halbmondförmig in feinen Scheiben die kartoffelähnliche Yamswurzel angerichtet. Ein vulkanähnlicher Haufen von Ndole vervollständigte die Speise. Das, dachte sie wohlwollend, das war deutsche Küche.

Dazu hatte von Puttkamer einen blauen Burgunder dekantiert, von dem Mary allerdings nur behutsam trank. Obwohl noch immer die Energie des Erlebten in ihr sprudelte, war sie sich nicht sicher, ob sie diese Alkoholmengen zur Mittagszeit vertrug. Außerdem mahnte sie die warnende Stimme in ihrem Herzen zur Wachsamkeit. So antwortete sie auch nur zögerlich auf die Frage, ob sie den König von Calabar kennen würde: „Ich habe ihn einmal aus der Ferne gesehen", antwortete sie ebenso vage wie wahrheitsgemäß.

Mittlerweile lauschte sie auf jede noch so feine Nuance in Klang und Tonfall ihres Gastgebers. Ja, sie meinte manchmal sogar seine Gedanken hinter den Worten erkennen zu können. Ein wenig wunderte sie sich zwar über diese ungewohnte Sensibilität, und noch vor gar nicht langer Zeit hätte sie sich darüber lustig gemacht, aber ihr war klar, dass sich wieder etwas geändert hatte. Sie war sicher, dass ihre gesteigerte Wahrnehmungsfähigkeit aus dem resultierte, was ihr auf dem Berg widerfahren war. Vielleicht würde es nachlassen. Vielleicht würde sie sich in einem Jahr kaum mehr daran erinnern können. Jetzt aber, auf diesem Schiff im Golf von Guinea, war es wahr.

Es war echt.

So einfach konnte es manchmal sein.

Während der Gouverneur weiter über die politischen Kräfte in Calabar spekulierte, beobachtete Mary ein wenig verstohlen die beiden Frauen, die rechts und links neben der Anrichte standen und darauf achteten, dass den Speisenden nichts fehlte. Es waren keine exotischen, alle Konventionen über Bord werfenden Amazonen. Das erkannte Mary nun sehr deutlich. Es waren zwei junge Frauen, die sich ihrem Herrn bedingungslos unterworfen hatten.

Der Abend beim König von Calabar fiel ihr wieder ein. Die Stimmung, in die sie sich dort hineingesteigert hatte, kam ihr nun fremd vor. Und da es nicht ihrem Wesen entsprach, sich selbst zu belügen, musste sie sich eingestehen, dass sie Charly mit ihren Worten hatte verletzen wollen. Wenn sie jetzt nach den Gründen für dieses unsinnige Verhalten forschte, stieß sie in einen Bereich ihres Wesens vor, der sie verunsicherte. Das war etwas, was sie hasste, dennoch wusste sie, dass sie nicht davor zurückweichen würde. Denn sie hasste es mindestens genauso sehr, vor irgendetwas zurückzuweichen.

Sie betrachtete den Gouverneur und fragte sich, was er ihr demonstrieren wollte. Dass er im Stande war, Frauen in einer Weise zu beherrschen, die diese sich tief im Innersten wünschten? Während sie bedächtig das Fleisch und das Gemüse aß, lauschte sie in sich hinein, um herauszufinden, ob dieser Wunsch nach Unterwerfung auch in ihrer Seele lebte. Befriedigt stellte sie fest, dass nichts dergleichen in ihr wohnte, als etwas an dem, was von Puttkamer erzählte, sie aufhorchen ließ.

Beinahe wäre es ihr entgangen, da sie immer noch mehr auf den Klang seiner Stimme als auf die Worte achtete. Da er zudem Deutsch sprach, musste sie einen Moment überlegen, welche Formulierung ihr aufgefallen war. Er hatte über Geheimbünde gesprochen. Dass diese oft die Politik der Stämme beeinflussten. Aber hatte er in diesem Zusammenhang nicht gerade etwas von einem Leoparden erzählt?

„Verzeihen Sie, Herr Gouverneur“, unterbrach sie ihn, „ich weiß nicht, ob ich Sie richtig verstanden habe. Mein Deutsch ist doch etwas lückenhaft. Sie sprachen eben von einem Leoparden?“

„Ach, nur ein Aberglaube“, gab der Junker mit einer wegwerfenden Handbewegung zurück, „ich wundere mich, dass Sie noch nicht davon gehört haben. Es gibt da angeblich einen Kult, dem die Schwarzen große Bedeutung zumessen. Wer im Namen dieses Kultes spricht, verfügt über beachtliche

Autorität. Dazu bedarf derjenige jedoch irgendeines merkwürdigen Emblems, das man das Siegel des Leoparden nennt."

Mary rieselte ein kleiner Schauer über den Rücken, als der Gouverneur ihr diese Bezeichnung ins Englische übersetzte. Die Nacht in Calabar fiel ihr wieder ein. Die Fetischzeremonie. Und wie ein maskierter Priester einem vor ihm knienden jungen Mann einen Stock mit einem goldenen Leopardenkopf übergeben hatte.

„Wissen Sie", erwiderte Mary in harmlosem Gesprächston, um nun ihrerseits den Gouverneur aushorchen zu können, „ich setze einige Studien meines Vaters fort, die sich mit dem Glauben der Naturvölker befassten. In seinen Notizen fand ich genau die Formulierung, die sie gerade verwendeten. Das Siegel des Leoparden?"

„Ah, der wissenschaftliche Geist ruht nie, nicht wahr? Es heißt tatsächlich so. Ich komme darauf, weil ich jüngst davon hörte. Ich hatte eine Begegnung mit einem seltsamen Individuum. Ein alter Mann, ein Neger, dessen Gesicht von Pockennarben entstellt war. Ein hässlicher Kerl, aber ich muss gestehen", von Puttkamer hielt seine Gabel wie einen Zeigestock in die Luft, während sein Gedächtnis die besagte Begegnung aufrief, „er hatte einen gewissen, urwüchsigen Stolz." Sein Mund verzog sich zu einem amüsierten Lächeln, als er sich ihr wieder zuwandte. „Er stand hier an Deck, in ein abenteuerliches Gewand gewickelt. Mit nacktem Oberkörper und barfuß. Aber er trat auf, als gehöre ihm die Welt."

„Und dieser Mann sprach vom Siegel des Leoparden?"

„Ja, erst schlug er mir ein Geschäft vor, das so verwegen war, dass es mir die Sprache verschlug. Als ich ihn fragte, in wessen Namen er spräche, sagte er, im Namen des Leopardenbundes. Das schien mir aber sehr unwahrscheinlich, also verlangte ich nach einem Beweis. Und so beschrieb er mir das besagte Emblem."

„Wussten Sie denn, wie es aussieht?"

„Ja, es ist eine Art Zepter mit einem goldenen Leopardenkopf. Vor einigen Jahren hat mir einer unserer Leute, der mit diesen Leopardenmännern Kontakt hatte, von genau diesem Zepter erzählt. Dieses Siegel würde seinem Träger höchste Autorität verleihen. Und zwar überall an der Küste. Dabei spielt natürlich die Angst eine große Rolle, denn um die Wahrheit zu sagen, bei diesem Leopardenbund handelt es sich um einen ziemlich grausamen Verein."

Mary versuchte, sich ihre Aufregung nicht anmerken zu lassen. War sie gerade auf die Information gestoßen, die endlich Licht in die Verschwörung von Calabar bringen konnte? Aber was hatte der deutsche Gouverneur damit zu tun? Und was war das für ein Geschäft, das ihm der Mann mit den Pockennarben vorgeschlagen hatte? Sie begann, vorsichtig nachzubohren: „Offenbar hat mein Vater die Bedeutung dieses Objektes völlig falsch eingeschätzt. Er sprach ihm rein religiöse Bedeutung zu."

Anscheinend hatte sie den richtigen Ton gefunden. Einen so renommierten Naturwissenschaftler wie Dr. Cooley korrigieren zu können schmeichelte dem deutschen Junker sichtlich.

„Für uns Europäer ist das natürlich eine ungewohnte Vorstellung, aber bei den Negern haben religiöse Symbole enormes politisches Gewicht. Sie sind ein Zeichen von Macht."

„Und was wollte dieser Mann, der sie aufgesucht hat, mit dieser Macht anfangen?" Mary merkte im selben Moment, da ihr diese Frage entschlüpft war, dass sie einen Fehler gemacht hatte. Von Puttkamers Blick bekam sogleich etwas

Wachsames. Offenbar ging ihm ihre wissenschaftliche Neugier etwas zu weit. Sie versuchte, sein Misstrauen zu zerstreuen: „Ich meine, wenn er aus Calabar ist, hätte es ja durchaus sein können, dass ich ihn kenne oder seinen Namen schon gehört habe."

„Das glaube ich kaum. Denn erstens war er nicht aus Calabar, und zweitens hat er seinen Namen nicht genannt. Als ich ihn danach fragte, sagte er, er hätte ihn verloren." Von Puttkamer schnaubte aus: „Verloren! Hat man so etwas schon gehört?" Er legte das Besteck beiseite und tupfte sich den Mund mit der Serviette ab.

„Jetzt fällt mir ein", fuhr er fort, „er verwendete eine Wendung, von der ich nicht weiß, ob es ein Ort oder ein Name ist: na Ubani."

Na Ubani!

Und ob ihr das etwas sagte. Der Mann aus Bonny. Der Mann, den Charly suchte, um einen Krieg zu verhindern. Jetzt war sie sicher, dass sie auf der richtigen Spur war. Er war hier gewesen. Hier an Bord des deutschen Junkers.

Mary legte ihr Besteck beiseite. Zwar war noch etwas Yams übrig, für das sie sicherlich noch Platz in ihrem Magen gefunden hätte. Aber nun war sie viel zu aufgeregt, um noch etwas essen zu können. Was sie gerade erfahren hatte, war genau die Information, die Charly brauchte. Ein alter Mann mit Pockennarben. Und nach dem zu urteilen, wie er hier aufgetreten war, auch kein unwichtiger Mann. Zumindest ein Chief. Mit diesem Wissen müsste er leicht zu identifizieren sein. Aber sie wusste immer noch nicht, was er hier gewollt hatte. Sie suchte nach einer Möglichkeit, an weitere Informationen zu kommen. Sollte sie kokett sein, um den eitlen Junker an der Nase herumzuführen? Leider wusste sie nicht, wie Koketterie funktionierte. Mit einem Seitenblick auf die beiden Frauen, die ihr da sicherlich Nachhilfeunterricht hätten geben können, entschied sie, dass sie es nur auf ihre Art versuchen konnte.

„Ich bin ein wenig eifersüchtig“, sagte sie dann leichthin, „offenbar empfangen Sie viele Gäste zum Lunch.“ Hoppla, dachte sie, es geht ja doch.

Der Gouverneur beugte sich vor und bedachte sie mit seinem intensiven Blick: „Aber bei weitem nicht so charmante wie Sie, Miss Cooley.“

Mary musste sich zusammennehmen, um nicht laut loszulachen. War der Mann etwa auf der Suche nach einer dritten Stewardess?

„Verzeihen Sie meine Neugier“, meinte sie und beugte sich ebenfalls vor, um den Blick zu erwidern, „aber könnte ich den Mann, der ihr Gast war, nicht mal kennen lernen? Offenbar weiß er einiges über das Kultwesen der Eingeborenen.“

Von Puttkamer lehnte sich wieder zurück. Mary sah förmlich den Schleier, der sich über sein Gesicht legte.

„Wohl kaum“, erwiderte er kühl. „Erstens habe ich nicht die Absicht, dieses Individuum noch einmal auf mein Schiff zu lassen, und zweitens glaube ich nicht, dass er ein geeignetes Objekt für ihre Forschung wäre.“ Er machte eine wegwerfende Handbewegung. „Lassen Sie uns nicht mehr über diesen Schwarzen reden. Lassen Sie uns darüber reden, wie wir diesen Tag weiter verbringen.“

„Sehr schön“, sagte Mary mit einem breiten Lächeln. Sie hatte große Lust, sich für diese Abfuhr umgehend zu revanchieren. „Wie wäre es, wenn Sie mir von den Bakweri erzählten? So heißen doch die Bewohner dieser Gegend, oder? Ich interessiere mich brennend für die Jenseitsvorstellungen der Afrikaner.“

„Die Jenseitsvorstellungen der ...?“ Der Gouverneur

machte ein Gesicht, als hätte sie ihm etwas vorgeschlagen, was selbst seine Moralvorstellungen sprengte.

Munter machte sie weiter: „Ja. Sehen Sie, das Christentum hat die Institution des Jüngsten Gerichts, bei der die Sünder gewogen werden. Ich frage mich einfach, ob es etwas Vergleichbares bei den Afrikanern gibt. Der Glaube der Yoruba, zum Beispiel, kennt diese moralischen Kategorien nicht, wohingegen ..."

Während Mary in flüssigem Deutsch ihr Bücherwissen präsentierte, beobachtete sie, wie von Puttkamers Interesse an ihr rapide abnahm. Sie konnte sich nicht recht erklären, warum es sie reizte, ihn zu brüskieren. Sein Benehmen war tadellos, er gab sich alle Mühe, ihr einen angenehmen Tag zu bereiten. Und dennoch hatte er etwas an sich, was ihren Widerwillen erregte. Während sie noch redete, tauchte in ihrem Geist die Vorstellung auf, dass die Hybris dieses Mannes aus einem Mangel erwuchs. Dass eine Leere in ihm war, die nicht einmal die größte Jacht des Deutschen Reiches füllen könnte.

Sie unterbrach ihren Monolog, als Elisa und Hanna den Tisch abräumten. Was für ein merkwürdiger Tag, dachte sie. Sie sah zu den kleinen Pirateninseln hinüber und dachte dabei an Cap'n Charly. Was er wohl sagen würde, wenn sie ihm von den Dingen erzählte, die sie gerade erfahren hatte. Dann fiel ihr wieder ein, dass sie Charly ganz fürchterlich behandelt hatte und gar nicht wusste, wie sie ihm diese Neuigkeiten überhaupt erzählen sollte.

„Wohin werden Sie von hier aus reisen, Miss Cooley?", fragte der Gouverneur mit jener leichten Distanziertheit, die bereits den Abschied einleitete.

Mary betrachtete den deutschen Junker mit einem amüsierten Blick. Sie hatte ein hervorragendes Essen genossen. Sie hatte Weine getrunken, deren Namen sie vorher nicht einmal gekannt hatte. Ein Nashornvogel war über ihren Teller geflattert. Sie hatte einen Blick auf eine Lebensweise werfen können, die jeder Beschreibung spottete. Und sie hatte einen Mann durchschaut. Nicht schlecht für einen Tag, fand sie.

„Wissen Sie", antwortete sie langsam, während ihr von See her eine leichte Brise ins Gesicht wehte und sie in ihrer Seele wieder das Raunen des Berges vernahm, „das habe ich mich auch gerade gefragt."

Mit einem Mal begriff sie, dass der Berg ihr noch ein weiteres Geschenk gemacht hatte.

„Ich denke", sagte sie langsam und spürte, wie sich in ihrem Inneren ein warmes Gefühl ausbreitete, „dass ich mir Bonny einmal anschauen sollte."

Das verlorene Königreich

Das Genie König JaJas bestand nicht etwa darin, einen Krieg zu gewinnen, ohne einen einzigen Schuss abgefeuert zu haben. Oder dass er es verstand, die verschiedenen Kräfte so gegeneinander auszuspielen, dass am Ende immer er als Gewinner dastand. Seine wahre Größe zeigte sich darin, dass er eine Vision hatte. Der ehemalige Sklave und Buschneger wollte ein afrikanisches Königreich gründen, das zwar in gutem Einvernehmen, aber auch auf gleicher Augenhöhe mit den Europäern zusammenarbeitete. Schon dass er sein neues Territorium Opobo nannte, legte den Grundstein für seinen Plan. Dies war nämlich der Name des berühmtesten Königs von Bonny, der gleichzeitig einer von JaJas Vorgänger im Annie-Peppel-Haus gewesen war. Auf diese Weise machte er nicht nur sich zum legitimen Nachfolger dieses legendären Königs, sondern auch alle seine Untertanen zu den wahren Nachfolgern des alten, des großen Bonny. Er gab ihnen so den Stolz einer ruhmreichen Vergangenheit.

Als Nächstes schuf er sich neue Verbündete. Mit allen Chiefs im Andoni-Gebiet handelte er Abkommen aus, in denen ihnen großzügige Anteile am Ölhandel gewährt wurden. Er schloss Alliancen, verteilte Pfründen. Mit den Bewohnern von Ohambele, einem Ort im Zentrum des Palmölgürtels, schloss er einen besonderen Bund. Er heiratete eine junge Frau aus dem Ort und wurde so zu einem Angehörigen ihres Clans. Die Geburt des ersten Sohnes wurde in zwei Orten gefeiert. Alle begriffen: König JaJa war einer von ihnen. Nach und nach durchdrang seine sanfte Macht die gesamte Deltaregion bis über die Ölmärkte im Hinterland hinaus.

Obwohl er rigide darauf achtete, dass kein Europäer seine Stellung als Zwischenhändler überging, lebte die britische Regierung in bestem Einvernehmen mit diesem klugen und verständigen Regenten. Nachdem er ein Kontingent Soldaten für deren Krieg gegen die Ashante an der Goldküste gestellt hatte, erhielt er als Dank sogar ein kostbares Schwert von Königin Viktoria. Auch Charly, der mittlerweile eine Dependance in Opobo hatte, konnte mit der Entwicklung zufrieden sein. Seine exklusive Stellung beim König verschaffte ihm und seiner Firma nicht nur Reichtum und Einfluss, der abgeklärte Zyniker Charles DeCardi begann auch an die Idee zu glauben, die sein Verbündeter verfolgte. Alles gedieh prächtig und hätte so weitergehen können. JaJas Macht wäre weiter gewachsen, und er hätte die Ölflüsse zu einem afrikanischen Königreich vereinen können. Wenn nicht ...

... wenn nicht im Nigerdelta bereits eine neue Macht erwachsen wäre. Es war nur eine Frage der Zeit, bis der afrikanische Leopard dem englischen Adler in die Quere kam.

Es waren aber nicht nur zwei Männer, die da aufeinander stießen. Es waren zwei gänzlich widersprüchliche Konzepte davon, wie die Zukunft des Nigerdeltas und letztlich auch des Schwarzen Kontinents gestaltet werden sollte. Die Royal Niger Company unter der Diktion von Sir George Goldie verstand sich als Speerspitze des britischen Empire und somit des Herrschaftsprinzips des weißen Mannes.

JaJa hingegen, der die Fähigkeiten seiner weißen Geschäftspartner ausgiebig studiert hatte, sah nicht im Mindesten ein, wieso diese ihm überlegen sein sollten. Natürlich erkannte er die Wucht und Skrupellosigkeit, mit der die Europäer die Welt eroberten. Aber davon ließ er sich nicht einschüchtern. Im Übrigen war er Pragmatiker: Wenn er sich ihnen nicht entgegenstellte, wer dann?

Der König von Opobo war sich bewusst, dass die Macht über das Land von der Beherrschung der Flüsse abhing. Der wichtigste dieser Flüsse war der Niger. Wer den Niger kontrollierte, kontrollierte das Hinterland und den Reichtum des Landes. Das wusste allerdings auch sein Gegenspieler.

George Goldie beobachtete bereits seit geraumer Zeit misstrauisch den Machtzuwachs des Mannes aus Opobo. Aber er konnte nichts gegen ihn unternehmen. Die Beamten des Außenministeriums, die sonst stets ein offenes Ohr für seine Vorschläge hatten, wollten keinen Ärger an den Ölflüssen und standen zu den Absprachen mit König JaJa. Der hagere Mann mit dem blonden Schnurrbart wartete auf seine Chance. Die ergab sich Mitte der achtziger Jahre auf der Konferenz von Berlin.

Im Winter 1884/85 versammelten sich die europäischen

Kolonialmächte in der deutschen Hauptstadt, um ihre Einflussgebiete in Afrika abzustecken. In der Schlussakte, an deren Ausformulierung Sir George maßgeblich beteiligt war, wurde festgelegt, dass der Niger mit seinen Nebenflüssen britischer Kontrolle unterstand, aber als internationaler Wasserweg von den Schiffen aller Nationen befahren werden durfte. Die Tinte auf dem Vertrag war noch nicht trocken, als auch schon alle Beteiligten, entsprechend ihren Interessen, die Abmachungen zu hintergehen versuchten. Die Franzosen schummelten sich über die Nordgrenze von Dahomey an den Niger heran, die Deutschen versuchten das Gleiche über den Benue. George Goldie wiederum machte sich die von ihm selbst in den Vertrag gesetzten Formulierungen zunutze. Dass der Niger von ausländischen Schiffen befahren werden durfte, hieß für ihn beileibe nicht, dass die Kapitäne dort auch Handel treiben durften. Sobald sie Wasser oder Holz luden oder auch nur eine Banane kauften, war Schluss mit freier Fahrt. Der Eigner hatte Zoll zu entrichten.

Aber der Mann, der sein Herz in der Wüste von *ash-Shurayk* gelassen hatte, gab sich damit nicht zufrieden. Er hatte bei der Abschlussakte von Berlin auch an seinen afrikanischen Gegenspieler gedacht. Was König JaJa letztlich den Hals brach, waren ein bewusst falsch interpretierter Vertrag, ein bornierter Karrierist und zwei sich ungünstig überlappende Kabelnachrichten.

Den Politikern aus London, Berlin oder Paris, die noch nie eine Ölpalme gesehen hatten, war nicht bewusst gewesen, dass man den von Goldie in die Schlussakte eingefügten Begriff „Nebenfluss“ unterschiedlich interpretieren konnte. So waren weder der Bonny-Fluss, noch der Ikomtoro oder Imo Nebenflüsse des Nigers. Dennoch waren sie mit ihm durch ein Netz von Wasseradern verbunden. Letztlich war alles zwischen Lagos und Viktoria durch ein Netz von Wasseradern verbunden. George Goldie erklärte die von JaJa kontrollierten Flüsse einfach zu Nebenflüssen des Nigers, die somit der Kontrolle seiner Company unterstanden und in denen seine Händler frei agieren konnten. Was er nun noch brauchte, war jemand, der die Drecksarbeit für ihn erledigte. Er fand deren gleich zwei.

Konsul Edward Hewitt war der Vertreter aller englischen Händler an den Ölflüssen. Er hatte keinerlei hoheitliche Befugnis, berichtete aber dem Außenministerium und sprach Empfehlungen aus. Da er der Mann vor Ort war, wurde diesen Empfehlungen meist Folge geleistet, was, mit einiger Verzögerung, dann doch einer Quasi-Regentschaft gleichkam. Das Maß der Verzögerung wiederum hing davon ab, mit welcher Schnelligkeit die Nachrichten zwischen dem Delta und London ausgetauscht werden konnten. Mit der Erfindung der elektrischen Telegrafie waren zumindest die technischen Vorraussetzungen für eine rasche Kommunikation geschaffen. Nur der menschliche Geist hinkte, wie so oft, der Technik noch etwas hinterher.

Für die Hartnäckigkeit, mit der Konsul Hewitt gegen König JaJa intrigierte, gab es keine überzeugende rationale Erklärung. Er verabscheute nicht nur die Person JaJa, er hasste auch alles, wofür dieser König stand: ein von Schwarzen regiertes Afrika. Aber Konsul Hewitt war kein Mann der Tat. Während seiner ganzen Amtszeit bombardierte er das Außenministerium mit Berichten über die unerträglichen Zustände im Reiche JaJas. Auf diese Weise nahm er die Beamten in London mehr und mehr gegen den Afrikaner ein. Doch vor einer konkreten Aktion schreckte er zurück. Es bedurfte eines anderen Kalibers, um dem König von Opobo die entscheidende Falle zu stellen.

Anfang 1887, acht Jahre, bevor Mary im Delta eintraf, übernahm Vizekonsul Harry Johnston die Amtsgeschäfte des gesundheitlich angeschlagenen Hewitt. Johnston war ein Mann der Tat. Mit einer eigenen Einschätzung der Lage vor Ort hielt er sich nicht lange auf, er übernahm die Sichtweise seines Vorgesetzten. Nur wurde dessen Einstellung im Charakter des ehrgeizigen und rücksichtslosen jungen Mannes nun zu einer mörderischen Waffe. Johnston kannte nur noch ein Ziel: König JaJa in die Knie zu zwingen. Wie er auf die Idee kam, dass die Regierung nach der Niederlage des schwarzen Monarchen ein Protektorat unter seiner Leitung installieren würde, hätte er wohl selber nicht zu sagen gewusst. Es ist auch nicht anzunehmen, dass Sir George ihm irgendwelche Versprechungen gemacht hat. Es gibt viele Möglichkeiten, Menschen vom Schlage Johnstons zu manipulieren. Auf alle Fälle war der Vizekonsul ein glühender Bewunderer von Goldie und unterstützte dessen Anspruch auf die Flüsse in JaJas Territorium.

Kaum dass Hewitt das Schiff nach Teneriffa bestiegen hatte, legte Johnston los. Er trug noch einmal alle vermeintlichen Verfehlungen JaJas zusammen und empfahl kurzerhand, den Angeklagten festzunehmen und ihn nach Accra an der Goldküste zu schaffen, um ihn der dort gültigen englischen Gerichtsbarkeit zu übergeben. Dieses Memorandum sandte er umgehend an das Außenministerium. Dort war man durch die Berichte von Konsul Hewitt bereits hinreichend eingestimmt. Der Vorschlag brauchte nur noch durch den Premierminister genehmigt zu werden. Es war ein warmer 29. August, als Lord Salisbury das Memorandum auf seinen Schreibtisch bekam. Er erkannte recht schnell, dass dieser Spinner von Vizekonsul die Entführung eines rechtmäßigen Königs vorschlug. Zudem eines Königs, der auf geradezu vorbildliche Weise seine Verträge einhielt. Der Premier verfasste eine Note, in der er mit diplomatischer Höflichkeit seinen Standpunkt darlegte und die Untersuchung durch einen unabhängigen Marineoffizier empfahl. Diese Note schickte er am 9. September ins Außenministerium und fuhr anschließend in Urlaub.

Das Außenministerium leitete das Salisbury-Papier am 12. September nach Calabar weiter. Da sie ihren Kettenhund aber bei Laune halten wollten, versahen die Beamten die Depesche mit dem Vermerk: „Aktionen gegen JaJa bestätigt. Weitere Instruktionen folgen." Vizekonsul Johnston hielt die Antwort um Viertel vor vier desselben Tages in den Händen.

Mittlerweile hatte Johnston, der kein Mann langen Wartens war, die Situation weiter verschärft. Obwohl ihm bewusst war, dass die Grenzen eines afrikanischen Königreiches nicht immer schriftlich fixiert sind, verlangte er von JaJa einen solchen Beweis für die Rechtmäßigkeit seiner Regentschaft. Als dieser nicht erbracht werden konnte, erklärte Johnston alle Verträge JaJas mit den Ölproduzenten für nichtig. Mit einem Packen Blanko-Verträge unter dem Arm machte er sich auf den Weg, um alle Verbündeten von Opobo neue Handelsabkommen unterschreiben zu lassen. Er fing damit ausgerechnet in Ohambele an, jenem Ort, in den JaJa eingeheiratet hatte.

Die Ältesten von Ohambele wiesen diesen Vorschlag brüsk zurück. Als Johnston am nächsten Tag erneut bei den Chiefs vorsprechen wollte, fand er niemanden mehr vor. So erging es ihm auch auf den anderen Ölmärkten. Es kam so weit, dass ganze Dörfer im Busch verschwanden, wenn sie vom Kommen des Vizekonsuls hörten. Johnston kochte vor Wut. Er setzte ein neues Schreiben an das Außenministerium auf. In wilder Fantasie erfand er eine

Armee von viertausend Bewaffneten, die kurz davor stand, die englischen Händler von den Flüssen zu vertreiben. Aber das reichte ihm noch nicht. Er brauchte noch eine Anklage, einen Vorwurf, der JaJa nicht nur bei der Regierung vollends diskreditierte sondern auch diejenigen unter den Händlern überzeugte, die immer noch zu ihm hielten. Er brauchte etwas, dem selbst Miller Brothers nichts entgegensetzen konnten. Etwas, das selbst dieser arrogante Adlige, den der Schwarze sich hielt, nicht würde entkräften können. Bei dem Gedanken an JaJas Verbündeten kam ihm eine Idee, deren Perfidie selbst ihm einen Moment den Atem nahm. Ohne eine Spur von Skrupel setzte er die ungeheuerliche Lüge in den Bericht und schloss mit den Worten: „Erbitte dringenst Erlaubnis zur umgehenden Deportation."

Diese Nachricht schickte er am 12. September nach London. Kurz bevor von dort eine Antwort auf seine erste Nachricht kam. Diese Antwort bezog er fälschlicherweise auf seine zweite Nachricht, die in London gerade erst von einem ratlosen Beamten zum anderen weitergereicht wurde. Voller Ungeduld hielt Johnston sich nicht mit der Lektüre des Salisbury-Papiers auf, sondern blätterte bis zur letzten Seite. Dort fand er den Vermerk: „Aktionen bestätigt." Jetzt hielt ihn nichts mehr. Schon am nächsten Tag traf er an Bord der HMS *Goshawk* in Opobo ein.

JaJa saß im Rat seiner Ältesten, als ihn eine Botschaft des Vizekonsuls erreichte, in der dieser ihn zu einem *peace parley*, einem Friedensgespräch, auf seinem Schiff lud. Er hätte dem König einen Vorschlag zu machen, den dieser annehmen oder ablehnen könne, ohne Nachteile für seine Person zu befürchten. JaJa könne das Schiff wieder verlassen, sobald er den Vorschlag angehört hätte.

„Geh nicht", sagten seine Ratgeber zu ihm. „Du kannst ihm nicht trauen." Aber Johnston hatte ihm garantiert, dass er jederzeit wieder gehen könnte. Als Ehrenmann konnte JaJa eine solche Einladung kaum ablehnen. Außerdem war er den zermürbenden Kleinkrieg mit dem Engländer leid. Es war ihm unbegreiflich, dass ein so beschränkter Geist wie der des Vizekonsuls seinen großen Plan derart stören konnte. Er war gewillt, auf irgendeine Weise eine Vereinbarung mit dem Mann zu treffen, um diesen unerträglichen Zustand zu beenden. Am Mittag des 13. Septembers 1887 stand König JaJa von Opobo Vizekonsul Harry Johnston auf dessen Schiff gegenüber.

In den Augen des Engländers loderte der Triumph, als er dem verhassten Negerkönig erklärte, zwischen welchen zwei Möglichkeiten er wählen konnte: „Ihr, König JaJa", begann er mit verächtlich herabgezogenen Mundwinkeln seine Rede, „habt eine Stunde Zeit um zu entscheiden, ob Ihr Euch als mein Gefangener nach Accra bringen lasst, wo man über Euch das Urteil sprechen wird. Oder ob Ihr als Flüchtling dieses Schiff wieder verlassen wollt. Mit einem Preis auf Eurem Kopf. Wobei natürlich jeder, der Euch Unterschlupf gewährt, die volle Härte des Gesetzes zu spüren bekommt." Bei diesen Worten wies der Vizekonsul mit höhnischem Lächeln auf die Kanonen des Kriegsschiffes, die bereits allesamt auf die Stadt Opobo gerichtet waren.

JaJa sah in die Augen dieses Mannes und erkannte den Wahnsinn, der darin loderte. Trotzdem versuchte er, an die Vernunft des Mannes zu appellieren. Er sei der König und durch Verträge mit England geschützt: „Was habt Ihr mir vorzuwerfen?"

Dies war Johnstons Moment. „Verrat", antwortete er kalt.

JaJa war fassungslos. „Verrat? Ich begreife nicht ..."

„Der Mann, den Ihr zu den Deutschen geschickt habt, um den Verkauf Eures Landes anzubieten, hat sich uns anvertraut. Ihr, König JaJa“, diese Worte spuckte er seinem Gegenüber regelrecht entgegen, „seid überführt.“

„Wer erzählt einen solchen Unsinn?“, rief der Mann aus Opobo. „Wer hat das über mich gesagt?“

Als er den Namen erfuhr, traf es ihn wie ein Schlag in die Magengrube. Er wandte sich ab, um das hämische Gesicht des Engländers nicht mehr sehen zu müssen, und stellte sich an die Reling. Tief hingen die bleigrauen Wolken über der Mündung des Imo-River und über Opobo, seiner Stadt, dem Herzen seines Reiches. Es war ein gutes Königreich, in dem Frieden herrschte und jeder am Wohlstand teilhatte. Die Menschen waren stolz und voller Würde. Es war ein Reich, in dem das Wort eines Mannes etwas galt.

JaJa stellte sich vor, wie er das Schiff verließ und kurz darauf die Kanonenkugeln in seine geliebte Stadt einschlugen. Er zweifelte nicht einen Augenblick daran, dass sein Feind zu dieser Tat fähig wäre. Er legte seine groben Hände auf die Reling und wusste, dass er das nicht zulassen konnte. Hinter ihm zog der Vizekonsul seine Taschenuhr hervor und schaute demonstrativ auf das Zifferblatt. JaJa rührte sich nicht. Er stand nur da und sah auf die Stadt. Seine Stadt.

Wenige Momente vor Ablauf der Stunde drehte er leicht den Kopf und sagte: „Ich komme mit Ihnen.“

Mit diesen Worten verlor er sein Königreich.

Sein Freund und Geschäftspartner Charles DeCardi befand sich zu diesem Zeitpunkt in Bonny und trug seine neue Firma, die Liverpool & Manchester Trading Company, ins Register ein. Von JaJas Deportation erfuhr er erst zwei Tage später.

Es war nicht das, was Eve erwartet hatte. Nachdem sie und Thaddeus die Schmugglerstation mit dem wartenden Fetischmann hinter sich gelassen hatten, machte sie sich klar, dass ihrer Idee von der Gründung eines eigenen Geschäfts noch einige Hindernisse im Wege standen. Natürlich konnte sie Thaddeus ihre Enttäuschung nicht mitteilen, da der immer noch glaubte, sie wären auf direktem Weg nach Akassa. Je länger sie aber darüber nachdachte, desto unwilliger wurde sie bei dieser Vorstellung. Wenn schon ihre eigenen Leute sie verdächtigten, was wäre erst mit den Weißen in Akassa? Sie hatte mittlerweile Zweifel, ob Cap'n Charly der Company die Situation überzeugend dargestellt hatte. Möglicherweise würde sie ja sogar für Parke Tod verantwortlich gemacht. Sie wusste, wie die Constabler der Company in solchen Fällen vorzugehen pflegten. Ob Thaddeus die Macht hatte, ihr dabei zu helfen?

Sie sah sich um und schaute in sein junges Gesicht, in welches das Leben noch keinerlei Bosheit eingraviert hatte. Im gleichen Moment, da sie beschloss, sich nicht zu sehr auf seinen Einfluss zu verlassen, glitt ihr Blick an ihm vorbei. Und entdeckte die Boote.

Sie kamen gerade um eine Flussbiegung, sicher noch eine halbe Meile entfernt, aber sie erkannte deutlich das Boot des Fetischmannes. Es gab keinen Zweifel, sie wurden verfolgt.

Thaddeus hatte sie noch nicht entdeckt. Was sollte sie ihm sagen? Wie sollte sie ihre Befürchtungen erklären? Gar nicht, entschied sie. „Es wird bald dunkel“, erklärte sie ihm etwas hastig. „Wir müssen uns beeilen, wenn wir noch rechtzeitig einen Lagerplatz finden wollen.“

„Aber kommen wir denn heute nicht nach Akassa?“, fragte er mit einem Stirnrunzeln. Er erinnerte sich wohl, dass er seine Anreise an einem Tag geschafft hatte.

„Wir mussten einen anderen Weg nehmen“, gab sie kurz zurück und beschleunigte den Takt ihrer Ruderschläge.

Thaddeus, der immer noch ein wenig in der Watte seiner ermatteten Gefühle befangen war, griff ihren Rhythmus ohne Widerspruch auf. Tatsächlich waren ihm mittlerweile einige Zweifel am Sinn ihrer Reise gekommen. Wenn er an die unschönen zwei Tage seiner Ankunft in Akassa zurückdachte, musste er sich eingestehen, dass er nicht genau wusste, wie er ihren Fall vortragen sollte. Überhaupt ging ihm auf, dass diese Aktion seinen neu gewonnenen Ambitionen zuwiderlief. Ja, genau genommen wollte er nichts weniger, als nach Akassa zurück. Daher hatte er auch überhaupt nichts gegen einen Zwischenaufenthalt einzuwenden. Vielleicht, ja, vielleicht würde ihm ja irgendetwas einfallen, das ihn davon entband, wieder dorthin zurückzukehren. Denn das war es, was er auf keinen Fall wollte, wie er mit Erstaunen feststellte. Wieder war es auf dem Wasser, in einem Boot, dass ihn der Schauer der Erkenntnis durchfuhr. Er wollte nicht zurück. Hier, in diesem Reich aus Licht und Stille, aus Fruchtbarkeit und Tod, aus Werden und Vergehen, hatte Thaddeus endlich seine wahre Heimat gefunden.

Eve, die immer noch vor den vermeintlichen Verfolgern floh – welche es wiederum eilig hatten, vor dem vermeintlichen Geist zu fliehen –, entdeckte einen Seitenarm, der in den Fluss einmündete. Kurz entschlossen deutete sie auf den von überhängenden Ästen überwölbten Wasserlauf, woraufhin Thaddeus das Ruder einschlug. Es war keine starke Strömung, gegen die sie anrudern mussten. Das weiche Wasser schien ihr Boot nur zu umspielen. Fast eine Stunde lang fuhren sie der Dämmerung entgegen, ohne einen Platz zu finden, der auch nur annähernd zum Übernachten einlud. Eve hatte keine Ahnung, wo sie waren. Voll banger Zweifel zwang sie sich, einfach weiterzufahren.

Von selbst hätte sie es nicht gesehen. Der Seitenarm erweiterte sich zu einer Ausbuchtung, in die ein weiterer Wasserlauf einmündete. Ihr erster Impuls war, einfach geradeaus weiterzurudern. Aber dann sah sie, eben noch rechtzeitig, die Boote, die vom Ufer ablegten. Sofort steuerte sie seitlich an die Böschung, wo sie erst mal ungesehen beobachten konnten, was dort vor sich ging. „Scht", machte sie nur, als Thaddeus sie etwas fragen wollte. Aufmerksam beobachtete sie die anderen Boote. Sie wollte feststellen, ob ihnen Gefahr von den Fremden drohte. Ihr erster Eindruck bestätigte sie darin, im Verborgenen zu bleiben.

Es waren drei große Boote von über zwanzig Fuß Länge mit jeweils zweimal fünf Ruderern. Im vordersten saß ein Mann im Bug, den sie sofort als den Anführer ausmachte. Er war von kräftiger Statur, mit weißen Haaren und einem von Narben entstellten Gesicht. Aber das war es nicht, was ihre Vermutung stützte. Es war die Autorität, die er ausstrahlte. Mit dem Instinkt der Rechtlosen spürte Eve die Gewalt, die in diesem Mann lauerte. Und die Macht, seinen Willen durchzusetzen.

Sie blieben so lange unter den überhängenden Zweigen am Ufer, bis die Fremden verschwunden waren. Eve tauschte einen wortlosen Blick mit Thaddeus und zeigte auf die Stelle, von der die Boote abgelegt hatten. Ihr Gefährte nickte nur. Dem jungen Mann schlug das Herz in der Brust. Das war ein Abenteuer nach seinem Geschmack. Thaddeus witterte etwas Ruchloses in den Männern, die sie beobachtet hatten, und fühlte sich mächtig davon angezogen.

Sie zogen ihr Boot an Land und verbargen es, so gut es ging, im Ufergebüsch. Dann folgten sie dem Pfad, den die Männer offensichtlich benutzt hatten. Obwohl das Licht bereits schwächer wurde, erkannte Eve die tiefen Fußabdrücke. Die Fremden hatten schwer zu tragen gehabt. Vielleicht bot sich ja hier die Gelegenheit, die ihr der Fetischmann verwehrt hatte. Vielleicht waren sie durch Zufall auf ein anderes geheimes Lager der Schmuggler gestoßen.

Diese Vermutung schien sich zu bestätigen, als sie, gerade außerhalb jener Zone, die das steigende Wasser noch erreichen konnte, im Wald auf eine niedrige Hütte stießen. Thaddeus hob die primitive Tür aus Ästen und Palmblättern beiseite und versuchte, in dem Verschlag etwas zu erkennen. Er entdeckte längliche Kisten, wie er sie auch in den Lagerhäusern von Akassa gesehen hatte. Daneben stand ein Stapel kleinerer Kisten. Gemeinsam mit Eve zog er einen der schweren Behälter ins Freie und hebelte den Deckel mit seinem Buschmesser auf.

Sprachlos starrten sie beide auf die ölig glänzenden Gewehre herab. Thaddeus nahm eine der Waffen heraus, besah sie sich genauer und öffnete deren Verschluss. „Das sind deutsche Waffen“, flüsterte er. „In den kleinen Kisten wird die Munition sein.

Eve war es gleichgültig, welcher Nationalität die Gewehre waren. Während Thaddeus in die Hütte kroch, um die Kisten zu zählen, dachte sie darüber nach, was sie mit diesem Fund anfangen konnten. Dass sie, für welche Pläne auch immer, die Waffen seinem jetzigen Besitzer würden entwenden müssen, spielte in ihren Überlegungen nur insoweit eine Rolle, als dass sie dessen Aufmerksamkeit natürlich auf keinen Fall auf sich lenken durften. Was hingegen eine Rolle spielte, war der beträchtliche Wert dieser Waffen. Doch auch ohne diese zu verkaufen, eröffneten sie Möglichkeiten. Allein sich vorzustellen, was ihre Leute aus Ekowe sagen würden, wenn sie ihnen eine komplette Bewaffnung bieten konnte, versetzte sie in Aufregung. Mit einem Schlag wäre sie von ihrem Pariadasein befreit. Mehr noch, sie wäre die mächtigste Frau des Dorfes.

Eve unterbrach ihre Gedankenspiele, als Thaddeus rückwärts wieder aus der Hütte herauskam. Mit sich zog er eine andere Kiste ins Freie, die größer als die Munitionskisten, für Gewehre aber viel zu kurz war. Da es mittlerweile zu dunkel geworden war, um noch etwas zu erkennen, schickte er sie zum Boot hinunter, um eine Lampe zu holen. Eve, die begierig darauf war, zu erfahren, welche Schätze noch zu ihrer Beute gehören mochten, beeilte sich, ihrem Geliebten nachzukommen. Thaddeus entzündete die Petroleumlampe mit einem Zündholz und wartete, bis die Flamme den ganzen Docht erfasst hatte. Während Eve die Lampe hielt, brach er die Kiste auf.

Eve beugte sich vor und hielt die Lampe direkt über der geöffneten Kiste, um den Inhalt zu erkennen, als Thaddeus ihren Arm packte und ihn von der Kiste wegzog. „Was ...“, begann sie ärgerlich. Aber da gewahrte sie seinen erschreckten Gesichtsausdruck.

„Vorsicht“, sagte er leise, als fürchtete er, dass die Fremden, die schon Meilen entfernt sein mussten, ihn hören könnten.

Ebenso neugierig wie vorsichtig sah Eve in die Kiste hinein. Der Anblick war enttäuschend. Es war nichts weiter als ein paar längliche Stöcke darin, die an Zigarren erinnerten. Sie beugte sich vor und sog schnuppernd die Luft ein. Es roch nicht wie Zigarren.

„Was ist das?“, fragte sie.

Ihr Geliebter sah lange schweigend auf die merkwürdigen Stangen hinab. Eve fröstelte, als zöge aus der Dunkelheit etwas Böses in den kleinen Kegel ihres Lichtscheins ein. Schließlich hob Thaddeus den Kopf und sah sie an. Sie erschrak, als sie das Glitzern in seinen Augen bemerkte.

„Das", sagte er mit heiserer Stimme, „das ist die Faust Gottes."

Sie bemerkte ein triumphierendes Lächeln, das um seine Lippen spielte, und begriff, dass ihr Gefährte soeben eigene Pläne entwickelte.

Er zeigte auf die Kiste hinab und sagte: „Man nennt es Dynamit."

Inseln

Nach Bonny zu kommen war schwieriger, als Mary erwartet hatte. Zwar gab es eine Verbindung nach Calabar, wo sie ein anderes Schiff aufgenommen und an ihr Ziel gebracht hätte. Aber das würde nicht ohne einen Zwischenaufenthalt bei Lady Sarah abgehen. Und so gerne sie ihre mütterliche Freundin auch mochte, nach gepflegten Teestunden im Hause MacDonald stand ihr nicht mehr der Sinn. Mary folgte einem Lied. Und das zog sie nach Bonny. Allerdings auf einem Weg, wie er komplizierter kaum hätte sein können.

Herr von Lucke, der schließlich einsah, dass die junge Miss Cooley genauso eigensinnig war, wie er es von ihrem Vater kannte, schlug ihr vor, sie nach Fernando Po übersetzen zu lassen. Von dort ging wöchentlich ein Schiff nach Lagos ab. Wobei er hinzufügte, dass damit natürlich die Mündung des Forcados gemeint war, weil fast alle Schiffe, die nach Lagos wollten, den Forcados ansteuerten. Wie es von dort aus weiterginge, konnte er ihr auch nicht sagen. „Aber", ließ er sie wissen, „der Forcados ist wie der Viktoriabahnhof. Von dort aus kommt man überall hin."

Mary verließ nur schweren Herzens ihre neuen Freunde in Viktoria. In Elsa von Lucke hatte sie eine verwandte Seele gefunden, eine Frau, die sie am liebsten auf ihren Reisen begleitet hätte. In ihrem Mann wiederum vereinigten sich so unterschiedliche Eigenschaft wie Beständigkeit, Mut und die Fähigkeit, das Wunderbare in allen Dingen zu erkennen. Sie hatte mit ihm lange nächtliche Gespräche über ihren Vater geführt. Die Erinnerungen hatten noch einmal an das Tränenmeer in ihr gerührt, aber sie war längst nicht mehr so voller Schmerz. „Vielleicht", hatte von Lucke ihr in nachdenklichem Ton gesagt, „weil Sie ihm nun näher sind, als Sie es vorher jemals waren."

Fernando Po, die Insel vor der Küste Kameruns, die Mary bereits während ihrer Bergwanderung bewundert hatte, war nach ihrem Entdecker, einem portugiesischem Seefahrer, benannt. Der sich übrigens kurz danach, noch in Sichtweite der Insel, einem heftigen Fieber erlag. Zweihundert Jahre nach seiner Entdeckung hisste der Kommandant Conde de Argelejos im Auftrag von König Carlos III. die spanische Flagge im Westen der Insel. Kurz darauf hauchte er als einer der Ersten in der neuen Kolonie sein Leben aus. Nachdem fünf Jahre später von den ersten fünfhundertsiebenundvierzig Kolonisten dreihundertsiebzig gestorben waren, meuterten die Überlebenden. König Carlos III. hatte Verständnis für diese verzweifelte Aktion und begnadigte sie alle. Danach hatten die Spanier fürs Erste die Nase voll von Fernando Po. Sie winkten nur müde ab, als die Engländer im 19. Jahrhundert ihr Interesse an der Insel bekundeten. Fast drei Jahrzehnte lang steuerte Großbritannien von Fernando Po aus seine Aktivitäten im Nigerdelta und in den Ölflüssen. Inzwischen hatten die Jesuiten das spanische Königshaus davon überzeugt, dass der protestantische Teufelsglauben in keinem Winkel des katholischen Reiches zu dulden sei. Deshalb zog 1858 wieder ein spanischer Gouverneur in Port Clarence ein. In einer feierlichen Zeremonie benannte er die Hafenstadt in Sta. Isabel um, starb aber kurze Zeit später weitaus weniger feierlich.

Mary betrat an einem sonnigen Vormittag den Boden von Fernando Po. Vizegouverneur von Lucke hatte ihr ein Empfehlungsschreiben für Herrn Montes de Oca, den hiesigen Vertreter der spanischen Regierung, mitgegeben. Im Hause von Señor Oca und seiner Frau erfuhr sie, dass das nächste Schiff nach Lagos erst in vier Tagen fahren würde. Der spanische Edelmann, der an einem leichten Fieber litt, das, wie er beteuerte, in keinster Weise lebensbedrohlich war, bot ihr sofort sein Haus als Unterkunft an. Mary dankte ihm, stellte ihre Sachen ab, ließ sich von der Köchin Verpflegung geben und machte sich sofort wieder auf den Weg. Herr von Lucke hatte ihr von den Bubi berichtet, einem merkwürdigen Waldvolk, das sich seit dreihundert Jahren erfolgreich dagegen sträubte, für die Weißen die Drecksarbeit zu machen.

Es war eine Parallelwelt, und Mary staunte nicht schlecht, als sie merkte, wie einfach die Grenze zwischen diesen beiden Welten zu überschreiten war. Denn diese Grenze bestand schlichtweg darin, dass keiner sie überschritt. Unter den abergläubischen Kolonisatoren hielt sich hartnäckig das Gerücht, dass die unheimlichen Waldbewohner für die zahlreichen Todesfälle in der Geschichte ihrer Ansiedlung verantwortlich waren. Sie bedienten sich, als sie der Sperrigkeit der Ureinwohner gewahr wurden, jener Afrikaner als Arbeitskräfte, die wie Strandgut überall an der Westküste zu finden waren: der Kru. Die Bubi wiederum, die nicht im Mindesten begriffen, warum sie auf einem Acker arbeiten sollten, dessen Früchte sie nicht essen durften, betrachteten die fischbäuchigen Bewohner der Küstenstadt als meist lästige, manchmal aber auch nützliche Wesen. Sie konnten nämlich bei ihnen gegen einfache Nahrungsmittel, die sie im Wald fanden, so überaus lustige Dinge wie Spiegel oder Bindfäden eintauschen. Da sie aber nur ungern direkt mit ihnen in Kontakt traten, wählten sie als Mittelsmänner ebenfalls die Kru. Die hatten wenigstens eine gesunde, schwarze Haut. Weil diese aber am Hafen wohnten, den die Weißen lange „Port" genannt hatten, bezeichneten die Bubi ihre Kontaktmänner als „Portos". Dass plötzlich eine weiße Frau in eines ihrer Dörfer kam und sie einfach mit einem „Hallo" begrüßte, verschlug den Bubi die Sprache.

Mary verbrachte drei wundervolle Tage in den Wäldern von Fernando Po. Sie ging mit den Bubi auf Fischfang, wobei sie nur zweimal ins Wasser fiel, beobachtete die Flussotter und bewunderte die schönen Körper der Frauen, die ihr zeigten, aus welchen Pflanzen sie einen Sud kochen konnte, der, wenn sie sich damit einrieb, die Moskitos abwehrte. Leider war der Geruch dieser Tinktur auch dazu geeignet, Menschen von sich fernzuhalten.

Sie rettete eine sehr große Schildkröte vor dem Kochtopf, und sie versuchte sich begeistert, aber erfolglos auf einem Musikinstrument, das offenbar *elibo* hieß. Sie saß mit den Bubi abends um das Lagerfeuer, aß mit ihnen gekochte Flughunde und sang ihren Gastgebern englische Lieder vor:

„There are many ways to take,
of the eagle and the snake ...“

Dann, wenn alle schliefen, saß sie noch oft vor der Hütte, die man ihr zugewiesen hatte, und schaute in den leuchtenden Sternenhimmel hoch. Sie versuchte jene Sternbilder zu erkennen, die sie bisher nur aus Büchern kannte: Bootes und Pegasus, Hydrus, Serpens und am Rande, schon wieder vertraut, Andromeda und die Juwelen der Cassiopeia.

Als sie auf der Suche nach wilden Ziegen den Pico de Santa Isabel hinaufstiegen, jenen Bruder des großen Mungo, da geschah es, dass sie innehielt und zu der fernen Küste der Ölflüsse hinüberschaute. Die Nacht zuvor hatte ein Sturm die Luft gereinigt, so dass sie in der klaren Luft den schmalen, grünen Streifen erkennen konnte, den die Küste des Festlandes an den Horizont zeichnete. Da fühlte sie die Unruhe wieder.

Ihre Begleiter waren ebenfalls stehen geblieben und musterten sie neugierig. Sie hatten keine Ahnung, was diese seltsame Weiße bei ihnen wollte. Vielleicht, so dachten sie anfangs, hatten die anderen Weißen sie fortgejagt, weil sie so hässlich war, mit ihrem Haar, das die Farbe von vertrocknetem Gras hatte. Ihren Körper hatte sie so fest mit Stoff umwickelt, dass die Bubi mutmaßten, sie hätte keinen richtigen Bauch und könne wohl keine Kinder bekommen. Sie hatten Mitleid mit ihr. Außerdem brachte sie alle zum Lachen mit ihrer Ungeschicklichkeit und ihrem fürchterlichen Gesang. Und die Bubis lachten gerne.

Schließlich hatte ihr Fetischmann verkündet, dass ein Geist der Frau folge und dass man ihr deswegen nichts tun dürfe, weil der Geist sonst böse auf die Bubis wäre. So nahmen sie die Weiße auf, gaben ihr zu essen und passten auf, dass ihr nichts geschah. Als sie sie nun am Berg stehen sahen, wie sie über das Meer schaute, begriffen sie, dass der Geist sie bald weiterführen würde.

Mary wusste nichts von den Gedanken ihrer Gastgeber, denn sie verstand kein Wort ihrer Sprache, ebenso wenig konnte sie sich den Bubis verständlich machen. Seit sie in den Wald gegangen war, lebte sie in einer Welt ohne Worte. Umso deutlicher nahm sie die Stimmen in ihrem Inneren wahr.

Sie wusste, dass sie auf einem Weg war. Und die Unruhe in ihr trieb sie voran auf diesem Weg wie ein Wind, der ihr störrisch ins Gesicht blies, wenn sie die falsche Richtung einschlug. Und der sie sanft trug, wenn sie seinem Druck folgte. Mary wusste, dass ihr Weg nach Bonny führte. Und ins Delta. Sie ahnte, dass die Gründe, die sie sich dafür zurechtgelegt hatte, das Komplott und seine Aufklärung, nur die halbe Wahrheit waren. Seit sie an diese Küste gekommen war, vor der sie alle gewarnt hatten, erspürte sie mit jedem Tag deutlicher eine Kraft, von der sie nicht wusste, ob sie aus ihr selbst oder aus dem Land erwuchs. Dass sie keine Erklärung dafür hatte, irritierte sie nicht mehr, sondern amüsierte sie mittlerweile. Vielleicht, dachte sie, ist dieses Gefühl etwas, das anderen Menschen von jeher vertraut ist. Nur sie, die nie eine Jugend gehabt hatte, empfand es als neu. So, wie eine Blinde, der mit einem Mal das Augenlicht geschenkt wird, über all das staunt, was den Sehenden ganz normal erscheint.

Mary kniff die Augen zusammen, als sie weißen Rauch entdeckte, der von einem Punkt im Meer aufstieg. Der Punkt war ein Schiff. Sie wusste, es war ihr Schiff. Sie wandte sich ihren Freunden, den Bubis, zu: „Ich muss jetzt gehen", rief sie mit einem Lachen.

Die Bubis lachten auch. Sie winkten ihr nach, als sie den Berg wieder hinabstieg. Nun konnte der Geist der weißen

Frau ihnen nichts mehr tun. Einige von ihnen glaubten sogar zu sehen, wie er der Weißen freudig hinterhertanzte.

Señor Oca, der bereits einen Suchtrupp losgeschickt hatte, reagierte etwas pikiert, als Mary unbekümmert, zerzaust und gut gelaunt in sein Haus stürmte, sich überschwänglich für die Gastfreundschaft bedankte, ihre Sachen schnappte und zum Hafen hinuntereilte. So sah sie auch nicht, dass Señora Oca sich mehrfach hinter ihr bekreuzigte.

Mary staunte nicht schlecht, als sie im Hafen die vertraut wirkenden, rostigen Aufbauten der *Batanga* erkannte. „Habe mich schon gefragt, wo ich Ihnen wieder über den Weg laufen würde", rief ihr Kapitän Olsen von der Brücke aus zu.

Mary ließ ihr Gepäck und die Kisten, die sie im Hafen deponiert hatte, an Bord bringen und lief die Gangway hinauf. Olsen musterte sie von unten bis oben, als sie ihm gegenüberstand, schüttelte leicht den Kopf und meinte: „Immerhin, die Tropen scheinen Ihnen gut zu bekommen."

„Ich schätze, das war ein Kompliment, Kapitän", erwiderte sie sein Lächeln. „Auch ich freue mich sehr, Sie wiederzusehen."

Doch dann runzelte der Kapitän die Stirn, beugte sich vor und sog schnuppernd die Luft ein.

„Ähämh ...", machte er.

Mary merkte, wie sich ihre Wangen röteten.

„Das ist der Saft einer Waldblume, deren Namen ich leider nicht kenne. Aber er hilft gegen Moskitos."

„Hilft wohl auch gegen Menschen", meinte der Kapitän schmunzelnd.

Ihnen blieb nicht viel Zeit, ihre Erfahrungen auszutauschen. Denn als Olsen erfuhr, dass Marys eigentliches Ziel Bonny war, ließ er es sich nicht nehmen, sie dort abzusetzen. Allerdings hatte er einen Fahrplan einzuhalten. Darum ließ er vor der Sandbank die Maschine stoppen, damit sie in ein Boot übersetzen konnte. Sie sah ihn noch von der Brücke winken, als die *Batanga* wieder Fahrt aufnahm. Dann wandte sie sich ihrem neuen Ziel zu: Bonny. Der Stadt, von der sie schon so viel gehört hatte. Der Rivalin von Calabar. In der ein geheimnisvoller Mann seine Intrigen spann. Ein Mann, den sie mit ihren Informationen vielleicht identifizieren konnte. Und die Stadt, in der Cap'n Charly lebte, ihr Pirat. Mary brannte darauf, ihm ihr Wissen mitzuteilen. Erwartungsvoll sah sie zu den auf Pfählen errichteten Faktoreien hinüber, als ihr ein merkwürdiger Geruch in die Nase drang.

Zum gleichen Zeitpunkt, in dem Mary das Aroma von Bonny kennen lernte, stand Charly sechzig Meilen weiter östlich unter dem Vordach eines weiß gekalkten Hauses und sah auf das Meer hinaus. Das Anwesen gehörte Anthony Makouba, einem Yoruba aus Abeokuta, den er schon aus der Zeit des Ölkriegs von Bonny kannte. Anthony hatte damals für Chief Blaize, einen Saro-Mann aus Lagos, gearbeitet. Blaize war ein einflussreicher Händler, der es irgendwie schaffte, sowohl mit Charly als auch den Chiefs von Bonny Geschäfte zu machen. Nach König JaJas Deportation hatte Anthony sich ausbezahlen lassen, um auf Brass Island das Haus am Meer zu kaufen. Von dort aus steuerte er seine alten Kontakte, um immer wieder ein paar Fässer Öl an den Zollstationen der Company vorbeizuschleusen. Charly kam ihn manchmal besuchen. Dann machten sie Geschäfte, redeten über die alten Zeiten, oder sie saßen einfach nur auf der Veranda und schauten rauchend auf die endlos anmutende Weite des Wassers hinaus.

Für Charly hatten die Besuche bei Anthony auch einen heilsamen Effekt. Hier erlaubte er sich jene melancholische

Stimmungen, die sich in der engen Welt der Sümpfe gleich zu einem erstickenden Sud verdichten würden. Doch hier war die Luft rein und schmeckte nach Salz, nicht nach Moder. Stets wehte ein leichter Wind, der ihm die Schwermut nach und nach aus dem Geist blies. Hier gelang es ihm, die Bitterkeit zu vergessen, die sich nach der Begegnung mit George Goldie in seine Gedanken eingenistet hatte. Hier fand er sich mit dem Gedanken ab, dass er die Frau mit den unglaublichen Augen verloren hatte. Und hier erfuhr er eine erste Bestätigung für seinen Verdacht.

Anthony berichtete ihm, dass es bei seinen Brasslieferanten so gut wie keine Schmuggelware mehr zu kaufen gab. „Irgendjemand kauft alles auf, was die Boote nach Süden bringen. Keiner will mir sagen, wer der verfluchte Kerl ist, aber er bezahlt nicht mit Gin. Er bezahlt mit Waffen. Wenn du mich fragst, Cap'n Charly, dann würde ich sagen, die Brass rüsten für einen verdammten Krieg."

Anthony hatte die Angewohnheit, bei allem, was er sagte, nach Herzenslust zu fluchen. Er war von seiner Mutter, die aus der Karibik stammte, christlich erzogen worden. Sein Vater hingegen, ein alter Krieger, der schon gegen das Amazonenheer von Dahomey gekämpft hatte, hielt es mit den Orishas der Yoruba. Das hatte zwischen den Eheleuten natürlich immer wieder zu Auseinandersetzungen geführt, die mit zunehmendem Alter immer bösartiger geworden waren. Anthony war irgendwann vor diesen Streitereien geflohen, aber die Jahre des häuslichen Glaubenskrieges hatten seine Sprache ein wenig verrohen lassen.

Während Charly durch die feinen Gischtschleier der Brandung auf das im Mittagslicht glänzende Meer hinausschaute, versuchte er, die Situation einzuschätzen. Dass ein Händler, den er nicht kannte, das Öl aufkaufte, war schon seltsam genug. Wo aber bekam dieser Mann die Waffen her, mit denen er bezahlte? Charly konnte sich nicht vorstellen, wie derartige Aktionen unbemerkt über die Bühne gehen sollten. Und was war mit dem geheimnisvollen Mann aus Bonny, der ein Bündnis mit den Leopardenmännern von Calabar eingegangen war? Handelte es sich bei diesen beiden Männern um ein und dieselbe Person? Aber warum sollte ein Chief aus Bonny die Brass aufrüsten? Es ergab für Charly keinen Sinn. Dennoch sagte ihm sein Instinkt, dass all diese Ereignisse eine gemeinsame Ursache hatten.

Er kniff die Augen zusammen und fixierte die hell leuchtende Spitze des Pico Santa Isabel, die über den Horizont ragte. Selten war die Sicht so gut wie heute, nachdem ein Sturm die Luft gereinigt hatte. Deutlich erkannte Charly auch das Schiff, das, von Osten kommend, in einigen Meilen Entfernung Brass Island passierte. Als er daran dachte, dass es möglicherweise aus Calabar kam, musste er an Mary denken und fragte sich, wo sie jetzt wohl steckte. Wahrscheinlich im Wasser, beantwortete er sich die Frage selbst und spürte wieder dieses unangenehme Ziehen, das ihn daran erinnerte, dass er nichts weiter als ein Vagabund war, den das Leben einen Moment lang mit einer Illusion genarrt hatte.

Um Mary machte er sich keine Sorgen. Er war sich ziemlich sicher, dass sie bei allen möglichen Schutzgeistern hoch im Kurs stand. Bei diesem Gedanken fiel ihm wieder die Sache mit dem Geist von Ekowe ein. „Verdammt“, murmelte er und dachte im gleichen Moment, dass Anthonys Gegenwart auf ihn abfärbte. Aber er hatte tatsächlich wieder vergessen, Wallace in Akassa zu erzählen, dass Parkes sich eine Kugel durch den Dickschädel gejagt hatte. Dann aber sagte er sich, dass es bei dem, was neuerdings so alles im Delta herumlief, auf einen Geist mehr oder weniger auch nicht ankam.

Da irrte er allerdings. Weshalb er auch die Nachricht, die ihn zwei Tage später auf Brass Island erreichte, nicht mit diesem Geist in Verbindung brachte.

„Die verdammten Brass haben ein Depot bei Otuan in die Luft gejagt", berichtete Anthony, nachdem er mit dem Steuermann eines Flussdampfers gesprochen hatte.

„Du meinst, sie haben es überfallen und geplündert?"

„No, Sir, ich meine, verdammt nochmal, in die Luft gejagt."

Charly schüttelte ungläubig den Kopf: „Anthony, kein Brassmann jagt auch nur ein einziges Ölfass in die Luft. Er wird es klauen und verkaufen. Wenn man sich bei den Brass auf etwas verlassen kann, dann auf ihren Geschäftssinn."

Der Yoruba zuckte mit den Schultern: „Vielleicht war es ja das Gespenst." Er grinste breit: „Ein Gespenst mit einer Zündschnur."

Anthony konnte nicht ahnen, wie richtig er mit seiner Vermutung lag. Denn die Hand, die das Streichholz hinter dem Lager von Otuan an die Lunte gehalten hatte, war die Hand von Thaddeus Hollingworth gewesen. Der Junge aus Pont-y-Pant hatte seinen eigenen Krieg begonnen.

Das Ziel

Die Ursachen, die zum Aufstand der Brass führten, waren so vielfältig wie die Spiegel im Palast des abergläubischen Königs. Es waren die unzähligen Demütigungen, deren Summe so schwer wog. Es war der seltsame Ausdruck in den Augen der Frauen, die ihre Männer nicht mehr mit demselben Respekt ansahen wie früher. Es war die Arroganz der weißen Priester, die auf die alten Götter spuckten. Vor allem aber waren es die schnellen Boote aus Eisen, mit denen die Vertreter der Company die Flüsse entlangrauschten. Denn die Flüsse waren für die Brass mehr als nur ein Lebensraum. Die Wasserläufe des Deltas, das waren die Adern ihres Landes, das zu bewahren ihnen ihre Götter aufgegeben hatten. Der Fluss, das war der Weg, den die Geister der Ahnen nahmen, wenn sie miteinander berieten und entschieden. Dem Ausbruch der Gewalt gingen so viele Ursachen voraus, wie der Niger Seitenarme hatte. Das Ziel aber war eindeutig. Es war die Company. Und deren Hauptquartier an der Mündung des Nun: Akassa.

Als König Koko erfuhr, dass der oberste Chief der Company im Delta eingetroffen war, hielt es ihn kaum noch in seinem Stuhl vor lauter Tatendrang. Schon dass sein Berater, der Alte aus Amaighbo, nicht auffindbar war, hatte ihn unruhig gemacht. Aber noch mehr schockierte ihn, dass ein Lager voll kostbaren Öls in die Luft geflogen war. Einen solchen Wert einfach zu vernichten rief in Kokos Ältestenrat einhellige Empörung hervor. Kein Brass, darin waren sich alle einig, würde so etwas tun. Aber wer konnte es dann gewesen sein? Zerstörten die Weißen etwa jetzt schon ihr eigenes Eigentum? Vielleicht, so wandte einer der Ältesten ein, wollten sie ja das Delta verlassen und würden nun all das, was sie nicht mitnehmen konnten, zerstören. Einen Moment lang herrschte fassungsloses Schweigen im Rat. Dann brüllten alle durcheinander. Wie man zu so einer Untat fähig sein könne. Dem müsse Einhalt geboten werden. Zu den Waffen!

Koko betrachtete mit finsterer Miene die aufgebrachten Männer seines Rates, deren Abbilder sich in den Spiegeln bis ins Unendliche vervielfältigten. Ihn drängte es danach zuzuschlagen, denn die Probleme schienen sich regelrecht aufzustauen. Erst die Geschichte mit dem Geist des weißen Händlers, die sein Gesandter ihm angstschlotternd erzählt hatte. Nun das gesprengte Lager; und der dämonische Weiße, der ihm auf dem Fluss begegnet war, steckte ihm auch noch in den Knochen. Außerdem kroch aus den Sümpfen eine weitere Gefahr herauf, von der er nicht wusste, ob sie ihren Ursprung in dieser Welt oder der Welt der Geister hatte. In einigen Teilen der Stadt waren die Pocken ausgebrochen. Sein Fetischmann, Black Foobra, war unermüdlich am Werk, um die tückische Krankheit zu bekämpfen. Leider ohne großen Erfolg. Nur ein großes Blutopfer, so der Fetischmann, könne die Gefahr noch bannen. Daher wartete Koko voller Unruhe auf seinen weisen Berater. Denn über die Art dieses Opfers hatte er bereits einige Vorstellungen. Nun drängte es ihn, diese zu verwirklichen. Dafür aber brauchte er das Bündnis mit den Leopardenmännern. Er brauchte den Mann, der ihm den Rückhalt dieses mächtigen Geheimbundes verschaffte. Der als Einziger die schreckliche Krankheit besiegt hatte, die sie nun alle bedrohte. Wo nur war der Mann, den die Ahnen ihm gesandt hatten?

Der Mann mit den Pockennarben war endlich dort angekommen, wo alles seinen Ausgang genommen hatte, in Amaighbo. Der Stadt der Geister.

Das verlassene Dorf lag an einem Seitenarm des Bonny-Flusses, zu weit entfernt von den Ölmärkten im Norden und zu dicht an dem mächtigen Stadtstaat im Süden, als dass es eine eigenständige Rolle im Ölhandel hätte spielen können. Es war ein Dorf im Busch. Und so war er anfangs auch behandelt worden, wie ein Junge aus dem Busch. Damals, als seine hochverschuldete Familie ihn an Chief Iganipughuma

Allison verkauft hatte. Das bejahrte Oberhaupt des Annie-Peppel-Hauses hatte schnell festgestellt, was für ein störrischer Bursche da in sein Haus gekommen war. Vielleicht bemerkte er in dem Jungen aber auch schon die Wut, die sich irgendwann Bahn brechen würde. Chief Allison, der noch eine Schuld bei Chief Madu zu begleichen hatte, reichte den jungen Sklaven einfach weiter. Sollte sich doch ein anderer mit dem Wilden herumschlagen.

Als der Alte jetzt zwischen den verfallenen Hütten von Amaighbo umherging, suchte er in sich die Reste jener Wut, die damals in ihm gebrannt hatte. Aber in seinem Inneren war es so leer wie an diesem Ort. Vielleicht war er deswegen hierhergekommen. Es kam ihm wie eine Ironie des Schicksals vor, dass er die Narben jener Krankheit im Gesicht trug, die alle Bewohner dieses Dorfes dahingerafft hatte. Hätten sie ihn nicht verkauft damals, würde er jetzt hier nicht stehen. Nein, es gab keinen Groll mehr. Es gab nur noch offene Rechnungen. Und der Alte hatte in seinem Leben noch jede Rechnung bezahlt.

Er wies seine Männer an, im früheren Versammlungshaus ein provisorisches Lager aufzubauen. Sie brauchten keinen ungebetenen Besuch zu fürchten. Die Bewohner des Deltas mieden diesen Ort, an dem der Tod so reiche Ernte eingefahren hatte. Seine Männer hingegen fürchteten keine Geister. Sie fürchteten niemand. Sie waren jung und voller Wut, so wie er einst gewesen war. Nach und nach hatte er sie rekrutiert und sein Schmugglernetz aufgebaut. Sie waren die Einzigen, die wussten, wer er war. Und darum würden sie ihm bis in den Tod folgen. Er war die Antwort auf ihre Verzweiflung gewesen.

Der Alte spürte den Sturm, der sich dem Delta näherte. Den Sturm des Krieges. Es war eine Stimmung in der Luft, ein erschrecktes Schweigen. Er spürte es im Ächzen der Mangroven, in den bellenden Rufen der Krokodile. Er spürte es als Unruhe im Wasser. Und er spürte das Kommen des Boten, der ihm das Siegel des Krieges überbringen würde. Der *egba*-Läufer aus Calabar traf am übernächsten Tag ein. Am gleichen Tag hörten sie von der Zerstörung des Lagers in Otuan.

Es war das, was jeder Kriegsherr fürchtete und dennoch mit einplanen musste: das Unbekannte, das jeden Plan zerstören konnte. Anders als die Ältesten in Nembe war es ihm jedoch gleich, dass ein paar Fässer Öl zerstört worden waren. Auch die Möglichkeit, dass die Explosion den Feind aufschrecken würde, beunruhigte ihn nicht. Obwohl der Überraschungseffekt ein entscheidendes Element in seiner Strategie darstellte, glaubte er nicht, dass dieser Anschlag ihr Vorhaben gefährdete. Natürlich war es ihm darum gegangen, die Aufmerksamkeit der Company von Akassa fortzulenken. Doch Otuan war weit genug vom Hauptquartier der Royal Niger Company entfernt, so dass kaum zu befürchten war, dass dort die Wachen verstärkt würden. Nein, das war es nicht, was ihn dazu brachte, seinen Plan zu ändern.

Der Mann mit den Pockennarben stand am Ufer des Flusses und blickte mit zusammengekniffenen Augen über das Wasser nach Süden, wo irgendwo jenseits der Mangrovensümpfe Opobo lag. Und Bonny. Der Moment der Rache war nah. Er würde sich diese Rache von niemandem nehmen lassen.

Schon gar nicht von einem Dieb.

Nach der Beschreibung zu urteilen, die man ihm von dem Vorfall in Otuan gegeben hatte, hatte dort jemand Dynamit benutzt. Dafür konnte es nur eine Erklärung geben: Eines seiner geheimen Lager, und zwar das Wichtigste, war geplündert worden. Und das machte ihn wirklich ärgerlich. Denn das Dynamit hatte er zu einem ganz bestimmten Zweck beschafft.

Der Alte wies den *egba*-Läufer an, das Siegel des Leoparden zu König Koko zu bringen. Er gab ihm die Botschaft mit, dass Koko mit dem Angriff warten solle, bis er selbst in Nembe eingetroffen war. Einen Teil seiner Männer schickte er aus, die Lager zu räumen und die Waffen nach Nembe zu schaffen. Dann machte auch er sich mit einer Handvoll Leuten auf den Weg. Er musste den- oder diejenigen finden, die das Dynamit gestohlen hatten. Zweifel, dass ihm dies gelingen würde, hatte er nicht. Schließlich ging er dorthin, wo er sich auskannte. In das Wasserlabyrinth des Deltas. Wer immer dort unterwegs war und mit Sprengstoff um sich warf, der Mann mit dem zernarbten Gesicht würde ihn finden.

Und unschädlich machen.

Aber Bonny

Ich glaube, dass das Sumpfgebiet der Bucht von Biafra das größte der Welt ist, an Mächtigkeit und Düsternis dem Himalaja vergleichbar. Nicht jedoch an Schönheit. Ich habe die bisweilen wirklich große Schönheit darin entdeckt, aber diese entspricht offensichtlich nicht dem Allgemeingeschmack.

Aber Bonny!

Als Mary die Feder in das Tintenfass tauchte, dachte sie an die Beerdigungsfeier, an der sie am Tag nach ihrer Ankunft teilgenommen hatte. In gewisser Weise war das ihr Einstand gewesen. Denn bei dieser Gelegenheit hatte sie die in Bonny lebenden Engländer kennen gelernt. Zumindest jene, die da waren. Sie streifte einen dicken Tropfen

Tinte von der Feder und setzte an, um in ihrem Journal fortzufahren. Doch ein leises Rascheln ließ sie innehalten. Mit einem etwas mulmigen Gefühl schielte sie zu der Ecke hinüber, wo das unheimliche Wesen in seinem schwarzen Hautkokon von der Decke herabhing. Das Tier hatte sich bewegt, aber seine Augen waren noch geschlossen. Wie konnte man nur auf die Idee kommen, einen Flughund in seinem Haus zu halten? Bevor sie das überaus lebendige Tier mit der Suppe in Verbindung bringen konnte, die sie vor einigen Tagen bei den Bubi genossen hatte, wandte sie sich wieder ihrem Tagebuch zu.

Wenn man es geschafft hat, zu der landwärts liegenden Seite der Sandbank zu kommen, und etwas abseits der Faktoreien ankert, erkennt man den tückisch glänzenden Schaum, der sich zur See hin weiß gegen den bleigrauen Himmel und gegen den Rest von Breaker Island abhebt. In allen anderen Richtungen sieht man scheinbar endlose Mangrovenwälle, unveränderlich in Farbe, Form und Höhe, nur durch die Perspektive verkleinert. Dazwischen liegt das faulige, schlammige Wasser des Bonny-Flusses – flussaufwärts wie -abwärts meilenweit nur Schlammwasser, von verwesenden Mangrovensümpfen gesäumt. Die einzige Abwechslung, man kann sie schwerlich als heitere Auflockerung der Szenerie bezeichnen, sind dürre, schwarze Gerippe, Überreste alter Schiffsrümpfe, die einmal als Handelsstationen benutzt wurden. Bei Ebbe stehen sie wie Skelette großer, scheußlicher Bestien am Ufer, die sterben mussten, weil das Wasser des Bonny selbst für sie zu stark war.

Sie legte die Feder beiseite und stützte die Wange in die Hand. Von den englischen Gemeinden, die sie auf ihrer Reise an der Küste kennen gelernt hatte, hatte jede etwas ganz Eigenes, je nachdem, wo sie lagen und wie lange sie schon existierten. Immer war ein Stück transportiertes England dabei. Immer durch die Fremde überhöht, als wäre dies nötig, um seinen Ursprung nicht zu vergessen. Denn die lokalen Einflüsse gewannen mit der Zeit eine enorme Macht. Und einer davon war, zumindest in Bonny, zweifellos der Alkohol.

Mary überlas ihre eigenen Worte. Dann blätterte sie etwas zurück, fand Eintragungen aus Fernando Po, aus Viktoria. Sie stellte fest, dass die Art ihres Schreibens sich im Laufe der Zeit verändert hatte. Ihre ersten Eintragungen, so fand sie jetzt, klangen noch sehr gekünstelt, wie eine Reisebeschreibung. Aber mit der Zeit hatten ihre Beobachtungen an Schärfe und Tiefe gewonnen. Und noch etwas war dazugekommen, sie konnte es nicht gleich benennen. Es war wie ein anderer Farbton, so wie das Licht hier in Westafrika auch einen anderen Ton hatte als daheim in England. Und wenn sich ihre Sprache änderte, geschah dann vielleicht etwas Ähnliches auch mit ihr?

Wie seltsam es war, an Charlys Schreibtisch zu sitzen. Mary sah zu den Fenstern hinüber, durch die gedämpftes Tageslicht fiel, und fragte sich, wie oft er hier wohl gesessen hatte, um an seinen Aufzeichnungen zu arbeiten. Sie hatte seine Texte auf dem Schreibtisch vorgefunden. Dennis, der Junge, der für Charly arbeitete, hatte ihr erzählt, dass der Cap'n oft die ganze Nacht am Schreibtisch saß und die Geschichte der Brass aufschrieb. Er hätte bestimmt nichts dagegen, wenn sie es las. Sonst täte es ja sowieso keiner.

Dennis war ihr sogleich sympathisch gewesen, als Archie McEachen in ihr vorgestellt hatte. „Ist sozusagen Charlys Hosentasche“, hatte er gesagt und sie damit in einige Verwirrung gestürzt. Aber jetzt wusste sie, was dieser Ausdruck bedeutete. Es war die Bezeichnung für jemanden, dem man all sein Hab und Gut anvertrauen würde.

Während man die Eigenart der Landschaft am Bonny mit den Augen verschlingt, nimmt man einen komischen Geruch wahr. Es ist der Atem des malariaträchtigen Sumpfes, voll von Fieber und der drohenden Gefahr, am nächsten Tag krank zu werden. Kurz vor Einbruch der Dämmerung kann man diesen Atem geradezu körperlich wahrnehmen. Langsam gleitet er aus den Seitenarmen des Flusses und aus den Wurzeln der Mangroven, legt sich über das Wasser, dehnt sich aus und rollt in einer Art bösem Spiel voran, bis er schließlich an der Uferböschung und an der zum Wasser weisenden Seite des Hauses heraufkriecht, um überall seinen feuchten Mantel zurückzulassen. Ein paar Stunden später ist alles mit grünem Schimmel überzogen.

„Fühlen Sie sich wie zu Hause“, hatte McEachen erklärt, als er sie in Charlys Haus führte. „Hier haben Sie ihre Ruhe. Es sei denn“, fügte er mit leichtem Spott hinzu, „Sie ziehen es vor, in einem Haus mit acht Kindern und einer sehr resoluten Hausherrin zu leben?“

Mary erklärte ihm auf sehr höfliche Weise, dass sie sein Angebot zu schätzen wisse. Dass sie aber auf keinen Fall einer vielbeschäftigten Mutter zur Last fallen wolle.

Der vielbeschäftigten Mutter war das gar nicht recht. Sie kam noch am selben Abend, um Mary einer intensiven Inspektion zu unterziehen. „Sie können doch nicht in diesem schmutzigen Haus leben“, erklärte sie sogleich unumwunden und schielte mit sichtlicher Missbilligung zu dem schlafenden Flughund hinüber. „Sie kommen mit zu uns!“ Es war dieser Moment gewesen, wo sie begriffen hatte, warum Charly Dennis vertraute.

„Mama Vikki“, der Junge baute sich mit bittend ausgebreiteten Armen vor der korpulenten Frau auf. „Was soll mein Cap’n von mir denken, wenn seine Freunde nicht heimisch wären in seinem Haus. Beschäme mich nicht, ehrwürdige Mutter."

McEachens Frau musterte voller Misstrauen den stämmigen, jungen Mann. Dann setzte sie eine würdige Miene auf und verabschiedete sich mit einem an Mary gerichteten". „Sie kommen zum Essen!"

Dennis sah sie verschmitzt an, nachdem die Tür hinter Vikki ins Schloss gefallen war. „Möchten Sie vielleicht einen Tee, Miss?", fragte er.

Wie auch immer Ihre früheren Erlebnisse waren, was immer Sie schon erlebt haben, in diesen Momenten werden Sie sagen: „Mein Gott, was für ein Ort!"

Es hatte einen Regenschauer gegeben am Morgen. Der Weg war glitschig und die Erde schwer von Nässe. Dass aber die Sargträger immer wieder ausglitten, lag nicht an dem schwierigen Untergrund. Wenigstens waren sie zu viert, und wenn einer taumelte, konnten die anderen dies gut ausgleichen. Bis sie die Grube erreichten, in der sich bereits Wasser gesammelt hatte. Der Pater war noch nicht an der Stirnseite des Grabes angekommen, als die vorderen Sargträger, geschoben vom blinden Schwung ihrer Hintermänner, den Rand der Grube erreichten. Die feuchte Kante gab sofort nach. Ehe die beiden sturzbetrunkenen Männer begriffen, was geschah, waren sie auch schon im Matsch der Grube gelandet. Das Dumme war, dass der Sarg ihnen folgte.

In ihrer Studienzeit in Cambridge hatte Mary die Bestattungsrituale der Naturvölker studiert. Mehr noch als die Hochzeitsfeierlichkeiten verrieten sie eine Menge über das Leben der Menschen. In diesem Fall hätte es beinahe einen Domino-Effekt gegeben. Es war nicht einfach gewesen, den Sarg zu bergen. Die beiden Männer auf dem Grund der Grube waren kurz vor dem Ertrinken gewesen. Was, wie Mary fand, eine gewisse Folgerichtigkeit gehabt hätte.

Sie schrak aus ihren Gedanken hoch, als sie leise Mädchenstimmen auf der Veranda vernahm. „Kommt doch rein", rief sie, als es zaghaft an die Tür klopfte. Mathilde, McEachens älteste Tochter, trat ein, die kleine Marie-Anne an der Hand.

„Hallo, Miss", sagte sie und kam gleich neugierig auf den Tisch zu, um zu sehen, was Mary da schrieb. Das junge Mädchen, das sich gerade zur Frau wandelte, war Mary von der ersten Begegnung an kaum noch von der Seite gewichen. Mathilde wollte alles wissen, über England, wie die Frauen dort lebten, wie sie heirateten, ihre Wissbegier war schier unstillbar. Mary mochte das aufgeweckte Mädchen mit der hellbraunen Haut und den hübschen Gesichtszügen eines Mischlings.

Die kleine Marie-Anne, die sich von der Hand ihrer Schwester losgemacht hatte und sogleich die Ecke mit dem schlafenden Flughund ansteuerte, kam eher nach ihrer Mutter. Die Haut war wesentlich dunkler, und auch ihrem Gesicht war kaum anzumerken, dass ihr Vater ein Weißer war.

„Was schreibst du da?", fragte Mathilde und verdrehte den Kopf, um Marys Schrift entziffern zu können.

„Ich schreibe auf, was ich alles erlebe", antwortete Mary.

„Warum ...", begann Mathilde. Dann aber sah sie, dass Marie-Anne einen Hocker heranzog, um auf ihn hinaufzusteigen. „Marie-Anne, pass auf", warnte sie.

„Louis tut mir doch nichts", erklärte das kleine Mädchen in einem Ton, der keinen Zweifel an der Freundschaft des Tieres ließ.

„Aber fass ihn nicht an!"

„Wieso denn nicht?"

„Weil er das nicht mag. Und du weißt, was dann passiert."

Marie-Anne kicherte: „Er macht Pipi."

Mathilde verdrehte in altkluger Weise die Augen, als sie sich wieder Mary zuwandte: „Warum schreibst du das auf? Vergisst du es sonst? Du bist doch noch gar nicht so alt."

Mary lachte: „Manchmal vergisst man Sachen, auch wenn man noch nicht alt ist. Sagt mal, wollt ihr vielleicht ein Stück Ananas?"

„Gerne", sagte Mathilde und setzte sich an den Tisch.

„Ananas", erklärte Marie-Anne bestimmt, während sie versuchte, Louis' Aufmerksamkeit zu erregen. Die einzige Reaktion des Flughundes war indes, dass er den Kopf mit den immer noch geschlossenen Augen etwas zur Seite drehte.

„Mama lässt fragen, was du heute zum Essen haben willst."

Mary, die gerade die Frucht aufschnitt, unterdrückte ein Seufzen. Seit sie vor vier Tagen hier angekommen war, war sie jeden Abend bei den McEachens gewesen. Zwar fand sie es sehr aufmerksam von Archies Frau, dass sie sich so um sie sorgte. Aber das tat sie in einer etwas zu entschiedenen Art, weshalb Mary gerne einmal einen Abend für sich allein geblieben wäre.

„Richte deiner Mama aus, dass ich heute nicht zum Essen kommen kann, weil mir sonst meine Kleider nicht mehr passen. Dann muss ich mir von King Peppel ein Tuch ausleihen, das ich mir um den Bauch wickeln kann."

Mathilde grinste bei der Vorstellung, wie Mary wohl in einem afrikanischen Tuch aussehen würde. Mary-Anne, die vom Hocker geklettert war, um ihre Ananas abzuholen, kicherte. „Mama sagt, du bist zu dünn", verriet sie. Sie biss ein Stück Ananas ab, kletterte wieder auf den Hocker und hielt mit spitzen Fingern ihrem Freund Louis die andere Hälfte vor die Nase. Der Flughund öffnete erst ein schläfriges Auge, dann das andere. Ein Seufzer schien durch den dunklen Körper zu gehen, als sich seine ledrigen Flügel sachte bewegten. Schließlich hob er den Kopf und schmatzte mit wieder geschlossenen Augen an den Fruchtstück.

„Komm doch bitte zum Essen“, bettelte Mathilde, „sonst hat Mama den ganzen Abend schlechte Laune und schimpft mit Papa.“

„Also gut“, willigte Mary ein, „damit euer Papa seine Ruhe hat.“

„Sonst schimpft sie immer mit Onkel Charly. Marie-Anne, pass auf, dass er dich nicht beißt.“

„Wirklich?“, fragte Mary verdutzt. „Mit Charly? Warum denn?“

„Ach, ich weiß auch nicht.“ Mathilde verdrehte wieder die Augen. „Sie will, dass Onkel Charly endlich heiratet.“

„Heiratest du Onkel Charly?“, fragte Marie-Anne, die ihre Frucht mittlerweile verfüttert hatte und nun wieder an den Tisch kam, um für Louis Nachschub zu holen.

„Ich? Wieso? Wie kommst du darauf?“ Mary war ein wenig aus der Fassung.

„Na, weil du in seinem Bett schläfst“, begründete Mary-Anne seelenruhig ihre Frage und pflückte das nächste Stück Ananas vom Teller.

Mary spürte, wie sie rot anlief. „Ich schlafe nicht in seinem Bett. Dennis hat mir das Gästezimmer gegeben.“

„Aber gestern kamst du aus Charlys Zimmer“, beharrte McEachens jüngste Tochter auf ihrem Standpunkt.

„Das heißt nicht, dass ich dort geschlafen habe. Ich habe nur aufgeräumt.“ Marys Wangen glühten mittlerweile.

„Warum willst du Onkel Charly denn nicht heiraten?“, fragte Mathilde.

„Jetzt fang du auch noch damit an.“

„Ich fände das toll. Dann würdest du hierbleiben und wir würden uns jeden Tag sehen. Ach, bitte!"

Ehe Mary antworten konnte, mischte sich Mary-Anne wieder ein: „Bist du krank?"

„Was? Nein. Wieso?"

„Du bist so rot im Gesicht. Papa wird auch immer rot, wenn er Fieber hat."

„Also, jetzt reicht es aber. Mary-Anne, nimm den Teller mit den Ananasstücken und füttere Louis. Wie ist dieser komische Kerl eigentlich hierhergekommen?" Mary hielt es für geboten, schleunigst das Thema zu wechseln.

„Louis hing einfach eines Tages unter dem Dach der Veranda", gab Mathilde Antwort. „Onkel Charly hat ihn gefüttert, weil er krank aussah. Er war ganz zahm. Mama sagt, dass er ein Unglücksbote ist, aber Charly sagt, das er das nicht glaubt. Es ist nur ein Flughund, und er ist der Bote von gar nichts. Ich glaube, Louis gefällt es einfach hier."

„Den Eindruck habe ich auch. Mathilde, ich habe dir ein Buch rausgesucht und möchte, dass du mir etwas vorliest. Du wolltest doch wissen, was junge Mädchen in England so alles lesen. Eine junge Dame von dreizehn Jahren sollte viel mehr gelesen haben, als das bei dir der Fall ist."

Mathilde blätterte in dem schmalen Bändchen. „Mama und Papa haben nicht viele Bücher. Das hier ist schön: *Musik in der Nacht*, von ...", sie kräuselte etwas angestrengt die Stirn, „Aldous Huxley."

„Lies dir erst einen Absatz durch, und dann lies ihn mir vor. Aber so, dass ich höre, ob es dir gefällt."

Während Mary Mathildes Worten lauschte, beobachtete sie das junge Mädchen, deren springlebendiger Geist sie von Anfang an für sie eingenommen hatte. War sie selbst damals auch so gewesen, mit dreizehn Jahren? Sie erinnerte sich dunkel an eine Explosion im Garten ihres Elternhauses und an eine sehr schmerzhafte Tracht Prügel. Wenn sie jetzt die noch ungelenke Frau betrachtete, die da im Körper des jungen Mädchens erwachte, war ihr, als wäre es erst gestern gewesen, dass sie selber noch in solch einem unfertigen Körper gesteckt hatte. Ach, sie wünschte Mathilde, dass ihr Einsamkeit und Leid erspart blieben. Aber das würde es nicht. Dennoch wäre sie gerne ihre Freundin geblieben. Hätte sie gerne begleitet und ihr all das erklärt, was sie noch nicht verstehen konnte. Hätte gerne mit ihr gelacht und sie getröstet, wenn sie traurig war. Ein seltsames Flattern ging durch ihre Brust, als sie sich fragte, ob sie in Mathilde nur so etwas wie eine jüngere Schwester sah. Oder ob sie sich wünschte, eine Tochter zu haben.

Wie seltsam, dass ihr die Menschen hier in Bonny so vertraut vorkamen. Selbst die etwas anstrengende Vikki. Dann dachte sie daran, dass dies Charlys Familie war. Hier lebte er. Hier war sein Zuhause. Während die fein modulierten Worte von Mathilde den Raum durchklangen, Marie-Anne dazwischen immer wieder mit einem kleinen „Nun schau doch, Louis“ einfiel, wanderte Marys Blick hinüber zu den Fenstern, hinter denen sie die nahe Dämmerung erahnte. Wo er wohl gerade steckte, ihr Pirat?

„Verdammt, es wird bald dunkel.“ Charly sah missmutig zum Himmel hinauf, dessen Grau sich mehr und mehr verdichtete.

Anthonys Kopf tauchte aus dem Kessel auf. „Das wird heute nichts mehr, Cap’n. Baut keinen Druck auf, das verfluchte Luder.“

„Red nicht so von meiner *Princess*“, meinte Charly.

„Ich meine ja nicht dein Boot, sondern die Maschine. Da muss irgendein Ventil undicht sein. Weiß nicht welches, muss sie vielleicht alle austauschen. Das wird heute nichts mehr.“

Charly ließ sich auf der Werkzeugkiste nieder und schaute auf das Wasser hinaus, das sich träge aus der Mündung des Nun ins Meer ergoss. Den ganzen Tag schon war seine Unruhe angewachsen. Er ahnte, dass die Zeit drängte. Und ausgerechnet jetzt machte der Kessel seiner Barkasse Schwierigkeiten. Aber er sah ein, dass Anthony Recht hatte. Heute würden sie es nicht mehr schaffen.

„Lass uns etwas trinken, Charly, und dann schauen wir, was Lou zum Essen gemacht hat."

Charly brummte etwas Unverständliches, dann holte er aus dem Bauch seines Bootes eine Flasche Whisky hervor.

„Was ist mit dir?", fragte Anthony, während sie den Steg hochgingen. „Warum ziehst du so ein Gesicht?"

Charly schüttelte nur den Kopf: „Irgendetwas stimmt da nicht."

„Na klar", meinte der Yoruba, „ich sagte doch, dass ein Scheißventil undicht ist."

Sie gingen hinter das Haus, wo Anthonys Frau mit den beiden Töchtern Fische ausnahm.

„Das meine ich nicht. Sag mal, Lou", fragte Charly die rundliche Frau mit dem gutmütigen Gesicht, „wie hältst du diesen Kerl eigentlich aus?"

„Ich höre nicht mehr hin, wenn er etwas sagt, Charly."

„Ist wahrscheinlich das Beste", brummte Charly, als er sich auf eine Bank niederließ. Anthony verschwand im Haus und kam mit zwei Gläsern wieder. Beide Männer pusteten gleichzeitig den Staub aus ihrem Glas, wurden sich dessen gewahr und grinsten.

„Prost, Cap'n", sagte Anthony, nachdem Charly reichlich eingegossen hatte.

„Prost, alter Halunke. Auf den nächsten Tag."

„Auf den nächsten Tag."

Den ersten Schluck spien beide Männer auf den Boden. Dann tranken sie. Das scharfe Getränk betäubte das wühlende Rumoren in Charlys Bauch. Er wusste auch nicht, was mit ihm los war.

„Also, was ist mit dir los?", fragte Anthony

Charly zuckte nur mit Achseln.

„Hat dir Sir George die Laune verhagelt?"

„Na ja, Freudensprünge habe ich nicht gerade gemacht."

„Was will er eigentlich hier?"

„Hat er mir nicht erzählt. Aber komisch ist es schon. MacDonald wusste nichts davon, dass Goldie hier auftauchen würde. Muss wohl irgendetwas passiert sein."

„Vielleicht ist er ja wegen der Franzosen da. Mögen sie verrotten." Anthony nahm eine der Zigarren, die Charly ihm anbot. Beide Männer rauchten, nahmen einen Schluck aus dem Glas und sahen dem schwindenden Tageslicht nach. Eines der beiden Mädchen überwachte einen brodelnden Topf auf dem Feuer, die andere befestigte direkt daneben einen Rost über der Glut.

„Sag mal", sagte Anthony langsam, „wie war das mit der Engländerin, die du in Calabar getroffen hast?"

Charly sah ihn von der Seite an: „Warum fragst du?"

Der Yoruba wiegte den Kopf und machte eine unbestimmte Handbewegung: „Hörte sich so an, als wenn sie eine Frau wäre, über die man schon mal nachdenken kann."

„Du meinst, weil sie mit einem Revolver rumrennt, Fetischzeremonien belauscht und Schlangen in Spiritus einlegt?"

„Na ja" meinte Anthony paffend, „von Frauen, die nur Tee trinken und sich an die Stirn fassen, hast du mir bisher nie erzählt. Also, Papa Jo meinte immer ..."

„Papa Jo." Charly war klar, dass jetzt wieder eine völlig absurde Lebensweisheit folgen würde.

„Ja, Papa Jo sagte, dass ein Mann sich nicht aussuchen kann, welche Frau für ihn bestimmt ist. Aber er kann wählen, ob er mit der Frau, die für ihn bestimmt ist, eine Tragödie oder ein Heldenepos erlebt."

„Dein Papa Jo ..." war ein verdammter Schwätzer, wollte Charly sagen. Aber er hielt sich gerade noch zurück. Dieser Papa Jo war ein empfindliches Thema. „... hatte doch keine Ahnung von Frauen", setzte er stattdessen seinen Satz fort. „Du hast mir erzählt, dass er ein Priester war."

„Na, eben, du bist doch auch kein Afrikaner und weißt alles Mögliche über uns."

Neben den ständig streitenden Eltern hatte es in Anthonys Jugend noch eine Person gegeben, die sein Denken maßgeblich mit bestimmt hatte. Papa Jo war ein Freund seines Vaters gewesen, ein Weißer, den es aus unerfindlichen Gründen in die Stadt am Ogun-Fluss verschlagen hatte. Anscheinend wusste Anthony auch nicht viel darüber, nur dass Papa Jo in seinem früheren Leben mal Priester gewesen war.

Charly füllte ihre Gläser nach. „Ich schätze, dass diese Geschichte weder eine Tragödie noch ein Epos ist. Mary Cooley ist auf der Suche nach dem ‚wahren' Afrikaner. Weißt du, was das ist?"

Anthony nahm einen Schluck, der das Glas halb leerte. Er schmatzte, zerfurchte seine Stirn und meinte schließlich: „Na, ich denke, ich bin ein wahrer Afrikaner."

„Falsch", entschied Charly. „Bist du nicht."

„Bin ich nicht?"

„Nein."

„Na, da will ich doch verdammt sein."

Beide Männer tranken, rauchten und schauten den Frauen bei der Arbeit zu. Schließlich wandte sich Anthony an seinen Freund: „Wieso, verdammt noch mal, nicht?"

Charly fuhr mit der Hand über sein Kinn. „Tja“, meinte er dann, „soweit ich das verstanden habe, wegen mir und Papa Jo.“

Anthony hielt ihm das Glas hin. „Das verstehe ich nicht.“

„Dann höre meine Worte, du gefallener Sohn Afrikas. Der wahre Afrikaner fraternisiert nicht mit den Weißen. In der Brust des wahren Afrikaners schlägt die große Tomtom ihren heidnischen Rhythmus. Sein Blick ist wild und sein Herz unbeugsam.“

Anthony schwieg eine geschlagene Minute, dann fragte er: „Scheiße, ist das wahr?“

„Na ja, so ähnlich jedenfalls.“

Lou legte jetzt die ersten Fische auf den Grill. Zischend spritzte das Fett in die Flammen.

„Ich kenne so einen Kerl“, meinte Anthony schließlich und leerte sein Glas.

Charly schenkte ihnen nach: „Lebt er noch?“

„Nee. Ich meine deinen alten Kumpel Jubo.“

„Tja“, machte Charly, „der wäre es wohl gewesen.“

„War schon ein harter Hund.“

„Hmmh.“

„Hat ihn trotzdem erwischt.“

„Tja.“

„Dabei war er schon auf dem Rückweg.“

Charly paffte an seiner Zigarre und verzog das Gesicht: „Hat ganz schön lange gedauert, bis sie gemerkt haben, dass die Anklagepunkte gegen ihn faul waren. Da war er schon verurteilt und nach Westindien verbannt. Und dann? Kaum ist er auf dem Rückweg, wird er krank und stirbt.“

„Was haben sie gesagt? Die Pocken?“

„Hmmh, in Cape Coast. Wieso, frage ich dich, bringen sie ihn nach Cape Coast, wenn er doch die Erlaubnis zur Rückkehr hatte?“

„Das stinkt."

„Sag ich doch."

„Was ist jetzt mit der Engländerin?"

Charly wandte sich Anthony zu: „Weißt du was?"

„Na?"

„Feines Mädchen."

„Hey, ich bin verheiratet."

„Ich rede nicht von dir, du Hornochse. Ich rede von Mary."

„Wer ist Mary?"

„Pistole. Krokodile. Fische. Spiritus."

„Verdammt, du kannst Frauen beschreiben."

Etwas Kompaktes baute sich vor ihnen auf. Charly und Anthony sahen auf. Lou hatte Schweißperlen auf der Oberlippe. „Kommt ihr beiden Spinner jetzt zum Essen oder soll ich warten, bis ihr wahre Afrikaner geworden seid?"

Französische Rochade

Tatsächlich waren es die Aktivitäten der Franzosen, die George Goldie veranlasst hatten, ins Delta zu kommen. Die wenig diskrete Reise der *Ardent* unter dem Befehl des arroganten Capitain d'Agoult hatte zu diplomatischen Verstimmungen zwischen Großbritannien und Frankreich geführt. Fünf Jahre zuvor hatten die beiden Länder in einem Vertrag die Grenzen ihrer Mandatsgebiete neu definiert. Die Franzosen hatten sich den Zugang zum Oberlauf des Nigers gesichert. Unglücklicherweise lag dieses Gebiet nördlich von Boussa, so dass der Weg nach Süden durch die Stromschnellen versperrt war. Das aber passte nicht in das imperiale Konzept der Grande Nation. Die plante nämlich, ihre verschiedenen Einflussgebiete irgendwann zu einem großen Saharareich zusammenzufassen, das im Süden über den Niger mit dem Golf von Guinea verbunden war. Dafür brauchte Frankreich Stützpunkte unterhalb von Boussa. Die Verträge, die dieses Gebiet der Royal Niger Company und somit Großbritannien zusicherten, betrachteten die französischen Politiker als eher lockere Vereinbarungen.

Einen Tag nach Goldies Ankunft traf Joseph Flint, der örtliche Vorsteher der Company, auch wieder in Akassa ein. Er kam aus Onitsa, wo er mit Lugard zusammengetroffen war. Der hatte ihm von den Aktionen Toutées am Oberlauf des Nigers berichtet. Nun erst wurde klar, was die *Ardent* im Delta vorhatte: Nachschub für das französische Fort liefern. Flint und Goldie begaben sich umgehend an Bord der *Argus*, um Lugard zu treffen.

Die Station in Onitsa, knapp neunzig Meilen nördlich von Akassa, war einer der wichtigsten Stützpunkte der Company. Ein Schiff konnte vielleicht unbemerkt über einen der Seitenarme ins Delta eindringen. Doch auf der Höhe von Onitsa gab es keine Seitenarme mehr. Jedes Schiff, das nach Norden wollte, musste in Sicht- und Schussweite an den hier aufgestellten Kanonen vorbei. Und bis zu dem Zeitpunkt, da Lugard, Goldie und Flint in Onitsa zusammentrafen, hatte die *Ardent* die Station noch nicht passiert.

Die drei Männer berieten, wie sie vorgehen sollten. Als Erstes musste die Gefahr im Norden gebannt werden. Sir George ordnete an, dass Lugard mit ausreichend Verstärkung zurückkehren solle, um Toutée daran zu hindern, weitere Verträge mit den dortigen Königen zu erzwingen. Was aber sollten sie tun, wenn die *Ardent* auf dem Fluss auftauchte? Die Company konnte ja schlecht das Feuer auf ein Kriegsschiff einer befreundeten Nation eröffnen. Auch wenn diese Freundschaft nicht besonders innig war. Andererseits musste aber verhindert werden, dass die Truppen das französische Fort d'Ahrenberg erreichten. Lugard, der den Fluss wie kein Zweiter kannte, riet zur Besonnenheit. Bei dem derzeitigen Wasserstand war es unwahrscheinlich, dass die schwer beladene *Ardent* den Oberlauf erreichte. Und ewig konnte Toutée zwischen seinen aufgeworfenen Erdwällen auch nicht aushalten. Wenn das Schiff auftauchte, sollte es so lange wie möglich aufgehalten und, wenn nötig, verfolgt werden. Inzwischen könnte Goldie auf der diplomatischen Ebene aktiv werden.

Die drei Männer wussten noch nicht, dass die *Ardent* Onitsa nie erreichen würde. Der französische Kapitän hatte kurz hinter Warri eine wunderschöne Sandbank gefunden, aus der ihn keine Kanone mehr freischießen würde. Als die Offiziere sich endlich herabließen, die Einheimischen um Hilfe zu bitten, zuckten die nur die Schultern. Da wäre nichts zu machen, aber im Frühjahr würde das Wasser ja wieder steigen. Selbstverständlich könnten sie bis dahin jederzeit Lebensmittel einkaufen. Monsieur d'Agoult bot den entzückten Bewohnern von Warri das Schauspiel eines beeindruckenden Tobsuchtsanfalls.

Auch Captain Toutée hatte so seine Probleme. Da der mitgebrachte Proviant mittlerweile aufgebraucht war, mussten sich die Bewohner von Fort d'Ahrenberg aus den umliegenden Dörfer versorgen. Dass deren Bewohner Geld dafür forderten, empörte die Franzosen. Sie gingen fortan mit der Waffe einkaufen, was die Bewohner von Kishi und Kaiama einen nachdenklichen Blick auf ihre in Französisch verfassten Verträge werfen ließ. Hatten sie da vielleicht einen Passus übersehen?

Schon drei Monate später musste Toutée mit seiner Garnison wieder abziehen. Das ganze französische Abenteuer erledigte sich schließlich von selbst. Mit so viel Ungeschicklichkeit konnten die drei Männer in Onitsa aber nicht rechnen. Für sie war die Gefahr höchst real. Während Lugard also auf der *Katsena* nach Norden fuhr, machten sich Sir George und Flint auf den Rückweg nach Akassa. Dort erkrankte Lady Mathilda am Fieber. Sir George brachte sie in aller Eile an Bord der *Nupe* und trat die Heimreise an. Joseph Flint schickte die Truppen der Company zur Verstärkung nach Onitsa.

Der Mann aus Amaighbo hatte Recht behalten: Das Auftauchen des französischen Schiffes lenkte die Aufmerksamkeit der Company in den Norden.

Handel

„Ich weiß nicht, Miss."

„Nun komm schon, Dennis. Ich will mich doch nur ein wenig nützlich machen."

Mary war es irgendwann leid gewesen, nur rumzusitzen, während alle anderen ihrer Arbeit nachgingen. Also war sie ins Kontor marschiert, um zu schauen, was sie tun konnte. Sam, Archies Ältester, hatte sie herumgeführt und ihr etwas umständlich erklärt, wie er die Buchführung organisiert hatte. Es hatte nicht lange gedauert, bis Mary merkte, dass die Arbeit offenbar hauptsächlich von Sam und Dennis erledigt wurde. McEachen kam als Letzter und ging als Erster. Zwischendurch erzählte er Mary, die mit den Lieferpapieren in der Hand vor der großen Wandkarte stand, um herauszufinden, wo das Öl herkam, Geschichten aus den alten Zeiten. Meist ging es dabei um den grandiosen Coup, den er mit Charly und diesem JaJa gelandet hatte. Mary verstand nur die Hälfte, weil er die Ereignisse immer wieder durcheinanderbrachte. Den Grund für diese Zerstreutheit lokalisierte Mary bald in Archies Teekanne, aus der er sich fortwährend nachschenkte. Sie wäre fast erstickt, als sie sich einmal während seiner Abwesenheit eine Tasse davon eingoss. Es war purer Rum.

Wesentlich interessanter fand sie, wie die beiden jungen Männer das Geschäft führten. Es war offensichtlich, dass Sam sich als Dennis' Vorgesetzter betrachtete. Er trug stets ein weißes, kurzärmeliges Hemd, das immer frisch gebügelt war. Ebenso wie seine kurzen Hosen. Anders als Dennis, anders als die meisten Afrikaner erschien er nie ohne Schuhe im Kontor. Und Kniestrümpfe. Damit stolzierte er herum und kontrollierte alles, was ins Lager hinein- oder hinausging. Die hochgewachsene, etwas steife Gestalt des jungen McEachen konnte keinen größeren Kontrast darstellen zu Charlys Gehilfen, der barfuß und lediglich mit einem Hüfttuch bekleidet, seine Arbeit verrichtete. Dennoch erkannte Mary bald, dass der junge *winnabo* die Seele des Geschäfts war. Alle Lieferanten wandten sich an ihn, er kannte sie mit Namen, wusste alles über ihre Familien und sonstigen Umstände. Er sprach mit ihnen über die Jahreszeiten und das Wachstum der Ölpalmen. Wenn sie über die Company schimpften, grinste er und ließ die Fässer, die sie am Zoll vorbeigeschmuggelt hatten, im Lagerhaus verschwinden. Dennis war der eigentliche Steuermann, Sam nur derjenige, der Zahlen in ein Buch eintrug.

Am meisten aber beeindruckte Mary, wie Dennis mit seinem vermeintlichen Vorgesetzten umging. Er ließ es nicht einmal an Respekt dem jungen McEachen gegenüber fehlen. Wenn der ihn in seiner Arbeit unterbrach, um irgendetwas zu kontrollieren, sei es, dass er ein Fass nachwog oder Säcke mit Palmkernen öffnete, wich Dennis nur einen Schritt zurück, ließ den anderen machen, betrachtete währenddessen vielleicht eine Spinne, die sich von einem Balken abseilte, und setzte seine Arbeit umstandslos fort, sobald Sam seine Inspektion beendet hatte. Nur einmal ertappte Mary Charlys Gehilfen dabei, wie er seine perfekte Tarnung für einen Moment fallen ließ. Und selbst da war sie nicht sicher, ob er das nicht extra für sie tat.

Sam fragte nach einer Lieferung aus Ohambele, von der Dennis nur achselzuckend meinte, dass sie wohl nicht angekommen sei.

„Aber sie wollten Ende des Monats liefern", meinte McEachens Ältester und blätterte stirnrunzelnd in seinem Buch.

Da sah sie es.

Dennis bedachte sein Gegenüber mit einem Blick, in dem grenzenloser Spott tanzte. Dann sah er sie an.

Es war ein seltener Moment. Denn sie wusste, dass er wusste, dass sie ihn durchschaute. Immerhin war sie am Tag zuvor dabei gewesen, als die Händler aus Ohambele ihre Fässer ablieferten. Ja, Dennis hatte sie sogar ausdrücklich darauf aufmerksam gemacht. Sie seien, so seine Worte, mit ihm verwandt.

Als sich nun ihre Blicke kreuzten, als er ihr für einen Wimpernschlag das Fenster zu seiner Seele öffnete, da erkannte sie: Charlys Gehilfe war ein Gauner.

„Der Cap'n wird nicht wollen, dass ich Sie mitnehme", sagte er nun.

Mary war fassungslos. Das war doch wirklich die Höhe. Dennis hatte ihr erzählt, dass er zum Imo River hochfahren wollte. Was lag näher, als dass sie ihn begleitete. Sie könnte, so hatte sie erklärt, Fische fangen und gleichzeitig etwas über den Handel lernen. Wobei sie ihm verschwieg, dass sie durchaus noch ein Eigeninteresse verfolgte. Ihr Budget für diese Reise blieb trotz der Zuwendung der Royal Geographic Society begrenzt. So war ihr der Gedanke gekommen, dass sie, wenn sie schon auf den Flüssen unterwegs war, doch auch ein wenig Handel treiben könnte.

„Der Cap'n wird nicht wollen ..." Mary hatte sich aufgerichtet, die Fäuste auf den Tisch abgestützt, und beugte sich nun vor, um den Jungen fest anzusehen: „Der Cap'n hat mit mir im Busch von Calabar gesessen und irgendwelchen teuflischen Riten zugesehen. Ich weiß nicht, wo der Cap'n war, als ich den Qua River hinaufgefahren bin, aber auf dem Mount Cameroon war er bestimmt noch nicht. Ich war auf dem Mount Cameroon, und weißt du was, Dennis mit den Verwandten aus Ohambele, die hier geschmuggelte Fässer deponieren, ich lasse mir weder von einem Cap'n noch von einem Grünschnabel wie dir sagen, wo ich hingehe oder nicht."

Der Junge betrachtete sie völlig ungerührt. Was hinter seiner breiten Stirn vorging, würde wohl für alle Weißen immer ein Rätsel bleiben.

„Okay", antwortete er nur.

„Okay?", wiederholte sie misstrauisch.

„Ja, okay. Morgen früh bei Sonnenaufgang."

„Gut." Mary nickte langsam, sagte nochmal: „Gut", und überließ den jungen Mann wieder seiner Arbeit. Sie trat auf den hölzernen Anleger hinaus. Das Wasser der Bucht von Bonny schien fast schwarz im trüben Nachmittagslicht. Sie hatte sich erklären lassen, dass der den Himmel verschleiernde Dunst feinster Staub war, der in dieser Jahreszeit aus den Tiefen der nördlichen Savannen hergeweht wurde. In dieser sogenannten Trockenzeit regnete es im Delta deutlich weniger als sonst.

Aber irgendwann regnete es immer.

Sie sah auf das Wasser herab, das unter ihren Füßen die Pfosten umspülte, und versuchte sich vorzustellen, welchen Weg es zurückgelegt hatte. Sogleich wurde ihr klar, dass die einzelnen Partikel dessen, was sie als „das Wasser" bezeichnete, aus ganz unterschiedlichen Teilen des Landes kommen mochten. Vielleicht waren Sandkörner aus dem nördlich von Dahomey gelegenen Königreich Borgu dabei, vermischt mit Bestandteilen aus den Höhen der Adamawa-Region, die über den Benue in den Niger geschwemmt worden waren. Wenn sie es zu lesen verstünde, würde das Wasser ihr vielleicht Geschichten aus dem Inneren des Kontinents erzählen können. Geschichten von den Weiten des Landes, von grünen Hügeln und dunklen Wäldern. Von geheimnisvollen Königreichen, deren Legenden in Liedern über das Land getragen wurden. Sie brannte darauf, diesen Kontinent in all seiner Vielfalt zu entdecken. Sie war so entsetzlich hungrig. Hungrig nach Leben, nach Fülle, Farbe, Geruch und vor allem Wachheit. Von all den Abenteuern, die sie erlebte, war das Erwachen ihrer Sinne das Größte. Und das, mit dem sie am wenigsten gerechnet hatte. Vielleicht war es ja das, was sie immer gesucht hatte. Und von dem sie nun nicht mehr genug bekommen konnte.

Als sie daran dachte, dass sie hergekommen war, um Fische zu fangen, hätte sie beinah laut aufgelacht. Sie hob ihren Blick über die Bucht, wo sich aus einer breiten Öffnung der Mangrovenwälle die Fluten des Bonny ergossen. Morgen würde sie beginnen, das Delta zu erkunden. Sie fühlte sich großartig. Das Einzige, was sie bedauerte, war, dass sie Cap'n Charly nicht mehr hatte treffen können. Aber wer weiß, dachte sie dann, vielleicht wäre er da, wenn sie zurückkäme. Jetzt aber musste sie sich beeilen, sie hatte noch einiges vorzubereiten. Sie eilte den Weg zum Wohnhaus hoch, ohne sich noch einmal umzuwenden. So entging ihr das kleine Dampfboot, dass in diesem Moment, von See kommend, Breakers Island umrundete.

Charly war äußerst unzufrieden mit sich. Nicht nur, dass er den halben Vormittag mit einem schlecht gelaunten Anthony an der Maschine hatte arbeiten müssen – der Yoruba hatte offensichtlich mit einem Reueschwall aus seiner halbchristlichen Erziehung auf das gestrige Besäufnis reagiert. Nein, er hatte auch noch die hagere Gestalt von George Goldie an Deck der *Nupe* ausmachen dürfen, als das Schiff mit voller Fahrt aus der Mündung des Nun heraussteuerte. Goldie brauchte natürlich nicht selber an seiner Maschine rumzubasteln, der Mann hatte sich vermutlich noch nie im Leben die Finger schmutzig gemacht.

Zu allem Überfluss hatte er sich eingestehen müssen, dass er rein gar nichts erreicht hatte. Was war nur los mit ihm? Früher war ihm alles gelungen. Jetzt schaffte er es nicht einmal mehr, die Sache mit Parkes geradezubiegen. Was hatte er überhaupt damit zu schaffen? Wieso musste er sich darum kümmern, wenn so ein Schwachkopf sich eine Kugel durch den Schädel jagte? Während seine *Princess*, deren Maschine mit neuen Ventilen ausgestattet war, in die Bucht von Bonny hineinfuhr, rätselte Charly über die merkwürdige Geschichte des Geistes von Ekowe nach. Parkes war tot, da gab es keinen Zweifel. Für einen schrecklichen, irrationalen Moment stand in seinem Inneren die Möglichkeit auf, dass diese Nervensäge es wirklich geschafft hatte, als Geist weiterhin das Leben seiner Mitmenschen zu verpesten.

„Heilige Scheiße", stieß er hervor. Es wurde wirklich Zeit, dass er mal wieder etwas Vernünftiges anstellte. Vielleicht eine ordentliche Partie Poker. Nur mit wem? Erst mal aber musste er seinen von Anthony verdorbenen Wortschatz wieder zurechtbiegen. Dabei fiel ihm die letzte Nacht wieder ein, und er musste beinah wider Willen grinsen. Es tat schon gut, mit einem alten Kumpel den Mond anzuheulen. Na ja, sie hätten die letzte Flasche wirklich nicht mehr unbedingt leeren müssen.

Er steuerte auf den Anleger zu, hinter dem sich ihr Lagerhaus erhob. Das Wasser stand hoch, ein Boot entlud gerade Ware. Er erkannte Sam mit seinen blöden Kniestrümpfen und einem Schreibblock in der Hand. Dann sah er die kräftige Gestalt von Dennis, der gerade aus dem Kontor heraustrat. Irgendwann musste er dem Jungen erklären, welche Rolle er wirklich in ihrer Firma spielte. Aber das hatte noch Zeit. Wenn er es ihm jetzt schon sagte, würde der Bengel überhaupt nicht mehr auf ihn hören. War jetzt schon nicht einfach. Na ja, er hatte eben etwas von seinem Vater. Aber Dennis würden sie nicht reinlegen, dafür würde er, Charly, The Count, schon sorgen.

Das brachte ihn wieder in die Gegenwart zurück, und seine Stimmung verdüsterte sich wieder. Über die verdammte Geschichte, die ihm so viel Sorgen bereitete, hatte er überhaupt nichts rausgefunden.

Charly schlug das Steuer ein, kurz bevor die *Princess* den

Anleger erreichte. Mit sanftem Schwung tickte ihre Bordwand an die Pfosten. Er warf das Seil hinüber, das Dennis geschickt auffing und festzurrte. „Alles klar, Dennis?“, fragte er eher beiläufig, als er den Dampf abließ. Aber der Junge sah ihn nur stumm an.

Charly begriff und fragte nur: „Okay, was ist los?“

Dennis antwortete mit dem Satz, den Charly am meisten hasste: „Chief, wir haben ein Problem.“

Zwischentöne

Das Siegel des Leoparden erreichte Nembe an einem Sonntagvormittag. Zu diesem Zeitpunkt saß Pater Bubendorff allein in seiner Kirche, in der Hand die abgegriffene Bibel, und starrte auf das Holzkreuz an der weiß gekalkten Stirnwand seiner Kirche. Ohnmächtig hatte der deutsche Geistliche, der in Basel ausgebildet und im Auftrag der englischen Christian Mission Society nach Afrika gesandt worden war, miterleben müssen, wie das Werk seines jahrelangen Schaffens im Delta in wenigen Wochen zerronnen war.

Anfangs waren es nur verstohlene Blicke gewesen, Augen, die ihm auswichen, wenn er in seinen Predigten von der Gnade des Evangeliums sprach. Dem gemeinsamen Gesang war nach und nach die Begeisterung abhanden gekommen. Die Lücken in den Sitzreihen wurden breiter, die Fragen bohrender. Warum Jesus es zuließe, dass die, die an ihn glaubten, Hunger leiden müssten.

„Oh, ihr Kleingläubigen", rief der Pater. „Jesus hat Schlimmeres erlitten und doch nicht am Herrn gezweifelt."

Das wäre seine Angelegenheit, schließlich hätte er auch keine Kinder gehabt, die gefüttert werden wollten.

„Wie? Jesus hatte keine Kinder?" Einigen der älteren Chordamen war die Kinderlosigkeit des Erlösers bisher gar nicht klar gewesen. Auch wenn nie von Kindern die Rede gewesen war, hatten die meisten angenommen, dass ein so beliebter Priester wie Jesus doch einiges an Nachkommen in die Welt gesetzt hätte. Die jüngeren Katechisten wiederum, die die Evangelien ausgiebig studiert hatten, empörten sich über diese willkürliche Interpretation der Heiligen Schrift. Ehe der Pater eingreifen konnte, war eine hitzige Diskussion über die Vereinbarkeit von Frömmigkeit und Elternschaft entbrannt.

Aber die kleine Gemeinde in Nembe litt nicht nur unter inneren Konflikten. Seit dem Tod des alten Königs hatte sich die Stimmung unter den übrigen Bewohnern von Nembe verändert. Angespornt von dem Hass des Juju-Meisters Black Foobra, waren die Christen immer häufiger angefeindet worden. Es hieß, sie verrieten den Glauben ihrer Vorfahren. Sie würden den Gott der Weißen im Herzen tragen. Der Gott, der den Brass Land und Brot raubte. Es fehlte nicht mehr viel, dass sie offene Feindseligkeiten zu gewärtigen hatten.

Ohnehin schon zermürbt von diesen Angriffen, mussten die Getauften dann auch noch Hohn ertragen. Was das denn für ein Gott wäre, der sich von seinen Feinden besiegen lasse? Wie, der wahre Sieg erfolge nach dem Tode? Nun, da könne ihnen geholfen werden. Einer nach dem anderen blieben die Christen den Versammlungen in Bubendorffs Kirche fern. Stattdessen folgten sie wieder den Gesetzen der Fetischmänner. Die waren zwar auch nicht gerade lustig, aber sie vermittelten einen trotzigen Stolz, der einen wohltuenden

Gegensatz zur christlichen Demut bildete. Außerdem befanden sie sich wieder im Einklang mit all jenen, die sie seit ihrer Kindheit kannten.

Und mit ihrem König.

König Koko, dessen Ungewissheit seit der ersten Nachricht des Mannes aus Amaighbo endlich vorüber war, bereitete dem Siegel des Leoparden einen Empfang, wie er solch einem machtvollen Symbol gebührte. Davon bekam der Pater, der den Hof des neuen Königs mied, allerdings nichts mit. Nur die Stille fiel ihm auf an diesem Sonntagmorgen. Die Stille der Trommeln.

Er hatte es bisher nicht groß beachtet, da es wegen der vermehrten religiösen Aktivitäten in seiner Nachbarschaft kaum noch eine Stunde gab, in der nicht irgendwo getrommelt wurde. Jetzt aber, da er in seiner leeren Kirche saß, fiel ihm auf, dass diesen Trommeln etwas Eigenartiges beiklang. Es war ein dunklerer Schlag, als der Pater ihn kannte, der stets in dem gleichen, monotonen Rhythmus blieb. Seit Stunden. In einem dumpfen, drohenden Rhythmus, in dem die ganze Stadt den Atem anzuhalten schien.

Die Stille der Trommeln.

Der Pater erhob sich von seiner Bank, trat durch die geöffnete Tür und ging hinaus auf den kleinen Platz vor seiner Kirche, über den ein Windstoß rötlichen Staub und trockenes Laub hinwegwirbelte. Das Erste, was ihm auffiel, war, dass er nicht eine einzige Frau auf der Straße sah. Auch keine Kinder. Nur ein paar Männer, die aber gleich darauf in ihren Höfen verschwanden. Plötzlich fröstelte den Pater. Irgendetwas näherte sich. Etwas Unheilvolles.

Die Klänge, die er als Nächstes vernahm, ganz leise und fern zuerst, schienen ihm von himmlischer Reinheit, so hell und klar waren sie. Sie kamen vom Fluss her, als schwebten sie über das Wasser der Stadt entgegen. Dann aber durchbrach ein dissonantes Röhren ihre Zartheit. Das eine Geräusch schien dem anderen zu folgen, als kämen sie in zwei Booten daher. Bald danach hörte der Pater ein weiteres, dumpferes Geräusch, das den vorangehenden folgte. Eine Trommel, nein, mehrere, deren Ton jetzt durch die diesige Luft heranwehte. Anders als die dunkle Trommel oben in der Stadt klangen diese trockener, härter, gewalttätiger.

Pater Bubendorff sah die rötliche, von tausend Füßen zertretene Straße hinunter. Eine eigenartige Ruhe überkam ihn. Er wusste, dass all das, was er immer gefürchtet hatte, nun eintreten würde. Die seit langem nahende, aber immer unsichtbare Gefahr zeigte endlich ihr Gesicht. Oder besser: ihre Fratze. Denn das würde es sein, die Fratze des Bösen.

Mit klarem Verstand identifizierte der Pater die Klänge, noch bevor deren Verursacher um die Biegung unten am Fluss kamen. Der helle Klang war eine Metallglocke, die, in der Hand gehalten, mit einem Klöppel geschlagen wurde. Das Röhren kam von einer Art Trompete aus Bambusrohr. Und jetzt erkannte er auch, dass den Trommeln ein weiterer dumpfer, nervenzerfetzender Ton unterlegt war. Ein *bull roarer*, dachte er grimmig. Da inszenierte jemand ein ganz großes Theater.

Als die ersten Gestalten auftauchten, war Bubendorff der Letzte, der auf der Straße stand. Der kleine Mann aus Baden-Württemberg sah aufrecht dem bösen Geist entgegen, der da aus den Sümpfen emporkroch.

Alle waren sie in der einen oder anderen Weise maskiert. Als Erstes kamen zwei Männer in Grasumhängen, die die doppelköpfige Glocke schlugen. Sie sprangen auf der Straße hin und her, als wollten sie die letzten Neugierigen vertreiben. Ihnen folgte ein Trupp Bewaffneter, die in zwei Reihen die Straße abschritten und in jeden Hof spähten. Der Geistliche sah seinen Verdacht bestätigt, diese unheilige Veranstaltung scheute die Zeugen. Er straffte seine Schultern.

Als würden die Gewehrträger nicht genug Schrecken verbreiten, kam nun der Mann mit dem *bull roarer*, der sein hohles Holzrohr an einem langen Band durch die Luft sausen ließ. Es war, als fegte er die Straße von den letzten Blicken frei. Sein Oberkörper war nackt, Schweiß lief an ihm herab. Sein Gesicht war hinter einer Holzmaske verborgen.

Der Mann, der ein Stück hinter ihm die Straße emporschritt, trug einen Umhang, der den ganzen Körper bedeckte und mit einem silbernen Band an seiner Stirn befestigt war. In den Händen hielt er etwas, das etwa so lang wie ein Gewehr und in ein Tuch gehüllt war. Dieser Mann stellte erkennbar den Mittelpunkt der Prozession dar. Ihm folgten nur noch, wie ein Wall aus Lärm, die Trommler.

Bubendorff spürte die Feindseligkeit wie eine Welle, die vor den Männern die Straße hochrollte. Er packte mit schweißnassen Händen die Bibel. Was immer diese Höllenwesen vorhatten, er war bereit.

Schon die beiden Männer mit den Glocken machten bei ihrem Vorbeimarsch bedrohliche Ausfallschritte in seine Richtung. Ihre drohenden Rufe kamen wie dumpfes Bellen unter den Grasmasken hervor. Der Pater hielt ihnen mit verächtlichem Blick stand. Dann kamen die Soldaten.

Natürlich waren die schon längst auf ihn aufmerksam geworden, hatten sich mit Blicken und Gesten untereinander verständigt. Die Reihe auf seiner Seite der Straße kam jetzt in schnellem Lauf zu ihm vor. Sofort war er umringt von Waffen schwingenden Männern, die auf ihn einbrüllten.

„Geh fort!“, schleuderten sie ihm in dem Idiom der Deltabewohner entgegen. „Geh fort, weißer Mann. Oder du bist des Todes.“

Der Pater riss die Arme hoch, die Bibel mit ausgestreckten Händen den Feinden entgegenhaltend, rief er: „Weiche von mir, Satan! Weiche von mir!"

Die Männer mit den Gewehren sahen verblüfft auf das kleine, ledergebundene Buch, das der Weiße ihnen entgegenreckte. „Will er uns etwa damit schlagen?", fragte einer seinen Nebenmann. Der zuckte die Achseln und meinte nur: „Damit kann er ja nicht einmal meine kleine Schwester erschrecken."

Den Pater durchströmte ein Gefühl wilden Triumphes. Diese Wilden schreckten vor dem heiligen Buch zurück. Ja, er war Gottes Gesandter, er war der Fels, an dem das Böse sich brechen würde. „Weichet zurück", rief er immer wieder, und als er ihre verstörten Gesichter sah, als er erkannte, welche Macht in seinen Worten und Gesten lag, da quoll es wie eine Fontäne in ihm empor. Hoch riss er die Arme in die Luft, hielt das heilige Buch dem düsteren Himmel entgegen und lachte und lachte, dass es das Trommeln, das Glockengetön und das Röhren übertönte.

Die Männer, die das Siegel des Leoparden geleiteten, tauschten verstohlene Blicke, schüttelten die Köpfe und ließen ab von dem verrückten Weißen. Wenn ein Geist in einen Mann hineinfuhr, tat dieser seltsame Dinge. Das war nicht immer zu verstehen. So berichteten sie es auch dem König, nachdem das Siegel des Leoparden in Kokos Palast angekommen war. Der Monarch versank in düsteres Nachdenken. Er hätte den weißen Priester gerne vertrieben. Aber jetzt war er nicht mehr sicher, ob das die richtige Lösung war. Es spukten zu viele fremde Geister umher in letzter Zeit. Das passte Koko nicht, der begriff, dass er auch als König wenig Einfluss auf diesen Teil der Lebens hatte. Außerdem hatte der Christenpriester das Eintreffen des Siegels miterlebt. Es war nicht auszuschließen, dass er die Bedeutung dieses Ereignisses erkannte. Ihn deswegen umzubringen, wäre zwar ein gewisser Genuss, könnte aber ihre weiteren Pläne empfindlich stören. Der König der Brass kam zu dem Schluss, dass er den weißen Priester noch brauchen könnte. Und sei es, um sich an seiner Empörung zu ergötzen.

Er hob in träger Geste seinen Kopf, um zu entscheiden, wen aus seinem Hofstaat er mit dieser Aufgabe betrauen sollte. Prompt fiel sein Blick auf den Mann, dessen idiotisches Verhalten ihn schon mehrfach geärgert hatte.

Pater Bubendorff war nach der äußerst aufwühlenden Begegnung mit den Fetischmännern in seine Kirche zurückgekehrt, um Trost und Erholung im Gebet zu suchen. Die Euphorie, die er in der Konfrontation empfunden hatte, war verflogen. Er begriff, dass von nun an nichts mehr so sein würde wie früher. Auf seine Weise hatte er diesen scheußlichen Ort gemocht. Aber nun kam er sich einsam und verlassen vor. Der Teufel war in seine Stadt gekommen.

Der Pater richtete sich auf, als er Schritte den Gang entlangkommen hörte. Er wandte sich um und sah einen Mann mit einem schwarzen Bowler auf dem Kopf. Er sei der Bote des Königs, verkündete der Fremde, nachdem er mit seinem Stock auf den Boden geklopft hatte. Der weiße Priester habe, so verkündete er, gegen das Gesetz verstoßen. Niemandem, der nicht *egba* sei, wäre es erlaubt, die Prozession des Boten der *egba* zu sehen.

„Woher soll ich denn wissen ...“, begann der Pater ärgerlich, aber der Sprecher des Königs fuhr ungerührt fort: „Der Weiße wird in seinem Haus bleiben. Er darf mit niemandem reden. Der König wird über ihn Gericht halten.“

Ehe der Pater irgendetwas dazu sagen konnte, wandte der Bote sich ab, kratzte heftig an seinem Kopf und verließ die Kirche wieder.

Pater Bubendorff begriff, dass er ein Gefangener war.

Auf dem Fluss

Eine Fahrt flussaufwärts ist auch immer eine Reise in die Entstehungsgeschichte des Deltas. An verschiedenen Punkten des Flusses kann man nämlich erkennen, wie aus Wasser Land entsteht. Den Anfang bildet immer eine Schlammbank. Auf der landet dann irgendwann ein Mangrovensamen und geht auf. Damit ist die Sache schon getan.

Das leise Tuckern der *Princess*, die mit der einsetzenden Flut den Bonny-Fluss hinauffuhr, schien von der feuchten Luft regelrecht verschluckt zu werden.

Nicht ganz natürlich, aber ein Anfang ist gemacht, trug Mary noch in ihr Notizbuch ein, bevor der Zauber des Flusses sie wieder gefangen nahm. Wie eigenartig, dachte sie, dass es am Tage immer stiller ist als in der Nacht. Sie lehnte sich in dem Korbstuhl zurück, den Charly ihr vor das Ruderhaus gestellt hatte, und ließ ihre Gedanken wandern. Das Wiedersehen mit Cap'n Charly war einer der peinlichsten Momente in ihrem Leben gewesen.

Aber das war nicht ihre Schuld.

Schuld daran war Louis.

Wie hätte sie auch ahnen können, dass dieses Tier ...? Sie wurde jetzt noch rot, wenn sie daran dachte. Nein, wirklich, wenn sie es genau bedachte, war es reine Boshaftigkeit gewesen. Sie hatte ja mittlerweile einiges über den Geisterglauben der Brass erfahren, und seit dem gestrigen Abend war sie geneigt zu glauben, dass bestimmte Menschen nach ihrem Ableben von bestimmten Tieren Besitz ergreifen. Vor allem besonders bösartige Menschen. Ein solcher musste es sein, der nun in Louis, dem Flughund, sein unheilvolles Wesen trieb.

Es war kurz vor der Dämmerung gewesen, noch zu hell, um eine Lampe anzuzünden, doch das Licht nahm bereits jenen blassen Ton an, der die baldige Nacht ankündigte. Sie war gerade dabei, ihre Papiere zu sortieren, als sie die Bewegung aus ihren Augenwinkeln heraus wahrnahm. Natürlich wusste sie, dass Flughunde nachtaktive Tiere waren, und sie hatte sein Abendmahl auch schon vorbereitet. Sie nahm die Schale mit den Mangostücken und näherte sich dem Tier, das, obwohl es die Augen noch geschlossen hatte, bereits den zarten Körper unter der ledrigen Haut seiner Flügel reckte. Sie hielt ihm ein Stück vor die Nasenlöcher, die wie kleine Trompeten geformt waren, und sofort sog es das süße Aroma der Frucht ein. Während die kleinen, scharfen Zähnchen an dem Mangofleisch knabberten, betrachtete Mary den zarten Kopf mit dem bräunlichen Fell und den schwarzen, spitzen Ohren. Eigentlich ein niedliches Tier, dachte sie, nur die tintenschwarze Haut der Flügel rief den gruseligen Effekt hervor, der Bram Stoker wohl zu seiner unheimlichen Erzählung inspiriert hatte. Aber Mary, die als Naturwissenschaftlerin ganz andere Anblicke gewöhnt war, fand, dass dieses Geschöpf ein Wunderwerk an filigraner Schönheit war. Sie hätte ihm gerne den Kopf gekrault, aber Mathilde hatte ihr erzählt, dass Louis es nicht mochte, wenn man ihn anfasste. Dennoch konnte sie nicht widerstehen. Ganz zart strich sie mit dem Finger über das seidige Fell auf der Stirn des Tieres. Sie tat das von unten, da Louis wie immer kopfüber hing. Daher war es um so irritierender, als das Tier nun die Augen öffnete und sie ansah. Es war aber kein Schrecken in seinem Blick.

„Na, gefällt dir das?“, flüsterte Mary und wiederholte ihre leichte Liebkosung.

Genüsslich blinzelte Louis ihr zu, fast erwartete sie, dass er gleich zu schnurren anfing. Von wegen, er mag es nicht, dass man ihn anfasst, dachte Mary und fühlte sich noch mehr bestätigt, als das Tier nun in wohliger Langsamkeit seine Flügel entfaltete. Unendlich behutsam ließ Mary ihre Fingerspitzen über die Brust und weiter zum Bauch des Tieres wandern. Sie war so sehr gerührt über das Vertrauen, das dieses doch immer noch wilde Tier in ihre Nähe, ihre Stimme, ihre Berührung setzte, dass es ihr erst gar nicht auffiel, welche Reaktionen diese Behandlung noch in ihm auslösten. Als sie es dann sah, konnte sie es nicht fassen. Sie starrte auf das kleine Objekt, kraulte weiter den Bauch darunter. Ein Teil ihres Gehirns erkannte es, ein anderer weigerte sich strikt, es wahrhaben zu wollen. Bis es ihr irgendwann nicht mehr möglich war, diesen Widerspruch aufrechtzuerhalten. Sie musste es sich eingestehen: Louis hatte eine Erektion.

Mit weit aufgefalteten Flügeln und in sorgloser Amoralität präsentierte der Flughund sein Geschlecht, das, abgesehen von seiner Größe, dem eines Menschen verblüffend ähnlich sah. Zumindest soweit sie das beurteilen konnte. Ihre diesbezüglichen Erfahrungen waren eher medizinischer Natur. Als Krankenschwester hatte sie natürlich auch den männlichen Körper kennen gelernt. Allerdings nicht in einem derart virilen Zustand. Sie fragte sich, was Louis wohl zu einer solchen Reaktion veranlasst hatte. Soviel sie wusste, bedurfte es da eines äußerlichen Reizes. Und auch wenn sie heute ihr schwarzes Kleid trug, würde man sie doch wohl kaum mit einer Flughunddame verwechseln können. War es vielleicht die Berührung ihrer Finger? Etwas erschreckt zuckte ihre Hand zurück. Sie wartete ab. Es änderte sich nichts. Louis hielt weiter die Augen geschlossen, die Flügel ausgebreitet, und auch das Volumen des kleinen Phallus minderte sich nicht im Geringsten.

Möglicherweise war es ja ein im Halbschlaf entstandener Reflex. Wer wusste schon, was er gerade geträumt hatte. Träumen Flughunde, fragte sie sich stirnrunzelnd. Wie auch immer, Mary beschloss, das Phänomen von der naturwissenschaftlichen Seite her zu betrachten und studierte interessiert die Anatomie des kleinen Säugeticres, als zwei unterschiedliche Wahrnehmungen gleichzeitig in ihr Bewusstsein drängten. Die eine entstand, als sie sich kurz Louis' kauzigem Gesicht zuwandte und den etwas irrwitzigen Eindruck bekam, dass seine kleine Schnauze sich zu einem bösartigen Grinsen verzogen hatte. Die zweite war gänzlich anderer Natur: Sie hörte die Tür aufgehen.

Es hätte ihr eigentlich klar sein müssen, was geschehen würde. Bei ihrem Talent für unangenehme Situationen hätte sie es wissen müssen. Dass Charly vor ihr stehen würde, während sie gerade seinen Flughund untersuchte, die Hand halb erhoben, und der kleine Mistkerl ihr fröhlich sein Geschlecht entgegenreckte.

Als sie jetzt auf dem Boot an diesen Moment zurückdachte, stieg ihr wieder die Hitze ins Gesicht. Sie war sicher, dass, wenn Charly auch nur eine einzige spöttische Bemerkung gemacht hätte, auch nur ein anzügliches Grinsen gezeigt hätte, sie den Revolver aus der Tasche gezogen hätte, um entweder ihn oder sich zu erschießen.

Natürlich nachdem sie Louis umgebracht hätte.

Ihr Pirat tat nichts dergleichen. Als er sie dort vor dem Flughund stehen sah, schüttelte er nur leicht den Kopf und stieß ein leises, langgezogenes Pfeifen aus. Augenblicklic wandte Louis seinen Kopf angewidert zur Seite und faltete in einer schon beleidigt wirkenden Geste die Flügel wieder um seinen Körper.

„Das macht er bei den Mädchen auch immer“, sagte Charly nur, als er seine Tasche abstellte. „Es gibt tausende von diesen Viechern an der Küste. Ausgerechnet bei mir nistet sich der einzige Perverse unter ihnen ein.“

Es war nicht sein kleines Lächeln allein, was sie traf, es war das, was sie in seinen Augen las, diese Mischung aus Schmerz und Stolz, aus geronnener Einsamkeit und der Freude, sie zu sehen, dass sie den verrückten Impuls verspürte, ihm um den Hals zu fallen.

„Hallo, Mary“, sagte er mit einer Stimme, die ihr das zurückgab, was sie bei ihrer letzten Begegnung verloren hatte.

„Hallo, mein Cap'n.“

Wenn nun die Schlammbank so hoch ist, dass sie bei Ebbe über den Wasserspiegel ragt, dann kann diese Pioniermangrove wachsen. Allerdings wird sie nur eine klägliche Existenz führen. Man braucht bloß ihre zwergenhafte Krüppelform zu betrachten, um Mitleid mit ihr zu haben. Doch dieser Pflanze schließen sich bald ein paar kühne Mitstreiter an, sie kämpfen gemeinsam. Das Netzwerk ihrer Wurzeln hält immer mehr Schlamm zusammen, ab und an einen Pakken Palmblätter oder sogar treibende Baumstümpfe. Meistens aber gehen die Mangroven ein, bevor sie eine nennenswerte Höhe erreicht haben. Doch selbst im Tod sind sie noch nützlich. Ihre blanken, weißen Stämme bleiben im Schlamm stecken und bilden Netze. Man kann sagen, dass diese heldenhaften Pioniermangroven ihr Leben hingeben, um die Schlammbank für die Kolonisation vorzubereiten. Denn da-

durch können andere Mangroven mit der Zeit kolonisieren und langsam wachsend ihr Territorium ausdehnen. Die Schlammbank wächst dabei mit.

Nach und nach änderte sich der Bewuchs des Flussufers. Zwar gab es immer noch Einbuchtungen, in denen Mangroven auf die Flut warteten, aber dann tauchte ein dichter Wald aus Bambusgehölz auf. Mary erkannte Weinpalmen, die sich dicht am Wasser erhoben. Manche dieser Bäume wiesen Büschel rosabräunlicher Triebe auf, die wie Blumen aussahen. Dann wieder entdeckte sie die rankende Kletterpalme, an der ganze Trauben hellroter Beeren hafteten. Große, weiße Blüten hingen herab, deren dschungelschwerer Duft sie betäubte. Marys Sinne tranken aus vollen Zügen diese Flut an Eindrücken.

Längst hatte sie das Gefühl, die bekannte Welt hinter sich gelassen zu haben. Mit jeder Biegung des Flusses entfaltete sich eine neue Szenerie. Diese Kehren waren so scharf, dass, wenn sie zurücksah, nur noch eine Mauer aus Grün erblickte. Und den silbrigen Streifen, den die Schiffsschraube der *Princess* in die wie polierte Bronze schimmernde Oberfläche des Wassers schrieb. Wie ein störrisches Kind tanzte das kleine Beiboot in der Heckwelle.

Sie hatte ihr Molesquin-Notizbuch auf dem Schoß, das Tintenfass in der einen, die Feder in der anderen Hand. Aber wie sollte sie diese Fülle beschreiben? Ihre Sätze kamen ihr dünn und spärlich vor angesichts der überquellenden Natur. Konnte sie denn dem, was sie erlebte, in ihren Beschreibungen überhaupt gerecht werden? Aber dann fiel ihr ein, dass sie einmal ein Gedicht gelesen hatte, sie wusste nicht mehr von wem. Aber es handelte von einem Wanderer, der aus einer überwältigenden Berglandschaft in ein Tal herabstieg. Auf die Frage der Bewohner des Tales, wie es denn sei, dort oben, griff der Wanderer nur in seine Tasche und zog eine kleine Blume hervor. Diese Blume hatte noch keiner der Leute gesehen, denn sie kam aus dem Reich der großen Berge.

„Ich sage dir, wir müssen auf diese verdammten Ventile aufpassen."

„Die Ventile, Cap'n?"

„Du weißt doch, was ein Ventil ist?"

„Ich weiß, was ein verdammtes Ventil ist."

„Du sollst nicht fluchen. Sonst endest du noch wie dieser Trunkenbold aus Abeokuta."

Mary lauschte mit einem Ohr den Stimmen von Charly und Dennis, die im Heck des Bootes über die Wartung der Maschine stritten. Der Ton, in dem die beiden miteinander umgingen, war ziemlich kurios. Manchmal wusste sie nicht, ob da ein Chef mit seinem Untergebenen stritt oder ein Vater mit seinem Sohn. Auf alle Fälle hatte es Charly nicht einfach mit diesem schlitzohrigen Gehilfen.

Am Rande des Inselsumpfes – der sich an einigen Stellen bis zu hundert Meilen erstreckt – kann man das Ende dieses Prozesses sehen. Hochgewachsene Mangroven haben den Schlamm stärker ausgetrocknet, als für sie selbst zuträglich ist. Das brackige Wasser der Flut – einerseits der Feind, wenn es zu hoch oder zu salzhaltig ist, andererseits die Lebensgrundlage – kann die Wurzeln nicht mehr erreichen.

Auf dem Schlamm siedeln sich Palmbäume vom Festland an, die in der Frühzeit ihrer Kolonisationsphase ähnlich mühselige Stadien durchmachen. Als Erstes kommt die Stechkiefer, dann die Weinpalme und verschiedene Kriechpflanzen und schließlich die Ölpalme. Da ihre abgestorbenen Teile größer sind als die der Mangroven, entsteht ein besserer Boden. Diese Pflanzen arbeiten schneller, und bald hat für die Mangrove das letzte Stündlein geschlagen. Der Salzwasserspiegel liegt zu tief, die Mangrove stirbt. Und ein neues Stückchen Afrika ist entstanden.

Es tat so unendlich gut, hier zu sein. Alle Unruhe war von ihr gewichen. Sie hatte das atemberaubende Gefühl, angekommen zu sein. Ohne dass dies ein Ende darstellte. Es war einfach nur so, dass diese sie antreibende, innere Stimme schwieg. Sie wusste, dass sie dort war, wo sie hingehörte. Auf dem Wasser.

Deine Reise wird wie ein Fluss sein, hatte der Sänger damals gesagt.

Sie sah auf, als Charly um das Ruderhaus herum nach vorne kam. Er sei wohl gerade noch rechtzeitig zurückgekommen, hatte er gestern angemerkt: „Dennis hätte Sie vermutlich auf dem nächsten Markt verkauft."

Das allerdings glaubte sie ihm nicht. Sie fühlte sich sehr gut aufgehoben bei diesen beiden Männern. Nun stellte er sich neben sie, verschränkte die Arme und sah mit etwas schräg gelegtem Kopf auf ihr Notizbuch hinunter.

Mary schloss das Tintenfass und hielt ihm das Buch hin: „Möchten Sie es lesen? Das wäre mir sehr recht. Ich möchte nichts Falsches erzählen."

„Später. Erzählen Sie mir lieber nochmal von dem deutschen Gouverneur."

„Wie ich schon sagte, er wusste von dem Siegel, so nannte er es. Aber es handelte sich ohne Zweifel um den Stab, den wir in Calabar gesehen haben. Und er hat den Mann auf seinem Schiff getroffen, für den das Siegel gedacht war."

„Na Ubani", sagte Charly nachdenklich.

„Ich glaube, von Puttkamer hielt das für einen Namen. Er wusste nicht, dass damit jemand bezeichnet wird, der aus Bonny kommt."

Charly wiegte den Kopf: „Ganz so einfach ist das nicht. Es

hat schon seine besondere Bewandtnis mit dieser Formulierung. Ursprünglich besagt sie genau das: aus Bonny. Aber sie ist irgendwann zu einer Art Titel geworden. Wenn man heute von dem Mann aus Bonny spricht, dann ist damit entweder König JaJa gemeint, oder es ist eine Anspielung auf ihn. Ersteres kann nicht der Fall sein ..."

„Wieso?", unterbrach Mary.

„JaJa ist tot."

„Sicher?"

„Ganz sicher, ich war auf seiner Beerdigung."

Mary schossen die Bilder von der Beerdigung in Bonny durch den Kopf, aber sie vermied es, eine spöttische Bemerkung zu machen. Von JaJa hatte sie schon einiges gehört, allerdings nicht von Charly. Der hielt sich bei der Erwähnung dieses Namens immer sehr zurück. Mary spürte, dass die beiden Männer sich sehr nahegestanden hatten.

Sie erinnerte sich an das, was Sir Claude ihr erzählt hatte, zwei Männer und ein großer Bluff, den einer von ihnen nicht überlebt hat.

„Die Sache mit dem Deutschen gefällt mir nicht. Ich kenne keinen pockennarbigen Händler aus Bonny. Da stapelt jemand verdammt hoch. Hat von Puttkamer gesagt, was der Mann von ihm wollte?"

„Nein, aber es passte ihm nicht, dass ich danach gefragt habe."

„Das kann ich mir denken. Vor ein paar Jahren hat ein deutscher Händler namens Hoenigsberg beim König von Nupe gegen die Royal Niger Company intrigiert. Es hat Goldie einen Haufen Geld gekostet, das wieder geradezubiegen. Hoenigsberg gab an, dass er auf eigene Rechnung arbeitete. Aber es war offensichtlich, dass von Puttkamer dahintersteckte." Charly setzte sich auf die Reling. „Merkwürdig war nur, dass ich Hoenigsberg danach in Opobo gesehen habe. Kurz bevor König JaJa verschleppt wurde."

„Der Gouverneur sagte, dass einer seiner Leute ihm schon vor ein paar Jahren von diesem Siegel erzählt hat. Nur deswegen hat er die Geschichte ernst genommen. Meinen Sie, dass die Deutschen JaJa verraten haben?" Mary war schon wieder Feuer und Flamme, sie fand es großartig, dass bei Charly die Dinge immer gleich die Dimension einer Verschwörung annahmen.

„Wohl kaum", gab Charly zurück, „immerhin war JaJa der größte Widersacher der Company. Warum sollten die Deutschen ihn aus dem Weg haben wollen. Interessant ist nur, dass einer der konstruierten Anklagepunkte lautete, er wolle sein Land an die Deutschen verkaufen."

„Das war aber nie seine Absicht, oder?"

„Eher hätte JaJa den Deutschen ihre Kolonie abgekauft." Charly rieb sich den Nacken: „Sie müssen mich für einen schönen Spinner halten. Irgendwie nehmen bei mir die Dinge immer gleich die Dimension einer Verschwörung an."

„Aber nein, ganz und gar nicht", sagte Mary schnell. Sie räusperte sich und fragte: „Sie waren wohl gut mit diesem JaJa befreundet, nicht wahr?"

„Na ja", meinte Charly und sah über ihren Kopf hinweg Richtung Ruderhaus, wo Dennis hinter verschlierten Scheiben am Steuer stand. „Soweit man mit einem König befreundet sein kann."

„Aber er war doch nicht immer König."

Charly bedachte sie mit einem nachdenklichen Blick.

„Wissen Sie", sagte er dann, „es gibt Könige wie George Peppel, Boy George, wie wir ihn früher immer nannten, oder Archibong aus Calabar, die könnten auch etwas anderes sein. Archibong hätte zum Beispiel auch ein Schnaps- und Tabakhändler werden können. Das Schicksal oder die Herkunft hat sie halt zu Königen gemacht, und es ist ja auch nicht der schlechteste Job. Aber dann gibt es Menschen, die werden entweder König, oder sie werden umgebracht."

„Und so ein Mensch war JaJa."

„Der hat beides geschafft", meinte Charly trocken. „Was für ein Schlag Mensch ist denn dieser von Puttkamer?"

Mary dachte eine Weile nach. Sie hatte Charly von der extravaganten Entourage des Gouverneurs erzählt. Das hatte er mit einer Handbewegung abgetan, offenbar nahm er dieses Gehabe nicht sonderlich ernst. Sie hatte sich kurz gewundert, dass sie über diese Reaktion erfreut war. Vielleicht weil Charly der polygamen Situation keinen Reiz abgewann? Möglich, aber das war es nicht allein. Es wäre sehr leicht für ihn gewesen, sich mit einer geschickten Replik für ihr Verhalten in Calabar zu revanchieren. Indem er das nicht tat, zeigte er ihr, dass es nichts gab, wofür sie hätte Abbitte leisten müssen. In dieser kleinen Geste erkannte sie seine Großherzigkeit. Und das freute sie.

Tatsächlich führte sie von Puttkamers Verhalten auch auf seine übertriebene Eitelkeit zurück. Dennoch würde sie ihn deswegen nicht unterschätzen. Der Mann verfügte ohne Zweifel über großes Durchsetzungsvermögen.

„Überheblich", sagte sie schließlich, „charmant. Von grenzenlosem Ehrgeiz, sicherlich absolut rücksichtslos, wenn es sein muss. Aber auch klug genug, das zu verbergen, wenn es ihm opportun erscheint."

„Ein Raubtier?"

Mary nickte: „Ein Wolf."

„Er hat Sie nicht gefressen", meinte Charly mit einem kleinen Lächeln.

„Vielleicht war er nicht hungrig." Mary mochte es, wenn Charly lächelte.

„Vielleicht war es ihm ja auch zu riskant."

„Ich beiße doch nicht jeden."

„Sagen Sie bloß, das war jetzt ein Kompliment?"

„Machen Sie mir doch mal eines."

Einen Herzschlag lang geschah nichts. Der Zeitraum, in dem das Boot sich einen Meter oder zwei durch das Wasser drängte, in dem hinter Charlys Rücken ein Stück dunkelgrünes Ufer vorbeizog. Dann sagte er ernst: „Vor diesen Augen gehen selbst Engel in die Knie."

Mary spürte, wie etwas durch ihren ganzen Körper zog. Es war natürlich ein übertriebenes Kompliment, aber in seinen Augen erkannte sie, was an der Bemerkung ihm ernst war. Wieso hatte sie so weit reisen müssen, um dies zu erfahren?

„Danke", erwiderte sie leise und wandte ihren Blick nach vorne, wo der Fluss bereits wieder eine Kehre für sie parat hielt. Geschickt steuerte Dennis die *Princess* durch den tiefsten Teil der Fahrrinne.

„Wann werden wir in Ohambele ankommen?", fragte sie, ein wenig aus Verlegenheit, weil sie nicht wusste, wie sie nun reagieren sollte. Das, was hier gerade geschah, war für sie so unbestimmbar wie das Wasser, auf dem sie fuhren.

„Vor Einbruch der Dunkelheit", antwortete Charly. „Wenn nichts dazwischenkommt", fügte er hinzu.

Wieder legte sich Schweigen über sie, aber es war nichts Trennendes darin. Gemeinsam lauschten sie den Geräuschen des Deltas, in das ihr Boot sich mit leisem Stampfen hineinbewegte.

„Sagen Sie, Mary ...", begann er langsam.

„Ja?", fragte sie und wagte dabei noch nicht, ihn wieder anzusehen. Aber ehe Charly weiterreden konnte, vernahmen sie Dennis' Stimme, die ihnen zurief: „Hey, Cap'n!"

„Was gibt's?", fragte Charly.

„Mit dem Wasser stimmt etwas nicht."

„Mit dem Wasser?" Charly sah stirnrunzelnd auf den Fluss hinunter. „Was ist denn mit dem Wasser?"

„Es schäumt."

„Was soll das heißen, es schäumt?", fragte Charly verärgert. Dann sah er auf das Wasser vor dem Boot, sah weiter den Fluss hoch, bis zur nächsten Biegung. „Verdammt, du hast Recht. Langsam da vorne."

„Ist klar, Chief."

„Ist klar, Chief", wiederholte Charly murmelnd, so dass Dennis es nicht mitbekam. „Tu bloß nicht so, als wenn du dir groß etwas sagen lässt." Dabei ließ er aber den Fluss keinen Moment aus den Augen.

„Was ist denn mit dem Wasser?", fragte Mary, die sich aus ihrem Stuhl erhoben hatte und nun neben Charly den Fluss entlangspähte. Sie bekam keine Antwort.

Langsam tastete sich die *Princess* um die nächste Biegung, eine breite Sandbank umfahrend. Kaum dass der nächste Abschnitt vor ihnen lag, sahen sie es.

„Da soll mich doch der Teufel holen", stieß Charly hervor, während Dennis das Tempo drosselte, um schließlich mit einer Gegendrehung der Schraube das Boot zum Stillstand zu bringen.

Etwa fünfzig Yard hinter der Kehre, dort wo der Fluss sich verengte, waren mehrere größere Bäume ins Wasser gestürzt und bildeten eine Barriere, an der die *Princess* unmöglich vorbeikommen konnte. Der Fluss drängte sich schäumend durch das Astwerk. Es war diese Unruhe im Wasser, die Dennis bereits eine Biegung vorher erkannt hatte.

„Jetzt weiß ich, was Sie meinten", sagte Mary.

„Wie bitte?" Charly schien in Gedanken versunken.

„Als Sie sagten, wenn nichts dazwischenkommt."

„Ach so, ja, ja."

Mary sah ihn von der Seite an. Charly begutachtete mit gerunzelter Stirn die Sperre.

„Das ist ein umgestürzter Baum", sagte Mary schließlich. „So etwas kommt doch mal vor."

Charly wiegte mit dem Kopf. Dennis kam aus dem Ruderhaus nach vorne. Charly wies mit der Hand auf eine Stelle am Ufer. Dennis nickte und sagte: „Verdammt."

„Wäre einer der Herren so freundlich", begann Mary etwas gereizt, „die unwissende, weiße Frau darüber aufzuklären, was diese Gesten und Grunzlaute zu bedeuten haben."

„Sieht die unwissende, weiße Frau den zerfetzten Stamm dort am Ufer?" Charly zeigte zur rechten Böschung.

„Hmmh, ja, aber ..."

„Und daneben? Und dort auf der anderen Seite?"

„Das ist in der Tat seltsam, aber ..." Mary war ziemlich ratlos.

„Das heißt ganz einfach, dass dort jemand nachgeholfen hat. Und zwar nicht mit einer Axt." Charly sah Dennis an: „Denkst du das Gleiche wie ich?"

Dennis nickte: „Dynamit."

„Dynamit?", fragte Mary erstaunt.

„Ganz recht. Irgendjemand hat hier mit Dynamit eine Barriere gebaut."

Mary sah Charly von der Seite an. Er sah nicht gut gelaunt aus.

„Ich würde jetzt allmählich wirklich gerne wissen, was, verflucht noch mal, hier eigentlich los ist", quetschte er grimmig zwischen den Zähnen hervor.

„Du solltest nicht so fluchen, Chief", bemerkte Dennis, „sonst endest du noch wie dieser Mann aus Abeokuta."

Jäger und Gejagte

Thaddeus fühlte sich nur noch auf dem Wasser sicher. Er wusste nicht mehr, wann er die Grenze überschritten hatte, jene unsichtbare Linie zwischen dem festen Boden seiner Herkunft und dem Ungewissen dieses neuen Lebens. Aber er war davon überzeugt, dass es seiner wahren Natur entsprach. Auf den Wasserarmen des Deltas erfuhr der Junge aus Ponty-Pant mehr über das Leben und sich selbst, als es ihm in den knapp fünfundzwanzig Jahren seines bisherigen Lebens möglich gewesen war.

Vielleicht war es der Moment, da er die erste Dynamitpatrone zündete; als er sah, wie das Lagerhaus in einer Stichflamme barst und der Boden unter ihm bebte, dass er dem Wasser mehr zu vertrauen begann als dem Land. Seine Sicht war eine andere geworden. War vorher der Fluss wie eine Straße gewesen, deren Sinn darin bestand, dass er von einem Ort zum anderen gelangte, so waren es nun die Wasserwege selbst, auf denen er sich zu Hause fühlte. Das Delta war in seinem Verständnis keine von Flussläufen durchzogene Landmasse mehr, sondern ein Reich des Wassers, in dem das Land nur eine geduldete und auch oft nur vorübergehende Existenz führte.

Manchmal, wenn sie mit der Strömung fuhren und es ausreichte, dass einer von ihnen das Paddel als Steuer benutzte, geschah es, dass er einfach einschlief und auf seinen Träumen dahintrieb, wie es das Boot auf dem Wasser tat. Oder seine Gedanken verloren sich in den glitzernden Lichtkaskaden eines Sonnenaufgangs, tanzten mit den Insekten über dem Wasser oder sprangen leuchtend aus ihm hervor, wie es manchmal morgens die Fische taten. Thaddeus fühlte und dachte mit dem Wasser. Es war sein Freund, mehr noch, es war sein Vertrauter. Und ihm vertraute er sich an. Sich selbst, sein Leben und das seiner Liebsten. Die allerdings setzte weitaus weniger Zuversicht in dieses ungewisse Element.

Eve war ein Wesen der Erde. Die Wärme eines Kochfeuers, Räume voller vertrauter Geräusche, der Duft von gekochtem Yams und scharfem Pfeffer, das war die Welt, in der sie Geborgenheit fand. Das Gefühl, den Boden unter den Füßen verloren zu haben, löste bei Eve keineswegs Wohlbefinden aus, sondern Furcht. Dies umso mehr, als ihr in der Nacht in Otuan, der Nacht, als die Wucht der Explosion ihr durch die Glieder fuhr, ebenfalls einiges klar geworden war. Zum ersten Mal erfuhr sie, welche Macht in diesen unscheinbaren Stangen steckte. Für jemanden, der immer machtlos gewesen war, stellte das eine große Versuchung dar.

Das Entscheidende aber war die Angst, die sie in diesem Moment verspürte, die Angst um das Leben, das in ihrem Bauch heranwuchs. Eve war schwanger. Den Verdacht hatte sie schon seit einigen Tagen, seit dem Ausbleiben ihrer Monatsblutung. Doch als im Nachhall der Explosion ihr Körper regelrecht aufschrie, war sie sich sicher, und sie begriff, dass der Weg der Zerstörung der falsche Weg war. Krieg hatte noch nie etwas Gutes eingebracht, und ein Krieg gegen die Company konnte nicht gewonnen werden. Selbst wenn es ein Weißer war, der diesen Krieg führte. Manchmal, wenn sie beisammensaßen, beobachtete sie ihren Gefährten heimlich. Sie erkannte an seinem starren, versunkenen Blick, wie die Idee, in die er sich verrannt hatte, nun sein Denken und Handeln beherrschte. Oft schon hatte sie bereut, dass sie ihm von dem Vorfall auf dem Hulk der weißen Händler erzählt hatte. Wie schon unzählige Frauen vor ihr kam sie zu dem Schluss, dass es klüger war, den Männern nicht alles zu erzählen. Dass deren so stark erscheinende Persönlichkeit oft viel zerbrechlicher war als die der Frauen. Sie machte sich Vorwürfe, dass sie diejenige war, die ihn zu diesen Taten getrieben hatte. Und auch wenn sie nicht mit allem einverstanden war, brachte sie es doch nicht übers Herz, ihren Geliebten zu verlassen. Im Übrigen, wohin hätte sie auch gehen sollen? Dieses Problem hatten sie beide.

Solange sie auf dem Wasser unterwegs waren, blieben sie unverdächtig. Erst wenn sie Unterschlupf für die Nacht suchten, wenn offenbar würde, dass sie keine Heimat, keine Dorfgemeinschaft hatten, in die sie zurückkehren könnten, hätten sie bohrende Fragen und blankes Unverständnis zu gewärtigen. So hatten sie sich, mit Hilfe eines Kompasses und Eves Gespür für die ineinander verschlungenen Wasserwege, einige Stützpunkte angelegt, durchwegs in verlassenen Dörfern wie Ekowe, von denen es reichlich im Delta gab. In den Jahren, da die Company den Brass ihr Handelsmonopol abgerungen hatte, war es immer wieder zu Zusammenstößen gekommen. Eine beliebte Methode, um sich Respekt zu verschaffen, war der Kanonenbeschuss jener Orte gewesen, deren renitente Bewohner der neuen Hierarchie unnachgiebig gegenüberstanden. Um aber Blutvergießen zu vermeiden, pflegten die Sendboten der britischen Zivilisiertheit den Beschuss einen Tag vorher anzukündigen. Auf diese Weise hatten die Dorfbewohner Zeit genug, sich und ihre Habe in Sicherheit zu bringen und ein paar Meilen weiter schon neue Hütten zu errichten, während hinter ihnen die alten Häuser ganz zivilisiert zusammengeschossen wurden.

Verlassene Orte, leere Stationen, alte Lagerhäuser, es war eine Parallelwelt, in der Thaddeus mit seiner Geliebten Zuflucht fand. Was diese Parallelwelt mit der normalen Welt verband, waren die Wasserwege. Sie waren ein Teil beider Bereiche. Dort fielen sie niemandem auf, wenn sie aus der Welt der verlassenen Dörfer auftauchten.

Es war Eves Idee gewesen, nicht nur das Dynamit, sondern auch die Waffen und die Munition zu bergen. In mehreren Fahrten hatten sie das Versteck der unbekannten Männer geplündert und die Kisten nach Ekowe gebracht. Eve wusste noch nicht, was sie mit dieser Ware anstellen sollten, aber ihr Wert war unbestreitbar. Sie war sicher, dass es ihnen irgendwann gelingen würde, diesen Wert in einen schönen Gewinn zu verwandeln.

Auch Thaddeus hatte noch keinen bestimmten Plan. Als sie das Dynamit gefunden hatten, war es ihm wie eine Antwort auf die in ihm wuchernden Rachegefühle erschienen. Er war zwar kein sonderlich gläubiger Mensch, aber ihm schien manchmal, dass sein Leben einer gewissen Vorsehung folgte, die ihm nun offensichtlich ein probates Mittel zur Verfügung gestellt hatte. Und er beschloss, es zu benutzen. Das Lager in Otuan war nur ein Versuch gewesen. Von der Macht der Explosion war selbst er, der die Wirkung von Dynamit kannte, erschrocken gewesen. Eve hatte geradezu gewinselt vor Angst.

Davon unbeeindruckt hatte Thaddeus entschieden, dass es doch noch einiger Experimente bedurfte, um die Wirkung der blassbraunen Stangen richtig einschätzen zu können. Ihm war klar, dass er in Otuan Glück gehabt hatte. Zum einen, weil das Lager nicht bewacht wurde, zum anderen, weil niemand zu Schaden gekommen war. Darauf konnte er nicht jedes Mal hoffen. Außerdem schien ihm diese Vorgehensweise uneffektiv. Es war schade um das Öl, und die Company würde den Verlust verkraften. Nein, um das verlorene Gleichgewicht der Kräfte wiederherzustellen, musste die Company an ihrer empfindlichsten Stelle getroffen werden. An ihrer Beweglichkeit.

Thaddeus ließ sich von Eve an eine seltener befahrene Stelle lotsen und versuchte sich daran, mit dem Dynamit eine Sperre über den Fluss zu legen. Die ersten Versuche waren entmutigend. Er vergeudete mehrere Stangen damit, Löcher in den weichen Boden zu sprengen, ohne die umstehenden Bäume auch nur im Mindesten zu beeindrucken. Erst an einem Seitenarm des Bonny-Flusses gelang es ihm, ein paar Bäume so über das Wasser zu legen, dass sie eine Sperre bildeten. Er war bereit. Jetzt musste er nur noch die Punkte finden, an denen er die Company am empfindlichsten treffen konnte.

Was er überhaupt nicht bedachte, war, dass man nicht so einfach in der Gegend herumsprengen konnte, ohne bemerkt zu werden. Das Delta war schließlich kein unbewohnter Ort, auch wenn es ihm manchmal so vorkam, da sie beide ja schon seit geraumer Zeit nur in verlassenen Dörfern übernachteten.

Die geringste Gefahr ging dabei von der Polizei der Company aus. Der größte Teil der Truppe irrte ohnehin mit Lugard im Norden umher, ein anderer Teil war in Onitsa gebunden, wo das französische Kriegsschiff sich noch immer nicht hatte blicken lassen. Der Constabler, der den Vorfall von Otuan untersuchte, verfasste einen Bericht und schickte ihn nach Akassa. Dann genehmigte er sich erst einmal ein Bier, es war schließlich Trockenzeit, in diesem Januar 1895.

Die ohnehin gereizten Brass hingegen machte diese unverständliche Serie von Explosionen noch gereizter. Zumal sie nicht die leiseste Ahnung hatten, wer dafür verantwortlich sein könnte. Von dem deponierten Dynamit wusste nur der Alte aus Amaighbo, daher konnten es ihrer Meinung nach nur die Weißen sein, die da neuerdings nicht nur Lager, sondern auch Bäume sprengten. Das machte nach reiflicher Überlegung aber auch keinen Sinn. Irgendjemand kam auf die Idee, diese widersinnigen Ereignisse mit anderen widersinnigen Ereignissen in Zusammenhang zu bringen, zum Beispiel mit dem Geist des weißen Händlers, der nach Aussage eines Würdenträgers am Hofe König Kokos sein Wirkungsfeld mittlerweile weit über Ekowe ausgedehnt hatte. Die ehemaligen Bewohner dieses Ortes hatten ebenfalls dazu beigetragen, den allgemeinen Schrecken noch weiter zu verbreiten. Sie waren immer häufiger befragt worden, was es denn damit auf sich habe. Immerhin hatten sie ihr Dorf verlassen, es musste sich also um einen sehr mächtigen Geist gehandelt haben. Nun konnten die wackeren Männer aus Ekowe ja schlecht sagen, dass sie nur einen Schatten gesehen und ein Heulen gehört hatten. So einfach wären sie sicher nicht zu vertreiben gewesen. Da musste schon etwas mehr her. Und so fügte bald ein jeder den Schauergeschichten etwas Neues hinzu. Der Geist von Joshua Parkes gelangte zu einer Berühmtheit, die den Händler zu Lebzeiten sicherlich gefreut hätte.

So ließ man den Geist sein Geisterdasein führen, auch wenn es alle immer fürchterlich erschreckte, wenn es im Wald knallte, und ließ sich lieber von der Aufregung anstecken, die in Nembe herrschte. Dort war das machtvolle Siegel des Leopardenbundes eingetroffen. Das war das Zeichen, auf das alle gewartet hatten.

Im Übrigen hätten selbst die Brass Schwierigkeiten gehabt, den Lager und Bäume sprengenden Geist zu finden. Denn der lebte ja in den verlassenen Dörfern, den verlorenen Orten, jener Zwischenwelt, in die niemand mehr schaute.

Fast niemand.

Einen Mann gab es, der diese Welt noch besser kannte als

der walisische Renegat. Denn dieser Mann lebte schon seit langem in der Zwischenwelt.

Und er war auf der Jagd nach Thaddeus Hollingworth.

Die Nachricht des Paters

Die Kerze auf dem Tisch warf ein unruhiges Licht in den kahlen Raum. Die stickige Luft war so zäh wie Öl, und dennoch flackerte die Kerze. Mit brennenden Augen starrte der Pater in das zuckende Licht und erkannte darin den Rhythmus der Trommeln, die unablässig durch die Nacht hämmerten. Ihr dumpfes Dröhnen brandete gegen die geweißten Mauern seiner kleinen Kirche an, erfüllte den Gebetssaal und drang bis in die kleine Kammer, die er bewohnte.

Ein Tisch, zwei Stühle, ein Bett. Schreibzeug, ein paar Bücher, eine Kiste mit persönlicher Habe, mehr besaß der Pater nicht. Mehr konnte er nicht vorweisen nach zwei Jahrzehnten Missionsarbeit an der Westküste Afrikas. Nicht einmal mehr eine Gemeinde nannte er sein Eigen. Sie waren alle fort, tanzten zu den Trommeln und feierten ihre heidnischen Götzen. Nur einmal am Tag ließen die Wachen, die draußen vor der Kirche hockten, eine der Frauen mit Essen zu ihm kommen. Frauen aus seiner alten Gemeinde, die nun mit gesenkten Blicken hereinkamen und die Töpfe abstellten. Er hatte ihnen längst vergeben, wusste er doch um die Schwäche der Menschen angesichts des Bösen. Und das war es, was dort draußen seinen trunkenen Sieg feierte, das Böse.

Er hatte es begriffen an dem Tag, da es seinen Einzug in

die Stadt gehalten hatte. Aber er hatte es schon vorher geahnt. Er hatte sein Herannahen gespürt, so wie Tiere den kommenden Sturm spüren. Es war aus den Tiefen der Sümpfe hervorgekrochen, hatte sich durch seinen Gestank verraten, lange bevor es sein Gesicht gezeigt hatte. Und heute hatte es eine neue Seite seiner grauenvollen Natur enthüllt.

Pater Bubendorff hielt mit feuchten Fingern die Schreibfeder umklammert. Das Blatt Papier vor ihm auf dem Tisch wies einen dunklen Flecken auf, dort, wo der Schweißtropfen von seiner Stirn aufgetroffen war. Kaum eine Stunde war es her, dass die Frau es ihm zugeraunt hatte, während sie das Essen vor ihm abstellte. Er kannte sie schon lange. Sie war eine der Ersten gewesen, die er getauft hatte, und eine der Letzten, die zu seinen Andachten gekommen war. Bis auch sie sich den Angriffen der anderen nicht mehr hatte erwehren können. „Schlimme Dinge gehen vor“, hatte sie geflüstert, und der Pater begriff, dass nun die Zeit der Prüfung für ihn gekommen war.

Sein Kopf ruckte hoch, als Schreie durch die Nacht drangen, als Schüsse fielen. Woher die Waffen kamen, hatte die Frau nicht gewusst. Fremde Männer hatten sie gebracht. Viele Waffen. Dann hatte sie ihm berichtet, was König Koko und seine Ältesten beschlossen hatten. Und der Pater begriff, warum Gott ihn an diesen Platz gesetzt hatte.

Jetzt, da er allein in seiner leeren Kirche saß, da er zurückschaute auf ein Leben, das dem Kampf gegen die Unwissenheit geweiht war; jetzt, da er, wie die Kerze auf seinem Tisch, ein Licht in der Finsternis war, da wusste er, dass alles, wirklich alles auf diesen einen Augenblick zugesteuert war. Er würde der letzte Christ in einem Meer aus Heiden sein. Er würde darin untergehen. Aber sein Sterben würde nicht umsonst sein, davon war er überzeugt.

Vorher aber musste er die warnen, die die Gefahr noch nicht erkannt hatten. Aber hatte er sie nicht schon gewarnt? Hatte er nicht unermüdlich auf den drohenden Gewaltausbruch hingewiesen? Doch sie hatten nicht hören wollen, die verblendeten Jünger des Mammons. Hatten ihn ausgelacht. Nun folgte das Gericht.

Nein. Nein. Er schlug die Hände vor das Gesicht. Es durfte nicht sein. Was gingen ihm nur für Dinge durch den Kopf? Ach, wenn doch die Trommeln wenigstens einmal aufhören würden. Sie dröhnten in seinem Schädel, so dass er kaum noch einen klaren Gedanken fassen konnte. Und sie waren nicht alle böse. Waren sie nicht seine Gemeinde gewesen? Er hatte ihre Kinder getauft, mit ihnen unter den Mangobäumen gesessen und in ihren Hinterhöfen Fufu mit scharfer Soße gegessen. Wie sehr sehnte er sich nun nach dem Leben zurück, das er zuvor so oft beklagt hatte.

Der Pater zog ein Tuch hervor und wischte sich den Schweiß aus dem Gesicht. Die Frau war erschrocken zurückgewichen, als er ihr sagte, dass er einen Boten brauchte. Jemand, der seine Nachricht nach Akassa bringen würde. Er selber konnte nicht gehen, die Wachen würden ihn nicht einmal in die Nähe eines Bootes lassen. Die Frau wehrte erschreckt ab, als er sie nach ihrem Sohn fragte. Aber es gab keine andere Wahl. Er kannte Robert, er hatte ihn selbst getauft. Irgendjemand musste die Botschaft überbringen. Und dem jungen Robert Apracassa vertraute er.

Pater Bubendorff wischte sich die Hände an der Hose trocken und griff wieder zur Feder. Er tunkte sie in die Tinte, dann schrieb er: „Brass planen in zwei Tagen Angriff auf das Hauptquartier der Royal Niger Company in Akassa.“ Er hielt inne, überlegte, dann fuhr er fort: „Stellen Sie sicher, dass alle Maßnahmen ergriffen werden, um sie aufzuhalten.“

Doch wie sollte er diese Nachricht unterschreiben? Was, wenn der Bote aufgegriffen wurde? Stünde sein Name darunter, wäre es sofort um ihn geschehen. Zwar glaubte er nicht daran, diesen Ort je wieder lebend verlassen zu können. Aber das hieß ja nicht, dass er sein Leben leichtfertig fortwerfen musste. Schließlich war er Gottes Gesandter, da trug er schon eine gewisse Verantwortung. Im Übrigen stellte er sich seinen Märtyrertod keineswegs so vor, dass er wegen schnöden Verrats angeklagt und verurteilt werden würde. Oh nein, er würde kämpfen bis zum Schluss. „Ein Beobachter", unterschrieb er das Papier. Er trocknete die Tinte, faltete es zusammen und wartete auf den Jungen, der es überbringen sollte.

Unendlich langsam verstrich die Zeit. Der Pater sah zu, wie ein Wachstropfen die Kerze herabperlte. Der Klangteppich der Trommeln verhinderte, dass die sonst so vertrauten Geräusche der Nacht zu ihm drangen. Das Knarzen der Grillen, die dunklen Rufe der Frösche, das Grollen, das Schreien, das Fiepen. Die Nacht war stets voller Geräusche. Manchmal war er hinuntergegangen zum Wasser. Dort trugen sie besonders weit. Es war ihm immer unheimlich gewesen, das Wasser. Diese unendlichen Mengen an Wasser, an tückischer, schlammiger Brühe, der man nie ansah, was sie als Nächstes ausbrütete. Dieses Labyrinth fließender Unbestimmtheit. Er hatte immer gefürchtet, dass eines Tages das Übel daraus hervorkommen würde. Wie oft war er in einem Boot unterwegs gewesen? Es war immer wieder von Neuem eine Qual gewesen. Er traute diesem Element nicht. Es war unberechenbar. Es war düster. Es war heidnisch. Der Kampf des Paters war ein Kampf gegen die Flussgeister des Deltas.

Der junge Mann kam um Mitternacht. Er hatte diese Aufgabe nur widerwillig übernommen. Robert Apracassa war in der christlichen Gemeinde aufgewachsen. Ihm hatte die Feierlichkeit des Gottesdienstes und des Gesangs gefallen, und natürlich auch Jesus. Aber als unter dem neuen König die alten Riten wieder an Ansehen gewannen, hatte er das Christentum zusammen mit dem Gewand des Messdieners wieder abgelegt. Dass seine Mutter ihn nun drängte, dem Pater zu Diensten zu sein, führte ihm seine eigene Wankelmütigkeit vor Augen. Das behagte ihm nicht. Aber seiner Mutter zu widersprechen kam noch weniger in Frage.

Pater Bubendorff hatte von den inneren Konflikten des Jungen keine Ahnung. Er sah nur den ehemaligen Messdiener in ihm, packte ihn an der Schulter und sagte ihm, wie dringlich es wäre, den Brief zu überbringen. Robert nahm den Brief, deutete mit einem verkrampften Nicken die Verbeugung an, die er dem weißen Priester schuldete, und schlich wieder hinaus, vorbei an den Wachen, die sich bereits über die Beute unterhielten, die sie in Kürze machen würden. Vorbei an den Menschen, die das Bündnis mit den Leopardenmännern feierten. Und die Ankunft der Waffen natürlich. Vorbei an den Frauen, die einfach nur zuschauten, wie die Männer sich in Raserei tranken. Hinunter zum Fluss, wo sein Boot lag. Dasselbe Boot, mit dem er schon so manches Fass Öl aus dem Delta herausgeschmuggelt hatte.

Als er sich vom Ufer abstieß und in die Mitte des Stromes steuerte, fragte er sich, wie er seine Botschaft in Akassa an den Mann bringen sollte. „Bring es den Constablern", hatte der Pater gesagt. Aber der Junge hatte keine guten Erfahrungen mit den Constablern der Company gemacht. Wenn er ehrlich war, dann musste er sich eingestehen, dass ihm die Idee, diesen Constablern mit der Waffe in der Hand gegenüberzutreten, wesentlich mehr zusagte, als sie vor der Rache seiner neuen, alten Götter zu warnen. Dabei hatte er nichts gegen den Pater. Der war immer gut zu ihm gewesen. Dennoch brannte ihm das Papier, das er unter den Bund seines Hüfttuches geschoben hatte, wie scharfer Pfeffer auf der Haut.

Während er mit schlafwandlerischer Sicherheit seinen Weg hinab zur Küste fand, versuchte Robert eine Lösung für sein Dilemma zu finden. Es war bereits kurz bevor er in den Nun, den Hauptarm des Nigers einbog, als ihm die rettende Idee kam. Mit einem Mal wusste er, wem er diese Botschaft überbringen konnte. Den Wünschen des Paters würde dies zwar nicht ganz, aber immer noch hinreichend entsprechen, wie Robert befand. Und er würde auf diese Weise der Schmach entgehen, seine Leute, die Brass, an die Company verraten zu müssen.

Mit neuem Elan stach er sein Paddel ins Wasser. Der Mann, an den er dachte, würde wissen, was zu tun war.

Poker

„Und wie haben Sie sich das gedacht mit dem Handel? Also, Sie gehen los, kommen irgendwo in ein Dorf und sagen: Hey Leute, kommt mal alle her. Ich habe hier ... ja, was haben Sie denn, was Sie dort anbieten können?“

Mary beobachtete Charlys Hände, die mit flinken, routinierten Bewegungen die Karten mischten. Vor ihm, auf dem kleinen Tisch im Heck der *Princess,* standen ein halb gefülltes Glas und eine Flasche Glenlivet. Mary hatte abgelehnt, als Charly ihr ebenfalls ein Glas angeboten hatte: „Als ich das letzte Mal mit Ihnen getrunken habe, hätte Lady Sarah mich beinahe auf ein Schiff gebracht und nach Hause geschickt.“

Charly sah sich übertrieben erschrocken um, aber auf dem kleinen Anleger von Elele, wo die *Princess* festgemacht hatte, war niemand zu sehen. „Glauben Sie, dass sie in der Nähe ist?", hatte er argwöhnisch gefragt.

„Nun ja", sagte sie nun, als er die Karten austeilte, „ich sehe das so: „Es gibt zwei Dinge, für die ein Mann, egal ob schwarz oder weiß, alles hergeben würde."

Charly sah verblüfft von seinen Karten auf. „Na, jetzt bin ich aber mal gespannt."

„Das Erste ist natürlich Alkohol. Gin, Whisky, Rum. Aber leider ist der Alkoholhandel im Delta verboten. Und ich finde, ich sollte mein Geschäft nicht gleich mit dem Handel von verbotenen Waren beginnen."

„Stimmt, da sollte man schon ein wenig Erfahrung gesammelt haben."

„Außerdem", fuhr sie fort, ohne sich von diesem sarkastischen Einwurf beirren zu lassen, „bin ich der Ansicht, dass der Alkoholkonsum äußerst zerstörerische Wirkungen haben kann."

„Ganz meine Meinung", sagte Charly todernst und zog sein Zigarrenetui hervor.

„... weshalb ich mein Geld nicht mit ihm verdienen will."

„Also gut, kommen wir zu Nummer zwei?"

„Tabak. Wann immer man namenlose Sehnsucht im Blick eines Mannes vorfindet, der bereits ein Glas in der Hand hält, bedeutet das, dass er Tabak will."

Charly verzog den Mund, riss ein Zündholz an und hielt es an die Zigarre. „Vermutlich kann ich froh sein", bemerkte er, während er sie anpaffte, „dass es keinen dritten Punkt gibt."

„Was sollte das ...?" , fing sie an, hielt aber inne, als er auf den Fluss hinauswies.

„Schauen Sie", sagte er leise.

Mehrere dunkle Schatten flogen mit kräftigem Flügelschlag über den Fluss und landeten in den Plantagen auf der anderen Seite. „Louis' Artgenossen", fügte Charly an.

„Wo fliegen sie hin?" Unwillkürlich hatte auch Mary die Stimme gesenkt.

„In die Bananenplantage", flüsterte Charly, „sie nuckeln an den Blüten herum." Dann, übergangslos, fragte er in normaler Stimme: „Nehmen Sie noch Karten?"

„Äämh ... ja, vier." Mary brauchte einen Moment, um sich wieder auf ihr Blatt zu konzentrieren.

Charly sah sie zweifelnd an: „Vier? Sie sind sicher, dass Sie verstanden haben, was ich Ihnen erklärt habe?"

„Natürlich. Entweder die Karten sind bunt durcheinandergewürfelt, dann sollten sie wenigstens in einer Reihe sein. Oder sie haben alle eine Farbe. Wenn sie dann noch in einer Reihe sind, bekomme ich Ihre Firma."

Charly sah sie etwas scheel an, während er ihr vier Karten zuteilte. Sich selbst gab er zwei. „Also, ich denke", sagte er langsam, während sie unauffällig zwei ihrer Karten in den Schoß fallen ließ und von dort mit einer raschen Bewegung die beiden anderen aufnahm, die sie aus dem Spiel gezogen hatte, als Charly die Whiskyflasche aus der Kajüte geholt hatte, „ich denke, ich setze mal zwei Nickel."

Er legte die Karten ab, trank von seinem Whisky und sah sie über das Glas hinweg an.

„Fein", meinte Mary, „die zwei Nickel und ... fünf Pfund."

Charly hustete kurz: „Hören Sie, Sie müssen nicht ..."

„Spielen wir hier Poker oder mit Murmeln? Ich habe fünf Pfund gesetzt. Halten Sie oder passen Sie."

Während Charly sein Geld abzählte, murmelte er etwas, aus dem Mary so etwas Ähnliches wie „Lady Sarah hätte Sie auf das verdammte Schiff ...“ heraushörte. Sie legte ihre Karten verdeckt auf den Tisch und schaute über den Fluss. Sie hatten an der Barriere gewendet und waren ein Stück zurückgefahren, um in einem Seitenarm bei Elele die Nacht zu verbringen. Charly hatte erzählt, dass dieser Ort, nur wenige hundert Meter vom Bonny-Fluss entfernt, im letzten Jahrzehnt eine wichtige Handelsstation gewesen war. Damals hatte einer der weißen Händler bis hierher vordringen können und sich dann niedergelassen. Boltons Creek war die Station nach ihm benannt worden. Später jedoch, nachdem alle Firmen in der Royal Niger Company aufgegangen waren, hatte man die Stationen nach strategisch günstigeren Gesichtspunkten neu verteilt. An Ismael Bolton erinnerte nur noch ein Holzkreuz hinter dem flachen, halb zusammengefallenen Haus.

Es hatte eine kurze Auseinandersetzung darüber gegeben, wer wo schlafen würde. „Selbstverständlich werde ich in einer der Hütten übernachten“, hatte Mary verkündet.

„Selbstverständlich werden Sie das nicht“, hatte Charly erwidert. „Sie bleiben auf der *Princess.* Dennis und ich werden in einer Hütte übernachten.“

Sie hatte nachgegeben. Eins zu null für Charly. Aber sie hatte nicht die Absicht, das zur Gewohnheit werden zu lassen.

„Also, was haben Sie?“

„Oh.“ Mary, die gerade etwas versunken über die unendliche Vielfalt der sie umgebenden Grüntöne meditiert hatte, hob ihr Blatt auf, legte es auf den Tisch und sagte: „Vier Damen. Ich hoffe, das bringt Glück.“

Charly starrte missmutig auf ihre vier Königinnen, warf sein Blatt beiseite und fragte: „Wie haben Sie das gemacht?“

„Nun, ich hatte zwei Damen auf der Hand und ...“

„Zwei Damen? Interessant. Mit einer Karte?“

„Dann werde ich wohl nur eine gehabt haben“, antwortete sie etwas gereizt auf seinen sarkastischen Einwand hin. „Jetzt jedenfalls sind es vier. Ich hatte eigentlich auf fünf gehofft.“

Charly verdrehte die Augen und sammelte die Karten ein, während sie ihren Gewinn einstrich.

„Poker gefällt mir“, meinte sie vergnügt. „Wie wäre es, wenn wir um ein paar Kisten Zigarren spielen. Ich muss mir noch einen Warenfundus für mein Geschäft zusammenstellen.“

„Und was wollen Sie setzen? Fische in Spiritus?“

„Sie haben Recht“, gab Mary mit gerunzelter Stirn zurück. „Ich schätze, ich muss Ihnen erst noch ein wenig Geld abnehmen.“

„Und ich schätze, ich sollte mal nachschauen, wo Dennis mit dem Essen bleibt.“ Charly leerte sein Glas in einem Zug, schob sich die Zigarre mit einer missmutigen Geste in den Mundwinkel und kletterte auf den Anleger hinüber.

Mary sah ihm nach und schob die beiden Karten, die noch in ihrem Schoß lagen, zurück in das Paket. Sie hatte Mühe, sich ein Lachen zu verkneifen. Es war natürlich ein wenig hinterhältig gewesen, die Unwissende zu spielen. Ihr Vater hatte ihr nicht nur das Pokern, sondern auch das Betrügen beigebracht, als sie noch Zöpfe trug. „Mary, lass die Finger vom Schnaps und den Karten ...“, hatte er dabei immer mit drohend zusammengezogenen Augbrauen gesagt, nur um dann hinzuzufügen: „... aber wenn du schon spielst, sieh zu, dass du gewinnst.“

Sie ließ den Blick über das kleine Dorf wandern. Es waren nur ein gutes Dutzend Hütten, die entlang dem Ufer standen, alle mit den Türöffnungen zum Fluss weisend. Ein Stück zu ihrer Rechten ragte ein hohes Spitzdach empor, halboffene

Seitenwände ließen den Blick auf einen Raum frei, in dem nur ein paar Hocker standen. Vermutlich eine Art Gemeindehaus, dachte sie. Auf der anderen Seite des Dorfes befand sich die ehemalige Station, halb zerfallen, wie auch der Anleger, über den Charly gerade balancierte. Die Boote der Dorfbewohner waren einfach halb das Ufer heraufgezogen oder an Pfosten festgebunden worden, die man zu diesem Zweck in den Boden gerammt hatte. Hinter den Hütten erhob sich der Wald über den Dächern, als wolle er sie schützen. Oder als duldete er ihre Existenz nur an seinem Rande.

Mary gefiel es hier in Elele. Sie würde Charly fragen, ob sie nicht einen Tag bleiben könnten. So könnte sie vielleicht noch ein paar Exemplare für ihre Fischsammlung finden. Außerdem hatte sie Lust, ein wenig die Gegend zu erkunden.

Sie sah den Cap'n neben einer der Hütten stehen, wo Dennis neben der Frau hockte, die ihr Essen zubereitete. Offenbar zog sich das noch ein wenig hin. Mary dachte kurz nach, dann zuckte sie mit den Schultern, griff nach der Flasche und dem Glas und schenkte sich einen Schluck ein. Als das scharfe Getränk ihre Kehle hinunterrann, schloss sie die Augen. Sie spürte das leichte Wiegen des Bootes in der sanften Strömung. Eigentlich war es ihr ganz recht, dass sie auf der *Princess* schlief. Sie war gerne auf dem Fluss. Es war eine Welt, die sie immer wieder von Neuem verzauberte. Kein Ort sah aus wie der andere, und jeder Ort konnte schon im nächsten Moment ein anderes Gesicht tragen. Heute hatte der Tag sich eingetrübt und ein diffuses Licht angenommen. Früher als sonst bildeten sich zarte Nebelschleier unter den überhängenden Zweigen und schwebten über dem Wasser. Mary konnte bei diesem Anblick gut verstehen, weshalb die Menschen die Sümpfe von Geistern bewohnt glaubten. Manchmal empfand sie es ebenso.

Vom Dorf trieb jetzt der Rauch der Kochfeuer herüber und trug ihr den Geruch von gebratenem Fisch zu. Sie gewahrte, dass die stille Stunde angebrochen war, jene kurze Phase, in der die Geräusche des Tages nachließen und die der Nacht noch nicht eingesetzt hatten. Sie nahm noch einen Schluck von dem Whisky und fühlte sich einfach nur wohl. So könnte es bleiben, dachte sie. Sie, der Cap'n und der Fluss. Und etwas zu essen, fügte sie in Gedanken hinzu, als sie das Rumpeln in ihrem Bauch spürte. Sie erhob sich etwas aus ihrem Stuhl und spähte wieder zu den beiden Männern hinüber, die sich anscheinend angeregt unterhielten.

Charly bemerkte die Bewegung aus den Augenwinkeln, sah auf und winkte ihr kurz zu. Dann wandte er sich wieder an Dennis: „Sie sind alle fortgegangen?"

„Gestern", bestätigte der junge Mann. „Nur die Alten sind geblieben."

Natürlich war Charly aufgefallen, dass kaum Männer im Dorf waren. Aber das war erst mal nichts Ungewöhnliches. Jetzt, zum Abend, hätten die meisten allerdings wieder hier sein müssen. Doch es waren nur alte Männer und Halbwüchsige zu sehen.

„Was hat sie noch erzählt?", fragte er mit einer Geste in Richtung der Frau, die in einer großen Pfanne den Fisch briet.

„Dass König Koko sie gerufen habe. Sie sind nach Nembe gegangen. Diejenigen, die Waffen haben, haben sie mitgenommen. Sie sagt, Koko will einen Krieg anfangen."

Charly schnalzte missmutig mit der Zunge. „Verdammt", murmelte er, als er wieder zum Boot rübersah, wo Mary ihm gerade in Zeichensprache übermittelte, dass sie Hunger hatte. Er machte eine beschwichtigende Geste.

„Verdammt", wiederholte er, „das ist nicht gut."

„Was sollen wir tun?", fragte Dennis.

Charly zuckte mit den Achseln: „Weiß sie, wo der Angriff stattfinden soll?"

„Sie sagt, nein."

„Ich habe da so eine Ahnung. Ich habe George Goldie in Akassa gesehen. Wenn Koko wirklich so verrückt ist, wie ich glaube, dann werden sie das Hauptquartier angreifen."

Dennis pfiff durch die Zähne. „Was sollen wir tun?", wiederholte er seine Frage.

„Versuchen, sie zu warnen, natürlich. Aber wenn wir über Bonny fahren, dauert es zu lange. Wir müssen den Weg durch das Delta nehmen. Dann können wir über den Nun runterfahren."

„Da kommen wir aber ziemlich dicht an Nembe vorbei."

Charly nickte: „Hast du die Waffen eingepackt?"

„Sicher. Aber was machen wir mit ihr?" Dennis wies mit dem Kopf zum Boot hinüber.

„Wir können sie hierlassen. Wir sagen ihr, dass hier eine ganz seltene Fischart lebt. Sie wird sich schon zu helfen wissen."

Dennis schaute zum Boot hinüber, wo Mary immer hektischere Gesten machte. „Glaubst du, sie fällt darauf rein, Chief?"

Charly schüttelte seufzend den Kopf: „Ich schätze nicht, aber wir werden es versuchen."

„Wir könnten sie über Bord werfen", schlug Dennis vor und winkte freundlich zurück.

„Lustige Idee, aber das würde ihr nichts ausmachen. Das ist die normale Art, wie sie ein Boot verlässt. Komm, lass uns etwas essen. Danach werden wir ein kleines Palaver abhalten und entscheiden, wie wir vorgehen. Und dann gehen wir schlafen. Wir brechen bei Tagesanbruch auf. Und hör endlich mit der albernen Winkerei auf."

„Ay, Cap'n", grinste der junge *winnabo*, der noch nicht wusste, dass diese Fahrt sein Leben ändern würde.

Die Warnung

Etwas ratlos sah Anthony auf das gefaltete Papier hinab. Der Junge aus Nembe, der es ihm in die Hand gedrückt hatte, war sofort wieder in sein Boot geklettert und davon gerudert. Es war Sonntag früh, über den Mangrovenwäldern im Osten ging gerade die Sonne auf. Anthony war schon seit einer halben Stunde auf dem Boot und reinigte die Maschine. Er schielte zum Haus hinüber, wo Lou und die Mädchen bereits ihren Hofstaat angelegt hatten. Sie würden ihn wieder zum Gottesdienst schleifen, da war er sicher. Die Ausrede mit der defekten Maschine nahm Lou ihm nicht mehr ab. Sie hatte ihn bereits ermahnt, dass er sich rechtzeitig waschen und umziehen solle.

Dass Anthony nicht gern in die Kirche ging, hieß nicht, dass er nicht an Gott glaubte. Er hatte nichts gegen Gott, immerhin hatte der eine Menge prima Sachen in die Welt gesetzt, zum Beispiel die Dampfmaschine und den Schnaps. Oder die Weiber. Bei diesem Gedanken war er nämlich angekommen, während er den Brief von allen Seiten musterte. Er hatte Lou nichts von der jungen Frau in Essene erzählt. Wozu auch? Man musste den Frauen nicht alles erzählen. Deren oft so robust wirkende Persönlichkeit war weitaus brüchiger, als manch ein Mann annahm.

Anthony runzelte die Stirn, als er einen dunklen Fleck auf

dem Papier entdeckte. Verdammt, die Kleine hatte geweint beim Schreiben. Womöglich war sie schwanger. Das hatte ihm gerade noch gefehlt. Es würde ihn eine deftige Stange Geld kosten, die Familie zu beruhigen.

„Was ist das für ein Brief?“

Verfluchter Mist, er hatte sie gar nicht kommen sehen.

„Keine Ahnung“, sagte er, „irgend so ein Junge hat ihn hier abgegeben. Wahrscheinlich eine Bestellung. Ich kümmere mich später darum.“ Er warf das Papier auf die Werkzeugkiste.

„Vielleicht ist es dringend“, sagte Lou in lauerndem Ton. „Willst du es nicht wenigstens anschauen?“ Sie machte nicht die geringsten Anstalten, wieder zu gehen.

„Schon gut“, murmelte Anthony, grabschte sich das Papier, schlug es auf, las es und stieß erleichtert die Luft aus. Dann runzelte er die Stirn, las nochmal, sagte: „Da soll mich doch ...“

„Was ist?“, fragte Lou und legte die Hände auf die Schultern der herausgeputzten Mädchen, die mittlerweile ebenfalls zum Boot heruntergekommen waren.

„Heilige Scheiße“, rief Anthony und schlug mit dem Handrücken auf das Papier. „Da soll mich doch der Teufel am Arsch ...“

„ANTHONY!“

Erschrocken sah Anthony auf, bemerkte seine Töchter, beide in einem weiß-rot geblümten Kleid. Zwischen ihnen seine Frau, deren Gesichtsausdruck nichts Gutes verhieß.

„Es ist ...“, begann er, auf das Papier weisend, als ihm mit einem Mal eine Idee kam. „Es ist ...“, sagte er erneut, schaute auf den Brief, überlegte und verkündete dann mit gewichtiger Miene: „Lou, ich muss sofort nach Akassa. Lies selbst.“ Er hielt ihr den Brief mit ausgestrecktem Arm entgegen.

Lou hielt den Brief ein wenig auf Abstand, weil ihre Augen nicht mehr die besten waren. Einen Moment lang schien auch sie ratlos. Dann sah sie Anthony mit einem Ausdruck an, den der schon kannte. So einfach würde es nicht werden.

„Anthony Makouba", sagte sie, „wenn du glaubst, dass du dich mit so einem billigen Trick vor dem Gottesdienst drücken kannst, hast du dich geirrt. Wer war der Junge? Wann hat er dir diesen Wisch gegeben?"

Anthony wusste, dass er sich auf diesen Ton nicht einlassen durfte. Ohne ein Wort stieg er aus seinem Boot hoch auf den Anleger. Er stellte sich vor seine Frau und legte seine Hände auf die Köpfe seiner Töchter.

„Ich schwöre beim Leben meiner Töchter", sagte er dann leise und eindringlich, „das ist kein Trick. Vielleicht ist das ein Scherz. Vielleicht aber auch nicht. Und dann werde ich Schuld am Tod vieler Menschen sein, weil ich diese Warnung nicht weitergegeben habe."

Als er den zweifelnden Blick seiner Frau bemerkte, holte er einmal tief Luft, dann fügte er hinzu: „Es stimmt, Lou, ich bin lieber auf meinem Boot als in der Kirche. Trotzdem. Das hier", er zeigte auf den Brief, „ist kein Trick."

Lou nickte langsam und sah ihn dabei mit diesem Blick an, den er immer noch an ihr liebte. „Also gut, du alter Halunke", sagte sie und beugte sich vor, um ihn zu küssen, „dann verschwinde schon."

Sie war nur ein paar Schritte gegangen, die beiden Mädchen an der Hand, als sie sich noch einmal umwandte und in strengem Ton rief: „Aber wasch dich vorher!"

Gegen neun Uhr morgens, am 25. Januar 1895 legte Anthony mit seiner *Abeokuta* am Kai von Akassa an. Er hatte sich auf der Fahrt überlegt, wem er die Botschaft übergeben sollte. Der Gedanke, sich mit den Polizeioffizieren rumzuärgern, schien ihm wenig verlockend. Nein, es kam nur einer in Frage, und das war Joe Flint selbst. Oder, wenn der nicht da war, sein Stellvertreter, Wallace. Also vertäute er sein Boot und machte sich auf den Weg zum Verwaltungsgebäude der Company. Dabei achtete er darauf, dass er nicht auf eine der Schlangen trat, die hier morgens gerne träge herumlagen. Erst als er die Stufen zu den Büroräumen hinaufstieg und ihm die Stille in dem großen Haus auffiel, dachte er daran, dass ja heute Sonntag war und er vermutlich niemanden hier antreffen würde. „Verflucht", murmelte er und blieb auf der Veranda stehen. Dann sah er, dass die Tür einen Spalt offen stand. Ist wohl doch jemand da, sagte er sich und trat ein.

„Es ist niemand da", verkündete eine Stimme, deren Urheber er nur unscharf erkennen konnte, weil seine Augen sich erst an das gedämpfte Licht gewöhnen mussten. Dann entdeckte er, an einem Pult stehend, einen jungen Mann in weißem Hemd mit kurzen Ärmeln. Als er ein braunes Knie hinter dem Pult hervorragen sah, beugte er den Kopf etwas zur Seite und sah die kurzen, schwarzen Hosen und die Kniestrümpfe mit den schwarzen Schuhen. Ein verdammter Missionsschüler, dachte Anthony nur.

„Sag mal, Junge, wo ist denn dein Chef?"

Der junge Ga aus Accra, der als dritter Sekretär in Akassa angefangen und mittlerweile, wie erhofft, zum zweiten Sekretär befördert worden war, musterte voller Missbilligung den Mann, der da vor ihm stand. Der muskulöse, tonnenförmige Oberkörper war nackt. Um die Hüfte hatte der Mann ein braun-rot gestreiftes Tuch gewickelt, das ihm bis über die Knie reichte. An den Füßen hing der Dreck der Straße, und die groben, schwieligen Hände hatten ölige Flecken.

Mary hätte ihre Freude an dieser Begegnung gehabt. Was sich da gegenüberstand, waren nicht weniger als zwei gegensätzliche Konzepte von Afrika. Der junge Ga-Mann war in einer Familie aufgewachsen, die der Basler Mission in Accra angehörte. Seit seinem vierten Lebensjahr ging er zur Schule. Er konnte nicht nur rechnen, schreiben und lesen, er konnte auch ganze Passagen der Bibel auswendig vortragen. In seinem Weltbild gab es die Unterscheidung zwischen Gut und Böse, wobei „gut" als Synonym für christlich galt. Alles andere war im besten Fall unwissend, im schlimmsten Fall böse. Der Mann, der ihn an diesem Sonntagmorgen im Büro überrascht hatte, war mehr als das. Er war das, was der Junge hinter sich gelassen hatte. Und was er mehr fürchtete als das Böse. In Anthony erkannte er seine eigene Herkunft.

„Mr. Joseph Flint", begann er anzumerken, „der Generalsekretär der Royal Niger Company, pflegt sonntags nicht im Büro zu sein."

Anthony holte tief Luft, legte die Hände auf dem Rücken zusammen und trat langsam zwei Schritte vor. Bei jedem Schritt wich das weiße Hemd einen Zentimeter zurück.

„Wo", sagte Anthony betont ruhig, „pflegt denn der Generalsekretär der Company sonntags zu sein?"

„Ich wüsste nicht, was Sie das angeht, Sir", erwiderte der junge Mann.

Anthony stand jetzt direkt vor dem Pult: „Weil ich eine verdammt wichtige Nachricht für den Generalsekretär der Scheiß Royal Niger Company habe."

Der junge Ga-Mann aus Accra richtete sich auf: „Ich fordere Sie auf, sofort das Büro zu verlassen. Andernfalls werde ich die Constabler rufen lassen."

Anthony hatte schon beim ersten Anblick genug gehabt

von dem Jungen. Er war genau das, was seine Mutter jahrelang aus ihm hatte machen wollen. Der Junge war das, was der Yoruba hasste, weil es den Verrat an seinem Vater darstellte. Und er war das, was der kleine Anthony einst hatte sein wollen, um seiner Mutter zu gefallen. An diesem Sonntag standen sich an einem Pult in den Räumen der Royal Niger Company zwei wütende Männer gegenüber.

Anthony packte das Pult mit beiden Händen, bereit, es im nächsten Moment wie ein Spielzeug beiseite zu werfen. „Hör zu, Junge“, knurrte er, „ich habe keine Zeit für diesen Unsinn. Wo ist Flint?“

Der Ga-Mann aus Accra, der mittlerweile begriffen hatte, dass dieser Buschneger eine wirkliche Gefahr darstellte, packte das Pult von der anderen Seite. „Verlassen Sie sofort das Büro“, rief er mit schriller Stimme.

„Ich werde dir ...“ Anthony kam nicht dazu, seine Drohung zu beenden.

„Was ist denn hier los?“ rief eine Stimme vom Eingang her.

„Sir“, sagte der Ga-Mann erleichtert, „dieser Bursche hier ist in das Büro eingedrungen und ...“

„Makouba?“, fragte Wallace verblüfft. „Was machen Sie denn hier?“

Der stellvertretende Generalsekretär der Royal Niger Company, der auf dem Weg zur Kirche gewesen war, hatte kurz in seinem Büro vorbeischauen wollen, um die Papiere, die in der untersten Schublade seines Schreibtisches lagen – die Schublade, die auch die Ginflasche beherbergte –, noch einmal durchzusehen.

Anthony ließ von dem Komiker hinter dem Pult ab. Immer noch wütend, trat er vor Wallace hin, zog das Papier aus seinem Hüfttuch und knallte es dem zweiten Mann der Company vor die Hemdbrust. „Hier“, sagte er nur, „das sollten Sie ernst nehmen.“

Verdutzt sah Wallace dem davoneilenden Anthony nach. Dann entfaltete er das Papier, las es, runzelte die Stirn und fragte seinen zweiten Sekretär: „Wo ist das her?“

„Ich weiß nicht, Sir“, stotterte der. „Was denn?“

„Was stehen Sie hier noch rum“, bellte Wallace. „Fragen Sie den Mann, woher er das hat.“

Der Ga-Mann ließ endlich das Pult los und eilte nach draußen. Während Wallace in sein Büro ging, sich in seinen Sessel fallen ließ, die Beine hochlegte und sowohl den seltsamen Zettel als auch den Inhalt der untersten Schublade studierte, rannte der Mann mit den Kniestrümpfen dem Mann mit dem Hüfttuch hinterher.

„Sir“, rief er, als beide schon am Kai angekommen waren.

Anthony, der sich mittlerweile wieder beruhigt hatte und keinen Ärger mehr suchte, blieb stehen: „Was ist, Junge?“

„Sir, bitte“, sagte der Junge, „Mr. Wallace hätte gerne gewusst, woher diese ... ääh ... Nachricht ... äh ...“

„Na, woher wohl, Junge“, erwiderte Anthony mit der Ruhe eines vierzigjährigen, kämpferischen Lebens. „Das kommt aus Nembe. Und ich glaube, es ist verdammt ernst.“

„Ich verstehe, Sir. Jawohl, Sir.“

Wieder standen sich die beiden unterschiedlichen Konzepte Afrikas gegenüber und starrten sich an.

„Und?“, fragte Anthony.

„Pardon, Sir?“

„Was stehst du hier noch rum?“

„Natürlich. Verzeihen Sie.“

Der Junge wandte sich um und rannte zurück. Anthony sah ihm kopfschüttelnd nach. „Der wahre Afrikaner“, murmelte er. „Was für ein Scheiß.“

Er stieg in sein Boot hinab und setzte sich auf die Werkzeugkiste. Dann stand er wieder auf, klappte den Deckel hoch und holte die Flasche hervor, die er Charly geklaut hatte. Er musste jetzt nachdenken.

Es gab zwei Dinge, die für ihn feststanden. Erstens, die Warnung aus Nembe war echt. Zweitens, weder Flint noch Wallace würden es kapieren. Was also, beim Arsche des Propheten, sollte er tun?

„*Afouene ...*"

Himmel, hatte dieser kleine Idiot ...? Als Anthony aufschaute, bemerkte er auf dem Kai einen Mann in einem blauen Kleid. Irritiert roch er an der Flasche. Er hatte doch erst einen Schluck genommen. Na ja, auf der Fahrt hatte er auch schon ein- oder zweimal genippt.

„*Salam aleikum ... afouene.*"

Anthony sah genauer hin. Das blaue Kleid war ein Umhang, wie ihn die Araber trugen. Jetzt sah er auch das kleine Hütchen auf dem Kopf des Fremden. Komisch war nur, was er unter dem Arm hielt. Sah aus wie eine Affenfalle mit Drahtverhau.

„*Ana ...*", sagte der Mann zögernd und legte dabei seine rechte Hand auf die Brust.

Der Bursche hieß also Anna, wahrscheinlich trug er deswegen ein Kleid.

„*Ana*", wiederholte er und zeigte dann auf den Fluss. Anthonys Blick folgte der Geste. Da war nichts, nur Wasser. Er hob ratlos die Schultern, sah den Mann bedauernd an: „Ich habe keine Ahnung, was du willst."

Der Mann sagte etwas auf Arabisch, was sich anhörte, als ob er sich räusperte. Als Anthony noch immer nicht verstand, legte der Araber in angestrengtem Nachdenken seine Stirn in Falten. Dann machte er eine winkende Geste in die

Richtung, wo der Nun herkam, sagte: „*Cherk*", zeigte nochmal auf sich und dann auf Anthonys Boot. Dem ging langsam ein Licht auf.

„Du willst", er winkte jetzt auch in die Richtung, „nach Norden, den Fluss aufwärts?"

Der Mann nickte erleichtert, winkte, wies auf das Boot, auf sich, auf Anthony und schien darauf zu warten, dass der ihn an Bord ließ.

Anthony nahm einen Schluck aus der Flasche, sah nachdenklich auf den Fremden und dann den Fluss hinauf. Interessante Idee, dachte er. Er konnte natürlich auch zurück nach Brass Island fahren. Schließlich hatte er seine Schuldigkeit getan und die Botschaft überbracht. Aber er hatte so ein ganz merkwürdiges Gefühl, das Gefühl, dass er etwas anderes tun sollte. Dann fiel ihm ein, dass Charly nach Ohambele hatte fahren wollen. Vielleicht hätte sein alter Kumpel eine Idee. Außerdem hatte er sowieso mal wieder Lust auf eine kleine Tour. Wer weiß, vielleicht könnte er ja auch noch einmal in Essene vorbeischauen.

Er sah wieder zu dem Fremden hoch, der ihn erwartungsvoll anschaute.

„Wo willst du denn hin?", fragte er, den Fluss aufwärts weisend. Der Mann nickte und zeigte wieder in die gleiche Richtung.

„Na, ist ja auch egal", murmelte Anthony. Dann lauter: „Hast du Geld?"

Der Mann sah ihn verständnislos an.

„Geld?" Anthony machte mit den Fingern der linken Hand eine kratzende Bewegung auf seiner geöffneten rechten Hand.

Der Fremde schien zu begreifen. Mit ernstem Gesicht verbeugte er sich leicht, sagte etwas in seiner Sprache und berührte dabei mit den Fingern seine Stirn, seinen Mund und seine Brust.

Anthony überlegte gerade, ob das ja oder nein heißen sollte, als der Mann in dem blauen Gewand eindringlich wiederholte: „*Djaour min hadiket allah.*"

Langsam hatte Anthony die Nase voll. Er winkte ab. Der Mann sollte erst mal anständig reden lernen. So, wie er sprach, klang das jedenfalls nach einer schwereren Halskrankheit.

„*Djaour* ...", fing der Mann wieder an, als Anthony unterbrach: „Ja, ja, *dschauer*, was heißt denn das?"

„*Djaour* ... Perlen von ..."

Perlen?

Anthony breitete seine Arme aus: „Willkommen an Bord der *Abeokuta.*"

Joseph Flint erhielt die Warnung aus Nembe gegen zehn Uhr fünfzehn, nachdem Wallace sich neben ihn ins harte Kirchengestühl hatte sacken lassen. Der Brief des Paters sah mittlerweile etwas mitgenommen aus. Da bekanntermaßen die Hüfttücher der Brass keine Tasche besaßen, hatte Anthony das Papier einfach unter den Bund geschoben und so dem vorhandenem Schwitzfleck noch eine Ladung eigenen Schweiß hinzugefügt. Zwischendurch war der Brief auch einmal in der Werkzeugkiste gelandet, und der Ga-Junge hatte es in der Hand geknüllt, bevor es endlich auf Wallace' Schreibtisch gelandet war. Den Weg von dort zur Kirche überstand die Botschaft relativ unbeschadet. Sie hatte lediglich ein etwas merkwürdiges Aroma angenommen, was, wie der Generalsekretär der Company mit einem Naserümpfen feststellte, das gleiche Aroma war, das ihm aus dem Atem seines Stellvertreters entgegenwehte.

Flint entfaltete das etwas weich gewordene Papier, und wie alle anderen runzelte auch er die Stirn, als er die beiden Sätze las. „Ein Beobachter“, murmelte er etwas ratlos, während der Reverend auf der Kanzel gerade die Sünde der Trunksucht anprangerte. Der Geistliche war wenig erbaut, als er sah, dass einer der Hauptadressaten seiner Predigt wieder aufstand und mit seinem Vorgesetzten die Kirche verließ.

„Was halten Sie davon?“, fragte Flint seinen Stellvertreter, als sie beide auf dem Platz vor der Kirche standen, der von einem Affenbrotbaum überschattet wurde.

Wallace hob unschlüssig die Schultern. Diese Geschichte verdarb ihm die Laune. „Ich glaube nicht, dass da viel dran ist. Wahrscheinlich werden da nur ein paar von diesen Burschen kommen und eine Menge Lärm machen. Wäre ja nicht das erste Mal.“

„Wo kommt die Nachricht her?“

„Anthony Makouba, der Mann von Brass Island, hat sie gebracht.“

„Makouba? Der fluchende Yoruba? Was hat der damit zu tun?“

„Ich habe keine Ahnung, er hat mir den Wisch in die Hand gedrückt und gesagt, dass es ernst ist. Offenbar hat ihm einer seiner Schmugglerfreunde die Botschaft gebracht.“

Flint sah wieder auf das Papier herab: „Ein Beobachter? Wer soll das sein?“

„Keiner von unseren Leuten“, antwortete Wallace. „Wir haben niemanden mehr in Nembe.“

Flint kaute auf seiner Unterlippe und sah hinunter zum Fluss, wo sich die Lagerhäuser und Werkstätten der Company erstreckten.

„Sollen wir Leute aus Onitsa kommen lassen?“, wollte Wallace wissen.

Sein Vorgesetzter schnaubte geringschätzig: „Weswegen denn? Wegen einer Warnung, von der wir nicht wissen, wer sie geschrieben hat, wahrscheinlich überbracht von Schmugglern." Er schüttelte den Kopf: „Wir brauchen jeden Mann da oben, um mit den Franzosen fertig zu werden. Die sind real, das hier", er hielt den Zettel hoch, „kann genauso gut ein Bluff sein. Ich bin mir dessen sogar ziemlich sicher. Koko ist ein Hund, der bellt, aber nicht beißt. Außerdem waren die Anweisungen von Sir George unmissverständlich. Wir sollen den Norden sichern."

„Dann machen wir gar nichts?"

„Doch, natürlich", Flint zeigte zum Fluss hinunter, wo eines der Schiffe der Company am Kai lag, „lassen Sie die *Yakoba* auf dem Fluss Patrouille fahren, vor allem dort, wo die Creeks aus Nembe einmünden. Das wird jeden einschüchtern, der glaubt, er könne den wilden Mann machen. Zur Not kann die Besatzung uns mit der Schiffspfeife warnen."

Der Generalsekretär der Royal Niger Company schob den Brief in seine Jackentasche: „Am wahrscheinlichsten ist, dass jemand das Lager plündern will. Deswegen sollten wir dort eine Wache aufstellen."

„Wie viel Mann?"

„Teilen Sie zwei Männer ein."

„Meinen Sie, das reicht?"

„Ich denke schon", meinte Flint. Dann fügte er mit einem grimmigen Lächeln hinzu. „Aber um sicherzugehen, werde ich morgen selbst die Wache übernehmen. Sir George hat uns doch dieses kleine Spielzeug mitgebracht. Vielleicht bekommen wir ja Gelegenheit, es auszuprobieren."

Wallace riss die Augbrauen hoch: „Sie meinen die Nordenfelt."

„Ganz genau", erwiderte Flint, „die Nordenfelt. Damit

könnten wir eine Armee aufhalten. Aber glauben Sie mir, Wallace, wir werden nicht einen verdammten Brass auf dem Fluss sehen."

In diesem Punkt sollte der Leiter der Royal Niger Company Recht behalten. Niemand sollte die Boote der Brass auf dem Fluss entdecken.

Nebel

Am Montagmorgen, dem 26. Januar, verschlief Pater Bubendorff. Als er schließlich von seinem Lager hochschreckte, wusste er erst nicht, was ihn geweckt hatte. Dann bemerkte er die Stille, die wie ein Leichentuch über der Stadt lag. In einem ersten Impuls empfand er unendliche Erleichterung, fast unerträglich war die aufgeheizte Atmosphäre der letzten Tage geworden. Ohne Unterbrechung hatten die Kriegstrommeln mit ihrem wilden Donnern alle Sinne betäubt. Dann aber, als ihm aufging, dass das Ausbleiben des Lärms keinesfalls ein gutes Zeichen sein musste, schlüpfte er rasch in seine Stiefel, zog seine Hosenträger über die Schultern, während er schon durch die Kirche lief, und stieß die Doppeltür auf.

Der Vorplatz war leer.

Die Wachen waren fort. Draußen waren die rötlichbraune Erde und die Mauern der Nachbargehöfte in ein dunstig-bleiches, abweisendes Licht getaucht. Der Pater lief zur Straße vor. Außer einem alten Mütterchen, das sich mit der Hand auf die Schulter eines Mädchens stützte, war niemand zu sehen.

„Was ist los?“, rief er der alten Frau zu, doch die bedachte ihn nur mit einem finsteren Blick, als sie mit langsamen Schritten an ihm vorbeischlurfte.

Noch immer ein wenig im Zweifel, ob nicht gleich von irgendwoher ein Bewaffneter angestürmt käme, um ihn in die Kirche zurückzuscheuchen, ging der Pater zögernd die Straße hinunter, Richtung Fluss. Niemand hielt ihn auf. Er beschleunigte seine Schritte. Als er um die Biegung kam, die ihm den Blick auf das Wasser versperrt hatte, blieb er abrupt stehen. Vor ihm lag das Ufer, an dem sonst immer die Boote lagen, kleine, große, bis hin zu den dreißig Fuß langen Booten des Königs. Hier befand sich gewissermaßen der Hafen von Nembe. Doch so weit der Pater schauen konnte, war nirgendwo auch nur ein einziges Boot zu entdecken. Nun begriff er auch, warum die Wachen nicht mehr vor der Kirche standen. Sie brauchten nicht mehr auf ihn aufpassen. Er konnte sowieso nicht fort.

Pater Bubendorff ging hinunter zum Wasser und sah auf den Fluss hinaus. Obwohl längst Tag war, hingen immer noch Nebelschwaden über dem Wasser und hafteten zwischen den Wurzeln der Mangroven. Die Stille hatte etwas Erdrückendes, es war die Stille des Todes. Der Pater wusste, dass der Krieg begonnen hatte.

Langsam sackte er in die Knie, schloss die Augen und faltete die Hände zum Gebet: „Du bist der Herr, mein Hirte“, begann er, aber seine Gedanken waren in Akassa. Er hoffte inständig, dass seine Botschaft angekommen war und dass dort alle Vorkehrungen zum Schutz der Menschen getroffen worden waren. „Beschütze sie, o Herr, murmelte er. Dann, als ihm einfiel, dass er nun der einzige Weiße in der Stadt war, fügte er mit aller Inbrunst hinzu: „Und beschütze mich im Angesicht meiner Feinde.“

In seiner Versunkenheit bemerkte der Pater nicht, dass die Erde, auf der er kniete, von vielen hundert Füßen zertrampelt worden war. Nur wenige Stunden zuvor, noch vor der Dämmerung, waren die Krieger der Brass unter der Führung von König Koko aufgebrochen. Fast fünfhundert Mann hatten sich allein in Nembe versammelt. Aber das waren noch längst nicht alle.

In vielen anderen Dörfern des Deltas stiegen in diesen frühen Morgenstunden entschlossene Männer in ihre Boote. Kaiama, Big Guns Town, Promobri, von überall her folgten sie dem Ruf des Königs der Brass. Und dem Ruf des Leoparden.

Am Tag zuvor waren die letzten Gewehrkisten in Nembe eingetroffen. König Koko war zufrieden. Der Mann aus Amaighbo hatte Wort gehalten. Er hatte nicht nur die Waffen beschafft, er hatte auch den Rückhalt des mächtigen Leopardenbundes gewonnen. Als sich Koko schließlich in seinem dreißig Fuß langen Kriegsboot niederließ, trug er ein Leopardenfell um die Schultern und in der Hand den Stab mit dem goldenen Raubtierkopf. Die Botschaft, dass er mit dem Angriff so lange warten sollte, bis der Alte selbst nach Nembe kam, hatte Koko ignoriert. Die Zeit der weisen Ratschläge war vorbei. Nun endlich begann der Krieg. Koko dürstete es nach Taten. Und nach Blut.

Die mächtige Flotte der Kriegsboote teilte sich auf, um sich auf verschiedenen Wegen dem Ziel zu nähern. Jeder Verband wurde von einem größeren Boot mit einem der Hauptmänner an Bord angeführt. An verschiedenen Punkten vor Akassa sollten sie Aufstellung nehmen, um diejenigen in Empfang zu nehmen, die aus anderen Dörfern eintrafen. Und um diese Männer mit Waffen auszurüsten

An diesem Montag, dem 26. Januar, steuerten aus dem ganzen Delta Boote auf die Mündung des Nun zu, nach Akassa, dort, wo das Hauptquartier der Royal Niger Company lag. Die Götter der Brass standen den Kriegern bei, der Tag blieb neblig und versank früh in ein düsteres Dämmerlicht. Die Nebelfetzen, die über dem schlammigen Wasser trieben, schienen auf unheimliche Weise belebt. Sie teilten sich vor dem Bug der Boote und schlossen sich hinter ihnen wieder. Sie tanzten regelrecht über dem Wasser, als wollten sie das Entzücken der Geisterwelt über das bevorstehende, große Töten verkünden. Einem der Konvois geschah es, dass aus dem Nebel ein fremdartiger Gesang zu ihnen herüberwehte. Ein Gesang, der ihnen zuerst einen Schauder über den Rücken jagte. Dann aber vernahmen sie die zarten Klänge, die den Gesang begleiteten. Dazu ein Zischen und Klopfen, und sie begriffen, dass die Geister ihnen ihren Gruß entboten. Nie zuvor hatten sie dergleichen gehört, es war, als gleiteten auf der Musik Bilder durch den Nebel. Ohne auch nur eine Silbe zu verstehen, erkannten die Krieger, dass ihnen die Heldentaten ihrer Ahnen erzählt wurden. Und dass auch sie bald zu diesen Helden gehören würden, von deren Taten ihre Nachkommen erzählen würden. Mit neuem Mut und umso entschlossener hieben sie ihre Paddel in das Wasser.

Nach und nach trafen die Boote in den Sümpfen ein, die Akassa umgaben. Die einzigen Geräusche, die zu hören waren, war das Glucksen des Wassers in den Wurzelstümpfen der Mangroven. Und das leise Raunen menschlicher Stimmen, wenn wieder ein Boot eintraf. Als die Sonne ihren Kampf endlich aufgab und der Düsternis wich, hatten sich an die zweitausend Krieger in den Sümpfen vor Akassa versammelt.

Die *Yakoba* hatten die Brass natürlich längst entdeckt. Ein hundert Tonnen schweres Schiff ist nicht so leicht zu übersehen, auch wenn die Doppelschrauben das Schiff relativ leise vorantrieben. Zwar waren alle Lichter gelöscht, doch hin und wieder stach ein goldener Lichtstrahl in den Nachthimmel, wenn einer der Heizer die Luken des Kessels öffnete, um Brennstoff nachzuladen.

Die Brass fürchteten das Schiff nicht. Sie waren sicher, dass sie es passieren würden, ohne dass auch nur eine Seele an Bord ihre Boote bemerkte. Sie richteten sich auf eine lange Nacht ein, eine Nacht, in der sie den Attacken der Moskitos ungeschützt ausgeliefert waren, in der sie auf dem harten Holz ihrer Boote nur einige wenige Stunden schlafen konnten. Aber das machte ihnen nichts aus. Sie waren noch zu ganz anderen Opfern bereit. Sie wussten, dass die Zeit der Demütigungen vorbei war. An ein Zurück dachten sie nicht mehr. Ganz gleich, was sie morgen erwartete, ob Ruhm oder Tod, sie würden nicht nur ohne Furcht, sie würden mit Wonne in den Kampf ziehen. Der morgige Tag würde alles entscheiden. Ob es eine Zukunft gab für die Brass. Oder ob ihr Volk im trüben Dunkel der Vergangenheit versinken würde.

Als der Mann aus Amaighbo sein Dynamitlager ausgeräumt vorgefunden hatte, war ihm klar gewesen, dass sein Plan auf Messers Schneide stand. Anders als Koko, den er zwar für einen hervorragenden Krieger, aber für einen schlechten Strategen hielt, war ihm immer klar gewesen, dass es mit einem Sieg in Akassa nicht getan wäre. Um die Machtverhältnisse im Delta entscheidend zu ändern, reichte es nicht, einen Ort zu zerstören. Oder eine Armee zu besiegen. Der Mann mit den Erfahrungen vieler Kriege hatte gelernt, dass man, um einen übermächtigen Gegner zu besiegen, nicht selber stark sein musste. Man musste ihn nur mit einem ebenbürtigen Gegner konfrontieren. Darum hatte der Alte den Pakt mit den Deutschen geschlossen.

Ausgerechnet mit den Deutschen. Der Teufel wäre ihm lieber gewesen. Aber der stand leider schon auf der Seite der Company. Die Deutschen drängten mit aller Macht ins Hinterland. Für einen Zugang über das Nigerdelta würden sie ihre Seele verkaufen. Genauer gesagt, der deutsche Gouverneur von Kamerun würde seine Seele verkaufen. Wenn er noch eine hätte.

Der Alte aus Amaighbo wusste, dass von Puttkamer geradezu besessen war von dieser Idee. Und so hatte er dem Junker angeboten, was dieser begehrte. Schließlich war das Nigerdelta kein englisches Territorium. Nun rächte sich die unentschlossene Haltung der Briten. Wenn die Company geschlagen wurde, war der Weg frei für neue Verträge. Diesmal zwischen den Brass und dem Deutschen Reich. Was er dafür verlangt hatte? Nicht viel. Nur ein Königreich.

Allerdings erst, wenn die Company geschlagen war.

Die Macht der Company aber lag in der Beherrschung der Flüsse. In ihren Kanonenbooten. Wenn es ihm gelang, die Kriegsschiffe zu zerstören, war die Macht der Company gebrochen. Und dafür brauchte er das Dynamit.

Dieser wichtigste Teil des gesamten Vorhabens war nun durch den Diebstahl des Dynamits gefährdet. Der Mann mit den Pockennarben wusste, dass er keine Zeit zu verlieren hatte. Er musste diejenigen finden, die das Dynamit an sich genommen hatten.

Während seine Leute überall im Delta Erkundigungen einzogen, die Menschen auf den Flüssen und auf den Märkten befragten, rätselte der Alte, wer ihm wohl einen solchen Streich gespielt haben konnte. Hatte ihn jemand durchschaut? Nicht einmal Koko hatte er von dem Sprengstoff erzählt. Und auf seine Leute war absolut Verlass. Nein, es musste jemand sein, der seine Pläne erraten hatte. Jemand, der im Stande war, einen großen Plan zu erkennen. Jemand, der so dachte wie er. Von dieser Sorte Menschen gab es nicht viele. Der Name, der sich in die Überlegungen des Alten drängte, gehörte dem Mann, mit dem er noch eine Rechnung offen hatte. Schon wünschte er sich, dass dieser Mann hinter dem Diebstahl steckte. Es wäre eine würdige Begegnung.

Als ihm seine Männer berichteten, was sie erfahren hatten, bekam er nach und nach ein Bild von den Ereignissen. Anders als all die Menschen, für die es eine Welt der verlassenen Orte nicht gab, begriff er sehr bald, wo er zu suchen hatte.

An dem Tag, da die Kriegsflotte der Brass sich auf den Weg machte, um das Hauptquartier der Royal Niger Company in Schutt und Asche zu legen, fuhr der Mann mit den Pockennarben in die entgegengesetzte Richtung. Er hatte vier bewaffnete Männer dabei, die anderen waren, nachdem sie die Waffen in Nembe abgeliefert hatten, mit den Brass in den Krieg gezogen. Sie wussten nicht, was ihren Anführer umtrieb, und glaubten, sie würden ihn dort wiedertreffen, wo der Kampf stattfand.

Während seine Männer das Boot durch den immer dichteren Nebel steuerten, legte der Mann aus Amaighbo die Hand auf die Waffe neben sich. Er war gespannt, in welcher Gestalt der Geist, den er suchte, ihm wohl erscheinen würde. In Gedanken setzte er eine Flasche Rum darauf, dass diese Gestalt nicht kugelfest war.

„Ich habe dir gesagt, du sollst auf die Ventile achten."

„Ich habe auf die Ventile geachtet. Aber dein Freund, der Yoruba, hat sie nicht richtig eingebaut."

Schon seit dem Morgen hatte der Kessel nach und nach an Druck verloren. Schließlich hatte es nicht mehr gereicht, um die Schraube anzutreiben. Sie lagen in der Ausbuchtung eines kleinen Flusslaufs vor Anker. Mary hatte sich das Beiboot genommen und ruderte unter den überhängenden Zweigen am Ufer entlang, um eine passende Stelle zum Fischen zu finden. Da sie keinen Eimer an Bord der *Princess* gefunden hatte, um ihren Fang zu deponieren, hatte sie kurzerhand ein paar Töpfe mitgenommen, die sich nun im Heck ihres Bootes stapelten. Während sie langsam durch den feuchtklammen Nebel trieb, lauschte sie mit einem Ohr dem Streit der Männer.

„Das traue ich diesem Whiskydieb zu. Meinst du, wir können da etwas dran machen?"

„Sicher, aber erst mal muss der Kessel abkühlen."

„Verdammt."

„Vielleicht kommt ja jemand vorbei und kann uns mitnehmen."

„Machst du Witze? Ich glaube, wir befinden uns gerade im kleinsten Seitenarm eines Seitenarmes, den man gerade noch befahren kann. Bevor hier jemand vorbeikommt, ist das neue Jahrhundert angebrochen."

„Wir bekommen ein neues Jahrhundert? Was machen wir denn mit dem alten?"

Charly bedachte seinen Gehilfen mit einem missmutigen Blick und wischte sich die Hände mit einem Lappen ab. Er sah hinaus auf den Fluss, wo er etwas undeutlich Marys Gestalt sah, die anscheinend gerade eine Angelschnur auswarf: „Bleiben Sie besser in Sichtweite", rief er zu ihr hinüber, „ich möchte wenigstens mitbekommen, wenn Sie ins Wasser fallen."

Sie wandte sich ihm mit einem empörten Ruck zu, kam

aber nicht dazu, ihm zu antworten, weil das Boot durch ihre abrupte Bewegung ins Schwanken geriet und sie Mühe hatte, ihr Gleichgewicht zu halten.

„Eieiei“, murmelte Charly, dann rief er: „Glauben Sie, dass Sie ein paar von Ihren Exponaten für ein Mittagessen opfern können?“

„Nicht, wenn Sie weiter so rumschreien“, gab sie deutlich leiser, aber noch hörbar zurück.

„Wie steht's mit dir“, fragte Charly an Dennis gewandt, „magst du Fisch in Spiritus?“

Dennis wackelte mit der Hand: „Gebraten ist er mir lieber.“

„Zur Not habe ich noch eine Kiste mit getrockneten Datteln.“

„Datteln?“ Dennis sah Charly an, als ob er einen unanständigen Vorschlag gemacht hätte.

„Ja, Anthony hat eine ganze Charge davon aufgekauft. Er hat sie mir günstig überlassen.“

„O. k., Chief, du isst deine Datteln. Ich nehme mir von dem Dosenfleisch, von dem ich eine günstige Charge aufgekauft habe.“

Charly musterte erstaunt und misstrauisch seinen Gehilfen. „Du hast Dosenfleisch aufgekauft? Woher hast du das Geld?“

„Mein Onkel in Ohambele hat es mir geliehen.“

„Dein Onkel in Ohambele, so, so!“

„HALLO!“

„Ganz genau. Im Gegensatz zu gewissen anderen Leuten denkt er, dass es für mich an der Zeit ist, ein eigenes Geschäft aufzubauen.“

„HALLO!!!“

„Und du glaubst, du könntest ein Vermögen im Dosenfleischhandel machen?“

„Jedenfalls eher als im Handel mit getrockneten Datteln."

„Und was hast du für eine Abmachung getroffen mit deinem Onkel aus Ohambele, damit er dir das Geld ..."

„Chief?"

„... damit er dir das Geld ..."

„Chief!"

„Was denn?"

Dennis sah hinaus auf den Fluss: „Was macht sie da?"

Charly folgte seinem Blick. Durch den Nebel sah er Mary aufrecht in ihrem Boot stehen, einen Kochtopf in der hoch erhobenen Hand.

„Mary?", rief er.

„Schön, dass mich endlich jemand hört!"

„Was machen Sie denn da? Wollen Sie die Fische mit dem Topf erschlagen?"

„Die Fische nicht, aber da ist etwas anderes im Wasser."

Charly sprang auf: „Doch nicht etwa ein Krokodil?"

„Ich glaube nicht, es sieht aus wie ein ..."

Jetzt entdeckte Charly die breite, graue Stirn, die sich aus dem Wasser erhob, die golfballgroßen Augen und das breite Maul.

„Es ist ein ...", sagte er in schierem Entsetzen.

„... Flusspferd?", hörte er Marys Stimme

Er sah, wie es sich dem Boot näherte: „Dennis, das Gewehr, schnell!", rief er und wusste doch im gleichen Moment, dass er zu spät kommen würde.

„O Gott, Mary", schrie er. Da erhob sich schon die ganze gewaltige Masse des Tieres. Das Maul mit den stumpfen Zähnen aufgerissen, schob sich das Untier in einer Welle Richtung Boot. Charly stockte der Atem. Es würde alles zerfetzen.

Da knallte ein Topf auf das Maul.

Das Tier stockte.

Ein weiterer Topf flog und traf eines der empfindlichen Augen. Und noch einer, der das Tier am Kopf traf. Mit einem dumpfen Grummen ließ es sich beiseitesacken und verschwand in einem Aufschwall unter Wasser.

Dennis stand neben ihm und hielt das Gewehr im Anschlag. Langsam ließ er es sinken. Charly hatte mit beiden Händen die Reling umklammert.

„Das wird uns niemand glauben", sagte Dennis leise.

Charly starrte sprachlos auf die Frau in dem heftig schaukelnden Boot, die ihrerseits dem entschwindenden Flusspferd hinterherschaute.

Schließlich wandte sie sich den beiden Männer zu.

„Tut mir leid", rief sie, „ich fürchte, ich habe die Töpfe verloren."

Charly holte tief Luft und stieß sie langsam wieder aus: „Mary, kommen Sie bitte wieder an Bord."

„Ja, ja", sagte sie und griff wieder nach der Angelschnur, „sobald ich das Mittagessen zusammenhabe."

„NEIN. Wir haben hervorragendes Dosenfleisch zur Verfügung." Er wandte sich an Dennis: „Haben wir doch?" Der nickte nur.

„Also, kommen Sie bitte schleunigst da raus. Ich habe Angst um die Flusspferde."

Als Charly sah, dass Mary Anstalten machte, zurückzurudern, holte er erleichtert seine Zigarren hervor.

„Kann ich auch eine haben?", fragte Dennis.

Charly gab sich und ihm Feuer. Beide nahmen einen tiefen Zug. Dann bemerkte er: „Und du wolltest sie über Bord schmeißen?"

„War nur so eine Idee, Chief."

„Komischer Nebel", meinte Charly eine Stunde später. Mary

musste ihm zustimmen. Es war geradezu unheimlich, wie die feuchten Schleier sich verdichteten. Alles um sie herum war in Grau getränkt, nach oben hin heller, zum Wald hin dunkler.

„Hast du schon mal so einen Nebel erlebt?“, fragte Charly mit vorgebeugtem Oberkörper.

„Was für Nebel?“, kam Dennis’ Stimme dumpf aus dem Kessel.

„Das ist einer von den Tagen, an denen ich mich frage, was ich hier eigentlich noch mache“, meinte Charly an niemand Bestimmten gerichtet. Er nahm seinem Gehilfen das alte Ventil ab und reichte ihm dann das Ersatzteil.

„Du hast mir immer gesagt, dass das Gedanken sind, die zu nichts führen“, erklang Dennis’ Stimme.

„Stimmt, ich werde alt.“

„Wenn du in den Ruhestand gehst, bekomme ich dann deine Firma?“

Charly sah auf den jungen *winnabo* hinab, dessen Oberkörper halb im Kessel steckte.

„Was glaubst du, warum ich sie noch nicht verkauft habe“, murmelte er, ohne dass der Junge es hören konnte. Mary sah Charly erstaunt an.

„So, das wär’s.”

Dennis’ rußverschmierter Kopf tauchte aus dem Kessel auf. „Wir können versuchen, sie wieder anzuheizen. Ich hoffe, dass es dann geht. “ Jetzt erst bemerkte er, was auf dem Fluss los war, sah sich langsam um und meinte: „Komischer Nebel.“

„Sag ich doch.“ Charly legte Holz in den Kessel und zündete es an. „Dauert mindestens eine Stunde, ehe wir wieder Druck haben. Weit kommen wir heute nicht mehr.“

„Wird sowieso schwierig, den Weg zu finden“, sagte Dennis, als er sich das Gesicht abwischte. „Tut mir leid, Chief, aber hier kenne ich mich nicht so gut aus. Wir sollten bis morgen warten."

„Passt mir nicht", meinte Charly und starrte mürrisch in das Grau über dem Fluss. „Wenn mich nicht alles täuscht, sind wir hier nicht weit von einer alten Station entfernt. Ich würde gerne versuchen, dorthinzukommen."

„Eine alte Station?", fragte Dennis. „Wie heißt die denn?"

„Ekowe", sagte Charly.

Am Morgen hatte es einen heftigen Streit zwischen ihnen gegeben.

„Das ist Teufelszeug", schrie sie, mit dem Finger auf die Kiste zeigend.

„Aber Eve, so hör doch!" Thaddeus nahm ihren Arm, sie riss sich los.

„Seit wir dieses schreckliche Dynamit gefunden haben, bist du nicht mehr derselbe. Siehst du denn nicht, was aus dir geworden ist? Du denkst nur noch daran, wie du zerstören kannst. Du willst Lager sprengen, Flüsse sperren, und nun willst du auch noch nach Akassa, um dort ein Schiff zu zerstören? Du bist wahnsinnig."

Fassungslos sah Thaddeus, wie das Gesicht seiner Geliebten in Tränen zerfloss. „Ich tue das doch auch für dich. Denk nur an die schrecklichen Händler. Und ich tue das für dein Volk, für die Brass, die von der Company geknechtet werden."

„Mein Volk?" Eve sah ihn mit offenem Mund an. „Was weißt du denn über mein Volk? Du würdest es keine drei Tage aushalten mit meinem Volk. Dann würdest du weglaufen. Wenn sie dich nicht vorher ausgeraubt hätten. Und dabei hättest du noch Glück gehabt. Wenn du eine Frau wärst, hätten sie dich verkauft. Aber erst nachdem sie dich vier Wochen lang gemästet hätten. Damit du mehr einbringst. Oder sie hätten dich aufbewahrt, damit du beim Tod des Königs mit geopfert werden kannst. Mein Volk, das sind die, die mich verstoßen haben. Das sind die, die beim Fetischmann Gift kaufen, um ihre Konkurrenten zu beseitigen. Das sind die ..." Eve schlug die Hände vors Gesicht.

Unglücklich saß Thaddeus neben seiner schluchzenden Frau. Es war fast Mittag, aber der Sonne war es nicht gelungen, die Nebel über dem Fluss zu vertreiben. Er wusste, dass sie nicht mehr weit von Akassa entfernt waren, trotzdem hätte er alleine den Weg nie finden können.

„Aber es war doch Unrecht", wandte er hilflos ein.

Eve hob den Kopf und sah ihren Geliebten an. Sie wusste mit aller Gewissheit, dass sie ihm Einhalt gebieten musste. Wenn sie jetzt weiter nach Akassa fuhren, waren sie verloren.

„Schau doch", sagte sie leise, „es ist mir geschehen, nicht dir. Und ich habe überlebt."

Er senkte den Blick und rang mit den Händen. Sie legte ihre Hand auf die seinen.

„Ich habe überlebt, Cap'n, und ich möchte weiterleben. Ich will nicht den Schrecken der Vergangenheit hinterlaufen. Ich will eine Zukunft. Für uns. Für dich, für mich und für unser Kind."

Thaddeus erstarrte. Er blinzelte sie an: „Was?"

„Ich bekomme ein Kind von dir, Cap'n."

Er sah sie mit offenem Mund an: „Aber warum ... wieso ...?"

„Warum, wieso?" Eve musste lachen. „Na, da überlege mal. Vielleicht fällt es dir ein."

„Aber das ist ja ... o Gott, Eve", er legte seine Hand auf ihren Bauch, „das ist, um Himmels willen, geht es dir gut. Ich wusste ja nicht ..." Verwirrt sah er in das Gesicht seiner Frau, in dem ein glückliches Lachen die Tränen besiegte. Der Junge aus Pont-y-Pant konnte ja nicht wissen, mit welchen Befürchtungen Frauen eine solche Neuigkeit verkünden. Er wusste nicht, dass Eve in seinem Gesicht all das las, was sie wissen musste. Zärtlich nahm er sie in den Arm: „Von nun an …“, begann er, als sie mit einem Mal erschreckt die Hand auf seinen Mund legte.

„Hörst du?“, flüsterte sie.

Und Thaddeus hörte es sofort. Es war im Wasser, es war in der Luft. Eine Bewegung, Gefahr, Gewalt. Da war ein Glucksen, unheilvoll, obwohl er nicht wusste warum. Da war ein Raunen, feindselig, nur erkennbar für den, der die Geräusche des Deltas verstand. Sie verständigten sich nur mit einem Blick. Ohne ein Wort griffen sie zu den Rudern und trieben ihr Boot leise ins Uferdickicht der Mangroven. Dort warteten sie, wagten kaum zu atmen, starrten in die dunstigen Schleier, die den Fluss verhüllten.

Erst war es ein rhythmisches Klatschen. Ruder, die ins Wasser gestoßen wurden. Das leise Rauschen, wenn Boote Wasser verdrängen. Dann sahen sie die Schatten, die durch die weißen Schleier immer deutlicher wurden. Kriegsboote der Brass. Zwei, vier, sieben. Immer mehr tauchten aus dem Nebel auf. Die Männer knieten auf einem Bein und stachen in wilder Entschlossenheit ihre Ruder ins Wasser. Dann tauchte plötzlich der bislang größte Schatten aus dem Nichts des nebelverhangenen Wassers auf. Das Boot war mindestens dreißig Fuß lang. Die ersten Ruderer verschwanden bereits wieder im Nebel, bevor die letzten sichtbar wurden. In der Mitte des Bootes, unter einen Baldachin von Palmblättern, saß ein Mann auf einem breiten Stuhl. Sie sahen nur flüchtig sein finsteres Gesicht und erschauerten. Dieser Mann trug den Tod in die Welt.

Niemand auf den fremden Booten entdeckte die beiden verborgenen Zeugen von König Kokos Kriegsflotte. Nur die Wellen, die sie erzeugten, brachten das wesentlich kleinere Boot am Ufer zum Schaukeln. Nach wenigen Minuten war alles vorbei. Thaddeus und Eve schauten mit klopfendem Herzen den entschwindenden Kriegsbooten hinterher.

Eve wandte sich an ihren Geliebten. „Wir werden nicht nach Akassa fahren", flüsterte sie.

„Nein", sagte Thaddeus ruhig, „wir fahren nach Hause."

Anthony kniff die Augen zusammen und spähte in den Nebel hinaus. Er hatte, verdammt nochmal, keine Ahnung, wo sie waren. Was hätte er darum gegeben, wieder auf Brass Island zu sein. Er hätte die letzte Nacht friedlich in seinem Bett verbringen können. Stattdessen hatte er sich stundenlang damit abgemüht, das Boot wieder von der verfluchten Sandbank runterzukriegen. Der Araber war auch keine große Hilfe gewesen. Als es ihm schließlich gelungen war, sich bei einsetzender Flut und mit Hilfe der Winde zu befreien, hatte der Araber wieder mit Singen angefangen. Das tat er schon die ganze Zeit. Angefangen hatte er damit, als Anthony ihn nach den Perlen fragte. Herrje, er wollte ja nur mal einen Blick darauf werfen. Prompt hatte der komische Kerl seine Affenfalle hervorgezogen und angefangen, darauf herumzuklimpern. Das tat er seitdem jedes Mal, wenn Anthony ihn nach den Perlen fragte. Der Yoruba hatte den Verdacht, dass der Araber ihn damit ablenken wollte.

Einmal, am Morgen, hatte Anthony das Gefühl gehabt, dass da noch andere Boote im Nebel unterwegs waren. Aber da war er noch der Meinung gewesen zu wissen, wo sie langfuhren, und hatte sich nicht darum gekümmert. Außerdem sang sein Fahrgast gerade so ein komisches Lied, das Anthony wirklich sehr schön fand. Auch wenn er den Text nicht verstand. Aber er hatte das Gefühl, dass es da um eine ziemlich traurige Liebesgeschichte ging. So etwas berührte ihn immer tief in seiner Brust. Er dachte an seine Jugend und dass er auch einmal verliebt gewesen war. Dann tauchten vor seinem inneren Auge Bilder aus seiner Heimat auf, aus Abeokuta und der Landschaft am Ogun. Er hatte die Weite des Landes wieder gesehen, die Savanne mit ihrem hohen Gras und den Akazien, die sich schirmartig darüber erhoben. Wie merkwürdig, dass ein Lied, dessen Text er nicht einmal verstand, so deutliche Vorstellungen in ihm hervorrufen konnte.

Überhaupt war das eigentlich ein ganz netter Bursche. Auch wenn er nichts trank, was ja wiederum nicht schlecht war. Immerhin waren Anthonys Vorräte nicht unbegrenzt. Viel miteinander reden konnten sie allerdings nicht, es verstand ja keiner, was der andere sagte. Aber das war nicht so schlimm. Es wurde eh zu viel geredet. Manchmal erlaubte der Yoruba sich einen Spaß und schimpfte mit freundlichem Grinsen auf den Araber ein. Wenn der dann glücklich lächelte und nickte, konnte Anthony vor Vergnügen kaum noch an sich halten. Aber all das löste, verdammt nochmal, nicht das Problem, dass er sich verirrt hatte.

War schon eine komische Gegend, das Delta. Sah immer wieder anders aus. Eine Welt ohne Anfang und ohne Ende. Eigentlich ein verdammt trauriger Ort. Konnte einen schon verrückt machen. Jetzt fing der Araber wieder an, auf den Saiten seines Klimperdings rumzuspielen. War vielleicht gar nicht so schlecht, dass er an Bord war. Wenigstens jemand, auf den man einschimpfen konnte. Und seine Musik war auch ganz nett. Nichts zum Tanzen. Nichts von der Sorte, wie seine Lou sie liebte. Ach ja, seine Lou, war schon ein feines Mädchen. Er sollte diese Dummheiten mit den anderen

Frauen lassen. Und sich mehr um seine Familie kümmern. Und wenn sie unbedingt immer in die Kirche gehen wollten, dann würde er eben mitgehen. Waren ja nur ein paar Stunden. Ein bisschen singen, ein bisschen Halleluja, und alle waren zufrieden. Wo wohl sein Kumpel Charly war? Hmmh, jetzt sang er wieder. Eigentlich gar keine so eine schlimme Gegend, dieses Delta ...

Anthony achtete kaum noch auf die Richtung, in die er fuhr, steuerte sein Boot nur langsam durch die gewundenen Wasserwege des Nigerdeltas und hielt sorgsam nach Sandbänken Ausschau. Es war Montagnachmittag, eine noch unbestimmbare Zeit bis zum Einsetzen der Dämmerung. Aber ziemlich genau zwölf Stunden, bevor der Angriff auf Akassa begann.

Der Überfall

Um halbvier morgens wechselte die Tide. Mit dem Einsetzen der Ebbe gab König Koko das Zeichen zum Angriff. In einer fein abgestimmten Welle setzte sich sein Signal von Hauptmann zu Hauptmann, von Konvoi zu Konvoi, von Boot zu Boot fort. Der Nebel war mittlerweile so dicht geworden, dass die Ruderer sich nicht mehr auf ihre Augen, sondern nur noch auf ihr Gefühl verließen. Sie folgten dem Sog des ablaufenden Wassers, der sie, zusammen mit der Strömung des Flusses, direkt auf ihr Ziel zutrieb. Der größte Konvoi mit Koko an der Spitze stieß aus dem Kanal vor, der nach Nembe führte. Auf der *Yakoba*, die vor dieser knapp anderthalb Kilometer breiten Einmündung Patrouille fuhr, bemerkte niemand etwas von den fast fünfzig Booten mit den schwer bewaffneten Männern darin. Nur eines der kleineren Kanus kam dem Schiff durch ein Versehen zu nahe. Der Zweite Offizier, der gerade die Wache hatte, sah einen länglichen Schatten im Nebel. Er strengte sich an, mehr zu erkennen, zögerte aber, Alarm zu geben. Schon seit Stunden sah er irgendwelche Schatten durch die gespenstische Finsternis gleiten. Er wartete ab, ob er noch einmal etwas wahrnehmen würde, da er sich nicht sicher war, konnte aber nichts mehr entdecken. Also sah er von weiteren Maßnahmen ab. Als dann später das Schießen begann und er begriff, dass er einen Fehler gemacht hatte, hütete er sich davor, irgendjemandem davon zu erzählen.

Auch an Land bemerkte niemand etwas von den Booten, die sich, aus allen Kanälen kommend, auf dem Nun zum ersten Mal in ihrer gesamten Kampfkraft versammelten. Lautlos trieben sie an den Häusern von Akassa vorbei, die Geräusche der in das Wasser eintauchenden Ruder vermischten sich mit den anderen unbestimmbaren Lauten der Nacht. Als die Boote der Brass die Landungsbrücke des Hafens passierten, vernahmen die Krieger von dort Stimmen. Wachsam spähten sie durch den Nebel, während sie ihre Fahrt noch vorsichtiger fortsetzten. Aber es schien sich um das harmlose Gespräch zweier Männer zu handeln.

Am Morgen des 29. Januars um halbfünf landeten die Boote an einem kleinen Stück Strand unterhalb der Company-Gebäude. Immer noch unbemerkt, zogen sie ihre Boote an Land, luden Waffen und Munition aus und drangen auf das Gelände der Royal Niger Company vor.

Joseph Flint hielt währenddessen mit einem Yoruba-Sergeant der Company-Polizei am Kai vor den Lagerhäusern

Wache. Vor ihnen stand das Nordenfelt-Maschinengewehr, mit der Mündung blind auf den Fluss weisend. Vor einer Weile hatte sich Dr. Crafter zu ihnen gesellt. Der Arzt litt schon seit Jahren unter Schlaflosigkeit. Im Casino hatte er erfahren, dass Flint diese Nacht am Kai Wache stehen würde. Crafter beschloss, seinem Vorgesetzten Gesellschaft zu leisten. Er ließ sich vom Stewart eine Waffe und eine Flasche Brandy geben und begab sich hinunter zum Hafen. Während die beiden Weißen sich den Brandy teilten und über die Warnung aus Nembe spekulierten, hatte es sich der Sergeant neben dem Gewehr bequem gemacht. Er glaubte ebenso wenig an einen Angriff wie Flint, der diese seine Meinung gerade dem Doktor darlegte.

„Waren schon immer ziemliche Großmäuler, die Brass. Ich wette fünfzig Pfund, dass sie sich in diesem Moment in Nembe die Finger wund trommeln."

Der Doktor nickte gewichtig und nahm einen Schluck aus der Flasche. Er reichte sie an Flint weiter, zog den Revolver des Stewarts aus der Tasche und meinte: „Die sollen nur kommen, die Hunde. Ich bin bereit."

Nachdem die beiden Männer die Flasche geleert hatten, wurde es dem Doktor langweilig, und er machte sich auf den Rückweg. Zu seinem Glück nahm er einen Umweg, sonst wäre er den Brass direkt in die Arme gelaufen.

Flint und der Sergeant hatten weder von den Booten noch von der Anlandung eine halbe Meile weiter südlich etwas mitbekommen. Die beiden Männer waren vollkommen ahnungslos.

Bis die Hölle losbrach.

Und die Feuerkraft von weit über tausend Gewehren mit einem Schlag die samtige Stille in ein Inferno verwandelte.

Flint und sein Sergeant waren in Deckung gesprungen,

ehe sie überhaupt begriffen, was los war. Erst dann gewahrte der Leiter der Company, dass nicht sie beschossen wurden. Am Reflex der aufblitzenden Mündungsfeuer am diesigen Nachthimmel konnte er erkennen, dass der Angriff auf dem Gelände hinter den Lagerhäusern stattfand. Flint rannte den Kai zurück, bis er freie Sicht hatte. Was er sah, ließ ihn erbeben. Im Feuergewitter sah er Massen bewaffneter Krieger, die auf die Gebäude der Company einstürmten. Allein aus dem Wohnhaus, in dem die weißen Angestellten untergebracht waren, wurde das Feuer vereinzelt erwidert. In das größte Haus, jenes, in dem die Kru-Leute wohnten, waren die Angreifer bereits eingedrungen.

Flint rannte zurück, brüllte dem Sergeant zu: „Das Gewehr! Schnell!“

Gemeinsam packten sie die Nordenfelt und schleppten sie zum Ende der Kaianlage. Mit fliegenden Händen riss der Sergeant die Munitionskiste auf, holte einen Patronengurt hervor und gab ihn Flint. Der beeilte sich, den Gurt einzulegen, lud durch und zielte auf die angreifenden Krieger. Seine erste Feuergarbe ging zu tief und riss nur die Erde auf. Im Gefechtslärm merkten die Krieger nicht einmal, dass sie beschossen wurden. Zu einem zweiten Versuch kam der Generalsekretär der Company nicht, er spürte geradezu unter seinen Fingern, wie sich der Verschlussbolzen verkantete und die Waffe krepierte. Tage später würde der Mechaniker, der die Nordenfelt auseinandernahm, den Rost entdecken. In dieser Nacht kam das Versagen dieser modernsten Erfindung der Waffentechnik einer Katastrophe gleich.

Ohnmächtig sah Flint zu der schreienden Masse von Kriegern hinüber, die wie eine Flutwelle die Wohnhäuser umspülte. Ihm war klar, dass er nichts, rein gar nichts ausrichten konnte. Seine Leute waren verloren, einem mordgierigen

Mob ausgeliefert. Er hätte es verhindern können. Das wusste er jetzt. Wenn er nur die Warnung aus Nembe ernster genommen hätte. Aber diese Erkenntnis half jetzt auch nicht mehr. Sein nächster Gedanke galt dem Umstand, dass er selbst an seinem jetzigen Standort nur durch Glück noch nicht entdeckt worden war. Nun musste er sich selber retten. Wenn er hierbliebe, würde auch er sterben. Zusammen mit dem Sergeant lief er zurück zum Kai, wo ein paar kleinere Boote vertäut lagen. So schnell sie konnten, ruderten die beiden Männer stromaufwärts, um die *Yakoba* zu erreichen. Nur die Waffen an Bord dieses Schiffes konnten jetzt noch etwas ausrichten.

Die Brass hatten ursprünglich vorgehabt, die Wohnhäuser zu stürmen, bevor auch nur irgendjemand merkte, was die Stunde geschlagen hatte. Dabei war ihnen allerdings Doktor Crafter in die Quere gekommen. Genau genommen hatte der Arzt den ersten Schuss in dieser Nacht abgefeuert, in der mehr Blei durch die Luft fliegen würde, als je zuvor in der Geschichte des Deltas. König Koko, der davon ausging, dass die Europäer am besten bewaffnet waren, hatte seine Männer dahingehend instruiert, dass sie zuerst die Weißen außer Gefecht zu setzen hatten. Das Gelände war den meisten Brass vertraut. Daher kannten sie das Haus, in dem die weißen Angestellten der Company wohnten. Unter ihnen auch der Arzt der Siedlung. Der kam gerade hinter dem Haus hervor, wo er genussvoll Wasser gelassen hatte, als die Brass sich der Vorderfront näherten. Noch ganz in seiner eigenen inneren Welt versunken, in der er, inspiriert von dem Gespräch mit Flint, als wagemutiger Pionier gegen die Wilden gekämpft hatte, sah er sich mit einem Mal einer ganzen Armee von ihnen gegenüber. An jedem anderen Tag wäre er entsetzt geflohen. Aber jetzt hatte er die Waffe schon in der Hand, ehe er überhaupt begriff, was er tat. Doktor Crafter streckte zwei Brass-Krieger nieder, bevor diese das Feuer erwidern konnten. Es waren die einzigen beiden Opfer, die die Brass zu beklagen hatten, in dieser Nacht des Todes.

Der Doktor rettete sich hinters Haus, und wieder hatte er Glück. Von den Angreifern hatte keiner mitbekommen, woher die Schüsse kamen, die in ihre Richtung abgefeuert worden waren. Während der Arzt also in Deckung sprang und ein paar hundert Meter weiter Joseph Flint sich ebenfalls auf den Boden warf, feuerten die Brass aus allen Rohren auf die Wohnhäuser der Company, da sie glaubten, von dort beschossen worden zu sein. Da, wie Koko ganz richtig angenommen hatte, nur die Europäer Waffen neben ihren Betten hatten, kam aus dem Haus, hinter dem Doktor Crafter nun angstschlotternd im Dunkeln hockte, die einzige nennenswerte Gegenwehr. Das Gemeinschaftshaus der Kru war dem Angriff völlig schutzlos ausgeliefert. An ihnen entlud sich die Wut der Brass. Zwei Dutzend Männer starben, als sie im Halbschlaf aus ihren Zimmern taumelten. Die ersten durch Kugeln, der weitaus größere Teil wurde mit Macheten niedergemacht.

Nachdem der erste Blutrausch vorbei war, besannen sich die Kämpfer auf ihre Befehle und nahmen den Rest der Kru-Belegschaft gefangen. An die sechzig Mann wurden mit rauhen Schreien und Gewehrstößen zum Strand hinuntergetrieben. Dann begannen die Plünderungen.

Mittlerweile hatte die *Yakoba*, auf der die Schüsse natürlich gehört worden waren, mit voller Fahrt Kurs auf Akassa genommen. Um ein Haar hätten sie dabei das Boot mit Flint und dem Yoruba-Sergeant über den Haufen gefahren. Aber diesmal vertraute der Zweite Offizier seinen Wahrnehmungen und ließ mit heiserem Brüllen die Maschinen stoppen.

Gemeinsam mit dem Captain, der, so schien es dem Zweiten Offizier, fünf Sekunden nach den ersten Schüssen in makellosem Aufzug auf die Brücke gekommen war, ließ er sich von dem atemlosen Flint die unglaubliche Geschichte des Brass-Überfalls erzählen.

„Wir müssen sofort Verstärkung holen", forderte der Leiter der Company am Ende seines Berichts. „In Agberi sind über hundert Mann stationiert."

„Was ist mit den Leuten in Akassa?", fragte Captain Drew.

„Ich weiß nicht, ob da noch jemand lebt", gab Flint zurück.

Der Captain überlegte weniger als zwei Sekunden, dann sagte er: „Fahren Sie mit dem Wachboot nach Agberi, wir schauen, ob da draußen noch jemand ist. „Mister Hartley", sprach er schließlich seinen Zweiten Offizier an, „setzen Sie Mister Flint auf der *Kuka* ab und nehmen Sie Kurs auf Akassa."

„Ay, Sir", bestätigte der Zweite Offizier, an dem noch immer das schlechte Gewissen wegen seiner nicht gemeldeten Beobachtung nagte.

Nachdem Hartley und Flint nach draußen geeilt waren, sah Captain Drew durch die verschlierten Fenster in die Nacht hinaus. Vor ihnen teilten sich die Nebel, als würde der Stahl der Europäer sie zum Rückzug zwingen. „Verdammte Schweinerei, das", meinte der Captain.

„Das kann man wohl sagen", erwiderte sein Steuermann.

Während die *Yakouba* mit voller Kraft zum Company-Gelände steuerte, waren die Europäer dort in heftige Bedrängnis geraten. Eine Gruppe von sechs Ingenieuren hatte sich mit ihren Gehilfen zum Hafen hinuntergekämpft, um dort auf die *SW Benue* zu flüchten, einem kleinen Flussdampfer, der als einziges Schiff nicht zur Reparatur angelandet war. Zwar stand der Kessel der *Benue* nicht unter Dampf, sie würden ihn erst beheizen müssen. Aber es gab keine andere Wahl. Der Doktor bekam erst gar nicht mit, dass die, die zu verteidigen sein heldenhaftes Bestreben gewesen war, einfach Fersengeld gaben. Dann aber, das Schreien der Brass in den Ohren, begriff er, dass er ihnen schleunigst folgen sollte.

Während die Gehilfen den Kessel befeuerten, hielten die Ingenieure die angreifenden Krieger auf Abstand. Sie hätten es nie geschafft, sich gegen diese Übermacht zu behaupten, wenn nicht in diesem Moment die *Yakouba* aus dem Nebel aufgetaucht wäre. Was in den folgenden Minuten folgte, war ein Feuergefecht, das in die Geschichte eingehen sollte. Das Erstaunlichste daran war, dass es, gemessen an der Menge der Munition, die verschossen wurde, äußerst wenig Opfer gab. Einige Verletzte bei den Brass, doch deren Wunden waren zumeist von herabfallenden Teilen der Lagerhäuser verursacht. Auch an Bord der *Yakouba* gab es kaum Verletzte, und der einzige Tote war der Zweite Offizier, den das schlechte Gewissen zu einem völlig unnötigen Akt von Heldenmut getrieben hatte. Von einer Rückeroberung des Geländes konnte allerdings keine Rede sein. Die *Yakouba* hatte nur leichte Geschütze an Bord, die mehr dazu gedacht waren, Schmugglerboote aufzubringen. Ihre Kugeln richteten mehr Schaden an, als dass sie die Brass vertrieben. Da sich diese dem Hafen allerdings über die schmalen Durchgänge zwischen den Lagerhäusern näherten, konnte ihre Übermacht nicht zum Tragen kommen. Zwar hatten einige die Idee, auf die Dächer der Lagerhäuser zu klettern, um von dieser günstigen Position aus die Schiffe unter Beschuss zu nehmen. Doch davon kamen sie schnell wieder ab. Die Kanoniere der *Yakouba* hatten nämlich mit dem Nebel so ihre Schwierigkeiten, die meisten Geschosse durchschlugen die dünnwandigen

Lagerhallen, so dass es nicht lange dauerte, bis die den Schiffen gegenüberliegende Halle mit lautem Krachen einstürzte. Immerhin hielt der Beschuss die angreifenden Krieger so lange auf, dass die *Benue* genug Druck im Kessel aufbauen konnte, um die Schraube anzutreiben. Als das kleine Schiff vom Kai ablegte, ließen sich die Krieger nicht mehr aufhalten. Mit wilden Schreien stürmten sie auf den Kai und deckten beide Schiffe, das kleine und das große, mit ihrem Feuer ein. Captain Drew von der *Yakouba* sah jetzt, da die *Benue* sich in den Fluss pflügte, keinen Grund mehr, das riskante Gefecht länger fortzusetzen. Im Kugelhagel der Brass steuerten die Schiffe mit Volldampf vom Kampfgeschehen fort. Es gab keinen an Bord, der nicht froh war, dem grausamen Tod entronnen zu sein. Dass mehr als sechzig ihrer Leute gefesselt in den Booten lagen, konnten sie nicht wissen. Ebenso wenig, dass es im Wohnhaus weiter oben immer noch Menschen gab, die um ihr Leben kämpften.

Dort hatte in der Zwischenzeit der Kampf an Heftigkeit zugenommen. Das zweigeschossige Gebäude beherbergte in dieser Nacht fünf Männer. Derjenige, der zuerst auf die Schüsse vor dem Haus reagiert hatte, war Captain Morgan, der Chief der Company-Polizei, der sich gerade von einer Verwundung am Oberschenkel erholte, die er sich zwei Tage zuvor bei der Verfolgung eines Schmugglerbootes zugezogen hatte. Er war derjenige, dessen Gegenfeuer Flint vom Kai aus gesehen hatte. Ihm zur Seite standen zwei junge Handelsagenten namens Russel und Hughes, die mit dem Schiff angekommen waren, auf dem auch Sir George nach Afrika gereist war. Die beiden anderen Bewohner des Hauses befanden sich dort in einer Art Arrest. Es handelte sich um zwei Franzosen, und zwar um den Ersten Offizier der *Ardent* sowie einen jungen Offiziersanwärter aus dem bretonischen Pont

Aven, der sich auf seiner ersten Fahrt befand. Die beiden Männer waren von ihrem Capitain d'Agoult nach Akassa geschickt worden, um mit den dort Verantwortlichen über einen Ausweg aus dem Dilemma zu verhandeln, in dem das französische Schiff sich noch immer befand. Zu Verhandlungen aber war niemand bereit. Ebenso wenig dazu, sie wieder gehen zu lassen. Der Offizier und sein Adjutant waren, abgesehen davon, dass man sie am Verlassen des Geländes hinderte, von den Engländern vollkommen ignoriert worden.

Als der Sturm der Brass auf das Wohnhaus einsetzte, reagierten die beiden Franzosen völlig unterschiedlich. Der Leutnant schien von der ersten Sekunde an die Position vertreten zu wollen, dass ihn all das nichts anginge. Er verbarrikadierte sich in seinem Zimmer und ging unter seinem Bett in Deckung. Der junge Bretone hingegen verschwendete keine Gedanken auf irgendwelche Positionen. Er hechtete quer durch das Treppenhaus, wo bereits einige Brass schießend vordrangen, in den Salon, von wo aus sich die Engländer verteidigten, bat höflich um eine Waffe und feuerte diese umgehend auf die Angreifer ab. Captain Morgan, der mit seinem Gewehr am Fenster stand, um den Eingangsbereich abzudecken, betrachtete einen kurzen Moment den mutigen Franzosen und schüttelte dann bedauernd den Kopf. Er war ein erfahrener Kämpfer, und er wusste, wenn nicht bald ein Wunder geschah, wären sie in Kürze alle tot.

Ein Großteil der Brass war inzwischen mit Plünderungen beschäftigt. Werkzeuge und Waffen, Draht und Elfenbein, Medikamente und Gin, die Männer schleppten alles, was beweglich war, zu den Booten. Dann widmeten sie sich mit ebenso viel Genuss der Zerstörung. Zwei Dampfboote, die zur Reparatur im Dock lagen, versenkten sie, indem sie die Bordwände durchschossen. Einem weiteren, größeren Schiff zertrümmerten sie die Maschine. Sie zerstörten Werkbänke und warfen Ersatzteile ins Wasser. Sie zerschossen Ölfässer, die nicht mehr in ihre Boote passten, ließen nichts heil, hauten alles kaputt. Ihre Wut nahm dabei jedoch nicht ab. Sie hätten Wochen, vielleicht Jahre so weitermachen können, ehe ihre Rache gesättigt und ihren Herzen Frieden geschenkt gewesen wäre.

Es waren hauptsächlich die Männer aus Nembe, die unter dem Kommando ihres Königs das Wohnhaus bekämpften. Koko ging es nicht um Plünderungen. Er wollte die Weißen. Er wollte Geiseln. Schon dass Flint entkommen war, hatte ihn Gift und Galle spucken lassen. Dann waren noch mehr Weiße in einem Boot geflohen. Sie würden ihrem Schicksal nicht entgehen. Er sah zum Himmel empor, der sich langsam aufzuhellen begann. Bald würde es Tag werden. Mit heftiger Geste trieb er seine Männer voran. Den Stock mit dem Leopardenkopf wie eine Keule erhoben.

Ein Teil von ihm ahnte, dass dieser Sieg nur vorübergehend war. Ja, sie hatten Akassa erobert, zumindest den Teil, der der Company gehörte. Aber war das wirklich der Sieg, den er sich erträumt hatte? Eine Stimme in ihm ließ ihn daran zweifeln. Vielleicht war es die Stimme des Alten aus den Sümpfen. „Eine gewonnene Schlacht bedeutet nichts", hatte der Mann aus Amaighbo gesagt. „Du musst den Gegner im Herzen treffen." Und in diesen Worten schwang ein Satz mit, der Koko erst jetzt aufging: „... so wie sie mich getroffen haben."

Ihn schauderte, wenn er daran dachte, was das bedeuten mochte. War der Alte vielleicht ein Geist? Der Geist jenes Mannes, der bisher als Einziger den Weißen die Stirn geboten hatte? Und hatte er, Koko, voreilig gehandelt, als er den Angriff befahl? Der Alte hatte ihn immer gewarnt. „Es braucht immer den richtigen Zeitpunkt. Sonst ist alles verloren."

Heiße Wut stieg in Koko auf. Er war der König. Dies war sein Reich. Und die Weißen waren nur Eindringlinge darin. „Greift an!", brüllte er. Und brachte damit die Stimme des Zweifels in sich zum Schweigen.

Die Krieger aus Nembe hatten das Erdgeschoss des Wohnhauses in ihrer Gewalt. Auch das Treppenhaus und den oberen Flur beherrschten sie mit ihren Waffen. Nun bestürmten sie in immer größer werdender Zahl die letzte Bastion der Weißen.

Der Salon nahm einen Großteil des Obergeschosses ein. Vom Treppenhaus aus führten zwei Flure im rechten Winkel um den Raum herum. Von beiden Fluren aus gab es einen Zugang. Die Engländer und der junge Franzose schossen aus den offenen Türen, vor die sie die massiven Möbel als Deckung geschoben hatten. Bisher hatten sie verhindern können, dass die Angreifer in den schmalen Fluren vorrückten. Die aber ließen ihnen keine Minute Pause. Es war absehbar, wann den Verteidigern die Munition ausgehen würde. Captain Morgan saß hinter der Fensterbrüstung und schaute in die bleigraue Morgendämmerung hinaus. Er hätte gerne noch einmal die Sonne gesehen.

König Koko hielt es kaum noch auf dem Platz vor dem Haus. Er gab die Anweisung, den Widerstand der Weißen mit allen Mitteln zu brechen. Nur ihren Anführer wollte er lebend. Am Gefechtslärm und den Schreien seiner Männer erkannte er, dass diese kurz vor dem Ziel waren. Im Gefühl des nahen Triumphes ballte er seine Fäuste zusammen, als ihn mit einem Mal das ferne Donnern einer schweren Kanone zusammenzucken ließ.

Auch die Männer im Haus hörten das dumpfe Dröhnen und erwarteten instinktiv den Einschlag der Kugel. Ihre eigenen Waffen waren verstummt. So wie alle Waffen auf dem Gelände der Company. Die Krieger waren erstarrt und sahen zum Hafen hinunter. Diejenigen der Brass, die gerade Raubgut in ihre Boote luden, sahen den gewaltigen Schatten als erste aus dem Nebel auftauchen. Es musste ein Kriegsschiff sein. Es würde nicht allein kommen. Sofort eilten Boten zu König Koko hinauf. Kriegsschiffe mit schwerer Bewaffnung näherte sich dem Hafen. In ohnmächtiger Wut begriff der König, dass sie abziehen mussten. Die ersten Männer flohen bereits zu den Booten. Mehr um die Kontrolle zu behalten, als aus Überzeugung gab er den Befehl zum Rückzug.

Captain Morgan saß immer noch auf dem Fußboden des Salons und wagte kaum zu hoffen, dass die Krieger wirklich abziehen würden. Aber aus dem Treppenhaus kam kein einziger Schuss mehr. Und von unten vernahmen sie nur das Trappeln unzähliger Füße, die aus dem Haus rannten. Der Franzose, dem aus einer Schramme am Kopf das Blut über die Stirn lief, wandte sich, noch außer Atem, an den Captain und fragte in gebrochenem Englisch: „Capitan, was war ... dies?"

Der Chef der Polizeitruppe stieß hörbar die Luft aus: „Das, mein junger Freund", gab er langsam zurück, während er das Gewehr neben sich ablegte, „das war das Postboot."

Der Bretone sah ihn verständnislos an.

„Das Postboot", wiederholte Morgan, „le paquebot de ... ach, verdammt. Es ist das Postboot aus England. Immer wenn es in die Mündung des Flusses einfährt, gibt es einen Schuss aus der Kanone ab. Damit alle wissen, dass es da ist."

„La poste?", fragte der Franzose ungläubig.

„Genau." Morgan sah über die Fensterbrüstung auf den leeren Vorplatz hinaus. „Wir sind von der englischen Post gerettet worden."

Erst nach Sonnenaufgang, als Flint mit der Verstärkung aus Agberi eintraf und auch die *Yakuba* sich wieder an das Gelände heranwagte, trauten sich die Männer, das Haus zu verlassen. Gemeinsam mit den Soldaten und dem Leiter der Company begutachteten sie die Schäden. Die Zerstörungen waren immens. Was nicht geplündert worden war, hatten die Brass in Stücke gehauen. Die Werkstätten waren unbrauchbar, alle Privatmöbel zertrümmert. Einige der Brass waren in die Büros eingedrungen und hatten alle Unterlagen vernichtet. Ein verkohlter Haufen Papier war alles, was übrig geblieben war. Der schlimmsten Anblick aber erwartete die Männer im Wohnhaus der Kru. Zwölf der Leichen, die sie fanden, waren enthauptet worden. Von ihren Köpfen war keine Spur zu sehen. Als ihnen klar wurde, dass die meisten Angestellten entführt worden waren, überkam sie das blanke Entsetzen. Schweigend sahen Morgan und Flint zum Fluss hinunter, auf dem sich noch immer zäh der Nebel hielt. Sie wagten nicht, darüber zu spekulieren, was mit diesen Männern geschehen würde.

Die Rückkehr der Brass nach Nembe wurde zu einem Triumphzug. In ihren Booten mit den Gefangenen und dem geraubten Gut ließen sie sich feiern wie Helden. Nur der König blieb schweigsam. Mit dem Ende der Kampfhandlungen hatten die Zweifel in ihm die Überhand gewonnen. Sie hatten die Company zwar geschlagen, aber nicht besiegt. Sie waren von den Kanonenschiffen vertrieben worden. Koko fragte sich, warum der Alte aus Amaighbo, der Mann, mit dem er alles geplant hatte, diesen Punkt nicht bedacht hatte. Während seine Krieger in Gedanken schon beim Fest waren, das sie heute feiern würden, begriff der König, dass sie in Nembe nicht sicher waren. Was, wenn die Schiffe ihnen folgten? Dann wären sie die Angegriffenen.

Koko wandte sich um und schaute den Fluss zurück. Sie hätten eine Waffe gebraucht, die sie den Kriegsschiffen entgegensetzen konnten.

Der Mann im Dunkeln

Charly hatte nie viel fürs Fischen übriggehabt. Nun gut, manchmal hatte man einfach Hunger. Er hatte sich auch schon so manches Abendessen aus dem Fluss geholt. Vor allem, wenn er niemanden gefunden hatte, den er für diesen Job engagieren konnte. Den fast mystischen Zirkus aber, den einige seiner Landsleute um diesen schlichten und, wenn man ehrlich war, auch fürchterlich langweiligen Vorgang machten, konnte er beim besten Willen nicht begreifen. Es gab wirklich Menschen, die das als Sport bezeichneten. Zum Lachen. Der Einzige, für den das anstrengend wurde, war der Fisch an der Leine. Wiederum andere, dachte er, während er einen Seitenblick auf die konzentriert wirkende Frau neben sich warf, angelten aus wissenschaftlichen Gründen.

War da nicht gerade ein Schatten im Wasser gewesen? Direkt neben seiner Angelschnur? Er beugte sich leicht vor, um über die Kante des Bootes zu schauen. Dabei geriet es etwas ins Wanken.

„Nicht“, flüsterte Mary. „Sie vertreiben sie noch.“

Ergeben setzte Charly sich wieder aufrecht hin und sah missmutig über das Wasser, auf dem immer noch einige Nebelschwaden hingen. Es war unmöglich gewesen, sie aufzuhalten. „Reicht Ihnen die Begegnung mit dem Flusspferd nicht?“, hatte er sie gefragt, als sie verkündete, dass sie wieder auf Fischfang gehen wolle.

„Das befindet sich vermutlich immer noch beim Flusspferdedoktor und lässt sich verarzten“, gab sie vergnügt zurück und schob den Revolver wieder in ihre Rocktasche.

„Warum haben Sie gestern eigentlich nicht geschossen?“, fragte er.

Sie sah ihn erstaunt an: „Aber warum denn? Es hat mir doch nichts getan.“

Manchmal wunderte Charly sich, dass diese Frau es bis hierher geschafft hatte. Aber das war nicht das Einzige, worüber er sich wunderte. Seine Gedanken wanderten wieder zur Station zurück.

Sie waren tatsächlich nicht weit von Ekowe entfernt gewesen und hatten den Ort gestern Abend nach nur kurzer Fahrt erreicht. Das war ihr Glück, denn die Maschine hatte den Druck nicht lange gehalten. Es hätte nicht viel gefehlt, und sie hätten die letzten Meter rudern müssen.

In Ekowe hatten sie niemanden angetroffen, keine Dorfbewohner und auch keinen Geist. Die Hütten schienen schon längere Zeit verlassen, das Stationshaus wartete allerdings mit einigen Überraschungen auf. Es schien nicht nur bewohnt, es war auch noch ausgesprochen gepflegt. Die Fußböden waren gewischt, die Regale im unteren Raum gereinigt. Körbe mit Ananas, Bananen, Yams und Cassava standen darin. Im Schlafzimmer fanden sie eine Kiste mit Kleidung und Ausrüstung. Das Bett war gemacht, eine halb abgebrannte Kerze stand daneben. Die größte Überraschung aber fanden sie im hinteren Lagerraum. Neben einigen Kisten mit Gewehren befanden sich dort auch zwei Kisten mit Dynamit. Die Waffen waren deutscher Herkunft, und auf den Kisten mit dem Sprengstoff war der Name „Geesthacht“ aufgedruckt, ein Ort im Norden Deutschlands, wo, wie Charly wusste, Alfred Nobel seine Sprengstofffabrik gebaut hatte. Allerdings erst, nachdem die Schweden ihn rausgeworfen hatten, weil seine erste Fabrik dort in die Luft geflogen war.

„Ich habe den Eindruck“, hatte Charly gesagt, als sie zu dritt vor dem Waffenlager standen, „dass wir hier einige Antworten finden werden.“

„Ich bin mir aber nicht sicher“, hatte Dennis daraufhin gemeint, „ob ich den Leuten begegnen möchte, die uns diese Antworten liefern können.“

Charly verstand sofort, was er meinte. Waffenhändler waren selten nette Zeitgenossen. Zwar schien es sich hier um besonders reinliche Exemplare zu handeln, aber das hieß noch lange nicht, dass sie auch friedfertig waren. „Kriegst du den Kessel morgen hin?“, hatte er Dennis gefragt.

„Ich fange beim ersten Tageslicht an“, gab der ernst zurück.

Und jetzt saß Charly in einem Boot, um Fische zu fangen. Neben ihm lehnte eine großkalibrige Waffe an der Bordwand. Er wusste, dass Dennis ohne ihn zurechtkam, also war er mit Mary gefahren. Auch wenn er mittlerweile den Eindruck hatte, dass nicht sie in Gefahr war, sondern die anderen Sumpfbewohner, sollten diese so unvorsichtig sein, ihr über den Weg zu laufen.

„Das ist ein sehr schlechter Platz zum Fischen“, verkündete sie nun in ärgerlichem Ton.

„Ich bin froh, dass Sie das einsehen“, seufzte Charly erleichtert und holte seine Angelschnur ein. „Wir fahren zurück und machen eine Dose Fleisch auf. Wenn Dennis uns eine abgibt. Wahrscheinlich müssen wir sie ihm abkaufen. Der kleine Halunke ...“

„... dem Sie Ihre Firma übergeben wollen ...“

„Wer sagt so etwas?“

„Sie. Im Übrigen werden wir keineswegs zurückfahren. Bevor wir nicht ein paar anständige Exemplare eingesammelt haben, machen wir nicht kehrt.“

„Aber die Fische beißen nicht. Wahrscheinlich haben sie keinen Hunger. Wir können ja ein andermal wiederkommen.“

„Unsinn. Wahrscheinlich ist das Wasser hier nur zu unruhig. Da vorne habe ich einen kleinen Kanal gesehen. Dort werden wir bestimmt fündig. Wollen Sie, dass ich rudere? Sie sehen etwas geschwächt aus.“

„Das schaffe ich schon noch“, wehrte Charly ab und griff nach den Rudern. „Aber vielleicht haben wir mehr Erfolg, wenn Sie auf die Fische einreden. Mit Ihrer spitzen Zunge müssten Sie sie bequem aufspießen können.“

„Olala, der Herr Graf scheint verärgert.“

Charly warf ihr einen bösen Blick zu und stach die Ruder ins Wasser.

„Tut mir leid“, lenkte sie ein. „Ich weiß, Sie mögen es nicht, wenn man Sie so anspricht.“

Charly fand den Kanal, von dem Mary gesprochen hatte, und lenkte das Boot hinein.

„Sind Sie wirklich ein Graf?“, fragte sie neugierig.

Charly schnaubte nur.

„Was ist denn so schlimm daran?“, begann sie erneut und stampfte mit dem Fuß auf. „Ich wäre gerne eine Gräfin.“

„Wirklich?“ Charly schaute über seine Schulter, um in der Fahrrinne zu bleiben. „Dann heiraten Sie mich doch.“

Er erstarrte in der Bewegung. Was hatte er gerade gesagt?

„Was haben Sie gerade gesagt?“, fragte Mary mit heiserer Stimme und räusperte sich sogleich.

„Ich habe gar nichts ...“, murmelte er. Die Ruder hingen bewegungslos im Wasser. Langsam drehte sich das Boot.

„Mister Charles DeCardi, ich bin kein Mensch, der zu Halluzinationen neigt. Irgendjemand hat hier etwas gesagt, und außer uns beiden ist da niemand. Ich war es nicht. Also!" Mary war aufgestanden und sah auf ihn herab.

„Also was?" Charly erhob sich ebenfalls. Sie standen sich gegenüber. Er sah in ihre Augen, sah in dieses unglaubliche Blau. Da geschah es, dass er zum ersten Mal tief in ihre Seele sah. Und das kleine, ängstliche, mutige Mädchen darin erkannte. Er sah die Einsamkeit, die sie schon so lange umgab und in der sie sich eingerichtet hatte wie in einem Haus. Er sah ihre Sehnsucht und ihre Leidenschaft und begriff mit einem Mal, dass er genau das wollte. Immer wieder.

„Ich ...", begann er stockend, als er plötzlich den Schatten hinter ihr auftauchen sah. „Vorsicht!", rief er und packte sie, um sie zu Boden zu reißen.

Mary ruderte mit dem Armen, um ihr Gleichgewicht nicht zu verlieren. Dabei wandte sie sich ruckartig um, um den Grund für Charlys Warnruf zu sehen, sah den Ast vor ihrem Hals, hob abwehrend die Hände und hatte ihn schon umklammert. Unter ihr rutschte das Boot weg.

„Lassen Sie doch los", hörte sie Charlys Stimme, als der sie an der Hüfte packte. Aber ihre Füße hatten bereits den Kontakt mit dem Boot verloren. Mit aller Kraft hielt sie sich an dem Ast fest, sah, wie sich das Boot wegdrehte, wie es sich neigte, weil Charly immer noch versuchte, sie zurückzuziehen und nun in Schräglage kam. Sie sah über die Schulter in sein Gesicht, erkannte den Ausdruck des Erstaunens darin, bevor er mit einem kehligen Laut zur Seite kippte.

Sie hörte das laute Aufplatschen im Wasser. Ihre Beine baumelten in der Luft. Sie versuchte, sich an dem Ast hochzuziehen, musste aber feststellen, dass ihre Kraft dafür nicht ausreichte. Sie hätte wirklich mehr Sport machen sollen.

„Charly!“, rief sie.

Mit einem Prusten tauchte der ein paar Meter weiter wieder auf. „Halten Sie sich fest“, rief er und hustete. „Ich hole das Boot.“

„Das war jetzt wirklich nicht meine Schuld“, entschuldigte sie sich und zog sich wieder etwas höher, weil sie merkte, dass ihre Hände an dem feuchten Ast abrutschten.

Charly hatte das Boot erreicht und mühte sich nun, wieder an Bord zu kommen.

„Das war bestimmt *mami wota*“, sagte sie mit angestrengter Stimme, „unser Kanuzauber war zu schwach.“

Charly hievte sich mit einem Schwung ins Boot, fischte die Ruder aus dem Wasser und begann, es mit raschen Schlägen zu drehen, um zu Mary zurückzufahren.

„Kann jedenfalls nicht schaden, ihn mal zu erneuern“, bemerkte er.

„Davon hat mir der Sänger nichts gesagt.“ Mary sah, wie ihre Finger Millimeter für Millimeter an dem Ast abrutschten. Eine unangenehm große Spinne näherte sich ihren Händen. Sie wollte nicht, dass die Spinne über ihre Haut krabbelte, hatte aber leider keine Hand frei, um sie wegzustoßen. Sie zog mit aller Kraft ihren Kopf auf Asthöhe und versuchte, sie aus dem Weg zu pusten.

„Halten Sie aus, Mary, ich bin gleich ... aber was machen Sie denn da?“

„Da ist eine Spiiiinneee ...“ Mary schoss senkrecht ins Wasser. Kaum dass ihr Kopf untergetaucht war, stießen ihre Füße in den weichen Untergrund. Sie versuchte sich daraus zu befreien, aber mit jeder Bewegung schien sie tiefer zu versinken. Sehen konnte sie kaum etwas, zu modrig war das Wasser. Aber ihre Hände erfassten zu ihrem Entsetzen eine seltsame Substanz, die sie zu umschweben schien. Sie stieß sie weg, aber das weiche Etwas hing an ihr. Da merkte sie, dass es ihr Kleid war, das sich nach oben aufgebauscht hatte. Während sie in wachsender Panik versuchte, ihre Füße aus dem zähen Schlick zu ziehen, drückte sie in der irrsinnigen Befürchtung, jemand könnte sie so sehen, das Kleid nach unten. Sie merkte, dass ihr die Luft knapp wurde. Ein Bild zuckte durch ihr Hirn, ein Bild, in dem sie sich sah, wie sie in zehntausend Jahren von Archäologen als gut erhaltene Moorleiche geborgen wurde, als sie mit einem Mal merkte, wie eine Hand sie am Kragen packte und mit einem kräftigen Ruck daran zog. Obwohl das unter Wasser doch gar nicht möglich war, glaubte sie das schmatzende Geräusch zu hören, mit dem der Schlamm sie widerwillig freigab. Im nächsten Moment hatte sie das Gesicht über Wasser und sog befreit die Luft ein. Eine Armlänge über sich sah sie Charlys Gesicht.

„Manchmal macht man doch noch einen ganz guten Fang“, sagte er nur.

Mary saß aufrecht im Boot, die Hände seitlich auf die Bordwände gelegt, und betrachtete die Uferböschung, an der das Boot vorbeitrieb. An einigen Stellen wucherte das Grün bis ans Wasser herab. Dann wieder war die Böschung heruntergebrochen und gab braune, lehmige Erde frei, aus der mehrere Wurzeln herausragten. Sie versuchte, die Pflanzen anhand der Blattformen zu unterscheiden, oder ließ den Blick an den moosig bewucherten Luftwurzeln emporwandern, an denen glitzernde Feuchtigkeit herabperlte. Sie ließ ihre Aufmerksamkeit von jeder Kleinigkeit einfangen, denn sie verspürte eine ungewohnte Scheu, den Mann anzusehen, der ihr gegenübersaß. Als sie es doch mit einem schnellen Seitenblick tat, musste sie feststellen, dass er über den Rücken schaute, um die Richtung, in die er ruderte, nicht zu verlieren. Sie nutzte die Gelegenheit, ihn heimlich zu mustern, das dunkle Haar, das nun nass an seinem Kopf klebte, die Schultern unter der Jacke, die unförmig an ihm herabhing. Sie war sicher, dass sie sich nicht verhört hatte vorhin.

Charly wandte sich wieder um und bemerkte gerade noch, wie Mary den Kopf wegdrehte. Er war wütend auf sich. Was war nur in ihn gefahren, so etwas Dämliches zu sagen. Jetzt würde nichts mehr sein wie zuvor. Die Unbefangenheit, die Leichtigkeit, die kleinen Wortgefechte, alles verdorben, nur weil er diesen dummen Satz gesagt hatte. Die Frau musste ihn für verrückt halten. Ein heruntergekommener Spieler und Schmuggler schlug ihr vor, ihn zu heiraten. Es war ihm einfach herausgerutscht. Jetzt stand dieser Satz unwiderrufbar zwischen ihnen. Es tat ihm leid, dass er sie in eine so peinliche Situation gebracht hatte. Als er zu ihr hinübersah, trafen sich ihre Blicke kurz und wandten sich dann sofort wieder voneinander ab.

Seit dem Moment in dem kleinen Kanal, kurz bevor sie gekentert waren, durchfuhr es sie jedes Mal, wenn er sie ansah. Als besäße er nun den Schlüssel zu ihrem Innersten. Wieso nur hatte seine Bemerkung sie so aufgewühlt? War es etwa das, was sie wollte? Dass er ihr einen Heiratsantrag machte? Sie wusste nicht mehr, was sie denken sollte. Es stimmte nicht mit dem überein, was sie gewesen war, bevor sie nach Afrika aufbrach; mit der Frau, die sich damit abgefunden hatte, dass die Liebe in ihrem Leben nie zu Gast sein würde. Die sich der Welt der Bücher und der Wissenschaften verschrieben hatte. Die ihre Sehnsucht in einer geheimen Kammer ihres Herzens verschlossen hatte, in die sie nur manchmal einen Blick warf, so wie man manchmal noch in das eigene Kinderzimmer schaut, in dem das Spielzeug der Vergangenheit langsam einstaubt. Doch diese Reise hatte alles geändert. Nach und nach hatten sich die Kammern in ihrem Inneren geöffnet. Die Gegenstände aus diesen lange verschlossenen Räumen konnte und wollte sie nicht mehr zurückdrängen. Zu groß war ihre Fülle, zu fordernd ihre Kraft. Vom ersten Moment an war Charly ein Teil dieses Geschehens gewesen. Und wenn auch nur dadurch, dass sie sich bei ihm als die fühlte, die zu werden sie vielleicht erst im Begriff war. Doch ob der Weg, den er ihr mit diesem einen Satz gewiesen hatte, die Brücke war, über die sie gehen wollte, das wusste sie nicht. Wieder kreuzten sich für eine flackernde Sekunde ihre Blicke. Sie wusste nicht, was sie tun sollte. Sie wusste nur, dass sie nicht zurückweichen würde.

Charly hielt auf das rechte Ufer zu, wo die Station aus dem Nebel auftauchte. Er war ein Spieler. Aber das hier war kein Spiel. Mary war nicht wie die Frauen, mit denen er bisher zu tun gehabt hatte. Er begriff, dass er keine Ahnung hatte, wie er mit ihr umgehen sollte. Nur eines wusste er, dass er sie nicht verletzen wollte. Ihm fiel wieder auf, dass sie seinen Blick immer noch mied.

Jetzt erst, als sie darüber nachdachte, wurde Mary klar, dass er sie eigentlich nicht gefragt hatte. Es war eine leicht dahingeworfene Bemerkung gewesen, so wie die Aufforderung, nicht in eine Pfütze zu treten. Sie sah an ihm vorbei zu der Stelle, wo die *Princess* am Anleger zu erkennen war. Genau genommen hatte es sich nicht sehr ernst angehört. Sie stellte fest, dass ihr das missfiel. Und warum sagte er jetzt nichts? Warum vermied er es hartnäckig, sie auch nur anzuschauen?

Charly hoffte, dass Dennis mit der Maschine klargekommen war. Sie mussten von hier weg. Noch eine ganze Nacht in diesem unangenehmen Schweigen verbringen? Nein, das wollte er auf keinen Fall. Herrje, er würde es ja wohl noch schaffen, sich zu benehmen. Es war nicht das erste Mal, dass er sich in eine unangenehme Situation manövriert hatte. Da würde er eben den Gentleman hervorkehren, höflich, charmant, distanziert. Wo steckte bloß der Junge? Er konnte ihn nirgends sehen. Hing er etwa immer noch kopfüber in der Maschine?

Charly holte die Ruder ein, als das Boot an den Pfosten des Anlegers stieß. Er griff sich das Seil, zog sich auf den Steg und schnürte das Boot fest. „Dennis?", rief er über die Schulter. Keine Antwort. Er half Mary aus dem Boot, wobei ihn in dem Moment, da er sie heraufzog und sie sich wieder so nah gegenüberstanden, der Impuls durchzuckte, sie nicht loszulassen, sondern, im Gegenteil, in seine Arme zu ziehen. Er gab ihre Hand frei und wandte sich abrupt ab.

„Dennis!", rief er nochmal und sprang an Bord der *Princess*. Die Luke zur Maschine war offen, der Werkzeugkasten stand daneben. Aber auch unter Deck war niemand. Er nahm eine Zigarre aus der Kiste neben dem Bett.

„Wird wohl im Haus sein", meinte er, als er sich wieder auf den Anleger zog. Mary antwortete nicht. Ihm fiel auf, dass sie kein Wort mehr gesagt hatte, seit er sie aus dem Wasser gezogen hatte. Schweigend gingen sie nebeneinander zum Haus hoch. Er fühlte sich immer unwohler. Als sie vor der Tür angekommen waren, sagte er: „Gehen Sie schon vor, ich komme gleich nach."

Jetzt sah sie ihn endlich wieder direkt an. Zu seiner Überraschung las er Verletztheit in ihren Augen. Dann öffnete sie die Tür und verschwand im Haus. Er holte tief Luft und stieß sie wieder aus, um die Beklemmung loszuwerden, die ihn umfangen hielt. Dann setzte er sich auf die Verandabrüstung, schaute auf den Fluss hinaus und steckte sich die Zigarre in den Mund. Das Ärgerlichste an dem unfreiwilligen Bad war eigentlich gewesen, dass seine Zigarren, die er in der Tasche trug, verdorben waren. Irgendwie komisch, dachte er, als er in seinen Taschen nach Zündhölzern suchte. Wo wohl Dennis steckte? Vielleicht hatte er sich ja auf ein Nickerchen hingelegt. Obwohl das nicht seine Art war. Charly wurde sich bewusst, dass die Zündhölzer, die er aus der Tasche zog, natürlich ebenfallsvöllig durchweicht waren.

„Das ist nicht mein Tag", murmelte er und stieß sich von der Brüstung ab, um im Haus nach Feuer zu suchen. Nur eine Minute später sollte ihm diese Bemerkung geradezu prophetisch vorkommen.

Das Erste, was ihm auffiel, war, dass Mary reglos mitten im Raum stand, das Zweite war das Gewehr, das auf ihren Kopf gerichtet war. Dann spürte er eine Bewegung an seiner Seite, aber ehe er reagieren konnte, legte sich die Mündung eines weiteren Gewehrs an seinen Hals. Charly wusste in diesem Moment, dass sie ein Problem hatten. Die Waffenhändler waren zurückgekommen.

Der Mann neben ihm stieß ihn mit dem Gewehr nach vorne, bis er neben Mary stand. Sie sahen sich an. Ihn wunderte, dass er keine Angst in ihren Augen fand. Dann versuchte er, die Situation zu übersehen. Außer den beiden Männern, die ihre Gewehre auf sie gerichtet hielten, gab es zwei weitere Bewaffnete, die links und rechts vom Tisch standen. Hinter dem Tisch saß ein weiterer Mann. Er schien der Anführer zu sein. Charly konnte sein Gesicht nicht sehen, da der Raum im Halbdunkel lag, aber irgendetwas in ihm rührte sich bei diesem Anblick. Sein über Jahre hinweg geschulter Instinkt sagte ihm, dass er diesem Mann schon einmal begegnet war. Er war von gedrungener, massiger Gestalt, und in dem diffusen Licht glaubte Charly in dem Mann einen Kern grenzenloser Brutalität zu erkennen.

Jetzt beugte der Fremde sich vor und zog die Petroleumlampe heran, die auf dem Tisch stand. Er nahm die Glashaube ab und riss ein Zündholz an. In dem aufflammenden Licht tauchte wie eine teuflische Maske sein zernarbtes Gesicht auf. Er hielt das Zündholz an den Docht, setzte die Glashaube wieder auf und blies, ohne sie beide aus den Augen zu lassen, das Zündholz aus.

„Hallo, Charly", sagte er dann, „hast du endlich eine Frau gefunden?"

Das Festmahl

Das Abschneiden der Ohren, teilweise oder ganz; Kreuzigung rund um ein großes Fass; aufhängen an den Zehen; rausreißen der Zähne; Chilipfeffer in die Nasenlöcher stopfen, oder in die Augen und Ohren; den Delinquenten bei Ebbe auf einer Sandbank festbinden und ihn mit der Flut ertrinken lassen; oder von den Haien fressen lassen; oder von Krokodilen; ihn in Ketten schlagen und im Hof verhungern lassen; auf Pfähle spießen; einen langen, stählernen Ladestock durch den Körper schieben, bis er am Schädel wieder austritt ... die Formen der Bestrafung von Sklaven, die sich eines Vergehens schuldig gemacht haben, sind außerordentlich vielfältig. Das Moment der Abschreckung spielt dabei eine wesentliche Rolle.

Von allen Völkern an der westafrikanischen Küste hatten die Brass des Nigerdeltas den schlechtesten Ruf. Schon einer der ersten englischen Kapitäne, der im 16. Jahrhundert die Region bereist hatte, wusste zu berichten, dass die Brass „ein Volk von viehischer Lebensweise sind, ohne Gott und ohne Gesetze, ohne Religion oder Gemeinwohl". Hundert Jahre später bezeichnete sie ein anderer Kapitän als „geborene Schurken". Einen ehrenwerten Mann unter ihnen zu treffen wäre so selten wie der Anblick eines weißen Falken. Nun sollte man bedenken, dass die Europäer, die in diesen Jahrhunderten Afrika anfuhren, auch nicht gerade von der feinsten Sorte waren. Es waren Sklavenhändler, und die Halsstarrigkeit der Deltabewohner machte ihnen schwer zu schaffen. Die Brass wiederum bewohnten eine der lebensfeindlichsten Regionen der Welt, in der niemand dadurch überlebte, dass er ein netter Kerl war. Und die dreihundert Jahre, in denen sie sich gegenseitig überfielen und als Sklaven verkauften, waren auch nicht dazu angetan, ein feinsinniges Miteinander zu entwickeln.

Der Glaube der Brass war ein kriegerischer Glaube. Ihre Götter kamen aus dem Busch oder dem Sumpf und waren ihrer Natur nach ebenso grausam wie die, die sich ihrer bedienten. Die Annahme, dass die Buschseele des Menschen in einem Tier wohnte, womöglich noch in einem Raubtier, zog natürlich gänzlich andere moralische Schlüsse nach sich als die griechisch-christliche Tradition der Europäer. Die schlachteten ihre Feinde im Namen eines Gottes der Nächstenliebe ab. Oder wie es einmal ein christlicher Feldherr gegenüber seinen Soldaten formulierte: „Schlagt sie alle tot. Der Herr erkennt die Seinen". Solche Finessen waren den Brass fremd.

Eine wesentliche Rolle im Glauben der Brass spielt das Opfer. Zu allen möglichen Anlässen werden Opferzeremonien abgehalten, bei Landerwerb oder Abschluss eines Geschäftes, bei der Benennung eines Kindes, zum Erhalt der Fruchtbarkeit (sowohl der Frau als auch des Landes), zur Vertreibung böser Geister (den alusi*) und zur Heilung von Krankheiten. Manchmal, wie zum Beispiel bei Danksagungs- oder Versöhnungszeremonien, wird einfach nur eine rote Yamswurzel geopfert oder eine weiße Kolanuss. In den meisten Fällen aber verwenden die Brass Tiere. Dabei spielt das Vergießen des Blutes oder das Einreiben eines Gegenstandes mit Blut eine wesentliche Rolle. Je nach Anlass wird die Zeremonie im Verborgenen oder, bei öffentlichen und jährlichen Veranstaltungen, auch im Opferhaus begangen. Oft wird das geopferte Tier anschließend durch diejenigen verzehrt, die das Opfer betrifft, oder durch den Priester, der das Opfer vollzieht. In den meisten Fällen werden Hühner als Opfertiere verwendet, wobei ein fleckenloses, weißes Huhn einen höheren Wert besitzt als ein normales.*

Pater Bubendorff kniete in seiner Kirche vor dem Altar und betete. Schließlich warf er einen letzten Blick auf das Kreuz an der Wand, von der sich längst der größte Teil der weißen Farbe gelöst hatte, erhob sich und wandte sich den Kriegern zu, die mit finsterem Gesicht auf ihn warteten.

„Ich bin bereit", sagte mit fester Stimme.

Draußen auf dem Vorplatz blieb er stehen und betrachtete noch einmal die Kirche, in der er seit nunmehr sechs Jahren wirkte. Dann stieß ihn der Anführer der Eskorte vorwärts, und der Pater fügte sich in sein Schicksal. Nun war es also so weit, er würde seinem Schöpfer entgegentreten. In ihm war es ganz ruhig. Während sie durch die Straßen der Stadt zum Palast des Königs marschierten, bat der Missionar seinen Gott in Gedanken um die Kraft, diese letzte Prüfung zu bestehen.

König Koko und seine Männer waren vor wenigen Stunden zurückgekehrt, ihre mehr als fünfzig Kriegsboote mit Tüchern geschmückt und voll beladen mit Beute. Trommler standen im Bug und schlugen ihren wilden Rhythmus, so dass die Luft erbebte. In wildem Johlen zog das Heer der Krieger wieder in die Stadt ein. Da wusste der Pater, dass seine Warnung zu spät gekommen war. Wenn die Brass den Sieg feierten, konnte das nur heißen, dass Akassa gefallen war. Nun war er sicher, dass man auch ihn nicht länger leben lassen würde.

Die ganze Stadt glich einem Tollhaus. Kinder tobten schreiend durch die Straßen, Frauen sangen und tanzten, andere trugen hüftschwingend Schalen voll mit Früchten, Reis und Hirse auf dem Kopf. Je näher sie dem Königshof kamen, desto wilder wurde das Treiben. Angesichts dessen, was ihn erwartete, empfand der Pater diese Fröhlichkeit als Verhöhnung seiner Person und seines Glaubens. „O Herr", murmelte er, „verlasse mich nicht in dieser schweren Stunde."

Bei den größten, öffentlichen Opfern ist es natürlich nicht mit einem Huhn getan. Auch eine Ziege oder ein Schafbock werden der Zeremonie nicht gerecht. Bei einem solchen Opfer bedarf es eines Rindes.

Eine unüberschaubare Menschenmenge hatte sich auf dem weiträumigen Königshof angesammelt. Der flackernde Widerschein eines großen Feuers in der Mitte des Hofes malte gespenstische Figuren in die diesige Abendluft. Gerahmt von den dunklen Schatten der den Hof säumenden Bäume, schien eine glühende, von dämonischen Kräften bewohnte Wolke über den Versammelten zu wabern. Während die Wachen den Pater über den Hof führten, versuchte der Geistliche zu erkennen, was im Inneren des Kreises, dort, wo das Feuer loderte, geschah. Er war sicher, dass es sich um eine dieser grässlichen Fetischzeremonien handelte. Und richtig, in kleinen Bildfetzen zwischen den hin- und herwogenden Körpern nahm er weiß bemalte Gestalten wahr, die zum ohrenbetäubenden Dröhnen der Trommeln tanzten. Er glaubte, andere kauernde Gestalten zu erkennen, und dann sah er den, der ihm von allen am Verhasstesten war: Black Foobra. Der Fetischmeister stand vornübergebeugt, einen undefinierbaren Gegenstand in der Hand, als er sich, die Gegenwart des Paters spürend, umwandte und diesen mit einem Blick bedachte, der dem Pater geradewegs in die Eingeweide fuhr, so viel Hass lag darin. Schaudernd erkannte der Missionar den Sieg seines größten Feindes.

Die Verteilung des Opferfleisches richtet sich streng nach dem Rang derjenigen, die an dem rituellen Mahl teilnehmen.

Die Wachen schoben ihn weiter, dem Palast entgegen, dessen Türen allesamt offen standen. Es war lange her, dass er das letzte Mal hier gewesen war. Damals hatte der König noch Ebefa geheißen. Bubendorff hatte oft über ihn geschimpft und sich selbst bedauert. Jetzt aber würde er alles dafür geben, wenn der zwar meist betrunkene, aber dennoch gutmütige, dicke Mann noch auf dem Thron säße. Der neue Geist, der hier eingezogen war, mochte alles Mögliche sein, aber ganz bestimmt nicht gutmütig. Die Veränderung im Inneren des Palastes ließ den Pater im ersten Moment an seinem Verstand zweifeln.

Die von Speisen und Getränken überladene Platte in der Mitte des Raumes hatte er schon erblickt, als er die wenigen Stufen hochschritt. Ebenso, dass um den Tisch herum die

Hauptmänner und mächtigen Chiefs der Brass versammelt waren. Aber noch bevor er den Saal betrat, hatte ihn etwas irritiert, ein merkwürdiges Licht, ein Glühen, ein Flackern von allen Seiten, das den Geistlichen unwillkürlich an die Schrecken des ewigen Feuers denken ließ. Als er dann vor der Tafel angekommen war, da schien der Saal, statt von Mauern, von Feuern gesäumt, die sich in alle Richtungen unendlich ausdehnten.

Mit einem erstickten Laut wich der Pater zurück, wurde aber von den Wachen sofort wieder nach vorne gestoßen. Erst da erkannte er den Grund für die teuflische Illusion. Die Wände hingen voller Spiegel. Davor standen kostbare Kerzenständer, deren Licht vielfach reflektiert wurde. Zusammen mit dem Feuerschein aus dem Hof entstand der Eindruck eines den Raum umgebenden Brennens und Glühens. Mit vor Scham brennenden Wangen stellte sich der Pater den Versammelten, von denen etliche über sein Erschrecken feixten und lachten. Bubendorff achtete nicht darauf. Seine ganze Aufmerksamkeit galt dem Mann, der ihn über die ganze Länge des zwanzig Fuß langen Tisches hinweg mit finsterer Verachtung betrachtete, als sei er ein verirrtes Tier, das im nächsten Moment in der groben Faust erwürgt werden würde. Nun hob der König mit sparsamer Geste die Hand. Sofort erstarb alles Reden und Lachen an der Tafel.

„Willkommen in meinem Haus“, dröhnte die dunkle, kehlige Stimme durch den Raum. „Ich freue mich, dass du mir endlich deine Aufwartung machst. Warum musste ich so lange auf dich warten, weißer Mann?“

Der Pater schnappte nach Luft. Das war ungeheuerlich. Unzählige Male hatte er vor den Toren des Palastes gestanden und um Einlass gebeten. Diese dreiste Lüge des Königs überdeckte für einen Moment des Paters Todesangst.

„Meine Stimme war im Rat des Königs bislang nicht erwünscht", gab er würdig zurück, wobei er unwillkürlich in den Duktus der Diplomaten verfiel.

König Koko ließ sich Zeit mit seiner Antwort. In seiner Hand hielt er einen merkwürdigen, zepterartigen Stab, der von einem goldenen Tierkopf gekrönt war. Dem Missionar schauderte es, es war ein Fetisch, es war ein Teufelswerkzeug. Jetzt bemerkte er, wie sich ein hämisches Lächeln in das brutal wirkende Gesicht des Königs stahl.

„Komm, setz dich und feiere mit uns unseren großen Sieg", lud der König ihn ein.

Das war es also, was er wollte. Etwas in dem Pater witterte Hoffnung. Gab es vielleicht eine Rettung? Aber dann straffte er seinen Rücken. Niemals würde er dem Teufel nachgeben.

„Den Sieg?", fragte er. „Welchen Sieg? Wer musste alles sterben, damit ihr diesen Sieg feiern könnt?"

„WAGE ES NICHT", donnerte des Königs Stimme durch den Saal, dass der Pater zusammenzuckte. „Du kommst her und predigst von deinem weißen Gott. Einem Gott, der sich duckt und sich von seinen Feinden zerhacken lässt."

Bubendorff spürte den Impuls, den König zu korrigieren. Immerhin war Jesus nicht zerhackt, sondern ans Kreuz geschlagen worden. Aber sein Instinkt sagte ihm, dass diese Unterscheidung im Moment keine Rolle spielte.

„Du lehrst in deinen Predigten", fuhr der König fort, „dass wir unseren Feinden vergeben sollen. Nun, wir vergeben ihnen. Nachdem wir sie erschlagen haben."

Beifälliges Gelächter wogte durch die Tischrunde. Koko lehnte sich zurück und drehte den Stab langsam in seiner Hand. Wieder spielte dieses böse Lächeln um seine Lippen.

„Du sollst an unserem Fest teilhaben, weißer Mann. Trink mit uns und iss mit uns. Der Wein und das Fleisch sind gut.

Nie wieder wirst du besseres Fleisch bekommen. Jetzt setz dich und beleidige nicht unsere Gastfreundschaft. Denn wir sind die Brass. Und eine Beleidigung vergessen wir niemals."

Zögernd ließ der Pater sich auf dem Hocker nieder, den der Wächter ihm wies. Erst nach und nach kam ihm zu Bewusstsein, dass er vielleicht doch nicht würde sterben müssen. Diese Möglichkeit ließ seine Entschlossenheit brüchig werden. Als er noch felsenfest davon überzeugt gewesen war, dass sein letztes Stündlein geschlagen hätte, war er voller Mut gewesen. Da hatte er sich als Märtyrer in den Himmel fahren sehen. Nun aber, angesichts der Möglichkeit, dass diese Himmelfahrt möglicherweise noch ein bisschen verschoben werden konnte, entschied er, dass er die Dinge nicht auf die Spitze treiben sollte. Lebend war er dem Herrn sicherlich mehr von Nutzen. Also beschloss er, Zeugnis abzulegen von dem, was ihm hier widerfuhr. Kaum dass er Teil der Runde geworden war, wandte sich die Aufmerksamkeit der anderen von ihm ab. Die Männer setzten ihre Unterhaltung fort, allerdings in der Sprache der Brass, die Bubendorff bedauerlicherweise nie ganz durchschaut hatte. Manchmal hatte er zwar den Eindruck, dass sie über ihn sprachen, weil immer mal wieder ein Blick zu ihm herüberwanderte, doch sie ließen ihn in Ruhe. Er wusste nicht, was er tun sollte, mochte auch ihre Blicke nicht erwidern. So betrachtete er die Fülle an Speisen auf dem Tisch, und merkte dabei, dass er großen Hunger hatte.

Seit dem gestrigen Tag hatte er nichts mehr gegessen, weil er in seiner Sorge beschlossen hatte zu fasten, um damit seine Gebete zu vertiefen. Nun aber, da er wusste, dass seine Gebete nicht erhört worden waren, zumindest nicht jene, die für die Menschen in Akassa gewesen waren; nun, da er nur noch sein Leben hatte, um das er bitten konnte, und diese

Bitte möglicherweise auch gewährt würde, da überkam ihn das ursprünglichste aller menschlichen Bedürfnisse: Sein Körper verlangte nach Nahrung.

Er konnte nicht anders, als auf die grünen Okraschoten zu schielen. Die wagenradgroße Platte mit Reis, Fisch und roter Pfeffersoße, nur eine Armlänge entfernt. Dampfende Yamsstücke, Palmwein. Dort, die kleinen Bällchen aus Bohnenmehl, in Öl gesotten, die er so liebte. Der Duft des gebratenen Fleisches, der vom Hof herübertrieb. Dem Pater lief das Wasser im Munde zusammen.

Und wenn er nur ein kleines Stück nahm? Er schielte zu seinen Tischnachbarn. Sie schienen im Gespräch vertieft. Seine Finger zuckten. Nur eine Handvoll Reis vielleicht. Damit das bohrende Gefühl in seinem Bauch verschwand. Er konnte ja nicht mehr klar denken. Und er brauchte doch seinen Verstand. Um zu überleben. Ja, zu überleben. Und dafür brauchte er Nahrung. Vorsichtig hob er seinen Blick in Richtung Tischende. Koko schien in seine eigene Gedanken versunken. Seine Rechte drehte immer noch den Stock, der zwischen seinen Knien stand. Des Paters Hand tastete sich auf dem Tisch vor, hin zu der Platte mit dem Reis. Und dem Fisch.

Dem Fisch?

Schien ihm nicht, als ob der Geruch von gebratenem Fleisch geradezu unerträglich intensiv wurde. Da ging ein Raunen durch die Runde. Die Hand des Weißen zuckte zurück. Der Lärm aus dem Hof schwoll an. Ein Blick über die Schulter bestätigte seinen Eindruck. Eine ganze Kolonne von Männern kam vom Feuer herüber, sie brachten Spieße mit gebratenem Fleisch und Töpfe, in denen dunkle Brühe brodelte. Die Menge zog mit und folgte tanzend und singend denen, die dem König und seinen Gästen zuerst auftrugen. Der Prozession voran schritt Black Foobra die Stufen zum

Palast empor, begleitet von den weiß bemalten Tänzern, von denen der Pater wusste, dass sie die Gehilfen des Fetischpriesters waren. Umso mehr erschrak er, als er in einem der jungen Männer Robert Apracassa erkannte, seinen ehemaligen Messdiener, den er mit der Warnung nach Akassa geschickt hatte.

Dass der junge Mann, dem er diese wichtige Mission anvertraut hatte, nun als Diener seines schlimmsten Feindes daherkam, traf den Pater mehr als alles andere. Er wollte aufspringen, Robert packen und aus dieser unheilvollen Gesellschaft fortziehen, doch er konnte sich nicht rühren. Denn er erkannte an dem ekstatisch verzerrten Gesicht des Jungen, dass dieser für kein vernünftiges Wort mehr erreichbar war.

Die Träger luden Töpfe und Fleischspieße auf dem Tisch ab. Der Pater war hin- und hergerissen zwischen seinem Hungergefühl und dem Schrecken über das, was aus dem jungen Robert geworden war. Seine Verwirrung wurde dadurch verstärkt, dass in ihm noch ein anderes, nicht benennbares Gefühl heranwuchs, eine Ahnung, dass die Zeit der Prüfungen noch nicht vorbei war.

Bei einem öffentlichen Opfer in Ohambele, das der Erdgottheit gewidmet war, konnte ich folgende Aufteilung beobachten: Dem Ranghöchsten kam der rechte Leberlappen und die Hälfte des gesamten Blutes zu. Der Nächsthöhere erhält den mittleren Leberlappen sowie ein Viertel des Blutes. Es folgt der linke Leberlappen für den nächsten und die Niere für den nachstehenden Titelträger. Alsdann wird die Milz, das Zwerchfell und schließlich das Fleisch aufgeteilt.

Dem Pater wurde fast schwindelig von dem Geruch. Mit großem Zeremoniell wurde zuerst dem König und dann seinen

Chiefs aufgewartet. Es schien sich hauptsächlich um Innereien zu handeln. Bubendorff meinte den Duft von Leber und Nieren wahrzunehmen. Dann aber sah er, dass dem König und den beiden Männern an seiner Seite Töpfe mit Blut gereicht wurden. Abgestoßen richtete er seinen Blick auf die Zuträger, die nun das Fleisch unter den Gästen aufteilten. Auch den Tänzern wurden Stücke gereicht. Einige bissen sogleich mit wonnigem Genuss hinein, andere, wie auch Robert, bewegten sich immer noch nach dem Rhythmus der Trommeln und schwangen dabei das Fleisch in ihren Händen.

Der Pater, der am Ende der Tafel saß, gewahrte, wie die Zuträger sich seinem Platz näherten. Er hielt die Hände krampfhaft ineinander verschränkt. Es war ein heidnisches Mahl, und er schämte sich seiner Schwäche. Andererseits, war es denn wirklich eine Sünde, wenn er seinem Leibe das gab, was dieser brauchte, um seiner unsterblichen Seele ein Heim zu geben? Was nutzte es ihm denn, wenn er dahinsiechte, wo er doch Zeugnis ablegen musste von dem, was ihm widerfahren war? Er musste ja nicht der Völlerei verfallen. Nur ein Stück Fleisch, ein paar Bohnen. So wie es einem bescheidenen Mann ziemte. Der Geruch wurde überwältigend, als der Zuträger neben ihm auftauchte. Er wagte nicht aufzuschauen, weil er fürchtete, dass sein Verlangen ihn überwältigen könnte. Die Stimme in seinem Inneren, die ihn aufforderte, zuzugreifen, wurde immer lauter, immer drängender. War nicht auch Jesus bei den Zöllnern zu Tisch gesessen?

Und gerade, als er sich entschieden hatte, gerade, als er in würdiger Geste seinen Teil zu nehmen gedachte, fiel noch einmal sein Blick auf den König. Der ihn mit einem teuflischen Lächeln beobachtete.

Der Pater runzelte die Stirn. Was trieb den Potentaten um? Jetzt machte er eine kleine, einladende Geste mit der Hand. Misstrauen und Hunger standen gleich groß nebeneinander in der Seele des Geistlichen. Bis sein Blick auf den Fleischspieß fiel.

Und er sich wunderte.

Denn dieses längliche Stück Fleisch sah merkwürdig aus. Es erinnerte ihn an etwas. Nur was? Es war ... es war ...

Der Oberschenkel eines Menschen.

Mit einem Schlag landete Pater Bubendorff in der Hölle. Er sprang auf, fiel rückwärts über den Hocker, landete auf dem Rücken. Und hörte das Gelächter, das in heißem Brodeln den Raum erfüllte. Harte Hände packten ihn und zwangen ihn wieder auf seinen Sitz zurück. Jetzt sah er, wie andere Hände an dem Fleisch rissen. Sah, wie krustige Haut splitterte. Sah fettige Finger und gierige Mäuler. Er sah Robert, der vor ihm hin- und hersprang und ihm mit irrem Grinsen seine Fleischstücke hinhielt. Es war ein Albtraum. Er wollte fort. Nur fort. Aber die Hände auf seinen Schultern zwangen ihn zu bleiben. Sie griffen unter sein Kinn und zogen mit harten Ruck seinen Kopf hoch, als er wegschauen wollte. Sie ließen sich durch sein Wimmern und Weinen nicht erweichen. Sie ließen nicht von ihm ab. Und so wurde er Zeuge.

Er sah, wie den Schenkeln Arme folgten. Er sah Brustfleisch und Rücken. Sein Verstand versagte, als noch andere Körperteile auf den Tisch kamen. Pater Bubendorff überlebte diese Nacht. Aber er verlor den Glauben an die Gnade.

Menschenopfer waren bei den Brass noch bis in die jüngste Vergangenheit durchaus üblich. Auch diese Opferungen sind stets religiös motiviert. Sei es, dass nach dem Tod einer an-

gesehenen Persönlichkeit einige seiner Sklaven ausgewählt werden, um ihn in die Welt der Ahnen zu begleiten. Oder dass bei Epidemien, gegen die alle anderen Fetischrituale versagt haben, Sklaven oder gefangene Feinde geopfert werden. Schließlich gibt es noch die schwarzmagischen Rituale, bei denen hauptsächlich der Kopf Verwendung findet.

Berichte über Kannibalismus kann ich persönlich nicht bestätigen. Sie sind aber durchaus ernst zu nehmen. Wie mir versichert wurde, finden diese Vorgänge oftmals im Rahmen einer ekstatischen Feier statt. Dabei hat das Verzehren des gebratenen oder gekochten Menschenfleisches natürlich auch einen symbolischen Charakter, es handelt sich um die unmittelbare Zerstörung eines verhassten Feindes. Dass es dabei auch darum geht, seinen Hunger zu stillen, wird vermutlich nur eine untergeordnete Rolle spielen.

C. N. DeCardi

Der Mann, der einmal König war

„Willst du mich der Lady nicht vorstellen, Charly?“

Mary sah verwirrt von dem Mann hinter dem Tisch zu Charly, der wiederum regungslos den Mann mit den Pockennarben musterte.

„Sie kennen sich?“, fragte sie.

„Mary“, sagte Charly schließlich, „darf ich vorstellen: Chief Jubo Jubogha, ehemals König JaJa von Opobo.“

„König JaJa?“ Mary runzelte die Stirn. „Sagten Sie nicht, dass er tot ist?“

„Tja, das dachte ich auch. Verdammt, Jojo, ich habe mich fürchterlich betrunken auf deiner Beerdigung.“

Der Mann, der einmal König war, lehnte sich auf seinem Stuhl zurück, so dass ein Teil seines Gesichts wieder im Schatten verschwand. Mary hatte nicht den Eindruck, dass sich hier zwei alte Freunde gegenüberstanden.

„Du hattest ja auch allen Grund zu feiern, Charly“, kam jetzt die raue Stimme aus dem Schatten.

Bisher war Charly vollkommen damit beschäftigt gewesen zu begreifen, dass Jubo keineswegs tot war, sondern höchst lebendig hier vor ihm saß. Erst jetzt, da sein alter Partner diese merkwürdige Bemerkung machte, fiel ihm auf, dass der ehemalige König nicht gerade vor Wiedersehensfreude überquoll. Wenn er nicht so verblüfft gewesen wäre, wäre ihm schon längst aufgefallen, dass hier etwas ganz und gar nicht stimmte. Er sah sich langsam um, musterte die vier jungen Männer, von denen zwei ihre Waffen auf sie gerichtet hielten. Dann sah er an der Wand die Gewehrkisten aufgestapelt und die Kisten mit dem Dynamit. Jubo als Waffenhändler? Das Dynamit. Der Mann aus Bonny. Da machte es auf einmal klick in seinem Kopf.

„Na Ubani“, sagte er. „Du bist der Mann, der das Siegel des Leoparden bekommen hat. Und die Waffen sind für die Brass. Verdammt, was hast du vor, Jubo?“

Der Alte lachte heiser: „Ich hatte mir schon gedacht, dass du mir auf die Schliche gekommen bist, Charly. Und darum“, er machte eine Handbewegung in Richtung der Kisten, „hast du mir wohl auch die Waffen gestohlen?“

Charly schüttelte verständnislos den Kopf: „Wovon, zum Teufel, redest du? Und warum versteckst du dich hier auf dieser alten Station? Bist du etwa der Geist, von dem sie alle reden?“

Der Alte beugte sich wieder vor: „Komisch, das wollte ich dich auch gerade fragen, Charly. Und wieso fragst du mich, ob ich mich hier verstecke? Was soll dieses Theater mit dem Geist? Außerdem würde ich gerne wissen, warum du mich verraten hast?“

„Ich dich verraten?“ Charly starrte mit offenem Mund seinen ehemaligen Partner an. „Wie kann ich dich verraten? Ich wusste nicht mal, dass du lebst. Ich war bei deiner Beerdigung? Wie kommst du überhaupt hierher?“

„Darf ich auch mal etwas sagen?“, kam vorsichtig Marys Stimme.

„Du hast mich an Johnston, diesen räudigen Hund, verraten.“ JaJa hatte sich erhoben und die Fäuste auf den Tisch gestützt.

„Ämh, Mister JaJa ...“

„Was soll das? Ich habe Himmel und Hölle in Bewegung gesetzt, um dich von der verdammten Insel, auf die sie dich verbannt haben, zurückzuholen. Und als ich das endlich geschafft habe, stirbst du mir einfach weg.“

„Charly, er ist doch gar nicht ...“

„Als du Johnston erzählt hast, dass ich mein Land an die Deutschen verkaufen will, wusstest du ganz genau, dass sie mir daraus einen Strick drehen würden.“

„Was soll ich erzählt haben? Wer hat dir denn diesen Schwachsinn aufgetischt?“

„Vizekonsul Harry Johnston höchstpersönlich.“

„Übrigens wollte ich noch sagen ...“

„Und dem Mistkerl hast du geglaubt?“

„Ich finde wirklich ...“

„Kannst du deiner Frau nicht mal sagen, dass sie den Mund halten soll, wenn Männer sich unterhalten?“

„Sie ist nicht meine Frau. Und ich glaube auch nicht, dass es irgendjemand schaffen wird, ihr den Mund zu verbieten.“

„Verzeihen Sie, Majestät, wenn ich mich einmische, aber die Waffen dort kann Charly nicht gestohlen haben.“

Beide Männer sahen sie an, Charly verständnislos, JaJa misstrauisch. Mary nutzte die Pause, um einfach weiterzusprechen: „Sehen Sie, ich weiß ja nicht, was Sie in der Vergangenheit für Probleme miteinander hatten, aber Charly hat die Waffen nicht geklaut, und“, damit wandte sie sich an Charly, „er ist nicht der Mann, der diese Station bewohnt.“

„Wieso nicht?“, fragte Charly.

„Wer hat dann ...?“, fragte der Alte.

„Weil Mister DeCardi und ich erst gestern Abend hier angekommen sind“, gab sie JaJa Antwort, „und weil dieses Haus von einer Frau bewohnt wird“, sagte sie zu Charly.

„Einer Frau?“

„Ganz recht.“

„Und warum sollte ich Ihnen glauben?“, fragte JaJa und ließ sich wieder in seinem Stuhl nieder.

„Weil sie die Wahrheit sagt“, kam eine Stimme aus der geöffneten Tür zum Lagerraum. Die Männer mit den Waffen fuhren herum und richteten ihre Gewehre in die dunkle Türöffnung. „Wer bist du?“, rief der Mann am Tisch.

Langsam kam Dennis aus dem Lager heraus.

„Das, Jubo“, sagte Charly, „ist Dennis. Dein Sohn.“

„Diese Geschichte ist völlig an den Haaren herbeigezogen. Als Johnston dich verschleppt hat, war ich in Bonny. Ich habe unsere Firma eintragen lassen.“

Sie saßen um den Tisch herum, Mary und Charly gegenüber von Jubo, Dennis an der Seite. Der junge Mann konnte seinen Blick kaum vom Gesicht seines Vaters abwenden. Was in ihm vorging, war nicht zu erkennen. Die beiden hatten sich eine geschlagene Minute angestarrt, bevor Jubo langsam nickte und verkündete: „Wir werden reden!"

„Du meinst, deine Firma", gab der ehemalige König nun zurück.

Charly lehnte sich zurück und verschränkte die Arme vor der Brust: „Na, deinen Namen konnte ich ja schlecht angeben. Sonst hätte ganz England erfahren, was wir vorhatten."

„Was hatten Sie denn vor?", fragte Mary, die sehr zufrieden mit sich war. Immerhin hatte sie es geschafft, dass sie alle am Tisch saßen und redeten. Männer, die reden, schießen nicht aufeinander. Außerdem fand sie es mächtig interessant, was so alles an Neuem dabei herauskam. Könige und Schmuggler, Verrat und Freundschaft, sie liebte diese Geschichten. Und jetzt war Dennis auch noch JaJas Sohn! Großartig. Aber das hatte ihr Charly nicht erzählt. Sie machte in Gedanken einen Strich auf der Liste der Dinge, die sie noch mit ihm besprechen wollte. Direkt unter diesem dicken Strich von heute Nachmittag.

Charly neigte den Kopf ein wenig in ihre Richtung, ohne JaJa aus den Augen zu lassen: „Ein Schiffahrtslinie kaufen. Die Company und Johnston hatten uns ziemlich in die Enge getrieben. Die Schiffahrtslinien aus Manchester und Glasgow waren an die Company gebunden. Also wollten wir eine kleine Firma aus Liverpool übernehmen und das Öl mit unserer eigenen Linie verschiffen."

„Deine Linie, Charly, nicht unsere."

„Wie gesagt, deinen Namen konnte ich nicht eintragen lassen. Also habe ich Dennis genommen."

Der Kopf des Jungen ruckte zu Charly herum.

„Guck mich nicht so an", fuhr Charly an Dennis gewandt fort, „du bist längst Teilhaber. Sobald du volljährig bist, hast du dein eigenes Geschäft. Natürlich mit Archie oder Sam zusammen. Mit denen wirst du schon fertig."

„Warum hast du mir das nicht gesagt, Chief?"

Charly zuckte nur mit den Schultern. Jubo antwortete an seiner Stelle: „Weil er erst sehen wollte, was in dir steckt."

Charly und der ehemalige König von Opobo sahen sich über den Tisch an. Mary verfolgte hochinteressiert dieses schweigende Duell der Blicke. Sie spürte, dass JaJa anfing, Charly zu glauben.

„Also", fragte der nun, „wie hast du es geschafft, wieder aus deinem Grab aufzuerstehen? Das letzte Mal, dass so etwas geklappt hat, ist schon ziemlich lange her."

„Ich war gleich misstrauisch, als sie mir sagten, ich könnte zurückkehren. Ich hatte zu viele Feinde im Delta. Dass die einfach nur zuschauen, schien mir unwahrscheinlich. Und richtig. Als ich in Cape Coast ankam, erwartete mich dort schon Harry Johnston."

„Johnston war in Cape Coast?"

„Der Mann hasste mich, Charly. Ich wusste von all seinen kleinen Schweinereien. Er hat die Wachen bestochen, damit mir ein Unfall zustößt. Es waren Leute aus der Gegend, Fante-Männer. Ihnen war ich egal."

JaJa schwieg einen Moment. Dann fuhr er fort: „Johnston reiste ab, er wollte nicht in Verdacht geraten. So entkam er der Pockenepidemie, die kurz darauf ausbrach. Weißt du, Charly, ich hatte eine Menge Zeit auf dieser verdammten Insel in Westindien gehabt. Eine Weile habe ich sie mir damit vertrieben, mir vorzustellen, wie ich dir die Haut abziehe."

Charly verzog den Mund. Ihm fiel auf, dass er immer noch die Zigarre in der Hand hielt. Er beugte sich vor und paffte sie über der Petroleumlampe an, während JaJa weitererzählte: „Eines Tages fiel mir ein Buch in die Hand, ein Buch von einem Franzosen. Das fand ich sehr passend. Als in Cape

Coast alle an den Pocken krepierten, musste ich wieder an die Geschichte denken, die da erzählt wurde. Da hatte ich eine Idee.“

„Was war das für ein Buch?“, fragte Charly und spuckte einen Tabakkrümel aus.

„Es hieß: Der Graf von Monte Christo.“

Charly nickte langsam: „Verstehe, es lag also jemand anderer in dem Sarg?“

JaJa zeigte auf sein narbiges Gesicht: „Niemand schaut sich das gerne an. Und für die Soldaten in Cape Coast war ich nur ein alter Neger.“

„Und dann?“

„Ich weiß nicht, warum ich nicht an der Krankheit gestorben bin. Aber ich weiß, dass ich in dieser Zeit nur einen Gedanken hatte. Ich wollte zurück ins Delta. Und ich wollte Rache. Es hat lange gedauert, viele Monate. Ich war sehr geschwächt. In Porto Novo habe ich mir schließlich ein Boot von den Franzosen gestohlen. Wusstest du, dass man von dort aus bis ins Delta auf dem Wasserweg vorankommt? Ohne auf das Meer hinauszumüssen?“

Charly schüttelte langsam den Kopf. Er sah in das zernarbte Gesicht, sah die weißen Haare. Sein Kumpel Jubo war alt geworden.

„Ich war ziemlich am Ende“, erzählte der weiter, „als Kokos Leute mich fanden. Ich habe ihm nie gesagt, wer ich bin. Er hat mich nicht erkannt, aber ich glaube, er hat geahnt, wer ich bin. Ihm war ich unheimlich. Ich glaube, ich bin der einzige Mensch, den er fürchtet.“

„Ihr wollt die Company in Akassa angreifen, nicht wahr?“, fragte Charly leise.

JaJa nickte und zeigte auf die Kisten mit dem Dynamit: „Wir werden das Lager zerstören. Und ihre Schiffe.“

Charly schnaubte aus: „Was bringt das? Glaubst du, sie geben dir dein Königreich zurück?“

„Nicht die Engländer. Aber vielleicht die Deutschen.“

Charly sah ihn ungläubig an: „Die Deutschen!“

„Natürlich“, fiel Mary ein, „Deswegen waren Sie auf dem Schiff des Gouverneurs. Sie sind der Mann aus Bonny.“

Jubo lachte wieder: „Wo hast du die bloß gefunden, Charly?“

„Im Sumpf“, gab der knapp zurück. „Jojo, das wird niemals funktionieren. Willst du einen Krieg anzetteln?“

Der Mann mit den Pockennarben hob gleichgültig die Schultern: „Manchmal ist es nur ein Tag, der über ein Königreich entscheidet.“

Bevor Charly antworten konnte, öffnete sich die Tür. Einer der Männer, die draußen Wache hielten, kam herein.

„Boote“, sagte er nur. Dann, als JaJa fragend den Kopf hob: „Unsere Leute.“

Der Mann mit den Pockennarben erhob sich.

„Wir werden noch heute aufbrechen“, sagte er. „Und morgen Akassa angreifen. Tut mir leid, Charly, aber du kannst nicht mit. Ich glaube dir, dass du mich nicht verraten hast, und ich danke dir, dass du für meinen Sohn gesorgt hast. Aber wenn ich dich ließe, würdest du die Engländer warnen, nicht wahr?“

Charly nickte: „Das würde ich tun, Jubo.“

„Dann wirst du hierbleiben, du und die Frau, von der dein Mund sagt, dass sie nicht deine Frau ist. Aber deine Augen sprechen eine andere Sprache. Und ihre auch. Zwei meiner Männer werden euch bewachen.“

Kurz bevor er hinausging, wandte er sich nochmal um: „Du bleibst auch hier“, befahl er Dennis. Dann war er draußen.

„Verdammt.“ Charly drückte den Stumpen seiner Zigarre auf der Tischplatte aus.

Jubos Männer standen rechts und links von der Tür und ließen sie nicht aus den Augen.

Mary rieb über ihr immer noch nasses Kleid.

„Ich würde mich gerne umziehen“, meinte sie.

„Waren Sie baden?“, fragte Dennis.

„Unfreiwillig“, gab Mary zurück.

„Haben Sie wenigstens ein paar Fische gefangen?“

„Die haben nicht recht gebissen heute.“

Charly verfolgte fassungslos diesen Dialog: „Sagt mal, ihr beiden, kapiert ihr eigentlich, was da draußen gerade passiert? Habt ihr nicht zugehört.“

„O doch, Mr. DeCardi“, erwiderte Mary bissig, „ich habe sehr genau zugehört. Den ganzen Tag schon.“

Charly, der diese Anspielung anders verstand, als Mary sie meinte, wich ihrem Blick aus: „Wir sollten etwas wegen Akassa unternehmen.“

„Den Angriff können wir nicht verhindern“, sagte Dennis einfach.

„Na, du bist mir ja ein Gemütsmensch.“

„Tut mir leid, Chief, aber es mir ziemlich egal, was in Akassa passiert. Ich habe gerade ein paar Neuigkeiten erfahren. Ich war ein kleiner Junge, als ich ihn das letzte Mal gesehen habe. Da kam er mir unbesiegbar vor. Ich weiß noch nicht, was ich jetzt denken soll.“

Darauf wusste Charly nichts zu sagen. Der Junge hatte ja Recht. Er selbst hatte die Verantwortlichen in Akassa unzählige Male gewarnt. Ebenso wie MacDonald. Es hatte nichts geholfen. Aber wenn man es genau nahm, lagen die Ursachen für diesen Krieg noch viel weiter zurück. Und das, was seine Landsleute dem Mann angetan hatten, der sie nun gefangen hielt, spielte darin eine große Rolle.

„Dein Vater ist ein guter Mann“, sagte Charly schließlich. „Auch wenn das, was er jetzt tun will, falsch ist.“

Mary beobachtete den jungen Mann, der jetzt sehr nachdenklich wirkte. Sie konnte nur ahnen, was in ihm gerade vorging. Aber sie hatte das Gefühl, Zeugin zu sein, wie aus einem Jungen ein Mann wurde. Sie war so in ihre Betrachtung versunken, dass sie regelrecht aufschrak, als Dennis auf einmal ihren Blick konzentriert erwiderte. Er sah sie an, dann Charly, dann wieder sie. Sie meinte, einen kleinen Funken Spott in seinen Augen zu erkennen.

„Chief?“, begann er dann.

„Ja?“

„Du bist ein kluger Mann, Chief, aber in einem Punkt ist mein Vater klüger als du.“

„So? Wirst du mir auch verraten ...?“

Charly unterbrach sich, als sie Schritte auf der Veranda hörten. Die Tür ging auf und JaJa kam wieder herein. Ohne ein Wort stellte er sich zu ihnen an den Tisch, seine Miene war finster. Niemand wagte etwas zu sagen. Nach einer Weile hob er den Kopf und verkündete: „Das Hauptquartier der Company in Akassa ist zerstört.“

Charly brauchte ein paar Sekunden, um das zu erfassen. „Aber wieso? Ich verstehe nicht, wer hat den Angriff befohlen?“

JaJa schien ihn nicht zu hören, in seinem düsteren Gesicht war keine Regung zu erkennen. Dann schüttelte er langsam den Kopf, als könne er es selber nicht fassen.

„König Koko hat heute Morgen mit zweitausend Mann das Hauptquartier überfallen. Sie haben zwei Dutzend Kru-Männer getötet, sechzig gefangengenommen. Die Weißen sind alle entkommen.“

Charly tauschte wortlose Blicke mit den beiden anderen. Vierundzwanzig Menschen waren tot.

„Der Angriff", fuhr JaJa in seinem Bericht fort, „war hervorragend geplant. Es gab kaum Widerstand. Die Depots und Verwaltungsgebäude sind zerstört."

JaJa war langsam zur Tür gegangen und schaute nun durch das Gitterfenster in das versiegende Licht hinaus. „Dichte Nebel haben das Vorhaben begünstigt. Es war der perfekte Tag für einen großen Sieg. Nur waren leider unsere Vorbereitungen nicht abgeschlossen."

Charly wusste nichts darauf zu sagen. Dass das seit langem Drohende längst Wirklichkeit, ja sogar schon Vergangenheit war, milderte den ersten Schrecken über die Ereignisse bereits wieder.

„Was geschieht nun?", fragte er.

JaJa holte tief Luft und wandte sich ihnen wieder zu: „In Nembe beginnen zu dieser Stunde gerade die Siegesfeiern. Ich hoffe, dass es eine gute Feier wird. Denn wenn sie vorbei ist, werden die Brass begreifen, dass der Sieg sie in die Niederlage führen wird."

Zorn schwang in seiner Stimme mit, als er fortfuhr: „Die Narren haben die Möbel zerschlagen, aber die Schiffe heil gelassen. Diese Schiffe werden sehr bald vor Nembe liegen. König Koko wird froh sein können, wenn er nur deportiert wird."

„Was ist mit den Deutschen?", fragte Charly.

„Die werden sich nicht einmischen, solange nur ein Depot zerstört wurde. Und sie werden ganz sicher keinen Vertrag mit einem König schließen, auf den englische Kanonen gerichtet sind."

Er sah Charly an und schüttelte den Kopf: „Es ist vorbei. Du hattest Recht, Charly, es hat nicht funktioniert. Und weißt du auch, warum nicht?"

Dabei wanderte sein Blick zu den Kisten mit dem Sprengstoff hinüber. „Weil irgendein Mistkerl das Dynamit geklaut hat."

„Tja", sagte Charly, „ich war es nicht."

„Womit wir wieder am Anfang wären", erklärte Mary. „Wer hat die Waffen hierhergeschafft?"

In diesem Moment hörten sie laute Rufe von draußen und das trockene Klacken, als ein Gewehr durchgeladen wurde. Scharfe Stimmen erklangen, dann riss jemand die Tür auf.

„Da sind Leute gekommen", meldete einer von JaJas Männern.

„Bring sie her", befahl der Alte.

„Für eine verlassene Station ist hier aber reichlich was los", murmelte Charly. Mary unterdrückte ein Glucksen. Wieso musste sie immer in den unpassendsten Situationen lachen?

Sie vernahmen eine empörte Stimme von draußen, dann stießen die Wachen zwei Gestalten ins Haus. Ein junger Weißer mit Vollbart und einem Hut, von dem im Nacken ein Tuch herabhing, stolperte in den Raum. An seinen Rücken gedrückte war eine Frau, die sich verängstigt an ihn klammerte. Charly hatte den Mann noch nie gesehen.

Aus den Augenwinkeln heraus nahm er jedoch wahr, dass Mary sich langsam von ihrem Stuhl erhob.

„Mister Hollingworth?", fragte sie in ungläubigem Ton.

Charly sah verblüfft zwischen ihr und dem jungen Mann hin und her.

„Ääh", machte der etwas verwahrlost wirkende Weiße mit nervös flatternden Augenlidern. „Guten Tag, Miss Cooley, ääh ... wie geht es Ihnen?"

Jetzt sah Charly, wie sich ein Kopf mit kurzen Haaren hinter der Schulter hervorschob. Er beugte sich zur Seite, um mehr von dem Gesicht zu erkennen, es kam ihm vertraut vor. Dann fiel es ihm ein.

„Eve?", fragte er.

„Hallo, Cap'n Charly", antwortete sie mit kleiner Stimme.

„Das ist Cap'n Charly?", fragte der Vollbart. Eve nickte eifrig.

„Und das ist ...", begann Mary.

Charly unterbrach sie: „Ich schätze, das ist der Geist von Ekowe."

Ein paar Herzschläge lang sagte niemand etwas. Dann brach Mary das Schweigen.

„Der Sänger hatte Recht", sagte sie.

„Wie bitte?", fragte Charly erstaunt. „Was für ein Sänger? Kommt da noch jemand?"

„Ein Mann, der ein Geist ist", zitierte sie verwundert. Dann wandte sie sich JaJa zu: „Und ein Toter, der nicht tot ist."

„Du kannst ihn nicht einfach erschießen, Jojo."

„Warum nicht? Er hat mich bestohlen."

„Weil du deinen Krempel wiederhast. Und weil man so etwas einfach nicht macht."

„Und was macht ihr mit meinen Leuten?"

„Ich war immer auf deiner Seite. Und weißt du auch warum?"

„Weil du reich werden wolltest."

„Das auch. Aber nicht nur. Ich war auf deiner Seite, weil du ein verdammt guter Chief und später ein guter König warst. Du hast deine Macht nie missbraucht, du warst immer fair. Willst du jetzt damit aufhören?"

Mary hörte mit einem Ohr dem Gespräch der beiden Männer unter der Veranda zu. Sie hatte auf der *Princess* endlich ihr Kleid wechseln können, nachdem sie sich gewaschen hatte. Jetzt steckte sie ihre Haare wieder zusammen und lauschte den Geräuschen des Abends.

Der arme Mister Hollingworth. Was war ihm nicht alles widerfahren. In stockenden Worten hatte er ihnen seine Geschichte erzählt. Charly hatte zwischendurch immer wieder ungläubig den Kopf geschüttelt und merkwürdige Worte vor sich hingemurmelt wie „Parkes, du verfluchter Hund“ oder: „Wenn ich Wallace nur davon erzählt hätte“. Als der junge Mann seinen Bericht beendet hatte, ließ ihn JaJa ins Lager sperren. Und nun berieten die Männer über sein Schicksal.

„Du hast immer weiter gesehen als alle anderen“, sagte Charly jetzt in beschwörendem Ton. „Tu das bitte auch diesmal.“

„Und was sehe ich, wenn ich weiter sehe als alle anderen, Count Charly?“

„Dass deine Zeit vorbei ist, King JaJa“, antwortete Charly. „Deine. Und meine auch.“

Mary schaute über den Fluss, auf dem noch immer Nebelschleier lagen. Dennoch sah sie auf der anderen Seite die Sandbank im Mondlicht schimmern. Längliche Schatten auf der hellen Fläche verrieten die Krokodile, die die letzte im Sand gespeicherte Wärme aufnahmen. Sie fühlte sich seltsam leicht an diesem Abend. Vielleicht, so dachte sie, wie die Eroberer einer neuen Welt, nachdem sie ihre Schiffe verbrannt hatten. Die schrecklichen Ereignisse an der Küste, bei denen viele Menschen ihr Leben verloren hatten, hatten sie an die Verletzlichkeit ihres eigenen Körpers erinnert. Gleichzeitig fühlte sie sich voller Kraft und Bereitschaft, das Leben anzunehmen. Sie war doch erst am Anfang. Sie ließ die Arme sinken, eine Strähne fiel ihr in die Stirn. Es war ihr egal.

Sie spürte die samtige Luft der Nacht in ihrem Gesicht,

nahm den modrig-süßlichen Duft des Flusses und des Waldes wahr, der die Ufer säumte. Und wieder hielt die Zeit für einen Moment den Atem an. Eine Zeitspanne, in der das Leben, aus dem sie kam, sich wie eine alte Haut von ihr löste. Und in dem die verdichtete Zukunft sich noch nicht entschieden hatte, in welche Richtung sie gehen sollte.

Sie wollte es halten, dieses Gefühl, dass nun alles möglich war. Wollte diesen Moment der Ungewissheit so lange wie möglich bewahren, denn sie begriff, dass er, wie jene vor ihm, eine Wahrheit enthielt, die sie nur empfangen konnte, solange sie in ihm war. Also schloss sie die Augen. Spürte das Wiegen des Bootes. Hörte die Stimmen des Waldes. Dazwischen die Stimmen der Männer.

„Denk an deinen Sohn, Jubo. Willst du, dass er dich für einen Mörder hält?"

Obwohl sie die Augen geschlossen hatte, war ihr, als wäre sie nun erwacht. Als würden alle Nerven in ihr singen. Als wäre sie ein Teil der Welt, die sie umgab.

Und so wurde sie ein Teil der Welt.

Sie war das Land und die Fruchtbarkeit. Sie war das Wasser und sein geduldiges Fließen. Sie war im Gesang der Frauen und sie war in den Schreien der Tiere. Der Sumpf gluckste in ihr, und jedes kleine Partikelchen in der Luft schwang im Takt ihres Herzen. Da geschah es, dass Mary, ohne dass es eines weiteren Gedankens bedurfte, mit einem Mal wusste, was sie zu tun hatte.

Das Geräusch von Schritten auf den Planken des Anlegers ließ sie die Augen öffnen. Charly kletterte zu ihr ins Boot. Er wirkte nachdenklich.

„Ich schätze, Hollingworth wird es überleben", berichtete er. Sein Blick war ins Unbestimmte gerichtet, als er den Kopf schüttelte und meinte: „Den Narren hilft der Allmächtige."

Sie sah ihn unverwandt an und war ganz ruhig dabei. Sie spürte, wie sich ganz langsam Zukunft entfaltete.

„Ich denke auch", fuhr er fort, „dass wir morgen zurückfahren können. Was mit ..."

Jetzt sah er sie an und verstummte.

Mary betrachtete eingehend sein vertrautes Gesicht. Es gab keinen Zweifel mehr in ihr. Unverhüllt ließ sie ihn erkennen, was sie empfand. Ein Ausdruck grenzenlosen Erstaunens zog über sein Gesicht.

„Oh, verdammt, Mary", raunte er, „du solltest mich nicht so anschauen."

Sie wusste, dass das nicht stimmte. Denn sie wusste alles von ihm. Sie wusste von seiner Einsamkeit und von seinem Stolz. So wie sie, in eine Rüstung aus Wissen und Worten gekleidet, dem Leben begegnet war, so hatte auch er die Leidenschaft, die sie in ihm erkannte, hinter einem Gewand aus Melancholie und Sarkasmus verborgen. Sie hatte gefunden, was sie gesucht hatte. Er auch. Aber vielleicht hatte er das noch nicht begriffen.

„Ich muss dir etwas gestehen, Cap'n", sagte sie mit einem kleinen Lächeln. Ihre Gesichter waren einander ganz nah.

„Mary, was ich heute Nachmittag gesagt habe, das war ..."

„Ich habe dich betrogen", unterbrach sie ihn.

„Wie bitte", fragte er verdutzt, „ich verstehe nicht."

„Ich habe dich beim Pokern betrogen."

„Du hast ... was?"

„Ich habe heimlich zwei Karten ausgetauscht."

Vergnügt beobachtete sie, wie Charly nach Worten rang.

„Und du hast mich glauben lassen", sagte er fassungslos, „dass du eine blutige Anfängerin bist?"

„Ich musste dir das sagen, weil ich nicht will, dass ..."

„Das ist doch wirklich das Hinterlistigste ..."

„... dass diese kleine Unwahrheit ..."

„Kleine Unwahrheit? Du hast beim Pokern betrogen. Man betrügt nicht beim Pokern."

„Also, dass die kleine Unwahrheit zwischen uns steht. Weil, wenn wir uns lieben ..."

„Moment mal."

„... dann sollte es keine Lüge zwischen uns geben."

„Ich ...", Charly hatte es die Sprache verschlagen. Stumm sah er sie an. Jetzt hatte sie ihm die Brücke gezeigt, über die sie gehen wollte. Nun komm schon, mein Pirat, dachte sie.

Als er sich zu ihr neigte, hob sie nur ihren Kopf. Denn den letzten Schritt auf dieser Brücke musste er tun. Als sich ihre Lippen berührten, schloss sie die Augen. Sie hatte das Gefühl, dass ihr ganzer Körper sich in diesen Kuss hineinbewegte. Sie spürte seine Zunge, schmeckte das herbe Aroma des Tabaks. Seine Hand legte sich in ihren Nacken und hielt sie. Unter ihnen wiegte sich sanft die *Princess*.

Hatte sie es sich so vorgestellt? Nein, sie hatte es sich nie vorgestellt. Jedenfalls nicht für sich. Sie hatte in Romanen etwas über diese Momente gelesen, aber die Beschreibungen hatten sie nur zum Lachen gereizt. Frauen waren regelmäßig ohnmächtig geworden, wenn ein Mann sie umarmte. Sie war noch nie ohnmächtig geworden. Und in diesem Moment hatte sie am allerwenigsten die Absicht, damit anzufangen.

Es war noch nicht genug, als sich seine Lippen von den Ihren lösten. Sie wollte mehr davon, aber es tat gut, dass er seine Hände an ihr Gesicht legte. Es tat gut, seine dunklen Augen so dicht vor sich zu haben.

„Es geschieht mir wahrscheinlich recht, dass ich an eine Falschspielerin gerate", sagte er mit einer Stimme, in der sie all das hörte, was auch sie gerade fühlte. Eine kleine Fontäne

Glück stieg in ihr auf. Sie konnte das Lachen nicht verhindern.

„Aber du hast es nicht gemerkt", flüsterte sie.

„Nein", erwiderte er, und das dunkle Raunen seiner Stimme klang in ihr wieder. „Ich habe anscheinend einiges nicht bemerkt."

Sie standen lange so an Bord des Bootes an der verlassenen Station von Ekowe. Sie dachten nicht mehr an die Männer im Haus, den König, den alle für tot hielten, und seine jungen Gefolgsleute. Sie dachten nicht an die schrecklichen Ereignisse, die ein paar Meilen weiter südlich geschehen waren. An diesem Abend mit den schwebenden Nebeln über dem Fluss waren sie nur Mary und Charly, ein Mann und eine Frau, die einander hundert Jahre gesucht hatten.

Sie wussten beide nicht, was dieser Abend, was diese Nacht für sie bereithielt. Denn die Liebe bedarf einer besonderen Magie. Und in dieser Form von Magie waren sie beide ungeübt. Aber sie wussten, dass sie nicht ohne die Berührung des anderen sein wollten. Seine Hände waren behutsam, als er sie umfasste. Aber er brauchte nicht behutsam zu sein. Denn Mary wollte seine Hände spüren. Sie wollte den Griff in ihrem Rücken und den Arm, der sie umfasste.

Zwischendurch verhielten sie, beinah erschöpft, aneinandergelehnt. Sie redeten, sprachen über die Dinge, die sie beide durchlebt hatten. Lachten wie die Kinder über die Absurditäten des Lebens. Denn das ist es ja, was die Liebe macht. Sie macht uns zu Kindern.

Dann wieder umarmten sie sich einfach. Sie verloren das Gefühl für die Zeit und gewannen den Augenblick. Es war eine Nacht auf dem Fluss, eine Nacht, in der die Lichter im Haus längst erloschen waren. In der sie allein waren in den Tiefen des Deltas. Und das Delta hat seine eigenen Gesetze.

In der kleinen Kajüte des Bootes herrschte tiefe Dunkelheit. Manchmal schimmerten Marys Augen oder ein Stück weiße Haut, als Charly ihr das Kleid von den Schultern streifte. Vielleicht lag es an der Dunkelheit, dass sie keine Scham empfand, vielleicht war ihrem Körper aber auch das geschnürte Kleid schon viel zu lange viel zu eng geworden. Ein Teil von ihr bewegte sich wie in Trance, suchte die Haut des anderen, als müsste jeder Quadratzentimeter davon bedeckt werden. Ein anderer Teil in ihr blieb wach, registrierte, was sie da tat. Beobachtete das Unfassbare mit den Augen derjenigen, die das Leben immer aus der Warte der unbeteiligten Forscherin betrachtet hatte. Doch dieser Teil blieb machtlos, hatte keinen Einfluss auf die Frau, deren Körper nur noch fühlen wollte. Die ihn zu sich heranzog, bis sie den Druck in ihrem Schoß spürte.

Sie wollte diesen Teil in sich zum Schweigen bringen, wollte nicht mehr zweigeteilt sein. Wollte auch nicht mehr die Frau sein, die diesen Teil der Liebe nicht kannte. Mary wich nicht zurück. Denn sie wich nie zurück.

Als der Schmerz sie scharf durchzuckte, sog sie erschreckt die Luft ein. Sie spürte das Erstaunen in Charlys Augen mehr, als dass sie es sah. „Bleib", flüsterte sie, weil sie einen Moment lang befürchtete, er könne sich wieder zurückziehen. So verhielt er in ihr und sie bewegten sich nur noch im Rhythmus ihres Atmens. Unter ihnen wiegte sich das Boot. Und über sich sah sie manchmal das dunkle Holz der kleinen Kajüte schimmern.

Irgendwann nahmen sie die Bewegungen des Wassers einfach auf. Charly ließ sich alle Zeit der Welt und gab ihr so Gelegenheit, ihr Fühlen zu erfahren. Als sie seine Hitze spürte und er in ihr anschwoll, da presste sie sich an ihn. Sie hielt ihn fest, während sein Atem wieder ruhiger wurde.

Sie begriff noch nicht alles in diesem ersten Akt. Aber später, nachdem ihre flüsternden Worte wieder verklungen waren und sie beide erkannten, dass sie noch lange nicht genug voneinander hatten, als er von Neuem zu ihr kam, da geschah es, dass sie ein Lied in ihrem Inneren vernahm. Es trug sie mit sich. Zeigte ihr ein neues Land. Auf diese Reise konnte die Forscherin sie nicht begleiten. So blieb sie zurück.

Und Mary verlor sich mit ihrem Piraten, unwiederbringlich, in den Tiefen des Deltas.

Sie träumte von dem Sänger. Oder besser von seinem Gesang, denn sein Lied klang ganz fern und dünn. Als sie erwachte und die Augen öffnete, schaute sie in das schlafende Gesicht an ihrer Seite. Sofort fielen ihr die Ereignisse der vergangenen Nacht wieder ein, in der sich Traum und Wirklichkeit auf eine unfassbar intensive Art vereinigt hatten. Aber jetzt war Morgen, und das war die Zeit, in der Mary am klarsten denken konnte. Dabei war es nicht im Mindesten so, dass sie diese Nacht bedauerte oder gar ihr eigenes Verhalten verurteilte. Ganz im Gegenteil. Jetzt, da das erste Licht des Tages in die kleine Kajüte drang, da sie das im Schlaf entspannte Gesicht ihres Piraten so dicht vor sich sah, da sie seinen Geruch noch auf ihrer Haut spürte, da war sie so zufrieden mit sich, wie sie es vielleicht zuletzt als Kind gewesen war. Und weil ihre Gedanken sich so gar nicht bändigen lassen wollten, fiel ihr der Tag ein, an dem sie im Garten ihres Elternhauses ein Experiment mit Schwarzpulver gemacht hatte. Als sie dann daran dachte, welche Rolle das Dynamit mittlerweile in ihrem Leben spielte, musste sie leise lachen, verstummte aber sofort, als sie bemerkte, wie Charly sich bei diesem Geräusch regte.

Sie drehte sich auf den Rücken und ließ die Nacht in ihren

Gedanken nachschwingen. Merkwürdig, sie hörte immer noch das Lied des Sängers. Aber jetzt war ein merkwürdiges Stampfen dabei. Es dauerte noch ein paar Sekunden, bis Mary begriff, dass diese Geräusche nicht aus ihrem Kopf kamen, sondern von draußen. Rasch, aber leise, um Charly nicht zu wecken, erhob sie sich und streifte ihr Kleid über.

Frühnebel lagen über dem Wasser. Im Haus war noch alles still. Einer der Männer JaJas hockte mit dem Gewehr im Arm an der Wand. Er war eingeschlafen. Während Mary ihre Haare hochsteckte, schaute sie auf den Fluss hinaus, dorthin, woher der Gesang und das Stampfen kamen. Wie eine Erscheinung aus einer anderen Welt tauchten Umrisse aus dem Nebel auf. Sie erkannte ein Boot, aus dessen kleinem Schornstein rhythmische Rauchwolken kamen. Das Boot war kleiner als die *Princess* und sah so schmutzig aus, als käme es aus den tiefsten Tiefen der Sümpfe. Offenbar hatte der Steuermann nun den Anleger und die Station entdeckt, denn der Bug fuhr herum und das Boot hielt auf sie zu. Im Näherkommen erkannte sie ein dunkles Gesicht unter einem ziemlich wackelig aussehenden Holzdach. Der Gesang war verstummt.

Dafür erwachte der Mann vor dem Haus. Mit einem erschreckten Ruf sprang er auf und eilte ins Haus. Mary kümmerte sich nicht darum, vielmehr interessierte sie, was das für Besucher waren, die sich da näherten. Sie hatte es aufgegeben, ihre Haare zu bändigen. Während sie dem Boot entgegenschaute, dachte sie nur, dass es hier in der Wildnis wohl wirklich niemanden interessieren würde, ob ihre Frisur perfekt saß. Dann, als das Boot auf der anderen Seite des Steges anlegte, fragte sie sich, ob das nicht schon genau die Nachlässigkeit war, die sie immer verurteilt hatte. Der Mann unter dem Holzdach hatte sie entdeckt, aber er war noch damit beschäftigt, das Boot anzulanden. Als es gegen den

Anleger stieß, sprang er hinaus und band es fest. Noch ehe er sich ihr zuwenden konnte, wurde Mary sich bewusst, dass sie barfuß an Deck der *Princess* stand.

Der Mann kam jetzt zu ihrer Seite herüber. Er sah erst auf die *Princess*, dann auf sie. Sein Blick wanderte von ihrem etwas zerzausten Kopf bis hinab zu den nackten Füßen und wieder zurück. Mary merkte, dass sie unwillkürlich ihre Zehen einzog.

„Also, das Boot kenne ich", sagte der Fremde dann, „aber wer zur Hölle sind Sie?"

In diesem Moment kamen die Männer JaJas aus dem Haus gerannt. Mit den Gewehren in der Hand und scharfen Schreien stürmten sie den Anleger herunter. Sofort hielten zwei von ihnen den Fremden mit ihren Waffen in Schach, die beiden anderen richteten ihre Gewehre auf jemandem im Boot, den Mary nicht sehen konnte. Der Ankömmling starrte die Bewaffneten mit offenem Munde an.

„Ich habe doch nur gefragt, wer sie ist", sagte er.

Mary wurde es langsam zu bunt, dass diese Jungs andauernd jemandem ihre Gewehre ins Gesicht hielten.

„Schluss jetzt", rief sie laut. Die Männer sahen sie irritiert von der Seite an. „Es reicht jetzt. Wir sind hier nicht im Krieg. Das ist ein Besucher. Und ihr empfangt ihn nun gefälligst so, wie man einen Gast begrüßt. Runter mit den Gewehren!"

Die Männer sahen sie unschlüssig an und ließen langsam die Waffen sinken. Der Fremde machte Augen so groß wie Teller.

„Was ist denn hier los", ließ sich eine Stimme in ihrem Rücken vernehmen. Sie wandte sich zu Charly um, der mit zusammengekniffenen Augen ins Tageslicht spähte.

„Schon wieder ein Boot?", meinte er, während er sich das Hemd in die Hose stopfte. Dann sah er den Mann auf dem Steg, der Mann sah ihn. Sah Mary an. Dann wieder Charly.

„Da soll mich doch der Teufel am Arsch...", begann der Fremde.

Charly stöhnte auf und verdrehte die Augen: „Anthony, wie um alles in der Welt kommst du hierher?"

Gewinner und Verlierer

Natürlich ließ sich kein deutsches Schiff in der Mündung des Nigers blicken. Der deutsche Gouverneur verfolgte amüsiert die Schwierigkeiten, die seiner Meinung nach eine Folge der unentschlossenen britischen Politik waren. Er fühlte sich durchaus bestätigt in seiner Haltung, dass im Umgang mit den Afrikanern eine harte Hand das Beste war. Wie man sah, führte alles andere nur dazu, dass die Neger aufmüpfig wurden. Die Engländer hingegen traf der Überfall auf Akassa bis ins Mark. Dabei schockierte sie nicht allein die Tatsache, dass die Royal Niger Company angegriffen worden war, sondern vor allem die brutale Entschlossenheit, mit der die bisher unterschätzten Eingeborenen vorgegangen waren. Die allzu selbstgewisse Haltung der Briten wurde von dieser Mischung aus strategischem Geschick und barbarischer Grausamkeit zutiefst erschüttert.

Da Nembe auf dem Territorium des Protektorats lag, fiel der Fall in die Zuständigkeit von Gouverneur MacDonald. Und auch wenn Sir Claude ein gewisses Verständnis für die Beweggründe der Brass aufbrachte, konnte er nach dem Vorgefallenen nicht untätig bleiben. MacDonald suchte zunächst eine einvernehmliche Lösung. Er forderte die Brass-Chiefs auf, alle Gefangenen freizulassen und Reparationen für den angerichteten Schaden zu zahlen. Letzteres löste bei den Brass Empörung aus. Nach ihrem Verständnis waren sie von der Company beraubt worden. Sie waren es, die jahrelang unter dem Regime der Company gelitten hatten. Und die Gefangenen?

Nun ja.

Von den sechzig Kru-Männern hatten nur fünfundzwanzig Glück gehabt. Sie waren von Koko an jene Chiefs verteilt worden, die ehedem Mitglieder der christlichen Gemeinde gewesen waren. Zwar waren auch diese Chiefs zum Glauben ihrer Vorfahren zurückgekehrt, allerdings nicht bis zu dem Punkt, an dem das Verspeisen gefangengenommener Feinde noch Usus war. Die anderen fünfunddreißig hatten Pech gehabt. Der Bericht des äußerst verstörten Pater Bubendorff löste blankes Entsetzen aus. Nun hatte MacDonald keine Wahl mehr. Er forderte die Unterstützung der Marine an.

Mittlerweile hatte Flint bereits Fakten geschaffen. Auf Anweisung von George Goldie, der sofort begriff, in welcher Gefahr die verwundete Company momentan schwebte, wurden Truppen aus dem Norden nach Akassa beordert. Eine, wie sich herausstellte, berechtigte Maßnahme. Denn ermutigt vom Sieg der Brass, nahmen einige Dörfer am Nun die eintreffenden Schiffe unter Feuer. Diese Dörfer wurden umgehend zerstört, um nur ja nicht den Verdacht aufkommen zu lassen, dass die Company geschwächt war. In der Zwischenzeit drängte Goldie über seinen Einfluss im Außenministerium Gouverneur MacDonald zu einer harten Vorgehensweise. Drei Wochen nach dem Überfall auf Akassa traf der Kommandeur der Westafrika-Flotte, Admiral F. D. G. Bedford auf seiner *HMS St. George* in der Nigermündung ein.

Der Admiral setzte Koko ein Ultimatum für die Kapitulation. Während die Unterhändler des Königs die englischen Offiziere mit der Bitte um Bedenkzeit hinhielten, errichteten seine Leute nicht nur eine Barriere auf dem nach Nembe führenden Fluss, sondern blockierten auch den Landweg. Als er das realisierte, zögerte der Admiral nicht länger. Mittlerweile waren zwei weitere Schiffe mit Soldaten eingetroffen, dazu kam noch ein Kanonenboot der Company mit fünfzig bewaffneten Männern, die Bedford unterstellt wurden. Am 20. Februar steuerten drei Kriegsschiffe mit Bodentruppen an Bord in den Fluss nach Nembe.

Die Barriere wurde von den Kanonen umstandslos beiseitegeblasen. Kurz darauf landeten die Truppen auf Sacrifice Island, unweit von Nembe, und kämpften den Widerstand von zwanzig Brass-Kriegsbooten nieder. Admiral Bedford, der weiteres Blutvergießen vermeiden wollte, sandte ein zweites Ultimatum an den König der Brass.

Als den die Botschaft des Admirals erreichte, wanderte Kokos Blick nachdenklich über die Spiegel in seinem Palast. In vielen unterschiedlichen Ansichten erkannte er die Männer seines Rates darin, von denen sich einige tuschelnd unterhielten, während andere einfach seine Entscheidung abwarteten. Anders als er hatten sie nie erwartet, dass der Schlag gegen Akassa ihnen ihre alte Macht zurückgeben könnte. Nach den jahrelangen Demütigungen hatten sie der Company die Faust ins Gesicht schlagen wollen. Sie waren sich darüber im Klaren, dass sie mit der Siegesfeier dem Grauen eine Krone aufgesetzt hatten. Die Brass hatten ihren Stolz wieder. Nun nachzugeben schien ihnen undenkbar. Ebenso wenig wie ihrem König. Das Einzige, was ihn von seinen Leuten unterschied, war die Vision, die der Mann aus Amaighbo in ihm erweckt hatte. Und die sich nicht erfüllt hatte. Denn der

Mann mit den Pockennarben blieb verschwunden. Seit jener letzten Nachricht zwei Tage vor dem Überfall hatte der Alte nichts mehr von sich hören lassen. Koko sah auf den goldenen Leopardenkopf in seiner massigen Faust herab. In ihm nagte das bittere Gefühl, im Stich gelassen worden zu sein. Aber das würde ihm niemand anmerken. Er war der König, und er entschied, dass sie sich auf die Verteidigungsanlagen verlassen könnten. Koko wies die Aufforderung zur Kapitulation zurück. Am nächsten Morgen befahl Admiral Bedford den Angriff auf Nembe.

Es wurde schwieriger, als die Engländer erwartet hatten. Die Brass hatten nicht nur zahlreiche weitere Wasserbarrieren aufgebaut, auch die Ufer waren mit Palisaden gesichert. Es dauerte fast zwei Tage, ehe die erste Kanonenkugel in Nembe einschlug. Ein Großteil der Bewohner war zu diesem Zeitpunkt bereits in den Busch geflohen. Nach einem Beschuss, der die halbe Stadt dem Erdboden gleichgemacht hatte, fiel Nembe den englischen Truppen in die Hände. Als König Koko und die anderen Chiefs im Gefolge der Soldaten die Constabler der Company mit ihren finsteren Gesichtern in Nembe einmarschieren sahen, beschlich sie das Gefühl, dass sie vielleicht doch etwas zu weit gegangen waren. Zumal sich die Pockenepidemie zu Black Foobras großem Kummer auch durch das opulente Blutopfer nicht im Mindesten hatte aufhalten lassen.

Während Admiral Bedford, der seinen Auftrag als erledigt ansah, mit seinen Truppen wieder abzog und die Soldaten der Company die Stadt plünderten, richtete Koko ein Gnadengesuch an die britische Regierung. In seinem Brief, den er an den Prinzen von Wales schrieb, beklagte er das bittere Schicksal der Brass und dass sie den Angriff auf Akassa „jetzt sehr, sehr bedauern, insbesondere, dass wir einen Teil der

Angestellten aufgegessen haben“. Von einer Antwort des späteren Edward VII. ist nichts bekannt.

Nach dem Sieg in Nembe setzte die Truppe der Company ihre Strafexpedition fort und rächte sich an allen Dörfern, die am Überfall beteiligt gewesen waren. Wieder herrschten die Kanonenboote der Weißen auf den Flüssen des Deltas. Wieder einmal schien Goldies Company gesiegt zu haben. Doch der Schein trog.

Der Aufstand der Brass markierte auch den Anfang vom Ende der mächtigen Royal Niger Company. Mit dem Überfall auf Akassa und dem grausigen Ende der Kru-Männer rückten die ungeklärten politischen Verhältnisse im Nigerdelta ins Bewusstsein der Öffentlichkeit. Es wurde offenbar, dass da nicht einfach nur ein paar Neger aus dem Sumpf gekommen waren, sondern dass der Überfall eine Verzweiflungstat gewesen war. Die Company, deren Interessen bisher im Außenministerium so gut aufgehoben waren, geriet in die Schusslinie der Kritik. Dass deren Vorgehensweise gegenüber den Brass bereits Jahre zuvor im MacDonald-Bericht kritisiert worden war, ohne dass dies zu Konsequenzen geführt hatte, machte die Situation für die Regierung prekär. Eine weitere Untersuchung, die in der Rekordzeit von vier Wochen abgeschlossen war, kam zu dem schlüssigen Ergebnis, dass nur direkte Regierungskontrolle verlässliche Verhältnisse schaffen konnte. Noch ehe das neue Jahrhundert beginnen sollte, wurde aus der Royal Niger Company das, was auch dem alten Jahrhundert widerfuhr: Sie wurde Vergangenheit.

Das aber konnten die beiden Menschen, die sich am Kai von Bonny gegenüberstanden, zu diesem Zeitpunkt noch nicht wissen.

Gleichgewicht

Das letzte Versorgungsboot legte von der *Lagos* ab. Charly erkannte Captain Murray an Deck. Er wusste, dass Mary bei dem alten Seebären gut aufgehoben war. Er wusste auch, dass ihnen Murray alle Zeit für den Abschied lassen würde. Das Wasser stand hoch, die *Lagos* würde keine Schwierigkeiten haben, aus der Bucht von Bonny auszulaufen. Aus der Bucht, aus dem Delta.

„In den Kongo also?" Charly wandte sich Mary wieder zu, die ihn ansah, als wolle sie sich alles an ihm genau einprägen. Eine Haarsträhne kam unter dem kleinen, schwarzen Hut hervor und fiel über ihre linke Schläfe. Er widerstand dem Impuls, sie ihr aus dem Gesicht zu streichen.

So wie er es in den vergangenen Wochen oft getan hatte.

„Ich werde zum Ogowé fahren", sagte sie mit einem kleinen Lächeln. „Dort soll es sehr schöne Fische geben."

„Und sehr schöne Flusspferde."

„Du kannst mir ja ein paar Töpfe mitgeben."

„Die hast du alle aufgebraucht."

Mary lachte: „Dann bringe ich ihnen das Pokern bei."

„Lass dich nicht beim Betrügen erwischen. Verdammt, Mary, du wirst mir fehlen."

„Du mir auch, mein Cap'n."

Sie sahen sich schweigend an. Neben Mary stand ihre Segeltuchtasche. Die Kisten mit den Gläsern und ihrem Werkzeug waren bereits an Bord der *Lagos*.

„Was hat dir der Sänger noch erzählt?"

Mary lächelte wieder: „Das sage ich dir nicht."

Charly hatte sich mit Anthony zusammen auf dem Anleger der verlassenen Station unterhalten, als ihm aufgefallen war, dass Mary barfuß auf den Holzplanken stand und in das Heck der *Abeokuta* hinabsah. Dort stand ein muslimisch gekleideter Mann und lachte sie an.

„Wen hast du denn da mitgebracht?", fragte Charly den Yoruba.

„Komischer Kerl", antwortete Anthony. „Er heißt Anna, will in den Norden und bezahlt mit Perlen. Ich habe das Gefühl, dass er mich hereingelegt hat. Aber er kann verdammt gut singen."

„Anna?", fragte Charly ungläubig.

"Hat er jedenfalls gesagt."

„Wie hat er das gesagt?"

„Er hat sich auf die Brust gehauen und Anna gesagt."

„Hat er nicht vielleicht *ana* gesagt?"

„Genau."

„Das heißt Ich im Arabischen."

„Ach ja? Was heißt denn Perlen auf Arabisch?"

„*Djaour*."

„Verdammt, wieso kannst du Arabisch?"

„Weil ich als junger Kerl mal ein paar Monate in Tanger festsaß."

Anthony dachte einen Moment nach, dann sagte er: „Weißt du was, Charly? Wir knöpfen uns den Burschen jetzt mal vor und fragen ihn, was es mit den Perlen auf sich hat."

Das war Charly recht. Er war neugierig auf den Mann. Mary hatte sich auf den Planken niedergelassen. Ihre Füße baumelten über dem Wasser. Der Araber saß noch auf der *Abeokuta* und klimperte auf seinem Instrument herum.

„Ihr kennt euch?", fragte Charly sie.

Mary nickte: „Wir sind uns in Lagos begegnet."

Charly fand, dass sie wunderschön aussah.

„*Salam aleikum*", begrüsste er den Musiker.

„*Salam aleikum*", erwiderte der.

Mit wachsender Verwunderung verfolgten Mary und Anthony das Gespräch, das sich zwischen den beiden Männern entspann. Schon nach wenigen Sätzen ging es anscheinend um etwas, das Anthony betraf, denn sowohl Charly als auch der Sänger wiesen abwechselnd auf den Yoruba, während sie sich in Arabisch austauschten. Schließlich verzog sich Charlys Gesicht zu einem breiten Grinsen, als er fragte: „*Djaour min hadiket allah*?" Der Sänger nickte lächelnd.

Charly wandte sich an Anthony: „Mein alter Freund, der Mann hat dich bereits bezahlt."

„Was soll das heißen, er hat mich bezahlt? Was ist mit den Perlen?"

Charly hatte sich neben Mary niedergehockt und wie unabsichtlich eine Hand auf ihren Arm gelegt.

„Das Arabische ist eine sehr poetische Sprache. In ihr werden die Dinge oft bildhaft ausgedrückt. Was er dir als Bezahlung versprach sind die *djaour min hadiket allah*, die Perlen aus dem Garten Allahs. Damit ist die Poesie gemeint, und der Gesang."

Anthony brauchte ein paar Sekunden, um das zu begreifen: „Keine Perlen?"

Charly schüttelte den Kopf. Dann sagte der Sänger wieder etwas zu ihm. Charly neigte sich zu ihm und verharrte eine Weile. Er sah Mary an, fragte nach. Der Sänger hob beide Hände mit den offenen Handflächen und bewegte sie so, als hielte er zwei Waagschalen.

„Und was hat er dir erzählt?", fragte Mary und strich sich die Haarsträhne hinter das Ohr.

Charly sah wieder auf die Bucht von Bonny hinaus, wo gerade ein Geier auf dem Gerippe eines Schiffswracks landete.

„Er sagte, er hätte mich erkannt, weil ich derjenige sei, ohne den du aus dem Gleichgewicht gerätst."

Mary sah schnell beiseite, als ob er sie bei etwas Ungehörigem ertappt hätte. Aber es gab nichts Ungehöriges mehr zwischen ihnen.

„Das stimmt", bestätigte sie leise.

Eine Weile sprachen sie beide nicht, lauschten nur dem unaufhörlichen Raunen des Flusses.

„Was geschieht nun?", fragte sie schließlich.

Charly schürzte die Lippen. „Wir müssen einen Platz für Jubo finden", sagte er dann. „Dennis hat ihn nach Ohambele gebracht. Dort ist er erst mal sicher. Aber auf Dauer wird es ihn da nicht halten. Wenn man einmal König war, ist es schwierig, einfach nur herumzusitzen. Jojo liebt das große Spiel. Wir werden uns etwas ausdenken müssen, um ihn zu beschäftigen."

„Einfach wieder lebendig machen könnt ihr ihn wohl auch nicht?"

„Ich weiß nicht mal, ob er das will. Die Bedingung für seine Rückkehr war damals, dass er sich nicht politisch betätigt. Gerade jetzt, wo alles drunter und drüber geht, würden sie ihn mit Argusaugen bewachen. Nein, ich denke, er sollte vorerst in Deckung bleiben."

„Und was ist mit dir?", wollte Mary dann wissen.

„Tja, ich schätze, ich werde Dennis zu unserem Teilhaber machen. Wie ich hörte, will MacDonald dafür sorgen, dass die Handelsbeschränkungen für die Brass aufgehoben werden. Mit seinem Vater als Ratgeber hat der Junge das Zeug, zu einem großen Händler aufzusteigen."

„Und du?", wiederholte Mary.

„Wenn die Company ihr Monopol verliert, gibt es auch keinen Grund zum Schmuggeln mehr. Über kurz oder lang wird es hier genauso langweilig werden wie in England. Ich schätze, ich werde meinen Anteil an Dennis und Archie verkaufen und mich mal woanders umsehen."

„Wo denn zum Beispiel?" Mary forschte in seinem Gesicht nach den kleinen Anzeichen, die ihr mittlerweile verrieten, was Charly dachte. Und richtig, da war dieses kleine Zucken um die Mundwinkel herum.

„Ich weiß noch nicht", antwortete er langsam und sah ihr dabei in die Augen, „irgendwo an der Küste, wo es noch keine Grenzen gibt. There are many ways to take ..."

"... of the eagle and the snake ..." Mary spürte, wie ihr Herz einen Takt schneller schlug.

„Falls du am Ogowé vorbeikommst, besuchst du mich dann?"

„Vielleicht", sagte er leise.

„Ich werde dir schreiben, wohin ich fahre."

„Ich werde dich schon finden", meinte Charly, „ich frage einfach nach einer weißen Frau, die ständig ins Wasser fällt."

Mary lachte: „Ich werde mich bemühen, ausreichend Spuren zu hinterlassen."

Dann sahen sie sich noch einmal schweigend an und versuchten einander all das mitzuteilen, was keine Worte hatte. Schließlich reichte sie ihm die Hand: „Auf Wiedersehen, Cap'n."

„Auf Wiedersehen, Mary."

Er sah ihr nach, als das Boot sie zur *Lagos* brachte. Sah sie an Deck stehen, als das Schiff den Anker einholte und langsam Fahrt aufnahm. Er konnte sie längst nicht mehr erkennen, als das Schiff Breakers Island passierte und auf das Meer hinaussteuerte. Als auch die Rauchfahne des Dampfers verschwunden war, zog er eine Zigarre hervor. Während er sie anpaffte, dachte er daran, dass er ihr in einem Punkt die Unwahrheit gesagt hatte. Zwar würde es mit dem Ölschmuggel bald vorbei sein, doch das Alkoholverbot würde bestehen bleiben. Und Charly hatte große Lust, seine Reisekasse noch ein wenig aufzubessern. Er hatte da ein paar Ideen, bei denen die alte Station Ekowe eine Rolle spielen würde. Von Hollingworth' Geschäftssinn war zwar nicht viel zu halten, doch Eve hatte sich ausgesprochen talentiert gezeigt. Er inhalierte den Rauch und stieß ihn langsam wieder aus. Dabei sah er zum Himmel hoch, wo sich bereits wieder eine dunkelgraue Wolkenbank auftürmte. Man brauchte kein Prophet zu sein, um zu wissen, dass es bald wieder regnen würde.

In Bonny regnete es immer.

Abgespannt

Der Pater stieg mit schweren Schritten die Stufen zur Kanzel empor. Oben angekommen, zog er ein Tuch aus der Tasche und wischte sich über das Gesicht. Warum war ihm nur so heiß auf einmal? Es war doch nur ein Brief.

Er legte das Papier mit seinen Stichworten auf das Pult, sammelte sich einen Moment und hob gerade an zu sprechen, als sein Blick auf die Menschen in der kleinen Kirche fiel. Aber ... er stockte, was war denn ... wieso waren sie alle weiß? Der Schweiß brach ihm wieder aus, als ihm die Erkenntnis kam, dass er nicht mehr in Afrika war.

Er war in Deutschland.

Spangenberg, sagte er sich in Gedanken den Namen seiner kleinen Gemeinde vor. Er war in Spangenberg, schon seit drei

Monaten. Er war nicht mehr in Afrika. Aber warum hörte er dann die Trommeln? Es war doch nur ein Brief gewesen.

Das leise Tuscheln der Menschen unten auf den Stühlen riss ihn wieder in die Gegenwart.

„Von den Freuden eines gottgefälligen Lebens", sagte er laut das Thema seiner heutigen Predigt an. Er konzentrierte sich auf seine Stichworte und entwarf, anfangs noch stockend, dann immer flüssiger, vor seinen Zuhörern das Bild einer frommen Seele, die allen Versuchungen widerstand. Seine Predigten handelten oft von einem Leben, das in ruhigen Bahnen verlief. In dem solche einfachen Qualitäten wie Nächstenliebe, Mitleid, Wohltätigkeit eine angemessene Rolle spielten. Die Mitglieder seiner Gemeinde schätzten den optimistischen Tenor ihres Geistlichen. Sein Vorgänger hatte ihnen regelmäßig donnernde Strafpredigten gehalten. Als sie erfuhren, dass ihr neuer Pastor lange Jahre als Missionar in Afrika gewirkt hatte, war ihnen zuerst ein wenig mulmig gewesen. Würde dieser erfahrene Mann Gottes nicht noch viel strenger mit ihnen umgehen?

Doch ihre Befürchtungen waren unnötig. Der gefürchtete Gottesstreiter erwies sich als ein freundlicher, kleiner Mann, der eher darum bemüht war, mit den Menschen gut auszukommen, als ihnen ins Gewissen zu reden. Bald hatten ihn alle ins Herz geschlossen. So sahen sie es ihm auch nach, wenn er das bekam, was sie „seine kleinen Ticks" nannten. Manchmal nämlich schien der Pater seltsam abwesend. Wenn sie ihn dann ansprachen, schaute er sie an, als hätte er sie noch nie zuvor gesehen. Oder er hielt, manchmal mitten im Gespräch oder gar während der Predigt, inne, schüttelte verstört den Kopf oder schlug sich vielleicht sogar aufs Ohr, als vernähme er ein Geräusch, das außer ihm niemand hörte. Er hatte noch so einige andere Marotten, so zum Beispiel, dass sein Gesang manchmal in ein Schluchzen überging, aber all das lag sicher an den schlimmen Dingen, die er dort draußen in der weiten Welt erfahren hatte. Sie waren ja nur einfache Leute, Bauern, Bäcker, Flößer und Gerber. Was wussten sie schon von den schwarzen Wilden in Afrika?

„Und so ein jeder für die Seinen sorgt und der Gemeinde ein Nutzen ist, da will es dem Herrn wohl gefallen. Denn das ist dem Herrn eine Freude, dass einer dem anderen ein Bruder ist und nicht", plötzlich hob sich die Stimme des Paters, „DASS ER IHN AUFISST!"

Da war es wieder. Erschrocken sahen die Kirchenbesucher zur Kanzel hoch, wo sich der Oberkörper des Pater jetzt vor und zurück wiegte.

„Denn das ist dem Herrn ein Gräuel. Du sollst deinen Bruder nicht ..." Der Mund des Paters öffnete und schloss sich, als wüsste er nicht, ob er reden oder schlucken sollte.

„... deinen Bruder ..."

Der Pater wühlte in seinen Papieren.

„Denn wir sind keine Tiere ..."

Das war auch einer von seinen Ticks. Pater Bubendorff lebte streng vegetarisch. Nicht einmal den Anblick von gebratenem oder gekochtem Fleisch konnte er ertragen.

„... und darum sollen wir auch nicht wie die Tiere leben", schloss der Pater seine gegen Ende etwas wirre Predigt. Nachdem alle ihre Gesangsbücher aufgeklappt hatten und die Fleischerfrau mit beherztem Griff die ersten Töne auf der kleinen Orgel angestimmt hatte, schien der Pater sich wieder zu beruhigen.

„Dass ich tausend Zungen hätte und einen tausendfachen Mund ...", sang die Gemeinde, und Bubendorffs Mund bewegte sich mit. Doch kein Laut kam daraus hervor, denn der Pater war in Gedanken bei dem Brief, der in seiner Kammer auf dem Tisch lag. Das Zittern seiner Hände hatte begonnen, als er den Namen des Absenders las.

Lieber Pater Bubendorff, begann der Verfasser,

es ist lange her, dass wir uns in Bonny voneinander verabschiedet haben, und ich möchte meiner Hoffnung Ausdruck geben, dass Sie mittlerweile wieder vollständig genesen sind. Den Beschuss von Nembe haben Sie ja selbst miterlebt.

Als er den Namen dieses Ortes las, war dem Pater vor Schreck der Brief aus der Hand gefallen. Er wollte nicht mehr an diesen Ort denken, auch nicht mehr an jenen Abend, das Fest; und doch, wie oft träumte er davon? Wie oft wachte er auf in der Nacht? Schweißgebadet und voller Entsetzen. Er war unfähig gewesen, weiterzulesen.

„O Lebensbrünnlein tief und groß", sang die Gemeinde und störte sich nicht daran, dass der Pater nur reglos in die Luft starrte. Nach dem Gottesdienst ergriffen sie alle, einer nach dem anderen, seine schweißfeuchte Hand und gaben ihm ein paar beruhigende Worte mit in den Tag. Pater Bubendorff sah ihnen nach, schloss die Pforte seiner Kirche und ging mit langsamen Schritten zurück in seine Kammer. Dort angekommen, legte er erst den Kragen und sein Ornat ab. Mit einer dampfenden Tasse Tee in der Hand setzte er sich schließlich an den Tisch, auf dem noch immer der Brief lag. Ohne den Blick von dem Papier zu wenden, das noch die schwüle Feuchtigkeit der Mangrovensümpfe in den kargen Raum abzugeben schien, schlürfte der Pater das heiße Getränk. Schließlich stellte er die Tasse ab, atmete einmal tief durch und griff nach dem Brief.

An keinem von uns sind die Ereignisse spurlos vorübergegangen, und auch das Delta ist nicht mehr dasselbe. Die Brass hat es böse erwischt. Eine Pockenepidemie hat unter ihnen gewütet. Von dem Volk, das einmal über das ganze

Delta herrschte, ist nicht mehr viel übrig geblieben. Und so ist mir klar geworden, dass auch meine Zeit in Bonny vorbei ist.

Mein ehemaliger Gehilfe, Dennis, hat mir meinen Anteil an der Firma abgekauft. Sein Vater – hatte ich Ihnen erzählt, dass sein Vater wieder aufgetaucht ist? Nun, es war bewegend zu sehen, wie Vater und Sohn sich wieder in die Arme schlossen. Der arme Mann galt lange Jahre als verschollen. Erst kürzlich ist er wieder aufgetaucht. Unter seiner klugen und behutsamen Anleitung wird es Dennis zweifelsohne gelingen, als verantwortlicher Mensch und moderner Afrikaner das neue Jahrhundert zu begrüßen.

Ich werde von hier aus in den Kongo reisen und dort nach neuen Aufgaben suchen. Was genau das sein wird, weiß ich noch nicht, aber ich freue mich darauf, einen neuen Fluss im Mondlicht zu sehen, ein neues Land zu erkunden, und, wer weiß, vielleicht werde ich dort irgendwo den Menschen wiederfinden, bei dem mein altes Schmugglerherz Ruhe findet.

Ich verbleibe als Ihr ergebener Diener – und treuer Freund
Charles N. DeCardi

Ein Sonnenstrahl fiel durch das kleine Fenster in die Kammer und zeichnete ein schräges Rechteck auf den Steinfußboden. Der Pater sah es nicht. Und obwohl die Schrift vor seinen Augen längst verschwamm, hallten die Worte in seinem Geist nach und weckten die Bilder der Erinnerung. Er sah dunkles Wasser, auf dem das Mondlicht sich in silbernen Reflexen brach. Er atmete die süßliche Luft aus Verwesung und Fruchtbarkeit, hörte das Grollen eines nahenden Tornados und den Gesang der Frauen. Er sah die Augen der Kinder, wenn sie sich vertrauensvoll an ihn wandten, und dann vernahm er auch wieder die Trommeln, aber nicht jene des Krieges und des Grauens. Sondern die der Hochzeiten und Geburten, des Tanzes und der Freude. Da begriff der Pater, dass er es geliebt hatte, das Reich der Mangroven.

Und fand endlich seinen Frieden.

Nachwort

Vieles von dem, was diese Geschichte erzählt, orientiert sich an den Erlebnissen von Mary Kingsley, die 1894 zu ihrer zweiten Reise nach Westafrika aufbrach und aus unmittelbarer Nähe den Aufstand der Brass miterlebte. Einige der kursiv gestellten Textstellen sind, leicht bearbeitet, ihren Büchern „Travels in Westafrika“ und den „West African Studies“ entnommen, sowie einer auf Deutsch erschienenen Zusammenfassung ihrer Berichte, die von Ulrike Budde bei dtv herausgegeben wurde. Dennoch ist dies ausdrücklich keine Biographie von Mary Kingsley. Daher habe ich auch ihren Namen geändert.

Die Ereignisse in Akassa und Nembe beruhen auf Berichten von Augenzeugen. Die politischen Hintergründe waren sehr komplex, ich musste sie vereinfachen. Und, wo sie sich partout nicht an meine Vorstellungen von Dramaturgie halten wollten, auch ein wenig verbiegen. Außerdem habe ich die tatsächlichen Personen polarisiert und ihnen zum Teil Charakterzüge verliehen, die ihnen nicht gerecht werden. Weiß war nicht immer Weiß, Schwarz nicht immer Schwarz, und König JaJa hat es leider nicht zurück ins Delta geschafft. Dieser bemerkenswerte Mann, der bei den Ibo noch heute verehrt wird, ist auf der Rückreise aus seinem Exil an Tuberkulose gestorben. Sein Werdegang vom Sklaven zum König wurde von einem rätselhaften Chronisten beschrieben, Charles „The Count“ DeCardi, der eine entscheidende Rolle im Ölkrieg von Bonny spielte. Zur Zeit des Überfalls auf Akassa lebte er auf Brass Island. Seine ethnographischen Arbeiten über die Brass, erschienen in der Erstausgabe von Mary

Kingsleys „West African Studies", sind eines der wenigen schriftlichen Zeugnisse über das Leben der Brass.

Mary und Charly sind sich im Nigerdelta begegnet, das ist sicher. Alles andere ist Fiktion. Vielleicht ist die Geschichte, die ich erzählt habe, die Geschichte, die sich nie ereignet hat.

Leider.